本书为国家社科基金后期资助项目"索因卡戏剧研究"（项目编号：19FWWB011）的最终结项成果。

索因卡戏剧研究

Research on Soyinka's Drama

陈梦 著

人民出版社

责任编辑:陈建萍

图书在版编目(CIP)数据

索因卡戏剧研究/陈梦 著. —北京:人民出版社,2022.12
(国家社科基金后期资助项目)
ISBN 978－7－01－025253－7

Ⅰ.①索…　Ⅱ.①陈…　Ⅲ.①索因卡(Soyinka,Wole 1934－　)-戏剧研究
　Ⅳ.①I437.073

中国版本图书馆 CIP 数据核字(2022)第 215181 号

索因卡戏剧研究

SUOYINKA XIJU YANJIU

陈 梦　著

人民出版社 出版发行
(100706　北京市东城区隆福寺街 99 号)

北京九州迅驰传媒文化有限公司印刷　新华书店经销

2022 年 12 月第 1 版　2022 年 12 月北京第 1 次印刷
开本:710 毫米×1000 毫米 1/16　印张:21.5
字数:370 千字

ISBN 978－7－01－025253－7　定价:85.00 元

邮购地址 100706　北京市东城区隆福寺街 99 号
人民东方图书销售中心　电话 (010)65250042　65289539

国家社科基金后期资助项目
出版说明

后期资助项目是国家社科基金设立的一类重要项目，旨在鼓励广大社科研究者潜心治学，支持基础研究多出优秀成果。它是经过严格评审，从接近完成的科研成果中遴选立项的。为扩大后期资助项目的影响，更好地推动学术发展，促进成果转化，全国哲学社会科学工作办公室按照"统一设计、统一标识、统一版式、形成系列"的总体要求，组织出版国家社科基金后期资助项目成果。

全国哲学社会科学工作办公室

目　　录

序 ……………………………………………………………………… 1

前　言 ………………………………………………………………… 1

第一章　文化融合中的索因卡戏剧创作 …………………………… 1

　　第一节　索因卡的生活经历与创作概况 ……………………… 1

　　第二节　索因卡戏剧创作中的艺术风格演变 ……………… 20

　　第三节　索因卡戏剧创作中的文化立场转换 ……………… 25

第二章　索因卡戏剧与非洲传统宗教神话 ……………………… 32

　　第一节　索因卡对非洲传统宗教神话的认识 ……………… 32

　　第二节　索因卡戏剧中的约鲁巴神话元素 ………………… 38

　　第三节　索因卡戏剧中的非洲传统宗教仪式 ……………… 48

　　第四节　索因卡戏剧中的非洲再生轮回观念 ……………… 55

　　第五节　索因卡戏剧中的非洲落后传统批判 ……………… 59

第三章　索因卡戏剧与非洲传统艺术 …………………………… 65

　　第一节　索因卡戏剧中的非洲传统鼓乐艺术 ……………… 65

　　第二节　索因卡戏剧中的非洲民间吟唱艺术 ……………… 70

　　第三节　索因卡戏剧中的非洲传统舞蹈艺术 ……………… 78

　　第四节　索因卡戏剧中的非洲传统戏剧艺术 ……………… 87

　　第五节　索因卡戏剧中的非洲本土语言艺术 ……………… 91

第四章　索因卡戏剧与西方基督教文化 ……………………… 102

　　第一节　西方基督教文化对索因卡的创作影响 …………… 102

　　第二节　索因卡戏剧中的基督教文化精神 ………………… 109

　　第三节　索因卡戏剧中的圣经原型形象 …………………… 116

第五章　索因卡戏剧与西方戏剧艺术 ·············· 128

　　第一节　索因卡戏剧与西方传统戏剧 ·············· 128

　　第二节　索因卡戏剧与莎士比亚戏剧 ·············· 139

　　第三节　索因卡戏剧与西方现代戏剧 ·············· 157

第六章　索因卡对西方戏剧作品的改编 ·············· 168

　　第一节　索因卡对欧里庇得斯《酒神的伴侣》的改编 ······ 168

　　第二节　索因卡对布莱希特《三分钱歌剧》的改编 ······· 180

　　第三节　索因卡对雅里《乌布王》的改编 ·············· 192

第七章　索因卡戏剧中的后殖民书写 ·············· 203

　　第一节　《狮子与宝石》中的后殖民书写 ·············· 204

　　第二节　《森林之舞》中的后殖民书写 ·············· 216

　　第三节　《死亡与国王的侍从》中的后殖民书写 ········· 225

第八章　索因卡戏剧在英美 ····················· 235

　　第一节　索因卡戏剧在英美的传播 ················· 235

　　第二节　索因卡戏剧在英美的接受 ················· 240

　　第三节　索因卡戏剧在英美的研究 ················· 250

第九章　索因卡戏剧在中国 ····················· 262

　　第一节　索因卡戏剧在中国的传播 ················· 262

　　第二节　索因卡戏剧在中国的接受 ················· 266

　　第三节　索因卡戏剧在中国的研究 ················· 271

附录1　索因卡的主要作品 ····················· 284

附录2　索因卡的荣誉与奖励 ··················· 289

参考文献 ································· 291

后　记 ································· 320

序 东方现代"流散文学"与索因卡研究

黎 跃 进

陈梦的著作《索因卡戏剧研究》,以非洲首获诺奖的尼日利亚诗人、作家索因卡的戏剧创作为研究对象,但不是就事论事,而是将索因卡戏剧置放在非洲文化传统、西方戏剧传播与影响、中国学界的接收与研究的框架中展开,显示了作者开阔的学术视野。这样纵向深化拓展,横向东西延伸,保证了论题有效、深入的论述。

将索因卡摆在现代世界文学和社会文化背景中考察,可以从东方现代"流散文学"的视角加以论述。《索因卡戏剧研究》虽然没有用"东方现代流散文学"这一术语,但在著作的论述框架中,可以看到这一视角的实际应用。

一、东方现代"流散文学"的样态

"流散文学"是指离开母体文化、在异质文化中生存的作家,创作表现两种或多种文化中的生存体验的作品。这些作品的基本主题是叙述流散者在多种文化的冲突与融合中选择的艰难、文化身份认同的困惑、无根漂泊的精神痛苦和渴望回归的家园意识等。

东方包括亚非的广阔区域,有着悠久而多元的历史文化传统,在东方古老族群的发展演进中,从血缘群体向地缘群体发展。随着生产力的发展,逐渐融合成更大的区域联盟和帝国形态的政治集团,彼此之间以商贸、战争、和亲、出使、求学、冒险等各种方式交往沟通,人员徙居、短期或长期侨居异域,形成东方古代的流散现象,自然有描述、表达流散体验的"流散文学"。笔者曾撰写《东方古代流散文学及其特点》一文[1],粗线条地梳理了东方古代的流散现象及其文学表现:(1)中印古代佛教传播中的流寓离散;(2)希伯来民族大流散;(3)中国唐代长安作为世界大都市,侨居东方各国的商人或留居人员;(4)中古东方三大封建帝国(阿拉伯帝国、蒙元帝国、奥斯曼帝国)因版图扩大或战乱而形成的人员。并概括了古代东方流散文学的特点:(1)古代东方流散文学还没有自觉的"民族""国家"的意识,没有现代

---

① 黎跃进:《东方古代流散文学及其特点》,《东方丛刊》2006年第2期。

流散文学的意识形态色彩;(2)对异质文化充满新奇感和紧张感;(3)以诗歌和散文为主要文体,尤其是游记最为突出;(4)文化差异的自觉与文化融合的无奈。

人类社会进入近代,源于西方的"现代化"全球扩散。西方列强带着它们的资本和先进的科技文化,来到东方,在以整个世界作为市场的目标之下,对东方实现殖民统治。在政治上的殖民与反殖民、文化上的传统与现实的冲突中,现代"民族""国家"的观念得以确立和强化。同时,也为不同文化之间的沟通、交流提供了新的历史机遇。尤其是20世纪后半叶,随着世界"殖民体系"的瓦解,东方民族国家获得了独立,又在政治、经济、文化各方面与西方世界有着广泛的联系。特别是90年代以来,在"全球化"浪潮的冲击下,东方各国为寻求更大的发展空间,打开国门,相互依存、合作共赢已经成为当今世界的发展趋势。

在"现代化""全球化"的发展过程中。东方各国都有人或为了更好地发展自我,主动离开故土,或因某些不可抗拒的力量所迫,不得不离开家园。他们或者长期侨居境外,甚至几代定居,逐渐融入当地文化之中;或者一段时期旅居境外;或者在母国与境外不断来回穿梭,反复体验"流散岁月",在异质文化中经历"流散人生"。流散现象的普通普遍发生,成为流散文学的创作土壤。

东方现代流散作家的流向,虽然有东方国家范围内的流徙(如日本的华裔、华人作家、朝韩裔作家),但大多是从东方流向西方。这是殖民时期宗主国文化对殖民地文化的深刻影响的结果,也有西方先进科技文化和优渥物质条件的魅力。

与东方古代流散文学相比,东方现代流散文学无论是规模还是影响都远远胜过古代。现代东方各国都有流散作家存在。"在当代,这种流散就不是个别民族特有的现象,几乎各个民族都有。"由于不同区域和民族的历史文化等诸多因素的作用,现代东方富于特色和影响较大的流散作家群体是:华人流散作家群、印度流散作家群、犹太流散作家群和非洲流散作家群。

华人著名流散作家有:韩素音(1917—2012)、黄玉雪(1922—2006)、於梨华(1931—2020)、聂华苓(1925—)、程抱一(1929—)、陈若曦(1938—)、汤亭亭(1940—)、赵健秀(1940—)、高行健(1940—)、北岛(1949—)、提摩西·莫(1950—)、谭恩美(1952—)、任璧莲(1955—)、黄哲伦(1957—)、哈金(1956—)、虹影(1962—)等。

南亚流散文学的代表作家有:印度裔作家卡玛拉·玛坎达雅(1924—2004)、鲁思·普拉瓦·杰哈布瓦拉(1927—)、维·苏·奈保尔

（1932— ）、卡里尔·菲利普斯（1958— ）、塞穆尔·塞尔文（1923— ）、阿妮塔·德赛（1937— ）、芭拉蒂·穆克尔吉（1940— ）、萨尔曼·拉什迪（1947— ）、罗辛顿·米斯垂（1952— ）、维克拉姆·赛思（1952— ）、奈尔·比松代斯（1955— ）、奇塔·蒂娃卡鲁尼（1956— ）、裘帕·拉希莉（1967— ）、基兰·德赛（1971— ），斯里兰卡的迈克尔·翁达杰（1943— ）等。

犹太流散作家群的著名作家有：亚伯拉罕·卡恩（1860—1951）、玛丽·安廷（1881—1949）、安齐亚·耶泽斯卡（1885—?）、艾萨克·巴什维斯·辛格（1904—1991）、迈耶·莱文（1905—1981）、埃利亚斯·卡内蒂（1905—1994）、伯纳德·玛拉默德（1914—1986）、赫曼·沃克（1915—2019）、索尔·贝娄（1915—2005）、杰罗姆·大卫·塞林格（1919—2010）、诺曼·梅勒（1923—2007）、辛西娅·奥兹克（1928— ）、凯尔泰斯·伊姆雷（1929—2016）、菲利普·罗思（1933—2018）、约瑟夫·布罗茨基（1940—1996）等。

非洲流散作家群的代表有：加纳作家阿伊·克韦·阿尔马赫（1939— ），尼日利亚作家阿莫斯·图图奥拉（1920—1997）、钦努阿·阿契贝（1930—2018）、布奇·埃默切塔（1944— ）、本·奥利克（1959— ）、奇玛·达·恩戈兹·阿迪切（1977— ），南非作家纳丁·戈迪默（1923— ），肯尼亚作家尼古基·瓦·西昂戈（1938— ）、努·希·菲利普（1947— ）、奥斯丁·克拉克（1934— ）、黛奥妮·布兰德（1953— ），坦桑尼亚作家阿·杜勒拉扎克·古尔纳（1948— ）等。

此外，东方现代著名的流散作家还有：以阿拉伯的纪伯伦（1883—1931）、努埃曼（1889—1988）、雷哈尼（1891—1949）、拉希德·塞利姆·胡里（1887—1984）等为代表的"旅美派"，叙利亚诗人阿多尼斯（1930— ），美国阿富汗裔作家卡勒德·胡塞尼（1965— ），英国日裔作家石黑一雄（1954— ），加拿大日裔作家乔伊·可嘉娃（小川）（1935— ）等。

现代流散文学不同于古代流散文学的另一个特点是：不再"对异质文化充满新奇感和紧张感"，现代通信手段的发达和教育程度的提高，对异域文化往往不是零认知，通过各种渠道很容易获得某种程度的了解。流散异邦，只是将外在的"知识"内化为深刻的生命体验。

二、索因卡:典型的非洲流散作家

学界称索因卡是"后殖民主义"作家，很少有人称他是"流散作家"。他本人不赞成人们给他贴上任何标签。但从索因卡的生平经历、文化身份和创作内涵来看,称他为"流散作家"是有道理的。

（一）索因卡具有切身的流散经历和体验

从"流散文学"字面的意义来看,流散作家必须是离开故土,有过在异质文化中生存的经历和体验,索因卡在人生经历中多次远离尼日利亚,或主动到西方求学、工作,或被迫流亡异邦。

索因卡上大学之前的青少年时期一直生活在尼日利亚国内。虽然他出生的年代是西方文化渗透、基督教信仰取代本土神灵信仰的时代,其父母都是基督教徒。但他从小在故乡感受到本土文化的熏陶,正如陈梦在著作中所述:"索因卡的周围弥漫着约鲁巴文化传统和习俗。祖父时常给索因卡讲述约鲁巴神话故事,向他灌输非洲传统习俗文化,还专门引导八岁半的索因卡体验了约鲁巴男子的成人割礼,让他更多地体验到了约鲁巴族人的传统生活滋味。"

中学毕业后,1953 年索因卡进入伊巴丹大学。1954 年得到奖学金赴英国利兹大学学习英国文学,并在英国利兹大学取得了英国文学学士学位。1957 年毕业后在英国伦敦皇家宫廷剧院任过校对员、剧本编审和编剧等职,广泛接触了英美及欧洲各国的现代戏剧,并开始尝试创作戏剧。

1960 年,尼日利亚独立后,索因卡回国,致力于将西方戏剧和非洲传统的音乐、舞蹈、哑剧等艺术进行有机融合的工作。同年创立尼日利亚第一个戏剧社团"1960 年假面"。60 年代后期尼日利亚发生内战,他因呼吁停火被独裁政府关押近 2 年。

1971 年,索因卡为避开与政府当局的矛盾,主动离开尼日利亚,开始环游世界,在加纳首都阿克拉侨居 4 年。1973 年,索因卡获聘英国谢菲尔德大学英语客座教授。1975 年回国,他很快被聘在伊巴丹大学、拉各斯大学、伊费大学执教或从事戏剧研究,之后任伊费大学比较文学教授,并任非洲作家协会秘书长。

80 年代,索因卡在英语文学界名声大振,已成世界名人。1981 年获聘耶鲁大学客座教授,1985 年被任命为联合国教科文组织所属的戏剧学院院长,1986 年选聘为全美文学艺术院院士,同年获诺贝尔文学奖。

90 年代初,尼日利亚独裁政权统治,索因卡再次被迫离开祖国,侨居国外,之后任美国亚特兰大艾默里大学教授。在 1996—2016 年的 20 年里,索因卡在美国任教于哈佛大学、康奈尔大学和耶鲁大学。直到 2016 年年底,索因卡因抗议特朗普当选美国总统,撕毁了美国绿卡,回到尼日利亚。

从对索因卡经历粗疏的梳理中可以看到,他不断穿梭于母国和西方世界,对非洲传统和西方文化有深刻的体验和感受。异邦的流散经历,无论是主动的学习或工作,还是被迫的政治流亡,都构成他生命历程中的一个个环节。在非洲部族传统文化和西方文化耳濡目染的生命体验中,在对两种文化进行不断的审视、比较中深化认知,建构心智,也自然体现在他的文学创作中。

(二)"本土流散":非洲流散文学的独特性

"流散文学"是一种文化跨越的文学现象。但不同区域的多元文化碰撞、对话与交流,因其具体的历史传统和社会语境的不同,会具有不同的特点和表现。对于非洲的"流散文学",有学者提出"本土流散"的概念。

> 所谓"本土流散",是指非洲原住民虽然没有海外尤其是第一世界移民的经历,没有产生通常所认为的由"空间位移"而造成的文化冲突,也没有体会到闯入异国他乡而产生的身份困境、无根的焦灼、家园找寻、认同与剥离等问题。但由于殖民者推广殖民语言、传播基督教、侵吞土地、实行种族隔离和分而治之的殖民政策,非洲原住民在自己的国土上被迫进入一种"流散"的文化语境。他们失去了家园,在自己的土地上流亡;他们被迫接受宗主国的语言,甚至禁止使用本土语言,但是他们又无法完全抛掉部族语言;他们在自我身份认同方面产生了纠结与疑惑,在到底是做一名传统主义者还是基督教徒之间游移不定;他们的灵魂受到西方价值观的统摄,却又难以与传统文化完全剥离,从而在心灵上造成一种既不属于"此"也不属于"彼"的中间状态。①

对于"本土流散"这一概念,学界有不同意见,认为"'本土流散'文学虽然表现了本土文化与外来文化关系,本土流散与边缘化经验的问题,但这类本土作家大多数没有跨国界、跨种族、跨语言、跨文化的实质流散,生活经验能否完全归入流散文学,仍待探讨"。②

实际上,在非洲,对于"异国流散文学"和"本土流散文学",文化跨越本质是一样的,只是前者是走出去体验异质文化的冲击,后者是西方殖民者强行送进来,被逼迫着接受异质文化的洗礼,精神体验没有本质的区别。文化身份的不确定、无根漂泊的焦虑、中间挤压的尴尬和边缘地位的苦恼,也是非洲本土作家的内在深层感受。对此,索因卡有过类似的感受和表达。

---

① 朱振武、袁俊卿:《流散文学的时代表征及其世界意义——以非洲英语文学为例》,《中国社会科学》2019 年第 7 期。

② 杨中举:《流散诗学研究》,人民出版社 2021 年版,第 120 页。

　　索因卡曾经在为联合国教科文组织编写的《非洲通史》中写过一篇《殖民统治时期的非洲文艺》，开头讲述了一个真实的事件：1976 年 2 月，在尼日利亚伊巴丹和拉各斯之间的一个警察检查站，一名男子随身携带着被认为是盗窃来的古文物而被捕。他带着两麻袋青铜器和木质雕像，但他不承认盗窃，一口咬定这些都是他自己的东西。警方调查后发现他没有撒谎。他不久前才皈依伊斯兰教，在伊巴丹某居住区生活工作。他携带的这类约鲁巴神雕像，经常由移居的劳工带进城市，以满足那些背井离乡的打工人、漂泊者精神上的需要。后来居住区的头领皈依了伊斯兰教，带动其邻人都改信了伊斯兰教。居住区不再适宜存放原来宗教的象征物，但他不忍心毁坏这些神像，便决定送回故里，现在这些神像重新安放在原来的村庄。

　　索因卡对事件作出评论："这件事，其实在非洲遭受外来统治的那个更加富于戏剧性变化的时期是非常司空见惯的，因为那个时期整个民族连同它的社会组织以及经济和艺术格局都必须服从外部势力进行最大限度剥削的战略。奴隶贸易曾在两个多世纪的时期里进一步加剧非洲内部的自相残杀，导致一场空前规模的文化浩劫。殖民军的惩罚性袭击、传教士不容异教存在的态度和缺乏谅解——所有这些外来因素彻底改变了非洲大陆文化发展方向的常轨。不同的外国统治方式或者外国人与非洲人之间相互影响的不同方式，自然会在流离失所的非洲人中间引起或形成不同的文化反响。比利时和葡萄牙的殖民统治以及英国在东非实行的移民式殖民主义，人们很容易就可以看出在这个大陆上是最残酷无情的。这种统治方式造成了最名副其实的真正使非洲人离乡背井的状况。"①索因卡这里表述的就是非洲"本土流散"的真实情景。

　　这样的认知和体验，在索因卡的创作中也很突出。他的代表作《狮子与宝石》中刻画的乡村教师拉昆雷，常常被理解为深受西化影响的现代文明的代表。在一次访谈中，记者提问："在这个剧中，你是在嘲笑那个代表向往'现代文明'的乡村教师吗？"索因卡回答："很多人会误解这部分。这位乡村教师拉昆雷从来不代表现代或传统，他只是被殖民文化烤得半熟的一个人物。很显然，他想反对封建传统制度。这具有普遍性，在遭到殖民侵袭的地方，像拉昆雷这样的人成千上万地存在。他们并不真正理解传统，甚至连一只脚都没有迈进那道门槛。他自以为学到了一些现代文明的真谛，

---

① ［尼日利亚］沃利·索因卡：《殖民统治时期的非洲文艺》，A.阿杜·博亨主编：《非洲通史》（第七卷），中国对外翻译出版公司 1991 年版，第 436 页。

想以此改造他所生活的这个传统社会环境。"①索因卡这里说的"被殖民文化烤得半熟",就是"本土流散"的形象化表达,是"受到外来文化与本土文化的双重熏陶而处于一种中间状态。……在当地接受白人教育从而受到白人文化的洗礼,其中的某些观念已经内化为主人公无意识的一部分,既无法从本土文化的土壤中连根拔除,也无法改变当地居民的传统认知,从而既与外来文化不相融合又与本土文化产生冲突,处在两种文化的夹缝中。这种源于现实的真实境地往往是造成主人公悲剧命运的主要原因"②。《狮子与宝石》中拉昆雷不是索因卡讽刺的"西化倾向"的代表,而是殖民统治时期非洲"成千上万地存在"的"本土流散"者的真实写照。

（三）创作中的"流散文学"特点

索因卡从大学学习开始,不断往来于尼日利亚和西方世界,既有切实的流散生存体验,又有"本土流散"的深刻深切感受,这些自然体现在他的创作当中。但索因卡的流散写作有其自身的特点。

"文化身份"是流散文学的核心问题。索因卡出生于基督教家庭,又受到非洲本土传统的熏陶,从小是在双重文化环境中自然而然成长,不像一些真正在非洲部落文化氛围中成长的作家那样,对"文化身份"感到明显的矛盾与困惑。但索因卡从系统接受西方文化教育,对西方现代文学艺术（尤其是戏剧艺术）有着深刻体悟的剧作家,成长为一个极具非洲民族风格的作家,中间有一个发展、转化的过程。

不过,索因卡"非洲作家"的身份认同是坚定的。1986 年得知荣获诺贝尔文学奖的消息时,他说:"我决不认为奖金是发给我个人的,它是发给我所代表的文学,我是非洲整个文学传统的一部分。"③他一直致力于非洲的民主社会进程,弘扬非洲传统文化,批判西方殖民思想在非洲后殖民时代的渗透。他在诺贝尔文学奖颁奖典礼的演说中说,"并不是聚焦自己写作的成就,而是借机向当时还肆虐着的种族隔离制度发出了一篇铿锵有力的战斗檄文,同时向伟大的南非民主自由斗士曼德拉致敬"④。2012 年,索因卡访华主题演讲的标题是《寻求非洲半个世纪的复兴之路》。非洲,是索因卡

---

① 朱又可、黄怡婷:《"记忆是多么重要的事情"——专访 1986 年诺贝尔文学奖得主》,《南方周末》2012 年 11 月 8 日,第 26 版。

② 朱振武、袁俊卿:《流散文学的时代表征及其世界意义——以非洲英语文学为例》,《中国社会科学》2019 年第 7 期。

③ James M. Markham, *New York Times*, Late Edition（East Coast）[New York, N.Y] 17 Oct.1986: A.1.

④ 黄怡婷:《索因卡学术年谱》,《东吴学术》2017 年第 1 期。

战争的精神家园,无论他在西方任教,还是写作,在他心灵深处驻留的永远是非洲大陆。

然而,在"文化观"方面,索因卡不是只将眼光停留在非洲本土文化上的"文化民族主义"者,他有着宏阔的文化视野。他在一次访谈中说:"从我大约十九岁离家去英国后,我的视野就扩大得非常广阔。所以,对于西方传统,由于我不只是着眼于西方世界本身,而是着眼于我熟悉的外部世界的整个范围。我养成了一种比较研究的习惯,这也就是为什么我研究比较文学。"①他也特别看重文化的交流和对话,他认为:"人类需要交流,没有交流,当今的人类即不成其为人类。我这里所讲的交流,是指人类需要跨越(民族)以彼此交通;更为重要的是,人类需要用他们的自由意志来展翅飞翔。这样飞翔的人才能成就其人性,这样飞翔的社会才能成就其社会性。"②

在创作中,索因卡擅长将非洲本土文化元素与西方现代艺术手法加以融合,获得很强的艺术表现力。在《森林之舞》一剧中以新年节庆模式为组织框架,用非洲舞蹈和宗教仪式加以串联,结合源自西方剧院的充满活力的对话,最终提起观者对非洲历史和当下存在状态的思考。《阿凯的童年生活》作为一部自传性回忆录,不是按时间线索来展开童年经历,而是按作家从童年回忆中概括出来的"主题"加以叙述,往往以童年经历作为引子,将不是童年的现实场景与童年对比,更好地表现作家的思想。最能说明问题的是第十一章,将童年的味道与现实的声音对比,这里已经深深地烙上了他流散体验的印痕。

索因卡还有两部直接书写流散经历的诗集,《外来者》收录了七首诗,对自己多年的流亡生活进行了多角度思考。《撒马尔罕和其它我所知道的市场》的主题是"流放和旅行",包含了索因卡在被迫流亡途中创作的许多诗篇。

索因卡不仅仅是位剧作家,他的诗歌、戏剧、小说、散文、回忆性自传、评论全面出击。不同的文体在索因卡的文学世界中承载着不同的艺术和社会使命。这既表明索因卡的创作对独立新生的非洲文学的创新和引领作用,也是他的流散体验使之视野开阔,广泛借鉴各种文化和艺术遗产结果的表现。

---

① 贝岭、徐兰婷:《与沃·索因卡对话》,《花城》1996年第5期。
② [尼日利亚]沃尔·索因卡:《为自由而写作——在常熟理工学院"东吴讲堂"上的讲演》,洪庆福译,《东吴学术》2013年第1期。

三、"流散文学"批评的积极实践

陈梦的著作聚焦于索因卡的戏剧,对索因卡戏剧创作的纵向演变、文化立场、与本土文化的深层联系、与西方基督教文化的关联、对西方戏剧的接受与借鉴、当代文化思潮的渗透、戏剧的跨文化传播与影响等命题,做出了系统的考察与探讨。应该说,这是一本多维度、多视角的索因卡戏剧研究专著。

虽然是索因卡戏剧研究的专题性著作,但只要能深入作家的精神世界,把握住作品的本质内涵,索因卡作为"现代非洲典型流散作家"的一面,就会自然而然地呈现出来。因而,陈梦的著作在索因卡戏剧研究的框架中,隐含着对作为流散作家的索因卡的探讨和分析。

流散文学研究的核心问题是作家面对母体文化和移居地文化的艰难选择、困惑与矛盾。陈梦的著作在"索因卡戏剧创作中的文化立场转换"一节中,对索因卡流散生命体验中的"文化选择"及其困惑,做出了探索性的分析,分三个时期概括:"一、青年索因卡企盼西方文明拯救非洲""二、中年索因卡宣扬非洲文化与西方文化融合""三、老年索因卡回归传统,走向非洲中心主义"。并且论述道:"从总体上看,索因卡在认识与理解非洲传统的过程中经历了很多困惑和艰辛,所以对待非洲传统的态度自始至终都在改变,而且这种不断变化在他不同时期的文学创作中得到了最充分的体现。"20世纪50年代,索因卡积极接受西方文化教育,把非洲的希望寄托于西方外来文化,对非洲传统持怀疑甚至否定态度,表现出明显的亲欧倾向;60年代,非洲各国相继独立,他敏锐地察觉到西方人在非洲的文化殖民更为危险,于是开始肯定非洲传统文化,并大力宣扬非洲传统文化;70年代,面对非洲的混乱现实,索因卡看到非洲传统文化的局限和不足,决意反思非洲传统,并企图融合西方文化以寻求对非洲传统的超越;80年代以后,经历了种种精神上的徘徊游离之后,索因卡最终又回归约鲁巴传统,把希望寄托于非洲神话世界,认为传统和过去更有意义,提倡一种"神话整体主义"。尽管这样的阶段划分(如:20世纪70年代是索因卡的老年时期)和一些表述(如:"非洲中心主义"),有可待商榷之处,但将索因卡的文化选择摆在一个纵向发展的时间序列中加以考察,这种思路是正确的,也体现了索因卡精神历程的实际。索因卡是在穿梭于尼日利亚和西方世界,在流放岁月中反复体验对比本土文化与西方文化,对非洲传统和西方传统都有一个不断深化认识的过程。加上论著作者结合索因卡各个时期的戏剧文本和时代、社会语境,展开比较充分的分析,论著中对索因卡文化立场的探讨是令人信服的。

如果我们进一步深入索因卡的精神世界，可以感受到他从青年时期到老年时期，对母体文化和西方文化都既憧憬又有所反思。由于他经常在本土和异域之间辗转、迁徙，既积极参与尼日利亚国内的社会文化建设和艺术创作，也经常在国外担任教职，参加国际性社会事务。他的独特的流转经历，使他对非洲文化和西方文化都有比一般人更深刻的感悟和体验，因而对两种文化的优长和局限都有充分的认知。他既不赞成把非洲传统绝对化，也不同意视西方文化为普世价值模式，而是各择其优，完成非洲传统的现代化转型，也给西方文化和文学艺术注入来自非洲的异质元素。

20世纪30年代以来，一场"黑人性"运动（也称"黑人精神文化"运动）由非洲法语地区兴起，很快风行非洲大陆。这场运动极力歌颂非洲的历史和传统文化，从传统的生活、风俗、神话和祭仪中汲取灵感和题材，"以年轻的非洲对抗老迈的欧洲，以轻快的抒情对抗沉闷的推理，以高视阔步的自然对抗沉闷压抑的逻辑"①，显示了与欧洲文化的整体对抗。"黑人性"运动在30—50年代对于激发黑人内部的民族意识，改变外部对非洲的态度方面起了很大的积极作用，是20世纪非洲大陆为实现复兴与统一的精神旗帜，是非洲人民团结奋斗的情感认同对象。但是，他们出于爱国主义、民族主义情感，捍卫和宣传本民族的文化，而黑人民族文化的核心是经过千百年沉淀的部落文化，因此他们的理想是一种向后看的理想，是面临着国家被殖民、民族被奴役的严酷现实，在深刻的历史反思基础上产生的一种对民族传统文化的认同、回归意识。索因卡在70年代的一篇文章中，对"黑人性"运动作出了这样的评价："这个运动在以后20年间对创作情感的形成起着无可争辩的支配作用，不仅法语殖民地作家和知识分子，而且葡语殖民地和英语殖民地的作家和知识分子均如此。……黑人精神文化运动只是一种在一系列条件下产生的历史现象，随着这些条件的消失，随着社会越来越需要更加全面的分析和剧烈的药方才能奏效时，它已经失去了在感情方面的那种支配作用。"②从中可以清楚地看到：在殖民统治结束后，索因卡清醒地意识到，不能只是沉浸在民族的过去，非洲传统必须实现现代转换。

另一方面，索因卡戏剧创作中经常改编西方的作品，这种改编既是戏剧创作的推陈出新，也是索因卡作为"流散作家"的文化选择。陈梦在著作中

---

① ［阿尔及利亚］弗朗兹·法侬：《论民族文化》，载罗钢、刘象愚主编：《后殖民主义文化理论》，中国社会科学出版社1999年版，第280页。

② ［尼日利亚］沃利·索因卡：《殖民统治时期的非洲文艺》，A.阿杜·博亨主编：《非洲通史》（第七卷），第456页。

关注到这一层面,以一章来论述这一现象,著作中写道:"索因卡把在传承中不断发展和创新、努力寻找传统戏剧的当代新价值看作自己的使命,对古希腊戏剧、莎士比亚戏剧以及西方现代戏剧中的经典名篇进行了大胆的改编或改写,推出了《欧里庇得斯的〈酒神的伴侣〉》《旺尧西歌剧》《巴阿布国王》等杰作。"索因卡对原作做了怎样的改变?从这一问题的揭示我们可以看到:索因卡对西方原作改编最重要的一点,就是用非洲传统的一些元素去弥合西方文化中的某些不足。如:《欧里庇得斯的〈酒神的伴侣〉》是应伦敦国家大剧院之邀,对古希腊欧里庇得斯《酒神的伴侣》的改编,索因卡沿用原作的主要情节,但对剧中主角狄俄倪索斯的形象进行了改造,弱化了原作中复仇的内涵,改变了狄奥尼索斯残酷野蛮、崇尚暴力的一面,突出了他牺牲自己、诚信守诺,让自然复苏的情节。这里索因卡是用约鲁巴奥贡神的神格内涵和东方人性伦理因素来纠正西方文化的偏颇。

研究索因卡的"流散写作",还必须注意他的流散生涯和流散写作的社会语境:殖民与后殖民时期。正是这样的社会语境,使得索因卡的文化身份认同呈现出复杂性,在殖民时期,他的流散地英国和母国尼日利亚,是殖民与被殖民的关系;后殖民时期尼日利亚的军政府专制、社会动荡与来自西方的现代价值取向都须面对,使得索因卡的文化身份认同性选择,是一种复杂矛盾的选择。"从殖民主义到后殖民时期,再到全球化(几乎同时),国际移民、少数族裔流散群体成为文化身份认同的核心区,混杂文化认同和多重身份认同,成为全球化时代身份认同的主要问题。"①对于索因卡这种复杂的文化身份认同,陈梦的著作有所关涉。第七章"索因卡戏剧中的后殖民书写"结合具体的戏剧文本,分析索因卡批判殖民主义、种族主义的努力,清算殖民统治的文化后果,探讨非洲新文化的发展路径。由此呈现出索因卡多重文化身份:既是非洲传统的捍卫者,又是非洲专制政治的批判者;既对殖民文化不遗余力加以揭露,又努力追求西方自由、民主的价值取向。

索因卡2012年访问中国,在常熟理工学院做了题为《为自由而写作》的演讲。演讲超越民族国家文化的屏障,强调人类的创造和人性的完善。尽管世界有局限、不完美,但人类应该努力奋斗,突破现实的障碍。借助科学技术手段去追求自由。"我感到非常地自由自在,因着网络的便捷性,我可以打开手提电脑,与我的出版商联系,或者与我尼日利亚的亲友联系。因为技术的进步,今天的世界看似无绳,实质有线;看似远在天边,实质近在咫尺。更奇妙的是,当代技术还构造出一个异国他乡之声尽在耳畔回响的有

① 杨中举:《流散诗学研究》,第379页。

声世界,使我们今天的人类能够比我们的祖先更宽广、更深切地理解彼此,进而人性阔步迈向更伟大的未来。"①在他看来,当今人类是一体,不应纠缠于文化的冲突,而是寻求融合,在相互理解中追求人类的进步和自由。

　　索因卡是一个知识渊博而复杂的作家,在他的艺术世界,非洲传统文化、西方文化、人类文化,熔于一炉;约鲁巴神话仪式、西方现代主义表现手法和古希腊的古典艺术范式,彼此交织渗透,现实的爱国情愫和超越国家民族的人类意识相辅相成。单纯从非洲作家、后殖民主义视角,很难将索因卡创作的丰富内涵揭示出来,流散文学的视角有助于索因卡的深入研究。

---

① ［尼日利亚］沃尔·索因卡:《为自由而写作——在常熟理工学院"东吴讲堂"上的讲演》,洪庆福译,《东吴学术》2013 年第 1 期。

前　　言

当今世界格局正在经历大变化,经济发展呈现多极化,社会生活越来越信息化,文化建设日益多样化。世界经济中心逐渐向亚太地区转移,中美、美俄战略博弈加剧,世界秩序出现坍塌的危险,国际格局紧张动荡。中国是最大的发展中国家,正在全面深化改革,推进经济结构调整,开启了全面建设社会主义现代化国家的新征程。中国和非洲各国的发展战略高度契合,完全可以携手打造合作共赢的中非命运共同体。习近平总书记强调,"我们要抓住中非发展战略对接的机遇,用好共建'一带一路'带来的重大机遇,把'一带一路'建设同落实非洲联盟《2063 年议程》、联合国 2030 年可持续发展议程以及非洲各国发展战略相互对接,开拓新的合作空间"①。当前,中非不仅加快经济社会的全面合作发展,而且在文化领域的合作与交流方面已取得了很好的成效。中非文化互相交流,不仅增进了中非人民的相互了解,而且有助于促进世界文化的多样性。

对非洲文学的学习与研究,顺应了中非文化开放交流合作发展要求。沃莱·索因卡(Wole Soyinka)是非洲首位诺贝尔文学奖得主,日益引起我国学界关注。索因卡是尼日利亚当代著名的戏剧家、诗人和小说家,素有"非洲的莎士比亚"和"英语非洲现代戏剧之父"之美称。他在文学领域特别是戏剧领域 60 多年不同凡响的探索和创新,为当代非洲文学乃至世界文学做出了巨大的贡献。他的戏剧创作已成为非洲戏剧文学具有划时代意义的新起点。作为非洲第一代觉醒了的知识分子,索因卡和其他坚定的反殖民主义斗士一样,不断地用文学创作对西方殖民者进行一种权力的逆写,为西方人眼中的非洲"黑暗的中心"正名,他的想象力量已经使非洲文化的基本要素达到了西方文化的先进水平。长期以来,非洲文化都没有得到世界特别是西方应有的承认,而索因卡获奖显然代表了世界文学界对非洲文学的承认。文化是联结世界各国人民最重要的精神纽带,加强索因卡创作研究有利于我们增进对非洲文化的了解,加深理解、建立互信,对推进文化交流具有重要的现实意义和学术价值。

---

① 习近平:《携手共命运　同心促发展——在二〇一八年中非合作论坛北京峰会开幕式上的主旨讲话》,《人民日报》2018 年 9 月 4 日。

　　我国对索因卡创作研究始于 1979 年张英伦等主编的《外国名作家传》，该书首次推介了索因卡戏剧，迄今国内学者对索因卡的译介传播与接受研究已达 40 余年，取得了一定的成果。从查阅整理的相关文献来看，国内陆续涌现了一批译介与研究索因卡的译者和学者，翻译出版了一定数量的索因卡作品，发表了一定数量的相关推介文章或学术论文。但索因卡在中国的译介、传播与研究的整体发展趋势比较缓慢，学界对索因卡创作研究，在目前看来是相当有限或者说非常少的，至今未见研究专著出版。在新时代，如何将索因卡研究引向深入，进一步推进中非文化交流合作，是我国学界面临的新的重要任务。

　　笔者之所以将索因卡戏剧作为研究对象，主要基于以下 4 个方面的考量：

　　一是国内学者长期以来对非洲文学缺乏足够的关注和热情，迄今有关非洲作家专题研究的学术专著并不多见，大批非洲作家有待进入学术界的研究视野。目前国内有关索因卡的研究成果仅见于报纸杂志发表的论文或高校研究生的硕博士论文，本书尝试对索因卡戏剧进行宏观系统的研究，对构建非洲文学研究体系有推动作用。

　　二是以比较文学为理论视角，运用影响研究和跨文化研究方法，分析索因卡戏剧对非洲民族传统文化的传承，探讨西方文化艺术对索因卡戏剧创作的影响，阐述索因卡戏剧在中、英、美等国家的传播、接受和研究的发展变化，展示索因卡戏剧的思想价值和文学意义，为索因卡研究提供比较文学新视野。

　　三是试图突破过去我国学界对索因卡戏剧研究依赖于汉译本的局限，着重对英文原著特别是中后期作品进行梳理解读，多维度、多层次、多角度分析评论索因卡的思想与创作，帮助人们提高对索因卡戏剧的整体认识和宏观把握，延伸拓宽国内有关索因卡创作的研究范围。

　　四是通过索因卡戏剧透析当时的非洲文化风气和社会现象，以点带面认识非洲国家的文化交流特点和历史演变趋势，增强中国人对非洲人和非洲文化的了解，为促进中非"一带一路"合作共赢、构建更加紧密的中非命运共同体提供启示或借鉴。

　　针对上述研究对象和主题，本书在研究索因卡戏剧作品过程中尊崇原典和实证，深入探讨索因卡的创作成果、思想体系与艺术特点及其形成的根源、途径和具体表现等问题，概之以宏观的总结提升和纵横拓展，思考索因卡戏剧对非洲文学发展与世界文化交流的贡献和影响，多角度地剖析索因卡戏剧文本的文学价值和美学意义。在继承前人对索因卡研究的成果基础

上,本书尝试提出以下一些新观点和新看法:

1. 索因卡戏剧蕴含对本土民族文化的拯救。他的戏剧作品蕴含着非洲神话、宗教、仪式、鼓乐、哑剧、舞蹈、假面戏等丰富的传统因素,带有强烈的本土民族文化气息。可见,索因卡的根深深地扎在非洲土地和非洲文化之中,始终在思考非洲的未来之路,希望通过戏剧创作找到拯救民族文化的方法。

2. 索因卡戏剧体现了文化融合中的创新。他既立足于非洲民族的文化心理和审美趣味,又大胆借鉴西方基督教和西方戏剧艺术,通过反传统的剧情,使人物形象模糊,对约鲁巴族的宗教神话故事和现代生活事件进行新的阐释,营造出一种混乱无序而又虚幻陌生的非洲现实世界,达到了西方现代派戏剧最佳的"间离效果",是一种"既是世界的又是民族的"新文学。

3. 索因卡戏剧具有浓厚的莎士比亚特色。索因卡学习莎士比亚立足现实、观察人生、探索人性的创作方法,吸收了莎士比亚塑造人物、刻画性格的高超艺术。他既大胆暴露黑暗现实、深刻批判人性邪恶,又巧妙大胆地借鉴模仿了森林狂欢、邪恶预言、死亡恐惧等经典莎剧场景和人物独白、历史典故、诗歌格律等莎士比亚戏剧的语言艺术技巧,赋予莎士比亚戏剧崭新的现代意义。

4. 索因卡的戏剧改编改写是一种独特的再创作。他通过改编或改写西方戏剧作品,创作了著名的《欧里庇得斯的〈酒神的伴侣〉》《旺尧西歌剧》《巴阿布国王》等著名作品。他对西方戏剧作品的改编不仅强化了文本原有的经典地位,适应了现代社会新的舞台和不同文化背景的观众,更打开了西方戏剧作品在非洲语境中社会反思和文化重审的大门。

5. 索因卡戏剧在中、英、美等国家的接受具有不同特点。英美两国对索因卡颇为欢迎。英美评论家称赞索因卡善于使用舞蹈、鼓乐、哑剧和服装来取悦观众,但不断抱怨索因卡过于老练、情节复杂、晦涩隐喻以及经常使用高调和夸夸其谈的方式表达。索因卡戏剧在中国的接受相对缓慢,研究力度和深度都有待加强。中国人对索因卡的认识经历了从诺贝尔文学奖得主到"非洲的普罗米修斯"到后殖民作家再到非洲民族作家的复杂过程。

总之,本书全面系统地研究索因卡戏剧,力争创新探讨。第一章介绍索因卡的人生经历和文学创作的总体情况,窥视索因卡戏剧发展中的艺术风格演变和文化立场转换;第二章和第三章深入探讨索因卡戏剧对非洲宗教、文化、艺术的继承、批判、发展和创新,重点论述索因卡对非洲宗教神话的认识与传承,综合分析索因卡对非洲戏剧艺术的广泛运用;第四章和第五章重点挖掘索因卡戏剧对西方宗教、文化、艺术的接受、摒弃、反抗和超越,说明西方基督教文化对索因卡戏剧创作产生的巨大影响,阐明索因卡戏剧在非洲文化与欧洲文化融合中的超越和创新;第六章着重通过索因卡对西方戏剧作品的改编改写,揭示索因卡在世界戏剧传承中不断发展和创新的当代新价值;第七章解读索因卡戏剧的后殖民书写,以点带面探讨索因卡的后殖民主义思想;第八章和第九章主要梳理索因卡戏剧在中、英、美等国家的传播、接受和研究,深入分析不同国家对索因卡戏剧的接受过程、关注热点以及存在的问题,探讨世界文明对话以及中非"一带一路"的有效路径与方法。

中非文化交流合作是双方未来全面发展战略可持续的坚实保障。在中非合作"八大行动"的指引下,中非文化领域的合作将更加频繁。作为非洲剧作家中最国际化、最前卫的索因卡是非洲文化的捍卫者和忠实代表,他的戏剧作品在内容和形式上都体现了文化融合中的创新,为非洲传统文化开辟了一条创新超越、走向世界之路,其成功之经验对世界文明对话和中非"一带一路"建设具有启示作用。索因卡作为一个世界级的剧作家本身就是多维度、多层次的,他的戏剧作品是属于不同语境的,不同国家的人们在多元文化格局中总是能够找到与之对话交流的机缘。毫无疑问,我国学界对索因卡研究越来越广泛重视,索因卡研究任重道远,需要坚持不懈的努力。

第一章 文化融合中的索因卡戏剧创作

沃莱·索因卡(Wole Soyinka, 1934—),又译作渥雷·索因卡、沃雷·索因卡或渥雷·肖因卡等,是尼日利亚著名的作家和社会活动家。1986年,他以"其广阔的文化事业和富有诗情画意的遐想影响了当代戏剧"获得诺贝尔文学奖,被瑞典文学院称为"英语戏剧界最富有诗意的剧作家之一","成功地让非洲以外的人们,用非洲人的眼光看待非洲人和非洲的事件"①,为非洲大陆率先获得诺贝尔文学奖。索因卡在得知获奖的消息后感叹地说:"获得诺贝尔奖我很吃惊,我想在世界文坛有那么多宠儿,我显然不在他们之中。诺贝尔奖怎么也轮不到我。"②索因卡的获奖令原本拥有悠久历史传统的非洲文学举世瞩目,为世界文学注入新的活力。在非洲,索因卡被看作普罗米修斯式的人物,素有"非洲的莎士比亚"和"英语非洲现代戏剧之父"之美称,甚至有人认为他在非洲有意或无意地担当着救世主的角色。

第一节 索因卡的生活经历与创作概况

沃莱·索因卡的全名叫阿金瓦德·欧鲁沃莱·索因卡(Akinwande Oluwole Soyinka),1934年7月13日出生在尼日利亚阿贝奥库塔市(Abeokuta)。他聪明早慧,6岁开始上学,10岁考上政府学院,12岁开始文学创作,18岁上大学,20岁赴英国留学。1957年,23岁的索因卡受聘伦敦皇家宫廷剧院(Royal Court Theatre),从事戏剧编导工作,开始制作上演自己的戏剧作品。1960年尼日利亚独立,索因卡欣然回国。不料,尼日利亚局势复杂多变,索因卡在祖国参加了反军事独裁的民主斗争,曾经两次被关进监狱。1971年以后,索因卡被迫离开祖国,开始环游世界,在非洲加纳和英美等西方国家颠沛流离地工作生活。1981年,47岁的索因卡获聘成为耶鲁大学客座教授。1986年,52岁的索因卡获得诺贝尔文学奖,成为获此殊

---

① 岳生:《浅谈沃莱·索因卡及其剧作》,《四川师范大学学报》(社会科学版)1987年第4期。

② 奚彧:《新闻特写:非洲诺贝尔文学奖第一人——抗争命运的索因卡》,《央视国际》2003年12月22日。

荣的非洲第一人。此后,索因卡在非洲、欧洲和北美各地来回穿梭,担任世界名校的教职,制作排演戏剧作品,领导或参与非洲社会活动。1997 年,索因卡当选为国际作家协会(International Parliament of Writers)的第二任主席。2012 年,78 岁的索因卡第一次访问中国。2014 年,世界各国人民隆重庆祝索因卡 80 华诞。2016 年,索因卡抗议特朗普当选美国总统,决定放弃美国绿卡。2018 年,索因卡移居南非。在迄今长达 70 余年的创作生涯中,索因卡在诗歌、戏剧、小说、回忆录以及学术研究等多方面获得了突出的成就,创作了 40 多个剧本、10 部诗集、3 部长篇小说、3 部短篇小说、5 部回忆录、2 部翻译作品、3 部电影作品和 23 部学术著作。

一、索因卡童年时期的文学梦想

1934 年 7 月 13 日,沃莱·索因卡出生在尼日利亚西部城市阿贝奥库塔(Abeokuta,意为"岩石中的隐居地")。这座城市为奥贡州首府,位于奥贡(Ogun)河岸,是非洲最著名的文化中心。奥贡河两岸风光迷人,景色秀美。童年的索因卡在这里快乐地游玩探险,驰骋在想象的世界,放飞文学梦想。奥贡州拥有陶土、石灰石、白垩等丰富的矿藏,是尼日利亚的钢铁制造基地。这片神奇而厚重的非洲土地成就了索因卡的睿智正直和刚毅坚强,战神、手工艺神奥贡成为索因卡戏剧作品的核心文化象征形象。

阿贝奥库塔城不仅具有丰富的自然资源,还具有独特的历史文化,戏剧活动一直十分频繁,当地居民约鲁巴人迷恋戏剧,不论男女老少,都能够随口背出几句戏剧台词,看戏剧表演成为他们追求生活的情趣。索因卡的父母都是老戏迷,只要有空,领着一家老小上戏园观赏,小小年纪的索因卡跟大人一样,一看戏剧就如痴如醉,对于当时的戏剧表演名角和传统剧目,他都如数家珍。他对各类经典戏剧里的名角演出特点和不足之处,都能分析总结,品头论足。有时候不用看,仅仅凭着听就能知道是哪一位在唱什么剧目。他常常在大人面前模仿戏剧名角表演,灵活自如。有一次,小索因卡正在看演出,突然发生意外,演员晕倒,观众竭力向剧团团长举荐索因卡临时登台演出救场。他自信地走上舞台,完全融入剧情,动作也很到位,成功的演出获得观众称赞。这次做临时演员的经历让索因卡在阿贝奥库塔城名声大噪,大大增强了索因卡走戏剧之路的决心和信心。

阿贝奥库塔城当时是英国的殖民地,英国人在此大肆传播基督教和西方文化观念,但当地居民一直遵循着古老的约鲁巴宗教传统和文化习俗。索因卡兄弟姐妹六人,他排行第二,在浓郁的宗教家庭氛围中长大,思想和创作深受非洲传统宗教习俗和西方宗教思想双重影响。他的家庭在当地是名门望族,祖父所属的伊杰布部落和外祖父所属的艾格巴部落是艾格巴王国中最重要的约鲁巴族部落,共同掌控和管理阿贝奥库塔城的政治经济文化。然而,索因卡的父母亲都接受了西方文化,成为虔诚的基督教徒。父亲名叫塞缪尔·阿约德尔·索因卡(Samuel Ayodele Soyinka),是英国圣公会的牧师,也是阿贝奥库塔城圣彼得斯学校的校长。母亲格蕾丝·埃诺拉·索因卡(Grace Eniola Soyinka)在附近的市场上开了一家商店。除经营生意外,她积极参与妇女维权运动,是一位有名的政治活动家,她也是英国圣公会教徒。索因卡从小在一个基督教家庭中生活。10 岁时,索因卡在教会学校接受过一年半时间的宗教教育,每日听闻纷繁复杂的基督教神话故事趣闻,常常参加教堂礼拜和唱诗班唱歌等活动。父母的民主思想和宗教观念潜移默化地影响着索因卡。小索因卡不仅能读到圣经和英国文学,而且还能接触到希腊古典悲剧,如欧里庇得斯的《美狄亚》,这对他的想象力产生了深远的影响。与此同时,索因卡的周围弥漫着约鲁巴文化传统和习俗。祖父时常给索因卡讲述约鲁巴神话故事,向他灌输非洲传统习俗文化,还专门引导八岁半的索因卡体验了约鲁巴男子的成人割礼,让他更多地体验到了约鲁巴族人的传统生活滋味。小索因卡喜欢参加英国圣公会的仪式和在教堂唱诗班唱歌,但也很早就认识到与战争、铁、道路和诗歌有关的约鲁巴神奥贡,懂得了"除了基督教、书本,还有更广阔的世界",心中牢记着"奥贡保护自己人",在遇到危险困境时要遵从约鲁巴"部落中男子间解决矛盾的原则,用决斗这种彪悍又狂野的方式来捍卫自己的尊严"①。在对非洲部族传统文化和殖民地西方民主文化教育耳濡目染下,索因卡在之后几十年文学创作中对两种文化进行不断反思与超越,积极推动尼日利亚乃至整个非洲的民主、自由和平等,在戏剧创作中凸显宗教神话和文化反思的鲜明主题。

二、索因卡求学生涯中的创作尝试

1940 年,6 岁的索因卡背着书包上学了。他的教育一直按照精英贵族教育原则实施,优秀的英语教育和素养为他实现创作梦想创造了良好的条件。他从小学到中学,写作课的成绩一直优异。1940—1944 年,索因卡在阿贝奥库塔的圣彼得小学就读。10 岁时,索因卡去了阿贝奥库塔语法学校学习。1946 年,索因卡被尼日利亚著名的精英中学伊巴丹政府学院录取。

①　[尼日利亚]渥雷·索因卡:《在阿凯的童年时光》,谭莲香译,湖南教育出版社 2008 年版,第 130 页。

他在学校组建了"室内剧团",开始创作剧本,并自编自演。他多次参加文学创作竞赛并获奖,第一次获得的文学嘉奖是他在艺术节的诗歌。16 岁那年,索因卡从政府学院毕业,完成了当时尼日利亚国内所能提供的最高学历教育。随后,他来到拉各斯工作,业余时间为尼日利亚国家广播电台写短篇小说和广播剧,在听众中小有名气,成为尼日利亚广播剧创作的第一人。1952 年,18 岁的索因卡考取了尼日利亚著名的伊巴丹大学(伦敦大学附属),主修英国文学、希腊和西方历史等课程,为以后的文学创作打下了坚实的英语书写基础。在大学期间,索因卡十分活跃,创办了尼日利亚第一个学生联谊会(the Pyrates Confraternity),谈论时事和政治,反腐败、求正义。与此同时,索因卡开始在一个尼日利亚很有影响的刊物上发表诗歌,也开始制作《凯菲生日招待会》(*Keffi's Birthday Treat*),这是尼日利亚广播电台的一部短剧,于 1954 年 7 月播出。

　　索因卡走上文学创作道路,还得益于良师益友的帮助和悉心指导。1954 年,索因卡获得留学奖学金,前往英国利兹大学留学,研究古希腊戏剧理论,拜著名英国戏剧评论家 G.W.奈特教授门下,熟读欧洲戏剧大师的经典作品,戏剧创作理论水平进步很快。他组织文学爱好者编辑了一份名为《鹰》(*The Eagle*)的学生刊物,设立了一个有关学术生活的专栏。他在这里遇到了许多年轻而有天赋的英国作家。1957 年,索因卡在尼日利亚的《黑奥菲斯》(*Black Orpheus*)杂志上发表了《移民》(*The Immigrant*)和《我的隔壁邻居》(*My Next Door Neighbour*)等诗歌,这是他最早公开发表的文学作品。同年,索因卡前往英国伦敦皇家宫廷剧院,从事戏剧编审工作。这家剧院是 20 世纪 50 年代英国著名的戏剧活动中心,舞台设计豪华大气,当时英国许多经典名作戏剧在这里上演,为索因卡观摩著名剧目提供了难得的机会。他在英国伦敦皇家宫廷剧院工作了 3 年,认识了众多著名的戏剧导演和编剧作家,与奥斯本(Osborne)、威斯克(Wesker)和贝克特(Beckett)等世界著名戏剧家交往密切。1957 年,索因卡初试锋芒,发表了处女作独幕幻想剧《新发明》(*The Invention*)和《沼泽地居民》(*The Swamp Dwellers*)两个剧本。第二年,他又先后发表《狮子与宝石》(*The Lion and the Jewel*)和《没有布景的夜晚》(*The Night without a Set*)两个剧本。这些戏剧作品是索因卡初登世界剧坛的大胆尝试。1959 年在伦敦成功演出,得到了英国报刊的赞赏。《沼泽地居民》是索因卡公开发表的第一本剧本。其中《沼泽地居民》和《狮子与宝石》成为索因卡的早期代表作品,为索因卡敲开了伦敦戏剧界的大门,赢得了尼日利亚人的赞誉。《沼泽地居民》采用诗体悲剧形式,描写愚昧的沼泽地居民笃信宗教,遭受贪婪祭司的欺压,祖祖辈辈过着贫穷的生活;《狮子与宝石》具有讽刺喜剧特色,谴责主人公崇洋媚外、摒弃古老的文化传统,引发观众对传统与现代的深刻思考。两个剧本先后在英国伦敦和尼日利亚伊巴丹市演出,获得出乎意料的成功。尼日利亚观众强烈要求在全国各地巡演《沼泽地居民》和《狮子与宝石》。后来这两个剧本又在非洲许多国家一演再演。

三、索因卡创作的第一个 10 年成就

1960 年,尼日利亚独立。26 岁的索因卡获得洛克菲勒研究基金,欣然回国研究西非戏剧。但是,尼日利亚独立并没有给人民带来安宁和幸福,政权长期被军事独裁势力操控,各种社会问题不断出现。索因卡被卷入了纷繁复杂的社会斗争之中。强烈的正义感和民主精神激发了索因卡强烈的创作热情,对非洲传统戏剧的深入研究给予了索因卡丰富的创作灵感。回国后 10 年间,索因卡取得了丰硕的创作成果,进入第一次创作高潮。

尼日利亚是一个有着 1000 多年文化传统的非洲文明古国。索因卡回国后,不忘初心,不辞辛劳,千方百计筹集资金,积极投身民间戏剧艺术研究工作,走遍全国,陆续奔赴豪萨族、约鲁巴族、伊博族、富拉尼族等非洲原始部族调查采访,搜集到了大量的尼日利亚民间戏剧艺术第一手材料,这些成为他戏剧研究和创作的重要源泉。1960 年,他在极其困难的情况下筹集资金,创建了一个名为“1960 假面剧团”的业余剧团,并在此后的 10 余年里花费了不少时间和精力,为尼日利亚的文艺特别是戏剧的发展做了很多工作。

1960 年,索因卡为尼日利亚独立庆典创作了《森林之舞》(*A Dance of the Forests*),《森林之舞》在首都公演获得了意外的巨大成功。后来在拉各斯和伊巴丹连续上演了 100 多场,每场观众爆满,其演出盛况在世界戏剧史上实属罕见。剧本被翻译成十几种文字,在欧美 20 多个国家演出,获得美国百老汇戏剧节最佳剧本奖。欧美评论家甚至认为其浪漫狂想堪与莎士比亚的《仲夏夜之梦》相媲美,索因卡因此被称为“非洲的莎士比亚”。正如索因卡自己所说,“小羚羊不会在他美丽的背上画‘小羚羊’来宣示它的美丽;你会从它优雅的跳跃中了解它”①。同年,索因卡的剧本《裘罗教士的磨难》(*The Trials of Brother Jero*)在伊巴丹首演,广播剧《紫木叶》(*Camwood on the Leaves*)在尼日利亚电台播出,第一部长剧《父亲的负担》(*My Father's Burden*)在尼日利亚西部电视台(WNTV)播出,另外还出版了讽刺尼日利亚

① Maduakor, Obiajuru, "Soyinka as a Literary Critic", in *Research in African Literatures*, Vol. 17, No. 1 (1986), pp. 1–38.

西部地区的《紧急情况》(*Emergency*)。他因此很快在尼日利亚获得最著名剧作家的声誉。

1961 年,索因卡集中精力为尼日利亚电台撰写每周 1 次连续广播的广播剧,同时也为电视台创作电视剧。1962 年,牛津大学出版社"三冠系列丛书"的主编雷克斯·柯林斯(Rex Collings)写信给尼日利亚的琼·利特伍德(Joan Littlewood)谈及戏剧工作室,请他推荐当地戏剧家杰出的作品。利特伍德向柯林斯推荐索因卡。索因卡带着《狮子与宝石》和《森林之舞》的手写稿来到尼日利亚伊巴丹的牛津大学出版社,手稿被带到伦敦由牛津大学出版社的编辑和英国的学术者编辑审查。三冠"第七卷 非洲作家"的作者杰拉尔德·摩尔(Gerald Moore)写信给柯林斯,称赞索因卡的作品是他"印象中非洲迄今为止最杰出的戏剧"①。《狮子与宝石》和《森林之舞》很快在牛津大学出版社分别以单行本出版。1962 年 12 月,索因卡发表论文《走向真正的剧院》(*Towards a True Theater*),开始在奥巴菲米·阿沃洛沃大学的英语系教书,与"尼格罗人"讨论了时事,并多次公开谴责政府的审查制度。

1963 年,索因卡的《戏剧三种》出版,其中收录了《裘罗教士的磨难》《沼泽地居民》《强种》。同年,他的第一本诗集《电话交谈》(*Telephone Conversation*)出版,第一部电影长片《文化变迁》(*Culture in Transition*)上映。

1964 年,索因卡在尼日利亚举行戏剧节,组建了自己的第一个专业剧团——"奥里森剧团"(The Orisun Theatre Company)。这个剧团和之前的"1960 假面剧团"都上演名家的戏剧作品,注重推出普通非洲作家的新剧作,帮助索因卡实现了随时随地进行戏剧演出的愿望,极大地鼓舞了他的戏剧创作。两家剧团联合首演了索因卡的时事讽刺剧《共和党人》(*Republicans*)。同年,索因卡不仅在伊巴丹首演《强种》(*The Strong Breed*)成功,还出版了《戏剧五种》(其中收有《裘罗教士的磨难》《沼泽地居民》《强种》《狮子与宝石》《森林之舞》)。第一部长篇小说《阐释者》(*The Interpreters*)在伦敦出版。这本小说汉译名称还有《解释者》,也有《译员》《诠释者》《痴心与浊水》等,被认为是"非洲小说成熟的标志","与乔伊斯和福克纳的作品相比较"②。小说内容是写实性的,主要描写五个留学归国的青年人不同的生活遭遇,带着索因卡关注国家政治与民族文化的热情与思考。《阐释者》发

---

① Caroline Davis, "Publishing Wole Soyinka: Oxford University Press and the creation of 'Africa's own William Shakespeare'", *Journal of Postcolonial Writing*, No.4(2012), pp.344-358.

② 成良臣等主编:《外国文学教程》,四川大学出版社 2002 年版,第 236 页。

表后的第三年,荣获英国《新政治家》杂志颁发的国际文学奖,获得了较高的国际声望。同年 12 月,索因卡与科学家、戏剧工作者一起成立了尼日利亚戏剧协会(the Drama Association of Nigeria)。他辞去大学职务,以抗议当局强加的亲政府行为。

1965 年,尼日利亚东南部发现石油,这进一步加剧了尼日利亚的种族和地区紧张局势。索因卡第一次被逮捕,罪名是持枪抢劫一家电台,用一盘载有选举舞弊指控的磁带取代了尼日利亚总理录制的讲话磁带。索因卡被监禁了 3 个月。同年,他又写了《灯火管制之前》(*Before the Blackout*)和《孔其的收获》(*Kongi's Harvest*)。他还为英国广播公司(BBC)写了一部广播剧《被拘留者》(*Detainee*)。6 月,索因卡为伦敦汉普斯特德剧院俱乐部制作了《狮子与宝石》。《路》于 1965 年 9 月 14 日在伦敦皇家宫廷剧院开幕,在伦敦英联邦艺术节上首演,并在牛津大学出版社出版。

随着索因卡创建的剧团上演的戏剧越来越多,剧团人员忙得不亦乐乎。为了推出更多的作品,缓解剧团演出繁忙问题,索因卡开始大胆尝试露天演出。于是,一种流动性和临时性特别强的戏剧演出形式——露天剧场便应运而生。索因卡为露天剧场创作了一系列自称为“短枪剧”(Short Gun Sketches)的时事讽刺剧。在演出中,他常常根据演出场地和观剧人群的实际情况,调整戏剧故事情节、台词,增减和变换表演角色,随时顺应需要,修改剧本,以追求每一次演出的最佳效果,深受观众喜爱。“短枪剧”的大量上演,促使索因卡戏剧创作热情不减。这些“短枪剧”具有高度的宣传鼓动性,后来结集为《灯火管制之前》在尼日利亚伊巴丹出版。

1966 年,索因卡获得喀尔黑人艺术节奖(Dakar Black Art Festival Award)和约翰·惠廷戏剧奖(John Whittin Drama Award),被任命为伊巴丹大学戏剧艺术学院院长。同年,伊格博军官发动军事政变,随后又发生了反政变,将年轻的军官雅库布·高文(Yakubu Gowon)任命为国家元首。居住在北方的伊格博遭到屠杀,100 多万难民逃往南方,许多伊格博人开始呼吁脱离尼日利亚。为了避免更多的流血事件,索因卡秘密前往埃努古东南部城镇,会见分离主义的军事长官奥朱克武(Ojukwu)将军,并敦促和平解决。当奥朱克武和东方军队宣布为独立的比亚夫拉共和国时,索因卡联系了西方军队的奥巴桑乔将军,敦促通过谈判解决冲突,但奥巴桑乔站在国家政府一边,随后爆发了全面内战。索因卡的朋友、诗人克里斯托弗·奥基博(Christopher Okigbo),加入了比夫拉部队,在战斗中被杀。

1967 年,尼日利亚内战爆发,索因卡因反对军事独裁,被当局指控与比夫拉叛军合谋而逮捕,未经审判便被监禁于拉各斯和卡多那狱中。索因卡在一间不足 4 平方米的牢房里被关押了 27 个月,其间没有任何可以阅读的东西,也没有任何人可以与他交谈。为了不使自己在精神上被搞垮,索因卡坚持用心构思小说,坚持用心演习算术,还偷偷地用烟盒纸和卫生纸把自己的所思所想记下来。索因卡在狱中坚持创作,作品照样在世界各地出版或排演。1967 年,剧本《孔其的收获》在英国牛津出版,《狮子与宝石》在加纳阿克拉市制作,诗集《伊丹尔和其他诗歌》(Idanre and other Poems)在英国伦敦发行。1968 年,索因卡在狱中翻译了他的同胞迪·欧·法古恩瓦(D. O.Fagunwa)的一本约鲁巴语奇幻小说,题为《千魔之林:猎人的传奇》(The Forest of a Thousand Demons:A Hunter's Saga)。美国林肯戏剧中心正在排演他的《裘罗教士的磨难》和《强种》等剧本。纽约圣马克剧院(St. Mark's Playhouse)上演了《孔其的收获》,好莱坞也准备把《孔其的收获》搬上银幕。索因卡的声誉在西方国家日渐高涨。

1969 年 10 月,内战结束,宣布大赦,索因卡和其他政治犯获释。在获释后的最初几个月里,索因卡一直在法国南部一个朋友的农场隐居,他在那里改编古希腊戏剧家欧里庇得斯的《酒神的伴侣》,创作出《欧里庇得斯的〈酒神的伴侣〉》(The Bacchae of Euripides),又很快在伦敦出版了一本诗集《狱中诗抄》(Poems from Prison)。索因卡在诗歌中借“地穴之梭”的意象表明自己能从监狱深渊之中顽强得返,正如奥贡神在转型之渊中经历磨难一样。他的诗歌写出一个大写的人和非洲伟大民族的高贵灵魂,但“用词晦涩难懂”,“隐喻古怪繁复”。年底,索因卡重返伊巴丹大学,创建了戏剧研究所,继续从事戏剧研究与创作。

1970 年,索因卡制作了《孔其的收获》,同时改编成一部同名电影。同年 6 月,他完成了另一部名为《疯子与专家》(Madmen and Specialists)的著名戏剧。他和伊巴丹大学戏剧艺术公司的 15 名演员一同前往美国康涅狄格州沃特福德的尤金·奥尼尔纪念剧院中心(Eugene O'Neill Memorial Theatre Center),制作上演了《疯子与专家》。

四、索因卡创作的第二个 10 年成就

不幸的遭遇使索因卡进一步认识到了现实的黑暗和暴力的可恶,促使他的创作思想和艺术风格发生深刻变化。20 世纪 70 年代以后,索因卡的作品明显地呈现出内容和思想内向的趋势,艺术风格也由早期轻快明朗的写实喜剧转向意象深邃的荒诞讽刺剧。

1971 年 4 月,考虑到尼日利亚的政治局势,索因卡辞去了伊巴丹大学的职务,开始多年自愿流亡。同年,他的著名戏剧《森林之舞》在巴黎被节

选演出,诗集《地穴之梭》(*A Shuttle in the Crypt*)、剧本《疯子与专家》以及回忆录《人死了:狱中笔记》(*The Man Died*:*Prison Notes*)相继在伦敦出版。这是索因卡追述铁窗生活的痛苦回忆。他在接受采访时说:"我开始写笔记,你知道,在监狱里。但直到我出来之后它才真正出版。写作成了一种疗法。首先,这意味着我正在重建我自己的存在。这也是一种蔑视行为。我不该写的。我不应该有纸、笔,任何东西,任何阅读材料。所以这就成了一种自我保护的锻炼,让我精神振奋。"

1972 年,他被利兹大学授予荣誉学位,《裘罗教士的磨难》在伦敦出版,《疯子与专家》在纽约出版。

1973 年,索因卡被英国谢菲尔德大学聘为客座教授,同时被剑桥大学丘吉尔学院聘为海外董事。同年,英国伦敦国家大剧院委托并首演了《欧里庇得斯的〈酒神的伴侣〉》,剧作《紫木叶》和《裘罗变形记》(*Jero's Metamorphosis*)首次出版,《索因卡戏剧集 第一卷》(*Collected Plays* Vol.1)由牛津大学出版社出版,收入《沼泽地居民》《强种》《森林之舞》《路》《欧里庇得斯的〈酒神的伴侣〉》剧本 5 种。第二部长篇小说《反常季节》(*Season of Anomy*)由牛津大学出版社出版。这部小说带有寓言和幻想色彩,讲述主人公奥费伊去寻找被抢走的情人,穿越一个特别专制政权统治的国家,到处都是混乱、冷漠和腐败场景。小说反映了约鲁巴传统文化的时间观念和再生轮回观念。文学评论家们认为这部小说很失败。

1973—1974 年,索因卡创作了《死亡与国王的侍从》(*Death and the King's Horseman*),该剧本在丘吉尔学院进行了宣读,著名学者达波·拉迪梅吉(Dapo Ladimeji)和斯基普·盖茨(Skip Gates)是参加人员之二,还在欧洲多所大学发表了一系列演讲。

1974 年,牛津大学出版社出版了《索因卡戏剧集 第二卷》(*Collected Plays* Vol.2),收入《裘罗教士的磨难》《狮子与宝石》《孔其的收获》《裘罗变形记》剧本 4 种。同年,索因卡与南非诗人丹尼斯·布鲁图斯(Dennis Brutus)成立"非洲人民作家联合会"(Union of Writers of the African Peoples),并当选为第一任秘书长。

1975 年,索因卡被提拔为《过渡》(*Transition*)杂志编辑。这是一份总部设在加纳首都阿克拉的杂志,他在加纳停留了一段时间并利用《过渡》的专栏发表了《新泰山主义:伪过渡诗学》(*Neo-Tarzanism*:*The Poetics of Pseudo-Transition*),批评"黑人"和军事政权。他抗议乌干达的伊迪·阿明(Idi Amin)军政府。后来,尼日利亚政权更替,高文(Gowon)军政权被推翻。索因卡结束 4 年的流亡生活,回到了祖国,在伊夫大学担任比较文学首席教授职位,创作激情重新爆发。索因卡立即着手导演《死亡与国王的侍从》。同年,剧本《死亡与国王的侍从》在伦敦出版。据说,索因卡从 1960年就开始构思《死亡与国王的侍从》了,剧本的主要情节源自 1945 年发生在尼日利亚的一起真实事件。这部戏剧是索因卡以约鲁巴神话哲学探讨人类共同命运的一部巅峰之作,最能反映索因卡的"神话诗学"和对生命与历史的哲学见解,而且也引起了最多的争议。索因卡回国后积极参与反对军事独裁的斗争,继续争取民主和反腐败,要求还政于民。他还发起成立联邦公路安全委员会,并自任委员会主席,决心改革尼日利亚的行车安全制度。军政当局对索因卡恨之入骨,总统阿巴查(Abacha)亲自下达对他的逮捕令。索因卡被迫前往欧美国家寻求政治避难,再度流亡。尼日利亚当局给索因卡扣上"叛国"的罪名,将他缺席判处死刑。

1976 年,索因卡旅居加纳,在勒贡大学非洲研究所作了一系列客座讲座。他出版了一本新诗集《奥贡·阿比比曼》(Ogun Abibiman),发表了论文《在戏剧和非洲世界的视野中》(From Drama and the African World View),出版了专著《神话、文学与非洲世界》(Myth, Literature, and the African World)。《奥贡·阿比比曼》是一首长达 22 页的史诗,虽然仍旧以奥贡神为描写对象,但涉及诸多社会公共事务,具有明确的政治倾向性,大胆揭露南非统治者的阴险黑暗和对民众的不负责任,是一篇神话化的南非解放宣言。《神话、文学与非洲世界》是第一部文论集,对神话和精神在非洲和欧洲文学文化中的作用进行了比较研究,阐明了中青年索因卡的创作思想,涉猎美学思想、文学评论以及戏剧功用等多个方面,是索因卡文学创作的实践总结和理论指南。同年,法文版《森林之舞》在达喀尔演出,《死亡与国王的侍从》在纽约出版。

1977 年,国际黑人艺术文化节在拉各斯举行,索因卡是组织者。同年,他把德国戏剧家布莱希特(Bertolt Brecht)的《三分钱歌剧》(The Threepenny Opera)改编成《旺尧西歌剧》(Opera Wonyosi),自任导演,首演安排在伊费大学。与此同时,他将《旺尧西歌剧》连同若干个短剧在公共场所为民众免费演出,使《旺尧西歌剧》成为尼日利亚最著名的讽刺喜剧。此外,索因卡在这一年还创作了《大游猎》(Big Game Safari)和《恶有恶报》(Home to Roost)两个短剧。

1978 年,索因卡创作了《回家做窝》(Go back to Make Nests),讽刺政治投机分子。从这一年开始,索因卡创作了一系列时事讽刺剧和政治鼓动剧,揭露尼日利亚黑暗的政治问题和社会问题。他组织了一个名叫"游击剧院"(Guerilla Theatre)的剧团,在全国各地经常进行快捷迅速的流动演出。

此后,索因卡的戏剧创作与政治联系更为紧密。

1979 年,索因卡被新当选的 P.S.沙加里总统邀请回到尼日利亚,担任伊夫大学的校领导。同年,索因卡在尼日利亚导演《审讯布开罗》(*Trial of Boucairo*),演员全部都是黑人。《审讯布开罗》取材于黑人社会活动家布开罗遭到南非当局迫害致死的真实事件,显示了索因卡对南非当局种族主义的批判。同年,索因卡率领尼日利亚剧团抵达美国,亲自导演《死亡与国王的侍从》。索因卡的声誉在西方世界再次日益高涨。

五、索因卡创作的第三个 10 年成就

20 世纪 80 年代以来,索因卡先后在美国的康奈尔大学和埃默里艺术学院执教,讲授非洲戏剧和比较文学。旅居他国的索因卡爆发出了无比的激情,迎来第三次创作高潮。

1981 年,索因卡出版第三部回忆录《在阿凯的童年时光》(*Aké: The Years of Childhood*),汉译名称还有《阿凯——童年纪事》和《阿克》两种。这部作品不是一部传统的成长小说,而是索因卡时隔 10 年之后才再度拾起的"小说化的自传",出版后在非洲大陆和英美国家获得了一致好评,成为 20 世纪 80 年代非洲最受欢迎的作品。《在阿凯的童年时光》"被《纽约时报》书评副刊评为 1982 年 12 部最佳书籍之一,被评论家誉为当代英语文学的优秀成果,童年故事的不朽杰作"[①]。

1977—1983 年,索因卡创作了一系列时事讽刺剧和政治鼓动剧,继续组织大学生们在尼日利亚各地巡回演出。这些戏剧作品以《爆发之前》(*Before the Blow-out*)为总题目,包括《大游猎》和《回家做窝》、《无限的大米》(*Rice Unlimited*)、《未来学家的安魂曲》(*Requiem For a Futurologist*)、《重点工程》(*Priority Projects*)等作品。《重点工程》由《法斯特克七十七号》(*Festac 77*)、《绿色革命》(*Green Revolution*)、《伦理革命》(*Ethical Revolution*)和《阿布贾》(*Abuja*)等四个短剧系列组成。1983 年底,尼日利亚当局下令禁演索因卡所有的剧本。索因卡辞去一切公共职务,潜心戏剧创作,发表反映现实和讽刺性作品《债台高筑的公司》。

1984 年,索因卡执导了电影《浪子回头》(*Blues for a Prodigal*),发行了一张个人音乐专辑,名为《我爱我的国家》(*I Love My Country*),出版了剧本《巨人们》(*A Play of Giants*)。《巨人们》讽刺非洲独裁统治者,被批评家称为"一

---

① 陈应祥等:《外国文学 下》(第 4 版),高等教育出版社 2018 年版,第 390—419 页。

部关于国际主义诗意公正的超现实幻想曲"。① 这部剧原定于 1981 年或 1982
年上演,延期了 3 年,是索因卡在 80 年代创作的最后一部大型舞台剧本。由
于投入太多精力在时事讽刺剧及其他媒介创作中,索因卡在 80 年代仅仅发表
了《回归》(Returning)和《未来学家的安魂曲》两部长篇戏剧作品,而且显而易
见,这也是"受迫"而为。这两部剧本都是探索宗教庸医主题的。

　　1986 年,索因卡获得诺贝尔文学奖(Nobel Prize for Literature),成为第
一位获此殊荣的非洲作家。他被描述为"从广泛的文化视角和诗意角度来
塑造存在的戏剧"。里德·道·达森布罗克提到,将诺贝尔文学奖授予索
因卡"很可能被证明是相当有争议的,是完全值得的"。他还指出,"这是首
次授予在大英帝国前殖民地出现的非洲作家或英语'新文学'作家的诺贝
尔奖"②。瑞典科学院引用了他的作品"闪耀的活力"和"道德的地位",并
称赞他是"从广泛的文化视角和诗意的角度来塑造生存的戏剧"。在斯德
哥尔摩举行的仪式上,当索因卡获得瑞典国王颁发的奖项时,他利用这个机
会将全世界的注意力集中在南非白人统治持续不公正的问题上。他发表了
题为《这个过去必须为它的现在负责》(This Past Must Address Its Present)的
受奖演说③,对南非民族主义政府强加于多数人的种族隔离和种族隔离政
治进行直言不讳的批评。他没有专注于自己的工作或自己国家的困难,而
是把他的奖项献给被监禁的南非自由斗士纳尔逊·曼德拉。同年,索因卡
还获得了阿吉普文学奖(the Agip Prize for Literature)。

　　1988 年,索因卡的《曼德拉的大地和其它诗歌》(Mandela's Earth and
other poems)和第二部文论集《艺术、对话与愤怒:文学与文化论文集》问世。
《曼德拉的大地和其它诗歌》以长诗《曼德拉的大地》而闻名,评论家认为这
是一首具有强烈感染力的传世好诗。索因卡在这首诗中把南非反种族隔离
的领袖曼德拉塑造成一位非洲巨人形象,赞扬他饱受牢狱之灾却始终伟岸
坚毅的高贵品质和斗争精神。《艺术、对话与愤怒》集结了索因卡从 20 世
纪 70 年代中期到 80 年代初所写的文学与文化方面的重要文章,猛烈批判
西方殖民思想在非洲后殖民时代的顽固盘踞。这些评论文章达到了非洲文
学创作和文学批评领域的制高点,具有高度的引领作用。同年,索因卡接受
了康奈尔大学(Cornell University)非洲研究和戏剧教授的职位。

　　1989 年,索因卡的第四部回忆录《伊萨拉:"散文"的人生之旅》(Isara:

---

①　Derek Wright,"Wole Soyinka revisited",*World Literature Today*(October 1993),p.115.

②　Reed Way Dasenbrock,"Wole Soyinka's Nobel Prize",*World Literature Today*,(Winter 1987),
　　p.5.

③　Reed Way Dasenbrock,*World Literature Today*,p.5.

A Voyage around Essay)由兰登书屋在纽约出版,该书主要记叙了索因卡的父亲(绰号"散文")的生平事迹。据说,索因卡在完成《在阿凯的童年时光》两年后,偶然发现了一个装有父亲书信、笔记、学校报告和会议速记的铁匣子。于是,他开始重构父亲"散文"和他的同道们的生活面貌。索因卡在书中真实回忆了父亲与朋友们日常交往的种种逸闻趣事,真实反映索因卡的父辈经历了尼日利亚从二战胜利走向国家独立的全过程。

六、索因卡创作的第四个 10 年成就

索因卡获得诺贝尔奖以后,并未就此止步。20 世纪 90 年代,索因卡在美国定居。1988 年至 1991 年,他第一次在康奈尔大学任教,担任戈德温史密斯非洲研究和戏剧艺术教授,然后在埃默里大学任教,1996 年被任命为罗伯特·W.伍德拉夫(Robert W. Woodruff)艺术教授。索因卡是拉斯维加斯内华达大学的创造性写作教授,曾在纽约大学非裔美国人事务研究所和美国加利福尼亚州洛杉矶的洛约拉·马利蒙特大学担任常驻学者。他还在牛津大学任教。索因卡也是 2008 年杜克大学的杰出学者。索因卡的强劲创作势头一直延续到 20 世纪末。

1991 年 7 月,英国 BBC 广播电台第四频道播出索因卡的广播剧《风信子之祸》(*A Scourge of Hyacinths*)。1992 年,索因卡把广播剧《风信子之祸》改编为舞台剧,并更名为《携爱从齐亚出发》(*From Zia with Love*),在意大利锡耶纳首演。这两部作品的题材主要来自 1985 年尼日利亚的一桩死刑判决案,主题针对 20 世纪 80 年代尼日利亚的政治黑暗现实。不久,索因卡制作的以尼日利亚大选为题材的电影《浪子回头》上映,获得强烈的社会反响。同年,索因卡的评论集《存在与虚无的信条》(*The Credo of Being and Nothingness*)由频谱图书出版公司在伊巴丹出版。这部作品主要谈及尼日利亚以及整个非洲的宗教传统和现状,"既是自传,又是挽歌,同时还是玄学和去神秘化的作品"①。

1993 年,59 岁的索因卡获得哈佛大学荣誉博士学位。1994 年,索因卡年度系列讲座成立,"致力于表彰尼日利亚和非洲最杰出和最持久的文学偶像之一:沃勒·索因卡教授"。该系列讲座是由国家海洋协会组织的。沃勒·索因卡和其他六名学生于 1952 年在当时的伊巴丹大学学院创立了该组织。

1994 年,他的另一部回忆录《伊巴丹:动乱的年代(1946—1965)》(*Iba-*

---

① A. Apter, "W. Soyinka, The Credo of Being and Nothingness" (Book Review), *Journal of Religion in Africa/Religion en Afrique*, No.23(Jan.1993), p.355.

dan: *The Penkelemes Years*: *a memoir* 1946-65)问世。同年 10 月,索因卡被任命为教科文组织促进非洲文化、人权、言论自由、媒体和通信自由的亲善大使。然而,索因卡在国内的处境越发艰难,即将面临被当局驱逐流放。在《伊巴丹:动乱的年代(1946—1965)》中,索因卡描写自己第一次出国经历,讨伐批判尼日利亚当局的恶德丑行。在他看来,传记虽然带有虚构成分,但比起他最看重的戏剧,更能引导读者对社会形势进行全局认识。这是他在整个 80 年代将写作重心向散文倾斜的首要原因。不到一个月,新的军事独裁者萨尼·阿巴查将军几乎中止了所有公民自由。索因卡认为阿巴查是自独立以来强加于尼日利亚的独裁者中最糟糕的一个。尼日利亚的政治局势开始再度动荡,索因卡只好离开祖国,前往美国寻求政治避难。

1995 年,索因卡的剧本《地方男孩的祝福:一个拉各斯万花筒》(*The Beatifi cation of Area Boy*: *A Lagosian Kaleidoscope*)出版了。这部剧描述了一天中发生在拉各斯街头小摊贩周围的诸多事件,揭示军人当政给下层民众带来的灾难,慨叹这些民众为生存而挣扎的悲苦。

1996 年,索因卡的评论集《民主和大学理念:学生要素》(*Democracy and the University Idea*: *the Student Factor*)和《一个大陆的积弊:尼日利亚危机的个人诉说》(*Open Sore of Continent A Personal Narrative of the Nigeria Crisis*)在英国出版。索因卡在《一个大陆的积弊:尼日利亚危机的个人诉说》中联系尼日利亚的历史渊源,分析总结政治危机对于国际局势和人类社会发展的教训和启示,揭发尼日利亚军事独裁统治破坏人权的丑恶行为,受到国际社会的广泛关注,是一部"在书写历史的同时进行书写自我的挑战"的好作品①。阿巴查军政府因此更加憎恨索因卡,禁止他的书在尼日利亚出版。

1997 年,索因卡被萨尼·阿巴查政府指控叛国罪,缺席判处死刑。索因卡联合其他同样受到审判的流亡民主异议人士成立了一个名为库迪瑞特(Radio Kudirat)的电台,对尼日利亚国内进行英语广播,抨击阿巴查政权的合法性,与尼日利亚当局展开针锋相对的斗争。同年,索因卡当选为国际作家协会(International Parliament of Writers)的第二任主席,并在任三年。这是一个专门援助受到政治迫害作家的机构。该协会成立于 1993 年,主要为遭受迫害的作家提供资助。

1998 年 3 月,尼日利亚独裁头目阿巴查猝死。两个星期后,前民选总统阿比欧拉在出狱前夕也神秘死亡。同年 9 月,索因卡返回尼日利亚,结束了他为期两年的流亡生活。同年发表的诗集《早期诗歌》(*Early poems*),由

---

① Biodun Jeyifo, *Wole Soyinka*: *Politics*, *Poetics and Postcolonialism*, p.216.

牛津大学出版社在纽约出版。他的继任者撤销了对索因卡的叛国罪指控。

1999 年 2 月,尼日利亚选举奥卢桑贡·奥桑巴乔为总统,成立专门委员会负责调查军政府时期破坏人权的行为,索因卡予以大力支持并经常回国做证,为受害者或其家属申诉。同年,索因卡的新诗集《外来者》(*Outsiders*)在韦斯特瑞亚出版社出版。同年,索因卡的广播剧《身份证件》(*Document of Identity*)在 BBC 第三台播出,讲述了 1997 年他女儿一家从尼日利亚逃到美国,在伦敦转机时女儿意外早产,导致她的孩子成为一个无国籍人的故事。在这一年问世的还有索因卡的又一部重要评论集《记忆的负担,宽恕的缪斯》(*The Burden of Memory, The Muse of Forgiveness*)。这部作品仅由三篇长文构成,却包含了极为丰富的内容,是"文学批评、文化理论、道德哲理和元批评思考的集合体"①。索因卡的另一部评论集《存在的七种美德:知识、名誉、公正及其它》(*Seven Signposts of Existence: Knowledge, Honour, Justice and Other Virtues*)则由尼日利亚口袋礼物出版社在伊巴丹出版。

七、索因卡 21 世纪以来的生活与创作

21 世纪以来,老当益壮的索因卡创作激情不减,陆续发表了剧本《巴阿布国王》(*King Baabu*)和《阿拉帕塔·阿帕塔》(*Alapata Apata*)、回忆录《你必须在黎明动身》(*You Must Set Forth at Dawn*)、诗集《撒马尔罕和其它我所知道的市场》(*Samarkand and Other Markets I Have Known*)以及长篇小说《地球上最快乐的人的编年史》(*Chronicles from the Land of the Happiest People on Earth*),被誉为"历经政治风雨而不衰的非洲文艺园地里的常青树"②。

2001 年,索因卡根据当时尼日利亚通过大选恢复民治,调查军政府时期破坏人权的行为搜集到的大量事实证据材料作为素材,创作了政治讽刺剧《巴阿布国王》。这部剧的情节架构虽然模仿了莎士比亚的《麦克白》,但在台词设计上借鉴了法国先锋作家阿尔弗雷德·雅里(Alfred Jarry)的作品《乌布王》(*Ubu Roi*)。首场演出于 2001 年 8 月在拉各斯举行,索因卡亲自执导,获得圆满成功。《巴阿布国王》直接影射尼日利亚军事独裁者阿巴查,控诉阿巴查军政府当年对尼日利亚百姓的欺压,并对尼日利亚统治者予以警告。后来,索因卡又率团到尼日利亚其他城市和美国、德国、瑞士、澳大利亚等国家演出《巴阿布国王》,几乎场场爆满,成为索因卡半个世纪戏剧创作新的高峰。

① Biodun Jeyifo, *Wole Soyinka: Politics, Poetics and Postcolonialism*, p.77.
② 程涛、陆苗耕:《中国大使讲非洲故事》,世界知识出版社 2013 年版,第 133—150 页。

2002 年,68 岁的索因卡当选为伦敦大学亚非学院荣誉院士。同年,他的《诗选集》(*Selected Poems*)由梅休恩出版社在伦敦出版,评论集《向大肠致敬》(*Salutation to the Gut*)由尼日利亚口袋礼物出版社在伊巴丹出版。

2003 年,索因卡的又一诗集《撒马尔罕和其它我所知道的市场》由梅休恩出版社在伦敦出版。这部诗集的主题是流放和旅行,包含了索因卡在被迫流亡途中创作的许多诗篇,厚达上百页。另有一部评论集《被窃的声音中虚伪的沉默》(*The Deceptive Silence of Stolen Voices*)由尼日利亚频谱出版社在伊巴丹出版。

2005 年,71 岁的索因卡在约鲁巴族的艾格巴部落被授予部落"欧罗耶"(Oloye)的贵族头衔,还获得普林斯顿大学荣誉博士学位。同年,他在纽约出版文集《恐惧的风气》(*Climate of Fear*)。这部文集的副标题是"在一个非人性化的世界中追求尊严",主要集结了索因卡当年在英国广播公司的"瑞思讲堂"(Reith Lectures)的讲演稿,主题是讨论暴力对人的尊严的践踏。另外,索因卡把自己创作的"短枪剧"重新结集,以《索因卡:黑暗、爆发和其它——渥雷·索因卡的讽刺巡演短剧》(*Soyinka: Blackout, Blowout &Beyond: Wole Soyinka's Satirical Revue Sketches*)为名,由詹姆斯·库瑞出版社在牛津出版。另有一部评论集《干涉》(*Interventions*)由尼日利亚编书出版社在伊巴丹出版。

2006 年,索因卡取消了在曼谷举行的年度 S.E.A.写作奖颁奖典礼上的主旨演讲,以抗议泰国军方对政府的政变。同年,他发表了又一部自传作品《你必须在黎明出发》。这部自传讲述了索因卡完成学业后,作为一名职业作家和社会活动家的生活,得到了非洲本土批评家和西方评论家的诸多关注和一致好评。美国《基督教科学箴言报》的评论员马乔里·凯赫(Marjorie Kehe)认为这本书"并不是一本轻松读物。那些不熟悉尼日利亚政治的人也许会感到(书中的)一些事情……令人困惑"①。《非洲事务》盛赞这部自传"是一部(索因卡)公共生涯的精细编年史,是关于正义和暴政的沉思,是为一片饱经踩蹦仍充满希望的土地写下的令人迷醉的证言"②。

2007 年,尼日利亚举行了总统选举,但索因卡谴责这些选举是不合法的,因为选票欺诈和选举日的暴力行为普遍存在。同年,他的评论集《关于权力》(*Of Power*)由尼日利亚编书出版社在伊巴丹出版。

---

①　Marjorie Kehe, "A Life Shaped by a Larger Cause: Nobel Laureate Wole Soyinka Chronicles His Adult Life in the Second Half of His Memoirs", *The Christian Science Monitor*, No.11(Apr.2006), p.17.

②　Anonymous, "You Must Set Forth at Dawn: A Memoir", *African Business*, No.337(Dec.2007), p.80.

2009 年,75 岁的索因卡获得美国成就学会(American Academy of A-chievement)金碟奖(The Golden Plate Award)。发表评论集《新帝国主义》(*New Imperialisms*)。这个单行本记录了索因卡在坦桑尼亚达累斯萨拉姆大学举办的第一届朱利叶斯·尼雷尔知识节上所作的讲演。该书由木库奇南约塔出版社在达累斯萨拉姆出版。2009 年圣诞节,一名在英国变得激进的尼日利亚学生试图轰炸飞往美国的航班,索因卡质疑英国允许每一种宗教公开宣扬其信仰的社会逻辑,声称它正被宗教激进主义者滥用,从而把英国变成滋生极端主义的唾沫。他支持礼拜自由,但警告说,允许宗教宣扬世界末日暴力的后果是不合理的。

2010 年,索因卡的翻译作品《在奥罗杜马利森林中》(*In the Forest of Olodumare*)由尼尔森出版有限公司和伊万斯兄弟出版有限公司在尼日利亚伊巴丹联合出版。这是又一部来自约鲁巴语作家法古恩瓦的小说。

2011 年,非洲遗产研究图书馆和文化中心为纪念他建立了一个作家飞地。它位于尼日利亚奥约州伊巴丹拉格鲁地方政府地区阿德伊波村(Adey-ipo)。该飞地包括一个作家居住计划,使作家能够停留 2—3 个月或 6 个月,从事严肃的创作。同年,索因卡发表剧作《阿拉帕塔·阿帕塔》,对崇洋媚外者进行讽刺,由编书出版社在伊巴丹出版。另有一部评论集《平息需要难以平息的代价》(*The Unappeasable Price of Appeasement*)由尼日利亚编书出版社在伊巴丹出版。

2012 年 10 月 28 日至 11 月 5 日,78 岁高龄的索因卡首次访华,相继到访北京、上海、苏州和常熟四座城市。在社科院作了题为《非洲半个世纪的复兴之路》的演讲,讲述非洲各国在 20 世纪 60 年代独立后政治、经济、文化发展建设的成就。但是,非洲国家存在的问题还很多,非洲人民还需面对反抗暴政等各种问题,还应该采取各种各样的形式包括现实的魔幻化,来警醒非洲人继续追寻复兴之路,呼吁非洲大陆有更多的变革到来。索因卡举了很多非洲作家的创作实例,从方方面面阐述了文学对非洲现状的表征、反映和反抗。索因卡在北京大学的演讲题目是《全球化逆流中的非洲》。他从世界文化艺术交流的角度,梳理并反思了非洲黑人性(Blackness)运动存在的问题,认为作家在当代语境中"既要警惕提防以商品消费为幌子的文化殖民和文化霸权,但又不能盲目排外,要正确对待文化碰撞问题"。在索因卡看来,"作家必须端正文化交流态度,实现文化桥梁的身份"①。演讲之

---

① 　[尼日利亚]沃莱·索因卡:《全球化逆流中的非洲》,载《2012 中国当代文学年鉴》,百花洲文艺出版社 2013 年版,第 213 页。

后,北大外国戏剧与电影研究所的同学们演出了由奥索菲桑教授指导、格雷夫斯教授导演的《狮子与宝石》。这是索因卡戏剧第一次被搬上中国舞台。访华期间,索因卡与国内的作家、诗人、翻译家、学者进行了文学座谈会,气氛既严肃又轻松活泼。索因卡不仅应邀现场演唱了自己作品《黎明你必须出发》中的地方歌谣,还与自己诗歌的译者傅浩一起朗诵了他的诗歌。索因卡的到访,让我们更加直观地认识、了解了非洲文学,促进了中非文学交流。索因卡在学生时代就读过一些中国文学作品,对中国文学很熟悉。后来,他在大学任教时,也常把中国文学作品推荐给学生阅读,丰富自己的比较文学课程。同年,索因卡发表论文集《关于非洲》(Of Africa),由耶鲁大学出版社在纽黑文出版。这本书避开了对"何为非洲"进行定义,而是着眼于反驳那些束缚非洲形象定位的旧有观念。该书在随后两年连续重印,销量可观。另有一本评论集《非洲之泉上方的哈麦丹风阴霾》(Harmattan Haze on African Spring)由尼日利亚编书出版社在伊巴丹出版。

2013 年,索因卡获得安妮斯菲尔德-伍尔夫图书奖终身成就奖。为表彰奈亚七奇观项目,他以教科文组织代表的身份访问了贝宁护城河。他同时担任了尼日利亚拉各斯州黑色遗产节的顾问,拉各斯人认为索因卡是唯一能够向人民提出该节日的宗旨和目标的人。

2014 年,索因卡 80 岁,受邀前往伦敦。英国皇家非洲学会于 2014 年 5 月 8 日在大英图书馆接待诺贝尔奖得主。大英图书馆非洲研究馆长马里恩·华莱士博士说,"欢迎索因卡教授来到大英图书馆,这是一种莫大的荣幸。我们非常幸运地接待了非洲最杰出的作家之一,今晚将是无懈可击的"①。为了庆祝这位非洲文学巨擘的寿辰,纳丁·戈迪默、托尼·莫里森、恩古吉·瓦·提安哥、奎迈·安东尼·阿皮亚等非洲作家乃至世界其他国家著名作家,还有索因卡的好友或后辈,共同出版了一部文集,名为《岁月的锤炼:纪念渥雷·索因卡八十岁诞辰文集》(Crucible of the Ages:Essays in Honour of Wole Soyinka at 80)。此文集由尼日利亚编书出版社和英国艾叶比亚·克拉克出版集团公司在伊巴丹和伦敦同时发行。这一年,他还获得国际人道主义奖(International Humanist Award)。同年 8 月,索因卡在牛津举行的世界人道主义大会上录制了他在"爱的奇博克"上的讲话,该大会由国际人道主义和伦理联合会和英国人文主义协会主办。大会的主题是"思想和言论自由:打造 21 世纪的启蒙运动"。同年 12 月,索因卡对外公布自己罹患前列腺癌并战胜了病魔的消息。

① www.africawrites.org.

2016 年 12 月 9 日,索因卡"脱离"约翰·坎贝尔(John Campbell)的美国博客。他说自己已经"撕毁"了自己的绿卡,离开美国回到尼日利亚。索因卡的行为是对唐纳德·特朗普(Donald Trump)当选美国总统的抗议。他向媒体表示:"我没有足够强壮的手指来撕毁绿卡。如果以后我必须重访美国,我宁愿排队与其他人一起使用定期签证。我不再是美国社会的一员,甚至不再是居民。特朗普在全球筑起了高墙,是一堵建造于精神领域的高墙。"①在过去的 20 年里,索因卡在美国常春藤盟校教书,尤其是哈佛大学、康奈尔大学和耶鲁大学。索因卡脱离美国显然已经在尼日利亚社交媒体上得到了广泛的关注。索因卡回到尼日利亚后,更进一步宣布举行"尼日利亚常识葬礼",与美国总统唐纳德·特朗普 1 月 20 日的就职典礼相吻合。他担心的是特朗普的言辞,以及尼日利亚对他的绿卡被毁的回应。索因卡是抗议特朗普当选的最杰出的非洲文化人物之一。

2017 年,索因卡获得欧洲戏剧奖的"特别奖"("Special Prize"of the Europe Theatre Prize),同年加入南非约翰内斯堡大学,担任人文学院杰出客座教授。同年 5 月,索因卡还应邀出席了英国伦敦大学亚非学院建校 100 周年庆典。之后,他接受南非大学的教职,移居南非。

2018 年,索因卡获得阿贝奥库塔联邦农业大学荣誉文学博士学位。伊巴丹大学将其艺术剧院更名为沃勒·索因卡剧院(Wole Soyinka theatre)。索因卡在同年 12 月接受访谈时,对当代全球政治、种族和文学创作等问题进行了深入讨论,公开批判瑞典文学院把诺贝尔奖颁发给创作流行音乐歌词的鲍勃·迪论,认为把鲍勃·迪论的歌词与诺贝尔奖诗人的作品相提并论显得滑稽可笑,因为文学创作比音乐创作,尤其对流行音乐而言耗费的时间精力更多。

2020 年以来,新冠肺炎疫情让世界人民遭受苦难,但新冠肺炎疫情却触动激发了索因卡的小说创作欲望和灵感。《地球上最快乐的人的编年史》就是索因卡受新冠肺炎疫情影响居家隔离 5 个月的创作成果,成为索因卡时隔 50 年推出的新的长篇小说。2021 年 9 月,该书在尼日利亚布鲁姆伯利(Bloomsbury)出版社出版,出版商 Bookcraft 认为索因卡"以尼日利亚为背景,呈现了一部优秀小说所具有的一切元素:信仰与背叛、希望与冷眼、混乱与戏剧性"②。

---

①　非洲首位诺贝尔文学奖得主沃莱·索因卡时隔 50 年推出新作,https://baijiahao.baidu. com/s? id=1681875012176269309&wfr=spider&for=pc。

②　非洲首位诺贝尔文学奖得主沃莱·索因卡时隔 50 年推出新作,https://baijiahao.baidu. com/s? id=1681875012176269309&wfr=spider&for=pc。

第二节　索因卡戏剧创作中的艺术风格演变

索因卡的戏剧形式丰富,风格独特,有喜剧、悲剧、笑剧和荒诞剧等多种形式,题材上大多取材于非洲历史和现实,也有根据西方戏剧改编的,主题上始终贯穿着对社会责任、婚姻家庭、种族偏见以及政治自由等众多问题的关注。从艺术风格来看,索因卡的戏剧创作经历了 20 世纪 50 年代轻快明朗的写实喜剧创作,60 年代到 70 年代初意象深邃的荒诞讽刺剧创作,70 年代后期沉郁隐晦的时事揭露剧创作的发展变化。

一、早期轻快明朗风格的写实喜剧

1960 年以前,索因卡在戏剧创作上初试锋芒,创作了《凯菲生日招待会》《新发明》《沼泽地居民》《没有布景的夜晚》《暴力的本性》《狮子与宝石》等 6 个剧本,其中《凯菲生日招待会》和《新发明》未曾出版。《狮子与宝石》是索因卡轻快明朗风格的写实喜剧的代表作品。

独幕幻想剧《新发明》是索因卡的早期作品,1959 年在伦敦成功演出,得到了英国报刊的赞赏。剧本描述的是一枚美国导弹偶然落到了南非,导致南非黑人都丧失了体内的黑色素,肤色变白。南非当权者因无法识别黑人和白人而感到十分惊恐,急忙制定应急措施,勒令科学家火速研究出种族身份的鉴别技术方法,以便重新将黑人和白人隔离开来,令人啼笑皆非。

《沼泽地居民》是索因卡公开发表的第一本剧本。故事发生在尼日利亚北方布岗集,当地常年干旱,人们生活苦不堪言。有一年这里居然下了一场罕见的大雨,人们欢天喜地在地里播种庄稼。眼看丰收在望,可恶的蝗虫却铺天盖地飞来,在不到两个小时的时间里吞没了农民的劳动果实,把田野又变成了荒原。相反,在南方濒临大海的沼泽地,村民们又因终年暴雨而四处逃生。村民马古里的长子阿乌契克只身到城里做木材生意,闯荡 10 年后发迹了。他的孪生兄弟伊格韦祖效仿兄长也想到城里碰碰运气,却到处碰壁。随行的漂亮新娘背弃他而投进了兄长的怀抱。倒霉的伊格韦祖债台高筑,寄希望于沼泽地里的庄稼收来还清向兄长借的债务。然而,当他满怀希望回到家乡时,洪水淹没了沼泽地,庄稼颗粒无收。最后,伊格韦祖在绝望之中重新踏上离乡背井之途。剧本反映了尼日利亚农村的愚昧落后,表现了沼泽地里谋生的农民的悲惨处境,揭示了金钱导致骨肉相残的社会现实。这个剧本在尼日利亚的伊巴丹市和英国伦敦演出后,反响十分强烈,索因卡因此而获得意外的成功。

《狮子与宝石》是一部轻松活泼的喜剧作品,富于幽默与讽刺。剧本描写伊鲁津来村的希迪姑娘美丽无比,犹如闪闪发光的宝石,引来许多追求者。她曾经答应嫁给村里那位受过西式教育的青年教师,可苦于对方太穷而无法支付传统习俗中的彩礼,担心被人讥笑为"廉价痰盂"。年过六旬、妻妾成群的酋长巴罗卡号称雄壮的狮子,向希迪求婚遭之拒绝。老奸巨猾的巴罗卡设计诱骗希迪落入他的圈套,并乘机占有了她。希迪在痛失贞操之后"渴望杀死"巴罗卡,最后却顺从命运,无奈地嫁给了这头"只剩下后腿的狮子"。索因卡在剧本中以幽默的方式处理了20世纪30—40年代非洲农村面临的本土旧传统和西方新文明之间的激烈冲突,流畅的诗句中间穿插了不少以哑剧形式演出的戏中戏和载歌载舞的场面,故事情节和人物性格都颇有喜剧性。

二、中期荒诞讽刺风格的哲理剧

20世纪60年代到70年代初,索因卡的戏剧创作日益成熟,创作风格以荒诞讽刺哲理剧为主,主要作品有《裘罗教士的磨难》《森林之舞》《孔其的收获》《路》《疯子与专家》《裘罗变形记》《死亡与国王的侍从》等。

《裘罗教士的磨难》和《裘罗变形记》篇幅短小精悍,是一部深受观众好评的宗教讽刺喜剧。剧本描写江湖骗子裘罗教士自称先知,广收从市民到议员众多信徒,利用宗教大肆骗取钱财,揭示了非洲各国因基督教的渗透导致传统宗教的异化现实。

《森林之舞》以探讨历史和现实的关系问题为主题,围绕人类欢庆民族团结的大聚会展开。尼日利亚举国狂欢,庆贺民族大团聚。人们用一棵超大的树来雕塑图腾,象征伟大的重新联合,大家围着图腾载歌载舞,森林之王和各种精灵神怪都被邀请回来参加民族大聚会。剧中主要人物罗拉、阿德奈比、戴姆凯和阿格博列科等都担负着历史和现实的双重角色。《森林之舞》在首都公演获得了意外的巨大成功。后来在拉各斯和伊巴丹连续上演了100多场,每场观众爆满,其演出盛况在世界戏剧史上实属罕见。剧本被翻译成十几种文字,在欧美20多个国家演出,获得美国百老汇戏剧节最佳剧本奖。欧美评论家甚至认为其浪漫狂想堪与莎士比亚的《仲夏夜之梦》相媲美。索因卡因此被称为"非洲的莎士比亚"。

《强种》的主人公埃芒是一个普罗米修斯式的殉道者。埃芒出生于号称"强种"的家族。每年村里辞旧迎新时,他的父亲总是头顶装满沉重垃圾的小船将其送往河中,为村里人消除"污秽",20多年从不间断,被村里人尊为圣人。少年埃芒为保护心爱的姑娘奥麦,被迫离开家乡。12年后,埃芒留学归来,与痴情等待的奥麦结婚了,可是不久奥麦难产死去。埃芒愤然离开家乡,到偏远的乡村当了一名教师。每年新年前夕,这个偏远乡村的村民总是要想办法抓住一个外乡人,把外乡人麻醉后在新年来临之前拖拽穿过村庄,让村民们对他肆意欺凌辱骂,还往他身上扔秽物或倒垃圾,把灾害全部"栽"到这个外乡人身上,最后把外乡人逐出村庄,甚至虐待致死。埃芒为了保护外乡来的白痴男孩,毅然充当替身,最后被折磨致死,做了替罪羔羊。

《孔其的收获》是一部"诡秘称奇"的音乐喜剧。剧本抨击非洲独裁统治者,揭露与批判独立后的尼日利亚专制政治,表达索因卡对非洲现实和独裁统治者的不满,揭示现代人的孤独感、失落感以及人与人之间的难以沟通,演出后颇受观众欢迎。

《路》是一部情节相当离奇、充满意象、主题隐晦的哲学启示录。剧本以高速公路为背景,描写主人公"教授"在教堂附近开设"车祸商店",专营车祸配件,兜售伪造的驾驶证。"教授"曾经当过教堂执事,热心于研究血肉模糊的尸体,企图寻找说明生死奥秘的"启示"。索因卡在剧本中大量渲染了尼日利亚道路崎岖、车祸频繁的社会现实,真实反映了尼日利亚人的苦难人生。

《疯子与专家》是一出绝望的喜剧。剧本描写一对父子在战争之后回到家乡。儿子贝罗战前是一个医生,战争爆发后参加了医疗队,后来被训练成为盯梢、审讯和行刑的"专家"。战后的贝罗放弃了医生职业,当上了情报处长。战争使贝罗的父亲失去了理智。有一天,他突发奇想,认为"应该使吃人肉合法化",大肆宣传信仰永恒的 As 神、食人肉合法、不食人肉是浪费等各种怪诞主张,人们都把他看作疯子。这个疯子总是搞"人肉宴"恶作剧,想尽办法让那些专家尝尝人肉。贝罗真的吃了人肉,而且引以为豪。为了从恐惧症解脱出来,贝罗的父亲在战后开始醉心于一种被称为"阿斯"的宗教,并以此蛊惑他所护理的伤员。阿法、瞎子、高依和瘸子都是他的信徒。索因卡以讽刺的方式描写战争对人的精神与肉体的双重摧残,表现人在贪欲与权欲都得到满足之时的恐怖与丑恶,鞭挞了暴力,揭示了内战带来的人性沦亡。

《死亡与国王的侍从》最能反映索因卡的神话诗学和对生命与历史的哲学见解,而且也引起了最多的争议。剧本讲述的是约鲁巴族的一个藩王逝世了,依据约鲁巴族的传统习俗,在国王去世后的 30 天后,他的侍从首领艾雷辛(Elesin)必须在国王下葬仪式上自杀殉主,陪伴国王前行,继续一生的工作,跟随国王通过神圣的通道,到达彼岸世界。然而,行政长官将艾雷辛囚禁起来了，阻止了自杀仪式的进行。面对殖民者的强制手段，以伊亚洛札为代表的约鲁巴人民奋起反抗，坚定地守护非洲本土的传统文化。艾雷辛的儿子欧朗弟（Olunde）代替父亲在仪式中就死，希望陪伴国王走向神圣的轮回通道，以此来维护本民族的文化，而更重要的是希望能用自己的生命来换取民族文化的理解。而面对族人和儿子的侮辱以及自己违背族规的悔恨，艾雷辛最终带着悲痛自杀身亡。

总体而言，20世纪60年代至70年代初，索因卡的戏剧创作风格发生了很大的变化。他深受欧美现代戏剧的影响，同时更注重非洲传统文化的吸收，内容上既富于非洲乡土气息又具有现代色彩，风格上逐渐形成低沉、隐晦和荒诞，被称为贝克特式的荒诞派。1986年瑞典文学院在颁奖时特别强调，索因卡"在内战和狱中时期及以后，创作的悲剧色彩加浓，所反映的心理、道德和社会冲突越来越复杂，越来越显得可怕。书中所描写的善与恶、毁灭与建设的力量区别日益模糊，剧本变得暧昧费解，他们成为以寓言或讽喻的形式反映道德、社会、政治问题的带有神话色彩的戏剧创作"①。

三、后期即时即兴风格的时事揭露剧

1975年7月，尼日利亚军政府首脑高文在政变中下台，索因卡在流亡国外4年之后回国，但国内政治形势不断恶化，左派人物对他的戏剧作品也表现了诸多的不满。迫于压力，索因卡忍痛放弃宗教神话题材的作品，转向具有颠覆性和易于宣传鼓动的时俗讽刺剧创作。事实上，索因卡在60年代创作了一批短小灵活的时事讽刺剧，例如《父亲的负担》《共和党人》《灯火管制之前》《被拘留者》等。他在这一阶段的戏剧创作中保留了60年代"短枪剧"30分钟以内的时长控制做法，大胆创新，把人们关心的热点时事政治问题融入剧情中，引起观众共鸣。这些剧本主要是为了宣传演出而作，不考虑出版发行，即时街头演出，布景简洁，可以演一场换一个地方，非常适合在市场和卡车公园腐烂的空气中演出，演员可以在反动警察追捕之前迅速消失。主要作品有《旺尧西歌剧》、《爆发之前》系列剧、《重点工程》系列剧、《无限的大米》、《未来学家的安魂曲》、《六十六》、《巨人们》、《国际智利》、《风信子之祸》、《巴阿布国王》、《阿拉帕塔·阿帕塔》等。

《旺尧西歌剧》在索因卡的讽刺作品中是最具价值和最经久不衰的。索因卡在剧本前言中坚持认为，"这部歌剧中所描绘的天才种族完完全全

---

① 建钢：《诺贝尔文学奖颁奖获奖演说全集1901—1991》，中国广播电视出版社1993年版，第456—462页。

地,毋庸置疑地就是充满活力的尼日利亚人"①。剧本开头的舞台说明告诉观众,在20世纪70年代尼日利亚盛产石油的时期,四分之一的被流放到国外的尼日利亚人注定将形成一个讽刺的小宇宙。与盖伊和布莱希特一样,索因卡的剧本中也充满了各种各样的小偷、贪官、投机分子、流氓、恶棍、乞丐和罪犯等。《旺尧西歌剧》的插话式拼缀结构极大地吸引了观众的注意力,比盖伊和布莱希特的剧本中的情节显得更为活跃。剧本的最后三部分对于犯罪团体的描述堆砌了太多厚重而快速的引用,其中一些话语虽然仅仅是镇压暴动、纵火和抢劫的清单,但这些引用的结果却是对过度杀戮的讽刺。

1978年创作的《回家做窝》讽刺政治投机分子。1981年创作的《无限大米》揭露了贪官污吏借大米进口和分配而大肆侵吞公家财产,由伊巴丹大学流动剧团在拉各斯街上演出。1982年,索因卡为电台写了广播剧《安息吧,可尊敬的铁嘴博士》,讽刺算命先生,第二年又把这个剧本改写成舞台剧《未来学家的安魂曲》,在尼日利亚巡回演出。1983年创作的《重点工程》描写的是尼日利亚政府制定的一系列对国计民生毫无用处的"民族温饱计划""迁都计划""修路建桥工程""廉价房工程"以及"绿色革命计划"等,这些工程计划实际上是贪官污吏为中饱私囊、满足个人政治野心而制定的。1983年底,发表反映现实的讽刺性作品《债台高筑的公司》。1984年,讽刺非洲独裁统治者的《巨人们》出版,被评论家称为"需要相当的勇气以空前的凶猛攻击某些非洲领导人"的喜剧。

2001年,索因卡写出第19个舞台剧本《巴阿布国王》。这部现实政治讽刺剧以虚构的非洲国家"谷阿图"为背景,描写阴险狡诈的军队参谋长巴什在妻子的鼓动下发动政变,自封为国王,改名为"巴阿布"。"巴阿布"在尼日利亚有"草包"之意。巴阿布王胡作非为,不久就招致全国的反对,最后众叛亲离被毒死。《巴阿布国王》中的政治人物都有现实原型,珀提普影射易卜拉欣·巴班吉达将军,巴阿布国王暗指阿巴查将军。索因卡因《巴阿布国王》而被誉为"非洲文坛常青树"和"关注政治的艺术家"。

《阿拉帕塔·阿帕塔》是索因卡最近的一部戏剧,于2013年11月19日至24日举行的"阿克艺术与图书节"期间发行。由伊巴丹编书出版社出版。该剧讲述的是一位名叫阿拉巴(Alaba)的屠夫决定退出自己的行业的故事。他习惯于坐在房子前面的石头上,几乎什么也不做。该剧的主题是权力腐败,是对当代尼日利亚局势的强烈政治讽刺,证明了官员滥用资源以

① Wole Soyinka, *Opera Wonyosi*, Indiana University Press, Bloomington: Yesufu A.R., 1981, p.1.

获取个人财富的情况。主人公阿拉巴是一个半文盲。他希望在和平中退休,突然间肩负着保护下层阶级权利的艰巨任务。这出戏的冲突围绕在阿拉巴住所旁边的岩石上。他选择在那里度过大部分时间。这块岩石代表着丰富的资源,这是尼日利亚统治精英对资源控制的隐喻。索因卡在剧中突出了一些问题,如政治上的"神父主义"、恭维和文化疏离等,这些都在侵蚀着人们的生存结构。剧本中的语言使用很简单,带有幽默的痕迹。

　　总之,索因卡的后期戏剧创作逐步转向严肃深刻的时事揭露,讽刺政治和社会风气成为索因卡戏剧创作的主题。不少评论家认为索因卡是"整个非洲文化的代言人",称赞他用诗一样的语言来讲述约鲁巴人的历史、信仰、仪典和格言等。索因卡坦言自己志在通过手中的笔墨来尽力改变尼日利亚令人难以接受的现实。他说,"作为一个文学家,决不能逃避社会责任。不能做袖手旁观的社会观察家。即使在黑暗的时刻,艺术也要反映这个时代的客观现实"[1]。当记者说索因卡戴有剧作家、小说家和诗人三顶帽子时,他回答说,"我首先戴的是人的帽子",因为"我始终不渝的宗教信仰是人的自由,我要为个性的自由而斗争。我的创作越来越多地针对那些压迫人的皮鞋,不管穿着它们的双脚是什么肤色"[2]。可以说,"人的自由"是索因卡的"永久信仰",也是他风格创作变化中的永恒追求。

第三节　索因卡戏剧创作中的文化立场转换

　　古老的非洲文明孕育了灿烂的非洲传统文化。然而,在西方殖民主义的残酷统治下,非洲文化的发展在近代几乎陷于中断。西方人把非洲看成是不会有历史的大陆。20世纪以后,随着非洲大陆正规教育的迅速发展,越来越多的非洲人获得了文化知识,重述非洲历史与重塑非洲文化价值体系成为非洲现代知识分子的重大责任。在尼日利亚,索因卡、阿契贝等作家最先感受到时代的召唤,抗拒西方文化霸权,主张继承和发扬非洲传统文化,建立属于非洲的话语系统。从总体上看,索因卡在认识与理解非洲传统的过程中经历了很多困惑和艰辛,所以对待非洲传统的态度自始至终都在改变,而且这种变化在他不同时期的文学创作中得到了最充分的体现。

---

[1]　杨传鑫:《诺贝尔文学花圃中盛开的东方奇葩》,《中南民族学院学报》(哲学社会科学版)1999年第1期。

[2]　杨传鑫:《诺贝尔文学花圃中盛开的东方奇葩》,《中南民族学院学报》(哲学社会科学版)1999年第1期。

一、青年索因卡企盼西方文明拯救非洲

索因卡于 1934 年 7 月 13 日出生于尼日利亚西部阿贝奥库塔。他的外祖父是当地有名的牧师，父母亲都是基督教徒，母亲更是"基督迷"。索因卡不满三岁便开始接受欧式学校的教育。1954 年，在伊巴丹读完中学和大学后，刚满 20 岁的索因卡又前往英国学习。1958 年，索因卡从英国利兹大学毕业，曾作为剧本审稿人在伦敦的皇家宫廷剧院工作过两年。他广泛地摄取西方文化，阅读了大量英语文学作品和其他著作，开阔了视野，领略到了西方文化的精粹。在西方主流文化的深刻影响之下，20 世纪 50 年代的索因卡表现出一种亲欧倾向，早期戏剧作品具有鲜明的西方艺术风格。他对非洲传统文化持有一种怀疑或者否定态度，把戏剧创作的笔墨重点放在抨击非洲文化的落后、愚昧和迷信上，希望非洲接受西方的现代文明，企盼西方现代文明来拯救非洲大陆。

1958 年，索因卡的剧本《沼泽地居民》在伦敦成功上演并赢得观众的好评。在这个剧本中，主人公伊格韦祖离开落后的乡村到大城市去闯荡，不但没能赚到大钱，反而连自己的妻子也跟随有钱的孪生兄弟跑了。遭受沉重打击的伊格韦祖再次回到沼泽地，期盼土地上种的庄稼能给他希望，看到的却是洪水过后的一片狼藉。伊格韦祖终于意识到沼泽地居民的贫穷和苦难是来自根深蒂固的落后传统，千百年来人们虔诚信仰的"蛇神"并没有给人们赐福，伊格韦祖成为一个"杀蛇"的人。然而，伊格韦祖的心理十分矛盾，他对沼泽地既依恋又仇视，现代城市的尔虞我诈迫使他重返沼泽地，但眼界开阔之后的他已无法容忍沼泽地的封闭落后环境，不得不再度去弥漫着西方现代文化气息的大城市寻找希望。如果说伊格韦祖在愚昧落后的传统生活和现代社会重重罪恶之间的无从选择表明索因卡对传统文化的怀疑和否定，那么笃信伊斯兰教的盲人乞丐就是索因卡把改变尼日利亚社会现实的希望寄托在伊斯兰教等其他宗教的代言人。盲人乞丐说话的神态颇有先知气度，很不寻常。他厌倦了行乞的生活，想踏踏实实地寻找一片土地来耕种。为了实现自己的愿望，他丝毫不畏惧约鲁巴民族所谓的"蛇神"，下定决心留守沼泽地，开垦新田地。可见，"索因卡通过伊格韦祖的言行暗示尼日利亚只有改变落后的传统、打破闭关自守的局面、接受西方现代文化才会有真正的出路"①。

1959 年，索因卡又发表《狮子与宝石》，再次引起剧坛轰动。他在这个

---

① 朱振武：《非洲国别英语文学研究》，华东理工大学出版社 2019 年版，第 222 页。

剧本中既抨击了非洲顽固的封建势力和传统文化的落后愚昧,也谴责了非洲人民盲目崇拜西方和吸收西方文化的不得要领。剧中的老酋长反对开化,反对进步,阻挡西方现代文明的到来,为了巩固自己的统治地位,以便自己能够永远地愚弄老百姓,牟取私利,他甚至维护非洲落后的婚姻制度。老酋长的保守落后和拒绝接受西方文明无疑是要抛弃和排斥的,但小学教师拉昆来的言行举止也说明西方文化在进入非洲社会时被扭曲变形,对根除非洲落后的传统甚至起反作用。拉昆来主张兴办学校、反对陈规陋俗,但他的计划不切实际,没有一项能付诸实施;他反对非洲娶亲要付彩礼的习俗,只是因为他自己的口袋里没钱;他之所以主张废除一夫多妻制在很大程度上是出于嫉妒,因为他自己连一个老婆也讨不上。拉昆来盲目崇拜西方的一切,无视非洲传统文化,也瞧不起本民族的人民。他感受到的只是西方文明的表面现象,羡慕西方人玩棋、闲谈、鸡尾酒会、饮茶、喝咖啡等日常生活方式,对西方现代文明缺乏真正的认识,所以美如宝石的希迪姑娘最终不愿意嫁给他。可见,索因卡在这个剧本中对非洲落后传统的否定态度更加明显,认为非洲人只有抛弃非洲文化的糟粕、吸收西方文化的精华,才能进入真正的现代文明。索因卡的一位出版商雷克斯·柯林斯认为,索因卡在"某种程度上很像文艺复兴时代的先进人物"[1]。

二、中年索因卡宣扬非洲文化与西方文化融合

20 世纪 60 年代以后,非洲各国相继获得独立,统治非洲大陆数百年之久的西方殖民主义政治势力退出非洲。然而,西方殖民者不但继续控制着非洲大陆的经济结构,而且对非洲采取新的文化殖民政策,非洲社会于是很快转入后殖民主义的历史阶段。文化殖民意味着非洲的政治独立成为形式。接受西方文化教育的非洲进步知识分子敏感地察觉到西方的文化殖民对非洲具有更大的危险性。1960 年,尼日利亚取得独立。索因卡欣喜回国。他既反对固守非洲传统文化,也反对把非洲传统文化与西方文化对立起来,认为"编造自己过去的神话"和"文化对立"是在"逃避糟糕的现实","非洲社会的发展进步需要传统文化与非洲各国的残酷现实相融合,非洲的民族觉醒也需要西方主流文化的关照"[2]。

索因卡在回国后六七年间,一方面在美国洛克菲勒基金会资助下从事非洲戏剧艺术研究;另一方面致力于尼日利亚现代戏剧的创作。他走遍了

---

① Rex Collings, "Wole Soyinka, A Personal View", *New Statesman*, No.20(Dec.1968) , p.879.

② 宋兆霖:《诺贝尔文学奖获奖作家传略》,浙江文艺出版社 2005 年版,第 1 页。

尼日利亚各地,找到了融合西方现代戏剧艺术与约鲁巴民族的民间音乐、舞蹈和戏剧之路,开创了乡土色彩浓厚的西非现代戏剧。60 年代的索因卡创作热情高涨,成果丰富,短短几年间接连推出了《森林之舞》《裘罗教士的磨难》《强种》《孔其的收获》《路》等一系列著名的剧本,成为非洲最著名的作家。相对于早期创作对非洲传统的怀疑与否定态度,索因卡在中期创作中开始关注并明确肯定非洲传统文化的积极因素,大力宣扬传统与现实、非洲与西方的融合。

《森林之舞》发表于 1960 年,号称非洲的"仲夏夜之梦"。索因卡在剧本中通过带有原始多神教观点的叙述,对尼日利亚的历史传统进行了笼统的概括。这部剧作既借鉴了西方荒诞派戏剧的艺术技巧,又融入了西非民间传统舞乐和宗教仪典元素。索因卡的思想和艺术在《森林之舞》中发生了根本性变化。他不再寄希望于伊斯兰教等其他异教来拯救尼日利亚污浊现实,而是开始认识到尼日利亚传统文化虽然存在诸多愚昧落后的因素,但也拥有许多宝贵的东西,继承和发扬非洲的优秀文化传统,有助于拯救尼日利亚现代人的灵魂、建立和谐的理想社会。

《强种》的主人公埃芒对待传统文化的态度被索因卡重新定义。他在妻子难产离世之后,离开故土,来到非洲传统部落的一个小村子工作,既当教师又当医生。埃芒人格高尚、医术高明,深受当地人的尊敬和认可。然而,这个闭塞落后的小村子有一个非常残忍的习俗。每年的新年前夕,村民们都要找一个外乡人来折磨,向外乡人扔赃物,甚至殴打羞辱,直到外乡人离开或者死去。村民们认为这样做可以去除一年的晦气和霉运。有一年到了年底,这个村庄只剩下埃芒和白痴儿童伊法达两个外乡人。除夕之夜,顽固的长老们捉走白痴儿童伊法达做外乡人的替身。为了拯救伊法达,埃芒挺身而出,甘于自我牺牲。他的勇敢献身让村民们的良心受到了震动。面对当地愚昧的传统习俗,埃芒并没有言辞激烈地质问村民,而是表现出尊重的态度,但又同情和爱护弱者,以自己高尚的心灵来揣度一切,最终以自我牺牲来触动村民们麻木的神经。埃芒带着自己的理想和光辉的人性死去了,但他的儿子仍然活着。"强种"后代的存在,预示着"强种"精神将世代相传。由此可见,此时的索因卡不再嘲笑传统,而是开始尊重传统。虽然他在这个剧本中没有提出立刻改变落后传统的方案,但已经明显地对非洲社会在传统与西方文化多元融合下不断进步表现出了一种乐观精神。

《路》中的"路"是连接过去与未来的重要桥梁,本应象征着希望与未来,然而这条"路"却处于尼日利亚新旧交替时代,承载着非洲殖民传统和西方现代文明,这条"路"是新旧文化冲突的连接点,充满着凶险与未知。

这条"路"崎岖坎坷,并有人掏挖洞穴,设置障碍,这条路年久失修,车祸频发,卡车大都破旧不堪、司机横冲直撞、超速行驶。而即使是在这样充满凶险、疯狂无语的世界,"司机之家"的人们仍然浑浑噩噩,即使驾驶时身处生死关头也不以为然。《路》通过一系列意象,诸如破烂的卡车、漫不经心的司机等揭示危机,但也提出必须要朝未来迈进。索因卡相信"路"连接过去、现在与未来,"路"是不断变化的,是充满未知与可能的。但无论路途多么曲折坎坷和凶险,仍然需要踏上这条路,敢于探索,敢于为更光明的未来付出甚至牺牲。

索因卡主张融会贯通非洲文学和西方思想,反对追求非洲独特性。1959 年,他在伊巴丹一所大学的杂志上发表的文章《号角》中写道,"真实性斗争是要与未来西非的作家做斗争,要与外国追求完美的嗜好做斗争"。1966 年,伦敦出版商希尔和王(Hill & Wang)打算把《狮子与宝石》列入非洲戏剧选集,索因卡并不情愿,他写了一封愤慨的信给大卫·尼尔(David Neale),"这特别的选集对于我来说,就是一本典型的现在非洲沉溺其中的不清不楚的材料集合,我不愿看到我的作品作为其代表"①。

1965 年,内罗毕大学的埃德加·赖特(Edgar Wright)在《东非杂志》(*East Africa Journal*)上发表了一篇题为《范围相当大》("Range Considerable")的文章。他热情地把索因卡的五部戏剧描述为"来自讲英语的非洲,甚至整个非洲的最优秀的戏剧作品"②。他称索因卡是戏剧创作的能工巧匠,是一位"真正有创造力的非洲剧作家",具有广泛的主题和国际影响力。他认为《裘罗教士的磨难》《狮子与宝石》很完美,不仅强调了索因卡的对话和喜剧创作天赋,而且强调了他在对白和人物中的活力。赖特宣称,"一切都是活生生的",这些短剧显示了索因卡天赋的严肃、象征性和幽默的一面,但他也发现《森林之舞》过于复杂,抱怨这出戏很难看懂,语言上也偶尔有些浮夸,通篇充满象征意义。尽管如此,赖特仍然坚信,这些戏剧都是高质量的作品。他认为索因卡像萧伯纳一样最伟大的才能在于创作喜剧,并相信他有成为一个伟大喜剧家的潜力。

三、老年索因卡回归传统,走向非洲中心主义

20 世纪 70 年代,非洲民族独立后的欢欣鼓舞已消失殆尽,非洲各国特

---

① Caroline Davis,"Publishing Wole Soyinka:Oxford University Press and the Creation of '*Africa's own William Shakespeare*'",*Journal of Postcolonial Writing*,No.4(2012),pp.344–358.

② Edgar Wright,"Range Considerable",*East Africa Journal*,Vol.2,No.7(Nov.1965),pp.35–38.

权阶层无休止的盘剥令广大民众感到深深失望。加快经济的复苏取代文化
的自我确认和重建成为 70 年代非洲的中心问题。70 年代的索因卡决意回
归传统、走向非洲中心主义。此时的他对非洲传统有了十分清晰而全面的
认识。他总是不断地从传统文化中寻找精神依托,力图恢复其中的某些积
极成分,既反对把非洲文化说成子虚乌有的观点,也反对过分赞誉或抬高民
族文化的态度。索因卡发现"黑人运动"的倡导者大多是被前殖民主义者
所同化的人。这些人对殖民教育把非洲人与本民族文化分离而感到十分憎
恨,但他们没有去恢复失去的非洲哲学、宗教以及其他要素等真实传统文
化,而是创造一种自我设想的、大多数非洲人从未经历过的所谓的"非洲文
化"。作为现当代非洲戏剧的开创者,索因卡始终致力于寻找民族文化之
源,深入约鲁巴神话、仪式和宗教中去,探求一种区别于西方戏剧、富于非洲
传统意识的悲剧形式。

其实,索因卡在《森林之舞》和《路》中早就隐含了一种要求回归传统的
原始主义和神秘主义倾向。他切身感受到西方现代物质文明高度发展,但
文艺复兴以来的理性精神却逐渐萎缩退化。索因卡希望能够从非洲原始文
化中找到治疗精神颓败的良方和对付物质崇拜及科技挑战的武器。1976
年,索因卡出版《神话、文学与非洲世界》,阐述了自己对非洲传统文化的基
本观点。在他看来,"非洲世界和其他任何一个'世界'一样,有其独特性,
具有与其他文化互相补充的特点","传统文化就是在神话剧的结构中提出
社会问题,制定其道德规范的。神的戏剧悲剧性仪式还涉及意义更为深远、
更难以捉摸的生与死的现象"①。

1975 年,索因卡发表"仪式悲剧"《死亡与国王的侍从》,围绕约鲁巴传
统的殉葬仪式展开故事情节。约鲁巴人相信,宇宙世界由过去、现在、未来
和"轮回通道"构成。人死后需要打通"轮回通道"才能到达彼岸的"永恒"
世界。国王去世后,国王的侍从要在一个月内自杀,为已故国王打通"轮回
通道"。《死亡与国王的侍从》的主人公艾雷辛就是国王的侍从,他应该在
国王死后按照传统习俗举行自杀殉葬仪式。然而,由于英国殖民者的干涉
阻止,艾雷辛未能为国王自杀殉葬。艾雷辛的儿子欧朗弟留学英国,深受西
方文化熏陶,回国后义无反顾地代父自杀,捍卫了约鲁巴传统。索因卡在剧
中对非洲传统文化持有鲜明的肯定和赞扬态度,清醒地认识到约鲁巴传统
文化所寄予的民族理想。

---

① Wole Soyinka, *Myth*, *Literature and the African World*, Cambridge University Press, Cambridge; M. A., 1976, p.67.

　　约鲁巴宗教神话和传统文化最终成为索因卡戏剧创作最丰富的来源。他认为"非洲艺术家从来就是、也应该是社会风习和历史的记录者,时代的理想的表达者"①,期盼在双重文化碰撞之中探索出一条能够促进非洲从传统走向现代的理想之路。

---

① 张荣建:《黑非洲文学创作中的英语变体》,《重庆师院学报》(哲社版)1995年第3期。

第二章　索因卡戏剧与非洲传统宗教神话

非洲人自古以来笃信宗教,非洲传统宗教历史悠久,可以说非洲社会发展史就是一部不断变化的宗教传承史。20世纪以来,非洲宗教信仰在西方殖民文化的强势侵入下改变了格局,呈现宗教多元化的状态。传统宗教、伊斯兰教和基督教在当代非洲都得到了很好的发展。传统宗教随着社会历史的发展而不断变化,但从总体上看仍然是当代非洲宗教的主流,渗透在非洲各族的社会生活之中,形成非洲独特的历史文化和心理特征。

索因卡认为,"非洲艺术家从来就是、也应该是社会风习和历史的记录者,时代的理想的表达者"[1]。他自幼接受约鲁巴部族的文化意识和艺术传统的熏陶,对非洲的宗教祭典、图腾崇拜、民间舞乐等传统文化十分熟悉。深厚的传统文化积淀为索因卡的文学创作提供了坚实的艺术基础。传承约鲁巴传统文化和借鉴非洲传统艺术为索因卡的戏剧作品带来了鲜明的宗教色彩、丰富的哲理寓意、浓厚的非理性因素以及独特的语言风格。

索因卡的文学创作动力始终是约鲁巴族的传统文化。有学者称,"索因卡是带着热带泥土的芬芳和古老的非洲精神,急剧跃升到现代艺术殿堂的非洲大陆的第一流作家"[2],在索因卡的作品中非洲传统因素是一大母题,他始终愿意以约鲁巴族的文化为主体来进行创作。索因卡用文学的形式来表现非洲传统文化因素,让世界的人都看到非洲独具特色的传统文化,促进非洲传统文化走向世界。索因卡在戏剧作品中以诗化语言讲述约鲁巴人的宗教仪式、历史文化和民族格言,成为非洲文化的代言人。

第一节　索因卡对非洲传统宗教神话的认识

作为约鲁巴人,索因卡成长于尼日利亚融合的宗教文化中,深深地卷入了非洲的宇宙学和价值观之中。他认为在自己的成长过程中"奥贡是陪伴神"[3],自己曾在"约鲁巴人的精神中心"——伊费(Ife)工作。在第四部自

---

① 张荣建:《黑非洲文学创作中的英语变体》,《重庆师院学报》(哲社版)1995年第3期。
② 塞昌槐、蒋家国:《非洲剧坛的普罗米修斯——索因卡》,《荆州师专学报》(社会科学版)1993年第3期。
③ Wole Soyinka, *You Must Set Forth at Dawn: A Memoir*, New York: Random House, 2006, p.6.

传《你必须在黎明启程》中,索因卡以文学的美和令人眼花缭乱的修辞,承认约鲁巴万神殿的铁匠神和抒情艺术神是他"在叛逆时的神圣伙伴"。他说,"关于我很早就被富有创造力的神奥贡所附身的说法,是一些文学评论家熟悉的评论,他们把我的创作魅力与我的作品中不可否认的神性联系在一起,而不仅仅是它的文学追求"①。认识和了解非洲传统宗教是解读索因卡戏剧中新颖独特的思想内涵和艺术特征的重要途径。

一、索因卡对非洲宗教神话的理性评价

非洲哲学崇拜的核心都是尊敬神灵。非洲人认为,天地万物都是神灵创造的,神灵给予了人类一切,随时为人们提供同情、保佑和恩惠。非洲人的神话系统是庞大且复杂的多神崇拜,其中包括母鸡之神法渥米、草药之神欧森茵、火神—战神—铁神奥贡、海洋之神欧洛昆,还有令人敬畏的恶作剧之神伊莱巴若,等等。非洲传统宗教神话通过口传方式代代相传延续至今,与非洲人的生活习俗、道德伦理密切相关,影响着非洲人的行为规范和思维方式,在非洲国家的社会生活和政治生活中起到极为重要的作用。

1960 年元旦,26 岁的索因卡获得了洛克菲勒奖学金,回到尼日利亚研究传统戏剧形式,创作了《死亡与国王的侍从》和《森林之舞》等一系列反映非洲宗教神话的著名戏剧。从此以后,索因卡放弃了早年信奉的基督教信仰和父母崇拜的上帝,把对基督教上帝的忠诚转移到非洲原始宗教神灵身上,不断为约鲁巴宗教神话撰写神圣的诗句和荣耀的赞歌。

西非传统戏剧诞生于宗教帝国主义的迷宫中,受到基督教和穆斯林激进分子的迫害。西非戏剧受到非洲传统宗教的启发,挑战了基督教和伊斯兰教的神学和价值观,以及殖民主义的破坏性要求。索因卡曾经带领剧团前往西非,公开向非洲神灵致敬,成为非洲戏剧史上最令人难忘的戏剧台词。索因卡说,"我能回家真是幸运。那里的众神还只是处于冬眠的状态。我随心所欲地穿过东、北、南,参观了整个西非海岸的传统节日和表演公司,与各地的宗教神灵保持联系,并庆祝他们的季节。道路之神奥贡令我产生了新的创作计划"②。他在现实生活中体验到非洲诸神的创作,随着对非洲土著宗教和精神信仰的价值和优点的重新考虑,自己的宗教信仰发生了演变,开始对自己青年时代信奉的基督教产生了诸多疑虑和不满。

---

① Wole Soyinka, *You Must Set Forth at Dawn：A Memoir*, New York：Random House, 2006, pp.34, 44.

② Wole Soyinka, *You Must Set Forth at Dawn：A Memoir*, New York：Random House, 2006, pp.49, 112.

1982 年,索因卡在《非洲传统文化中的戏剧:生存模式》(*Theatre in Afri-can Traditional Cultures:Survival Patterns*)中系统地报道了他的游击剧团在尼日利亚遇到的西方宗教恐怖主义。他在文中记录了基督教与伊斯兰教对非洲传统宗教的敌意,指出"在约鲁巴北部获胜的穆斯林,禁止大多数传统形式的戏剧表演,因为这违背了伊斯兰教的精神。当地传统戏剧团队使用传统雕刻的面具和其他代表非洲祖先灵魂的工具,最容易受到穆斯林的反对。与此同时,基督教传教士也开始向北推进,比殖民势力领先几步。穆斯林开始执行的非利士人任务,是基督徒禁止可疑邪教活动的结果。基督徒的做法更加过分,不仅仅禁止戏剧性的表演还否决了土著乐器——巴塔、黑帮、敦敦(bata,gangan,dundun)等等传统戏剧的支柱"①。2002 年,索因卡在接受戈德温(Godwin)采访时说,"我更倾向于更深入地了解奥里沙(orisha),它代表着约鲁巴万神殿,非常类似于希腊万神殿。你们有可憎的神,仁慈的神。我发现这比基督教或伊斯兰教的单细胞神更诚实"②。索因卡重新评估了父母所崇拜的上帝的信任度,以及亚伯拉罕(一神教)信仰的忠诚度,因为他宣称非洲诸神更可靠、更实用、更易于管理。由于一场神学危机,索因卡背弃了基督教。

在同一次戈德温采访中,索因卡还指出,实践自己的宗教是一项人权,"宗教也是言论自由"。他肯定宗教信仰化是宗教自由的一种形式,不应脱离宗教和宗教信徒,但谴责为获得皈依者而采用残暴无情的手段。索因卡认为,没有宗教承诺的生活就是精神不平衡的生活。宗教体验应该被看作人类生活的一种独特的解释方式,一个人的信仰倾向应该被看作对认知自由的一种实践。非洲人想要在精神上表达自己,西方殖民者却行使强权,试图说服非洲人进入西方宗教信仰体系,"那些认为宣扬你的宗教是犯罪的国家正在犯一个可怕的错误。他们所做的就是将其他形式的精神直觉和实践驱赶到地下"③。危险的宗教意识形态传播可能导致人类暴力和痛苦的蔓延,甚至到死亡的地步。在这样的背景下,索因卡曾经考虑根除所有宗教。他毫无歉意地对戈德温说:"如果宗教被完全从这个世界上带走,包括我成长的那个世界,我将是世界上最幸福的人之一。我唯一担心的是,也许会发明出更可怕的东西来取代它,所以我们最好与现在的情况相处,并控制

---

① Soyinka,*Art*,*Dialogue*,*and Outrage*,New York:Pantheon Books,1988,pp.135-136.

② Celucien L.Joseph,"'Shipwreck of Faith'——The Religious Vision and Ideas of Wole Soyinka",*Toronto Journal of Theology*,Vol.32,No.r1(Spring 2016),pp.51-69.

③ Wole Soyinka,"If Religion was Taken away I'd be Happy",*Telegraph*,October 12,2012.

住它。"①由此可见,索因卡不是一个反宗教的批评家,而是一个宗教恐怖主义的严厉批评家。他在各种著作中肯定了宗教在社会中的积极作用,肯定信仰在这种充满不确定性和绝望的生活中的治疗和安慰作用,并以更积极的眼光书写非洲的传统宗教和精神信仰。

1991 年,索因卡在伊巴丹大学大主教系列演讲中发表了题为"存在的信条和虚无"("The Credo of Being and Nothingness")的首次演讲。在这一开创性的公共演讲中,索因卡对宗教及其在个人和公共领域的相关性进行了理论和哲学上的反思。他怀疑上帝的存在,并逐渐抛弃了父母亲关于道德、真理和生命意义的基督教教义。最终,他也拒绝了圣经的无懈可击和可信度,抛弃了对奇迹的神圣起源的信仰,并质疑他父母在生命和信仰问题上的圣经原则的合理性。索因卡放弃了他的圣公会信仰,坚持一种思想宽广的世界观和哲学:约鲁巴人的土著宗教传统和人道主义。他拒绝了基督教和伊斯兰神学中所倡导的上帝绝对统一(统一性)的教义,接受了一个更有弹性、不那么强健和非教条的上帝概念。除了质疑宗教排他性的合法性外,他还拒绝了神圣启示的观念和"神性启发圣经"的概念。

宗教在全球范围内被广泛理解为一种中性现象,但宗教的作用含糊不清,它既可以促成好事,也可能被坏人利用,既可以减轻全球的痛苦,也可能造成全球危机。索因卡认识到,宗教是世界上人类苦难和暴力的根源,"滥用宗教会使人的处境恶化"②。他推断,"宗教象征在任何时候都能在年轻人的意识中起到精神和伦理提醒的积极作用,以及在一个人可能处于不当行为边缘时作为纠正机制的积极作用"③。为此,索因卡在非洲传统宗教的宽容、适应性和多元性以及约鲁巴人的"世俗神"中找到了巨大的希望。他认为非洲神灵可以为人类的和平与合作以及现代世界繁荣的人文主义作出贡献,约鲁巴宗教传统是解决人类困境和宗教不容忍的可能办法。

二、索因卡的"神话整体主义"建构理论

在《神话、文学与非洲世界》第一章的导言中,索因卡肯定非洲诸神为文学创作提供了灵感和素材。他指出,"我首先要纪念这些神灵在文学祭坛上的自我牺牲,并在此过程中进一步为人类社会服务,并为人类社会寻求

①　Wole Soyinka, "If Religion was Taken Away I'd be Happy", Telegraph, October 12,2012.

②　Wole Soyinka, The Open Sore of a Continent: A Personal Narrative of the Nigerian Crisis, New York: Oxford University Press,1994, p.122.

③　Wole Soyinka, Climate of Fear: The Quest for Dignity in a Dehumanized World, New York: Random House,2004, pp.116,128.

解释。他们控制着仪式设定的美学思考,并给予每一场表演一个神秘和世俗的多层次体验"①。2003 年,西蒙·吉坎迪(Simon Gikandi)在介绍索因卡的《死亡与国王的侍从》时写道,"索因卡向来为自己的非洲文化遗产感到自豪,是非洲文化利益的捍卫者。他的文学作品立足于尼日利亚西部和贝宁共和国约鲁巴人的宇宙系统。在所有现代非洲作家中,索因卡的文学创作力量基本上来自非洲传统文化;在约鲁巴宗教信仰和思想体系之外,不可能想象他的作品"②。吉坎迪强调非洲精神在索因卡文学创作中的突出地位,认为"索因卡的祖父过着以古代约鲁巴信仰和习俗为指导的生活,正是通过对家人的长期访问,索因卡接触到约鲁巴人的仪式和宇宙"③。

　　索因卡的祖辈信奉约鲁巴传统宗教,笃信鬼神、巫术和传统宗教仪式,亲族中有巫医,也有祭司。他的成长岁月中充满着丰富多彩的宗教神话故事。非洲神话特别是约鲁巴神话为索因卡戏剧提供了丰富的创作素材和主题意象。阅读索因卡的戏剧作品,首先吸引读者的是丰富多彩的约鲁巴神话世界。约鲁巴神话在他的戏剧创作中发挥着重要的作用。20 世纪 60 年代初,索因卡在尼日利亚各地考察和研究民间戏剧,发现尼日利亚人大多绝对信仰原始宗教,神性意愿和神话秩序在人们心中根深蒂固。于是,他决定借鉴传统艺术,把神话、传统和仪式结合成一体作为自己的文学营养,在创作中创造性地引进神话意象、神话传说和神话思维。

　　作为非洲现代戏剧的开创者,索因卡长期致力于探求一种不同于西方悲剧传统而富有约鲁巴传统文化意识的悲剧精神。他将约鲁巴族的受苦神话诗学转化为自己的创作母体,回到约鲁巴的神话里重新去寻找创作的动力,解决了文学和社会的关系问题,创立了一种以"第四舞台""仪式悲剧""转换深渊"为核心词的悲剧理论,创造性提出"宇宙整体主义"。在索因卡看来,"在宇宙的苍穹中,存在着生活的完全的统一体。生活像是上帝的头颅,说它自身会复现出多样性只是一个幻觉,因为上帝的头颅只有一个。生和死也是这样,两个都包含在存在的单一的苍穹"④。

　　非洲哲学一般认为宇宙有三重世界:死者世界、生者世界和未来世界。

---

①　Wole Soyinka, *Myth*, *Literature*, *and the African World*, New York: Cambridge University Press, 1976, pp.1-2.

②　Simon Gikandi, "Introduction," in *Wole Soyinka: Death and the King's Horseman*, New York: W. W. Norton, 2003, p.viii.

③　Simon Gikandi, "Introduction," in *Wole Soyinka: Death and the King's Horseman*, New York: W. W. Norton, 2003, p.xi.

④　Wole Soyinka, *The Interpreters*, Oxford: Heinemann, London, 1965, p.141.

索因卡却发觉,其实在非洲人的宇宙世界中还存在着一个"宇宙意志最终表达的所在之地"——理想的存在和物质性的存在的"转换深渊",也就是第四空间(第四舞台)。第四空间是连接三个世界、促进宇宙完整与统一的关键环节。只有打通第四空间的通道,三个世界之间的桥梁才能架起。没有第四空间的通道,宇宙将会失去秩序,人类将会陷入灾难。在约鲁巴神话里,第一位挑战和征服第四空间通道的是奥贡神。奥贡神与西方的日神、酒神相对应,是约鲁巴的"创造之神",象征着创造的激情、痛苦、残酷、巨大的意志,集创造与毁灭、惩罚与拯救于一身,是宇宙重获均衡与和谐的关键力量。对于约鲁巴人来说,重获神圣性可以超越自我分裂的痛苦,一个完整的人格和一个存在的统一体的形成需要人身上的人性和神身上的神圣性的结合,所以要不断通过宗教仪式来重演奥贡神对转换深渊的征服。基于约鲁巴人的这种人格理论,索因卡提出了"宇宙整体主义"。他认为,处于三重世界交界地带的转换深渊就是重获宇宙完整性的场所。约鲁巴传统戏剧强调主人公沿着类似于转换深渊的地方前进的悲剧意识,对奥贡通道仪式的反复模仿是约鲁巴悲剧的神圣使命。奥贡的小径与转换的深渊就是第四空间,而第四空间则是"原型的中心和悲剧精神的家园"[1]。

索因卡提倡的第四空间悲剧实际上是一种表现奥贡通道的"仪式悲剧"。他在一系列论文中用富于激情的文学语言阐释了自己的理论主张,系统探讨了约鲁巴悲剧的根源,以卓著的悲剧创作实践进行有力的阐释。《森林之舞》《强种》《路》《酒神的女祭司》《死亡与国王的侍从》等作品都是其悲剧理论最有力的例证。在《死亡与国王的侍从》中,所谓宇宙的三重世界就是以死去的国王代表死者世界,艾雷辛的新娘代表生者世界,艾雷辛和她结合之后有可能孕育出的胎儿代表着未来世界。艾雷辛就是第四空间(转换深渊)的征服者,他的任务是要在国王到达第四空间之前,通过自杀来打通连接三个世界的通道,让国王平安通过。只有国王平安通过转换深渊,宇宙的力量才会重建和谐,生命的延续才会保持,国王的子民才会得救。艾雷辛自杀仪式中的任何环节都和宇宙的统一性、整体性以及存在终极的神秘性紧密关联。

索因卡指出,在现实的经验之外,尤其是在这个"技术补偿性"的西方世界之外,存在着一个宇宙统一体,依靠一种神话式的直觉和跳跃性情绪想象,人类可以达到这个统一体。他的"宇宙整体"是相对于非洲世界和非洲思想而言的,排除了"技术补偿性"的西方世界。索因卡的这种创作思想在

---

[1]　Wole Soyinka, *Art, Dialogue and Outrage: Essays on Literature and Culture*, London: Methuen, 1993, p.32.

《死亡与国王的侍从》中的欧朗弟身上得到了印证。欧朗弟有两个自我:他
是一个受西方教育的人,刚从西方归来,这个"自我"代表着"西方";同时他
又是一个鲁巴人,这是他的传统"自我"。欧朗弟代父自杀,象征着那个西
方的分裂的"自我"必须死去,以使传统的、真正的"自我"保持存在,同时保
证一个传统的、和谐统一的"完整自我"得以再生。索因卡通过反映欧朗弟
式的悲剧精神和悲剧性的超越精神,借助神话的隐喻和古老的仪式来表现
尼日利亚民族的善良人性和坚强意志对于尼日利亚民族发展的重要性。

　　索因卡歌颂尼日利亚前殖民时期的传统和文化,认为约鲁巴民族是一
个具有"种族的自我领悟"能力和文化的"适应性"的民族。詹姆斯·吉布
斯(James Gibbs)认为,索因卡的"大部分作品都与约鲁巴文化和约鲁巴概
念有关。他以约鲁巴题材创作了一系列杰出的文学作品,证实了约鲁巴影
响力的存在,表明了索因卡对约鲁巴世界观的长期关注"①。评论界把索因
卡的神话情结概括为"神话整体主义",显然是非洲第一代觉醒了的知识分
子在后殖民语境下对殖民者的思想意识进行反抗性的、挑战性的叙写的一
种"权力的逆写",是索因卡在动荡、腐败的现代社会中追求精神和心理健
全的唯一途径,因为秩序在现实中遭到破坏,但在传统宗教的神话、仪式世
界中却是固若金汤的。

第二节　索因卡戏剧中的约鲁巴神话元素

　　撒哈拉以南的非洲基本上是黑人世界,习惯上被人们称为黑非洲。狭
义的非洲神话是指撒哈拉以南的非洲神话。非洲各族的神话都有一个至高
神(上帝)和各种各样拟人化的自然神。在约鲁巴神话中,众多神灵各司其
职,掌管天地万物,其中包括至高神(上帝)奥罗伦(Olorun)、火神—战神—
铁神奥贡、雷神尚戈(Shang)、智慧神欧容米拉(Orunmila)、命运神埃舒(Es-
hu)、森林神埃瑞勒(Erinle)、农业神奥都都阿(Odu-dua)、天花神松旁纳
(Onponna)和河女神欧顺(Oshun),等等。

　　《神话、文学与非洲世界》标志着索因卡神话创作思想的确立。他的神
话世界来自约鲁巴部族固有的宗教神话资源,但充分融入了自己个性化的
阐释,是对约鲁巴传统的极大提炼和改造。索因卡的《沼泽地居民》《森林
之舞》《路》《死亡与国王的侍从》等都是以约鲁巴宗教神话为题材的戏剧作

---

　　① Gibbs, "Introduction", in *Wole Soyinka: Death and the King's Horseman*, New York: W. W.
　　　Norton,2003,p.3.

品。各路神仙和精灵鬼怪汇聚在索因卡的舞台上,其中既有祭祀神、雕刻匠的保护神、太阳神、河神、火山神、黑暗神,也有祖先的幽灵、树精灵、棕榈树精、宝石精、大象精、蚂蚁王和众蚂蚁,还有岩石魔、土地妖、草精灵、露水精、神怪们、梦魔们、女妖、风妖,等等。在索因卡戏剧创作中,较有影响的神话元素有至高神奥罗伦、奥巴塔拉神、奥贡神、蛇神、精灵鬼怪等。

一、无所不在的至高神奥罗伦

在非洲,大多数人都信仰一个至高无上、主宰一切的至高神(上帝)。古代非洲没有有关上帝的记载,但是上帝的形象却表现在非洲人的日常谚语、神话故事和宗教仪式之中。许多非洲部族把上帝说成是"伟大的化身""伟大的神"等①。至高神创造天地万物和人类,无所不知,无所不在,无生无死。非洲各族神话对至高神有不同的称谓。约鲁巴人称奥罗伦为至高神,"奥罗伦"的词义为"天的主人",是"万物的创造者、全能和全知者、生命的给予者,并且是一切人的最后审判者"②。约鲁巴神话流传于尼日利亚南部城市伊勒—伊费,传说此城是人类的起源地。根据约鲁巴神话,世界原本非常潮湿,呈糊状,不存在任何生命。至高神奥罗伦派一名叫欧里山拉(Orishanla)的神带着一蜗牛壳的土,让一只鸽子和一只母鸡把土撒在潮湿糊状的地面,把大地弄干,于是在伊勒—伊费造出第一块干土地。随后,奥罗伦又用土造出了人类,并把生命置入人类的体内。奥罗伦原来和人住得很近,也经常与人交谈,参与人类的各项活动,干预人间的各种事务。他赐予人类五谷丰收,护佑人类身体健康。后来由于人的错误,奥罗伦移到遥远的天上。由于奥罗伦很遥远,约鲁巴人认为无须定期向其祷告。奥罗伦神圣而又伟大,约鲁巴人的日常问候、祷告和谚语经常出现他的名字。在没有中介的情况下,众人可以直接与奥罗伦打交道。众神和祖先是中介,世人向众神和祖先所做的祷告、所奉献的祭品,可以转达给奥罗伦。奥罗伦的能力至高无上,万物皆源于他而且属于他。他君临众神之上,世界由众神管理,奥罗伦又管理众神。奥罗伦是约鲁巴人最终的依靠和最高的上诉法院。

《森林之舞》中的民族大聚会是生者、死者、神灵、鬼怪会聚一堂的大型活动。聚会的组织者"森林之王"对应的是约鲁巴族信仰的至高神——奥罗伦。"森林之王"以主神奥罗伦的身份登场,所作所为鲜明体现了至高神

---

① 宋擎擎、李少晖:《黑色光明——非洲文化的面貌与精神》,中国水利水电出版社2006年版,第57页。

② [英]杰弗里·帕林德:《非洲传统宗教》,张治强译,商务印书馆1999年版,第52页。

奥罗伦的宗旨,但与传说中的奥罗伦并非完全对应。起初,他化装为阿德奈比,试探世人对他是否驯服。他发现历史和现实惊人相似,生者与死者的"行为几乎相同,无论是善,是恶,是暴力,还是粗心大意;动机几乎相同,无论是虚幻的,明确的,值得称赞的,还是该诅咒的"①。戴姆凯砍断大树的树冠,眼睁睁地看着随身学艺的徒弟从树上跌下来摔死。臭名昭著的"乌龟夫人"罗拉本性不改,在三百年前是妓女,现在还是妓女。两个情夫为了她争风吃醋,自杀身亡。罗拉"害的人不计其数。年轻人、老人都有",许多男人为了她把家财丢得精光。议员阿德奈比负责汽车载人的审批工作,与过去同样玩忽职守、贪赃枉法。他接受贿赂,把报废的汽车批准上路,还把只能载 40 人的汽车改成可以载 70 人。那辆报废汽车的名字叫"上帝,我的救星",阿德奈比称之为"埃列科的烟筒",两三次掉进坑里,还经历了七八次严重的撞车事件。另一辆超载客车被人们称为"火葬炉",严重超载后翻车了,车上的 70 人,只有 5 人幸免。"森林之王""什么都记得很清楚","三百年啦,什么变化也没有,一切照旧"②。

在剧本结尾,埃舒奥罗企图抢走女幽灵生下的孩子,戴姆凯把孩子还给了他的母亲,奥贡出面阻止埃舒奥罗再次使坏。"森林之王"支持奥贡,并表示他要打破人们长期流传的关于他的流言蜚语,做一个称职的神,为人类终止三百年来的罪恶循环。

二、极度痛苦的奥巴塔拉神

在约鲁巴神话中,奥巴塔拉神(Obatala)被认为是"原始之父""人类的创造者""社会的创造者",③并且他的身体对应是"大脑、骨骼和身体的白色液体"④。不幸的是,在创造出几个正常人之后,奥巴塔拉神在酒气中,飘飘然地创造出一些生理异常的人,如驼子和白化病者,被认为是"将一种丑陋怪异的审美特性引入到非洲黑人的宇宙中"⑤。索因卡称奥巴塔拉神是

① [尼日利亚]沃莱·索因卡:《狮子与宝石》,邵殿生等译,北京燕山出版社 2015 年版,第 192 页。
② [尼日利亚]沃莱·索因卡:《狮子与宝石》,第 169 页。
③ Scott, Lionel F., *Beads of Glass, Beads of Stone: An Introduction to the Orisha & Apataki of the Yoruba Religion*, Brooklyn: Athelia Henrietta Press, 1995, p.66.
④ Karade, Ifa, "The Handbook of Yoruba Religious Concepts", *York Beach*, Maine: Samuel Weiser, 1994, p.30.
⑤ Tidjani-Serpos, Noureini, "The Postcolonial Condition: The Archeology of African Knowledge", from the Feat of Ogun and Sango to the Postcolonial Creativity of Obatala, *Research in African Literatures*, No.27(1996), pp.5-6.

"人类痛苦精神的化身,虽然极度痛苦,但并不抱怨,充满了忍耐和牺牲的殉道精神",体现和谐的本质,是"宁静艺术的精髓"①。

《巴阿布国王》对神话的直接提及虽然有限,但也融入了索因卡对非洲宗教怪异之处的批判性眼光,再现了宗教神圣性的现实差异。剧本利用奥巴塔拉神来详细说明巴阿布的角色本质,通过杰勒德(Gelede)式的表演②表达了政治的生死存亡,从此打开希望的空间。在约鲁巴社会中,杰勒德是一种将"神圣和世俗"合一的仪式,杰勒德式舞蹈者是人与神之间的媒介。杰勒德舞蹈也可表现哀悼和失去、婚礼庆典、加冕仪式或者"命名和首领授位"庆典。约鲁巴人和他们的神灵通过仪式和盛大表演进行交流。索因卡认为,"约鲁巴神话是变革的本质,神灵对于人类起到了调和的作用","仪式的进行是在试图减少人和神,以及人和祖先之间的隔阂"③。"约鲁巴的悲剧直接深入到'冥府的领域',深入到地下世界那意志和灵魂的不竭之泉,深入到变革期,也是蒙昧期的死亡和生成的摇篮中。"④索因卡将约鲁巴悲剧的概念用戏剧演出的形式演绎出来,地狱般的巴阿布王国就是奥巴塔拉神抛弃他的创造物(指巴阿布)的背景,巴阿布糊里糊涂地命令那个杰勒德式的新娘上战场。从比喻意义上讲,这个人诞下了一位新领导人,从而通过那个怪物国王的死亡预示了政治上的变革。神话、仪式、盛大表演在现实差异层面处于危险的境况。仪式和盛大表演是可见、可听和可感的行为,但通过无形的神话,这些行为将参与者和观众转化并带到一个形而上学的领域。在这个领域里,由于参与者的情感投入,统治者影响着凡人的生死。在《巴阿布国王》的语境中,奥巴塔拉神的无私品质表达出对巴阿布式领导人的负面看法,预示着死亡与新生的杰勒德式新娘的出现给变革带来了潜在机会。

索因卡在《巴阿布国王》中通过对话和杰勒德式的人物,引出了白化病人和驼子。因为白化病人和驼子与掌管创造和痛苦的奥巴塔拉神有联系,他们的出现体现了上帝的存在。仁慈的奥巴塔拉神与巴阿布本质上正相反,他替其他人承受巴阿布因残酷无情而施加到人身上的痛苦。

---

① Soyinka, "The Fourth Stage: Through the Mysteries of Ogun to the Origin of Yoraba Tragedy", in *Art*, *Dialogue and Outrage: Essays on Literature and Culture*, London: Methuen, 1988, p.34.

② 约鲁巴人的 Gelede 演出是一种人们戴上彩色面具的公开展示,结合了美术和仪式舞蹈。

③ Soyinka, "The Fourth Stage: Through the Mysteries of Ogun to the Origin of Yoraba Tragedy", in *Art*, *Dialogue and Outrage: Essays on Literature and Culture*, London: Methuen, 1988, p.29.

④ Soyinka, "The Fourth Stage: Through the Mysteries of Ogun to the Origin of Yoraba Tragedy", in *Art*, *Dialogue and Outrage: Essays on Literature and Culture*, London: Methuen, 1988, p.28.

　　巴阿布的性格缺陷表明约鲁巴的创造之神奥巴塔拉神已经抛弃了他。对于索因卡而言,奥巴塔拉神不仅是创造躯壳的神,也是"内在精神"和"纯洁清白之人"的神。巴阿布的道德和伦理缺陷是奥巴塔拉神醉酒的标志,这可以从巴阿布的贪得无厌和花别人的钱来大肆挥霍享乐上窥见。巴阿布肥胖、肮脏、无法自控的身躯几乎就是他内在缺点的外在表现。为了不让这个怪物辱没了自己创造者之神的名声,奥巴塔拉神必须和巴阿布切断所有关联。

　　对于索因卡来说,奥巴塔拉神拥有"圣人之美";他被赋予"耐心、受苦受难、温和、静如止水、克制"等种种美德①。相反,巴阿布则是个愚蠢的战争贩子,极度缺乏奥巴塔拉神所体现的道德感、智慧和仁爱之心。如果奥巴塔拉神是对"救世"的诠释,那么巴阿布就是对于混乱的诠释,充满了破坏欲。巴阿布对公众滥用暴力、横加盘剥,教养了与他同等荒唐的后代,进一步预示了他与善良的奥巴塔拉神的分离。作为人类智力与生殖力标志的大脑和身体流出的白色液体是奥巴塔拉神的生理反应,巴阿布愚蠢的言论、性无能和道德败坏则幽默地指出了上帝对巴阿布的抛弃。奥巴塔拉神对这个专横的国王的抛弃,表明索因卡认为非洲人也需要抛弃他们的巴阿布式统治首领。但是奥巴塔拉神对巴阿布的遗弃,并不表明他就离弃了平民大众。事实上,通过提供慰藉和使变革成为可能,奥巴塔拉神成为世俗世界和神圣世界的桥梁。索因卡假定生与死是傲睨神明的双重表现。"变革的漩涡要求生与死来催化持续的新生。这就是奥巴塔拉神宁静的智慧及关键的艺术。"②当索因卡称赞奥巴塔拉神拥有傲睨神明的智慧时,通过杰勒德式的新娘已经预示了变革。在现任国王与前任国王的交战——巴阿布征服这块大陆的最初步骤中,约鲁巴神话的力量被展现了出来。索因卡的舞台指导表明:"庞大的身躯穿着整套结婚礼服——杰勒德式的有面具的改造礼服——踩着高跷进来……那个角色猛地掀开了巨大的裙子。在高跷之间是一个穿着制服的男人,戴着镣铐,被堵住了嘴。"③那个穿制服的囚犯是波提布兰(Potiplan),他是联合国的维和人员,也是被罢黜的国王普提布(Potipoo)的儿子。那个杰勒德式新娘带领着一队踩着高跷的驼子和白化病人,追逐着敌人。

① Tidjani-Serpos,Noureini,"The Postcolonial Condition:The Archeology of African Knowledge", p.5.
② Soyinka."The Fourth Stage:Through the Mysteries of Ogun to the Origin of Yoraba Tragedy",in *Art,Dialogue and Outrage:Essays on Literature and Culture*,London:Methuen,1988,p.37.
③ Soyinka,*King Baabu*,London: Methuan,2002,pp.91-92.

三、神奇善变的奥贡神

约鲁巴宗教神话体系十分复杂。除了至高神(上帝)奥罗伦之外,其他各种神灵多达 400 余个。自铁器时代以来,约鲁巴人顶礼膜拜铁神与战神——奥贡。奥贡拥有多种身份,属于拥有独特职责的高位格神灵之一,既是"冶金、金属之神",又是"铁匠的保护神",类似希腊神话中的匠神赫菲斯托斯,但兼具创造与毁坏双重象征意义。奥贡的含义随着历史与现实的改变也时常发生变化。在现代非洲人的心中,奥贡又成了"技术之神""机械之神""闪电之神",甚至"电神"和"路神"。

索因卡的出生地阿贝奥库塔是约鲁巴族世代居住的地方。这个地方有一条以奥贡命名的河流。母亲、祖父以及来自乡下的亲戚们经常给他讲述有关奥贡的神话故事。在索因卡看来,"奥贡神具有普遍的本质并容有不同的解释",更接近希腊神话的缪斯精神。他把奥贡神引入自己的文学作品之中,进行多重建构,成为内涵丰富、出现最多,而且是最重要的文学意象,成为索因卡神话体系中最重要的神话原型。在索因卡的笔下,奥贡是"古希腊价值观中狄奥尼索斯、阿波罗以及普罗米修斯的美德的总和"[1],拥有众多的神性,"发明了熔铁技术,因此成为铁神、战争之神和路神;奥贡是发明者的先驱,因此也成为创造和艺术之神;奥贡还是神圣誓言的监护人,司公正裁决之职,成为公正之神,几乎成为约鲁巴神殿中的万能之神"[2]。在尼日利亚至今依然流行的"埃冈冈"仪式表演,奥贡作为"公正之神",成为"埃冈冈"仪式扮演中的"主角",奥贡角色的扮演者通常由长辈或祖先的神灵来承担。

在《森林之舞》中,奥贡作为义人的庇护者参与"森林之王"主持的"末日审判"。奥贡附身于雕刻家戴姆凯,使戴姆凯成为他的仆人和朋友,在现实生活中执行他的意志。埃舒奥罗本是约鲁巴神话中的祭祀神和审判官,奥罗(埃舒奥罗的属灵位格)在约鲁巴神话中拥有司判的职责。然而,埃舒奥罗在戏剧中却扮演了审判的破坏者。在祭祀神埃舒奥罗的奴才和侍者奥列姆勒三番五次的讥笑下,戴姆凯忍无可忍,用"奥贡的斧子砍断了埃舒奥罗的树木中的佼佼者——阿拉巴",坐在树权上自由歌唱自己的精神解放。奥贡夸奖他做得好。戴姆凯把埃舒奥罗(祭祀神)的树冠砍下之后,埃舒奥

---

[1]　Wole Soyinka, *Myth, Literature and the African World*, Cambridge: Cambridge University Press, 1976, p.141.

[2]　Wole Soyinka, *Myth, Literature and the African World*, Cambridge: Cambridge University Press, 1976, pp.140,31.

罗跑来把木列提的树冠咬断,发誓要找戴姆凯报仇。为此,奥贡降临尘世,亲自前来参加"末日审判",奥贡指责埃舒奥罗是卑鄙的东西。坚持维护戴姆凯,承认戴姆凯一生中的所作所为都是代替他做的,砍断树冠是按照他的指令行事的。他帮助戴姆凯战胜埃舒奥罗,成功地把孩子归还于母亲,完成了戴姆凯的负罪拯救,给人类带来新的开始。索因卡在《森林之舞》中略去了约鲁巴神话中奥贡神的尚武本性,凸显其对抗邪恶的正直善良与勇敢侠义。

在《路》中,奥贡神不时显现在路上,成为"路"之主宰,兼具破坏与毁灭、创造与守护的双重身份。《路》的结构参照了非洲的传统神话,用大量的传说来融合奥贡神和约鲁巴族的另一位主神阿杰莫(Agemo)。在约鲁巴人的伊杰布地方,阿杰莫和奥贡一样,也与道路有关。但奥贡是掌管道路的实际的神灵。奥贡是被神化的道路,让所有事都处于不稳定中。剧本并没有展现奥贡和阿杰莫的善恶两重性,没有创造性或积极性的一面,而是戴着恶魔的脸和死亡的脸。奥贡有拒绝和选择的力量,道路呈现出奥贡式的复杂。从物理视角来看,道路是人造的一个运输网,引导着日复一日的人类流动。但剧本中的道路成了奥贡神的潜伏机构和替代者。奥贡神是一个矛盾的存在,同时代表着具有创造性及破坏性的精神,优雅与庄严并存。因此,道路上的活动都因奥贡神而起。奥贡按自己的意愿进行了选择,像杀狗一样杀死那些在道路上的虚妄任性的人,并伴随着胜利的呐喊。奥贡的形象时时刻刻都在变化。唯一不变的特点是他对血液的热爱。由于一场可怕的事故,司机柯托努已经对路感到很害怕。在他的意识里,路的形象就如同蜘蛛,路吞噬一名司机或者一名行人就如同蜘蛛正在吃一只苍蝇。蜘蛛是路;路是奥贡神;奥贡神是路人未曾想到的吞噬者。狗肉是奥贡的食物。这条狗是司机们在路上撞死的,用来供奥贡消费。那些不情愿给奥贡肉的人会在奥贡的设计下提供给他更多的肉。穆拉诺卷入的事故把柯托努吓得滚落路边。柯托努无法鼓起勇气追上车轮。奥贡已经把离经叛道的司机吓得偏离马路。由此可见,这里的奥贡是一位具有消极倾向的神灵,嗜杀捕食那些毫无戒心的猎物,并追求征召一批捕食者,变得极其丑恶、反复无常和邪恶。

四、冷酷无情的蛇神

非洲人普遍认为宇宙间的各种物体不是简单的自然现象或自然物,都具有神性。他们非常崇拜地神、山神、树神、神蛇以及神牛等。蛇、树、水往往在崇拜中同时出现。神蛇通常是巨蛇,一种能绞杀猎物的无毒蛇。因为蛇蜕皮而被视为永生。蛇常常与祖先和冥府有关。对蛇的崇拜往往与水、河、海有关。沿海地带和河的上游都可见到蛇庙。

在《沼泽地居民》中，人们世世代代敬畏蛇神。马古里和阿露回忆往事，说当年"可真是好日子啊。哪怕年成不好，沼泽地淹没了田地，我们总是能够随着蛇神欢笑"①。阿露的大儿子阿乌契克去到城里杳无音信。无人知道他的下落。阿露随口就说，"只有蛇神知道，只有沼泽地的蛇神，蛰伏在沼泽地下面的神蛇"②。乞丐来到马古里家。在无法继续前行之际，乞丐表示愿意停留下来种地，而且希望"把一块沼泽地开垦出来"。马古里听后怒气冲冲地直瞪着眼说，"你可得留神你在这屋里说的亵渎神明的话"，"你想从沼泽地的蛇神手里抢东西？你想从他嘴里抢吃的"，"属于蛇神的东西，我们千万不要"③。

"沼泽地"是古老原始的非洲文化的象征。古老的非洲居民在贫瘠而多灾的"沼泽地"繁衍生息。千百年来，沼泽地居民无比地崇拜蛇神。为了求得寒能保暖和饥能果腹，他们把沼泽地最好的土地留给蛇神，每年都把自己最好的东西拿来献祭蛇神，虔诚地祈祷。然而，蛇神并未感动，灾难仍然不断降临到沼泽地居民头上。他们的生计难以维持，每年饱受洪水的危害。年轻的主人公伊格韦祖离开家乡，到大城市去闯荡，却遭受爱情与亲情的双重打击，决定再次回到沼泽地，希望土地能给他一点希望。然而，洪水淹没了伊格伟祖的全部庄稼，毁灭了所有的希望。在绝望之际，他质问祭司卡迪耶从老百姓那里拿来祭品送给蛇神，"让它吞食，让它吃饱了祭祀的筵席"之后，为什么蛇神不好好"打瞌睡"。"为了祈求蛇神莫在不适当的季节呕吐，把土地淹没，为了求蛇神莫在不适当的时候把不留神的旅客一口吞下"④，伊格伟祖把自己仅有的几只山羊奉献给了蛇神，把最时鲜的扁豆送上了神龛，把最新榨的油洒上了祭坛⑤。可是，蛇神并没有保佑他和他的家人、田地和其他一切，也不曾保佑他"白头偕老、子孙满堂和生活美满"⑥。所以，伊格伟祖不再相信蛇神，"我知道洪水会再来。沼泽会一次又一次嘲笑我们徒劳无益的努力。我知道尽管我们喂养沼泽地的蛇神、亲吻卡迪耶的双足，可是沼泽地的雾气照样还会升起来，毒死我们的谷穗"⑦。乞丐称

---

① ［尼日利亚］沃莱·索因卡：《狮子与宝石》，第7页。
② ［尼日利亚］沃莱·索因卡：《狮子与宝石》，第6页。
③ ［尼日利亚］沃莱·索因卡：《狮子与宝石》，第15—16页。
④ ［尼日利亚］沃莱·索因卡：《狮子与宝石》，第32页。
⑤ ［尼日利亚］沃莱·索因卡：《狮子与宝石》，第32页。
⑥ ［尼日利亚］沃莱·索因卡：《狮子与宝石》，第33页。
⑦ ［尼日利亚］沃莱·索因卡：《狮子与宝石》，第34页。

伊格伟祖为"杀蛇的人"。

在洪水淹没庄稼之后,伊格韦祖终于清醒地意识到蛇神的冷酷无情,亲吻祭司的双足、喂养贪得无厌的蛇神并不能解决沼泽地居民的苦难和贫穷。沼泽地的生产力低下和自然灾害肆虐主要来自根深蒂固的落后传统和封建宗教势力的严重压迫。最后他决定再次离开家乡去开化的大城市寻找希望。伊格韦祖的谚语和行动表明,尼日利亚必须打破闭关自守的局面,改变落后的传统,才能走上现代化的发展道路。

五、神通广大的精灵鬼怪

非洲黑人认为,上帝创造了人,也创造了精灵。精灵是上帝的助手,负责守护人类,在广袤的热带森林里稠密居住。他们各自行使着自身的职责,他们一方面把人类献祭的圣品带给天神,另一方面负责传达天神的旨意,并且对触犯了诸神的人类进行惩罚。非洲人认为这些神灵生活在大自然中。在非洲人历史的初期,由于知识的缺乏,神秘的大自然对于非洲人来说就是一个喜怒无常而又神通广大的神,掌握着他们的生死,因此他们对变幻莫测的大自然有无比的敬畏之情。

在约鲁巴神灵观中,世间万物皆有灵。所有的树都有灵魂,很神圣。许多村庄都有一棵祀奉当地守护神的圣树。依罗克树(iroko,一种非洲橡树)在许多地方被视为神圣的。猢狲面包树(baobab)也被认为是神圣的,常被视为精灵的居所或妖巫的集会场所。约鲁巴人相信,在丛林深处有危害人的精灵鬼怪。精灵鬼怪各式各样,既有死人鬼魂——"埃冈冈",也有怪异的树精、水精或马精以及专捕食粗心人的鬼魔等非人精灵。人类无法窥探精灵鬼怪的生活空间,但他们能够与特定的人类交流。

索因卡从小居住的地方是基督教的牧师寓所。但牧师楼的背面据说是一片充满精灵鬼怪的森林世界。索因卡回忆,"有的孩子去拾柴、捡蘑菇和蜗牛,一旦深入森林,就会遭到精灵追赶。牧师楼是抵制精灵威胁和围攻的堡垒,后墙就是领土分界线,以防精灵随意闯入人类世界"。① 母亲常常给小索因卡讲精灵鬼怪的故事。据说精灵们不喜欢孩子们到他们的地盘去捡蜗牛,常常出来追赶和吓唬孩子们。只有叔祖父吉吉主教不怕精灵,好几次都是他手拿圣经把前来挑衅的森林精怪呵斥回去的。母亲告诉孩子们,三亚舅舅是树精。三亚舅舅去森林里采蘑菇或捡蜗牛,总是嘀嘀咕咕和精灵们说话,回来的路上还有精灵跟着他。

---

① [尼日利亚]渥雷·索因卡:《在阿凯的童年时光》,第2页。

　　母亲的精灵故事令索因卡在多年后回忆起来还记忆犹新。《森林之舞》中的那片森林就是一个神奇的精灵世界。当"森林之王"召开"死者欢迎会"时，众多精灵鬼怪欢天喜地地从地下钻出来参加聚会，其中最为活跃的有树精灵、棕榈树精、宝石精、大象精、蚂蚁王，等等。索因卡对各种精灵鬼怪进行了生动有趣的描绘，想象力之丰富实属惊人。例如，树精灵木列提和"律师中的长者"阿格博列科是好朋友。阿格博列科经常给他送酒喝。木列提性格开朗，对森林里的动静观察仔细，还经常学说阿格博列科的"至理名言"。棕榈树精喜欢"追逐红色"，"专吃黑心肝"[1]；宝石精是"黄金和钻石的精灵"，他"仍旧将他们引向那闪光的矿井"，他的"珠光宝气是致死的晦暗之光"[2]；大象精"统治着日落的鲜血"，"用它淋浴，我们的象牙染成红色"[3]；蚂蚁王是"小径的开拓者""从沃土中汲取营养，在大地的毛根中繁殖生育"，自由地选择自己的道路，"向左还是向右"，好像"沙坑里的蜘蛛，背上背着鸡蛋大的大球"[4]。黑暗神预言人们"在漆黑的泥炭和森林中"会被引入歧途；河神是水的母亲，"从林波波河到尼罗河，蜿蜒曲折，像是一条长龙。在泥泞的河岸和沙滩，讥笑寸草不生的沙漠"，"洒下了几滴怜悯的泪水，形成了椰林环绕的绿洲，染红了河道"；太阳神的内脏核心是红色的，"照亮树干裂缝"，"熟悉那温暖着月亮肩膀的披肩"；火山神"覆盖大地，如同融化的岩石纷纷涌向大地"。

　　约鲁巴人相信生命的轮回。"埃冈冈"（Egungun）是死去祖先的化身，所到之处起惩治恶人和消灾解厄之效，触摸到"埃冈冈"会招致死亡。穿戴"埃冈冈"面具必须在一个秘密的树叶里进行，约鲁巴语称之为伊哥巴利（Igbale）[5]。在《死亡与国王的侍从》中，皮尔金斯在化装舞会上穿上了"埃冈冈"的服装以求新奇，约鲁巴人认为这是对他们的宗教传统的侮辱。白人警官阿姆萨也畏惧"埃冈冈"，拼命劝说皮尔金斯脱掉"埃冈冈"的服装。尽管他在执勤时逮捕过做坏事的首领，但从来不碰"埃冈冈"，也不说它的坏话。《路》中的穆拉诺就是"埃冈冈"的典型形象。"教授"坚信穆拉诺是"从黑暗的深渊，从死神的喉咙口爬出来的，他身上附着神灵"[6]。穆拉诺最后发现了"教授"藏在椅子下面的奥贡面具，并把它提起来，跳起了"埃冈冈"

---

① ［尼日利亚］沃莱·索因卡：《狮子与宝石》，第213页。
② ［尼日利亚］沃莱·索因卡：《狮子与宝石》，第214页。
③ ［尼日利亚］沃莱·索因卡：《狮子与宝石》，第215页。
④ ［尼日利亚］沃莱·索因卡：《狮子与宝石》，第217页。
⑤ ［尼日利亚］沃莱·索因卡：《狮子与宝石》，第449页。
⑥ ［尼日利亚］沃莱·索因卡：《狮子与宝石》，第344页。

的舞蹈。"教授"以为"启示"的最后一重大门即将打开,于是命令乐队奏乐,"埃冈冈"跳舞。"埃冈冈"在"教授"的怂恿下疯狂舞蹈。

《死亡与国王的侍从》体现了约鲁巴族的自然崇拜意识。在非洲神话中,自然是人类伟大的母亲,经常化身为树的形象,连接生死世界。非洲人认为所有的树都有灵魂。在剧作中,艾雷辛就是大蕉树,他一直生活在传统的非洲大陆,过着简朴生活,家族的长子是不能离开生长的土地的,他保持着与自然的亲密联系,是联系"轮回通道"的重要途径,可以沟通生者与死者的世界,跨越生死的界限。就如他自己所说:"……大蕉树的汁液永不枯竭。你们已看到嫩芽正在滋长,尽管它的树干开始枯萎,有如大蕉树的薄暮时分"①。大蕉树的形象即是象征了国王侍从的家族,代表了丰富的生命力,艾雷辛家族就是这样的生命之树。可以说艾雷辛是约鲁巴族人民的守护者,背负着民族兴旺的使命,为民族的繁荣而倾尽自己的汁液,一代复一代,永不停歇。

由此可见,索因卡善于发挥想象,对约鲁巴族的神灵鬼怪进行新的阐释,从而使得这些拥有神格的角色并未恪守其在神话中的本分,而是演绎出许多生动有趣而又寓意深刻的新的神话故事。这些新的神话故事被安置在西方文学的叙述框架中,与西方现代戏剧完美结合,营造出一种古老神秘而又虚幻陌生的非洲神话世界。

第三节　索因卡戏剧中的非洲传统宗教仪式

非洲人日常生活充满了各种既原始质朴又崇高庄严的宗教仪式,形成了丰富多彩的非洲宗教节日文化。他们崇拜神灵,每个神都有它的崇拜者,并有义务丰富它的奉献者。他们在特定的节日期间以举行仪式、佩戴面具和跳舞等方式表达对祖先精神的崇拜。新生儿要举行命名仪式;男孩、女孩成年时要施行生殖割礼仪式;房屋奠基和结婚生子要祭拜神灵和祖先;新买一辆汽车也要举行一个神灵和祖先的祭拜仪式;人死之后要举行两次葬礼,两次葬礼都有特殊的仪式;等等。仪式表演是非洲民间文化生活的重头戏。这些非洲传统宗教仪式有着特定的功能,人们参与仪式进入特定情境,要求"入戏",实现人与神的对话和融合,最初每个人在仪式中都有"戏份",但随着仪式形式的慢慢改变,仪式演员被固定下来承担戏剧角色,其他人则成为

---

① [尼日利亚]渥雷·索因卡:《死亡与国王的侍从》,蔡宜刚译,湖南文艺出版社2004年版,第29页。

观众,这就是非洲"仪式戏剧"的由来。

索因卡的父亲出生在约鲁巴人集居的依萨拉,和王室沾亲带故。依萨拉人世世代代秉承祖先的传统而生活,小孩与长者见面时要拜倒行礼,与阿凯很不一样。索因卡从小接受的是基督教礼仪,第一次跟随父母回老家过圣诞节和新年,根本不会拜跪行礼。当地的长者责怪父亲未管教好孩子。后来,父亲要求家人每天都要遵循传统礼仪。除了父亲,索因卡受爷爷的影响最大。爷爷信奉的是约鲁巴原始宗教,对上帝的福音很漠然,坚信只有"奥贡保护自己人"。在他看来,"书的世界是一个战场,擅长读书只能引起更多的战斗"。"人就是人。本性难改。有人善良,有人邪恶,还有的人因为绝望而变邪恶。嫉妒对男人来说,有不可估量的力量。嫉妒是一种病,到处都有"①。爷爷认为依萨拉比阿凯有更广阔的世界。有一天爷爷把他独自留下过夜,施行了约鲁巴传统的割脚踝和手腕仪式,爷爷夸赞索因卡很坚强,手术很顺利,阿凯的牧师寓所与阿芬王宫以及基督教礼仪和传统宗教礼仪同时伴随着索因卡的成长岁月,对他的戏剧创作产生了深刻的影响。在索因卡的戏剧作品中,《沼泽地居民》《森林之舞》《狮子与宝石》《死亡与国王的侍从》《路》《强种》等都涉及非洲传统宗教仪式。

一、纪念死者的"埃冈冈"仪式

在非洲,人生的最后一项礼仪——葬礼举办得特别隆重,悲伤色彩比较淡。有些国家或地区甚至把葬礼办成一场狂欢,他们认为死亡意味着人的灵魂回到了祖先和神灵的身边,是一件值得高兴的事,应该多花钱财和时间精力来操办。在非洲的大多数地区,丧葬仪式既费时又复杂,短则持续2—3天,多则要一周或一个月的时间。酋长的葬礼比普通人更复杂,可能杀人殉葬。

约鲁巴人相信人死之后会进入神灵世界,常伴活着的亲人,时刻注视着自己的家族。有的祖先变为"埃冈冈"之类的苍白鬼魂逗留在人间。"埃冈冈"在形象上与人很相似,但性情不同,有的很恐怖,也有的很滑稽,只有特定的人才能看见。索因卡的《在阿凯的童年时光》中记载,他的童年伙伴奥西凯总是宣称自己家里有"埃冈冈",还见过他们的大游行。对非洲人来说,祖先的荣耀世界虽然无形,但十分真实,与现实的有形世界十分亲近。"有形世界"和"无形世界"的各种力量互相交错,生活在"有形世界"的人

---

① ［尼日利亚］渥雷·索因卡:《在阿凯的童年时光》,第130页。

们必须认真对待"肉眼看不见的东西"①。在非洲葬礼上,一些"秘密社团"人员扮演"埃冈冈"出现。他们通常头戴面具,穿着缝缝补补的长袍,进入死者家中为死者家属祈福。

19世纪中期,尼日利亚约鲁巴奥约(Oyo)帝国国王的葬礼仪式,逐渐变成一种被称为"埃冈冈"的节日庆贺仪式。这种仪式源于对祖先的崇拜,是约鲁巴族人为死者举行的"第二次葬礼",或者称为净化礼,是一种纪念死者的演出,在一个秘密的小树林里进行。通过举办"埃冈冈"仪式,人们相信祖先会保佑活人,保佑活人的身体健康和精神健康,解决人世间的争端,执行传统习俗和道德,并清除巫术。今世的生命并不是完全孤独的,人也从来没有完全放弃自己的权力,因为死去的祖先继续监视和引导他们的后代。从根本上说,这些仪式试图让人们相信人是不朽的,并通过人类世界中祖先精神的戏剧性出现来减少人对死亡的恐惧。人们通过"埃冈冈"和信仰,祈求他们的祖先保佑并祝福子孙后代。这些仪式是确保祖先在非洲人生活中占有一席之地的手段。

"埃冈冈"仪式在发展过程中吸收了约鲁巴民间戏剧的表演艺术,"在神圣庄严的劝谕中常常融入杂技和舞蹈表演,既有宗教信仰的迷狂,又有娱乐讽刺的喜剧色彩,还具有葬礼仪式的恐怖气氛,扮演者戴着狰狞的图腾式面具,象征着奥贡或祖先的灵魂"。在举办仪式的过程中,戴面具的宗教祭司跳着迷狂的舞蹈,进入约鲁巴形而上的神秘世界,强化祖先和生者的联系。非洲人相信面具体现着一种精神——祖先灵魂和自然现象,行动着的面具是那种精神力或者神力的化身。"埃冈冈"表演者通过惊怖、讽刺和戏仿等方式呈现出神性和人性的相互转换,借以宣泄民众的压抑情绪,达到对约鲁巴族群创伤的心理治疗。英国殖民长官触摸"埃冈冈",虽然没有把死亡招致到他身上,却给了约鲁巴族人民一个沉重的悲剧。

索因卡在《死亡与国王的侍从》《路》等戏剧作品中都巧妙地融入了"埃冈冈"仪式。在《死亡与国王的侍从》中,西方殖民者肆意玩弄"埃冈冈"仪式演出服装是一次潜在的文化冲突。欧洲殖民者丝毫不了解约鲁巴族的文化,也并不试图去了解。他们把神圣的"埃冈冈"服装拿来当作化装舞会的服装,希望来吸引王子的眼球,当作争宠的工具。约鲁巴人却不知道西方殖民者凭借何方神祇的威信,可以随意玩弄"埃冈冈"。欧洲的殖民者不尊重非洲的传统文化,称约鲁巴祭祀仪式为"野蛮"的传统,并企图用强硬的手段来斩断现代非洲人与非洲传统文化的联系,破坏非洲人的生存方式。殖

---

① ［英］杰弗里·帕林德:《非洲传统宗教》,第6页。

民长官玩弄非洲人的生活,盗用约鲁巴族死者的祭袍等不尊重异邦文化的行为,是后来酿成悲剧的一个重要因素。

在《路》中,"埃冈冈"仪式贯穿始终。索因卡在剧中描绘了约鲁巴的特定节日——奥贡节。奥贡是约鲁巴冶铁、狩猎和守护道路的神。约鲁巴几乎每个城镇和村庄每年为奥贡庆祝,是一个全国性的节日。"埃冈冈"仪式是奥贡节的主要特点。剧本描写人们在奥贡节举行"埃冈冈"仪式,"教授"让自己的哑仆穆拉诺扮演"埃冈冈",人们穿上特殊的服装、戴上面具开始游行,一路上跳着鞭舞,抛杀活狗,献祭奥贡神。仪式结束后,"教授"把扮演"埃冈冈"的穆拉诺藏匿起来,警察乔伊闻讯后致力于寻找神秘消失的穆拉诺,剧本结尾"教授"又安排穆拉诺戴着面具复活。"埃冈冈"仪式既为《路》营造了一种神秘恐怖的气氛,又把各种纷繁复杂的人物、情节、事件串联成一个整体。"教授"利用"埃冈冈"仪式制造出自己具有通灵能力的假象,借以控制那些在充满死亡气息的公路上谋生的社会底层人物的精神世界。

二、国王侍从首领的自杀殉葬仪式

古代非洲流传各种残酷又野蛮的以人献祭的丧葬风俗。古老非洲王室祭祖最常见的就是人祭。在非洲阿波美、库马西、贝宁等地为了表达对已故君主的敬意,他们每年在祭祖仪式上都要献上活人来祭祀。被献祭的人通常是奴隶或外来人员。考古学家在非洲库施文明的首都凯尔迈旧址发现了一大片坟场,其中有一座大灵柩"除了墓室主人的灵柩外,还有二三百个陪葬人的尸骨,其中多数是妇女和儿童,显然当时存在活人殉葬的习俗"[1]。除了王室祭祖,出兵打仗前也要举行人祭仪式。据史书记载,"莫西人国王在与法军开战前,向土地神奉献一只黑公鸡、黑公羊、黑驴和一名黑人奴隶作为祭品,祈求土神助他获胜"[2]。

约鲁巴族的人祭习俗和国王陪葬文化经历了漫长的历史岁月而流传至今,不能说只是一种看似荒谬的祭祀仪式,更是约鲁巴族浓厚的传统宗教精神的体现。国王侍从殉葬是约鲁巴民族的一项古老的宗教习俗。约鲁巴族人始终相信,国王侍从的全部生命意义就是为国王殉葬。国王侍从的殉葬仪式为约鲁巴人不断重申宇宙秩序。依照古老传统,一旦国王去世,国王的侍从必须在30天后举行自杀仪式,护送国王通过神圣的通道,顺利走向彼

---

① 艾周昌、舒运国:《非洲黑人文明》,福建教育出版社2008年版,第38页。
② 艾周昌、舒运国:《非洲黑人文明》,第39页。

岸世界。长久以来,国王侍从殉葬仪式中的祭祀语言、挽歌舞蹈以及服饰着装等都在约鲁巴民族中代代流传。

约鲁巴人认为,人类存在的空间由四重空间组成,即"逝者世界、现世世界、未来世界和'轮回通道',前三者的世界是一种循环性的转换,而'轮回通道'则是沟通三个空间的最重要的转换途径"①。约鲁巴人并没有死亡说,他们认为一个人死去只是从一个时空进入了另外一个时空,生与死只是人的存在方式的改变,人的生命是一场神秘的没有终点的旅程。"轮回通道"是联系其他三个空间的最神圣的通道,只有顺利通过这个"轮回通道",约鲁巴民族才能得到循环,三重世界才能继续地安稳存在,世界才能太平。如果不能顺利通过这个"轮回通道",三重世界则会无法顺利循环,并且会引发四重世界的重大灾难,因此,诸神需要人们在祭祀仪式中自杀来征服并顺利通过"轮回通道"。国王侍从首领的殉职仪式,可以说是约鲁巴民族为了能让国王顺利通过通道,为了四重世界能够安稳运行,为了全民族的生生不息、繁荣兴旺而进行的死亡仪式。

索因卡的《死亡与国王的侍从》就是一曲典型的国王侍从殉葬"仪式悲剧"。国王阿拉芬死后,侍从艾雷辛要按照约鲁巴部族的传统,履行一个世代相承的自杀仪式为国王殉葬,完成维护四重世界安稳的使命。国王侍从的自杀殉葬仪式旨在打通死者、生者、未生者三重世界的神秘通道,引领国王的爱驹,陪伴国王通过"轮回通道"完成生命循环,对整个约鲁巴族群的生存和延续意义重大。然而,英国殖民长官皮尔金斯强行阻止艾雷辛自杀,破坏了约鲁巴的神圣信仰,打破了约鲁巴宇宙世界的平衡。最后,艾雷辛的儿子欧朗弟代父自杀,完成了约鲁巴部族传统神圣的殉葬仪式。

索因卡在剧中反复运用寓意丰富的诗化语言、音乐、舞蹈以及哑剧,营造了一种极为神秘怪诞的宗教气氛。主人公艾雷辛和他的儿子欧朗弟虽为现代人,但思想意志仍停留在古老的神话世界里。国王去世后,艾雷辛决定遵照传统习俗、服从神的意愿,履行自己的神圣职责而举行隆重的自杀仪式。艾雷辛精神愉悦、语言风趣、歌唱有力,众人包围着他,合唱队为他唱赞歌,不断地向他发出死去国王的召唤。鼓声越来越激烈,合唱队的挽歌也越来越响、越来越强,催促艾雷辛上路。于是,他跳起了转换深渊的神圣舞蹈,并通过和合唱队的歌唱应答形式,向大家传递神的意愿,报告转换深渊边缘的幻想。在完成自杀仪式的关键时刻,艾雷辛沉浸在转换的记忆之中,完全

---

① 马建军、王进:《〈死亡与国王的马夫〉中的雅西宗教文化冲突》,《外国文学研究》2005 年第 5 期。

没有了人世的意识,也听不见唱赞歌的人的召唤,整个自杀仪式的场面显得十分神圣而悲壮。英国殖民总督阻止艾雷辛自杀后,欧朗弟服从神的意愿而自杀身亡,代替父亲完成了维护神话秩序的神圣责任。玄虚的神性意愿实现艾雷辛父子的个人意愿,古老的神话秩序成为他们的生活秩序。虽然欧朗弟替代了父亲去执行神的意志,但最后还是无法阻止艾雷辛的自杀,先进的现代文明依然无法改变非洲人神圣的传统宗教秩序。

三、消灾避祸的新年净化仪式

在约鲁巴传统信仰中,阿科奥贡(Akogun)是负罪神,专司集体净化与救赎。约鲁巴人庆贺新年通常要举行一种净化仪式。据说负罪神阿科奥贡在每年新年到来之际,会把部族全年的疾病、灾祸和罪孽收集起来,然后打包背到江河湖海抛弃,让整个部族得以净化再生,确保新的一年平安顺遂。净化仪式对约鲁巴部族的新生具有重要意义,具有"一种净化的、黏合的、公共的、再生的力量"[1]。

约鲁巴人认为,净化仪式的完成需要族群集体或个体奉献和牺牲。只有通过集体或个体殉道或牺牲,净化仪式才能实现对族群赎罪和拯救。索因卡戏剧融入了净化仪式、收获节仪式、司机节仪式、"埃冈冈"面具游行仪式等非洲多种庆典仪式,其中净化仪式最为突出。它在索因卡戏剧中常常作为一种隐含的线索贯穿全剧,成为一种深层的、隐性的存在,对构建作品的主题思想具有重要作用。

《强种》是净化仪式的形象阐释。主人公埃芒出生于一个世代相袭的负罪者家庭,从小目睹父亲在每年的新年净化仪式中担任负罪者,背负一艘小船,接受村民们肆意投掷过来象征罪孽、疾病、痛苦的垃圾和秽物,任由民众侮辱,最后把承载着象征全村罪恶的小船放入河水中冲走,让集体一整年的罪孽、疾病、痛苦得以洗涤干净,然后开开心心举行新年庆典。埃芒后来工作的村子盛行的净化仪式更为血腥野蛮。那里的村民们习惯于把村子里的残障人或者外乡人作为新年净化仪式的负罪者。他们举行净化仪式,在负罪者身上涂抹各种泥污,然后将其麻醉上街,村民们对负罪者任意唾骂、投掷石块,直至负罪者被折磨致死。

埃芒是索因卡塑造的一个自愿的负罪者形象。埃芒认为集体强迫无辜的弱者做替罪者是对新年神灵的愚弄。出于"强种"家族的荣誉感,他决定

---

① Wole Soyinka, *Myth*, *Literature and the African World*, Cambridge: Cambridge University Press, 1976, p.4.

代伊法达成为负罪者,最后在仪式中惨遭村民捕兽机关暗算身亡,令村民们备受良心的谴责。索因卡在剧本中肯定了埃芒道德选择的正确性,认为埃芒自愿牺牲是对集体的救赎,堪称拯救整个部族的英雄人物。

四、严酷残忍的成年割礼仪式

非洲国家的成年礼具有浓厚的宗教色彩。每年,12—13 岁的孩子都必须在部落酋长的安排下,实行成年礼。割礼是男孩成年礼中第一个仪式,通常是在男孩的生殖器官上做手术。男孩接受割礼要脱光衣服,而且不能露出恐惧的神色,否则就要被塞住嘴巴。割礼的手术很粗糙,极不卫生。为了伤口能尽快愈合,男孩的割礼大多选在最寒冷的季节进行。有些部落同样对 4—8 岁的女孩施行割礼,割除一部分性器官,确保女孩结婚后对丈夫忠贞。施行割礼手术的人一般要戴假面具,或者有代表祖灵的戴假面具者在场见证,完成割礼的男孩才算真正成年。割礼完成之后,孩子就长大成人了。

在非洲,成年礼是非常隐秘的事情,通常都是在丛林深处实施,而且需要进行 3—4 个月乃至半年。除了割礼,非洲人的成年礼还包括学习成年人的一切知识,比如结婚生育、性爱知识、社会责任、人际交往、尊老爱幼、勇敢坚强等。族长把准备成年的少男少女分别领到远离村庄的草原、峡谷或森林之中进行各种考验和仪式。部落长老亲自为少男少女讲述神话传说,传授宗教法律原则和生存技能。仪式结束,成年的男女回村举行盛典,戴面具跳舞,庆祝自己长大。索因卡的《沼泽地居民》和《强种》都描写了约鲁巴人的成年礼,特别是割礼。

《沼泽地居民》中的卡迪耶是一位邪恶祭司,他为小孩施行割礼时非常冷酷无情。按照习俗,男孩在施行割礼时不能见施礼人员之外的其他人,尤其是女人,哪怕是自己的母亲也不行。孩子在接受割礼中疼痛难忍,"号啕大哭,声音能盖过整个沼泽地的蛙声"。他的"母亲听到儿子的哭声,就从锁着她的屋里跑出来,到孩子身边去,结果使自己的儿子亵渎了神明"。于是,卡迪耶"只好为孩子施洁净礼,求神赦免她的亵渎罪过"[①]。

在《强种》中,少年时代的埃芒在森林里接受成年礼。他非常认真地学习,自己搭建茅屋。感觉自己"在变成一个男子汉",第一次懂得了有一辈子需要自己"充分地去生活"。他深入思考,认为"男子汉就得有男子汉的

---

① 　[尼日利亚]沃莱·索因卡:《狮子与宝石》,第 28—29 页。

样子,就得到谁也帮不了他忙的地方去考验自己的力量"①。埃芒认真遵守成年礼中的传统习俗,不见女人。他催促前来看他的奥麦赶快离开,也不允许奥麦碰他的身体,因为他不想惹祸,也不想"把自己洁净的身体弄脏"。②不料被老师发现了,小埃芒因破坏了严重的戒律而面临残酷的惩罚。可恶的老师企图乘机对奥麦图谋不轨。为了解救女友,埃芒只好在反抗老师后只身外逃。

第四节　索因卡戏剧中的非洲再生轮回观念

非洲各民族都相信人有灵魂,相信灵魂是一种力量。灵魂作为一种填充物,使躯体具有生气,充满活力。万物是永生的,灵魂世界赋予生物生命。亡灵能再生,人总是在生与死之间循环与轮回。人死亡时灵魂会离开肉体。死人的灵魂可以云游冥府,也可以投胎转生,返回人间。"大地母亲的胸脯为她的儿子提供食粮,她的儿子是整个非洲的儿子,死去的父亲通过自己的儿子得以存在和重生。"③

独特的灵魂信仰导致非洲文化中特有的循环轮回观念。对于非洲人来说,时间不存在绝对界限,过去、现在和将来之间的分界线十分模糊,尘世生活充满光明、温暖和生机,死人可以再现和复活,过去和现在可以重叠,时间不是投向"未来",而是由"现在"向"过去"运动。塞内加尔著名诗人和政治家桑戈尔曾说:"没有生者与死者的界限,没有现实与虚幻的界限,也没有过去、现在和未来的界限。"④索因卡对此有清醒的认识。他说,非洲的"时间不是一个直线的概念,而是循环往复的现实","历史上的问题实际上也就是现实中的问题,一切都没有变化,我们不是处在时间的某一点上,而是原地不动地在旋转"⑤。

一、独特的祖先崇拜习俗

祖先崇拜在非洲人的思想中起着重要的作用。非洲人认为,祖先生活

① [尼日利亚]沃莱·索因卡:《狮子与宝石》,第253页。

② [尼日利亚]沃莱·索因卡:《狮子与宝石》,第253页。

③ Cartey, Wilfred, "Africa of My Grandmother's Singing: Curving Rhythms. Black Africa Voice", ed. David Miller et al., Glenview: Scott Fores-man, 1970, p.11.

④ Zagré Sibiri Patrice, *Philosophie de la libération et libération de la philosophie dans l'Afrique actuelle*, Universitéde Dakar, 1976, p.32.

⑤ Wole Soyinka, *Myth*, *Literature and the African World*, p.36.

的阴间黑暗且寒冷,被留在冥府是一种惩罚,死人非常乐意转回温暖光明和充满生气的人世。在他们看来,祖先居住在自己家族附近的树上、森林里、河流或山岳旁,时刻注视着自己的家族,关心家族成员的健康和繁衍,看管家园,甚至希望再次投胎到该家族中来。但是,祖先喜怒无常,有时施惠于人,有时加害于人。"由于祖先的袭击和干涉,人们变得驯服恭顺,于是社会秩序得以维持。任何灾难都可能归咎于祖先。干旱和饥荒归因于祖先,地震甚至雷鸣和闪电都可归因于祖先发怒。尤为突出的是,疾病和死亡时常被认作是祖先造成的。"①人们试图用祭祀的方法安抚祖先或压制祖先,辟邪驱鬼,治愈病人。

非洲人相信世间有神的存在,也相信灵魂不死。他们认为死亡不是生存的终结,而是生命的另一种转移,生命是没有终点的循环神秘旅程,但是需要现世的人通过仪式来打通生命旅途中各个环节。"祖先在非洲人的生活中是神圣而不可侵犯的,没有祖先的存在和力量,生命也就没有任何价值。"②为了表示对祖先的崇敬或向祖先祈福,约鲁巴人定期举行一种典礼仪式,以换取生者的安康和民族的兴旺。索因卡在《死亡与国王的侍从》《路》中对"埃冈冈"仪式作了形象的展示。

二、深奥的再生循环主题

索因卡不少戏剧作品浸透着对个人与集体、生与死、神灵与鬼魂、历史与现在等问题的思考。非洲哲学关于生与死、祖先与灵魂、轮回与循环等问题,为索因卡戏剧创作提供了哲理意象和荒诞情节的启发。深奥复杂的生死循环与轮回观成为索因卡作品重要创作主题。《死亡与国王的侍从》《森林之舞》《疯子与专家》《路》等都涉及循环轮回观念。

《死亡与国王的侍从》为观众形象地阐述了约鲁巴宗教玄学有关死人世界、活人世界、未来世界和"轮回通道"等四重世界的共存。约鲁巴人认为,宇宙间除了过去、现在和未来三重世界之外,还存在一个"第四空间"——"轮回通道"。"轮回通道"的探明和征服是人的生命循环与过去、现在和未来三重世界之间和谐的保障,而人类的宗教自杀仪式是征服并打通"轮回通道"的关键环节。国王的丧葬仪式特别能展示国王的神性。国王在世时经常被视为半人半神,死后成了真的神,并加入部族和王族的祖先行列。他们相信,只有国王的侍从在国王死去的第 30 天通过自杀完成征服

---

① ［英］杰弗里·帕林德：《非洲传统宗教》,第 61—62 页。
② 宋璎璎、李少晖：《黑色光明——非洲文化的面貌与精神》,第 70 页。

"轮回通道"的重任,才能让死去的国王在轮回中再生,从而拯救约鲁巴民族,使整个世界走向繁荣兴旺。剧中国王的侍从艾雷辛为了约鲁巴四重世界命运决定举行自杀仪式,但是由于他对尘世的眷恋和英殖民行政官皮尔金斯的乘机阻扰,自杀仪式无法顺利完成。然而,约鲁巴人相信艾雷辛自杀仪式的中止会造成三个世界的连接中断,导致宇宙秩序陷入混乱,约鲁巴人将会面临毁灭性的灾难。正在危难之际,艾雷辛长子欧朗弟遵循约鲁巴古老传统,替父自杀,希望能为已故国王打通神秘的"轮回通道",从而挽救四重世界的和谐。

《死亡与国王的侍从》的故事,是1946年发生在阿尔及利亚"欧尤市"的真实惨剧,索因卡说只是为了某些次要的剧作因素,他把剧中的故事时间推前了两年。在英殖民地时期,非洲的各族人民生活在下层社会,生活形式发生着巨大的变化。由于西方传教士的进入,一些属于非洲本土的文化正在渐渐地萎靡,甚至消失,而只有少部分的非洲人民坚持着自己的文明。在文化冲突的夹缝中,非洲本土文化该何去何从? 在西方文化的强烈冲击下,非洲本土民族文化的出路是非洲的有志之士所苦苦思索的。作为非洲文学界的巨人——索因卡自然也认识到了:"在特定的环境之下,戏剧不应该当作是一种消遣和娱乐,应该作为一种有影响力和生命力的、具有信心和职能性的、有生气的改革社会的重要武器。"①因此,索因卡从英国回到尼日利亚之后开始专心研究非洲各地的传统文化,意图从约鲁巴族的神话里重新寻找创作的生命力,因而将约鲁巴族的受苦神话诗学转化为自己创作的母体,并从中寻找民族文化的出路。

很多西化的读者和西方的评论者都会认为,艾雷辛没有完成自己的使命,是由于英殖民地统治者不了解约鲁巴族人的生死观,用武装的形式干扰自杀仪式的进行,从而造成了艾雷辛和儿子欧朗弟的双重死亡。索因卡只得大叫"让人疲惫不堪的主题论者",他表明殖民地因素只是一个插曲,一个起催化作用的插曲。艾雷辛的犹豫造成了他和儿子的双重死亡,在索因卡看来,艾雷辛的失职不仅是因为行政长官的阻挠,更多的是因为艾雷辛割舍不下对人世和肉体的依恋,正如艾雷辛所说的:"我的弱点不仅来自于对白人的憎恨,他们粗暴地闯入我逐渐消失的存在,欲望的重量也落在我附着于大地的四肢之上"②。

---

① 岳生:《浅谈沃莱·索因卡及其剧作》,《四川师范大学学报》(社会科学版)1987年第4期。

② [尼日利亚]渥雷·索因卡:《死亡与国王的侍从》,第93页。

　　欧朗弟的自杀是用生命来换取理解。他是聪慧的非洲子民,他深知自己民族的文化,又被派到英国留学了四年,可以说他是剧中唯一一个明确知道约鲁巴文化与西方文化的冲突和矛盾的人。欧朗弟花了四年的时间来和英国的人民相处,结果却发现,这些西方殖民者并不尊重那些他们并不了解的事物。而对于殖民者称祭祀仪式为野蛮习俗、封建余毒时,欧朗弟表明:"我终究找不出任何理由,让你们有权力评价其他民族和他们的生活方式。完全找不到。"①当他用这种温和的谈话方式不能换得英国殖民者对约鲁巴文化的理解时,当发现他的父亲被用武力关闭起来时,当他知道一场民族暴动即将要爆发时,欧朗弟只有代替他的父亲在仪式中自杀,阻止一场暴动的发生,同时也是让殖民者明白强制和武力只会制造更多的矛盾,是不能从根本上解决这些种族冲突的。欧朗弟用生命来打开一条约鲁巴文化与世界文化对话的道路——文化理解,只有各种不同的文化间相互理解,才能共存。这也是索因卡一直探索的约鲁巴民族文化乃至世界文化的输出之路。

　　在某种意义上说剧本中的欧朗弟就是索因卡自己的化身,他了解两种文化的冲突,知道自己民族的文化在遭受史前的灾难,所以他期望自己能为拯救民族文化找到一条出路,甚至不畏失去自己的生命。索因卡的那种为民族事业不断努力、不畏牺牲的精神在欧朗弟的身上表现得淋漓尽致。

　　《森林之舞》是非洲再生循环观念的最极致体现。索因卡精心塑造了众多历史人物的再生,再现了历史悲剧的现实重演。在剧本中,世人本着接续辉煌历史和缅怀先人业绩的目的举行了热闹非凡的"民族大聚会"。一对300年前的幽灵夫妻应邀前来。男幽灵曾经是马塔·卡里布王国的一名武士,因反对国王发动不义战争而受到惩罚。女幽灵腹中怀有的婴孩长达数百年而无法生产。他们从森林里钻出来,与活人们直接交谈,迫切希望活人受理他们的冤案,为他们平反昭雪。女幽灵看到活人的生活现状后,感叹地说:"三百年了,什么变化都没有,一切照旧。"②他们看到马塔·卡里布王国时代的许多人物在现代社会得以再生,这些再生人物的阴暗心境和罪恶行为居然与当年十分相似。名妓罗拉在几百年前是尊贵的王后,号称"乌龟夫人",马塔·卡里布王朝的部落战争缘于她的行为放荡,如今又争风吃醋,唆使追求者杀死自己的情敌;议会演说家阿德奈比在古代是宫廷史学家,曾经接受奴隶贩子的贿赂在"指头大的船"中塞进60名奴隶,导致很多

---

① [尼日利亚]渥雷·索因卡:《死亡与国王的侍从》,第77页。
② [尼日利亚]沃莱·索因卡:《狮子与宝石》,第169页。

奴隶窒息死亡,现在又接受贿赂把限载40人的汽车超载到70人,最终酿成惨重的车祸;古代宫廷诗人戴姆凯如今成了一名雕刻匠,从前他强迫自己的书记官为王后抓金丝鸟爬屋顶而摔断了一只胳膊,现在又驱使自己的助手为雕刻图腾而爬大树伐木摔死。古人与今人的命运循环往复,现实与历史有着惊人的相似,历史人物的再生意味着历史的罪恶与不幸在现代社会的重演,这种局面催人深思、发人深省。

索因卡对约鲁巴民族深奥复杂的再生循环与轮回观念持有一种矛盾态度。一方面,他赞同历史循环论。在他看来,美德与罪恶从古到今同时存在,历史和现实不断往复循环,历史传统的回顾往往成为现实问题,现实生活总是掺和着历史的阴影。世人不应该否定过去与现在的联系,不能否定传统。"过去是怎样,将来还会是怎样,就像事情开始的时候一样。"①索因卡通过《疯子与专家》中的阿发指出,"哪儿轮回圆满,哪儿就能找到 As"②。《路》中的"路"是一个与往昔相关的物象,集过去、现在和未来于一体,维系昨天,经过今天,通向明天。在索因卡的观念世界里,"路"活着,始终在动态之中。"路"既导向毁灭与死亡,同时也引发创造和新生,是贯通过去和未来、连接神界和人世的寓意性通道。另一方面,循环作为历史延续性的一种形式,势必造成历史对现在、死人对活人的困扰与束缚。在《森林之舞》中,被森林之王解救出来的半生半死的孩子就是人类希望的象征。他是连接着过去不幸的纽带,同时又预示着未来的转机。所以,世人要总结历史的教训,关注现实的生存危机,防止悲剧的重演和历史的循环。

第五节　索因卡戏剧中的非洲落后传统批判

20世纪60年代以后,非洲各国逐渐获得了政治上的独立,但并未真正进入现代文明。索因卡发现,非洲传统宗教虽然神圣而且富于独特的哲理,但根深蒂固的古老传统也带给非洲人迷信落后、不开化和不文明,导致腐朽的封建势力更加猖獗,严重阻碍了非洲社会的发展前进。因此,批判非洲的落后传统成为索因卡戏剧的一个显著特征。

一、批判腐朽落后的酋长制度

酋长制是非洲传统宗教信仰的重要制度,非洲许多地方对酋长和国王

---

① ［尼日利亚］沃莱·索因卡:《狮子与宝石》,第385页。
② ［尼日利亚］沃莱·索因卡:《狮子与宝石》,第384页。

的敬畏带有宗教意味。非洲人认为酋长和国王的身体是神圣的,具有半人半神的特性,可以与本族群祖先进行神秘交往,连接无形世界与有形世界,行使道德和祭祀的权力。酋长有权有势,既是属民之父和部族团结的象征,又是全国性所有活动的中心人物。触犯酋长要遭受比触犯普通人更严厉的惩罚。国王是酋长之首。与国王女眷通奸要被活活打死。

尼日利亚南部奥约的阿拉芬(Alafin)曾一度君临约鲁巴王国所有酋长之上,每年都有许多小王国的代表向他朝拜。他曾被认为是传奇式半神欧杜杜瓦(Oduduwa)的嫡系后裔,欧杜杜瓦是国家的创建者,现在成了国家社会的象征。阿拉芬的另一位祖先是欧兰尼安(Oranyan)。据说,欧兰尼安的权杖变成了独石柱,至今这一石柱仍被视为西非的一大奇观。这位国王登基时曾举行新国王吃前任国王心脏的仪式,因此登基也叫吃国王。国王不是绝对的,他有可能被赶下宝座。假如他滥用职权,从祖凳中流出的美德就会消失。人们经常使用国王犯忌的方法来亵渎他的神圣。约鲁巴人如果给酋长几个鹦鹉蛋就意味着要他自杀。

酋长制是非洲传统宗教信仰的维系纽带。酋长在当代非洲各国虽然已经逐步丧失了强大的社会地位和政治权威,但迄今许多非洲人仍毕恭毕敬地向酋长鞠躬,甚至受过教育的人也会拜倒在他们的酋长面前。即便如此,这种腐朽落后的酋长制度,也遭到了索因卡的批判。

在《狮子与宝石》中,巴罗卡是尼日利亚的邪恶封建势力,当地人称他为狮子。这头狮子有一张血盆般的大口,专门吞食人类的生灵。为了维护自己的权力和地位,巴罗卡顽固地反对社会进步和文明开化。他不允许在当地兴办新式学校,想方设法破坏市政工程局的铁路疾患,贿赂勘查员改变施工路线,坚决不让铁路修建到达伊鲁津来村,企图永远愚弄人民。巴罗卡贪恋酒色,妻妾成群,生活十分腐化堕落,顽固地维护非洲落后的婚姻制度。巴罗卡老奸巨猾,经常仗势霸占当地年轻貌美的女孩。五个月未娶新老婆就难以忍耐。"每个女人同他吃过一次夜饭后,第二天就成了他的老婆或姘头。"①美丽的希迪姑娘犹如宝石般闪闪发光,不愿意嫁给他。他居然谎称自己的男性功能已经丧失,诱骗希迪到他的宫殿里去,并乘机占有了她。最后,希迪不得不放弃自己的爱情,嫁给这个"只剩下后腿的狮子",有力地抨击了腐朽的封建制度和非洲的落后愚昧,对老奸巨猾和顽固保守的老酋长巴罗卡给予了辛辣的嘲讽。

---

① ［尼日利亚］沃莱·索因卡:《狮子与宝石》,第64页。

二、揭示非洲巫术的危害性

非洲人的日常生活充满着各种法术活动。人们相信法术的神秘力量存在于身上佩戴的无数驱邪物、医生配制的药物以及猎手和武士的仪式活动之中。非洲法术师相信自己能利用各种法术来为人们驱邪避鬼、祈福消灾，用法术活动预卜未来的占卜或卜卦在非洲相当普遍。非洲人认为，占卜不仅能预言即将发生的事情，而且可以解释过去的秘密，查出妖巫和邪术师。尼日利亚约鲁巴族的伊发（Ifa）占卜法很有魅力。不孕妇女想生孩子，人们遗失了东西、得了怪病，或者被奇怪的梦搅得心神不宁，等等，都会去找占卜师。为了保护自己免遭人生各种艰难困苦和远离灾难疾病，人们常常求助于占卜师和巫医。占卜师是宗教活动中最繁忙和最受欢迎的人物。

然而，在非洲各种迷信活动中，巫术是最具有危害性的。巫术只在夜间进行，与法术或邪术不同。在非洲，巫术与非洲各族的传统宗教密切关联，非洲人无论男女老少都对巫术深信不疑。非洲黑人部族具有崇尚神秘性信仰的心理积淀，习惯于将人的命运、行为模式与自然现象及其秩序进行异常丰富的具象联想，通过巫术对自然、生命（或非生命）现象作出种种非理性的诠释。所以巫术施行者是超自然的神物（fetish）力量的代理人。

《森林之舞》中的阿格博列科在三百年前就是一位占卜先生。马塔·卡里布国王想发动战争时，阿格博列科认为不妥，因为他"在犁头的两面看到了许多血"，"星宿的预示是不祥的"①。卡里布询问阿格博列科，"是不是还有更多类似他这样天生患有思维癌症的人出现？"阿格博列科回答说，"牺牲别人的性命来寻求权利是人的本性"，"每隔一百万年，追踪月亮的那只羊就敢在月亮之上蹭一次它那煤灰一样黑的脏鼻子。每隔一百万年一次。但月亮始终挂在天上。可谁还记得这只妒忌成性的羊呢？"②在这里，阿格博列科指出人的本性是自私的，预示的是历史的悲剧一定会在将来得以重演。

神秘的非洲巫术在索因卡的作品中时常出现。他大胆嘲弄那些江湖术士装神弄鬼、招摇行骗的可笑行为，也严厉指出巫术对人们的危害性。索因卡的戏剧作品描写非洲人非常惧怕"黑法术"，为了利用更强大的力量战胜"黑法术"，人们佩戴各种各样的驱邪物。"黑法术师"即邪术师或妖术士，是恶人，人们惧怕他、憎恨他。他暗中施术，行径卑鄙。"黑法术师"故意用

---

① ［尼日利亚］沃莱·索因卡：《狮子与宝石》，第199页。
② ［尼日利亚］沃莱·索因卡：《狮子与宝石》，第201页。

罪恶的魔法伤害他的仇人,或其主顾的仇人。他可能只用暗示的魔法,也可能用真正的毒药。

《裘罗教士的磨难》中的主人公裘罗教士是一个满口玄言、自命为"先知"的江湖术士。他利用非洲居民愚昧无知、信仰鬼神的心理,大肆进行敲诈勒索,丑恶嘴脸在剧本中暴露无遗。裘罗教士一出场就大言不惭地说,"我是一个先知。无论就天赋或是爱好来说,我都是一个先知。我生来就是一个先知"①。自称"先知"在正统的基督教中是大逆不道的。然而,裘罗教士在尼日利亚却可以招摇撞骗、恣意妄为。体面的议员先生为了能高升当上"作战"部长,虔诚而痴迷地聆听他的胡言乱语。在剧本结尾,裘罗教士捡起一块小卵石对准议员扔去。一圈红光(或其他耀眼的颜色)恰好在议员的头顶上闪亮,就像绘在圣像头上的光环。议员吓得目瞪口呆,惊醒之后一骨碌扑倒在地,对裘罗教士满怀敬畏又心醉神迷地轻轻喊了一声:"我的先知啊!"如此的荒唐夸张与极度迷信丑态令观众哭笑不得。

《路》中的"教授"看似一个虔诚的基督教徒,实际上是一个假借上帝名义、欺骗民众的巫师。他肆意曲解圣经,整天忙于寻求上帝的"启示"。在他看来,"这一启示不能在有生命的地方找到,只能到死神身边去找"②。他给司机伪造证件以赋予他们上路的资格,同时为他们的死亡创造了条件。他仿佛在冥冥中操纵着生死大权,在活人与死人之间、阳界与阴界、天堂与地狱、清醒与迷狂之间游移徘徊。人们既敬畏他,又渴望得到他的某种庇护。他的行为怪异神秘,语言晦涩玄虚,貌似高深莫测,实则故弄玄虚,胡说八道。这种言语行为十分接近非洲的原始巫术行为,具有浓厚的占卜者的神秘色彩。

三、鼓励背叛,讴歌离经叛道

20 世纪 60 年代初,索因卡从英国回到尼日利亚。当时,民间戏剧、流动剧团在尼日利亚演出迎合观众落后意识,娱乐剧占领了小城市和农村的剧场,而大中城市的作家们又大肆宣扬"黑人性"。索因卡反对固守非洲传统,反对过分赞美"黑人性"。他认为,"一只猛虎不是整天嚷嚷虎性,而是行动",现代非洲艺术家的任务不是一味颂扬自己的过去,而是认清自己的

---

① Wole Soyinka, *Collected Plays: Volume 1: A Dance of the Forests; the Swamp Dwellers; the Strong Breed; the Road; the Bacchae of Euripides*, Oxford Paperbacks, 1973, p.105.

② 刘合生:《传统与背叛——沃尔·索因卡〈痴心与浊水〉主题初探》,《辽宁教育学院学报》(社会科学版) 1989 年第 4 期。

弱点(甚至阴暗面)。只有这样,非洲才能向一个合理、平等的社会前进。①
因此,索因卡重视对非洲传统的批判与反思,主张认清自我,在创作中既竭
力批判非洲的迷信落后,揭示非洲巫术的危害,又鼓励背叛,讴歌离经叛道
的人物。

对于索因卡而言,改革、革命和背叛是同义词。他鼓励背叛,讴歌离经
叛道。背叛是其创作的基本主题之一。他说,"在今天的非洲,周围的每件
事都会一再地遭到背叛与失败,现实就是背叛的现实"②。传统、现实和未
来的过渡需要通过背叛来实现。社会前进必须背叛传统,因为传统中的落
后模式阻碍了历史的前进,现实的污浊影响了未来的繁荣,所以只有背叛现
实。为此,索因卡赋予自己笔下的"沼泽""森林""狮子""路""强种"鲜明
的寓意,以之象征愚昧落后的非洲现实、生命力旺盛的原始文化、顽固保守
的邪恶势力、艰难曲折的改革之路甚至拯救非洲的先知先觉,讴歌那些敢于
背叛传统的人物。

在《沼泽地居民》中,蛇神至高至尊,是当地农民的图腾信仰对象,主宰
一切。沼泽地的老一代居民封闭落后、麻木迷信,确已病入膏肓,无可救药。
他们尤其无比敬畏蛇神,就连蛇神的栖身居所泥沼也因之变得神圣,不容许
任何人对之产生亵渎的言语行为。然而,年青一代的沼泽地居民的思想开
始有所觉悟了。马古里老人的两个儿子相继离开家乡,到现代都市去闯荡,
长子阿乌契克通过努力赚取了不少金钱,过上了富裕生活;弟弟伊格韦祖虽
然竞争受挫,但他在希望破灭之后终于看清了事实:沼泽地居民千百年来虔
诚信仰所谓的"蛇神"贪得无厌,不断制造灾荒,吞没人们的劳动成果。可
恨的祭司利用人们对蛇神的崇拜妖言惑众,大肆搜刮钱财,牟取私利。于
是,他挣脱了传统信仰的精神羁绊,怒向沼泽地里的蛇神发出了不平之鸣,
大胆地痛斥祭司的欺骗行为,成为非洲第一个"杀蛇"之人。

《强种》的主人公埃芒自认为是"强种"的后代。他受过良好的现代教
育,在一个小村子里当教师和医生,他以自己高尚的人品和辛勤扎实的工作
受到了当地村民极大的尊敬和认可。为了拯救白痴儿童伊法达免遭当地愚
昧落后的传统习俗的折磨,埃芒甘愿牺牲自己,成为"替罪羊"。他勇敢果
断在新年前夕带着理想光辉的人性死去,以自己的死亡来唤醒当地村民长
久麻木的心灵。在索因卡看来,埃芒的所作所为犹如一位圣人在经历过种

①　[南非]纳丁·戈迪默:《老虎索因卡》,黄灿然译,(台湾)《倾向》1996年第6期。
②　刘合生:《传统与背叛——沃尔·索因卡〈痴心与浊水〉主题初探》,《辽宁教育学院学报》
(社会科学版)1989年第4期。

种磨难之后功德圆满。这种对抗落后传统的"强种"精神必须世代相传。所以,剧本最后还告诉观众,埃芒的儿子出生了,"强种"后代又得以延续,愚昧落后的传统习俗终将被消灭掉,尼日利亚必将会有一个光明的未来。

此外,索因卡"嘲笑过去的光环是如今的悲哀",是融会贯通非洲文学和西方思想的重要统一体,反对追求非洲独特性。他的戏剧作品是"颠覆世俗的,愤世嫉俗的,是打破旧传统的"。在1959年伊巴丹一所大学的杂志上发表题名为《号角》的文章中,索因卡明确地指出,"真正的斗争是要与未来西非的作家做斗争,要与外国追求完美的嗜好做斗争"①。索因卡认为,优秀的文学作品对待社会历史应该是"一种形而上的、超越现实的关注,而不是形而下的纯粹的叙述,揭示的是一种不可立时可得的现实,颠覆习俗的观念把社会从陈旧的历史观念或其他偏见中解放出来"②。

西方评论家普遍认为索因卡戏剧作品是西方文学的一部分,非洲英语文学必须由西方批评的标准来评判。美国评论家约翰·波维(John Povey)强烈支持罗斯科的观点,他主张采用西方标准,理由是"非洲作家不仅深受西方文学的影响,而且主要是为西方读者写作"③。然而,索因卡的戏剧作品蕴含着丰富的非洲传统因素,这些非洲因素带有强烈的本土民族文化气息,索因卡希望通过这样的一种方式,来找到拯救民族文化的方法,可见索因卡的根深深地扎在"非洲的土地和非洲的文化"之中,他始终在思考非洲的未来之路。因此,他在进行戏剧创作中有意识地加入非洲传统因素,并赋予这些传统因素以深刻的意义,这不仅加强了戏剧的艺术感染力,并且传递了古老的非洲文化讯息,让世人更多地看到和了解到非洲宝贵的传统文化,并且把非洲的文化引向世界。索因卡以非洲传统因素为"母题"的戏剧"不只是要缅怀非洲古老文化,而是对当前问题的清醒认识,以求走向正义和平等的社会"④。这种对国家前途和民族命运的关注,对非洲传统习俗与现代意识冲突矛盾的思考,显示了索因卡文学创作的价值取向和为弘扬民族文化、重塑民族自豪感所作出的积极努力和不懈的追求。

---

① Caroline Davis, Publishing Wole Soyinka: Oxford University Press and the Creation of "Africa's own William Shakespeare", *Journal of Postcolonial Writing*, Vol.48, No.4 (September 2012), pp. 344-358.

② Wole Soyinka, *Myth, Literature and the African World*, Cambridge: Cambridge University Press, 1976, p.66.

③ See for example Chinua Achebe, "The Novelist as Teacher", *New Statesman*, No.29 (January 1965), p.161.

④ 萧四新:《从传统走向现代——非洲文化碰撞中的索因卡》,《黄冈师专学报》1997年第2期。

第三章　索因卡戏剧与非洲传统艺术

索因卡早期戏剧创作偏重于遵循西方的文艺理念和运用西方表现手法，但20世纪60年代回国后的创作更多的是遵从非洲传统、吸取非洲传统艺术，并试图实现非洲和西方创作艺术的融合。非洲大陆一直有着强大的戏剧历史，尼日利亚的公众表演（又称"典礼戏剧"）是一种充满活力的传统文化活动。非洲传统艺术是索因卡戏剧创作的重要源泉。非洲民间戏剧起源于古代丰收庆典，具有浓厚的宗教意义，戏剧演出往往就是古老神话的再现。索因卡从小喜欢看戏，而且还热爱戏剧表演。在伦敦宫廷剧院工作期间，索因卡接触到的贝克特等爱尔兰剧作家都善于用自己的民族传统来创作。他们回归本民族文化传统的创作理念使索因卡也意识到有必要钻研非洲古老的历史文化底蕴，重新回到和探索被人遗忘的非洲传统戏剧艺术，把约鲁巴传统艺术运用到自己的创作之中，并为本土非洲传统文化作美学阐释。

20世纪60年代，索因卡获得洛克菲勒奖金，回到尼日利亚从事传统戏剧研究。他游遍了尼日利亚全国各地，详细记录了承载着传统戏剧艺术的典礼、传统节日以及假面舞等。这项研究使他更加接近唱词、鼓乐、哑剧、谚语以及假面舞等各种各样代表着非洲艺术的戏剧元素，也使他意识到有必要重新审视和探索被忽视的传统戏剧艺术，传承并发展非洲土著戏剧美学。因此，索因卡用鼓乐和舞蹈来营造戏剧场景的气氛，宣扬非洲传统文化艺术。鼓乐始终是索因卡戏剧中舞蹈场景最常用的伴奏。1986年，索因卡在诺贝尔授奖演说中自豪地说，"我是非洲文学传统的一部分"。

第一节　索因卡戏剧中的非洲传统鼓乐艺术

音乐是人们用来宣泄情绪、表达感情的一种方式，无论是欢喜还是悲伤都能通过音乐来表达。非洲人常用鼓乐来传递信息，也用鼓乐来赞颂神灵、赞美人类，还用鼓乐来驱魔去病。非洲日常的娱乐活动、重要宗教仪式都离不开鼓乐，鼓乐成为非洲人的一种生活方式，其重要地位是任何其他艺术无法比拟的。非洲传统鼓乐主要是指西非黑人的鼓乐，其中最突出、最主要的因素是节奏。非洲传统鼓乐绝大多数情况下与舞蹈、火祭、戏剧、面具、说书、巫术等结合在一起，不是单一的艺术形式。因此，索因卡在创作中大量运用鼓乐、吟唱、歌舞、民间戏剧等非洲传统艺术手法。

一、非洲传统鼓乐艺术特点

鼓是非洲音乐的一个重要的伴奏工具,非洲鼓是音乐的灵魂,被人誉为"音乐之王"。对非洲人来说,鼓就像生活中的盐那样不可或缺,是非洲黑人文明的载体,传统黑人文化的体现。非洲人的舞蹈又离不开鼓。舞蹈和鼓乐既是非洲的传统艺术,也是现代非洲人日常生活的真实写照。在大多数的情况下,非洲的说书或表演都是伴随着鼓乐和舞蹈进行的。

非洲鼓不仅是乐器,还能模仿语言、传达信息等。非洲鼓乐流传已久,最早可以回溯到公元前3—2世纪。节奏鲜明、奔放粗犷是其最主要和最突出的特点。非洲鼓展现出来的技巧和激情,具有极强的影响力和震撼力,往往凭借灵活多变的鼓声,来表达人们的悲欢离合和喜怒哀乐的丰富情感。非洲人的婚寿喜庆以闹鼓助兴;迎接嘉宾以群鼓齐鸣;遇有敌情时战鼓咚咚;死亡报丧以单鼓慢打。

非洲鼓的种类繁多,每个类别又有多种变形,有上百种鼓型。形状像沙漏的说话鼓是非洲最古老的乐器之一。演奏者通常将说话鼓夹在腋下,通过手臂控制鼓绳的松紧,调节鼓的音高。众多品种不仅在音色上丰富了非洲鼓乐,而且促进音乐节奏更加复杂多变。非洲鼓无论是鼓的形状、制鼓的材料还是演奏技巧都十分独特,具有鲜明的民族特色。鼓身的形状有几何图形、飞禽走兽甚至人形,鼓面上画有各种图案或雕刻花草人兽。鼓皮取材于多种多样的动物皮,如羚羊皮、斑马皮、牛皮、蜥蜴皮、鳄鱼皮、豹皮、蛇皮、狮皮以及大象的耳朵皮等。人们用手掌和拳头拍打鼓的各种部位,用鼓槌敲击,有时也用脚后跟击鼓,敲击出各种各样的音色和音调,演奏出复杂而又鲜明的各种鼓乐。

用鼓传递信息是非洲最常见的事情。新郎可以用鼓声给未来的新娘传递"我的心像小鹿乱撞"的情感信息。黑人奴隶曾经为了逃避西方殖民者的抓捕,借用鼓声来传递信息。在第一次世界大战中,据说客轮遇难的消息就是用鼓声传出去的。非洲中部的巴米累克族猛烈击鼓3次代表危险即将来临,击鼓5次表示要举行部族集会,用两根木棒打击"恩都"鼓是号召人们投入战斗的警报。

除了少数说书或宫廷逸事,非洲鼓乐全民参与,具有旋律简单、歌词精简、即兴重复、领唱合唱等特色,旨在共同诉求,与艺术无关。总之,非洲鼓乐是一种很有特色的艺术形式,节奏强烈,充满原始野性和神秘色彩,给人充分的想象空间,直达心灵,具有灵魂与音乐互相映衬、合而为一的特质。

这种非洲独特的传统艺术魅力,为索因卡所喜爱,他创作的《狮子与宝石》《路》《死亡与国王的侍从》《旺尧西歌剧》《欧里庇得斯的〈酒神的伴侣〉》以及《巴阿布国王》等作品中呈现了大量的非洲鼓乐演奏,充分展示了非洲人丰厚的艺术底蕴。

二、《狮子与宝石》中的非洲传统鼓乐演奏

《狮子与宝石》的鼓乐演奏贯穿剧本始终,最能体现非洲传统的喜剧特色,是索因卡使用鼓乐最多的戏剧作品。其中有 2 段鼓乐最为精彩。

第一段精彩鼓乐在"朝幕"开头场景中,希迪与拉昆来正在聊天,一群年轻人和鼓乐手进场来告诉她城里摄影师归来的好消息,希迪和拉昆来一瞬间被拉入鼓乐声和舞蹈的庆祝氛围之中。鼓乐手非常小心地随同姑娘们出场进入舞台,帮助姑娘们逼迫拉昆来扮演西方摄影师来访的哑剧角色。伴随着鼓乐的演奏,索因卡运用唱词引入了一种充满活力的舞蹈。鼓声敲过不停,激动人心的鼓乐创造出一种疯狂情境:

> 在一阵猛烈的喊声和击鼓声中,拉昆来把自己扮演的受委屈的来访者置身在像丛林般的舞台上,兴奋地跳着舞蹈进场。整群人伴随着鼓乐和舞蹈的散开,哑剧开始正式表演。拉昆来模仿摄影师的动作随着鼓声时而快乐,时而伤感。当拉昆来表演滑稽的开车动作时,"鼓声加速,越来越快";当女孩们表演机器失灵时,鼓声突然中断;当拉昆来最后一次发动汽车失败、决定放弃而开始旅行时,"鼓重奏起来,以一种不同于以前的暗淡的声调和节奏配合着他的旅行而有所变化"①。

索因卡充分运用各种"话鼓"(Talking Drum)。这种非洲的"话鼓"是民族、部落或宗教的象征,可以模仿语言的节奏和语调的升降,用来传递各种信息。"话鼓"发出的声音赋予周围的创造物以生命。"树木在原地轻微柔和地舞着","'一条蛇'从树枝中滑动出来","'一个猴子'突然跳到他面前","从什么地方传来野兽的吼声","突然间从矮树丛的某处传来一个女孩子的歌声"。他喝完酒后把瓶子向歌声传来的方向甩去,"只听到淌水的声音,一声尖叫和一串骂声,最后又恢复安静"②。鼓声把整个非洲大地给唤醒了。后来,来访者不小心,"脚落空,人也不见了。只听见哗啦一声巨

---

① ［尼日利亚］沃莱·索因卡:《狮子与宝石》,第 55 页。
② ［尼日利亚］沃莱·索因卡:《狮子与宝石》,第 55 页。

响,看不见的歌者的歌声转为长长的一声尖叫"①。紧接着鼓声的节奏加快。过了一会儿,在拍击水声中,希迪出现在舞台上。拉昆来也慢慢跟上来,一边走一边用手把衣服上的水拧出来。巴罗卡酋长来到,一切活动停止下来。

西方来访者被模仿的情节好像是一场单纯而又滑稽的哑剧重演,但它承载着比表象更加深刻的主题。唱词、鼓乐和舞蹈在包括人、树、蛇在内的自然物上所呈现的效果传递着非洲文化和外来文化相互碰撞的信息。巴罗卡来到哑剧的场景,扰乱了表演,这使得"演员们"逃离出理想中的世界,重新回到正常的人生道路上。

第二段精彩鼓乐是为"夜幕"的集体舞蹈伴奏。"夜幕"没有太多的鼓乐,但在戏剧高潮出现时,索因卡再一次将鼓乐发挥得淋漓尽致。希迪到了巴罗卡的宫殿,好像着魔了,完全被巴罗卡的意志所控制,最后"慢慢地把头倚靠在酋长的肩上"。这时,舞台上的幕布逐渐拉上,一群舞女突然拥上前台,追随一个戴假面具的男性,鼓乐声和喊叫声此起彼伏,一浪高过一浪,将戏剧情节不断地推向高潮。在热烈的鼓乐声中,巴罗卡使用老套的诡计,成功地诱惑了希迪,并让她失去贞洁,巴罗卡老谋深算和希迪年少无知一目了然,而舞蹈者追随戴面具的拉昆来的情节其实是一场充满讽刺的表演,前台热烈的舞蹈和震耳欲聋的鼓乐声可以看作在场景后希迪和巴罗卡之间性交情节的比喻性反映。索因卡巧妙地运用鼓乐来代替通俗易懂的语言,剧中故事情节起伏跌宕,又给观众震撼共鸣。

三、《死亡与国王的侍从》中的非洲传统鼓乐演奏

索因卡善于在剧本的关键之处加进非洲鼓乐和歌舞渲染气氛,以取得或热烈,或紧张,或烦躁,或哀婉的种种感情效应,使听者不由自主地被带动起来,情感顺着鼓乐走。在《死亡与国王的侍从》中鼓乐与歌舞一样,都是从开始到结束一直伴随着的,鼓乐在剧中人物合唱时扮演着伴奏和传递信息的角色。这种另类的语言交流只有熟知的人们才能听得懂,而行政长官皮尔金斯对于远处传来的持续不断的、一波又一波的鼓声是完全不懂的,只觉得这里头有某种令人心神不宁的东西,而对于本地人约瑟来说却是一听即明白其中的含义。

"如果您在鼓声召唤之际,就坚定你的意志,割舍对生命的依恋,追随

---

① ［尼日利亚］沃莱·索因卡:《狮子与宝石》,第55页。

国王的步履……"①,非洲的黑人是一个"精神的种族",而不是"物质的种族",而其中的音乐就是他们独特的精神境界的组成部分,他们相信特别的鼓声是由彼岸世界传来的,当月亮升到天空的正中时,便是来自鼓声召唤之时,亦是侍从首领必须乘着鼓声追随国王的脚步,通过神圣的通道之时。这些鼓声表达着约鲁巴人民民族的精神,也是他们表达情感的乐谱。

《死亡与国王的侍从》从头至尾都弥漫着这种集中而强烈的鼓声,把鼓乐当作活跃场景、推动情节的重要元素。当艾雷辛为了表达自杀的决心,不由自主地跳起舞来,鼓师即可上场为他击鼓助兴,"从他的舞步抓出节奏,击鼓加入他的舞蹈"②。第二幕整个演出过程是英国殖民总督皮尔金斯夫妇准备一场盛大的西式化装舞会。当皮尔金斯与他的夫人琼沉浸在探戈的热舞中时,远处的市场正在为艾雷辛自杀的隆重仪式做准备。"从镇上水井方向传来的鼓声"总是不时地干扰他们的优美浪漫的西洋舞曲。阿姆萨警官向皮尔金斯报告说,"由于本地习俗的缘故,一位重要的侍从首领,也就是艾雷辛欧巴,即将在今晚死亡"③。皮尔金斯认为这是一场谋杀,必须制止。鼓声越来越大,皮尔金斯越来越烦躁不安。在这里,非洲鼓乐与西洋舞曲形成强烈的对比,营造了场上与场外两个不同的情景,烘托了非洲文化与西方文化极不协调的紧张氛围。这些节奏强烈沉闷而急促的鼓声渲染了悲剧的气氛,衬托着人物内心的紧张情绪,透露出自杀殉葬仪式的野蛮。

四、《路》中的非洲传统鼓乐演奏

在《路》中,擂大鼓是流氓头子小东京召唤哥们儿的信号和娱乐方式。他在车祸商店过完大麻烟瘾,闲得无聊,随手抓起大鼓走到篱笆边,擂鼓召唤他的哥们儿一起来吸大麻。他擂完鼓返回棚屋,鼓点的回声还在空中荡漾。他们一边吸大麻,一边无聊地讨论木材和车祸。这时,外面传来鼓手击鼓的声音,越来越响亮。鼓手一边击鼓,一边用低沉的、懒洋洋的声音歌唱。小东京和他的哥们儿吸了大麻之后随着慢悠悠的歌声摇摇晃晃,后来歌声和动作逐渐加速,偶尔夹杂着他们的几声战斗呐喊和呼唤。卡车开来了,这帮流氓应和着紧擂的鼓声跺着脚,跳起舞,翻着筋斗,把包打听乔托起来抬着出去。显然,鼓乐调动了小东京和他的哥们儿的情绪,使他们更加兴奋,突显出流氓的无聊与疯狂本色,深化读者和观众对作品主题的理解。

---

① [尼日利亚]渥雷·索因卡:《死亡与国王的侍从》,第500页。
② [尼日利亚]沃莱·索因卡:《狮子与宝石》,第431页。
③ [尼日利亚]沃莱·索因卡:《狮子与宝石》,第449页。

鼓是非洲最普遍、最常用的乐器,也是索因卡戏剧最常用的舞台道具。探寻索因卡戏剧中的传统文化元素,鼓乐是最重要的见证和体现。索因卡戏剧中的非洲鼓乐以独特的魅力受到观众和读者的喜爱以及音乐爱好者的青睐。

非洲鼓在埃及尼罗河贸易古道的引领下,不仅走进了中东,而且走向了世界各地。鼓文化成为非洲各国对外交流的一大特色。20世纪80年代末,非洲鼓乐一跃成为世界流行文化,吸引了世界各国众多爱好者,其中索因卡戏剧功不可没。2018年4月19日至22日,"非洲鼓节"在尼日利亚的阿贝奥库塔市举行,有20个地区和14个非洲国家参加,索因卡应邀出席,而且于2018年4月20日在奥卢莫岩(Olumo Rock)旅游中心主持了主题为"鼓点争取进步"的协调会议,强调非洲鼓的重要性。奥贡州长阿莫孙(Ibikunle Amosun)说,非洲有一种先于西方文明的丰富文化,鼓声是贯穿非洲大陆各阶层的非洲文化的重要特征。正在消亡的非洲文化需要复兴,"非洲鼓节"正是为了唤醒和复兴我们垂死的文化。在索因卡等非洲人看来,要想复兴非洲大陆的理想和理念,就必须从一种贯穿整个大陆的文化开始,那就是鼓点。21世纪以来,非洲鼓乐随着全球化时代的到来而得到进一步推动和传播,使世界各国人民更加深入地认识到了非洲鼓乐的艺术魅力。

第二节　索因卡戏剧中的非洲民间吟唱艺术

吟唱是非洲口述传统的重要组成部分。非洲吟唱内容主要来自神话传说和贵族家族历史,可以随时变化,是开放动态的。吟唱诗人与观众是一种灵活的互动关系,观众随时可以加入吟咏。在古代西非,诗人、音乐家与舞蹈者共同组成的歌舞队(chorus),是贵族娱乐与艺术的重要形式。非洲吟唱形式包括挽歌和走唱说书,是非洲戏剧内在的结构形式,体现了非洲人的美学价值观。

一、索因卡戏剧中的非洲挽歌吟唱

索因卡的剧本经常以轮流吟唱的民间传统形式来开展故事情节,构建非洲人所熟悉的音乐天地,呈现充满浓厚乡土气息的非洲现实世界。他用诗歌吟唱来激发剧中人物的热情。在《狮子与宝石》中,为了让拉昆来在哑剧中扮演西方摄影师来访的角色,姑娘们唱歌跳舞来激发他。她们开始合唱"你和他的穿着一样,你长得像他,你们讲一样的话,你和他一样想法,你们拉各斯的动作———样笨拙。你能够扮演他"①的自编歌曲,随后又围着拉昆来开始跳舞,并且快速地念诵着歌词,在激情热烈的气氛中,拉昆来只好答应扮演角色。

索因卡不仅用诗歌吟唱激发戏剧人物的热情,而且在许多剧本中为表达激烈、悲凉的气氛,营造更加浓烈的情感场景,大胆地运用挽歌。《沼泽地居民》中的乞丐经常独自吟唱只有曲调而没有明确歌词的挽歌,而且一边唱一边合着拍子点头。在《森林之舞》中,第一幕结尾,当戏剧情节推进到"死者欢迎会"即将开始时,场外的打击乐和鼓乐此起彼伏。鼓声始终伴随着唱挽歌者。唱挽歌者伴随着音乐和舞蹈进场,直接以吟唱的方式与阿格博列科进行对话,吟唱了三段挽歌:

> 往前走吧。走开!
> 我听到风在低语——不要讲了。
> 现在走开吧。
> 给亡灵腾出一块地方跳舞吧。
> 如果你看到香蕉叶,
> 像女人乳房一样鲜嫩,
> 一样富有弹性,
> 如果你看到香蕉叶,
> 将自己撕成一条条细丝,
> 宛如悲伤的绉丝,
> 湿漉漉地悬挂着,
> 请不要说这是风的威力。
> 给亡灵腾出一块地方跳舞吧。
>
> 啊,你的双手已消失,
> 如果它发出隆隆响声,
> 我们会知道它到哪里去了。
> 不过,我们不点出他们的名字。
> 不要让神以为我们在窥探他羡慕的目标。
> 给亡灵腾出一块地方跳舞吧。

---

① ［尼日利亚］沃莱・索因卡:《狮子与宝石》,第54页。

> 姑娘啊,
> 你的双脚穿着耶莫加织布机上的蛇形梭子,
> 可你的衬衣两次掀起,
> 我敢肯定,你的脚当时在踩着尘土,
> 姑娘,我知道我祖先的策略。
> 给亡灵腾出一块地方,
> 让我们跳舞吧。
> 在那月圆的夜晚轻轻一触,
> 死者复苏,
> 大肚子女人悄然无声,
> 垂着芭蕉般乳房的母亲!
> 丈夫双手交叉在胸前,
> 祈求喧闹的鬼神们赐给他什么?
> 现在走开吧,走开,
> 给亡灵腾出一块地方,让他们跳舞吧。①

　　阿格博列科与唱挽歌者重复对答,"灰尘打算落下来时,阁楼不是接不着的。神谕对活人和死人都一样"②。在挽歌吟唱的气氛渲染中,森林里各种各样的精灵逐渐走向舞台。"他们都捧着树叶用鼻子嗅着,一边走,一边在抱怨,他们讨厌油味儿,有的厌恶地吸着气,有的吐着唾沫。然后,都捂着鼻子"③。索因卡通过挽歌吟唱很顺利地把观众引到了一个欢迎死者的虚幻情景之中。

　　《死亡与国王的侍从》的自杀仪式更是从头至尾都呈现出洪亮而感伤、蕴含诗性的挽歌吟唱,明显加重了剧本的悲剧色彩。艾雷辛在举行自杀仪式前跳的一段告别舞与合唱队不断吟唱的诗性、感伤、洪亮的挽歌共同加重了剧本的悲剧色彩。自杀仪式即将举行,走唱说书人敦促众女人开唱挽歌为艾雷辛送行。伊亚洛札唱道:

> 战争的死神杀死了骁勇的战士,
> 让泅泳者溺毙的是水之死神,

---

① ［尼日利亚］沃莱·索因卡:《狮子与宝石》,第181—183页。
② ［尼日利亚］沃莱·索因卡:《狮子与宝石》,第181—183页。
③ ［尼日利亚］沃莱·索因卡:《狮子与宝石》,第184页。

市场的死神杀死了商人，

优柔寡断的死神夺走了无所事事的性命，

短刃的弯刀辗转交易，

刀锋因此不再锐利，

美丽的事物凋谢于美感的幻灭。

为了让死亡的死神消失，

得赔上艾雷辛的一条性命……

死亡的死神无法捉摸，

唯有艾雷辛……

为它做出牺牲……

优雅地，侍从优雅地返回马厩，

在长日将尽之际，

优雅地……①

　　在走唱说书和挽歌的洪亮声音中，艾雷辛一度陶醉在舞步中，对周围的一切不再有所知觉。整个舞台弥漫着死亡的悲凉气息。欧朗弟替父自杀后，伊亚洛札和众人抬着欧朗弟的尸体来见艾雷辛，场外的挽歌不断响起，时而扬起，时而低吟。艾雷辛在看到儿子的尸体之后，使劲把一只手臂连同铁链绕过他的脖子，猛烈、果决地绞住自己。众女人未受突如其来的事情影响，持续念诵挽歌。在伊亚洛札看来，艾雷辛的自杀为时已晚。虽然他最终去向那神圣的通道，却只能在抵达之时分享儿子留给他的"些许剩菜"，"浑身沾满粪便"，整个剧本在悲惨凄凉的挽歌声中结束。

　　在《路》中，索因卡描绘道路很危险，车祸随时发生，路神随时吞噬路人的生命，以致路上悲怆的挽歌不断响起，集聚在"教授"经营的车祸商店的各色人等也不时地哼唱挽歌，空气中四处弥漫着死亡的气息，头破血流的流浪汉不断走进商店，互相搀扶的乘客、招待员像败兵似的扑倒在商店。挽歌起到了很好的渲染气氛的作用。《路》中穿插的大量低调、沉闷的歌曲及挽歌，使得情节荒诞、气氛阴沉。《路》成为索因卡最晦涩、最难懂的一部作品。例如，萨姆森是一个汽车售票员，因失业而大发牢骚。索因卡在"教授"与萨姆森的对话之间穿插了一首挽歌，歌词中有这样一段：

　　日中大雾忽起弥漫，

---

① ［尼日利亚］沃莱·索因卡：《狮子与宝石》，第468页。

太阳问:这是啥奇迹?

旱季露降我脚上,

死神夺取了我们的雨滴;

旱季降我胸膛,

吓得我悚然冷汗直淋漓,

死神降祸罚我们,

人世间少了个柯柯洛里。①

很明显,这首挽歌既是为死去的司机哀悼,也暗示"教授"是车祸的肇事者,告诉世人这条路既是生命的终结,也是希望的新生。在萨姆森的悲叹声中,外面的流浪汉又弹着吉他开始唱起来:

天堂之路多遥远,

司机啊,路途多遥远,

慢慢儿开莫慌忙。

天堂之路多遥远,

求上帝多开恩,

班得利马儿胜利回家园,

比赛是啥他不管。②

在流浪汉边弹边唱时,另外几个靠近篱笆的流浪汉也懒洋洋地加入合唱。不吉利的歌词内容让萨姆森很恼火。他怒气冲天地对着领头的那个人大吼:"滚开,滚开! 早晨这会儿是唱这种歌的时候吗?"那群人被萨姆森轰走以后,过一会儿又唱起了一支淫荡的曲儿。可见这些流浪汉的无聊和无奈。小东京和他的哥们儿在车祸商店吸大麻、聊车祸时,有鼓手击鼓歌唱:

谁遇上奥罗神不下拜,

他会遭到啥命运!

到家就得热按摩,

他会遭到啥命运!

① [尼日利亚]沃莱·索因卡:《狮子与宝石》,第 309 页。
② [尼日利亚]沃莱·索因卡:《狮子与宝石》,第 280 页。

　　　　到家就得谢上苍，

　　　　他会遭到啥命运！

　　　　要是破晓前不回家，

　　　　他会遭到啥命运！

　　　　那得让掉了的脑袋来说话，

　　　　他会遭到啥命运！

　　　　谁遇上埃苏神没让路，

　　　　他会遭到啥命运！

　　　　谁对先灵昂首还阔步，

　　　　他会遭到啥命运！①

　　这段挽歌体现了非洲传统的重复吟唱方式，对那些奔波在路上，却不敬畏祖先和神灵的人们提出警示，告诫他们：奥罗神、埃舒神和先灵喜怒无常，随时守候在路上，人们危险众多，每个人都得求祖先和神灵保佑，才能免遭厄运。

二、索因卡戏剧中的走唱说书艺术

　　非洲大陆有着古老而珍贵的民族文化，但在过去很长的一段历史里没有文字记载，只是靠人们的记忆力来得以保存，世世代代口耳相传。口述文化对非洲人民具有巨大的影响，成为非洲历史文化得以传承的重要载体。在非洲，保存和传递民族文化信息的人，一般是祭司、巫师、长老和走唱说书人。他们通过讲故事或传唱说教的方式来传承本民族的历史，包括部族史、家系史和国王史。走唱说书艺术作为非洲早期口述文化的重要载体，在非洲历史上有着不可取代的地位。走唱说书内容丰富多彩，具有神秘色彩，通过讲述历史事件、俗语谚语、神话故事，反映非洲黑人的日常生活和价值观念，维系非洲黑人的记忆与传统。

　　索因卡谙熟古老非洲的口述模式，在《死亡与国王的侍从》中设置了走唱说书人的角色。剧中的走场说书人身兼说书和乐手的角色，类似于莎士比亚的小丑人物、试金石（Touchstone）或费斯特（Feste）等合唱人物，将一部戏的内部世界与读者或观众的现实世界联系起来，不仅给读者或观众带来娱乐，更具有教育功能。走唱说书人伴随着主人公艾雷辛从开始到最后，充当着头号礼仪角色，是约鲁巴传统最忠实的拥护者，在某种意义上代表了约

---

　　① ［尼日利亚］沃莱·索因卡:《狮子与宝石》,第289页。

鲁巴传统的集体意识,体现约鲁巴宗教中的宇宙观念。他以传唱的方式向族人和艾雷辛讲述着作为国王侍从首领的历史和职责,督促艾雷辛的自杀仪式顺利进行,提醒艾雷辛应该为约鲁巴人现实世界和祖先世界建立相互联系,做好自杀准备。

剧本一开场,走唱说书人对艾雷辛给予了最高的赞美:"你祖先在世的时候,这世界从未自它惯常的轨道偏斜,在你的时代,这世界也当如此"①,暗示他绝对相信艾雷辛将会履行自己的职责。他一边向艾雷辛讲述约鲁巴民族的祭祀仪式任务,是族规历史的传承,一边不断地提醒着艾雷辛要坚定自己的信心:

> 走场说书人:我们的世界从不曾使它在正确的轨道上歪斜。
>
> 艾雷辛:诸神已明言,不允许世界偏斜。
>
> 走唱说书人:一只河蚌一生只有一个生长地;一只乌龟一生只有一个栖息地;一个人的灵魂只有一个躯壳;对我们种族的精神来说,只存在一个世界。如果听任那个世界恣意发展,在太虚幻境的巨大卵石上撞得粉碎,谁的世界会给我们遮风挡雨?
>
> 艾雷辛:这是没发生在我们祖先的时代,也应该不会发生在我们的时代。②

种种话语不断地激励着艾雷辛前进,同时也在重复说明他在仪式中自杀,伴随国王走向彼岸世界是多么神圣的正义使命。走唱说书人就像一条鞭诫,当他发现艾雷辛不像之前的那些首领那样按历史的路走,他便要告诫艾雷辛:"他必须,必须向前航行,这个世界不会向后转动,就是他,必须以睥睨之姿,超越这个世界。"③这一声声的唤喊,仿佛是来自先灵的召唤,决不允许艾雷辛做出与历史相悖的事。每一次当艾雷辛出现异样时,走唱说书人便不断提醒艾雷辛行使自己的使命,呼唤着艾雷辛必须通过神圣的通道,到达彼岸世界。走唱说书人的一次次激励和提醒,仿佛就是来自先灵的声声召唤,呼唤着艾雷辛必须行使使命,因为先灵的召唤是不容违背的。紧接着,走唱说书人将这种形而上学的评论置于一个历史背景之下,揭示对现实的盲目性:

---

① [尼日利亚]渥雷·索因卡:《死亡与国王的侍从》,第13页。
② [尼日利亚]渥雷·索因卡:《死亡与国王的侍从》,第13页。
③ [尼日利亚]渥雷·索因卡:《死亡与国王的侍从》,第23页。

你祖先在世的时候,大小战祸频仍;白人奴隶贩子来来去去,他们带走我们族人的心,夺走我们族人的精神和力量。我们的城市陷落,然后被人重新造起;我们的城市陷落,我们的人民跋山涉水,为了要寻找新的家园,可是,艾雷辛欧巴,你听见我说的话吗?①

走唱说书人在这里赞美约鲁巴人民在逆境(特别是跨大西洋奴隶贸易)面前不屈不挠的精神,但是,"我们的世界从不曾使它在正确的轨道上歪斜"这句话暗示着走唱说书人一方面自豪而坚定地致力于传统宗教世界观,另一方面却未能接受历史现实。他三次提到"来来去去"的暴力,似乎无法在那些过去的恐怖(战争、奴隶制)和当前的英国殖民存在之间建立联系。此外,走唱说书人在赞美诗中混淆了过去、现在和未来:

　　一只河蚌一生只有一个生长地;一只乌龟一生只有一个栖息地;一个人的灵魂只有一个躯壳:对我们种族的精神来说,只存在一个世界。如果听任那个世界恣意发展,在太虚幻境的巨大卵石上撞得粉碎,谁的世界会给我们遮风挡雨?②

走唱说书人在这里的语言仍然主要是约鲁巴神话诗歌,"太虚幻境"的形象背景仍然是约鲁巴宗教神话。虽然整个段落是为了庆祝现在的稳定,但在艾雷辛失败之后该怎么办,如何在他们偏离"道路"之后维持约鲁巴文化和宇宙本身? 这预示着一场即将到来但仍然存在的危机,"谁的世界会给我们遮风挡雨?"

在剧本的结尾,伊亚洛札对艾雷辛感到厌恶,似乎想给他带来尽可能多的痛苦,走唱说书人则更痛苦和焦虑了。因此,虽然伊亚洛札更关注于艾雷辛的耻辱,但走唱说书人对宇宙的恐惧已经或即将发生更为担心。他吟唱道:

　　艾雷辛,我们把系着世人幸福的缰绳交付给你,而你却眼睁睁地望着它从峭壁悬崖上直直坠落。当邪恶的异邦人让世界从它的轨道偏斜,将它击碎,越过虚空的边缘,你却双臂交叉坐在那儿。你抱怨说你无能为力,你让我们在不可见的未来张皇失措。你的嗣子已背负起这

---

① ［尼日利亚］渥雷·索因卡:《死亡与国王的侍从》,第13页。
② ［尼日利亚］渥雷·索因卡:《死亡与国王的侍从》,第13页。

个重责大任。我们不是神,我们不晓得会有什么结果。不过这株新枝已经把它的汁液倾注入老干,我们晓得,这并非生命之道。在异邦人的虚空之中,我们的世界正分崩离析。①

　　走唱说书人强调"在异邦人的虚空之中,我们的世界正分崩离析"是有目的和指导意义的。一方面表明尽管已经发生了一切,他仍然在约鲁巴形而上学中运作;另一方面,他两次提到"陌生人",意味着这种形而上学不能再被视为最有意义的解释语境(至少不是唯一的解释语境),因为它与一种历史和地缘政治的解释方式相竞争,也就是缺少的"殖民因素"。

　　走唱说书人在戏剧结尾时的无知,反映了一种时间上的混乱。在走唱说书人的形而上学解释学中,他仍然关心的是一场灾难,这场灾难虽迫在眉睫,但仍然尚未发生。走唱说书人不知道这是一场当下的危机,还是一场未来(即将到来的)灾难,因为宇宙的稳定已经被打破,没有任何可见的移动方式。当艾雷辛的双手被陌生人用铁链捆绑起来,邪恶的陌生人把世界从它的轨道上倾斜过来,约鲁巴世界于是"从悬崖边缘跌落"。

第三节　索因卡戏剧中的非洲传统舞蹈艺术

　　非洲是著名的歌舞之乡,非洲人的生活中是离不开音乐和舞蹈的,所有的非洲人都能歌善舞,唱歌和跳舞是他们生活的一种方式,这些独具特色的舞蹈音乐带有浓郁的民族风情。舞蹈是非洲人与生俱来的本能,是非洲人日常生活的重要组成部分。非洲的舞蹈充满狂热激情,非洲人通过剧烈地甩动全身的各个部位来表达他们的情绪,形成了非洲独具特色的舞蹈形式。

一、非洲传统舞蹈艺术特点

　　非洲舞蹈历史悠久,大约产生于 6000 年前,是非洲民族最主要的艺术表现形式。非洲人的日常生活离不开歌和舞,非洲居民不分男女老幼,都能歌善舞。每逢结婚、举丧、添丁、成年、迎宾、送客、战斗、劳作、祀神、祭祖、节庆以及休闲等,非洲人都通过舞蹈来表达各种情感欲望。非洲传统舞蹈是非洲民族最古老、最普遍、最主要的艺术形式,索因卡戏剧中的歌舞场面精彩纷呈。在索因卡的戏剧中,每当节庆日来临,约鲁巴人穿上特定的民族服饰参加仪式。每逢重大的节日,非洲人总是喜欢戴假面具装扮亡灵,载歌载

---

① 　[尼日利亚]渥雷·索因卡:《死亡与国王的侍从》,第106—107页。

舞,热热闹闹地开展庆祝活动,歌舞表演成为索因卡戏剧最主要的艺术特色。

非洲传统歌舞多用来表现人们对图腾的崇拜以及狩猎、播种、收割、烧荒等场面。由于宗教信仰和生活习俗的差异以及种族、地理、历史的不同,非洲各地的歌舞也千差万别,种类繁多,主要有黑人舞蹈和阿拉伯舞蹈两大类。阿拉伯舞蹈主要分布于撒哈拉沙漠以北的阿拉伯人居住区,黑人舞蹈分布在撒哈拉以南的非洲地区。黑人舞蹈又可以分为传统的仪式舞蹈和民间的娱乐舞蹈。15—19世纪,西方殖民者把非洲黑人的传统舞蹈当作异端邪说进行残酷镇压与破坏。20世纪50年代以后,非洲的黑人舞蹈随着非洲国家的相继独立逐渐得以恢复和发展。

黑人传统的仪式舞蹈起源于非洲原始宗教的祭祀活动,歌词内容、鼓乐伴奏、舞蹈者的服饰与动作等方面都有严格的规定,遵循一定的程式,在一定的场合和时间里举行。仪式舞蹈主要包括敬神舞、战斗舞、狩猎舞、驱邪舞、生育舞、割礼舞、庆贺舞、葬礼舞、耕种舞、丰收舞、求雨舞,等等。在非洲,举行婚礼不能没有舞会。尼日尔的颇尔博罗罗人举办的集体婚礼舞、塞拉利昂的"苏苏·本杜姑娘舞"等都是为未婚男女青年提供择偶机会的舞蹈。战斗舞粗犷雄武,几乎遍及非洲各部落。战斗舞舞者常常身披兽皮披肩或围着兽皮围腰,在头上或者肩上插上羽毛,脚系铃铛,手持长矛、刀剑、盾牌或战棒,在节奏强烈的鼓声当中模拟远古部落猎手或勇士的战斗动作,充满原始美感。大型的战斗舞的场面极为壮观,常有数百人参加。"生育舞"体现生殖崇拜,男女会结对而舞,做出一些挑逗性动作,男人的嘴里会嘟囔着"jigijigi……",女人则"dugudugu……",这些土语表达性爱之意。

非洲舞蹈的动作常常只有两三个,而且不断进行反复,基本无发展变化。抖肩、甩胯是非洲舞蹈的基本动作,上身前倾、屁股后翘、微屈膝是非洲舞者的典型体态。舞蹈伴奏乐器最主要的就是非洲鼓。"非洲的舞蹈形式多是半圆、圆圈或排列成行的集体舞。跳集体舞时,会有一人或几个人到圈中间去跳,然后男女对换轮流到中间献艺,也有成双成对到圈中跳舞献艺的形式。"①这种舞蹈称为环舞,是非洲原始社会流传下来的珍贵舞蹈遗产。尼日利亚是非洲文化的摇篮,民族众多,传统舞蹈样式丰富,索因卡戏剧展现的舞蹈主要有"斯旺盖舞""柯罗索舞""优里克舞""阿杰舞"等。"斯旺盖舞"带有浓厚的喜剧调侃色彩,一般在节日中表演,是尼日利亚民间舞蹈中最具有代表性的舞蹈之一。为了感谢雷神尚戈给人民带来富裕生活,尼

---

① 金秋:《外国舞蹈文化史略》,人民音乐出版社2003年版,第147页。

日利亚西南部的约鲁巴人在宗教崇拜仪式中经常跳"阿杰舞"。

　　索因卡将这些非洲传统舞蹈和哑剧等交织运用在他的戏剧作品当中，协调和推进戏剧的故事情节。《狮子与宝石》《路》《死亡与国王的侍从》《森林之舞》《旺尧西歌剧》《欧里庇得斯的〈酒神的伴侣〉》《巴阿布国王》等作品中都有丰富多彩的非洲传统舞蹈表演元素。

二、《狮子与宝石》中的非洲传统舞蹈表演

　　根据《狮子与宝石》的剧情，索因卡在剧中精心安排 5 段精彩的歌舞来增添喜剧效果，既有集体圆圈舞蹈和男人精力舞，也有单人耸肩舞和胜利舞，其中有 3 段最有特色。

　　第一段歌舞安排在早晨，希迪打水经过村子中心，小学教师拉昆来乘机讨好她，想要娶她。他用从西方学来的华丽语言哄希迪开心，说他想与希迪结婚"是因为爱情"，因为他"寻求终身伴侣"，"寻求一个患难与共的朋友，平等的终身配偶"。拉昆来信誓旦旦，只要希迪嫁给他，他将让她"做一个现代化的妻子"，与她"手拉着手，肩靠着肩"在街上并排行走，教她"跳华尔兹舞，一起学狐步，一起在伊巴丹夜总会过周末"，一定带她"看看城里的富丽堂皇"①。拉昆来的虚假言行激起了人们对他的反感，姑娘们集体跳了一段作弄小学教师拉昆来的精彩舞蹈。为了嘲弄他，大家不约而同地一起哼着小曲，然后围着拉昆来翩翩起舞，快速地念诵着歌词。过了一阵，歌手参加进来，鼓声响个不停，歌唱越来越快，舞步越来越急促，拉昆来被紧紧地包围住，十分窘困难受，大家转到第六七个圈时，拉昆来就显然受不住了。

　　第二段精彩歌舞是萨迪库在"夜幕"开头跳的所谓胜利舞，巴罗卡的大老婆萨迪库得知自己的丈夫丧失性功能之后，跳舞以示庆祝女人始终胜过男人。她嘲笑永远让她抬不起头的丈夫，并且邀请希迪一起庆祝。希迪看萨迪库很疯狂，问她是不是打了什么胜仗。萨迪库回答说不是她一个人的胜仗，是每个女人的胜仗。她把丈夫阳痿的事情告诉希迪，还边跳边重复说："小心啊，我的主子们，我们终将弄垮你们"，"是我们谁掌握了你的闪电，像火一样烧着了狮子的尾巴"②。希迪在她的感染下，也随萨迪库开始跳舞，高呼："我们胜利。我们胜利了。为女人们欢呼！"③萨迪库表演的舞蹈充满着令人啼笑皆非的无知。她的舞蹈和唱词意在取笑和讽刺男人，但

---

①　[尼日利亚]沃莱·索因卡:《狮子与宝石》，第48—49页。

②　[尼日利亚]沃莱·索因卡:《狮子与宝石》，第74页。

③　[尼日利亚]沃莱·索因卡:《狮子与宝石》，第75页。

在残酷的事实面前,笑话却依然开在女人的身上,因为巴罗卡根本没有阳痿,而是想借萨迪库传递假消息给希迪,进而达到自己的卑鄙目的。希迪果然中计,自愿前往巴罗卡的宫殿应邀赴宴,原本只想"奚落这个魔鬼一番",结果是向巴罗卡奉献了自己的贞洁。

　　第三段舞蹈是"夜幕"中间戏子们跳的"男人精力舞"。巴罗卡在宫殿中举行摔跤比赛,应邀前去赴宴的希迪唱歌和跳耸肩舞来为他庆祝。随着故事情节继续推进,巴罗卡成功地诱惑了希迪,并赢得美人的欢心。萨迪库和拉昆来花了一整晚的时间等待着希迪并希望她会从大宅里出来,但结果可想而知。这时索因卡又在剧本中添加了一段舞蹈,把戏剧情节继续推向新的高潮。萨迪库闲得无聊,让经过的戏子们表演节目,并从拉昆来那里拿了点钱,然后把钱给了他们作为演出赏钱。于是,戏子们再度进场,表演了一场"男人精力舞"。有趣的是,这支舞蹈恰恰重演了巴罗卡假装失去男性雄风的故事。假面舞蹈的重点在于取笑那被众妻认为是阳痿的巴罗卡,这舞蹈和鼓乐只是强调前面的部分,但萨迪库后来也加入了舞蹈之中。戏子们恭请她参加演出谋害一场,巴罗卡最后被弄垮,戏子们跳着离开了,剩下萨迪库仍在跳,根本没有注意到他们已经离去。"拉昆来不由自主地赏识起这种表演来,对巴罗卡从他老婆那里遭到厄运,尤其感到有兴味"。①然而,讽刺的是,希迪在巴罗卡的宫殿里已经失去了贞洁。关于性能力的音乐和舞蹈其实是呈现无知少女希迪把自己的贞洁断送给年迈自私、毫无同情心的巴罗卡的惨痛悲剧。索因卡在《神话、文学与非洲世界》中指出,"在这惨烈典礼的高潮时刻里,我们了解到音乐是如何成为唯一能够容纳悲惨现实的艺术"②。这表明剧本的落脚点应是希迪的困境,而不是巴罗卡的征服。当巴罗卡为自己对希迪说出的谎言露出其真正的目的时,所有人才意识到自己的愚蠢。

　　此外,《狮子与宝石》的结尾还出现了舞蹈的场景。希迪准备着她与巴罗卡的婚礼,但在舞台外的远处,一群人的唱歌声正接近希迪、萨迪库和拉昆来。拉昆来尽力想制止舞蹈和音乐家的歌声,告诉他们回到该回去的地方,但结果只是徒劳。希迪拒绝了拉昆来,并从萨迪库那里得到生育祝福后,她转向音乐家说,"来,为我歌唱子息,歌唱狮子世系的后生"。于是乐师们重新开始奏乐。希迪边唱边跳,"我的网已张,我的网已张。走进近前

---

①　[尼日利亚]沃莱·索因卡:《狮子与宝石》,第100页。

②　Soyinka Wole, *Myth, Literature and the African World*, p.146.

来,把我抱住。只有上帝知道什么时候能受孕"①。最后以欢快的舞蹈和一场婚姻典礼结束,其中这场婚典是用来讽刺怀孕的希迪。

三、《死亡与国王的侍从》中的非洲传统舞蹈表演

在《死亡与国王的侍从》中,索因卡用一段主人公艾雷辛与走场说书人的合唱为开场,这段合唱表达了他们共同的情感,即是对使命的赞颂,对民族文化的保护。剧本前半部分以合唱为主,渲染的是一种热烈欢快的气氛。例如,艾雷辛吟诵"非我鸟"的故事和妇女们为庆祝她们的女儿们击退警官而歌唱时的节奏欢快,表达了他们欢乐的心情。到了后来,悲剧气氛渐浓时,当艾雷辛就要跳着他那庄重的舞步进行仪式时,在场的这些妇女则为纷纷为其唱起了"阿——泪——泪——泪,阿奥——咪——喽"哀婉的挽歌,用来为他送行,期望伴他走过神圣的通道,这些节奏缓慢低沉的挽歌,使听者心中不由得抹上了一丝忧伤。

走唱说书人在《死亡与国王的侍从》的第一幕开头,不断地以各种方式试探艾雷辛自杀的决心。艾雷辛的情绪激昂,高喊"诸神已言明,不允许世界偏斜"。为表决心,艾雷辛跳起了一支简单、略带逗弄意味的舞蹈。他一边吟诵着"非我鸟"的故事,一边朝着市场的方向跳舞:

> 死神降临呼唤。
> 谁人不识它那刺耳的芦笛?
> 伟大的阿拉巴(祭司长)降临之前
> 薄暮在树叶间窣窣作响? 你是否听见?
> 非我啊! 农夫发誓保证。他抱着头
> 捻着手指,放弃
> 一批费尽心力得来的收成,
> 两腿开始打哆嗦。
>
> "非我啊",无畏的猎人大声叫喊,"不过——
> 天色渐黑,况且这盏夜灯
> 已油尽灯枯。我想
> 我最好是打道回府,改天再来搜捕我的猎物。"
> 不过现在他停顿下来,突如其来地

---

① [尼日利亚]沃莱·索因卡:《狮子与宝石》,第108页。

号啕大哭:"噢! 愚蠢的嘴!

你祸从口出,大难临头了! 你的灯

已油尽灯枯,不是吗?

现在他瞻前顾后,不敢轻举妄动。

是要寻找树叶,在那儿做起埃途土?

或是为了家人的安全火速返家?

我的朋友,十个市集日过了,

他依旧在那儿。

跟欧瑞岩雕像的基座一样坚固。①

艾雷辛的歌声巧妙,变换自如,非常形象地模仿着"非我鸟"故事中的主角。他嘲笑猎人在深夜的胆怯,嘲笑妓女拜访税赋总长时的呜咽,嘲笑小学生挨打后的哭泣,嘲笑好亲戚伊法渥密害怕诅咒的呻吟。艾雷辛似乎还看到"森林之中同样弥漫着恐惧",甚至连土狼和麝鹰也害怕"非我鸟",指出那些"我们称之为不朽的,竟然也畏惧死亡"。当伊亚洛札问艾雷辛怎样面对"非我鸟"时,他说"我啊,当'非我鸟'栖歇在我的屋顶,我命令它另觅他处筑巢,我心坦荡,无畏无惧。我帮它铺上垫子,表现我的欢迎之意。'非我'快乐地飞走,你这辈子再也不会听到它的啼鸣——你们全都晓得我是何等人也"②。他立誓,"今夜,我会把我的头枕在她们膝上,安然入睡。今夜,我的双足将和她们的双足相触起舞,跳起那不再属于尘世的舞蹈。不过,她们身躯的气味、她们的汗水味、她们衣服上的靛蓝染料的香味,这是我即将会见伟大的祖先之前,所希望吸入的最后一丝气味"③。艾雷辛的演出犹如一位天生能言善道的人,他的幽默和活力感染了他的随从和在场所有的人。伊亚洛札带着众女人围在他的身边唱歌跳舞,不断重复"有一段时间,我们真的害怕我们的双手扭曲了世界往虚空之境漂流"的歌词。

当艾雷辛一边跳着舞,一边吟诵着"非我鸟"的故事时,他的舞步是轻盈而欢快的。伊亚洛札等妇女得知并未惹恼艾雷辛时,她们高兴地在艾雷辛的身边跳起舞来,唱着:

---

① [尼日利亚]沃莱·索因卡:《狮子与宝石》,第431—432页。

② [尼日利亚]沃莱·索因卡:《狮子与宝石》,第435页。

③ [尼日利亚]沃莱·索因卡:《狮子与宝石》,第435页。

他饶恕了我们。他饶恕了我们。
当航海的人起航
诅咒却仍挥之不去
这是多么令人担心的事。
众女人：
有一段时间,我们真的害怕
我们的双手扭曲了世界
往虚空之境漂流。①

这些女人围着穿着华丽衣服的艾雷辛跳舞,以表达她们对艾雷辛的赞美和她们快乐的心情。这些独具风情的舞步、特殊方式的赞美,让艾雷辛感到至高无上的荣耀,他爱这种世人为他而舞的感觉,他希望永久地享受,这又加重了他对人间的眷念,成为他违背誓约的一个因素。

非洲人的舞蹈是根据自我内心的感觉来跳的,他们的情绪感觉通过扭动身体来表达,人可以口是心非,但是身体的扭动节奏却是不能作假的,所以这是最忠诚的表达方式。

在自杀仪式即将举行的当天晚上,艾雷辛跳了一段庄严肃穆的告别舞。人们满足了艾雷辛自杀前的最后心愿,让他迎娶了自己中意的美丽女孩。人们愉悦地跳起舞来,气氛逐渐升高。艾雷辛带着犹如托住一个易碎物品的神情出场并开始歌唱。当远方传来一阵阵坚定的鼓声时,艾雷辛明白"吉时良辰已到,国王的爱驹即将追随主人而去"。他吩咐鼓师最后一次为他效劳,决定告别尘世。艾雷辛的舞姿庄严,带有王者风范,他慎重地摆出身体的每一个姿势,完全沉浸在一种狂喜、恍惚的状态之中。然而,面对年轻貌美的新娘,"他的目光阴沉下来。他在眼睛前方挥了挥手,仿佛要把遮蔽视线的东西清掉"。"他心不在焉地听着鼓声,似乎再度陷入一种半催眠状态,他的眼睛掠过天空,但脸上呈现出一种恍惚的神情。"②挽歌越来越洪亮有力,他的动作却逐渐变得越来越沉重了。舞蹈在此既是传统文化的象征,同时也给"死亡"赋予了一个新的意义。与一般阴沉、痛苦的死亡不同,舞蹈在此喻指伊莱森的死亡是一种欢愉、一种解脱,只有死亡才能消除他由于逃避和怯懦而产生的深深的负罪感,死亡是对他已经失去了的荣誉的补偿。

---

① [尼日利亚]渥雷·索因卡:《死亡与国王的侍从》,第23页。
② [尼日利亚]沃莱·索因卡:《狮子与宝石》,第465—466页。

四、《森林之舞》中的非洲传统舞蹈表演

索因卡在《森林之舞》中精心安排的民族大团聚,是蕴含尼日利亚民俗文化意味的民族之舞。"森林"是尼日利亚的象征,尼日利亚人始终相信森林之中的地下世界是自己祖先的居住地,祖先们可以在死人世界和活人世界自由来去。因此,在这场盛大的森林舞会中,索因卡尊崇古老的民族传统,把非洲人崇拜的树精灵、太阳神、河神、黑暗神、蚂蚁神、火山神、大象精等各路森林神灵都请来了,让死人与活人相聚,人类与鬼神同台共舞。虔诚信仰原始宗教的观众们被剧中盛大的民族舞会所吸引,也热情地参与到戏剧之中,和剧中人物共同"舞蹈",赋予作品多层的文化意蕴。

索因卡在《森林之舞》开篇通过"瘸子阿洛尼的道白",告诉观众"为了欢庆民族大团聚",森林居民们主张举行舞会。森林之王邀请戴姆凯、阿德奈比和罗拉来参加舞会。音乐舞蹈贯串剧本始终,鼓乐、打击乐、歌舞伴随着剧情随时出现。当男女幽灵从地下钻出来时,索因卡首次安排了一段背景鼓乐,舞台上"一种像打击乐器的声音从空地附近传来。枪声、钟声又响了起来,渐渐达到高潮,然后又逐渐在远方消逝"①。奥贡上场后,舞台背景的打击乐声越来越大。随后,老人在两名议员的陪同下,由一群打击乐手簇拥着走上舞台。在老人与阿格博列科交谈中,"鼓声压倒了打击乐声"。紧接着,"打击乐队高喊着走上场。一个手持鞭子的人立即扬起鞭子在人群中挥动起来,用长鞭子让人们腾出一块空地。鞭子在他手中自由自在地舞动着。舞蹈家立即跟了上来。接着是他的助手(一个非常紧张的年轻姑娘)跟在持鞭者身后往空地上洒水。过了一会儿,唱挽歌者开始吟诵"②。这时的舞台首次呈现出歌舞表演场景。"唱挽歌者一直在围着那个助手转圈"。他一边转圈跳舞,一边吟唱:

> 姑娘啊,你的双脚穿着耶莫加织布机上的蛇形梭子,可你的衬衣两次掀起,我敢肯定,你的脚当时在踩着尘土,姑娘,我知道我祖先的策略。给亡灵腾出一块地方,让我们跳舞吧。给亡灵腾出一块地方,让我们跳舞吧。③

① ［尼日利亚］沃莱·索因卡:《狮子与宝石》,第150页。
② ［尼日利亚］沃莱·索因卡:《狮子与宝石》,第181页。
③ ［尼日利亚］沃莱·索因卡:《狮子与宝石》,第183页。

剧中当乌龟夫人与诗人的对话结束,诗人鞠了一躬走了。乌龟夫人命令宫廷所有人都立刻退下,只剩下武士。她示意武士靠近他,"见武士没有反应,她笑了,调情似的跳了起来。站得离武士很近。突然托起他的头,哈哈大笑"①。乌龟夫人在此跳的舞蹈就是非洲最常见的、表达男女恋情的舞蹈。这种舞蹈经常出现在非洲各族的婚事活动和日常舞会上。在非洲,举行婚礼不能没有舞会。参加婚礼舞蹈的,有新婚夫妇和来宾,这种舞会为未婚青年提供互结情缘的机遇。

随着剧情发展,女幽灵被阿洛尼领走了,森林之王在柔和的鼓乐声中发出最后一个指示,舞会马上开始:

> 翻译忙着给三位主角戴面罩。面罩的色调正如他们的情绪一样灰暗。戴好面罩后,每一个人都开始绕着大圈子慢慢地移动,停下来说一会儿话,然后一边齐声唱着最后一句歌词,一边迈着稳重的步子继续走着。②

显然,舞台上呈现出来的是非洲传统的面具舞。这种面具舞在西非国家非常流行。面具舞与非洲传统宗教信仰活动有关。非洲人认为面具有"灵性"和"神力",跳面具舞是为了禳灾祈福。

《森林之舞》的剧情在音乐舞蹈中结束。当远处的嘈杂声更加引人注意时,舞台暗了下来,"阿洛尼坚定地朝红色人影走去,但是翻译突然在他们中间跳起了舞,把两人隔开"③。孩子终于降生,翻译随着一声鼓响,开始和三胞胎中的老三转圈玩起了"安捕"游戏。后来,翻译、埃舒奥罗和老三把孩子抛在空中玩耍,孩子被戴姆凯救下了。这时舞台上"戴姆凯刻的图腾轮廓清晰可见,村民们围着图腾默默地跳舞的影子也清晰可见","埃舒奥罗的小丑一蹦一跳地上,提着一个装祭品的篮子,往戴姆凯头上一搁,在他面前发狂地跳舞,埃舒奥罗接着上,手中提着一根沉重的棍棒。在埃舒奥罗和他的小丑的带领下,戴姆凯很不情愿地跳着祭祀的舞蹈,坚定不移地朝着图腾和默默跳舞的人群走去"④。最后埃舒奥罗跑来,疯狂地舞动并用树枝抽打他的小丑,前台的灯光渐亮。远处响起了打击乐声,埃舒奥罗仍在狂舞着,打击乐手重新出现在舞台上。天大亮后,剧情在"打击乐声和远处的

---

① [尼日利亚]沃莱·索因卡:《狮子与宝石》,第 203 页。
② [尼日利亚]沃莱·索因卡:《狮子与宝石》,第 213 页。
③ [尼日利亚]沃莱·索因卡:《狮子与宝石》,第 216 页。
④ [尼日利亚]沃莱·索因卡:《狮子与宝石》,第 221—222 页。

鼓声继续响着"中结束。

索因卡在剧中精心安排的独舞、集体舞、祭祀舞等，不仅巧妙地把剧情引向圆满，而且充分展示了非洲传统舞蹈的魅力，给观众或读者留下独特的印象。

第四节　索因卡戏剧中的非洲传统戏剧艺术

非洲大陆有着悠久的戏剧历史，撒哈拉沙漠以南非洲很早以前就存在宗教性或娱乐性的原始戏剧活动。非洲民间拥有大量以土著语言为载体，以非洲宗教神话、族群起源和祖先伟绩为题材的口述剧作或即兴演出。非洲传统戏剧产生于非洲各土著族群的祭祀仪式、图腾崇拜等原始宗教活动，至今保留了原始宗教的仪式性，是史诗、歌谣、音乐、舞蹈、表演、哑剧、假面戏等多种艺术汇成的总体艺术。殖民统治给非洲戏剧发展带来了巨大冲击，非洲传统戏剧发展大致经历了三个时期：前殖民地时期，非洲土著的仪式表演逐渐发展成非洲传统戏剧；殖民地时期，西化戏剧几乎代替了非洲传统戏剧，一种新型的非洲西化戏剧开始出现；后殖民时代，非洲传统戏剧与西化戏剧分庭抗争，传统戏剧出现复兴。

随着西方殖民者入侵非洲，非洲传统戏剧受到西方戏剧的挑战。索因卡戏剧创作深受雅里、布莱希特、贝克特等细分戏剧家的影响，经历了忽视非洲传统戏剧到主情西方戏剧与非洲传统戏剧有机融合的过程，早在18世纪中期，尼日利亚约鲁巴族的专业艺术家们曾经成立了一个巡回演出的剧团。在奥约帝国的黄金时代，剧团曾经在全国四处行走，为所有公国的王子贵族演出，并在一年一度的"埃冈冈"节期间向广大观众表演。在非洲传统戏剧感召下，索因卡在尼日利亚组建剧团。索因卡意识到有必要重新审视和探索被忽视的传统戏剧艺术，界定非洲土著戏剧的美学。他虽然用英语写作，但戏剧形式和题材主题完全是非洲的。吉伦斯说："索因卡的根深深植于非洲的土地和非洲的文化之中"①。赖特说："索因卡一只脚踏在西方戏剧的文本世界，另一只脚则踩在即兴式的约鲁巴民间喜剧戏场"②。仪式戏剧、哑剧和假面戏是非洲最典型的三种传统戏剧门类，也是索因卡戏剧创作的传统特色。

① Dick Higgin, *Metadramas Maltus*, New York: Barrytown, 1985, p.3.

② Francoise Ligier, *Lettre Ouverteà Monique Blin*, Notre Librairie, 1993, p.12.

一、索因卡戏剧中的非洲哑剧表演

哑剧是有着悠久历史的非洲古老戏剧形式。形体动作是哑剧塑造人物、表达感情、描绘事物的主要艺术手段。索因卡在剧本中插入以哑剧形式上演的戏中戏,成为他戏剧创作最独特的艺术方式。他在剧本中通过哑剧来塑造独具特色的舞台形象,把舞台人物的各种行为活动、精神世界以及人际交流鲜明准确地呈现在舞台上,唤起观众丰富的想象和思考。

在《狮子与宝石》中,两个令人难忘的哑剧主要是通过鼓乐和舞蹈呈现出来的。第一个故事讲述的是白人勘查员到伊鲁津来村勘查,想在这块土地上修建铁路。两人监守着一批犯人在施工。勘查员检验地图,指点工人工作。他们开始砍伐,抢动着大砍刀,拉木料,一切都和着工人们敲击金属的声韵。紧接着哑剧表演者摔跤进场,在砍刀砍伐现场惊恐逃走。过一会儿酋长被带着回来弄清情况,然后离开了。不久,巴罗卡由几个侍者伴随着进场,最前面的女孩把一个葫芦碗送给勘查员。勘查员起初愤怒吼叫,打开碗后看到一沓英镑钞票和非洲可拉果。他心领神会,再次查看地图,看了看碗中的东西,摇了摇头。巴罗卡又添了一些钱和一笼母鸡。紧接着又添了一些钱和一头羊。这次勘查员恍然发现了"真理",终于知道这个地方的"土质是最不适宜的,可能禁不起起机车的重量"①。于是,巴罗卡端上一葫芦椰子酒和一个可乐果,在吃喝中与勘查员签订了合同。然后,他吩咐随从帮助勘查员打包,让他带着礼物离开了。这个故事全程以哑剧形式进行,演员们的肢体语言和面部表情十分形象丰富,逼真地再现了勘查员滑稽可笑、唯利是图,巴罗卡顽固保守、自私狡猾的丑恶嘴脸。

《狮子与宝石》的第二个哑剧故事是对西方摄影记者来访的重演。女主人公希迪提出跳一支舞,拉昆来被逼领衔表演了一个外乡人醉酒迷路的哑剧:

演员们迅速到位,大家先是哼着小曲,围着拉昆来跳舞,快速地念诵歌词。过了一阵,鼓手参加进来。鼓声响个不停,拉昆来模拟表演外乡人进入伊鲁津来村和他在村民之间逗留,四个女孩蹲在地上充当汽车轮子,拉昆来在中间做出开车的逼真动作。一开始,阵阵轻微的鼓声由远而近、由小变大。紧接着,四个女孩扮演四个"车轮子",不断以圆圈的动作转动着上半身,模拟汽车向前行走。突然间,汽车失灵了,鼓声也中断了。女孩们惊恐万分,连忙把脸伏在自己的膝盖上,做出颤抖动作。无奈之中,拉昆来从车

---

① 　[尼日利亚]沃莱·索因卡:《狮子与宝石》,第65—66页。

上下来，向下面张望，试着挑弄"车轮子"，双唇表现出愤怒咒骂的表情。在汽车无法起动后，拉昆来回到车里拿上照相机和遮掩帽，然后在丛林中边走边喝酒，野兽的吼声使他神情紧张，醉酒跌倒后又饱受苍蝇的围攻，蹑手蹑脚地拨开拦路的小树林，最后不小心一脚踩空，掉进了水里，丢了所有的东西，除了相机。拉昆来自始至终未曾开口说一句话，只用动作和表情来表情达意。不难想象，索因卡戏剧作品的这些哑剧强化了剧本的喜剧色彩。

二、索因卡戏剧中的非洲假面戏表演

非洲的假面戏是世界上最丰富多彩、最有吸引力的表演艺术之一。假面戏利用面具让来自想象世界的神灵现身人间。非洲面具艺术主要流传在象牙海岸、尼日利亚、几内亚和利比里亚等西非国家和地区。古代非洲面具主要用于一种严肃的宗教祭祀仪式，戴面具的人不能公开自己的真实身份。非洲人相信，行动着的面具就是祖先或神灵的再现。氏族首领主持本部落的成年、祈雨、巫医、播种、收割、丧葬等重大仪式时，通常可以佩戴面具，因为面具代表着超自然的力量，只要戴上面具就可以让神灵为族人服务。

约鲁巴面具是一种既具艺术性又具功能性的雕塑，具有神圣的或者世俗的、个人的或者社团的、严肃性的或者讽刺性的功能。根据非洲的实体论，约鲁巴面具相对于可视世界的其他动物、植物或矿物质来说，只有微不足道的生命能量。然而，它却富有延伸至神灵世界的力量。约鲁巴面具极具复杂与含混的象征，具有使弱者改头换面的功能和双重的服务于善恶目的的功能。索因卡的戏剧创作正是产生于具有多重特质的意象与象征般的雕塑面具和雕刻者群体。他在舞台上通过本土雕塑面具，尤其是约鲁巴面具来演绎附身之舞中神与祖先在生者世界的显灵，戏剧化地呈现人的灵魂在延续。

传统的约鲁巴人生活充满宗教色彩，相信神仙和祖先的幽灵环绕在他们的周围并且可以与之交流。除至高神奥罗伦之外，其他所有神灵都被赋予雕像与面具并被置于神龛中以供膜拜，索因卡最喜爱的奥贡神经常被雕刻成吞噬自己尾巴的蛇的形象。当某一位祖先被选为膜拜对象时，约鲁巴人也把他雕刻成面具。所以，约鲁巴木雕者一直以来在西尼日利亚有着非常重要的地位。

索因卡的戏剧创作产生于具有多重特质的意象与象征般的雕塑面具和雕刻者群体。约鲁巴雕刻面具在索因卡戏剧创作中具有多面象征意义，达到较好的伪装效果，具有改变弱者、为善或恶服务的多重功能。例如，《森林之舞》中的"欢迎之舞"意在对罪人进行审判，森林之首（至圣）戴面具扮成法庭的外勤人员来实施让人类自己审判自己的设计。同样,伊朔罗(Es-huoro,欺骗与报复之神)与阿若尼(Aroni,服从之神与森林之王的仆人)分别装扮成提问者与红色人物,面具使他们能扮演自己想要扮演的审判与敌对的角色。雕刻家德莫克在剧中扮演了重要的角色,德莫克应邀雕刻一尊用以象征团圆的图腾参加部落团圆(尼日利亚的独立庆祝)的庆祝活动。索因卡赞颂德莫克的技艺以及他对爱徒之死的悔恨,并以此来对比其他角色所展现的虚伪、腐败及色情之技。德莫克通过图腾来典型化否定周而复始的背信弃义,成为尼日利亚民族所经历的动荡时代的象征。公路与被砍伐的树林剥去了雕塑所具有的神圣意义,而使之成为创作者都不能辨认的大众景观,暗示索因卡憎恨当今社会人们每天佩戴的虚伪面具。

在索因卡的戏剧作品中,面具是神仙与幽灵借以在现实世界现身的媒介,尤其是在为神灵附身之舞特设的仪式上。当灵魂附体发生时,约鲁巴人相信神灵是真实而可被感知地现身了。舞者自己的灵魂则暂时让位,有可能是短暂地离开或者是被搁置,面具的灵魂占据了身体。当面具佩戴者屈服于神的灵魂时,往往能表现出超过自己所具有的能力。

在《森林之舞》里的"欢迎之舞"中,戴着面具的人们被不同的神灵附身,宣告新尼日利亚国家的命运。例如,掌之神预见了仇恨、摩擦与最终的兵刃相见。这个预见被10年后(1970年)的尼日利亚内战证实。除去面具后,神灵离开,人回到常态,再也无法拥有预言之神力,也不再记得自己曾说过的话。《森林之舞》中戴着面具、被神灵附身的人以神灵之音说话是典型的神显和神变人的现象,在结尾出现的假面舞蹈中,众多神灵互相追逐,让半生半死的孩子得到解脱,给人带来轻松宽慰之感。

在《路》中,索因卡用"埃冈冈"来指在被神灵附身的各个时候成为一体的面具与面具佩戴者。传统的约鲁巴"埃冈冈"和被附体的状态只能在节日庆典上执行正式仪规时才能出现,并伴有传达关键词义的鼓点来表现出整个仪式的规模与地位。面具只有施以正确的礼仪才能对人友善,除了主祭司以外,面具下舞者身份是不允许被任何人知道的。靠近仪式中的"埃冈冈"被认为是危险的。如果没有正确的仪轨、合适的时间、严格的措施及祭司的主持,要组织一场面具舞来召唤神灵附身是不可想象的。而《路》中所发生的恰与上述的一切相反,其后果可想而知。在戏剧开始时,穆拉诺在年度司机节上扮演神奥贡而处于被附身的状态时,被卡车司机柯托努打倒击晕。柯托努和他的同伴把穆拉诺藏在卡车后面,瞒过愤怒的祭拜者,把车开到城里。这就是"教授"找到柯托努并把他当作搭档的原因,其目的是从柯托努那儿学到身体消失转变为支撑所有存在形式的原始能量的终极秘密。

索因卡在《路》的序言中解释说,"假面舞是转化的运动,用在戏剧中作为死亡的视觉悬念"[1],哑巴穆拉诺在剧中就是死亡悬念的载体。他起到了悬置时间与死亡的作用。"教授"扣留穆拉诺是希望哑巴能说话,以便他能发现转化的秘密,因为穆拉诺被击倒时奥贡附在他的身上,而神灵实际上已现身。处于既没有完全死去也没有些许生迹的状态下的穆拉诺已获得了"教授"所渴求的存在论知识,但却不能告诉生者世界的任何人。当等待变得没有尽头时,"教授"在没有正确的仪规、合适的时间、严格的措施及祭司的主持的状况下,试图进行面具舞召唤其附身,结果间接导致自己死亡。这些事件再一次显示了约鲁巴面具作为人与神之间交流往来的媒介的力量。在《路》的结尾处出现的假面舞蹈中,"教授"昏醉,小东京在狂乱中把他捅死,给人带来一种末日来临的恐惧感。

约鲁巴面具是索因卡戏剧与非洲传统联系的证明。在《沼泽地居民》中,伊各维苏在村中保留了一个面具作为维系传统的具体象征,而他生活在城市中的兄弟则完全切断了与传统的联系。索因卡通过本土雕塑面具,尤其是约鲁巴面具让附身之舞中神与祖先在现实世界的显灵,戏剧化地呈现剧中人物的灵魂在延续,成功地制造了剧中人之间的矛盾与冲突。

总之,索因卡将非洲传统戏剧元素发挥出最大效应,确保了现代非洲戏剧的继续发展,成为杰出的非洲戏剧家代表。他的戏剧作品反映出当代非洲戏剧在西方戏剧的影响下所发生的变化,非洲社会变迁以及非洲文化与欧洲文化的碰撞在他的笔下得到了最好的体现。

第五节　索因卡戏剧中的非洲本土语言艺术

非洲大陆民族众多,语言使用繁杂。"据统计,2016年,非洲人口数量为12.16亿人,又分为上百个族群,这些族群说1500—2000多种语言,大概有8000多种方言。"[2]在殖民以及后殖民时代,欧洲列强打破了非洲各部落的封闭保守。随着对外交往日益频繁,非洲各部落语言已无法满足需要,法语、英语、葡萄牙语等欧洲殖民宗主国语言强势进入,在不少国家成了官方语言,导致非洲大陆语言混杂。在西方语言侵袭之下,非洲产生了"西化"

①　Gilbert Tarka Fai, "Soyinka and Yoruba Sculpture: Masks of Deification and Symbolism", *Rupkatha Journal*, Vol.2, No.1(1998), pp.44-49.

②　范煜辉:《论非洲戏剧的发展及走向》,《非洲研究》2017年第2期。

戏剧,促使非洲戏剧样式更加复杂。

　　索因卡是非洲西化戏剧的杰出代表,在创作中特别注重吸收西非民族各个阶层、各种行业的人的口语表达方式和语言特点,将英语与约鲁巴的谚语、俗语、诗歌、唱词等传统语言完美地糅合在一起,巧妙地兼容非洲本土语言和英语两种语言,既风趣幽默又寓意深刻,既轻松愉快又富于节奏和韵律,通过生动幽默的对话和独白,成功地在戏剧作品中刻画了各种不同身份、不同人格的人物的性格特点和心理活动,营造了一个具有非洲特色、富于传统审美的精彩语言世界。英国评论家马丁·巴纳姆(Martin Banham)指出,索因卡牢固地植根于西方和本土的戏剧传统,融合了当地和外国的舞台技巧,成功地与听众保持了一条开放的沟通渠道,"语言可能是英语,但声音和歌曲都是尼日利亚语"①。

一、索因卡戏剧中的约鲁巴谚语

　　谚语是约鲁巴传统文化的一种重要表现形式,约鲁巴人常说,"谚语是语言的快马,如果交谈遇到障碍,我们就用谚语克服它"。② 为了揭示人物的性格和身份特征,增加剧本语言的生动性与幽默感,索因卡常常在剧中人物对话的某些关键之处使用非洲民族方言词汇,点缀上几句谚语和格言,增强作品的哲理性和艺术感染力。

　　《森林之舞》被人们称为非洲的"仲夏夜之梦",引用了大量极具哲理意味的约鲁巴谚语。剧中人物阿格博列科最喜欢说谚语,他一开口说话,总是满口"真可谓至理名言也"。例如:

> 虱子有家就不会趴在狗背上。③
> 年轻人保持沉默是多么的谦逊。④
> 因为鸡蛋孵出小鸡那天天下着雨,因此那只傻乎乎的小鸡就发誓说自己是一条鱼⑤。
> 如果狂风在暴雨中迷失方向的话,送伞给它也是无用的。⑥

---

①　Martin Banham,"Wole Soyinka in the Nigerian Theatre",*New Theatre Magazine*,Vol.12,No.2 (1972),pp.10–11.
②　[美]伯恩斯·林多尔斯:《尼日利亚文学中的民间创作》,纽约非洲出版社 1973 年版,第 105 页。
③　[尼日利亚]沃莱·索因卡:《狮子与宝石》,第 178 页。
④　[尼日利亚]沃莱·索因卡:《狮子与宝石》,第 178 页。
⑤　[尼日利亚]沃莱·索因卡:《狮子与宝石》,第 179 页。
⑥　[尼日利亚]沃莱·索因卡:《狮子与宝石》,第 181 页。

朝下看的眼睛当然能看见鼻子。伸到罐子底的手才能捞到最大的蜗牛。天上不长草，如果大地因此而把天称作荒地，它就再也喝不到牛奶了。蛇不像人长着两条腿，也不像蜈蚣长着一百只脚。①

在《狮子与宝石》中，健谈人物拉昆来首先以谚语的形式给出了戏剧的主要内容。索因卡以特有的幽默揭示了欧式浪漫人物拉昆来"戏剧性的一面"，因为他试图用一种荒唐可笑的姿态来赢得希迪的芳心。戏剧一开场，希迪打水遇见拉昆来。他乘机向希迪表达爱意，帮希迪提水，却不小心弄湿了自己的衣服。二人有一段精彩对话：

> 希迪：你看，费力气反而弄湿了身子。你不害羞吗？
> 拉昆来：这是砂锅对火说的话。你不害羞——你这么大年纪还舔我的屁股？
> 话虽这么说，可她心里还是乐滋滋的。②

希迪很高兴看到拉昆来因为愚蠢的坚持而湿透了身子，并且痛斥了他，拉昆来说出的谚语立刻给人留下了深刻印象。拉昆来对希迪如此痴迷，导致算术班的学生因为他的喋喋不休而突然停止背诵乘法口诀。他对谚语深思过，初期曾信誓旦旦地向希迪保证他娶她的决心。拉昆来表现得如一个夸夸其谈的小丑，在谈话时说着谚语，却不从其哲理意义中吸取经验。从最后的结局来看，虽然由拉昆来表达，但谚语却是巴罗卡遵循的原则，它保证了巴罗卡在为希迪战斗中胜利。巴罗卡和拉昆来比起来是个更谨慎的阴谋家形象。他俩都有把希迪赢到自己身边的梦想。拉昆来最初的这句谚语已经预示了希迪最终会"乐滋滋地"嫁给"大年纪"的巴罗卡。从年龄上看，拉昆来作为谚语的使用者不太符合谚语之火的对等形象。巴罗卡作为争夺希迪之战中的年长竞争者更适合谚语中的比喻性描述。拉昆来所说的"砂锅对火说的话"来自尼日利亚的一句谚语——fire-tickling-the-pot（火给锅挠痒痒）。这个谚语传授的是坚韧、行动、勇气以及经久不衰的坚持不懈的品质，拉昆来使用谚语却并未达成自己的愿望，形成戏剧的讽刺效果。

拉昆来的谚语像一束光，把希迪的形象照得愈发清晰。当她在闭塞落后的伊鲁津来村自信地开展行动并炫耀自己的美丽时，她作为被所有伊鲁

---

① ［尼日利亚］沃莱·索因卡：《狮子与宝石》，第181页。
② ［尼日利亚］沃莱·索因卡：《狮子与宝石》，第40页。

津来村人关注的美女而感到骄傲。拉昆来所有的深情恳求和诱惑性的温柔尝试都不足以劝阻希迪走上通向婚姻的殊荣之路——聘礼。然而,巴罗卡即使有彩礼也不考虑求婚。希迪认为自己是"闪闪发光的宝石",深知自己作为一位性感美貌的少女所具有的价值,而她对此的所有意识,以及她对"狮子"的不屑一顾,都充分展现在她拒绝接受巴罗卡的荣幸邀请之上,她清晰地表达了自己的拒绝,并相信她的意思会通过萨迪库传达给巴罗卡:

> 告诉你老爷我懂他的想法,
> 我不肯嫁给他。
> 瞧,你自己判断吧!
> 他老了。我以前没料到他那样老……
> ……怎么竟
> 没重视我的细嫩皮肤。它多么光滑啊!
> 没人曾想到
> 赞誉我的丰满的乳房……
> 我让它们接受充满欲望的
> 太阳的温暖爱抚。
> 我的眼睛里有迷人的符咒
> 为贪得无厌的人们布下了罗网。
> 我的牙齿闪耀着的光泽,
> 结实、整齐,洋溢着生气。
> 萨迪库,说句公平话,
> 把我的图像和你老爷的比较一下:
> 真有天壤之别!
> 看我脸上水汪汪的,
> 像在刮马丹风之晨露水滋润的树叶,
> 而他——他的脸恰像
> 从马鞍上扯下来的一块皮子,
> 上面涂满从老掉牙的烟袋锅子里
> 磕出来的恶臭烟灰。
> 这撮山羊胡子
> 我曾认为是男子汉的标志,它现在像是一堆乱草,
> 失掉了青绿,

焦黄枯干,像是经过了森林大火!

萨迪库,我风华正茂,他已精疲力竭。

我是闪闪发光的宝石,他是只剩下后腿的狮子。①

希迪以表现她极度愤慨的方式,表达了她对巴罗卡完全否定,对这场逐渐展开的戏剧来说,这是讽刺性扭转的顶点。希迪此时所表达的对巴罗卡爱意的厌恶,使她的天真完全被隐藏了起来。巴罗卡利用萨迪库充当诱惑使者,使用邀请赴宴的诱饵被希迪恶毒地拒绝了。后来,巴罗卡改变了游戏计划的方向,希迪出于纯粹的好奇,竟然欣然前往狮子穴里,最终落入巴罗卡的圈套。约鲁巴谚语中的"狮子的赞誉称号"是"无需刀刃的解剖大师"之意,巴罗卡的阴险狡诈证实了"狮子"精湛的猎食技巧。

这些带有严重警告意味的谚语看似扭曲,但仍足以起到警诫作用。例如,有一句约鲁巴谚语说,当一个孩子满身秘密,一定是母亲的失职。希迪完全没有留心到那些谚语中所暗示的警告,而是继续嘲弄巴罗卡,嘲弄她忘记了曾经出现在"狮子窝"里。在希迪与巴罗卡邂逅的过程中,按照约鲁巴的说法,有人看到希迪一直在用一个蛇头刮擦鼻子。随着交谈深入,希迪充分意识到巴罗卡的狡猾、享乐主义和贪得无厌的本性。然而,尽管她知道巴罗卡是一只会"跟踪并吃掉雏鸡"②的狐狸,希迪还是选择不那么谨慎。她对巴罗卡的奚落在她不太有意识的情况下达到顶峰,这为巴罗卡战胜她铺平了道路。巴罗卡的胜利不是因为那些无足轻重的花招最终出人意料地迷惑住了希迪,而是因为他精通语言,对约鲁巴谚语的高超运用震惊了希迪,导致了她的惨败。

《死亡与国王的侍从》涉及严肃的玄学问题,其主题可以用一句流行的约鲁巴谚语"如果一个负担不服从于尘世的或天堂式的解脱,那么总有一条道路围绕着它"来概括。换句话说,伊亚洛札担忧的是艾雷辛对自己施加的威胁,因为约鲁巴文化用"前所未有的给自己创造的恐惧的东西"③的谚语来表达人们预期的最坏情况。在解决因自我献祭仪式失败导致的复杂冲突中,注入人物对话中的谚语具有强烈的讽刺意义。导致艾雷辛悲惨死亡应根据愉悦悖论进行理解,而欧朗弟的"英雄式"自我牺牲是脱离错觉悖论所传达的一种讯息。换句话说,索因卡把艾雷辛的角色绘制成了社会的

---

① [尼日利亚]沃莱·索因卡:《狮子与宝石》,第63—64页。

② [尼日利亚]沃莱·索因卡:《狮子与宝石》,第86页。

③ M.B.Omigbule,"Proverbs in Wole Soyinka's Construction of Paradox",in *The Lion and the Jewel and Death and the King's Horseman*,JLS/TLW 29(1),March/Maart,2013,pp.96—112.

一个代表,他作为使者的弱点来源于放纵的一生。相反,欧朗弟在某种意义上的描绘揭示了他作为一个文化适应过程中令人吃惊的讽刺结果。从这个角度来看,索因卡的批判意识既针对非洲社会的内部发展,也针对殖民企业发展方向的外部变化。约鲁巴的谚语"在控制母鸡之前应该先把狐狸赶走"可以提供论点鲜明的对照,谚语中的"狐狸"等同于殖民者,"母鸡"等同于被殖民者。

二、索因卡戏剧中的非洲式英语

使用英语语言交流是非洲殖民历史造成的无奈选择。索因卡说,"在尼日利亚,法庭的语言、路标的语言和汽车机械上的语言,甚至军事政变的语言,全都是英语。影响我日常存在的就是这种语言"①。他和其他非洲作家"用另外一种语言尤其是征服者的语言表达自己和进行创造",一直存在着"一种根本性的不满"②。他认为非洲人民应该有自己的语言,曾致力于倡导分散的非洲黑人社会应该采纳一种共同语言。然而,实现"泛非语言"谈何容易。值得注意的是,索因卡虽然用英语写作,但长期有意反抗和改变标准英语。他的戏剧作品包含丰富的英语词汇和语言表达手段,但特别注意吸收非洲不同阶层和不同行业人员的口语特点和表达方式,力求突出非洲文化的本土性和差异性,总是在自己的戏剧作品中添加非洲语言成分,对欧美主流话语进行有意改造,从而在创造与变异中发明了一种独具特色的非洲式英语。这种非洲式英语明显地夹杂着非洲人的传统思维习惯、发音方法和表达方式,时常出现"语词置换""双语并用""语义的深层扩展"现象。他说,"当我们借鉴一种完全不同的语言来进行创作和批评时,我们一定要在了解那种语言的总体性质的前提下选择那些适合于我们的思想感情和表达方式的因素"③。

"双语并用"是索因卡戏剧语言最显著的特征。尽管英语是索因卡的戏剧作品的基本语言,但随着表现环境的变化,为了便于非洲观众的接受,发挥宣传鼓动作用,索因卡经常穿插约鲁巴语台词,形成"双语并用"的语言特点。索因卡在20世纪80年代以前在尼日利亚进行的两次反抗剧院实验,就使用了大量本土语言。这些反抗剧中有许多讽刺性歌曲,一般先用约鲁巴语演唱,然后才使用英语。"双语并用"现象在《死亡与国王的侍从》

---

① 宋志明:《沃勒·索因卡:后殖民主义文化与写作》,硕士学位论文,北京师范大学,2000年,第44页。

② 宋志明:《沃勒·索因卡:后殖民主义文化与写作》,第46页。

③ 宋志明:《沃勒·索因卡:后殖民主义文化与写作》,第50—51页。

《森林之舞》《狮子与宝石》《路》等作品中最为明显。例如,《恶有恶报》中尼库拉的开场白同时运用了约鲁巴语和英语。在《路》中大量的约鲁巴挽歌歌词充斥其中,譬如"第一部分"中在英文舞台说明中插入了这段挽歌歌词:

> Ona orun jin o eeeee(路途多遥远)
>
> Ona orun jin derebaroar(天堂之路多遥远)
>
> E e derebarora(司机啊)
>
> E e derebarora(司机啊)
>
> Ona orun jin o eeeee(路途多遥远)
>
> Eleda mi ma ma buru(天堂之路多遥远)
>
> Esin baba Bandele je l'odan(慢慢儿开莫慌忙)
>
> Won o gbefun o(求上帝多开恩)
>
> Eleda mi ma ma buru(天堂之路多遥远)
>
> Esin baba Bandele jie l'odan(班得利马儿胜利回家园)
>
> Won o gbefun o(比赛是啥他不管)①

约鲁巴语与英语混合成一种特殊的"洋泾浜英语"(pidgin English),在索因卡戏剧中得到了巧妙应用,使作品更富有文学表现力。"洋泾浜英语"主要出现在人类对话描写中,用来暗示说话人的身份特征和性格特征。例如,《路》中的人物语言各有特色,"教授"接受过良好的西式教育,讲一口标准的英式英语;仆人穆拉诺的话语如同巫师的咒语,包打听乔与司机在"教授"面前竭力使用标准的英语,与恶棍讲话则换成了简单的混合式英语;司机柯托努和仆人穆拉诺说的是一种"洋泾浜英语",语句中总是夹杂着大量的非洲土语。以下是沙鲁比和萨姆森之间的一段对话:

> SALUBI:Haba,make man talk true,man wey get money get power.
>
> (沙鲁比:哈哈,让人民说真话吧,有钱才有势嘛。)
>
> SAMSON:God I go chop life make I tell true.I go chop the life so tey God go jealous me.And if he take jealousy kill me I will go start bus service between heaven and hell.
>
> (萨姆森:上帝啊,要我说心里话,我要好好享受享受! 我要享受

---

① Wole Soyinka.*Collected Plays 1*,Oxford University Press,1973,p.165.

一番,连上帝都要妒忌我。要是他妒忌我让我死了,那我就去经营来往天堂和地狱之间的长途汽车业务!)

　　SALUBI:Which kin' bus for heaven? Sometimes na aero plane or helicopter den go take travel for Paradise。①

　　(沙鲁比:到天堂有什么公共汽车? 到天堂去旅行有时倒能坐飞机或者直升机!)

　　从以上人物对话可以看出,他们的话语中存在很多不符合语法规范的"洋泾浜英语"。沙鲁比所说的"man wey get money get power"一句中夹杂了一个约鲁巴词"wey","Sometimes na aero plane or helicopter den go take travel for Paradise"中夹杂了"na"和"den"两个约鲁巴词。萨姆森所说的"I go chop the life so tey God go jealous me"中不仅夹杂了约鲁巴词"tey",而且"go chop"两个原形动词并列在此,无人称和数的变化,也无连词分开,实属使用不规范。大量的土语和"洋泾浜英语"的使用给索因卡带来一些麻烦。为适应英语读者能够理解,他往往需要在自己的作品中进行相应的英语翻译。《路》的末尾甚至制定了一个"约鲁巴和洋泾浜语汇列表",为读者对正文中的每一处非英语词和语句逐一解释和说明。

　　《裘罗教士的磨难》中的丘姆满口"洋泾浜英语",说话时习惯于穿插一些约巴鲁语的套话或者谚语。在第三场,裘罗教士在海边装模作样地布道,口中念念有词,丘姆急忙跪下,跟随他念经。裘罗说"把我对夏娃女儿的欲念烧光",丘姆回答说,"Je—e—esu, Je—e—esu, Je—e—esu. Help' am one time Je—e—e—esu.(耶——欸——欸稣,耶——欸——欸稣,耶——欸——欸稣。帮助他一次吧。耶——欸——欸稣)"。② 他把"Jesus(耶稣)"发音成"Je—e—esu(欸稣)",后一句话中的"Help' am"也不合英语语法,本土口音很重。

　　索因卡戏剧作品中"语词置换"的关键是使英语"最大程度地体现非洲本土语言的特点","尽可能地贴近本土语言的表述方式",通过对规范英语的词法和句法进行变异,使其更接近本土语言的表达方式,但又要使其不至于让人不可理解的程度。例如,在《路》中,萨姆森与沙鲁比对话时"语词置换"很频繁,沙鲁比说话很不符合英语语法规范,常常因缺少连动词或用错否定词导致句子结构不完整,造成语句深奥、艰涩和难以理解。例如,《路》

① Wole Soyinka, *Collected Plays 1*, Oxford University Press, 1973, p.155.
② Wole Soyinka, *The Jeros Plays*, Oxford University Press, 1973, p.21.

中萨姆森和沙鲁比的一段对话：

Samson［wistfully］：Sometime I think，what will I do with all that money if Iam a millionaire？［萨姆森（沉思地）：有时我想，如果我是百万富翁.我用那些钱来做什么？］

Salubi：First I will marry ten wives.（沙鲁比：首先我要娶十个老婆。）

Samson：Why ten？（萨姆森：为什么是十个？）

Salubi：I no fit count pass ten.（沙鲁比：我数不过十。）①

在这段对话中，沙鲁比说的最后一句话"I no fit count pass ten"很不符合英语的语法规范，其中"fit"一词在句中相当于"be able to"，否定词"no"在句中取代了"didn't""don't""not"等否定词，"pass"与"count"之间缺少一个连动词"to"，用法也不对。显然，沙鲁比说的这些"语词置换"的英语语句，符合非洲人说英语的习惯，是英语的变异，对外人而言深奥艰涩、难以理解，但非洲人比较容易理解。在沙鲁比的台词中，类似的例子还有很多，例如："Wesmatter？ You no chop this morning？ I say I no hear you."②（怎么回事？ 今儿早上你没吃饭吗？ 我跟你说，我听不见你说什么。）这句话中的"You no chop""I no hear"都是典型的"语词置换"。

索因卡戏剧台词中"语词置换"运用得很恰当，改变了标准英语的陈腐面貌，给作品增添了不少非洲本土语言的野性与活力。尼日利亚作家加博利尔·奥卡拉（Gabirel Okaar）说，"作为一个试图最大限度地运用非洲观念、非洲哲学、非洲民俗文化以及非洲意象的作家，我觉得使之有效的唯一途径是在文学表达中对使用的某种西方语言进行'语词置换'，以最大程度地体现非洲本土语言的特点"，"可以在英语中用容易让人理解的方式使用本土语言中的成语和俗语"③。这应该是对索因卡戏剧中的语言特征做出的最恰当的解释。

"语义的深层扩展"是索因卡在语言艺术上对欧美英语进行与非洲的思想文化背景相结合的真正的创造性变异。索因卡使用英语创作，但他与欧美作家作品的英语语言并不完全一致。他说，"当我们借用一种外来语

① Wole Soyinka，*Collected Plays 1*，Oxford University Press，1973，p.154.

② Wole Soyinka，*Collected Plays 1*，Oxford University Press，1973，p.155.

③ ［尼日利亚］加博利尔·奥卡拉：《非洲话语与英语词汇》，《转换》1983 年第 3 期。

进行文学描述时,必须首先吸取这种语言的整体特征,使之成为在我们的思想和表达方式的源泉中所具有的特征的对应物。我们必须强调一点,就是要伸展这种语言,碰撞它、压缩它,把它击成碎片,然后重新聚合它"①。例如,在《森林之舞》中,活人在"舞蹈"中使自己得到认同与净化,赋予"舞蹈"一种浓厚的"赎罪"内涵;《死亡与国王的侍从》中的"死亡"一词蕴含着"职责""荣誉""通道"等多重寓意。对于艾雷辛而言,"死亡"是一种"职责"。按照约鲁巴传统,国王的侍从必须在国王死后自杀殉葬,否则不但自己来世不能再生,四重世界的秩序将被打破,整个王国也将面临巨大的灾难。对于约鲁巴人而言,"死亡"是一种"荣誉"。他们认为,为国王殉葬是侍从首领的最高荣誉,是其全部生命意义之所在,英勇走向自杀的国王侍从是约鲁巴人心中"高奏凯歌返家的猎人"。艾雷辛的犹豫是对传统的背叛,欧朗弟替父亲自杀维护了"家族的荣耀"和"族人的荣耀";对于约鲁巴原始宗教而言,"死亡"是一种"通道"。侍从殉葬是为打通约鲁巴人四重世界中生命延续和循环的通道。艾雷辛在自杀之前跳的死亡之舞给读者留下了深刻的印象,这种舞蹈暗示艾雷辛的死亡能够打通生命轮回通道,从侧面表明了索因卡在语言艺术上使"死亡"一词得到了极为丰富的文化扩展。"像索因卡这样的剧作家用西化的语言言说非洲问题,实现东西文化传统的交融,这些作品既是民族的,也是世界的,它们向世界传达非洲的真实声音。"②

综上所述,索因卡戏剧中的鼓乐演奏、歌舞表演、哑剧和假面戏等语言艺术形式包罗万象,明显地透露出索因卡有着深厚非洲传统戏剧文化底蕴。西方评论家戈特里克认为非洲传统戏剧与西方戏剧的区别在于它们的艺术倾向性,非洲传统戏剧更像是一种典礼戏剧,其特点为情感性和仪式性,而西方戏剧更倾向于夸张性和无序性。在他看来,"非洲传统戏剧的显著特点不是西方戏剧的线性结构,而是在一部篇幅长的戏剧里包含几出戏。每出戏作为一个独立的单位或许在阐述一个完整的故事"③。索因卡的戏剧作品融合成了上述多种艺术形式,使他的作品不仅是阅读的文学材料,而且是用来表演的戏剧剧本。在舞台上,演员们不时地进行即兴表演,观众则以合创人的身份参与到故事情节中。许多戏剧作品成为尼日利亚的街头表演剧,被人们广为流传。

无论是酣畅淋漓的非洲音乐,还是激越昂扬的非洲鼓点,或是狂热激情

---

① [尼日利亚]索因卡:《美学的幻觉:拯救自杀的诗学》,《第三种出版研究》1975 年第 1 期。

② 范煜辉:《论非洲戏剧的发展及走向》,《非洲研究》2017 年第 2 期。

③ Zodwa Motsa, "Music and Dramatic Performance in Wole Soyinka's Plays, Muziki", *Journal of Music Research in Africa*, 2007, p.181.

的非洲舞蹈,都透露着黑人民族的生命力,是他们对生活、对自然火热的情感宣泄。[①] 生活是创作的源泉,非洲民族的神话传说、宗教仪式、民间艺术、雕刻面具等本土传统生活艺术,无疑是索因卡最重要的戏剧食粮,而西方文化潜移默化的影响是索因卡无法抗拒的。在多元文化背景之下,他一方面吸收和借鉴了西方戏剧艺术,把西方的戏剧艺术与非洲传统中的哑剧、闹剧、滑稽戏、宗教剧、歌剧等结合起来;另一方面又善于将音乐、舞蹈、假面舞、挽歌、朗诵、戏中戏、宗教仪式等非洲传统艺术在舞台上展示出来,向全世界读者形象地呈现了非洲神圣善变的奥贡神、神秘奇特的祭祀仪式、深刻复杂的循环轮回观以及富于多重意象与象征的约鲁巴雕塑面具等神奇的艺术元素,让索因卡戏剧充满别样的魅力。

---

① ［尼日利亚］渥雷·索因卡:《死亡与国王的侍从》,第116页。

第四章　索因卡戏剧与西方基督教文化

宗教信仰在非洲具有举足轻重的地位,原生性的传统宗教是非洲各族群固有的宗教。公元 1 世纪以后,伊斯兰教和基督教逐渐传入非洲。非洲人的宗教信仰也逐渐变得复杂而多元。传统宗教、伊斯兰教、基督教共同占领大部分非洲人的信仰空间。西方对非洲的殖民征服和殖民统治使非洲的宗教形势趋于复杂化,对传统宗教在非洲的固有地位构成了严重冲击。

15 世纪中叶之后,西方人开始在撒哈拉以南的非洲传播基督教。19 世纪末至 20 世纪中期是基督教在非洲传教事业的黄金时代。据调查统计,"在撒哈拉以南非洲地区的 51 个国家和地区中是世界上基督徒分布的第三大地区,有超过五亿的基督徒,占全球基督徒的 24%。就教派来说,撒哈拉以南地区大部分的基督徒是新教徒,包括非洲独立教会和圣公会信徒。尼日利亚拥有西部非洲地区最多的基督徒人口,超过 8000 万的基督徒占尼日利亚总人口的一半"①。在这种多元宗教文化的社会环境之中,索因卡深受西方基督教文化和非洲传统宗教文化的熏陶。浓郁的宗教氛围对索因卡的戏剧创作的影响极为广泛和深远。

第一节　西方基督教文化对索因卡的创作影响

尼日利亚存在传统宗教、基督教和伊斯兰教,属于复合宗教即多宗教信仰国家。在尼日利亚的宗教信仰中,南部基督徒占主体,北部穆斯林占主体。约鲁巴民族是尼日利亚的大族,从 16 世纪的奥约帝国时代起就开始秉持多神信仰,神灵观与宗教仪式理念错综复杂。基督教在索因卡的家乡阿凯地区发展较好,很大比例的当地居民都是基督教信徒。索因卡的父母亲都是基督教徒,他本人和兄弟姐妹出生后都曾接受基督教的洗礼。他的童年生活处于基督教家庭氛围之中,基督教文化对索因卡的创作思想产生了重大的影响。

---

① 刘鸿武主编:《非洲地区发展报告 2011》,中国社会科学出版社 2012 年版。

一、基督教家庭对索因卡的影响

英国基督教奴隶主和殖民者出于政治目的利用宗教征服非洲人,从而改变了非洲的传统宗教、习俗和社会结构,英国圣公会通过胁迫渗透到了尼日利亚的非洲土地上。索因卡的父亲塞缪尔·阿约德尔·索因卡、母亲格蕾丝·埃诺拉·索因卡以及他们的众多知识分子朋友都是信奉英国圣公会的基督徒。索因卡是在尼日利亚阿贝奥库塔的宗教环境中长大的。他一出生就接受了基督教的洗礼,小时候还曾希望长大后能成为一名牧师,童年生活充满着基督教文化色彩。西蒙·吉坎迪指出,"基督教及其信仰体系可能不是索因卡戏剧的一个显著特征,也许只是他滑稽戏剧中的讽刺主题,或者他的形而上学戏剧中的反常和异化的根源,但基督教是他早期生活和教育的一个核心要素。毫不夸张地说,索因卡来自尼日利亚殖民时期最宗教和西化的家庭之一"①。

索因卡的父亲是阿凯地区一所学校的校长,也是一位虔诚的宗教人士。在《在阿凯的童年时光》中,索因卡回忆,"母亲来自尼日利亚西部最杰出的英国国教家庭之一,他的外祖父是当地圣公会教堂的牧师。他亲切地称母亲为'狂野基督徒',因为她的宗教虔诚和对基督教信仰的不懈承诺"②。在《伊萨拉:"散文"的人生之旅》中,索因卡讲述了自己一生中参加定期上主日学校、宗教复兴和当地的宗教仪式等宗教活动经历。

索因卡居住在尼日利亚南部的阿凯小镇一所教会学校的校舍里,这里原来是牧师寓所,基督教的宗教仪式活动充满了小索因卡的日常生活。他对上帝很敬仰,相信牧师寓所是子民敬颂上帝的圣地,上帝经常骑马巡游,早祷时往往"大踏步地直接到圣彼得教堂","午祷时会短暂停留",晚祷时"会正式出场",用低沉的声音"回应子民的祷告"③。牧师寓所左侧和学校草场之间有果树林,这里的植物和果树蕴含着"迦拿百合""殉难果""示巴女王""反叛与战争""莎乐美的热舞""特洛伊之战"等圣经故事。这些鲜活的故事跨越时空,跳过圣经的书页,把小索因卡带到了传说中的世界。

索因卡的父亲是阿凯教区基督教新教的教会学校校长,平时喜欢阅读基督教神学书籍,常常思考基督教的神学问题,讨论各种类型的宗教哲学问

---

① Simon Gikandi, "Introduction", in *Wole Soyinka*: *Death and the King's Horseman: Authoritative Text Backgrounds and Contents Criticism*, ed. Simon Gikandi, New York: W. W. Norton, 2003, p. xi.

② Simon Gikandi, "Introduction", in *Wole Soyinka*: *Death and the King's Horseman: Authoritative Text Backgrounds and Contents Criticism*, ed. Simon Gikandi, New York: W. W. Norton, 2003, p. ix.

③ [尼日利亚]渥雷·索因卡:《在阿凯的童年时光》,第 1 页。

题是索因卡父亲与朋友日常交往的重要事情。他钟爱理性思考,也坚定信仰基督,"最爱和人讨论的是魔鬼的倡议"①。父亲是索因卡的第一位精神导师,从小引导他阅读宗教书籍,还让小索因卡参加自己与朋友们的神学讨论。据说索因卡3岁时就曾与父亲讨论过"上帝能否在创造规律后干预世界"的话题。当被误诊为罹患绝症时,父亲忠告小索因卡,只有坚定的信念和"对上帝的信仰","才能帮助自己渡过难关"②。父亲的宗教信仰和理性思辨对索因卡的戏剧创作产生了重大的影响。

索因卡的母亲是影响索因卡精神信仰与处世道德形成的最主要引导者。她是一名非常坚定的新教徒,恪守"登山宝训"道德信条,对暴力深恶痛绝,严格教导孩子们遵守宗教道德。她强调信仰的力量,经常感谢信仰,感谢上帝。她的叔祖吉吉是基督教当地教区的主教。母亲出嫁前与吉吉主教住在一起。吉吉主教坚信"真正的力量来自信仰",对母亲的思想影响极大。在索因卡的母亲看来,"信仰和自我约束是早期信徒的特点","以前的基督教徒是真正有信仰的人,不仅仅是上教堂、唱圣歌而已"。③

吉吉主教信仰很坚定,经常出去传教,和教区的所有教堂保持联系,传达上帝的福音。母亲总是给小索因卡讲吉吉主教的神奇故事。据说森林里的树精几次三番来追赶孩子们时,他一点也不害怕,"像岩石般巍然屹立,拿出圣经,命令树精回到树林去"④。索因卡回忆,曾经有人警告吉吉主教千万不要在"埃冈冈"出行的日子传教,但他还是坚持要传教。有一次,"埃冈冈"队伍经过时,吉吉主教的传教仪式正在进行,房子轰然倒塌了。但令人惊奇的是墙都是向外倒的,没有砸在教徒身上。这些故事让索因卡对吉吉主教的神奇力量留下深刻印象,多年以后记录在《在阿凯的童年时光》中。

在索因卡的眼中,母亲热爱生活,乐观慈爱,恪守新教道德准则,常常收容教会学校的儿童,保护过被示众的女仆,还领导过艾格巴女权运动。当艾格巴国王与英殖民政府互相串通而强加给妇女的不平等税收待遇时,母亲发起女权运动,并直接与国王对话表达抗议。在抗议运动失控、走向暴力之时,母亲恪守善恶标准与道德信条,毅然退出运动,声明自己"不喜欢纠纷,不喜欢暴力",并勇敢地援助奥博尼长老使其免遭暴力迫害。母亲的宗教道德信念与处世准则在索因卡的生活与创作中留下了深深的刻痕,受母亲

---

① [尼日利亚]渥雷·索因卡:《在阿凯的童年时光》,第17页。
② [尼日利亚]渥雷·索因卡:《在阿凯的童年时光》,第17页。
③ [尼日利亚]渥雷·索因卡:《在阿凯的童年时光》,第7页。
④ [尼日利亚]渥雷·索因卡:《在阿凯的童年时光》,第7页。

的影响,索因卡忠诚于超验道德,反对阿巴查军政府独裁,对一切侵害人类平等的强权行径大胆地进行控诉,以致被捕入狱。他敬重恪守非暴力反抗原则的曼德拉,为他创作了著名的诗歌作品《曼德拉的大地》(*Mande la's Earth*),还把1986年的诺贝尔奖受奖辞《历史必然导致现在》(*This Past Must Address Its Present*)献给曼德拉。他强烈谴责2009年的圣诞节炸机事件后,呼吁限制所谓具有"天启色彩"的暴力理念的传播,赞颂人们对不平等境遇的反抗、坚决反对暴力行为是索因卡戏剧创作的突出主题,《森林之舞》《强种》中的欧朗弟与埃芒等人自我牺牲的殉道行为是索因卡道德原则的深层诠释。

1944年至1954年,索因卡上了一所基督教中学——当地的阿贝奥库塔语法学校。在求学生涯中,索因卡接受了基督教神学、道德和世界观熏陶。后来索因卡在一篇重要的文章中解释说:"自己年轻时经常参加尼日利亚的原教旨主义基督教会,被人称为基路伯和塞拉平(Cherubm and Seraphim)。"[1]为了创作戏剧作品《裘罗兄弟》,索因卡联系了其中的几个教堂,并告诉教堂的人说"自己曾经经常来这里参加礼拜活动,或者看他们透过窗户狂喜地跳舞"[2]。

索因卡还提到,在他的家乡,尼日利亚基督徒和穆斯林之间存在着某种形式的宗教宽容和宗教理解:"我的基督教家庭就住在穆斯林的隔壁。我们和穆斯林一起庆祝斋月,他们和基督徒一起庆祝圣诞节。我就是这样长大的。"[3]索因卡在非常和谐的宗教环境中成长,他记得小时候自己曾目睹并享受过"不同宗教信仰和谐共处、宗教狂热统治、包围和消费整个社区"的生活[4]。

富有社会责任感和基督教道德意识的母亲和钟爱基督教神学思辨的父亲始终影响着索因卡,指引索因卡努力去探究世间万象的奥秘和人生困境的精神出路,鼓励他坚持自由追求,为自由和平等而不懈奋斗。因此,索因卡的戏剧作品往往具有基督教道德追求和现实政治讽喻的双重倾向。《森林之舞》表现了雕刻家戴姆凯的救赎之旅和"民族大聚会"的闹剧场面,《死亡与国王的侍从》反映了艾雷辛对于俗世欲望与彼世荣耀的挣扎,殖民地

---

[1]　Wole Soyinka, *Art, Dialogue, and Outrage: Essays on Literature and Culture*, New York: Pantheon Books, 1988, pp.300-301.

[2]　Wole Soyinka, *Art, Dialogue, and Outrage: Essays on Literature and Culture*, New York: Pantheon Books, 1988, p.301.

[3]　Wole Soyinka, "If Religion was Taken away I'd be Happy", *Telegraph*, October 12, 2012.

[4]　Wole Soyinka, *Of Africa*, New Haven, ct: Yale University Press, 2012, p.185.

动乱事件在《死亡与国王的侍从》中也得以充分的展现,这种写作模式几乎存在于索因卡的每一部戏剧作品之中。

二、索因卡的宗教思想融合

非洲有着根深蒂固的传统宗教。基督教在尼日利亚并未真正取代传统宗教,而是吸收传统宗教因素,与传统宗教相融合,走本土化道路。尼日利亚的传统宗教信仰接受基督教的某些影响。基督教在本土化过程中也吸收了非洲传统宗教宇宙观的一些理念。因此,索因卡的宗教思想明显地保持有两种宗教元素,他以一种积极方式将基督教教义与传统信仰融合在一起。

基督教家庭对索因卡影响很大,但他的周围世界却置于约鲁巴传统文化背景之下。索因卡居住的牧师寓所毗邻约鲁巴酋长的马棚,故乡阿凯小镇与约鲁巴族的艾格巴王国王宫所在地阿发只有数里之遥,与尼日利亚大城市伊巴丹和首都拉各斯也相距不远。笃信基督教的母亲与艾格巴王室有着宗亲关系。身为基督教新教教会学校校长的父亲出生于一个传统的约鲁巴部族家庭,祖父和乡亲们都恪守约鲁巴传统,父亲回乡或与乡亲们往来都非常遵守约鲁巴风俗礼仪。非洲著名学者诺沙·汉尼(Nomsa Hani)在阐述自己的宗教思想时说,"我是非洲人,我也是基督教徒。在我成长的过程里,基督教是作为信仰和生活方式的主流被接受的,当时的社会环境就是如此。当然,我的父母亲还是遵循古老的宗教习俗,出生仪式(imbeleko)、死亡仪式(ukubuyisa)、成人仪式(ukwaluka)以及婚礼(lobola)等还是按照传统的宗教仪式举行"①。事实上,索因卡与诺沙·汉尼一样,在接受基督教传统的同时,不愿意摒弃非洲传统宗教,所以总是有意识地把基督教思想和约鲁巴宗教传统进行综合阐释。

基督教在非洲的发展过程中与非洲传统宗教出现碰撞而发生转型,产生了独特的非洲基督教,它吸收了非洲传统宗教的一些因素。因此,索因卡的宗教思想鲜明地体现了基督教教义与约鲁巴传统信仰的融合。约鲁巴人对基督教的接受范围之所以特别大,主要是因为基督教和约鲁巴传统宗教在诸多方面存在相似之处。例如,虽然约鲁巴原始宗教与基督教对死亡的认识并不相同,但约鲁巴传统宗教信仰中的彼岸世界观念与基督教的超验向往极为相似。长久以来,约鲁巴人强调传承牺牲传统,所以很容易接受耶

---

① Christianity and Africanisation Project: "Possibilities of African Christianity within Mainline Churches in South Africa, Project Leader", *Malinge Njeza*, Researcher: *Nomsa Hani*, September 1998, www.uct.ac.za.

稣基督为世人负罪受难的理念。万物有灵的观念、向往彼岸世界、信仰众神、强调负罪意识和救赎殉道精神、视人生为罪孽的载体等是约鲁巴族人共同的宗教内容和信仰准则。

在同一次戈德温采访中，索因卡还指出，实践自己的宗教是一项人权，"宗教也是言论自由"。他同意，宗教信仰化是宗教自由的一种形式，不应脱离宗教和宗教信徒。然而，他谴责为获得皈依者而进行宗教皈依的残暴和无情的方法。"人们想要在精神上表达自己，他们还行使权利试图说服他人进入他们自己的信仰体系，那些认为宣扬你的宗教是犯罪的国家正在犯一个可怕的错误，他们所做的就是将其他形式的精神直觉和实践驱赶到地下。"①宗教体验应该被看作人类生活的一种独特的解释方式，一个人对信仰的倾向应该被看作"对认知自由的一种实践，这可以在公共领域中表达出来"②。危险的宗教意识形态的传播可能导致人类暴力和痛苦的蔓延，甚至到死亡的地步。正是在这一背景下，索因卡考虑根除所有宗教。他毫无歉意地对戈德温说："如果宗教被完全从这个世界上带走，包括我成长的那个世界，我将是世界上最幸福的人之一。我唯一担心的是，也许会发明出更可怕的东西来取代它，所以我们最好与现在的情况相处，并控制住它"③。索因卡不是一个反宗教的批评家，而是一个狂热的宗教恐怖主义和狂热的批评家。在各种著作中，他肯定了宗教在社会中的积极作用，以及信仰在这种充满不确定性和绝望的生活中的治疗和安慰作用。他以更积极的眼光书写非洲的传统宗教和精神信仰。正如许多人所同意的那样，没有宗教承诺的生活就是精神不平衡的生活。

1991 年，沃莱·索因卡在伊巴丹大学 Olufosoye 大主教系列演讲中发表了题为"存在的信条和虚无"（"The Credo of Being and Nothingness"）的首次演讲。在这一开创性的公共演讲中，索因卡对宗教及其在私人和公共领域的相关性进行了理论和哲学上的反思。他还讨论了他对各种宗教世界观和传统的个人态度。他首先叙述了童年时期的宗教经历，试图把握"创世纪"的创作故事中所叙述的"空虚"或"虚无"的神学概念。在引用的文本中，形容词"无形"和"空"用于描述上帝创造了天地之后的形成状态："最初，上帝创造了天地。地是无形状的，空的，黑暗在深面，神的灵在水面上盘旋。"

①　Wole Soyinka, "If Religion was Taken away, I'd be Happy", *Telegraph*, October 12, 2012.

②　Harold Netland, *Encountering Religious Pluralism: The Challenge to Christian Faith & Mission*, Downers Grove, il: InterVarsity Press, 2001, p.220.

③　Wole Soyinka, "If Religion was Taken Away, I'd be Happy", *Telegraph*, October 12, 2012.

(《圣经》创1:1—2)①

　　索因卡思考了创造叙事的奥秘和有神论创造论的思想,对进化论和大爆炸理论提出了挑战。他说,"我并不声称知道别人的经历,但是,当我还是个孩子的时候,我发现自己经常沉溺于一种相当异国情调的心理锻炼中。这是一项源于我试图与基督教创造世界的神话达成具体协议的练习。在一开始,声称基督教经文,有空,空虚。我的想象力坚持要召唤这个原始状态,并最终进化出这一非常合乎逻辑的练习:我会闭上眼睛,闭上头脑,然后试着进入这个世界在创造任何事物之前都会是的那种原始的虚无状态,无论是有生命的还是无生命的。这变成了一种强迫性的放纵。我发现自己被一种好奇心所驱使,想要体验非存在、完全空虚的绝对状态——没有树木、没有岩石、没有天空、没有其他生物,甚至我也没有"②。

　　索因卡的这种独特的童年经历清楚地表明了他早期对宗教的兴趣和对神学和哲学问题的好奇。索因卡的"异国精神锻炼"也证明了他之前试图准确理解基督教神学的修辞语言——创造的教义——以及上帝如何与他所创造的世界联系在一起。传统的基督教信仰坚持由神的法令创造出来的虚无主义的概念,上帝无缘无故创造了宇宙!

　　也许,索因卡的"阿凯"一文表明了他的宗教转变和信仰的沉船,"信仰的时代已经过去了。我们早期的基督徒有信仰,真正的信仰,不仅仅是去教堂和唱赞美诗。信仰,伊巴博(Igbagbo)。正是因为这种信念,才有真正的力量"③。作为一名中学生,索因卡还报告了自己最初对圣经中约拿被一条大鱼吞没并在肚子里待了三天的神话故事的可信度的怀疑。他说,"直到学校老师把它变成了童话。吞进鲸鱼的肚子里! 这听起来并非完全不可能,但它确实属于一个充满寓言、想象力、阿拉丁神灯和芝麻开花的世界"④。他还怀疑基督教祷告的功效,尤其是他母亲恩典的功效,说"我早就对野生基督徒祈祷的功效失去了信心。有几个人到她的病房,日日夜夜为她祈祷。她把他们带到教堂,为他们祈祷,找到任何借口,任何机会把他们拖到祭坛前,为他们祈祷。他们继续偷东西,撒谎,打架,或者做她祈求的任何事情"⑤。

---

①　本文所引《圣经》均出自中文和合译本,中国基督教协会,1998 年。

②　Soyinka, *Art, Dialogue, and Outrage*, New York: Pantheon Books, 1988, p.231.

③　Wole Soyinka, *Ake: The Years of Childhood*, New York: Vintage International Edition, 1981, p.7.

④　Wole Soyinka, *Ake: The Years of Childhood*, New York: Vintage International Edition, 1981, p.64.

⑤　Wole Soyinka, *Ake: The Years of Childhood*, New York: Vintage International Edition, 1981, p.105.

索因卡在自己的戏剧创作中巧妙地融合两种宗教元素,实现了对两种宗教文化的再创造和新的阐释。索因卡的后殖民英语戏剧文本,读者既可以读到一种"变形"的非洲式英语,也能窥视到一种"变形"的非洲传统宗教或者"变形"的非洲基督教。显然,对于索因卡来说,信仰的困境在于两种宗教的并存。"当我开始反省自己作为一个非洲基督教徒的特征时,我发现我继承的宗教遗产是信仰的疑惑和冲突。因为那另一种信仰,即非洲传统宗教信仰,依然像附着在我的基督教信仰上,这造成了我人格和个性的分裂,使我觉得我的基督教信仰是我对非洲传统的背弃和亵渎。"[1]这是诺沙·汉尼的宗教信仰状态,同样适用于评价索因卡的宗教思想构成。不过,索因卡没有诺沙·汉尼那么多的困惑,因为他善于在自己的传统宗教中糅合基督教成分,他的戏剧创作反映了一种新生态的宗教思想。

第二节　索因卡戏剧中的基督教文化精神

索因卡出生于基督徒知识分子家庭,基督教不仅启蒙了索因卡童年的精神世界,而且对索因卡戏剧创作中的精神内涵、文字意象和叙事方式产生了至关重要的影响。索因卡戏剧作品之所以"晦涩难懂"很大程度缘于读者对基督教的主体教义及其精神内涵在西方文学作品中常常形成深层的文学意象缺乏了解。他善于在独特的约鲁巴文化语境中嵌入利他主义的超我道德、物欲横行的罪恶世界、殉道士的救赎精神、世俗欲望与超验向往的永恒冲突等各种各样的基督教文化符号与哲学内涵。

一、批判物欲横行的罪恶世界

索因卡的戏剧作品具有浓厚的形而上色彩,运用了相当多的约鲁巴宗教符号和基督教意象,穿插了富有宗教意蕴的人物对话或宗教典故,给读者提供了广阔的解读空间。索因卡戏剧中的主人公都是一些形形色色的小人物,他们生活在物欲横行的罪恶世界里,自以为高尚正直,实际上毫无道德准则,好色贪婪,傲慢嫉妒,追逐自我私欲,肆意狂欢。

在《沼泽地居民》中,人类自甘堕落,疯狂追求物质享受。"所有年轻人都跑到大城市里去找门路"。阿乌契克离开沼泽地到城里做生意,发了横

---

① Christianity and Africanisation Project: "Possibilities of African Christianity within Mainline Churches in South Africa, Project Leade", *Malinge Njeza, Researcher: Nomsa Hani*, September 1998, www.uct.ac.za.

财,一去十年未归。他追求物质享乐,漠视亲情,抢走弟弟的未婚妻,物欲膨胀,爱心荡然无存。祭司卡迪耶把村民们奉献给神灵的供品据为己有,胡言乱语糊弄乡亲,不愿意向物欲妥协的伊格伟祖被逼得无路可走。戏剧开场时,马古里和阿露针对长子阿乌契克是活是死的问题展开了激烈争论,阿露每天都发誓赌咒地说长子死在沼泽地了,认为阿乌契克到城市追逐金钱和物质享受就等于走向了地狱。在阿露的眼里,城市崇拜金钱、追求物欲,如同地狱,沼泽地是乡村与城市之间的屏障。只有丧失灵魂、抛弃自我的恶人,才会被城市引诱。这些恶人得到了金钱和物质享受,最终会被泥沼地拖进深渊而吞噬。阿露十年不见阿乌契克归来,就已认定"灾祸早就发生",是泥沼把他拖进了深渊。所以,在一个风雨交加的傍晚,当伊格伟祖外出未归时,阿露总是催促马古里出去找他。她"不能让伊格伟祖也走上这条路","不能让他一失足来不及叫一声就不见了,也没个人搭救他"①。马古里也说,城市把村里的年轻人毁了。"他们到城里去还不是为了几个钱?抛下妻子儿女,音信全无。"②伊格伟祖在城里碰壁回来后对父母也说,"对于你、对于我们家来说,阿乌契克已经死了。让我们别再提起他的阴魂吧"③。"他朝我老婆看了一眼,她居然自愿跟着他走了。"④索因卡通过剧中人物之口对金钱和物欲进行了否定,与基督教批判世俗享乐、崇尚精神道德的思想十分契合。

盲人乞丐从北部蝗灾泛滥的地方艰辛跋涉,来到沼泽地,傍晚时分经过马古里家。马古里热情地招待他,三番五次催促妻子"拿点水来给客人洗脚"⑤,可阿露总是拖延。"备水洗脚"是《圣经·创世纪》第18章第4节中的著名典故。据说,上帝在毁灭罪恶之城索多玛的前夕,决定去实地考察。途中经过亚伯拉罕的住处,亚伯拉罕对上帝与两位天使热情接待,命令妻子撒拉烧热水,为远方来客洗脚以解除困乏。上帝告诉亚伯拉罕,索多玛恶贯满盈,他要去探视并且把它毁灭。《沼泽地居民》中的那座沉沦于物欲的城市就是圣经中的罪恶之城索多玛。盲人乞丐与伊格伟祖不屈从于物欲,坚守信仰,期盼上帝拯救人类,却在极端的物欲世界里迷茫无助,陷入无路可走的道德困境,丧失了世俗人生的立锥之地。

《狮子与宝石》呈现给读者的是一个丧失了爱与尊严准绳的癫狂世界。

---

① [尼日利亚]沃莱·索因卡:《狮子与宝石》,第5页。
② [尼日利亚]沃莱·索因卡:《狮子与宝石》,第10页。
③ [尼日利亚]沃莱·索因卡:《狮子与宝石》,第27页。
④ [尼日利亚]沃莱·索因卡:《狮子与宝石》,第31页。
⑤ [尼日利亚]沃莱·索因卡:《狮子与宝石》,第11页。

小学教师拉昆来迷醉于西方文化的物质享乐与利己主义，并不懂西方人文主义的高尚内涵，认为基督教提倡一夫一妻是为了"防止男人早衰"，办鸡尾酒会、世俗享乐是现代化社会的主要内容。酋长巴罗卡比狮子更狡猾，代表的是约鲁巴传统文化。他善于维持自我权威，用花言巧语引诱希迪姑娘嫁给他。希迪是一块令人争夺的"宝石"，外表美丽，却爱慕虚荣成性，因自己成为业余杂志的封面模特而骄傲。他们三人的思想状态和行为方式令读者看到了尼日利亚独立前夕的社会面貌。西方文化特别是物质主义对尼日利亚人产生了巨大的影响，本土的传统文化遇到威胁，部落首领为了维持自己的统治地位竭尽手段压制西方文化，三人均具有明显的功利目的，为争夺物欲而不惜抛弃道德。

在《森林之舞》中，索因卡指出，"早已注定的历史命运"是人类因贪念物欲而造成的悲剧性循环，八百年来，人类无视自身罪孽的反复与延续，义人的亡灵不得安息是因为罪人不断地重复着往日的罪恶行径。剧中人物都有不光彩的过去和同样不光彩的现在，性格与职业重复，往世与现世紧密联结。罗拉"过去和现在都一直是妓女"；阿奈德比前世是宫廷历史学家，如今是议会演说家，自私自利，过去收取贿赂、戕害忠良的勇士，现在也因受贿而酿成巴士惨祸；戴姆凯由前世的宫廷诗人演变成现代雕刻家，对罗拉王后的恶行敢怒而不敢直言，如今不情不愿地为议会服务。索因卡用充满本土特色的文学意象对罪人、恶魔、殉道士、救赎者等基督教符号进行了大胆的复写，鄙弃道德信仰、推崇世俗享乐的埃舒奥罗与受其庇护者虽然带有约鲁巴神话风格，但实际上均是基督教恶魔，图腾阿巴拉隐喻人类与生俱来和诱发原罪的自然欲望，代表的是恶魔争夺人类灵魂主权的资本，阻碍人类对天堂的超验向往。

在《路》中，除了以"埃冈冈"形象出现的穆拉诺，所有活跃在"车祸商店"的人物都是极端的利己主义者。"教授"执意追寻揭露生死真义的"启示"，对死亡有着顽强的抗拒执念，嗜金如命，贪婪凶暴，白天造假，晚上与死人为伍；司机沙鲁比渴望靠造假证而出人头地；拉客员萨姆森虽然会替别人着想，但也是希望通过依赖他人实现自我价值。在极端利己的环境之下，人类的道德领域只是一片荒漠，爱或奉献的行为难以寻觅，探究生死奥秘的"教授"最终死在流氓小东京的手中。索因卡为《路》营造了一个道德虚无的物欲世界和罪人的狂欢争掠图景，人类亲手扼杀了最后一缕自我救赎的希望，"教授"的死亡预示着人类就此走入永恒的寂灭。

基督教原罪理念的生成来自亚当、夏娃违反上帝的禁令而失去乐园，《旧约》始终贯穿着"违律即罪"的思想。"原罪"确定了人与神的断裂，被赋予"违律"的内涵。摩西在西奈山接受上帝的"十诫",以色列人因遵守律法而兴盛,又因违背律法而屡遭厄运。索因卡认同基督教的道德观,在戏剧作品中揭示了形形色色、唯物欲是举的丑恶面孔以及肆意狂欢、物欲横行的罪恶世界。在索因卡看来,罪恶世界的出现不仅是因为人违背了上帝的律令,更重要的是人经受不了自身欲望的诱惑。偷食禁果、与上帝断裂的根源在于人对物质欲望的先天性追求。因此,人们只有自觉抵制世俗情欲、切断内心罪孽的根源,才有机会重归失去的天堂。

二、赞颂殉道士的救赎精神

索因卡戏剧中的悲剧意象常常出现富有基督式的救赎者与殉道士。基督教是一种强调罪感意识与救赎精神的宗教,《新约》认为,罪恶主要来自人的意志自主和妄为,人在沉沦中乞求补赎。上帝按照自己的模样创造了人,人本具有与上帝一样的神性。人的始祖因犯下原罪而痛失乐园,所以人必须通过赎罪才能获得灵魂的救赎。人类违反上帝律令而肆意妄为,但"神爱世人"。上帝曾经带领自己的子民逃离埃及,把子民从法老的奴役中拯救出来,后来,甚至将他的独生子赐给他们,叫一切信他的,不致灭亡,反得永生。以色列人为了赎罪,在上帝面前是用牛羊之血来献祭赎罪。耶稣基督甘愿为人类受难,用鲜血洗净人类的一切罪过,与上帝重新立约,拯救人类。耶稣为救赎人类舍弃了自己的生命,被钉在十字架上,他的自愿献身立约形成基督教的一种殉道救赎精神。

索因卡在戏剧创作中运用了这种殉道救赎精神。他认为,罪人的拯救必须凭借他人的仁爱感化或者对世俗物欲的自觉性抵制而完成救赎。当自然欲望膨胀到威胁生命时,选择抛弃生命而不背叛道德的人就成了殉道士。展现罪人面临生死抉择时的两难处境,刻画殉道士在生死困境中的价值观摇摆,赞美殉道士对道德准则的执着坚守和对超验世界的坚定信仰,所有这些成为索因卡戏剧作品中的重要内容。

《强种》就最直接折射了这种殉道救赎精神。剧本强调殉道士自觉担负他者的苦难,以不可摧毁的道德强度面对世俗罪恶,与人种优劣并无关联。埃芒的父亲拥有一种与生俱来的责任自觉和纯粹的自我牺牲精神。他教导儿子说,"我们是强种","我们的血液比谁都强"①。每年新年前夕,埃芒的父亲总是自愿自觉地把村里象征罪孽的垃圾秽物运往河中倒掉,洁净阴阳两界,为村民们的新年祈福消灾。这一工作符合基督教以负罪进行救

---

① [尼日利亚]沃莱·索因卡:《狮子与宝石》,第247页。

赎的信仰理念,象征着牺牲自我、义务背负他人的罪孽,直接与基督在各各他受难而确立的爱感意向相对应。

相对于父亲始终自愿自觉的救赎精神,埃芒最终走上殉道之途,经历了漫长的自我心灵冲突。来自强种血脉衍生的救赎职责和自身对救赎职责的逃避与反动构成埃芒内心的复杂矛盾。他自始至终都本能而艰难地挣扎在个人自由与殉道救赎之间,对"强种"的职责并不像其父一样具有强烈的自觉。最初,他为保护自己的恋人而不惜违反族规,对抗成人仪式的导师,被迫离开家乡去流浪。多年以后,埃芒学成归来,结婚成家。妻子难产死去,"失去宁静"的埃芒抛下父亲,再次离家出走,来到偏远的村庄教书育人。不料,这个村庄愚昧落后,有在新年前夕折磨异乡人的习俗。为白痴异乡儿童伊法达免遭村民们的折磨,埃芒自愿替代伊法达,成为村民们的异乡人祭品。他承受了无比的痛苦,最终像父亲一样走上了自我牺牲的道路。埃芒代替伊法达成为祭品,拯救伊法达,完全基于利他主义的超我道德,与基督的受难殉道承担着相同的负罪义务,是基督教救赎精神的鲜明体现。然而,埃芒与生俱来对自由的渴求与"强种"的责任感形成强烈的冲突,利己与利他的价值观、自由与救赎的道德感在埃芒身上交替出现,但命运最终引导他走向了殉道的悲壮结局。埃芒牺牲自我履行了"强种"的道德责任,为自己求得了一生期盼的安宁,实现了寻觅已久的"世间最伟大的力量"。

《森林之舞》的"拯救力量"来自于罪人戴姆凯跨越历史的悲壮救赎,雕刻家戴姆凯的赎罪自觉成为拯救人类的承担者。索因卡创作这部戏剧的目的不是反映尼日利亚人对殖民主义者的控诉,而是强调庆祝者背负历史罪孽而不自觉的心态,试图对本民族的自身罪孽进行清算,并尝试拯救。戏剧第二部分的"末日审判"与《启示录》中的场景极为相似。在关于两个幽灵的审判中,上帝与恶魔同时出席。"早已注定的历史命运"迎来了新的契机,罪人戴姆凯试图完成救赎人类的大任。八百年前的戴姆凯是一位宫廷诗人,他憎恶王后,但又取悦王后,不敢公开挑战权威。王后命令他和书记官把飞上屋顶的金丝雀抓回来,戴姆凯强迫书记官爬屋顶。金丝鸟飞下来了。书记官同时也不小心从屋顶跌落。戴姆凯选择了去抓鸟,导致书记官坠地身亡。金丝雀是王后的物欲志趣的隐喻,书记官是精神自由的象征,选择鸟儿而不选择书记官是戴姆凯对道德的背叛。戴姆凯将鸟儿抓回囚笼,也等于将自己的精神自由重新关回了囚笼,向恶魔埃舒奥罗妥协,从而拥有了罪人的身份。现今时代的戴姆凯是议会委托的雕刻师,负责雕刻埃舒奥罗的图腾。为了举行民族大聚会,人们砍掉了森林里所有的树,只把命名为阿拉巴的一棵大树留下来给戴姆凯用来雕刻图腾,戴姆凯砍断阿拉巴的树冠,杀死自己的仆从,自觉对抗恶魔埃舒奥罗,开始走上救赎之途。在末日审判中,武士妻子的幽灵生下了承担着往日罪孽的婴儿。恶魔埃舒奥罗与象征放荡、贪婪与暴虐的三名丑恶仆用刀尖舞动婴儿玩耍。婴儿落到戴姆凯的手中,埃舒奥罗企图抢走婴儿。戴姆凯最终把婴儿交还给他的母亲。为了战胜埃舒奥罗,戴姆凯独自朝自阿拉巴巨木的顶端攀爬而去。埃舒奥罗愤怒地点燃了巨木,戴姆凯从树上摔落,被奥贡接住。戴姆凯攀爬巨木意味着攀向天堂,与罪孽顽强抗争,终止了人类罪恶的延续,从而由罪人变为义人,完成典型的基督教救赎。

　　索因卡戏剧创作蕴含基督教文化精神,奥贡与埃舒奥罗的对立就是基督教神学中上帝与撒旦的对立。戴姆凯的守护神奥贡充当了创造历史新起点和破坏罪孽循环的原动力,成为具有完整人格的角色。奥贡与埃舒奥罗的对抗启示与催化了戴姆凯的自我救赎,寄予了索因卡期盼重塑与救赎国家和民族,以伟大的道德力量对抗历史罪恶的愿望。

三、弘扬摆脱世俗欲念的超验理想

　　基督教强调人类的生命是上帝在人身上的行动和人在听命于上帝中的回应。亚当、夏娃违反上帝禁令、偷食禁果为人类带来原罪。因此,人世间的苦难源于人自身的原罪,人的生存目的就是赎罪,生命的价值在于摆脱世俗欲望、爱他人、自我牺牲,虔诚赎罪,最终达到灵魂的不朽,实现超验理想。同样,约鲁巴传统宗教也强调超验理想,认为每个人都必须对生者、死者与未出生者的联结过程承担责任,人的自我牺牲在很大程度上是为了重生者世界的平衡。

　　《死亡与国王的侍从》是索因卡一部真正的戏剧力作,充满基督教的宗教哲学思辨、深入展现了人在世俗欲望与超验向往中的永恒冲突,主人公艾雷辛的死亡绝非简单意义上的"因文化霸权而死亡"。索因卡多次强调,殖民地因素只是剧本中起催化作用的插曲。对世俗欢乐的极度留恋是艾雷辛悲剧的深层因素,依照约鲁巴族的宗教传统,艾雷辛作为国王的侍从和族人崇敬的领袖,必须在国王死后自杀殉葬,调停生者世界与死者世界,为族群求得生死两界的平静祥和。通过自杀打通生死两界的神秘通道而维持生命之循环轮回是族人赋予艾雷辛的不朽荣耀。最初,艾雷辛表现出极高的道德责任感与自我牺牲精神,渴望实现超验理想,高唱"'非我鸟'快乐地飞走"。他宣称,"我的灵魂热切渴望,我义无反顾","所有一切我都已深思熟虑","当吉时良辰到来,留意我的脚步,我会沿着狭窄的小径翩然起舞,伟大先辈留下的印记映照我的舞姿"①。艾雷辛的心理活动表达了期盼通过自我牺牲而达到超验向往的愿望和决心,带有明显的基督教文化色彩。

在《死亡与国王的侍从》中,约鲁巴传统宗教视殉道为责任,族人期盼艾雷辛遵循传统,不"让这世界散漫放荡",不"让这世界在你们的时间里漂流"②。然而,艾雷辛把自杀的时刻不断拖延,直到欧朗弟替父自杀的悲剧发生。因此,酿造悲剧的根本责任并非皮尔金斯,而是艾雷辛本人。他虽然宣称自己要"义无反顾"地完成使命,但内心却始终在世俗欲望和殉道的荣誉之间摇摆。面对死亡即将带来的灵魂不朽与传统荣耀,艾雷辛却在自杀仪式举行的前一天抢夺已订婚的女子,贪恋世间情欲,"争食世人的残羹剩饭"③。淫欲成为导致艾雷辛悲剧的根本要因。

艾雷辛剥离了殉难牺牲的超验内涵。他把世俗的欢乐与奉献的荣耀联系在一起,殉难的最终目的不是为世人作出奉献,而是期望通过殉难获得世人的回报,而且认为自己的奉献理应得到族人的报答,功利色彩十分明显。艾雷辛希望在实现奉献的荣耀之前"立刻获得回报",想把"葫芦里盛着的荣誉"当作棕榈酒"喝到一滴不剩"。对他来说,"荣耀结束之际,也是生命结束的时刻到临"④。为了索取回报,他不惜伤害他人,与他人的未婚妻成婚,在死前再享乐一番。艾雷辛的这种自私淫欲与族人赋予他的责任荣耀形成鲜明的对立,受到剧中人物欧朗弟、伊亚洛札、欧洛航以及走唱说书人等人的多次谴责。

约鲁巴传统宗教要求殉道者把殉道视为实现人生价值的唯一途径,毫不留恋世俗的欢乐,达到全然无我的境界。然而,艾雷辛并未正确看待殉道的意义。他不但索取回报,而且伤及他人。艾雷辛的内心充满世俗欲望,思想并不高尚,不是一个真正"重视荣誉的人",缺乏纯粹的利他主义奉献精神。然而,索因卡在剧本中并未把艾雷辛描写成一名罪人。他虽然不赞许艾雷辛的所作所为,但对他遭遇的生死困境和悲剧色彩表达了足够的同情。艾雷辛拥有牺牲精神,但同时也计较"我"的世俗得失。两种价值观共存于灵魂令艾雷辛产生在世俗愉悦与超验向往中的摇摆。他尝试对两种价值观进行协调,却难以实现。艾雷辛与基督徒一样为他人牺牲,以期实现自我飞升,但缺乏对超验世界的绝对信仰和基督徒的负罪精神,强烈的世俗欲望最终阻碍了他实施自杀行动。

---

①　[尼日利亚]渥雷·索因卡:《死亡与国王的侍从》,第19页。
②　[尼日利亚]渥雷·索因卡:《死亡与国王的侍从》,第30页。
③　[尼日利亚]渥雷·索因卡:《死亡与国王的侍从》,第97页。
④　[尼日利亚]渥雷·索因卡:《死亡与国王的侍从》,第21页。

非洲作家克里斯托弗·奥基博(Christopher Okigbo)曾经说,"我整体上属于自己的社会,除了我自己的社会之外,我也属于其他社会。事实是,现代非洲人不再是完全土著文化的产物。现代非洲诗人试图表达的现代情感本质上是复杂的;它具有复杂的价值,有些是本土的,有些是外来的,有些是传统的,有些是现代的。这些价值观中有些是基督教的,有些是非基督教的"①。作为一名自小深受基督教影响的作家,索因卡的戏剧作品总是不自觉地、无意识地表达出基督教的思想感情,体现了约鲁巴神灵观与基督教精神的共融。基督教与约鲁巴宗教存在许多相似的道德准则,但在神灵体系、神学内核和现实世界观上有着很大的分歧。索因卡善于将两种宗教观念融合在一起,创造出独特的戏剧意境,既保留了神秘灵动的约鲁巴传统情境,又蕴含了基督教的精神韵味,达到了一种令人称奇的艺术效果。

第三节　索因卡戏剧中的圣经原型形象

据索因卡的《在阿凯的童年时光》记载,基督教是流行于当地的主要文化符号,他早在儿时就与父亲讨论上帝干预世界的方式。他住在教堂附近的牧师寓所里,以宽阔的教堂大院为其与小伙伴们嬉戏玩耍之地。这使他自幼熟悉圣经,其中的众多人物、情节、场景、典故等日后成为一再重现于其剧作中的原型。在索因卡看来,最显而易见的文学原型汇聚于圣经,圣经是人们能以最系统、最完备的方式发现原型之处,而"对圣经原型的熟悉能提供一种语境,丰富我们对所读文学中原型模式的经验"②。集中考察索因卡戏剧,以圣经为原型创作的一系列文学形象彰显索因卡创作的重要特色。

一、基于耶稣基督原型的形象

索因卡从小受到基督教文化的熏陶,熟悉圣经,对耶稣的救赎精神十分推崇。在其剧本《强种》和《死亡与国王的侍从》中,他明显移植了耶稣基督的原型,为埃芒、欧朗弟等人物形象赋予与耶稣基督相同的超凡拯救力量。他们的使命就是像基督一样,来到世间拯救众生,为世人谋求新生,引领那些"迷途的羔羊"回到主的怀抱。

在《强种》中,索因卡借用耶稣基督故事和约鲁巴民族神话传说,塑造

---

① Christopher Okigbo, "Interviewed by Robert Serumaga", *Cultural Events in Africa*, No. 8 (July 1965), p.1.

② [英]勒兰德·莱肯:《圣经与文学研究》,梁工译,《圣经文学研究》(第一辑),人民文学出版社 2007 年版,第 14 页。

出一位崭新的、具有现代意识而又无法摆脱悲剧命运的耶稣基督形象——埃芒。埃芒的苦难人生和最后结局与耶稣基督有着惊人的相似之处。他为了破除村民陋习，救治无辜的白痴儿童，遭受了种种折磨和痛苦，被围困追捕，遭受村民的百般凌辱，最终被折磨致死，宛如耶稣在十字架上流血牺牲。上帝天父不惜以其独生子拯救堕落的人类，索因卡则为了拯救尼日利亚民族，把埃芒这个"强种"的儿子当作了祭品。

《死亡与国王的侍从》中的欧朗弟也是一位耶稣基督式的救世主。他接受了西方现代教育，也极具民族责任心，曾经告诫自己说："我不能做错任何事，做错任何可能危及我族人幸福的事情。"①他清楚地意识到，国王逝世后的侍从自杀仪式对于约鲁巴民众意义重大，因为自杀殉葬是国王侍从神圣而光荣的使命。但由于英国殖民主义对约鲁巴文化传统的蹂躏和践踏，其父亲未能完成这一使命。欧朗弟为了推动约鲁巴人的身份确认及其对英国殖民主义文化的抵抗，毅然替代父亲去完成自杀仪式，平息了族人因传统秩序被破坏而引起的恐惧和骚乱，制止了约鲁巴人与英国殖民者之间的流血冲突，实现了耶稣基督式的拯救。

作为一个多民族国家，尼日利亚的民族、宗教、地区等矛盾冲突错综复杂。索因卡自青年时代就投身于民族独立运动，以实现国家稳定和人民民主为最高使命。在他看来，非洲文化要想走向世界，就必须有一批像埃芒和欧朗弟那样不惜牺牲自己生命的有志之士充当救世主。他们应当像耶稣基督那样不怕被人唾骂和遗弃，而是积极主动地消除非洲文化中的渣滓和污秽，引领人民摆脱愚昧落后，谋求幸福富裕。

二、基于撒旦原型的形象

圣经中的撒旦原型几经演变，逐渐成为妖魔鬼怪的首领和邪恶世界的统治者——一个"抵挡神、企图破坏神的计划，并引导其子民叛逆神的灵体"②。在《新约》中以魔鬼、彼列、别西卜、仇敌、龙、敌人、古蛇、试探者、恶者等多种丑恶形象现身。在索因卡剧作中，《沼泽地居民》中的"蛇神"、《路》中的"路神"奥贡，以及《森林之舞》中的埃舒奥罗等，均为与撒旦相映生辉的艺术形象。

《沼泽地居民》中的"蛇神"是一个当地土著居民信奉的古老神灵，自古就被众人顶礼膜拜，虔诚地祈祷和献祭。"为了祈求蛇神莫在不适当的季

---

① ［尼日利亚］渥雷·索因卡：《死亡与国王的侍从》，第85页。
② 陈惠荣：《证主圣经百科全书》，香港福音证主协会2001年版，第1215页。

节呕吐、把土地淹没,为了祈求蛇神莫在不适当的时候把不留神的旅客一口吞下"①,村民们纷纷把珍贵的山羊、小鸡、时鲜的扁豆、新榨的油和五谷粮食献给他,只求自身饥能果腹,寒能保暖。然而"蛇神"却始终无动于衷,仍然让黑暗笼罩沼泽地,让洪水、干旱、虫灾接踵而至,庄稼颗粒无收,以致挣扎在生死线上的居民再也无法生存下去,争相逃往城市谋求生存。面对其残忍,绝望的伊格韦祖终于明白了"天空的守护神并不那么容易讨好"。他发出惊天动地的控诉:"我知道尽管我们喂养沼泽地的神蛇、亲吻卡迪尼的双足,可是沼泽地的雾气照样还会升起来,毒死我们的谷穗"②。即使村民把养肥的小牛犊宰了,把一切贵重的东西都奉献出去,那可恶的"蛇神"仍旧不可能改变他们的命运,因为他一如魔鬼撒旦,天生地只会破坏而不会成全。

索因卡的《路》把远古神话与现实场景有机融合在一起,以现代派的荒诞和黑色幽默手法展示出一条死亡之路。"路"本是汽车司机们赖以生存的地方,然而,盘踞于其中的"路神"奥贡兼具约鲁巴传统中的邪恶"破坏神"和恶魔撒旦的双重特征,阴险狠毒,不停地吞噬着生灵。汽车司机们望路而生畏,却又无法离开路,于是虔诚地拜倒在奥贡脚下,每每告诫自己饿得要吃人的时候,千万别上路。然而,"饥饿的道路"却如同一张神秘莫测的魔网,总是在"守候着行人",如同撒旦一样张开血盆大口,随时准备吞噬生命。他让路况变得十分恶劣,坑坑洼洼,颠簸不已,树干横置而阻塞通行,桥梁糟朽而不堪重负,以致车祸不断,司机和乘客们接连丧生,为亡人送葬安魂的挽歌和哀乐此起彼伏,连绵不绝,教堂随时准备接受葬礼,路旁甚至开张了一家专营车祸配件的商店。

在《森林之舞》中,埃舒奥罗是一个披着约鲁巴神话外衣的恶魔。他鄙弃道德信仰,推崇世俗享乐,充分体现了魔鬼撒旦的价值观念。他的图腾阿巴拉像撒旦一样,企图争夺人类灵魂的主管权,不断诱发人类的原罪欲望。当武士妻子的幽灵生下承担着往日罪孽的婴儿时,埃舒奥罗化身为红色人影前来纠缠,甚至伙同三个放荡、贪婪、暴虐的恶仆,把婴儿置于刀尖上来回抛玩。可见,邪恶与破坏已成为埃舒奥罗的本质特征。

纵观其创作生涯,索因卡始终关注约鲁巴民族的前途和尼日利亚的命运。他清楚地看到,独立后的尼日利亚人民并未享受到真正自由,而是面临着一系列新的社会灾难。罪恶资本的发展、独裁者的专制、频繁的内战等都

① [尼日利亚]沃莱·索因卡:《狮子与宝石》,第 32 页。
② [尼日利亚]沃莱·索因卡:《狮子与宝石》,第 32—33 页。

致使尼日利亚的发展之路更加神秘莫测而崎岖难行。群魔当道，虐政泛滥，已经使尼日利亚民众陷入水深火热的苦难泥潭。

三、基于夏娃原型的形象

圣经中的夏娃常常被称为人类历史上最早的毁灭女性的例子。众所周知，夏娃是亚当在伊甸园的同伴，是亚当堕落的罪魁祸首。她引诱亚当违背了上帝的旨意，破坏了亚当与上帝友好相处的纽带。欧洲文学作品描绘毁灭女性形象的例子比比皆是，但非洲文学作品却很少有类似的例子。然而，索因卡的《死亡与国王的侍从》和《森林之舞》成功地借鉴了圣经中的夏娃原型，成为非洲文学中描绘毁灭女性形象最好的代表之一。

《死亡与国王的侍从》受约鲁巴神话启发，是索因卡唯一一部历史剧和最严肃的哲学戏剧之一。这出戏的故事很简单。国王奥巴死了，根据约鲁巴人的习俗，他的侍从艾雷辛应该举行仪式自杀，以便陪伴国王通过转换的深渊，顺利进入祖先世界。但是，艾雷辛在关键时刻犹豫不决，令人们懊恼、惊愕和失望。艾雷辛迷恋于世俗欲望，迟迟不肯采取自杀行动。索因卡在剧本中描绘了一个夏娃式女性的宿命。艾雷辛留恋尘世是因为一个女孩。她是一个迷人、美丽、令人不可抗拒的女孩，艾雷辛在与伊亚洛札对话时用照片描述了这个女孩：

> 告诉我那个女神是谁，她朱唇轻启，让我瞥见欧亚河床上的乳白卵石。伊亚洛札，她是谁？……尽管有一把在铁砧上打造过最好的锄头，也无法打造那婀娜的臀部，尽管它手上握有最丰饶的泥土。她的晨衣遮不住大腿破浪般的曲线，让伊莱西丘陵上蜿蜒的河流相形见绌。她的眼睛仿佛刚孵出的鸡蛋，在黑暗中闪烁着亮光。①

艾雷辛见到这个美丽的年轻女孩时显得不知所措，她在他眼里就是一个女神。然而，这个女孩与伊亚洛札的儿子订婚了。艾雷辛心中燃起一种无法控制的拥有新娘的欲望。这种欲望不仅偏离了他个人的耻辱之路，而且使他对人民的责任归于失败。后来，人们满足了艾雷辛的欲望，他通过玷污这位年轻女孩展示了自己对肉体的热爱。评论家马都古（Maduakor）说，艾雷辛没有让任何人怀疑他缺乏冒险的勇气。艾雷辛向新娘承认了自己内心的弱点：

---

① ［尼日利亚］渥雷·索因卡：《死亡与国王的侍从》，第27页。

　　我年轻的新娘,你是否听见那白鬼的谈话?你坐在那儿、在你寂静无声的内心里暗自啜泣,却对这一切不置一词。一开始,我把一切归咎于白人,接着责怪诸神将我遗弃。现在我觉得,我想指责你,因为你耗弱我的意志,这事神秘难解。但是对人来说,指责是一件奇妙的和平献礼,献给他已然深深欺骗的世界,献给这世界无辜的居民,噢,幼小的母亲,我的生命里拥有过无数的女人,但你不仅是一种肉体的欲望。我需要犹如深渊的你,当我横越,我的身体必然深陷,我用泥土填满这道深渊,并且在我准备横越之际,撒下我的种子。你是生者馈赠的最后礼物,送给他们派往祖先国度的特使,或许你的热情和年轻为我带来这个世界的新视野,让我的双脚在深渊的此岸变得沉重,我向你忏悔,小女孩,我的弱点不仅来自对白人的憎恨、他们粗暴地闯入我逐渐消失的存在,欲望的重量也落在我附着于大地的四肢之上。我本来要把它抖掉的,原本我可以将它摆脱,我已经抬起我的双脚,但后来白鬼闯入,于是一切都被玷污了。①

　　因此,艾雷辛成了一个失败者。他没有按照仪式自杀,没有完成约鲁巴传统的连续性。对他而言,与其选择荣誉的道路,不如沉溺于肉体的享乐之中。他选择爱和拥有美丽的新娘而牺牲了他的传统。然而,远在伦敦求学的儿子欧朗弟却自愿回国,勇敢地替父自杀以挽救约鲁巴传统免于崩溃,完成了神圣的使命。最后,艾雷辛把自己勒死了。但是他的死亡不仅毫无价值,而且是不光彩的。伊亚洛札对艾雷辛自杀做出反应,对他的软弱和背叛进行了明确而全面的谴责。她说:

　　你为何竭尽全力?你为何费力做这苦差事?没有人会为了你所做的事情感谢你,甚至是躺在那儿的那个人。他最终去向那神圣的通道,不过,这一切为时晚矣。他的儿子会尽情享受盛馔佳肴,然后分给他些许剩菜。国王爱驹的秽物让神灵通道为之堵塞;他在抵达之时会浑身沾满粪便。②

　　由此可见,艾雷辛犹如伊甸园中的亚当,无法经受尘世的种种诱惑而产生了无法控制的肉体欲望,没有在国王奥巴死后进行仪式上的自杀。他的

①　[尼日利亚]渥雷·索因卡:《死亡与国王的侍从》,第93页。
②　[尼日利亚]渥雷·索因卡:《死亡与国王的侍从》,第107页。

美丽新娘就是类似于夏娃的毁灭女性形象。

《森林之舞》也源于约鲁巴神话。索因卡在这出戏中努力描绘人类不断重复的愚蠢循环。这出戏的开头是部落聚会，凡人邀请可敬的祖先代表参加。森林之王派了两个衣衫褴褛、罪孽深重的幽灵前来。索因卡在这部剧中以夏娃为原型塑造了罗拉和乌龟夫人。评论家布赖恩（Bryan）认为，"乌龟夫人或者罗拉夫人对男人也有同样的破坏性影响；她是性冲动的化身，她使男人陶醉于对她无法抑制的欲望，从而使他们走向绝望"①。

很明显，在这出戏中，罗拉是一个夏娃式的毁灭女性形象。她是一个性欲强烈的女人，无数男人成了她女性魅力和邪恶爱情的牺牲品。罗拉驱使人们走向毁灭、自我毁灭和精神错乱。关于这一点，她与阿德奈比以下的对话可以证明：

> 阿德奈比：啊，是的。你害的人不计其数。年轻人、老人都有。有些温存的老人从头至尾从来就没瞟过你一眼，他们只是不知道他们的儿子要干些什么，不知道他们的儿子是为了你才把家财丢得精光的。
>
> 罗拉：不要说啦。你又要把我惹哭啦。蠢货！这跟我又有什么关系呢？当给你卖货的人使比他本少利薄的人们倾家荡产的时候，你会为他们流泪吗？我也不可能傻乎乎地搞投资的人。对我来说，他们都是投资者。②

对罗拉来说，与她有联系的人的毁灭是生意。她认为他们在她身上的奢侈支出是一项投资，最后导致的是无情和道德破产。公元 8 世纪前马塔·卡里布宫廷里的乌龟夫人是罗拉的历史原型，也是人类的破坏者。乌龟夫人像罗拉一样，轻浮，背信弃义。她抛弃自己的合法丈夫（一位非洲酋长），与情夫马塔·卡里布住在一起。马塔·卡里布发动战争是为了帮乌龟夫人从她的合法丈夫手中夺回嫁妆。然而，作为马塔·卡里布现任妻子的乌龟夫人却向马塔·卡里布下属的军人（Warrior）求婚：

> 乌龟夫人：马塔·卡里布是个傻瓜。你是一个男人，一个领导者，军人。你就不想坐到马塔·卡里布的位置上来吗？

---

① Bryan, S., "Images of Women in Wole Soyinka's Works", *African Literature Today*, No. 15 (1987), p.124.

② ［尼日利亚］沃莱·索因卡：《狮子与宝石》，第 168 页。

战士:我听不见你说的什么,夫人,听不见说的什么!

乌龟夫人:叫我的名字好了,就叫我乌龟夫人。我比你们所有的人都长寿。乌龟夫人。你是个男人,我发誓要尊重你。

战士:卫兵,卫兵!

乌龟夫人:我可以救你。我可以救你一个人,或者包括你手下的人。由你选择吧。你挑吧。一个男子汉干吗要白白地葬送掉自己呢?你干吗要为马塔·卡里布这样的傻瓜断送自己呢?你选择吧,让我和你在一起吧。①

勇士拒绝和乌龟夫人做爱,最终被阉割并被卖为奴隶。评论家布赖恩对乌龟夫人做了十分精准的评价。她指出,"当他拒绝被诱惑时,她摧毁了战士和他妻子的生命。作为罗拉,她不分青红皂白地毁了老少"②。

圣经里的夏娃是亚当犯罪的引诱者,是给人类带来灾难的罪魁祸首,成为人类原罪的根源。《死亡与国王的侍从》中美丽的新娘就是夏娃式的毁灭女性形象,她的美貌使艾雷辛偏离了荣誉之路。《森林之舞》中的罗拉和她的历史原型乌龟夫人同样是夏娃式的毁灭女性形象。她们也给人类造成了极大的破坏和灾难,使人们放弃了自己的责任。

四、基于替罪羊原型的形象

羊是古代犹太教徒最常用的祭神物品,在奉献给上帝之际还担负着为人"替罪"的任务。在《创世纪》中,亚伯拉罕就曾以林中的羔羊代替儿子以撒充当祭物(《圣经》创22:13)。按福音书所载,耶稣为拯救犯罪的人类而被钉死在十字架上,属于最典型的"替罪羊",被基督徒称为"赎罪的羔羊"。在索因卡笔下,《强种》中的埃芒父子和《死亡与国王的侍从》中的欧朗弟亦属典型的"替罪羊",他们品行高尚,行善积德,虽有安定甚至优越的生活,却为了解救他人,或被折磨致死,或者自杀牺牲,成为现世的"替罪羊"。

《死亡与国王的侍从》取材于非洲约鲁巴民族的侍从殡葬仪式。依照传统,侍从的首领艾雷辛须在国王死后30天时举行仪式,以自杀殉葬去为国王打通连接彼岸世界的神秘道路,从而维护阴阳两界的正常秩序。为了埋葬即将自杀的父亲,艾雷辛的长子欧朗弟从英国赶回故乡。但是,英国殖

---

① ［尼日利亚］沃莱·索因卡:《狮子与宝石》,第204页。

② Bryan, S., "Images of Women in Wole Soyinka's Works", *African Literature Today*, No. 15 (1987), p.124.

民地的行政官皮尔金斯将基督教生命观强加给艾雷辛,使之动摇了为已故国王牺牲的信念,拒绝自杀。这时,欧朗弟为了平息一触即发的暴乱,避免更多无辜民众陷于伤亡,毅然子代父职,在自杀仪式中从容赴死,去陪伴已故的国王打通神圣的轮回之道。其行为超越了生命主体的本能欲求,达于崇高的精神境界,呈现出耶稣式"替罪羊"的自我牺牲精神。

在《强种》中,主人公埃芒父子显示出更加鲜明的"替罪羊"性质。埃芒的父亲为家乡父老乡亲做了一辈子"替罪羊",在每年除旧迎新的祭祀中自愿做替身,为全村人消除"污秽",将装满垃圾的小船顶在头上,运往河中。村里人都尊敬他,老人自己也以之骄傲。他对埃芒说:"我们是强种。只有强种,才能一年又一年地把这船送到河里去,越来越强壮"。[①] 埃芒留学回国后在一个小村庄当了教师,工作认真,待人友善,受人尊敬。然而,那个村子有一种非常残忍的习俗,每逢新年前夜,村民们就把一个外乡人当作灾祸的替身,将其麻醉后拖着走遍全村,往他身上泼脏水、扔秽物、倒垃圾,直到那个外乡人离开,或者被折磨致死。有一年新年前夜,村里的顽固长老捉住一个白痴——外乡儿童伊法达做替身,伊法达慌忙逃到埃芒的住所。为了拯救这个孩子,埃芒自告奋勇地充当替身,接受村民们的凌辱,直至被折磨致死。村民们目睹了埃芒的舍身救人后深感愧疚,埃芒以其勇敢果断的殉道行为,以自己的惨死拯救了愚昧落后的村民。

索因卡说过:"作家的使命,或者说教授的使命,就是面向人类宣誓,申言自己的立场,为自由而战","牢笼必须被打破,世界必须被解放,关键在于我们采用什么样的方式、手段和途径"[②]。在他看来,处于社会转型期的尼日利亚需要救世主,也需要约鲁巴民族的"强种"精神和耶稣式的"替罪羊"人格。事实上,索因卡毕生都在履行"强种"及"替罪羊"的责任,不断抨击种族歧视,拒绝效忠于专制政府,谴责选举舞弊,坚持"为自由而战"。这种传奇人生汇成索因卡戏剧中的一首首英雄主义乐章,号召人们告别野蛮,从愚昧和麻木中解脱出来。

五、基于受难者原型的形象

圣经中最具代表性的受难者原型是《约伯记》中的约伯和福音书中的耶稣。由于惨遭撒旦的两次严酷考验,义人约伯突然丧失全部家产和所有

---

① ［尼日利亚］沃莱·索因卡:《狮子与宝石》,第247页。
② ［尼日利亚］沃尔·索因卡:《为自由而写作——在常熟理工学院"东吴讲堂"上的讲演》,洪庆福译,《东吴学术》2013年第1期。

儿女,本人也从头到脚长满毒疮。但他却持守信仰的纯正,而不"以口犯罪"(《圣经》伯2:10)。纯全无辜的耶稣在刑场上遭到兵丁的百般戏弄和无情殴打,甚至被身旁被钉的强盗讥笑:"他救了别人,不能救自己"(《圣经》太27:42),最后却默然承受了所有的苦难,直到死亡。这种受难者原型成为索因卡笔下埃芒父子、伊格韦祖、盲人乞丐等戏剧形象的范本。

《强种》中的埃芒父子以救赎者、替罪羊、受难者的多重形象出现在小说中。埃芒的父亲每年将象征着村民罪孽的秽物载入河中,以自我牺牲对他人的罪孽进行义务性的背负,不计任何回报,直接对应了耶稣在各各他受难的情节。埃芒为保护自己心爱的女孩免遭侮辱而违反律法习俗,被迫离开家乡外出流浪。他12年后回到家乡,与痴情等待他的奥麦结了婚,奥麦却难产死了。埃芒再度流浪他乡,颠沛流离,四海为家,就像耶稣四处传道时既肩负着救赎世人的重担,也遭遇到世人的折磨和迫害。为了保住外乡来的白痴孩子,埃芒甘愿承受一切,直到最后献出生命。埃芒父子面对世人的嘲笑甚至诅咒,始终不发任何怨言,都是在经磨历劫之后,带着约伯式的坚定信念和耶稣式的救赎情怀而死去。

《沼泽地居民》中的伊格韦祖和盲人乞丐也是类似于约伯的受难者典型。伊格韦祖饱受贫穷饥饿的煎熬和六亲不认、骨肉相残的痛苦,在城市与沼泽地之间不停地徘徊,从一个泥潭跳进另外一个泥潭。他出生于尼日利亚濒临大海的沼泽地区,哥哥阿乌契克只身到城里闯荡十年,靠做木材生意发了迹。他也想步其后尘,到大城市去碰碰运气,但却血本无归,债台高筑,甚至连自己的新娘也投进了有钱兄长的怀抱。伊格韦祖"破产"后,把希望寄托于离家前播撒在地里的种子,指望地里的收成能偿还哥哥的债务。他满怀希望地回到家,却万万没有料到田地已被洪水淹没,彻底背弃了他。在他"要失去感觉的时候,又被添上一刀"①。庄稼淹没在洪水中,颗粒无收,伊格韦祖不得不又一次离乡背井,再度投身于罪恶的城市。他一次次地遭遇沉重打击,颇如约伯承受着百般苦难。他在极端痛苦中对"蛇神"发生质疑,与约伯一度有过的信仰动摇,遥相呼应。

盲人乞丐来自旱情严重的北方,年幼时因患牛蝇病而双目失明,之后四处流浪,靠乞讨度日。他一度想靠种田谋生,就勤劳耕耘。眼看着收获在望,却遭遇严重干旱和蝗虫灾害,颗粒无收,只得再去流浪。然而他始终持守自己的信念,沿着河岸走,最终来到沼泽地,心甘情愿地给伊格韦祖做仆人。伊格韦祖伤心绝望地离开了那里,盲人乞丐则答应他的"主人",要留

---

① [尼日利亚]沃莱·索因卡:《狮子与宝石》,第28页。

下来继续种地。盲人乞丐贫病交加，苦难深重，似乎也遇到上帝的特别考验。

埃芒父子、伊格韦祖、盲人乞丐等形象都像苦难中的约伯和耶稣，虽然陷于灾难，也发生过某种程度的脆弱和质疑，却始终保持着初始的纯洁和良善。他们固然历经种种磨难，却一以贯之地恪守初衷，充分展示出高贵品格，体现了圣经文学中受难者的悲剧精神。

六、基于先知原型的形象

先知是圣经中一类与众不同的人物，他们被神选召，为神传达信息，对国家、民族的大事发表激昂慷慨的评论。以赛亚、耶利米、以西结、阿摩司、弥迦、以利亚等就是圣经记载的著名先知。此外，圣经也述及"亚舍拉先知""巴力先知"（《圣经》王上18:19；王下4:38—41）等异教的伪先知。索因卡的《沼泽地居民》《裘罗教士的磨难》《痴心与浊水》等剧作均再现了先知原型，只是往往进行大幅度的引申、置换，甚至变形，用反讽手法塑造出裘罗、"教授"、拉撒路等伪先知的形象。

《裘罗教士的磨难》是一出妙趣横生、富于辛辣讽刺意味的笑剧，主人公裘罗·波姆惯以先知自居，常常念叨着圣经，手提帆布口袋，秉持一根圣杖，以傲慢的姿态对观众说："我是一个先知。无论就天赋或是爱好来说，我都是一个先知……这就是确凿无疑的标记，说明我生来就是一个先知。"①一次，他在与丘姆的对话中一连提到以利亚等五个希伯来先知，那些先知无不目光敏锐、言辞犀利地针砭时弊，深受民众爱戴。然而，道貌岸然的裘罗教士干的却是到处招摇撞骗的勾当。他利用黑人的无知和崇敬鬼神的特性，到处行骗，把非洲本土宗教和基督教都变成不伦不类的生意经。他在海边做晨祷，看到浴女飘然而过，便顿生邪念，神志迷乱而癫狂；即便在充满神圣气氛的布道中，他也常常魂不守舍。他有时自鸣得意，因为自己能蛊惑众多信徒；有时又心痒难熬，因为无意间看到了一位妇女露出的大腿。裘罗布道时说出的那些神秘的先知预言，似乎能给信徒以希望。但同时他又不断告诫人，上帝会以苦难来考验其虔诚，将他们置于困惑之中。显然，在正统教会中，裘罗教士这种自称"先知"的冒牌货是大逆不道的，绝不可能被承认。索因卡的真正用意乃是借用希伯来先知原型，批判危害非洲民众的巫术行为，因为裘罗教士实际上是一个披着先知外衣的江湖术士。

《路》中的"教授"毕生致力于寻找死亡启示录。他曾经当过教堂执事，

---

① ［尼日利亚］沃莱·索因卡:《狮子与宝石》，第111页。

因才华横溢而遭人排挤,现在专门经营肇祸车辆配件的商店。在做买卖的同时,他竟私下里伪造驾驶执照,给无证司机上路提供方便,从中牟取暴利。只要路上有车祸发生,他就必到现场去勘查事故,企图在那些惨死者的尸体和车辆遗骸上寻找圣经中的启示。他"总是走在空旷的大地上,踏着早晨的露水,在路上仔细搜寻散落的'启示'",穆拉诺那样的将死者是圣经启示的保管人,"他们睡在秘密之门的外边,穿透永恒之墙去挖掘'启示','启示'就像沉甸甸的金块压在其舌头上。于是,他们的舌头就沉重得永陷沉默了"①。

对于"教授"而言,圣经并非与有生命之物待在一起,而是常与死神为伴。探索死亡之谜是他的生活目的,死亡乃是他探索的终点和归宿。为了找到"死亡的奥秘",他甚至不惜挪移路标,人为地制造灾祸。他还时常到大街上捡拾破报纸,把那些破纸碎片摞成一部厚厚的所谓"圣经",从中寻找"上帝的启示"。他时常情绪激动地念念叨叨:"主啊,说出我们时代的'启示'吧,说出隐秘的'启示'吧。"②不难发现,"教授"貌似高深莫测,事实上纯属胡言乱语,本是一个打着先知旗号的巫师。

《沼泽地居民》中的盲人乞丐是索因卡笔下少见的正面先知形象。他出生于尼日利亚北方蝗灾泛滥之地,仪态威严,举止安详,笃信伊斯兰教,话语中流露出先知的风度,而非寻常乞丐的言行举止。其人生经历十分奇特,年幼时因患牛蝇病而双目失明,后来就外出流浪乞讨。他"背井离乡,直奔有河流的地方",梦想在一块土地上播种,但他却来到被涝灾折磨的沼泽地。即便如此,他也始终持守其信仰,无惧艰难困苦,自愿做沼泽地居民伊格韦祖的奴仆,决定留在那里开荒种地。尽管盲人乞丐信仰伊斯兰教,其行为却与《创世纪》的某些记载相吻合。例如,他来到沼泽地之初,伊格韦祖的父亲马古里老翁曾热情招待他,让自己的老妻为其预备热水洗脚。马古里三番五次地催促妻子端出热水,可妻子总是拖延。这一细节有一个与其明显对应的圣经典故,见于《创世纪》:一天亚伯拉罕正在橡树下歇息,看到上帝与两位天使从远方而来,便命令妻子撒拉预备热水为其洗脚,以解其疲乏。稍后义人罗得发现了他们,也急忙迎接,脸伏于地下拜道:"我主啊,请你们到仆人家里洗洗脚,住一夜,清早起来再走。"(《圣经》创19:1)当天晚上,两位天使便在罗得家里过夜。

可见索因卡有意识地改写了圣经原型。然而,无论是"教授"、裘罗教

---

① [尼日利亚]沃莱·索因卡:《狮子与宝石》,第300—301页。
② [尼日利亚]沃莱·索因卡:《狮子与宝石》,第306—307页。

士,还是"预言家拉撒路",均非对圣经先知原型的再创作,而是融入了非洲巫觋的诸多特性,以至他们实为披着先知外衣的巫师。索因卡采取近乎反讽的解构手法,借用圣经先知原型来讽刺批判西非盛行的巫术,用冷峻的揶揄和嘲讽笔调揭露假先知对民众思想的操纵,指出他们必将把尼日利亚社会引向灾难的深渊。同时,也揭示出愚昧的民众虽然遭受捉弄却依然麻木昏睡。这使人看到一种可怕的现实,预测到不容乐观的前景。

索因卡的人格品质和价值取向均与圣经文学紧密相关,他在创作中自觉而无意识地表达出一种圣经文学精神。他对圣经进行有意识的选择、借鉴和认同,首肯圣经对人类内心世界的观照及其对生命意义的追问,借鉴圣经中丰富多彩的人物典故和寓意深刻的原型意象,发扬了圣经强烈的社会批判精神和悲悯救世情怀。作为一名具有现代意识的非洲先进知识分子,他巧妙地将耶稣、撒旦、夏娃、替罪羊、受难者、先知等圣经原型与约鲁巴民族的神话故事、民间传说和现实生活有机融合为一,真实展示出当代非洲人民的生存境遇和精神状况,以别具一格的戏剧创作成为首位荣膺诺贝尔文学奖的非洲作家。

第五章 索因卡戏剧与西方戏剧艺术

如前所述,索因卡在 20 世纪 50 年代在英国利兹大学求学,系统而全面地学习了从古希腊戏剧到 20 世纪现代主义戏剧的西方戏剧课程,广泛接触了西方戏剧的舞台演出。1957—1958 年,索因卡在英国伦敦皇家宫廷剧院工作了 18 个月之久。其间接触了众多英国著名的剧作家,其中包括奥斯本、威斯克、邦德(Bond)以及乔治·迪瓦恩(George Devine)。

索因卡戏剧创作的成功关键在于多元戏剧艺术的完美融合,无论是早期写实作品《沼泽地居民》《狮子与宝石》,还是中期荒诞作品《路》《森林之舞》《孔其的收获》,读者都可以从中明显地感受到古希腊戏剧、莎士比亚戏剧、17 世纪古典主义戏剧、18 世纪意大利即兴喜剧和西方现代荒诞派戏剧等多种戏剧中的神话叙事、悲剧理论、写实精神、讽刺技巧和荒诞色彩等丰富多彩的艺术元素。索因卡深受欧里庇得斯、莎士比亚、雅里、布莱希特、贝克特等众多戏剧大师的创作影响,甚至直接改编西方戏剧作品,创作了著名的《欧里庇得斯的〈酒神的伴侣〉》《旺尧西歌剧》《巴阿布国王》。西方戏剧艺术为索因卡带来新颖独特的创作风格。西方评论家格雷厄姆(Kenneth J. E. Graham)指出,索因卡的戏剧魅力一方面体现在他善于把戏剧"与非洲的社会、文化以及政治特点紧密地联系在一起",另一方面在于他善于"将自己的戏剧与其在西方和非洲所探索的戏剧文化融合在一起"[1]。索因卡的英文版传记作者、美国作家 H.L.小盖茨评论说,"索因卡的文笔是庄严的、求实的,他的作品结合了西方戏剧传统与约鲁巴戏剧传统,以独特的语言魅力显示了人类道德规范的力量"[2]。

第一节 索因卡戏剧与西方传统戏剧

索因卡对西方传统戏剧的了解十分全面而深入,其戏剧理论和创作实践都明显地受到西方传统戏剧的深刻影响。与他同时代的剧作家詹姆斯·

---

[1] Kenneth J.E.Graham, "Soyinka and the Dead Dramatist", *Comparative Drama*, Spring, Vol.44, Issue 1, p.29.

[2] 王燕:《两种异质文化的兼容与整合——从〈痴心与浊水〉解读索因卡小说的二元文化构成》,《苏州科技学院学报》(社会科学版)2007 年第 4 期。

吉布斯指出,"索因卡发现运用传统和面具的意大利即兴喜剧是很受欢迎的戏剧。他阅读过很多莎士比亚的作品,从而在很多方面都受到莎士比亚的影响。他上过由乔治·威尔逊·奈特讲授关于世界戏剧的课程,而且你能从索因卡那里看到奈特在《金色的迷宫》所教的各种东西。他看过古典戏剧,伊丽莎白时代的戏剧以及近代戏剧。他也上过奈特讲授关于易卜生的课程。索因卡在准备考试的时候,他不只是简单地吸收知识,还会阅读和思考。所以我们可以发现他思考着那些传统"①。对西方传统戏剧艺术的吸收与借鉴是索因卡戏剧创作的突出特色,索因卡戏剧充满了古希腊戏剧、意大利即兴喜剧、莎士比亚戏剧和17世纪古典主义戏剧等西方多种传统戏剧中的神话叙事、悲剧理论、写实精神以及讽刺技巧等丰富多彩的艺术元素。

一、索因卡与古希腊悲剧

古希腊悲剧是西方戏剧创作的第一次辉煌成就,大都取材于古希腊的神话传说和英雄史诗,通过神话剧提出社会问题,制定道德规范,开展人生人性和宇宙世界的哲学探究,具有崇高悲壮的英雄主义思想,突出人本主义精神。生命意识与理性限定的矛盾冲突是古希腊悲剧力量的来源。古希腊悲剧展示了希腊民族的旺盛生命力,呈现了古希腊民族对人生意义、命运观念和社会发展的思考,英雄们在反抗命运时所表现出来的惊心动魄和崇高壮烈是西方悲剧精神的核心成分,他们敢于探索冒险和反抗命运、义无反顾地追求个体自由意识是西方文化精神的基本要素。

古希腊悲剧启迪了索因卡对非洲本土宗教神话的挖掘和崇高悲壮的审美追求。在《神话、文学与非洲世界》中,索因卡明确指出,非洲世界与其他世界一样具有独特性,独特的非洲文化与其他文化可以互相补充。神话、仪式和宗教是约鲁巴民族文化之源,也是他从事戏剧创作的动力。像古希腊悲剧一样,古代约鲁巴人通过神话剧提出社会问题,制定道德规范,并开展关于生与死的哲学探究。他认为,西方文化在启蒙运动以后由于过分强调理性精神而逐渐萎缩退化,已经无力对抗现代科技挑战和物质崇拜。约鲁巴原始神话具有强烈的创造力和破坏力,是应对现代科技挑战的武器,可以治疗现代社会的精神颓败。

(一)索因卡继承了古希腊悲剧的神话叙事

神话是早期人类社会的民族集体意识体现。每个民族的文化、文学以

---

① Zodwa Motsa, "Music and Dramatic Performance in Wole Soyinka's Plays", *Journal of Music Research in Africa*, 2007, p.180.

及哲学思考都能在本民族的神话传说里找到根源。古希腊神话是西方文学的"两大源头"之一，深刻地影响着西方民族几千年来的文化内涵、文学特性和哲学思想。古希腊悲剧创作题材都来源于古希腊神话。埃斯库罗斯的《被缚的普罗米修斯》取材于普罗米修斯为人类盗取天火故事；索福克勒斯的《俄狄浦斯王》来源于古希腊"杀父娶母"故事；欧里庇得斯的《美狄亚》是古希腊神话中"伊阿宋盗取金羊毛"的英雄传说。索因卡对古希腊戏剧颇有研究，十分推崇古希腊悲剧中的神话叙事，并在创作中乐于借鉴，积极开展崇高悲壮的审美追求，形成了一种独特的戏剧神话叙事。受古希腊三大悲剧诗人的影响，索因卡对非洲本土宗教神话进行了广泛挖掘。

索因卡发现，古希腊酒神狄俄倪索斯与约鲁巴战神奥贡存在一定的相似性，同时兼具古希腊普罗米修斯和阿波罗的品性，是古希腊三位神灵的结合体。古希腊酒神代表否定甚至摧毁个性原则的醉狂世界，充斥着直觉、本能、变动、狂喜、放纵和残酷；约鲁巴战神奥贡也兼具创造与毁灭的双重功能，象征着创造的激情、痛苦、残酷和巨大的意志，能用自己的强大意志力克服自我解体的痛苦，是"创造之神，路的保护人，技术之神和艺术之神、探索者、猎人、战神、神圣誓言的监护者"①。狄俄倪索斯的手杖与奥贡的奥帕在形状和功能上都很相似。在约鲁巴人的祭祀之舞中，人们会杀狗祭拜奥贡，这与酒神崇拜者在狂欢中撕裂野兽来象征"宙斯的儿子，狄俄倪索斯的肢解"极为相似。索因卡在改写欧里庇得斯的《酒神的伴侣》时，成功地在酒神狄俄倪索斯形象塑造中实现了约鲁巴战神奥贡和古希腊酒神的完美结合。

索因卡效仿古希腊悲剧诗人，积极从本土神话故事中寻找创作题材，约鲁巴神话在索因卡笔下就像诗一样，是一种真理，或者是一种相当于真理的东西。《沼泽地居民》《狮子与宝石》《森林之舞》《死亡与国王的侍从》《路》《巴阿布国王》就是典型例证。在《沼泽地居民》中，"沼泽地"是不可亵渎的蛇神象征。蛇神至高至尊，主宰一切，是当地农民的图腾信仰对象。而约鲁巴战神奥贡在索因卡的《狮子与宝石》《路》《森林之舞》等多个剧本中反复出现，成为重要的文学原型。在《森林之舞》中，奥贡作为义人的庇护者参与"森林之王"主持的"末日审判"。在《路》中，奥贡神不时显现在路上，成为"路"之主宰，兼具破坏与毁灭、创造与守护的双重身份。奥贡是被神化的道路，让所有事都处于不稳定中。

索因卡认为，"约鲁巴神话是变革的本质，神灵对于人类起到了调和的

---

① Wole Soyinka, *Art, Dialogue and Outrage*, p.38.

作用"，"仪式的进行是在试图减少人和神，以及人和祖先之间的隔阂"①。《巴阿布国王》利用奥巴塔拉神来详细说明巴阿布的角色本质，通过杰勒德式表演表达了政治的生死存亡。地狱般的巴阿布王国就是奥巴塔拉神抛弃他的创造物（指巴阿布）的背景，巴阿布死亡预示了政治上的变革。

索因卡主张回归原始宗教神话，将约鲁巴族受苦神话诗学转化为自己的创作母体，回到约鲁巴神话里重新去寻找创作动力，解决了文学和社会关系问题，创立了一种以"第四舞台""仪式悲剧""转换深渊"为核心词的悲剧理论，创造性提出"神话整体主义"。他把戏剧冲突设置在晦涩难懂的神话故事和仪式世界之中，以大量独创准确的隐喻成功地再现了非洲传统文化中的神话秩序与祭祀仪式，给读者造成一种隐晦玄虚的感觉，令人从中体会到一种神秘、悲壮而又崇高的审美快感。这显然是学习古希腊悲剧艺术、充分利用非洲宗教神话故事的直接结果。法国评论家艾伦·里卡德（Alain Ricard）谈到索因卡融合多元戏剧艺术元素的能力时，说道："我感到非常地惊讶，索因卡能将天地万物、诗歌以及神话全部融合在一起"②。

（二）索因卡高举欧里庇得斯的激进民主大旗

在古希腊三大悲剧诗人中，对索因卡影响最大的是欧里庇得斯。索因卡虽然与欧里庇得斯生活在不同历史时空里，但在诸多方面产生了强烈共鸣。他们有着十分相似的动荡生活背景、苦难流亡岁月、复杂社会经历、激进民主观念和自由创作思想，都生活在国家内战时期，都曾因坚持民主立场而受到当权者迫害，都善于通过戏剧创作来深入思考动荡的历史环境下众多社会问题，并对统治者进行大胆直接批评和揭露。

欧里庇得斯是古希腊最为激进民主的悲剧诗人。他亲身经历了伯罗奔尼撒战役，目睹了希腊雅典由盛转衰和残酷的伯罗奔尼撒战争。时代造就了欧里庇得斯的怀疑精神和人文主义思想。欧里庇得斯拥护雅典民主政治，但对雅典日益显露的社会矛盾、信仰危机和道德沦丧感到忧虑。他的《美狄亚》《特洛伊妇女》等悲剧作品总是大胆批判暴君独裁统治，反对雅典对外高压和侵略政策，同情被压迫奴隶和妇女，甚至责怪神明对人残忍，对宗教信仰持怀疑态度。晚年的欧里庇得斯因反对侵略战争、批判暴政以及质疑神祇而被雅典当局驱逐出境，在客居马其顿时创作了《酒神的伴侣》等悲剧名作，不久之后就死在那里。《酒神的伴侣》以"新神"狄俄倪索斯进行

①　Wole Soyinka, "The Fourth Stage: Through the Mysteries of Ogun to the Origin of Yoraba Trage-dy", p.29.

②　Zodwa Motsa, "Music and Dramatic Performance in Wole Soyinka's Plays", p.179.

残酷复仇行动而毁灭古老的忒拜城为主要线索，以新式"世界城邦"设计为隐秘线索。酒神狄俄倪索斯试图通过终极征战结束一切纷争混乱，建立起人人享有自由、平等和快乐的世界城邦。

索因卡与欧里庇得斯的政治主张相投。欧里庇得斯在整个职业生涯中，都在追求大胆创新的悲剧创作，他遵循古希腊戏剧传统，善于在神话传说宝库中发掘众多神和英雄形象。与索因卡遵循非洲传统、超越和创新传统的创作风格类似。欧里庇得斯比他的前辈剧作家们具有更强的激进民主思想和对社会现实的批判精神。西方评论家默雷指出，"欧里庇得斯基本上不是一个艺术家。他是一位才智出众的人，具有剧作技巧，观察敏锐、富有同情、大胆勇敢和想象丰富的能力。他入世太深，洞烛幽微，对任何事情都采取叛逆态度，因此无法写出沉静的成功诗歌"①。欧里庇得斯的激进思想倾向被雅典人视为叛逆，因而在当时很不受欢迎。然而，索因卡欣赏和钦佩的正是欧里庇得斯这种入世和叛逆精神。他在创作中始终高举欧里庇得斯式的激进民主大旗，成为反抗非洲暴政、力争民主自由的坚强斗士。

索因卡在尼日利亚不断深陷各种危机中积极投身于社会政治斗争，坚定地反动独裁政府和暴力政权，倡导民主自由，因而多次遭到反动政府的"监禁"与"流放"，先后被两届政府送进监狱。欧里庇得斯遭到雅典的驱逐、客居马其顿时创作了《酒神的伴侣》。索因卡在尼日利亚反动政府的逼迫下流亡国外，1973 年客居加纳时改编了这个剧本，目的是谴责当代非洲统治者的傲慢狭隘行径。他借欧里庇得斯的言辞表达自己的文化立场和政治诉求，在改写《酒神的伴侣》过程中嵌入了非洲文化参照体系与现代社会境遇等元素。

由此，索因卡认为"人类的戏剧是政治和历史的表演"②。他的戏剧创作鲜明地体现了索因卡洞察社会历史问题的敏锐目光、浓厚的民主批判精神、鲜明的叛逆反抗思想以及非凡高超的艺术技巧、审美情趣和伦理观念。诺贝尔文学奖评委称赞索因卡的戏剧作品"具有讽刺、诙谐、悲剧和神秘色彩，他精练的笔触鞭挞社会丑恶现象，鼓舞人民斗志，为非洲人民指出方向"③。

---

① ［英］吉尔伯特·默雷：《古希腊文学史》，孙席珍等译，上海译文出版社 2007 年版，第208 页。

② Wole Soyinka, "Shakespeare and the Living Dramatist", *Art*, *Dialogue and Outrage*, New York: Random House, 1993, pp.152-156.

③ 《沃勒·索因卡：第一位获诺贝尔文学奖的非洲人》，《参考消息》1986 年 10 月 19 日。

二、索因卡与意大利即兴喜剧

1975 年以后,面对尼日利亚日益恶化的政治局势,索因卡急切需要面向广大观众进行政治传播,他大胆借鉴意大利即兴喜剧的灵活演出、不用剧本、适合游击式街头表演方式,创作了大量时事讽刺剧和戏剧小品,其中著名的有《旺尧西歌剧》《大游猎》《恶有恶报》《回家做窝》《无限的大米》《巨人们》等。意大利即兴喜剧为索因卡提供了灵活机智的舞台演出设计范本,幽默讽刺是索因卡重点吸收的西方喜剧艺术成分。

(一) 意大利即兴喜剧为索因卡提供灵活机智的舞台演出设计范本

意大利即兴喜剧,又称假面喜剧,是一种采用即兴处理方式的独特喜剧形式,追求简朴清新和活泼嬉闹的风格。16 世纪下半叶至 18 世纪下半叶,即兴喜剧在意大利广泛流行,为意大利人民群众所喜闻乐见。这种戏剧可以追溯到古罗马滑稽剧,一般只有一个剧情大纲,没有固定剧本,但有固定类型角色,有些角色戴特定的面具,演员在舞台上可以灵活地编造台词,进行即兴表演。戏班携带简单的布景和道具,有时甚至带上自己的简易舞台,走遍乡镇,巡回演出。

即兴喜剧中人物除了男女主角之外,其他角色都必须戴面具。即兴喜剧大多以男女爱情和阴谋诡计为题材。一个即兴喜剧戏班总共不过 10—12 人,一部即兴喜剧人物角色大致包括一至两对恋人、一个军人、一个使女、两个男仆、博士和潘塔龙等,大都讲述男女恋人的爱情因受到家庭或者第三者阻挠,闹出乱子,引出笑话,在仆人帮助下以计谋冲破阻力,最后成全美好爱情。即兴喜剧演员具有高超无比的表演技巧,通晓舞蹈、声乐、杂技、模拟剧和哑剧等多种艺术表演。这些意大利即兴喜剧灵活善变的戏剧创作理念和舞台演出服饰为索因卡所喜爱,对其戏剧创作产生了巨大的影响。

20 世纪 70 年代后期,在局势动荡的尼日利亚,索因卡创作的主要目的不是出版,而是鼓动宣传。他认识到,"正式的剧院里那种舒适、逃避现实的气氛往往太快让人健忘"[①]。为此,他从 1977 年开始积极借鉴意大利即兴喜剧,创作了大量适合街头演出的时事讽刺剧和戏剧小品。索因卡借用即兴喜剧没有剧本、由观众现场出题、演员当场即兴表演的特点,满足尼日利亚大众对原创文化的需求,针对真实的政治暴行,排练和表演都呈现在大众视线下,或是在街角,或是在商场,或是在大学校园空旷处,而且随时邀请

---

① Wole Soyinka, "Preface to Befoe the Blackout", p.4.

观众参加,演员在可能被最新的专制政权的警察逮捕之前就已消失。

索因卡组织了一个名叫"游击剧院"的剧团,在全国各地经常进行快捷迅速的流动演出。1977年,索因卡将《旺尧西歌剧》在公共场所中为民众免费演出。有评论家指出,索因卡的《旺尧西歌剧》文本从来没有写完整过,因为它曾经被重写,在排练过程中被重塑,直到剧本结束之前也没有得出什么结论,对索因卡来说,"文本甚至是他自己的文本,都只是拥有很多可能路径的地图"①。

(二) 意大利即兴喜剧中的幽默讽刺是索因卡重点吸收的艺术成分

幽默讽刺是意大利即兴喜剧最突出特点。即兴喜剧的演出幕表上种类繁多的"拉错"(lazzo)既是演员心领神会的表演套路,也是喜剧情节中有趣的穿插和垫场戏。"担忧拉错""帽子拉错""见面拉错""嫉妒拉错""恐惧拉错"等各种"拉错"场面十分滑稽,"常常令人捧腹大笑"②。意大利即兴喜剧中经常出现一些固定被讽刺的人物,例如潘塔龙、博士、军人和仆人等。来自威尼斯的商人潘塔龙穿着怪异、贪财好色、妄自尊大而又愚蠢透顶,常常被人捉弄;大学城里的法学博士脸上戴有半个黑面具,为人古怪、自以为是,满口莫名其妙的拉丁语,常被戴上绿帽子,是依附于教会的落寞文人;军人好大喜功、目空一切,看起来气壮如牛,实际上胆小如鼠、不堪一击。

意大利即兴喜剧中的幽默讽刺是索因卡重点吸收的艺术成分。例如,《狮子与宝石》是索因卡最受欢迎的早期喜剧作品。这个戏剧突出特色在于语言讽刺和低俗幽默。与意大利即兴喜剧一样,索因卡在剧本中精心塑造了希迪、拉昆来和巴罗卡三个性格独特的人物形象。女主人公希迪幼稚无知,是一个编着辫子的苗条姑娘,一个地道的乡村美女;小学教师拉昆来喝过几滴洋墨水,却境遇欠佳;巴罗卡是一个精明狡猾的老男人,他顽固保守,千方百计诱惑希迪嫁给他。《狮子与宝石》的开端有这样的舞台说明:

　　　市场旁的一块空地上,有一棵大奥腾树耸立着。那是村子中心。舞台右侧可看到乡村学校的院墙。墙上一个粗陋的窗子,从窗口传出唱读"算术口诀"的声音。过一会儿,女主人公希迪头上顶着一小桶水,从左侧入场。她是一个编着辫子的苗条姑娘,一个地道的乡村美女。她以轻松自如的动作保持着头上水桶的平衡。她身上披着平常穿

①　Yemi Ogunbiyi, "A Study of Soyinka's Opera Wonyosi", *Nigeria Magazine*, 1979, p.13.
②　邢春如:《世界艺术史话 4》,《世界戏剧艺术(上)》,辽海出版社 2007 年版。

的宽布巾,折叠在胸前,肩膀光露着。几乎在她出现在台上时,从窗口立即露出一个教师的面孔。(唱读声仍在继续"二三得六,三三见九"等)教师拉昆来离开了窗口,接着出现两个小学生,大约有十一岁,不断用手拍打着嘴,对希迪发出叽叽喳喳的声音。拉昆来这是在窗子下边再度露面,向希迪走来;停下脚步在两个孩子的头上惩戒性地抽打了一下,然后孩子们躲开,号叫一声不见了。拉昆来随即关上窗户。唱读声听不见了。这位教师将近二十三岁,穿着旧英国式的上衣,衣服旧而不破,干净却不硬挺,显然略微窄小。他的领带打了一个很小的结,塞在漂亮的黑坎肩下面,他穿着裤脚二十三英寸的裤子和漂亮的网球鞋……①

这段开场白对故事发生时间、地点和人物进行介绍,给观众带来了滑稽可笑的舞台氛围。男主人公拉昆来与意大利即兴喜剧中的威尼斯商人潘塔龙形象相似,穿着怪异,为人古怪,自以为是。他无心教书,时刻关注着乡村美女希迪姑娘行踪。几乎希迪出现在台上时,拉昆来就从窗口立即露出面孔来。他穿着不伦不类,旧上衣显得略微窄小,黑坎肩下面塞一条打了一个很小结的领带,二十三英寸裤脚搭配一双网球鞋。在西方服饰礼仪中,领带和网球鞋不能搭配在一起。二十三英寸裤脚的裤子也绝非西方男子常见的裤型。因为领带是正规场合穿西装套装时的配饰,网球鞋是搭配休闲服饰的。这种不伦不类的着装暗示着拉昆来虽然接受了西方教育,但对西方文化缺乏深入了解。他模仿西方人的穿着打扮,言语行为上却处处表现出对西方文化的误解和误用,明显地带有意大利即兴喜剧的讽刺风格。

1978—1983 年,索因卡针对国内社会政治问题创作了一系列时事讽刺剧和政治鼓动剧,并组织大学生在全国各地巡回演出。例如,《回家做窝》,讽刺政治投机分子,《无限的大米》和《重点工程》着重揭露和批判了尼日利亚贪官污吏中饱私囊和个人政治野心,《巨人们》映射阿明、博卡萨等非洲巨头,讽刺非洲独裁统治者,这些剧本都是意大利即兴喜剧艺术在非洲的当代实践。

三、索因卡与 17 世纪古典主义戏剧

古典主义是 17 世纪欧美文学主要文艺思潮,最初盛行于法国,后来逐渐在西欧各国广为流行。古典主义把古希腊罗马艺术看作艺术创作理想模

---

① 　[尼日利亚]沃莱·索因卡:《狮子与宝石》,第 39 页。

式,在文艺理论和创作实践上以古希腊罗马文学为典范,因而被称为"古典主义"。索因卡十分推崇法国古典主义戏剧家莫里哀,《狮子与宝石》《沼泽地居民》《路》《裘罗教士的磨难》《裘罗变形记》等在情节结构、人物塑造和创作技巧上,明显受到 17 世纪古典主义戏剧影响。

（一）索因卡对 17 世纪古典主义戏剧"三一律"的遵循

17 世纪古典主义戏剧遵守一种独特创作规则——"三一律"。"三一律"又称"三整一律","规定剧本情节、地点、时间三者必须完整一致,也就是说每部戏剧只能有单一的故事情节,事件发生在一个地点并在一天之内完成。亚里士多德在《诗学》中提到希腊悲剧情节的'整一性',演出时间以太阳运行一周为限。文艺复兴意大利学者提出一个事件,一个整天,一个地点的主张。17 世纪古典主义戏剧的'三一律'实际上是对亚里士多德《诗学》的继承和曲解,有利于剧情的简练集中,但严重束缚作家的自由创作"①。

索因卡十分称道 17 世纪古典主义戏剧"三一律",在戏剧创作中有意识地按照"三一律"创作规则来组织安排人物情节,戏剧情节都比较简单,而且剧情都限制在一天之内,舞台场景往往只有一个,最多二个到三个,把本土元素与 17 世纪古典主义戏剧元素融合在一起,形成自己独特的喜剧风格。《狮子与宝石》《沼泽地居民》《路》《裘罗教士的磨难》是索因卡借用"三一律"的典型例子。

《狮子与宝石》的分幕方式是西方 17 世纪古典主义戏剧分幕的一种变形。剧情围绕乡村美女希迪的婚事展开,强调故事情节整一性;戏剧结构分为"朝幕""午幕""夜幕"三幕,故事从早晨到中午再到晚上,发生在 24 小时之内,强调时间整一性;舞台场景只有乡村市场和巴罗卡的卧室,虽然没有完全遵循"三一律",但也相对集中。《狮子与宝石》在时间、情节、地点三个方面很好地体现了"三一律",展示了 17 世纪古典主义戏剧单纯、明晰、紧凑的美学风格。

《沼泽地居民》中人物活动时间是从早晨到傍晚,剧情发生在 24 小时以内。舞台上只有一座坐落在一片沼泽地中的高脚茅屋。这间茅屋既是马古里"一家人干活的地方,又是招待客人的客厅"②,所有剧情都在此展开。

《路》的典型场景是"车祸商店"。舞台布景相当简单,"路边一座棚屋,屋后破烂的篱笆和教堂一角,教堂一扇彩色玻璃窗紧闭着。棚屋另一角落,

---

① 蔡子谔:《视觉思维的主体空间》,花山文艺出版社 1990 年版,第 105 页。
② ［尼日利亚］沃莱·索因卡:《狮子与宝石》,第 3 页。

有几条长凳和当凳子的几个空啤酒箱"①。剧情从天方破晓开始,到夜幕降临结束,主要情节线索是"教授"寻找死亡的"启示"。

《裘罗教士的磨难》基本上遵循"三一律",描写的是自称"先知"的伪圣者裘罗教士一天的传教活动,从清晨到傍晚;地点在海滩和裘罗教士的家门外,海滩是裘罗教士的主要活动场地;主要情节是通过裘罗教士的荒唐滑稽行为,揭露这个江湖骗子的伪善面目。

（二）索因卡对莫里哀古典主义喜剧艺术的借鉴

莫里哀是 17 世纪法国最杰出的古典主义喜剧家。他善于在剧中提出各种严肃的社会问题,充满反封建、反教会的社会批判精神,致力于改革传统的喜剧观念和改革喜剧艺术,使喜剧具有高度的艺术价值和严肃的教育意义。莫里哀认为,喜剧具有艺术价值、教育意义和干预生活三大特点,"喜剧是一面公众的镜子","是一首精美的诗,通过意味深长的教训,指摘人的过失","喜剧在娱乐的同时一起纠正人的错误"②。他在创作中灵活运用"三一律",善于把民间闹剧、风俗喜剧和悲剧等各种戏剧因素有机地融合在一起,创作了《可笑的女才子》《悭吝人》《伪君子》等一系列具有独特艺术风格与价值的风俗喜剧、幽默喜剧和讽刺喜剧。索因卡赞同莫里哀喜剧观念和现实主义的美学原则,也认为喜剧应该如实地反映生活,观众从喜剧中要能看到熟人或自己的面影。他的戏剧创作明显受到莫里哀的影响,也创作了一系列颇受观众欢迎的幽默讽刺喜剧,其中包括《狮子与宝石》《裘罗教士的磨难》《裘罗变形记》《巨人们》等。

《狮子与宝石》是典型的幽默讽刺喜剧,充分显示了索因卡在人物塑造和讽刺手法方面对莫里哀《可笑的女才子》《伪君子》的喜剧艺术借鉴。《可笑的女才子》嘲笑巴黎贵族社会故作风雅的浮夸风气,描写两个从外省来到巴黎的资产阶级女子玛德隆和卡多丝,崇拜贵族社会咬文嚼字、故作风雅的沙龙风习,装腔作势,满口雅语,受到两个冒充的贵族仆人的捉弄。《狮子与宝石》整体基调轻松快乐,围绕拉昆来和巴罗卡对希迪的追求展开,其中包藏着愚弄欺骗和弄巧成拙等多种喜剧元素。剧本对人物的态度和快乐和谐的基调符合幽默喜剧的基本特征,剧中人物负面性格特征都受到了嘲笑。巴罗卡圆滑世故、诡诈好色与《伪君子》的达尔杜弗有点相似,希迪搔首弄姿、爱慕虚荣,类似于《可笑的女才子》中的玛德隆和卡多丝,拉昆来的不切实际、浅薄酸腐与《可笑的女才子》中两个冒充的贵族仆人比较接近。

---

① ［尼日利亚］沃莱·索因卡:《狮子与宝石》,第 264 页。
② ［法］莫里哀:《伪君子·序言》,李健吾译,上海译文出版社 2008 年版,第 156 页。

幽默喜剧比较富于浪漫气息,其中的嘲笑态度是友善的。

《裘罗教士的磨难》是索因卡最短小精悍的一部戏剧作品,与莫里哀的《伪君子》存在着相似性,可以说是对《伪君子》的巧妙模仿。两部作品在人物塑造、主题思想、戏剧技巧和现实意义等方面存在很多相似之处。"莫里哀创作《伪君子》的目的是为了揭露 17 世纪法国宗教间谍组织'圣体会'的危害性,索因卡创作《裘罗教士的磨难》批判讽刺的是上世纪 60 年代后尼日利亚西部约鲁巴地区的阿拉杜拉宗教运动的宗教欺骗性。两个剧本的创作都有明显的现实意义。"①

《伪君子》描写法国外省破落贵族达尔杜弗用伪善手腕骗取笃信天主教的巴黎富商奥尔恭信任,被奥尔恭请回家并奉之为良心导师,最后几乎闹到家破人亡的危险境地。达尔杜弗最突出的个性特点是欺骗和伪装,本质上阴险狠毒、作恶多端、毫无人性,集一切虚伪之大成。他穷困潦倒,深知通过宗教发财的奥妙,用三分做作、七分奉承的假虔诚骗取巴黎富商奥尔恭的信任。在达尔杜弗心里,占人财产是替上帝增光,夺人妻女是要赞美上帝的光辉。

《裘罗教士的磨难》主人公裘罗也是一个类似于达尔杜弗的宗教骗子。索因卡在剧中为了揭示裘罗教士表里不一的伪善面目,模仿《伪君子》的设计处理方法。他每天活跃在拉各斯海滩上,将传教活动当作谋取商业利益的手段。为了获取利益,裘罗教士假扮神圣,故作神秘,经常装神弄鬼,撒谎欺骗信众。有非洲学者说,裘罗教士很容易"唤起人们对莫里哀笔下的达尔杜弗的记忆,达尔杜弗也是一个无以伦比的伪君子,一个狡诈的宗教骗子"②。裘罗教士与达尔杜弗都属于利欲熏心的人,擅长伪装和欺骗,依靠假扮虔诚来骗取宗教信徒的信任,借以谋取个人利益。

《裘罗教士的磨难》与《伪君子》在人物塑造和喜剧技巧等方面存在高度的一致性。"《伪君子》刻画了伪善的宗教骗子、愚痴的信徒、机智勇敢的仆人等类型化性格,《裘罗教士的磨难》也有不道德的江湖传教士、悍妇妻子、愚钝丈夫、盲目信徒、野心勃勃的议员等类型化人物形象。"③《伪君子》设计了达尔杜弗见到女仆陶丽娜穿低胸衣裙的滑稽表演,《裘罗教士的磨难》也有裘罗对海滩上沐浴归来的姑娘垂涎不已的场景;达尔杜弗表面上谨记宗教清规戒律,实际上贪吃、贪喝、贪睡、贪财,尽情享受;裘罗教士让信

① 高文惠:《索因卡与欧洲喜剧传统》,《北方工业大学学报》2019 年第 3 期。
② Oyin Ogunba, *The Movement of Transition:A Study of Plays of the Wole Soyinka*, Ibadan:Ibadan University Press,1975,pp.53,54,65,68,2.
③ 高文惠:《索因卡与欧洲喜剧传统》,《北方工业大学学报》2019 年第 3 期。

徒相信自己对上帝的虔诚,谎称自己长期睡在海滩上。《裴罗教士的磨难》
中的丘姆与《伪君子》中的奥尔恭都是愚痴盲从的宗教信徒;《裴罗教士的
磨难》中丘姆的妻子阿茉佩和《伪君子》中奥尔恭之妻欧米尔都是伪君子真
实面目的揭露者;"达尔杜弗恩将仇报、想将恩人奥尔恭置于死地,裴罗教
士则将自己的弟子丘姆送入了疯人院。《伪君子》融入了家庭矛盾、恋人吵
架、桌下藏人等闹剧场景,《裴罗教士的磨难》中也编排有夫妻打闹、商贩纠
纷、教士神秘飞升等闹剧场景"①。索因卡通过借鉴莫里哀闹剧、夸张、讽刺
等喜剧技巧,凸显人物形象滑稽性格,增强喜剧效果。

　　总之,不断地吸收和借鉴传统西方戏剧艺术为索因卡带来新颖独特的
戏剧创作风格。西方评论家格雷厄姆明确指出,索因卡戏剧的魅力一方面
体现在他善于把戏剧"与非洲的社会、文化以及政治特点紧密地联系在一
起",另一方面在于他善于"将自己的戏剧与其在西方和非洲所探索的戏剧
文化融合在一起"②。

第二节　索因卡戏剧与莎士比亚戏剧

　　索因卡素有"非洲的莎士比亚"和"英语非洲现代戏剧之父"的美称。
他于 1954 年前往英国利兹大学留学,拜师英国著名的莎士比亚学者 G.威
尔逊·奈特(G.Wilson Knight),系统学习西方戏剧。1958—1959 年,索因卡
在英国伦敦皇家宫廷剧院工作了 18 个月之久。20 世纪 70 年代以后,索因
卡受到英美国家的众多大学的聘请,从事戏剧文学的教学与研究,出版了
《神话、文学和非洲世界》《艺术、对话与愤怒:文学与文化论文集》(*Art*, *Dia-*
logue and Outrage:*Essays on Literature and Culture*)等学术著作,发表了《莎
士比亚和活着的戏剧家》(*Shakespeare and the Living Dramatist*)和《莎士比亚
和种族》(*Shakespeare and Race*)等重要学术论文,对莎士比亚进行了深刻而
严肃的解读。索因卡认为莎士比亚一直是每个人的最爱,也承认莎士比亚
是自己的最爱。他既是一位杰出的莎士比亚研究专家,又是莎士比亚戏剧
创作思想艺术的继承人和拓展者。

一、索因卡对莎士比亚创作思想的继承与拓展

　　索因卡善于融会贯通和开拓创新,在创作中结合非洲民族传统和当代

---

① 高文惠:《索因卡与欧洲喜剧传统》,《北方工业大学学报》2019 年第 3 期。

② Kenneth J.E.Graham, "Soyinka and the Dead Dramatist", *Comparative Drama*, Spring, Vol.44,
Issue 1,p.29.

戏剧特点,对莎士比亚的人道主义思想、现实批判精神、人物塑造手法和性格刻画技巧进行了创造性吸收与借鉴,推出了一系列具有鲜明莎士比亚特色而又体现索因卡开拓精神的著名戏剧作品。

（一） 索因卡对莎士比亚批判精神的继承与拓展

莎士比亚的戏剧创作立足现实、观察人生、探索人性,具有强烈的社会批判性和人道主义思想。索因卡也认为,"人类的戏剧是政治和历史的表演"①,非洲人民和学者应该写他们自己的神话、传说和风俗,就像莎士比亚在伊丽莎白时代所做的那样。索因卡继承和发扬了莎士比亚批判精神,比莎士比亚更为激进和尖锐。他深入挖掘非洲传统文化和现实社会生活,大胆针砭非洲时弊,谴责强权暴君、批判人性邪恶,对当代非洲社会生活产生了巨大影响。

1. 从以史为鉴到直面独裁的激进

莎士比亚的戏剧题材主要来自英国编年史或民间传说,不少剧本是对当时旧剧本和小说的改写。他富有历史责任感,谴责封建割据、批判血腥战争、鞭笞暴君暴政是其历史剧和悲剧创作显著特点。索因卡的戏剧创作既有对莎士比亚借古讽今和以史为鉴的吸收,又更愿意直面当代社会现实,大胆地把非洲当代政治暴君放在被告席上,成为批判非洲军事独裁统治者的利箭。

莎士比亚承担着历史主义者的责任,创作了《约翰王》《爱德华三世》《理查三世》《亨利四世》等历史剧,寄托了忧国忧民的爱国情怀和对专制强权的强烈谴责,反映了英国历代王朝钩心斗角、争权夺利的复杂内幕。在莎士比亚的 11 部历史剧中出现的 9 位国王中有 4 位是不合格的。亨利六世懦弱无能,理查三世奸猾凶恶,理查二世用小人听谗言,约翰王谋权篡位、阴险残暴。四大悲剧里的克劳狄斯、麦克白都是灭绝人性的暴君形象。莎士比亚大胆揭露专制暴君的罪恶行径,对争夺王位的谋杀与战争、朝廷显贵的相互倾轧、封建贵族的割据与反叛、民众暴动所带来的严重后果以及罗马教廷的压制和干预等进行了强烈谴责。

与莎士比亚相比,索因卡的现实批判精神更为激进。他是当代非洲坚定的人道主义斗士,在公共事务上扮演"猎枪"角色,毕生致力于捍卫尼日利亚的民主与正义。他苦心经营反抗剧院,用游击战术危险地对抗着独裁政府,创作了《巨人们》《无限的大米》《重点工程》《未来学家的安魂曲》《巴阿布国王》等一系列批判性极强的政治讽刺剧,在舞台上再现尼日利亚的政治经济危机和丑闻暴行,缩减石油利润、参与国际汇兑、书籍和信息的长期短缺、挪用公款和政治暗杀等现实政治事件无不在讽刺之列。《巨人们》

---

① Soyinka,"Shakespeare and the Living Dramatist",pp.152-156.

是一部有关非洲国家领导人的政治讽刺剧,索因卡运用一些容易被辨识的变位词"Kamini""Kasco""Gunema""Tuboum"开启一个关于真实的非洲独裁者阿明、博卡萨、恩圭马(赤道几内亚)和蒙博托(刚果)的令人厌恶的四重奏乐团。《重点工程》意图挑衅萨格里政府为富裕执政党而制定的农业和建筑政策。这些政策公开纵容商业大亨、警察专员和传统首席。

索因卡于 2001 年把 19 世纪法国作家雅里的闹剧《乌布王》改写成《巴阿布国王》。《乌布王》又改编自莎士比亚的《麦克白》。因此,索因卡的《巴阿布国王》同时受到雅里和莎士比亚的双重影响。《巴阿布国王》与《麦克白》具有相似的政治倾向。巴阿布和麦克白都是世界戏剧史上的野心家、阴谋家和残暴君主的典型。《麦克白》通过刻画麦克白夫妇的恐惧心理和良心谴责,揭示了黑暗与光明的较量、人性与兽性的冲突,表达了莎士比亚拥护开明君主、反对谋权篡位和邪恶暴君的政治理想。"仁爱"和"民知"的人文主义最终在《麦克白》中比滑铁卢更响亮的敲门声中冲击了魔性,战胜了野心与残暴。索因卡创作《巴阿布国王》的目的是暴露非洲当代独裁者的残酷政治行为。他继承了莎士比亚的批判精神,对当代非洲的独裁者做出了激烈抨击,揭露了人欲横流的社会现实,有着严肃的道德标准,并且表现出对政治民主和人性自由的热切渴望。索因卡运用了夸张法对诸如巴阿布原型的人物身上大肆上演的政府腐败进行了批判,并且将这些人物的道德沦丧明晰化,揭示了非洲后殖民时期在独裁者统治之下的恐怖现实。

索因卡认为,尼日利亚独立后也出现过麦克白之类的角色,希望通过控诉巴阿布对老百姓的欺压,激发人们对人间恶行的反抗,警告尼日利亚当今和今后的统治者,再也不能让荒唐可笑的政治闹剧在尼日利亚重演。可见,索因卡与莎士比亚一样痛恨专制强权,表达了对现实的强烈不满和深切忧虑,具有深厚的人道主义思想。他指出,"艺术家一直在非洲社会中发挥作用,作为自己社会风俗和经历的记录,也是自己时代的愿景之声。如果作者不充当自己社会的良知或幻想者的角色,她/他只能退到仅仅是编年史者的位置,或者是'死后外科医生'"①。

2. 从人性邪恶批判到人性异化揭示的深入

"'人性'是人类一直在探讨的重要问题,也是文学作品必然涉及的问题。"②莎士比亚对人性的美好、弱点和丑恶有着全面深刻的透视,看到了人

---

① Mark Mathuray,"Dramatising the Sacred: Wole Soyinka's 'The Fourth Stage' and Kongi's Harvest",*African Literature*,2009,pp.45-46.

② 邹建军、涂慧琴:《华兹华斯式田园书写及其当代意义》,《湖南科技大学学报》(社会科学版)2020 年第 2 期。

世间存在的灾难、变乱、狂暴、丑怪和邪恶,认为人做了恶事之后就会自食其果,每个人都要考虑自己行为的后果。在索因卡看来,莎士比亚戏剧具有独特的地方特色和人性内涵,是后殖民时代的先驱。他认为,莎士比亚善于融合中东异国风情,缔造"触手可及,有人情味"的罗马和埃及帝国,通过改变"不稳定的、混杂的人性特征,融入伊丽莎白时代",塑造出逼真的历史人物,而不是"传奇中的朦胧人物"①,把人性的善恶品质付诸人物角色和情感群体上。与莎士比亚相比,索因卡的戏剧作品同样关注非洲民众的生存状况与苦难命运,但比莎士比亚更直接大胆暴露非洲黑暗现实,对后殖民时代人性异化现象进行了深刻揭示。

莎士比亚悲剧是人性悲剧,历史剧展示给观众的是英国历代王朝的血雨腥风,把争权夺利和尔虞我诈的人性罪恶历史进行了形象化再现。哈姆雷特、李尔王、奥赛罗、理查三世等悲剧形象充分反映了莎士比亚对"人"的价值、尊严和力量的注重与探索,伊阿古、麦克白、理查三世等一系列野心家、阴谋家卑鄙残忍的行为是人性邪恶的见证。丹麦新王克劳狄斯为权势所诱惑,杀兄夺位,霸占兄嫂,又以奸诈的手段企图置王子哈姆雷特于死地。奥赛罗从万人敬仰的民族英雄堕落为弑君篡位、施行暴政的恶魔,揭示了人性中的轻信弱点和奥赛罗人性中暴虐所具有的毁灭性力量。麦克白悲惨结局警示人们,人的欲望如果不受理性的制约,就会导致野心膨胀,最终毁灭原本美好的一切。李尔王的大女儿和二女儿忘恩负义,使李尔王流落荒野,并残忍绞杀自己的小妹。理查三世六亲不认,残忍血腥地除去王位继承人,大肆滥杀无辜,却"把赤裸裸的罪行用圣书上的陈词滥调包裹了起来,俨然成了个圣徒,尽管我扮演着魔鬼的角色"②。我国著名文艺理论家宗白华点评说,"文艺复兴以后的现代文明确是'理智精神'的结晶,然而这理智的背后却站着一个——魔鬼式的人欲! 莎剧里的麦克白(斯)、理查三世、克劳狄奥等人物,正是此类魔鬼式人欲的最佳注脚"③。

与莎士比亚一样,索因卡认为正义是"人性的首要条件",清醒地认识到人类历史在前进的过程中总要付出一些惨痛的代价,人性的美好特征在物欲横流的现代社会中逐渐被吞噬。他以戏剧创作为武器,不仅效仿莎士比亚大胆批判十恶不赦的非洲当代暴君和奸佞小人,而且把人性异化暴露

---

① Mark Mathuray,"Dramatising the Sacred:Wole Soyinka's 'The Fourth Stage' and Kongi's Harvest",*African Literature*,2009,pp.152-156.

② 《莎士比亚全集(6)》,方重译,人民文学出版社 1991 年版,第 336、357 页。

③ 庄浩然:《现代美学艺术学所照临之莎翁——宗白华论莎士比亚戏剧》,《上海戏剧学院学报》2016 年第 2 期。

无遗。例如,《孔其的收获》是一部抨击非洲独裁统治者的音乐喜剧。剧本抨击尼日利亚独立后的寡头专政现象,揭示现代人的孤独感、失落感以及人与人之间的难以沟通。主人公孔其从来没有想过他的恶行后果,认为自己的统治将永世长存,最终却落得悲惨下场。《巨人们》中诸如阿明、博卡萨、恩圭马(赤道几内亚)和蒙博托(刚果)之流都是变态的精神病患者和虐待狂,为了获得权力欲望的满足,不惜用巫术(Gunema)、食人肉(Tubeum)和"绝对权威"恐吓人民,维护野蛮专制(KASCO)。《疯子与专家》中的贝罗博士以人肉为食,吃人的内脏和睾丸,还骗别人吃。《巴阿布国王》主人公是一种吞噬国家的邪恶力量和对财富的贪婪欲望的视觉隐喻。巴阿布把"经营填饱肚子"作为一个养育国家的计划,暗示他希望通过吞噬土地来填饱肚子。他的士兵切断市民手臂来防止反抗,这种恐怖的胁迫方法在20世纪90年代的塞拉利昂(Sierra Leone)内战和一百年前的比利时所属刚果(Belgian Congo)中曾经实施过。巴阿布丧尽天良,看到囚犯被截肢居然产生快感,开心欣赏"截肢继续,有节奏地、仪式地进行","听到快乐的呻吟变得更有趣"[1],享受着人类同胞的痛苦。

总之,人性异化"是现代哲学和文学中的高频词,它高度概括了弥漫于现代世界的种种病态现象"[2]。索因卡与莎士比亚一样始终保持着深入探究人性的浓厚兴趣,但他对笔下的人物进行了夸张放大,使其比莎士比亚笔下人物更为邪恶丑陋、"非人"特征更为明显。索因卡如此深刻地揭示人性异化,目的是呼唤人性复苏,启迪人们要不断反省自己,挣脱痛苦枷锁,为苦难非洲寻求救世良方。

(二)　索因卡对莎士比亚人物刻画的继承与拓展

莎士比亚戏剧特别擅长在特定时空中展示人物的独特性格特征,伪君子伊阿古、弑君篡位者麦克白以及丑角费斯特等都是世界文学史上最独特的艺术形象。索因卡对莎士比亚塑造人物、刻画性格的高超手法甚为赞赏,并在创作中继承与拓展,推出了一系列既有莎士比亚成分又颇具现代特色的舞台形象。

1. 伪君子形象塑造的传承与发展

莎士比亚笔下的伊阿古和理查三世是凶狠恶毒的伪君子。表面上得体大方、正派高尚,能忍受别人所不能忍而保持风度,实际上道貌岸然、口是心

---

① Soyinka,"King Baabu(Modern Plays)",*Methuen Drama*,2002,p.101.

② 任海燕:《〈疾病翻译者〉:文化边界上的异化和失常欲望》,《湖南科技大学学报》(社会科学版)2019年第2期。

非、为达目的不择手段。《裴罗教士的磨难》和《裴罗变形记》中主人公裴罗教士与莎士比亚笔下的伊阿古有许多相似之处，但性格上和行为上更为复杂多变，公开招摇撞骗，由一个伪君子变成了滑稽的宗教骗子。

莎士比亚《奥赛罗》中的伊阿古表面上看起来是一个"忠诚正直的人"，给别人最深的印象就是"诚实"。剧本中有关伊阿古的"诚实"描写多达 15 处。事实上，伊阿古自私自利、富于心计、唯利是图、冷酷残忍，不受任何道德观念约束，为达目的，不择手段。伊阿古凶狠歹毒，对主帅奥赛罗怀恨在心，伺机报复，阴险破坏奥赛罗对妻子的情感，导致奥赛罗失去理智掐死了自己的妻子。

索因卡在《裴罗教士的磨难》和《裴罗变形记》中塑造了一个类似于伊阿古的裴罗教士。他满口玄言，自命为"先知"，实际上冷酷无情，是现代阴险狡诈、滑稽可笑之徒的典型。他一出场就大言不惭地自称"先知"，这在正统的基督教中是大逆不道的。然而，裴罗教士在尼日利亚却可以招摇撞骗、恣意妄为。他利用非洲居民愚昧无知、信仰鬼神的心理，大肆敲诈勒索，从一个冒牌先知变成了将军，丑恶嘴脸在剧本中暴露无遗。体面的议员先生为了能高升当上"作战"部长，虔诚而痴迷地聆听他的胡言乱语。他利用黑人的无知和崇敬鬼神的民俗到处行骗，把非洲本土宗教和基督教都变成不伦不类的生意经。裴罗教士通过一种心理治疗改变了丘姆（Chume）的思想。改变思想的过程就像完全的催眠。

索因卡和莎士比亚笔下的伊阿古、裴罗之类的伪君子本质上都是卑鄙无耻的小人。他们把善当作伪装的外衣和工具，在他人背后捅刀子，让人防不胜防，严重侵犯他人利益，对他人的生命财产安全具有极大的危害性。裴罗对待丘姆，就像《奥赛罗》中的伊阿古对待奥赛罗一样。奥赛罗和丘姆一样是一个无辜的人，伊阿古的挑拨离间使奥赛罗怀疑自己的妻子与凯西奥通奸。裴罗和伊阿古的演讲和对话都使用了高谈阔论，对丘姆和奥赛罗的心理治疗方式都是一样的。但是，裴罗教士的故事概念和目的与《奥赛罗》不同，伊阿古的目的是报复奥赛罗，而裴罗教士利用宗教让丘姆受苦，以便让他在两部戏中都跟随他。

2. 丑角形象塑造的借鉴与创新

丑角是戏剧中非常活跃的一类形象，具有乐天精神和无所畏惧的个人意志。丑角在莎士比亚戏剧中起到推动故事情节发展、增添欢乐气氛的特殊作用，成为莎士比亚的代言人。索因卡向莎士比亚学习，十分清楚丑角的重要性，在戏剧作品中结合非洲民族特点，塑造了一系列令人难忘的非洲式丑角形象。

莎剧中丑角人物以《皆大欢喜》中的试金石、《第十二夜》中的费斯特和《李尔王》中的弄人为代表。例如，《第十二夜》中的费斯特是具有睿智精神和卓越胆识的真正小丑。他虽然身穿稀奇古怪的服装，说着疯癫呆傻的话语，但心灵美好，品格高尚，始终以机智的语言和幽默的动作为观众带来欢笑，笑声背后投射出丑角智慧的光芒体现出敢于揭露常人所不敢的勇气和精神。费斯特滑稽的动作、幽默机智的语言引人发笑，给人以美感、令人深思。《第十二夜》中的马伏里奥虽然在服饰和语言上看不出是丑角，但也算是一类丑角。他的性格和行为具有丑角的形态，是莎士比亚讽刺的反面丑角。马伏里奥之所以成为被嘲讽的喜剧人物，是因为他表里不一，表面上过着清教徒式的生活，内心却隐藏着一颗出人头地的野心。他被女仆玛利娅看透，步入为他设计好的圈套，因此成为众人嘲笑的对象。观众对马伏里奥的笑声不同于费斯特之类小丑引发的单纯的愉悦笑声，这种笑声背后带有对马伏里奥肮脏灵魂的鄙视。

走唱说书人是非洲西部传统说书人，身兼说书和乐手的角色，他不仅带来娱乐，更具有教育功能，深受非洲民众喜爱。索因卡吸收莎士比亚小丑艺术技巧，在《死亡与国王的侍从》中让走唱说书人承担丑角功能，与莎士比亚笔下《皆大欢喜》中的试金石或《第十二夜》中的费斯特具有相似性。不过，走唱说书人通过贯穿全剧的吟诵传唱发挥批判讽刺功能，不只是剧中点缀，而且成为推动剧情发展、活跃舞台氛围的重要因素。走唱说书人作为艾雷辛随行人员的领队，伴随着主人公从开始到最后，以吟诵传唱的方式向族人和艾雷辛讲述着作为国王侍从首领的历史和职责。在该剧的第一部分，他的主要工作似乎是立刻庆祝艾雷辛的仪式职责，并提醒他是约鲁巴对现实世界和祖先世界的相互联系的信念的核心。他不断地以各种灵活机智的方式试探艾雷辛自杀的决心。

索因卡《狮子与宝石》中小学教师拉昆来是类似于马伏里奥，但又令人同情的反面丑角人物。他的穿着不伦不类，旧上衣显得略微窄小，黑坎肩下面塞一条打了一个很小结的领带，二十三英寸裤脚搭配一双网球鞋。他无心教书，时刻关注着乡村美女希迪姑娘的行踪。他试图用一种荒唐可笑的姿态来赢得希迪的芳心。戏剧一开场，希迪打水遇见拉昆来。他乘机向希迪表达爱意，帮希迪提水，却不小心弄湿了自己的衣服。他用从西方学来的华丽语言哄希迪开心，说他想与希迪结婚"是因为爱情"，因为他"寻求终身伴侣"，"寻求一个患难与共的朋友，平等的终身配偶"①。拉昆来的虚假言

①　［尼日利亚］沃莱·索因卡：《狮子与宝石》，第47页。

行激起了人们对他的反感,姑娘们集体跳了一段作弄小学教师拉昆来的精彩舞蹈。

对于现实和人生的种种,小丑比任何人都看得清楚而深刻。丑角身份使他们可以毫无顾虑地抨击现实、嘲讽人生。在莎士比亚和索因卡的戏剧作品中,小丑带给人们的是快乐,让人们在遇到烦恼和痛苦时也有个逗乐的伙伴。莎士比亚笔下的丑角外形有明显的丑陋特征,言语行为比较夸张,在剧本中只是配角和点缀。相对而言,索因卡笔下的丑角成为主角或重要评论者,其滑稽模仿和幽默讽刺的言语行为更加促发人们对现实生活、社会规范、道德传统的反思与批评。

3. 暴君形象塑造的模仿与变异

莎士比亚的历史剧涵盖了英国历代王朝三百多年更迭兴衰,塑造了一系列凶狠残忍的暴君形象。《麦克白》和《理查三世》的两位主角都是世界戏剧史上的野心家、阴谋家和残暴君主的典型,代表着人类的邪恶势力。索因卡在《巴阿布国王》中塑造的主人公巴阿布与麦克白在弑君篡位、独裁暴政和失败灭亡等形象特征方面有着惊人的相似之处,但二者的思想、行为和性格又存在很大的,甚至是根本的差异。麦克白的身上善与恶并存,巴阿布从外表到内心体现出来的都只有邪恶,与阴险狡猾、凶恶残忍的理查三世更为接近。

巴阿布与麦克白都曾经是国家的武将,并且都曾为国家立下汗马功劳。二人都有一个权欲熏心的妻子,都是因为女人的煽动而走向邪恶权欲之途。他们都谋杀了各自的恩主,夺权后又都大肆杀戮,对国民实行恐怖统治,导致全国上下群起反抗,最后都以失败而告终。麦克白是苏格兰国王邓肯的表弟,为国家平定叛乱,抵御外敌入侵,立下汗马功劳。受女巫预言的蛊惑和夫人的怂恿,麦克白谋杀邓肯,做了国王。麦克白篡位后,为掩人耳目和防止他人夺位,大开杀戒,残忍地杀死了班柯、麦克德夫的妻儿老小和邓肯的侍卫。最后,麦克白众叛亲离,落得惨死的下场。索因卡笔下的巴阿布原名巴什,也曾经是国家的武将,为国家立下汗马功劳。他也在权欲熏心的妻子的鼓动下,发动了政变,推翻珀提普并取而代之。巴什改名为巴阿布,脱下军装,自封为国王,称不做军事独裁者,要"还政于民"。"巴阿布"一词在尼日利亚的豪萨族语中是"草包""废物""什么都没有"之意。巴阿布国王谋杀了自己的恩主,夺权后又大肆杀戮,胡作非为,对国民实行恐怖统治,导致全国上下的群起反抗,不久便众叛亲离了。最后,巴阿布的下属军官趁他与妓女厮混时,让巴阿布把毒药当春药吞下,当即暴亡。

索因卡完全颠覆传统戏剧观念、结构与模式,在自己剧本中对《麦克白》进行了反讽式模仿与大胆的篡改，与《麦克白》形成英雄与小人、哲理与游戏、人性与欲念的截然对立。莎士比亚笔下的麦克白是一位失足堕落的英雄典型。他曾经是一名英勇威武、战绩显赫、忠君爱国的名将。他未能抵制野心和权欲的诱惑，在女巫预言的蛊惑和妻子的怂恿之下，野心逐渐膨胀，一念之间将苏格兰国王邓肯谋杀了，但无论在阴谋策划中还是刺杀国王之后，内心深处都存在着善与恶的激烈斗争。"麦克白的形象具有浓郁的象征意味，即无论哪个人身上的，原罪也好，心魔也罢，一旦被欲望激活，他的眼前就只剩下一条通向地狱之门的邪恶之路。"①索因卡笔下的巴阿布是亵渎人权的魔鬼，是侵吞民族主义者梦想的独裁者，代表着一个腐败、嗜血的温床。巴阿布贪得无厌的欲望最终导致他的毁灭。出于神明的惩恶扬善，巴阿布最终死于犀牛角粉末服用过多，与现实中的阿巴查将军死于伟哥形成绝妙的呼应。巴阿布滥用暴力，欣然地谈到他要把拔掉的指甲，砍掉的手指、脚趾、睾丸送给珀提普作为贺礼。巴阿布对财富的贪婪使得他放纵自己的军队进行屠杀，毫无人性可言。

莎士比亚的麦克白具有高度的历史真实性，索因卡的巴阿布呈现出鲜明的现实针对性。《麦克白》取材于历史，麦克白在苏格兰历史上真有其人。

索因卡强调，一个用铁腕统治国家的暴君的结束是悲惨和令人厌恶的。巴阿布在枪杀之后摔倒了，结果他身上沾满了泥和树枝。他的这种可耻下场与麦克白最终的悲惨结局十分相似。巴阿布国王的倒台和王冠的倒下象征着军事独裁统治的结束，表达了索因卡对军事独裁统治的强烈抗议。麦克白的悲剧令观众扼腕叹息，巴阿布和乌布的下场令观众拍手称快。巴阿布对当代非洲独裁者的影射和批判更为大胆而直接，对人们产生的警示作用也更强烈。"索因卡创作'权力戏剧'的时间达半个多世纪，是对非洲大陆政治暴政的历史化书写。这些作品以'含泪的笑声'的讽刺艺术，批判'权力醉汉'式的非洲独裁者对权力的滥用。"②

由此可见，读者从索因卡戏剧作品中可以感受到莎士比亚的创作理念和写实精神等创作元素，同时也体会到浓厚的非洲民族色彩和索因卡自身独特的创作风格。索因卡对莎士比亚创作思想的继承与拓展，显示了索因卡对莎士比亚戏剧的现代价值挖掘和拓展创新能力，为世界戏剧发展做出了巨大贡献。

---

① 傅光明：《〈麦克白〉的"原型"故事及"魔幻与现实"的象征意味》，《东吴学术》2017 年第2 期。
② 宋志明：《权力和暴政的历史展演——索因卡"权力戏剧"评析》，《戏剧艺术》2020 年第2 期。

二、索因卡对莎士比亚创作艺术的借鉴

索因卡在戏剧创作上时常以莎士比亚为师,推出了《狮子与宝石》《森林之舞》《裘罗教士的磨难》《死亡与国王的侍从》《巴阿布国王》等一系列具有莎士比亚艺术风格的戏剧作品。这些作品不仅展现了莎士比亚戏剧中经常出现的五幕结构、五步韵律等结构特点,而且借鉴了莎士比亚的死亡描写、预言描写等悲剧艺术,融入了莎士比亚的狂欢仪式、丑角编排等喜剧因素,还模仿了莎士比亚的内心独白、词汇表达等语言描写技巧,充分显示了索因卡对莎士比亚创作艺术的鼎力传承和发扬光大。

(一) 索因卡对莎士比亚喜剧艺术的借鉴

采用多种戏剧手段来推动剧情发展、强化舞台效果是莎士比亚喜剧吸引观众的重要原因。莎士比亚最常使用的表现手段包括乔装改扮、决斗场面、狂欢仪式、巧合夸张、丑角插科打诨等。索因卡对莎士比亚高超的喜剧创作手法甚为赞赏,并借鉴了莎士比亚喜剧的丑角插科打诨、森林狂欢仪式等艺术手法,营造幽默风趣的舞台气氛,在轻松愉快中推动剧情发展。

1. 充分发挥丑角的喜剧功能

丑角形象塑造是莎士比亚喜剧创作的常用表现手段。莎士比亚几乎所有喜剧都有丑角人物,许多悲剧也巧妙地穿插丑角。莎士比亚笔下的丑角既有被嘲弄讽刺的对象,也有腐朽伪善和丑恶现象的嘲笑者。索因卡充分认识到丑角的重要作用,也善于在《狮子与宝石》《裘罗教士的磨难》《死亡与国王的侍从》等剧作中充分发挥丑角的喜剧功能,活跃舞台氛围、强化戏剧效果。

莎士比亚在《第十二夜》《终成眷属》《皆大欢喜》中塑造的丑角无名无姓,衔接过渡情节,通过插科打诨来针砭时政,对主角起烘托作用。《无事生非》等中的士兵、工匠、强盗、帮工、仆人等人物也具有丑角的功能。《无事生非》中的两位巡官,平常说话都表达不清,但却能在稀里糊涂中识破彼拉契奥闲聊中隐藏的阴谋,在文不对题的报告中指证了希罗不贞案件的元凶,成为解开疑团的关键。这些丑角虽然服装怪异,行为痴傻疯癫,但总是能以机智幽默的语言动作为观众带来欢笑,引发观众思考剧情,给予观众审美愉悦。

索因卡借鉴莎士比亚的丑角塑造方法,充分发挥丑角人物表现对剧情衔接、活跃气氛、烘托主角、针砭时政的重要作用。例如,《狮子与宝石》中的小学教师拉昆来类似于莎士比亚《第十二夜》中的马伏里奥,他衣着不伦不类,举止荒唐可笑,华丽语言中透露着虚伪和肤浅,剧中那段姑娘们作弄

他的精彩舞蹈给观众带来欢快愉悦。《死亡与国王的侍从》中的走唱说书人与莎士比亚《第十二夜》中的费斯特和《皆大欢喜》中的丑角试金石颇为相似。走唱说书人贯穿全剧,以吟诵传唱方式批判讽刺艾雷辛,成为推动剧情发展、活跃舞台氛围的重要因素。《裘罗教士的磨难》中主人公裘罗教士满口玄言、自命为"先知",实际上是一个小丑式的江湖骗子。索因卡通过描写裘罗教士的招摇撞骗、恣意妄为,达到对危害非洲民众的巫术行为的批判。

莎士比亚笔下的丑角外形丑陋,言语行为滑稽夸张,在剧本中只充当配角和点缀,为剧情发展穿针引线。索因卡刻画的丑角人物成为剧中主角或重要评论者,其夸张滑稽的言语行为不仅给观众带来愉悦感,更能触动观众对思想道德、社会问题的反思与批评。

2. 力求彰显狂欢的喜剧效果

莎士比亚创作具有典型的"狂欢化"美学特征。《皆大欢喜》犹如狂欢节的庆典,《仲夏夜之梦》讲述的是超越传统的狂欢式爱情故事。索因卡曾多次在不同场合论及莎士比亚戏剧的"狂欢化"特征,并将莎士比亚的狂欢艺术手法用于《森林之舞》。

英国评论家约翰·弗格森认为,索因卡的《森林之舞》完全可以与莎士比亚的《仲夏夜之梦》相媲美。他说,"《森林之舞》中的小精灵创造了一种让人联想起《仲夏夜之梦》的森林气氛,可以说是索因卡戏剧中最具有莎士比亚特色的"[1]。当然,除了森林环境和其他世俗的气氛,此剧中的伪装、开场白以及一部涉及神灵和恶魔的戏中戏都反映了与莎士比亚戏剧的血缘关系。

莎士比亚《仲夏夜之梦》的故事发生在一座古老的森林里,具有强烈的狂欢性。据说森林里有一种纯白色小花叫"爱懒花",由于误中了丘比特的爱情之箭而受伤成为紫色。因为这种花汁,人界和仙界上演了一场复杂交错的爱情进行曲。不仅雅典的两男两女卷入了"阴差阳错""移情别恋"的爱情旋涡,掌管森林的仙王和仙后也因此而闹矛盾。森林中的神仙与精灵欢声笑语载歌载舞,仙王与仙后的孩子气让我们忍不住发笑。调皮鬼小精灵迫克狡猾淘气,给人们制造了不少麻烦,把事情弄得令人啼笑皆非。

与《仲夏夜之梦》相似,索因卡的《森林之舞》从头至尾都是建构在一个奇特森林的欢庆仪式之下,构思怪异,死者、活人、幽灵、鬼神同台亮相,是一次"民族大团聚"的森林舞会。剧中人物不仅有现在活着的人,还有森林之

---

[1]　John Ferguson, "Nigerian Drama in English", London: *Modern Drama*, No.XI/1 (1968), p.23.

王、树神、河神、火山神、太阳神、黑暗神、蚂蚁精、大象精、棕榈精等非洲人崇拜的神灵,死人与活人相聚,人类与鬼神共欢,俨然就是一个神话世界。这里的"森林"是尼日利亚的象征。"森林之舞"就是尼日利亚之舞,具有浓厚的民族文化意味。索因卡把基督教圣经里的各种典故和约鲁巴民间传说中的精灵鬼怪汇入剧中,创造出五光十色的舞蹈、宗教仪式、假面舞、哑剧、音乐、挽歌、朗诵以及戏中戏的热闹景象,寓现实内容于荒诞剧情,让人类的议员、律师、雕刻匠与神、精灵、鬼魂、半人半鬼围绕"民族大团聚"及为欢庆团聚的森林舞会,纷纷亮相袒露灵魂,展开错综复杂的矛盾与冲突,穿越时空,呈现纷繁复杂的爱恨情仇。

（二）索因卡对莎士比亚悲剧艺术的借鉴

索因卡的悲剧创作也以莎士比亚为师,在创作理念、创作模式、创作方法上借鉴颇多,悲剧情境、人物动作、结构方法、情节设计等方面均具有与莎士比亚悲剧诸多相似之处。例如,《森林之舞》和《巴阿布国王》的恐怖预言是对莎士比亚的《麦克白》的女巫预言的直接模仿,《死亡与国王的侍从》的死亡描写是对莎士比亚死亡悲剧的巧妙借鉴。

1. 在恐怖预言中埋下悲剧根源

预言是指人通过非凡的能力、出于灵感获得的对未来将发生的事情的预报或者断言。俄狄浦斯"杀父娶母"开创西方戏剧的预言模式,莎士比亚在《麦克白》中设置绝妙的女巫预言。索因卡在创作《森林之舞》和《巴阿布国王》时直接模仿莎士比亚的《麦克白》,在恐怖预言中埋下悲剧根源。

莎士比亚的《麦克白》最先出场的不是主人公麦克白,而是三个女巫,三个女巫的预言贯穿始终。全剧一开场,女巫就营造了一种恐怖的悲剧气氛。麦克白征战胜利,班师回朝途中遇见了三个女巫。她们向麦克白预言,他即将成为考特爵士,又将成为苏格兰国王,还说:"麦克白永远不会被人打败,除非有一天勃南的树林会向邓西嫩高山移动","你可以把人类的力量付之一笑,因为没有一个妇人所生下的人可以伤害麦克白"①。这些预言令麦克白萌生出更高追求的欲望,助长了麦克白在众叛亲离的最后仍虚妄地自信,更加快了他灭亡的步子。可以说麦克白悲剧的开始是由受三个女巫预言的诱惑开始的。三个女巫的预言在开始和最后的出现对整个故事情节的发展起到了很好的衔接作用,麦克白最终在女巫的预言中一步步走向灭亡。

索因卡的《森林之舞》模仿了莎士比亚的女巫预言场景。在剧本第二场的审判场景中,森林之王开始审讯女幽灵。一群精灵说出他们的预言。

---

① 《莎士比亚全集（6）》,方重译,第 589 页。

"专吃黑心肝的"棕榈精说要惩罚那些有罪的人,黑暗神谈论被毁灭的人,预言人们"在漆黑的泥炭和森林中,如何会被引入歧途,树叶的百叶窗将会在命中注定的光秃脑袋上关闭"①。宝石精说他许诺人们永恒的财富,"会将人们引向那闪光的矿井",但"我的珠光宝气是致死的晦暗之光"②,煽动欲望,以达到愚昧和欺骗的目的。然后,三胞胎出现了,就像莎士比亚《麦克白》中女巫们,他们发出了一系列愤世嫉俗的、奇怪的、邪恶的预言。三胞胎中的第一个讲的是证明手段正当的目的,他说"有谁找到了正确方法?我是能证明它是正确的最后一个人"③。第二个讲的是如果他能宣告更美好的未来,就会宽恕罪恶,他说"我是伟大的理由,时刻准备着为了明天的幻景替今天的罪过辩护"。第三个则高高兴兴地宣布自己是由暴力和鲜血滋养的后代,他说"我发现我是后代,没人能看出我是靠吃什么奶长大的吗?"④然而,三胞胎的出现是可怕的,他们代表着自然的变幻莫测和怪诞,狂热的兴奋情绪被"半个孩子"的舞蹈明显地提升了。

索因卡笔下的巴阿布国王与麦克白一样,因为自己的暴政和无辜人民被杀害而感到不安。巴阿布的精神顾问东方和马可夫类似于在《麦克白》中的三个女巫。他们警告巴阿布说,"你必须小心……女士避免女性杂质……你需要去卡利神社朝圣"⑤。这些预言既鼓励巴阿布国王坚决地打击反对派,同时又警告巴阿布很难实现。巴阿布想要继续做统治者,必须"坐在一只刚刚牺牲的洁白山羊的皮肤上,整整 40 个白天和 40 个黑夜"⑥。每天都会有一个新的睾丸被刮伤,巴阿布必须吃它的睾丸。他必须像麦克白一样放弃人类的仁慈,以杀死国王。马可夫继续给巴阿布开出更难的处方,如果巴阿布想让他的王朝永垂不朽的话,"把你们的觅食者送到田野去找四十只驼背和四十只白化病人"⑦。白化病人将被活埋,嘴唇上有挂锁。这保证不会有人对你所做的任何事提出抗议。如此种种神秘莫测的预言贯穿《巴阿布国王》的始终,推动人物和剧情的逐步发展。

2. 在死亡描写中赋予悲剧内涵

加拿大评论家 N.弗莱认为,"死亡是悲剧的试金石"⑧。莎士比亚的悲

---

① 〔尼日利亚〕沃莱·索因卡:《狮子与宝石》,第 214 页。

② 〔尼日利亚〕沃莱·索因卡:《狮子与宝石》,第 214 页。

③ 〔尼日利亚〕沃莱·索因卡:《狮子与宝石》,第 219 页.

④ 〔尼日利亚〕沃莱·索因卡:《狮子与宝石》,第 74 页.

⑤ Wole Soyinka, "King Baabu(Modern Plays)", pp.58-59.

⑥ Wole Soyinka, "King Baabu(Modern Plays)", pp.58-59.

⑦ Wole Soyinka, "King Baabu(Modern Plays)", pp.58-59.

⑧ Northrop Frye, *Fools of Time*, Toronto: University of Toronto Press, 1967, p.3.

剧主人公的最终结局都是死亡。例如,哈姆雷特被刺中毒而死,奥赛罗因悔恨而自刎身亡,李尔王在经历了苦难之后完成了生命的"朝圣",麦克白遭受到野心的血腥报复。死亡成了莎士比亚悲剧中一个不可缺少的重要因素。与莎士比亚一样,死亡在索因卡的剧作中被赋予深刻的思想内涵,《死亡与国王的侍从》也是当今世界剧坛震撼人心的死亡悲剧。

莎士比亚悲剧以深刻的思想赋予死亡崭新的意义,使我们透过死亡看人生,死亡不是生命的终结而是生命的升华。父亲暴亡、叔叔篡位、母亲改嫁等反常乱伦的事情突然发生,使哈姆雷特的精神受到了沉重的打击。在极度困境中,哈姆雷特在痛苦之极发出了"生存还是毁灭"的呐喊,对死亡进行了深入的思考。最终,在生与死的选择上,哈姆雷特宁愿去死,也不愿意放弃生存的至高标准,以英勇无畏的精神在生活中实现了自我价值。麦克白在谋杀了邓肯后,寝食不安,备受失眠痛苦之折磨,他说:我仿佛听见一个声音喊着:"不要再睡了! 麦克白已经杀害了睡眠。"[①]莎氏通过自己的生活体验,将睡眠化为拟人和比喻的种种具体形象,把一个被睡眠折磨得痛苦不堪的麦克白活灵活现地展现在世人面前。学者朱映锴指出,"莎士比亚神笔一挥,安排麦克白夫人梦游,泄露谋反的机密,这段情节恰如一把利剑,将麦克白钉在了死亡柱上。麦克白因为信仰全线崩溃,无法抵御黑暗思想侵蚀,最终被心魔吞噬成为多疑可怖的暴君"[②]。

《死亡与国王的侍从》的死亡情节描写明显地模仿了莎士比亚悲剧。英国评论家詹姆斯·吉布斯在对索因卡剧作的简短介绍中指出,"古典文学和以欧里庇得斯作品为代表的欧洲传统影响了索因卡的《死亡与国王的侍从》,是又一部最具有莎士比亚特色的戏剧"[③]。该剧第五幕的开头,艾雷辛戴着手铐在一个封闭房间里的演讲与麦克白的恐惧独白可以直接相提并论。他感觉到"夜晚并不平静,就像幽灵一样"[④]。世界并不太平,你永远粉碎了世界的和平。"今晚世界上没有睡眠。"[⑤]《麦克白》与《死亡与国王的侍从》的重点都是将和谐和社会秩序与死亡和秩序的破坏联系起来;然而,在《死亡与国王的侍从》中,死亡被否认是造成混乱的原因,而不是《麦克

---

① 《莎士比亚全集(6)》,方重译,第 589 页。

② 朱映锴:《信仰的溃败——重读〈麦克白〉的悲剧》,《戏剧之家》2019 年第 18 期。

③ McLuckie.Craig, "The Structural Coherence of Wole Soyinka's Death and the King's Horseman", London: *Look Smart*, 2004, p.35.

④ Wole Soyinka, "Death and the King's Horseman", New York: *W. W. Norton & Company*, 1975, p.62.

⑤ Wole Soyinka, "Death and the King's Horseman", New York: *W. W. Norton & Company*, 1975, p.62.

白》颁布的死亡。皮尔金斯之于艾雷辛,犹如波特(Porter)之于麦克白。同样,欧朗弟扮演着麦克德夫(McDuffin)为邓肯之死报仇的角色,恢复秩序,欧朗弟完成了父亲和皮尔金斯停止的行动。艾雷辛说,"一旦我怀疑[欧朗弟]寻求与我的精神的伙伴,我的精神被认为是我们种族的敌人。现在我明白了。一个人应该设法获得敌人的秘密。他会为你报仇的,白人。他的精神将摧毁你和你的灵魂"①。

艾雷辛对自杀和死亡的愤怒和沮丧的感觉与哈姆雷特一样。当戏剧到达高潮时,观众发现艾雷辛的儿子欧朗弟已经用自己的生命代替了他的生命,艾雷辛应该对他的行为有所了解,或者认识到他的恶行,甚至是"缺陷"。相反,他一直把责任归于别人,包括皮尔金斯、众神、伊亚洛札和他的新娘,而不是他自己。希腊悲剧英雄在认识到自己的缺陷后往往会死去,而艾雷辛与传统仪式一致,打算在发现自己的弱点之前自杀。欧朗弟为自己做出牺牲的讽刺性转折,使他试图得到救赎,恢复道德准则。表面上的责备导致了荣誉的交换,这是莎士比亚悲剧中的激励力量。最后,侍从被打败了。他的女人对他失去了所有的尊重。

《死亡与国王的侍从》的结尾与莎士比亚的《李尔王》的最后一次演讲相比,幸存者们面临着一个不确定的未来。幸存者们只能在莎士比亚的《李尔王》结束时思考破碎世界的两具尸体。伊亚洛札对怀孕新娘转达艾雷辛留下的最后一句话,"现在忘记死者,甚至连活人都忘了。只把你的心思转到未出生的人身上"②,暗示了恢复失落世界的希望。就这样,一个令人头疼的状态留给了幸存者,未来将由残存和耻辱而生。伊亚洛札的话语表明,艾雷辛的生命作为一种承诺,是一种高度分层的存在。生者、死者和未出生者的矩阵被铸造,取而代之的是生存的可能性,与欢乐转变的丰富性形成鲜明对比。在索因卡看来,人们利用科学技术成功地推迟了死亡,但在某些情况下又导致了意外死亡。悲伤是人类对死亡的表现和死亡时刻的主导态度。对于亲人的离世,必定会有一种失落和悲伤的感觉,即使当一个人想到自杀时,也会有一种心理和情感上的极度痛苦,最后才能完成。

(三)索因卡对莎士比亚语言艺术的借鉴

莎士比亚的戏剧语言丰富广博,灵活有力,既有优雅的书写语言和口语,也有朴素风趣的民间谚语和俚语。每个戏剧人物的语言都符合各自的

---

① Podollan, Christine, "Death and the King's Horseman", London: *The Literary Encyclopedia*, 2004, p.63.

② [尼日利亚]沃莱·索因卡:《狮子与宝石》,第8页。

性格特点,而且能够随着场合更迭、际遇变化而发展变化。索因卡在利兹大学求学时大量阅读莎士比亚戏剧作品,对莎士比亚戏剧语言的高超灵活甚是钦佩,《死亡与国王的侍从》《森林之舞》《强种》《路》等作品中都存在对莎士比亚的人物独白、历史典故、诗歌格律等语言艺术技巧的借鉴。《纽约时报》(*New York Times*)的评论员1970年评论《疯子与专家》时,曾赞扬索因卡对喜剧情节做了很好的平衡和巧妙的处理,戏剧角色转换灵活,认为索因卡在戏剧语言上几乎具有莎士比亚的风格。

1. 借人物独白剖析性格心理

莎士比亚笔下的悲剧主人公之所以震撼人心,不仅仅是因为他们的行动壮举,更多的是因为他们发人深省的内心独白。索因卡在《死亡与国王的侍从》等作品中,存在对莎士比亚的人物独白手法的模仿借鉴,借人物独白剖析性格心理。

莎士比亚在《哈姆雷特》中安排了哈姆雷特彼此互相承接的七处独白。例如,第一个独白出现在经历父亲暴亡、母亲改嫁、叔父登基的沉重打击之后。他开始怀疑忠贞的爱情,流露出对周围世界的愤怒,看到了生时百般恩爱的妻子很快投入了别人的怀抱,爱情在人死之后的即刻消失,感叹女人的脆弱。与父亲的阴魂见面之后,哈姆雷特的内心经受着前所未有的精神危机,老国王的阴魂所揭发的滔天罪行彻底改变了哈姆雷特的人生观和世界观,令他看出了时代的"颠倒混乱"和自己所肩负的"重整乾坤"责任。挚爱奥菲利娅被人利用和少年好友甘做爪牙加剧了哈姆雷特的精神危机,引出了他的第三个独白。面对杀父之仇、夺权之恨,哈姆雷特痛苦万分,发出了"To be or not to be, that is a question"的呐喊。剧中的七段独白反映了哈姆雷特的忧郁、痛苦和矛盾,展示了哈姆雷特十分丰富的内心世界和性格特征的不断变化,追溯了他的悲苦心路历程,构成了整个剧情发展的暗流,展现了王子在重压下的悲苦历程。

索因卡《死亡与国王的侍从》的主人公艾雷辛也是一个类似于哈姆雷特的悲剧人物,他的内心独白同样震撼人心。在剧本第一幕中,走唱说书人怀疑艾雷辛心里有不情愿自杀的念头,引出了艾雷辛有关"非我鸟"的一场独白,让人回想起莎士比亚的悲剧。艾雷辛首先注意到死亡的普遍存在,他吟诵道,"死亡来临了。谁不知道他的芦苇锉? 在伟大的阿拉巴落山前,暮色在树叶中低语? 你听到了吗? 不是我! 农民发誓。他用手指环抱着头,放弃了辛苦的收成,用腿开始了快速的对话"①。这首歌告诉人们,自从奥

---

① Wole Soyinka, "Death and the King's Horseman", pp.11-12.

约国王去世后,死亡就吸引了很多人。从农夫到妓女,每个人都回答说"不是我",希望把死亡引导到仪式的合法监护人那里。从文体学的角度来看,艾雷辛的这段独白包含了莎士比亚的特点,如纳入空白的诗句。不押韵的五步格诗句的顺序通常是为莎士比亚的英雄人物保留的。通过从散文到空白诗的转换,艾雷辛把自己从人提升为牺牲的人物。他沉溺于与他站在一起的人的无止境的荣誉,并庆祝自己是国王的骑士。尽管他表现出了自强不息的表情,但他的措辞却隐约流露出忧虑的迹象,并透露出一个人并不完全准备抛弃自己的生活,因为他是一个有许多乐趣的人。

　　艾雷辛将放弃尘世的生命,以便为国王打通灵魂转换的通道,但他是否真的愿意遵守约鲁巴人民的传统礼仪,在整个剧中多次受到质疑。后来,皮尔金斯和他的部下阻碍了献祭仪式,把现在的"左撇子食客"艾雷辛关进了一个小牢房。一个忧郁的艾雷辛出现在观众面前。他意识到自己已经失去了在约鲁巴人民中的崇高地位,面对自己的倒影开始一段长时间的、类似哈姆雷特的精彩独白,他说:"女儿,我向你承认,我的弱点不仅来自于白人的厌恶,他暴力地来到我的面前,我的地上的四肢上也有一股渴望。我本来要把它抖掉的,我的脚已经开始抬起来了,但是这时,白鬼进来了,一切都被玷污了"①。这种对死亡的恐惧和怯弱,犹如哈姆雷特在绝望中的呐喊。

　　2. 以语言建构承载思想价值

　　"语言为人类所创造,同时造就了人类;语言是人类自我思想的载体,也是人类思维的工具"②。莎士比亚提倡写作创新,善于运用语言词汇来形成新的意义组合,大胆超越常规和惯例地使用语言词汇,以语言建构承载思想价值。索因卡同样认为,剧作家的任务是找到一种语言来表达正确的思想和价值观,并将它们融合成一个普遍的成语。索因卡对英语的灵活操控让人们准确地感受到莎士比亚戏剧语言所带来的特殊影响。

　　与莎士比亚一样,索因卡十分重视对语言建构,创造了一个既植根于非洲社会语言背景,又具有对话新风格、属于独特的奥约人们的英语版本。他的戏剧作品生动地体现了约鲁巴语与英语的灵活互动。《死亡与国王的侍从》的语言建构代表了索因卡语言表达的基本特征,充分展示了索因卡对莎士比亚语言艺术的熟悉程度,同时又专注于约鲁巴的语言表达形式。例如,艾雷辛和走唱说书人对话中的许多词汇表达充分显示了莎士比亚的语

①　Wole Soyinka,"Death and the King's Horseman",p.65.
②　陈海庆:《语言幻象背景下的网络生态:语言与存在的断裂》,《湖南科技大学学报》(社会科学版)2019年第4期。

言特质。例如,走唱说书人说:"这是什么幽会如此仓促,他必须留下他的尾巴?"这一行的措辞和结构明显与莎士比亚相似。根据《牛津英语词典》,"Cockerel"这个词通常"适用于一个年轻人",①有一个盎格鲁-诺曼词源,出现在 16 世纪和 17 世纪的英格兰。同样,"tryst"这个词也被用来形容艾雷辛和他的新娘的相遇,这个词起源于中古英语。根据《牛津英语词典》,"tryst"是"相互任命、约定、契约"②。《牛津英语词典》指出,"tryst"这个词是现在很少见或很难找到的,索因卡选择挖出一个在英语中沉睡的单词,并在非洲语境中恢复它的活力。他从传统的主语、动词、宾语顺序出发,颠倒句子的语法模式,产生戏剧性的效果,并强调"tryst"和"Cockerel"这两个词。索因卡的这种写作方法是伊丽莎白时代的作家,尤其是莎士比亚所采用的。克雷格·姆利基(Craig McLukie)认为,艾雷辛与走唱说书人的对话"显示出与莎士比亚悲剧在文体上的相似之处,熟悉莎士比亚戏剧的读者可以勾勒出有助于理解约鲁巴谚语的话语模式"③。

　　莎士比亚善于借鉴和模仿。在莎士比亚戏剧作品中,只有《仲夏夜之梦》《爱的徒劳》《暴风雨》是完全由他本人完全原创的,其他作品都借用了其他戏剧作品的情节甚至细节。同样,索因卡的许多戏剧作品在情节结构、细节描写、语言表达等方面也借鉴了莎士比亚的戏剧成分。例如,《暴风雨》中的"卡利班"的名字可以看作对"Canibal"一词的口头暗示,与食人族的意思相同。索因卡在《森林之舞》写道,"未出生的一代将成为食人族","男人总是互相吞食"④;在《强种》中写道,"我们太饿了,当像你这样愚蠢的女孩出现时,我们就把她们吃掉"⑤;《路》中有"你不能假扮成像塞金特缅甸那样的食人族"⑥,"你选择了一个正确的女性物种的食人族"⑦。此外,莎士比亚在《哈姆雷特》中的开场白,即"存在还是不存在",可能激发了沃尔·索因卡的灵感,因为他在《强种》说了类似的话——"哭还是不哭"⑧。

　　西方学者对索因卡的语言艺术十分赞赏。菲利普·布罗克班克(Philip Brockbank)说,"莎士比亚与索因卡的戏剧语言在不同价值观之间、在不可

---

①　*OED Online*, London: Oxford University Press, 2015, p.24.
②　*OED Online*, London: Oxford University Press, 2015, p.24.
③　*OED Online*, London: Oxford University Press, 2015, p.33.
④　[尼日利亚]沃莱·索因卡:《狮子与宝石》,第49—50页。
⑤　[尼日利亚]沃莱·索因卡:《狮子与宝石》,第137页。
⑥　[尼日利亚]沃莱·索因卡:《狮子与宝石》,第165页
⑦　[尼日利亚]沃莱·索因卡:《狮子与宝石》,第104页。
⑧　[尼日利亚]沃莱·索因卡:《狮子与宝石》,第137页。

思议的事件与平凡的人类经验之间有着秘密的联系"①。布罗克班克认为，莎士比亚和索因卡都是灵活使用戏剧语言的高手，能够通过语言这种人类特有的媒介来创造深刻的艺术体验。非洲作家恩古吉（Ngugi）说，索因卡的戏剧语言"能够承载［非洲］经验的分量"，因此被称为"新英语"，也就是一种能够表达非洲意识的话语。② "在索因卡的剧作中，英语为主体的文本吸收了大量的约鲁巴语汇。这种吸收不仅仅表现为双语'混用'，也把本土语言中诗歌、韵文、谚语的句法、韵律和节奏'转换''挪用'于英语，使英语一改陈腐冗赘的面貌，焕发充满活力的'地方特色。'"③。

　　总之，莎士比亚对索因卡的戏剧创作影响是巨大的、深远的。读者从索因卡众多戏剧作品的主题思想、结构场景、人物塑造以及表现技巧等方面都可以感受到莎士比亚戏剧丰富多彩的艺术元素。英国著名出版家雷克斯·柯林斯认为，"索因卡完全能和莎士比亚相提并论"④。索因卡对莎士比亚戏剧艺术的广泛吸收、借鉴和模仿，既显示了莎士比亚戏剧的现代价值，也反映了索因卡融会贯通和开拓创新的戏剧才能，对世界戏剧文学的发展做出了巨大的贡献，具有深远的启迪意义。

第三节　索因卡戏剧与西方现代戏剧

　　20世纪50年代，索因卡在英国利兹大学求学，毕业后曾经在伦敦皇家宫廷剧院就职，适逢西方现代戏剧在欧美火热上演，耳濡目染之中索因卡开始戏剧创作。因此，相对于西方传统戏剧，索因卡受到西方现代戏剧影响更为深刻。在众多西方现代戏剧家中，雅里（Alfred Jarry，1873—1907）、布莱希特、贝克特对索因卡影响最为显著。他在戏剧创作中既自觉地运用非洲传统的非理性思维来塑造形象和构架情节，又客观地再现西方的非理性文化，大量借鉴象征主义、黑色幽默、荒诞派戏剧、意识流等西方现代主义文学流派中的艺术技巧，采取象征寓意的艺术手法来表现抽象的哲理，致使绝大部分剧作的表现手法奇特，创作格调隐晦，戏剧情节怪异，创造出独具特色

①　Golnar, Karimi, " Linguistic Imperialism: A Study of Language and Yoruba Rituals in Wole Soyinka's Death and the King's Horseman", Ph.D.*Université de Montréal*, 2015, p.81.

②　Ngugi wa Thiong'o, "Decolonising the Mind: The Politics of Language in English Literature", London: *James Curry*, 1986, pp.344-358.

③　宋志明：《"语言非殖民化"——索因卡和非洲文学的语言政治》，《外国文学》2019年第2期。

④　Caroline Davis, Publishing Wole Soyinka: Oxford University Press and the Creation of "Africa's own William Shakespeare", *Journal of Postcolonial Writing*, No.4(2012), pp.344-358.

的非洲荒诞剧,被称为贝克特式的荒诞派。1986 年瑞典文学院在颁奖时特别强调,在尼日利亚内战和索因卡被监禁时期及以后,他创作中的"悲剧色彩加浓,所反映的心理、道德和社会冲突越来越复杂,越来越显得可怕。书中所描写的善与恶、毁灭与建设的力量区别日益模糊,剧本变得暧昧费解,它们成为以寓言或讽喻的形式反映道德、社会、政治问题的带有神话色彩的戏剧创作"①。

一、混乱无序的反传统剧情

西方现代戏剧颠覆西方传统戏剧的基本要素,拒绝用传统的、理智的艺术手法来反映现实生活,而是喜欢用荒诞的手法直接表现荒诞的存在。在现代主义文学作品中,人物形象往往是变形的,故事情节往往是荒诞的,主题思想往往是绝望的。尤奈斯库、贝克特等西方荒诞剧作家的剧本几乎没有逻辑合理的故事情节和真实可信的人物形象。整个剧本的叙述显得极为跳跃,缺乏逻辑,自由而随便,好像开玩笑,人物在多种场景东窜西跑,没有相互呼应和前后观照,时间地点含混不清,情节进展忽快忽慢,故事场景发生忽东忽西。同样,索因卡也常常在连续的历时性情节中切入其他人物事件,随意地改变了事件发展的本来序列和常规态势,对剧情进行了反传统戏剧常规情节模式的处理,制造出人意料的荒诞感觉。《路》《疯子与专家》《巴阿布国王》等剧作都具有荒诞怪异的反传统剧情,有鲜明的西方现代戏剧特色。

《路》是索因卡创作的最典型的荒诞剧,与贝克特的《等待戈多》极为相似。《等待戈多》的情节没有开端、高潮,也没有矛盾冲突和观众期待的结局。同样,《路》的许多情节彼此也并无必然关联。剧本的篇幅不长,情节相当离奇。主人公"教授"在教堂附近的一个棚子里开设了一家"车祸商店"。他白天为司机们伪造驾驶执照,晚上则在教堂的墓地里与鬼魂为伍。哪里发生车祸,他就急忙带着放大镜赶去,想从血肉模糊的尸体上寻找说明生死奥秘的"启示"。穆拉诺肢体伤残,但在"教授"眼里却是通灵的圣徒和可以帮助发掘"圣经"真谛的中介。

《疯子与专家》是一出绝望的喜剧。剧本主要写战后的一对父子。儿子贝罗战前是一个医生,战争爆发后参加了医疗队,后来被训练成为盯梢、审讯和行刑的"专家"。战后的贝罗放弃了医生职业,当上了情报处长。战

---

① ［尼日利亚］渥雷·索因卡:《狱中诗抄》,黄灿然等译,（台湾）倾向出版社、唐山出版社1987 年版,第 7 页。

争使贝罗的父亲失去了理智。有一天,他突发奇想,认为"应该使吃人肉合法化"①,大肆宣传信仰永恒的 AS 神、食人肉合法、不食人肉是浪费等各种怪诞主张,人们都把他看作疯子。在贝罗眼中,被囚的老头只不过是另一个有机体,显微镜下的另一种霉菌或菌株。这个疯子总是搞"人肉宴"恶作剧,想尽办法让那些专家尝尝人肉,他真的吃了人肉,竟然引以为豪。

2001 年,索因卡把阿尔弗莱德·雅里的《乌布王》改写成了《巴阿布国王》。雅里是 19 世纪法国著名的小说家和剧作家。西方先锋戏剧和超现实主义戏剧视雅里为先驱和鼻祖。他的代表作《乌布王》被视为荒诞派戏剧的第一部作品。这部戏剧对莎士比亚的《麦克白》进行反讽式模仿与大胆篡改,讽刺嘲弄现实中的一位相貌丑陋、愚蠢无能的小学校长。索因卡的《巴阿布国王》与《乌布王》在人物塑造、舞台设计和人物语言等方面均具有相似的夸张、非理性、非现实的色彩。他和雅里一样,运用夸张但相对现实的语言和看似夸张但又真实的行动与事件创造了明暗对照的戏剧画面,颠覆了莎士比亚的《麦克白》,与《麦克白》形成英雄与小人、哲理与游戏、人性与欲念的截然对立。莎士比亚笔下的麦克白是一位失足堕落的英雄典型。他曾经是一名英勇威武、战绩显赫、忠君爱国的名将。他的内心同时具有善与恶两种品性。雅里笔下的乌布是集聚了人类所有恶劣品性的垃圾形象。他简直就是一只简单的动物,只有动物的本能,从不思考问题,一遇事情就匆忙做出简单反应,没有心理深度。他无情无义,只追求食物与金钱,只看重吃喝玩乐。索因卡笔下的巴阿布是亵渎人权的魔鬼,侵吞民族主义者梦想的独裁者,代表着一个腐败、嗜血的温床。

西方评论家认为,"《巴阿布国王》和《乌布王》深刻的思想内涵并不在于权欲与野心造成的毁灭,而是要揭示人在内心欲念驱使之下的邪恶本质"②。索因卡和雅里在剧本中用狂放的幽默和神奇的荒诞手法大胆篡改莎士比亚的历史剧,在巴阿布和乌布身上集中了人类几乎所有的卑劣意识,对西方的人道主义传统提出了挑战。

总之,索因卡接受西方现代戏剧的创作理念,善于发挥想象,通过反传统的剧情,使人物形象模糊,对约鲁巴族的宗教神话故事和现代生活事件进行新的阐释。这些混乱无序的故事情节被安置在西方文学的叙述框架中,与西方现代戏剧完美结合,营造出一种混乱无序而又虚幻陌生的非洲现实

---

① ［尼日利亚］沃莱·索因卡:《狮子与宝石》,第 378 页。

② Dixiel,Beadle,*Playwright-intellectuals of postcolonial Africa and their dramatic forms for a new ideol ogical consciousness*,University of Wisconsin-Madison,2011,pp.122–145.

世界,获得了最大限度的"间离效果",也给观众带来了新颖独特的艺术享受。

二、寓意深刻的象征意象构建

采用象征暗示、意象叠加、意识流去表现荒诞世界中异化之人的危机意识是西方现代主义文学的显著特色。在索因卡剧作中,象征意象负载着特定的文化内容,同样是构成戏剧的基本要素。他的每一部戏剧作品都拥有不少蕴含着寓意深刻的主体意象。这些意象主体与多元历史文化传统以及索因卡自己的人生体验密切相关。

在《沼泽地居民》中,"沼泽地"不只是一片"星星点点地散布着小岛似的烂泥滩",而是反复出现的主体意象。在马古里夫妇眼中,"沼泽地"是不可亵渎的蛇神象征;对乞丐而言,"沼泽地"是他摆脱干旱和行乞生活的希望;祭司靠"沼泽地"来装神弄鬼;伊格韦祖在城里遭受打击后不得已回到"沼泽地",可"沼泽地"总是一次又一次地嘲笑他的"徒劳无功"。事实上,"沼泽地"就是古老原始的非洲文化的象征,是独立前的尼日利亚愚昧落后的社会现实写照。古老的非洲居民在贫瘠而多灾的"沼泽地"繁衍生息。

《森林之舞》既借鉴了西方荒诞派、象征派的戏剧观念,又具有西非民间传统舞乐即兴表演的、从属于宗教仪典的戏剧特征。整个剧本以林莽精怪的死亡之舞隐喻社会政治的深刻危机,雄浑质朴的传统氛围与强烈的现实气息相互结合,迷蒙混乱的表象下隐含着内在的秩序。剧中的民族大聚会是生者、死者、神灵、鬼怪会聚一堂的大型活动。"森林"是一个充满神奇色彩的世界,具有超载作用,成为尼日利亚国家集团的象征。森林居民举行的民族大聚会象征的是尼日利亚民族独立的庆祝大会。除此之外,人们翘首瞻望的"图腾"模拟的是乌龟夫人罗拉,象征着人类残忍与罪恶的情感,体现着人类性恶意识。剧中的舞蹈意象既是人类与神灵之间的桥梁和纽带,也是生与死的中介体。"半孩"象征的是刚刚独立的非洲国家,是连接着过去不幸的纽带,同时又预示着未来的转机,暗示非洲国家虽然饱尝苦痛与艰辛获得了形式上的独立,但尚未具备实质上的生存条件。东方文学专家钟志清指出,索因卡在《森林之舞》中"将对国家命运的解释寄托于审美意象的投放与凝铸上,使意象本身具有历史思辨的内涵"①。

《路》是一部充满意象、主题隐晦的哲学启示录。"卡车""路""圣经"等意象在剧中反复出现。"路"是一个与往昔相关的物象,集过去、现在和

---

① 钟志清:《论索因卡戏剧中的主体意象》,硕士学位论文,北京师范大学,1992年,第9页。

未来于一体,维系昨天,经过今天,通向明天。在索因卡的观念世界里,"路"活着,始终在动态之中。"路"既导向毁灭与死亡,同时也引发创造和新生,是贯通过去和未来、连接神界和人世的寓意性通道。这条道路有着深厚的民族根源和丰富的语言象征,象征着一个国家在一个被拒绝的遗产和另一个尚未找到的遗产之间过渡。在崎岖不平的非洲道路上行驶,散发着腐烂食品和垃圾臭味的"卡车"是贫穷落后的尼日利亚社会的象征,境况十分恶劣的"路"像舞蹈一样,具有中介作用。它连接过去与现在、人性与神灵以及生存与死亡,成为社会变革运动的转折点,象征艰难曲折的改革之路。"圣经"在剧中是变形了的上帝神旨,同时又是光明、真理和生命的同义词。在西方评论家看来,"教授通过一个从来不说话的被囚禁的上帝来寻求启示,可以与《等待戈多》中埃斯特拉贡和弗拉基米尔的绝望希望相提并论,他们转向愚蠢的幸运儿和盲目的波卓,寻求上帝的认可。但教授和波卓却成了假先知。他们的悲剧性揭示出,其实他们也是一个荒诞世界中的受害者,只能满足于将自己的沮丧传递给那些把他们视为救世主的小人物"①。在《路》和《等待戈多》两部戏剧中,读者可以看到传统精神解释的崩溃。上帝可能会亲自出现或以其他形式出现,这是一种难以捉摸的可能性。无论是索因卡还是贝克特,都没有争论"等待"这个有启发性的词的荒谬之处,而是仅仅用戏剧的术语来描述它的存在。这些各自的戏剧陈述都是围绕着寻找世界的意义而安排的,然而这个世界提供的只是取笑的线索。正如加缪和伊纳斯科所言,"在一个突然被剥夺了幻想和光明的宇宙中,人类感觉到了陌生,成为一个无法补救的流亡者,因为他被剥夺了失去家园的记忆,就像他缺乏希望一个应许的土地即将到来一样。这种人与生活、演员与背景的离异,真正构成了一种荒诞的感觉。没有目的的事情是荒谬的","人从他的宗教、形而上学和先验的根源上被切断,就会迷失;他的所有行为都变得毫无意义、荒谬、无用……"②

在《死亡与国王的侍从》中,索因卡在原有的历史事件的基础上进行加工改编,突出了时间以外的隐喻色彩和神话因素,赋予艾雷辛自杀事件本身蕴含的深奥象征意味。有专家认为他的剧本是对人类在生与死之间存在的那条神秘的通道的沉思,包含了关于人性的一切主题。艾雷辛就是大蕉树,体现了约鲁巴族的自然崇拜意识。他一直生活在传统的非洲大陆,

①　Probyn,C.T.,*Waiting for the Word:Samuel Beckett and Wole Soyinka*,Ariel A Review of International English Literature,1981,p.38.

②　Martinesslin,*The Theatre of the Absurd Harmonds Worth:Penguin*,revised edition,1968,p.23.

过着简朴生活,从未离开生长的土地,保持着与自然的亲密联系,是联系"轮回通道"的重要途径,可以沟通生者与死者的世界,跨越生死的界限。就如他自己所说:"……大蕉树的汁液永不枯竭。你们已看到嫩芽正在滋长,尽管它的树干开始枯萎,有如大蕉树的薄暮时分。"①大蕉树的形象象征了国王侍从的家族,代表了旺盛的生命力,艾雷辛家族就是这样的生命之树。

此外,索因卡从小受到基督教文化的熏陶,熟悉圣经。他的人格品质和价值取向均与圣经文学紧密相关,他在创作中自觉而无意识地表达出一种圣经文学精神。他对圣经进行有意识的选择、借鉴和认同,首肯圣经对人类内心世界的观照及其对生命意义的追问,借鉴圣经中丰富多彩的人物典故和寓意深刻的原型意象,发扬了圣经强烈的社会批判精神和悲悯救世情怀。在《强种》和《死亡与国王的侍从》中,他明显移植了耶稣基督的原型,为埃芒、欧朗弟等人物形象赋予与耶稣基督相同的超凡拯救力量。他们的使命就是像基督一样,来到世间拯救众生,为世人谋求新生,引领那些"迷途的羔羊"回到主的怀抱。《沼泽地居民》中的"蛇神",《路》中的"路神"奥贡,以及《森林之舞》中的埃舒奥罗等,均为与撒旦相映生辉的艺术形象。《沼泽地居民》《裘罗教士的磨难》等剧作均再现了先知原型,只是往往进行大幅度的引申、置换,甚至变形,用反讽手法塑造出裘罗、"教授"、拉撒路等伪先知的形象。

总之,索因卡创作中的非洲神话仪式、生死循环、原始宗教思维都给读者造成一种隐晦玄虚的感觉,令人从中体会到一种神秘、悲壮而又崇高的审美快感。表面上的夸张离奇、荒诞不经、阴森可怕更能引起读者的好奇心,激发读者进一步探寻事实真相,从而在阅读文本的过程中与剧中人物产生共鸣,达到物我两忘的审美境界。所以,索因卡作品中的象征意象建构既借鉴了西方现代主义用非理性方式来表现一种悲观颓废的情绪,又掺和了非洲传统文化中"非理性"的荒诞成分来表现非洲人的一种崭新而深刻的思想和积极进取、乐观向上的精神。

三、怪异夸张的语言行为

西方现代戏剧家善于使用荒诞的形式来表现荒诞的内容,人物语言的怪异夸张是典型特点之一。雅里认为,人的真实自我隐藏在日常生活的习惯和规则之下。戏剧作品应当通过夸张、想象等手段,摆脱人们日常的习惯

---

① ［尼日利亚］渥雷·索因卡:《死亡与国王的侍从》,第29页。

和规则,任凭人的"纯状态"意识自由活动,从而透视内心深处的各种欲念,揭示人的本质真实。同样,索因卡喜欢用轻松的喜剧形式和象征、暗喻的方法来表达严肃的悲剧主题,设置舞台背离常理,情节结构缺乏逻辑与连贯,人物语言与动作颠三倒四。在索因卡的剧作中,《森林之舞》《路》《巴阿布国王》中的人物语言行为最为怪异夸张。

《森林之舞》和《路》中人物的对话和行为都极具荒诞色彩。索因卡在剧中故意不厌其烦地在人物身上添加大量与主题无关的语言和动作,通过人物怪诞晦涩的对话和莫名其妙的动作来把人们在现实生活中习以为常、见怪不怪的不合理现象用变形和凸现的方式表现出来。剧作家无法使用小说家的内心独白、自由联想、意识流等手法来再现人物的心理现实,只能依靠缺乏逻辑的人物对话来表现人物内在的心理状态,借助置于观众视觉范围内的人物动作透视出人物心灵深处的无意识,形成一种"戏剧中的意识流"。《路》中的对话和动作的荒诞成分较之《森林之舞》更甚。《森林之舞》中的武士幽灵是基于历史与现实重合的一种荒诞奇特的设计,但他的言语和行为都与活人并无异样。《路》中的"教授"看似常人,却像鬼魂一般神秘游荡,发出完全与理性无关的阵阵呓语。索因卡使用"洋泾浜英语"的目的是获取特别戏剧效果,以致深奥得让常人难以理解。在《路》中,"索因卡似乎迷失了方向,无法为他笔下那些古怪的人物寻找恰当合理的演讲台词"①。他在剧本中把人物、对话和动作设计进行荒诞化、非理性化的艺术处理,目的在于借助荒诞艺术表现更深刻、更真实的现实,从非理性出发达到理性境界的哲学倾向和美学追求。

《路》让读者看到了一种将犯罪分子视为社会支柱的观念,以及当艺术家感到与社会规范最根本地脱节时所使用的一种社会讽刺手法和政治疏离。在这方面,约翰·盖伊(John Gay)的《乞丐歌剧》(*The Beggar's Opera*)(连同布莱希特后来的版本)、斯威夫特的《格列佛游记》(*Gulliver's Travels*)、亨利·菲尔丁(Henry Fielding)的《乔纳森·野性的伟大》和布莱希特的《阿图罗·乌伊》(*Arturo Ui*)以及雅里的《乌布王》,都有鲜明的反讽特点。在索因卡的戏剧作品中,一个价值颠倒的社会被具体化为"肥胖的下议院,杂耍的法官,人民的拥护者,任由破产的银行家、叛逃董事、博士放纵胡来。对所有伪造者的放纵是他们的前进之路。在一个崇尚成功、对手

---

① J.P. Clark, *The Example of Shakespeare*, London: Longman; Evanston: Northwestern University Press, 1970, pp.95–96.

段视而不见的社会里,个性被定义为对职业规范的犯罪叛逃"①。《路》和《等待戈多》一样,表现出语言的退化及其不精确性,但其原因并不是语言(它只是一种工具),而是社会假设、共同目的、道德方向和精神确定性的崩溃,这些因素曾经给了它一种明显的力量,最后导致一个结果,那就是索因卡和贝克特都有能力从普通的话语和表面上漫不经心的话语中提取出一种令人不安和模棱两可的震惊。

索因卡的《巴阿布国王》与雅里的《乌布王》中的人物语言行为存在众多相似之处,自始至终显得十分地混乱、荒诞、夸张和疯狂,具有夸张、讽刺和"黑色幽默"的显著特色。《乌布王》中的一切都以"黑色幽默"的喜剧形式展开,未对任何事情做出评判,未肯定任何东西,透出作者的一种深沉的绝望。乌布王的行为缺乏连贯性和逻辑动机,"坚决"与"懦弱"的变化只需一瞬间,无端的残暴行为随时出现。演员们在舞台看起来像木偶,弑君篡位的乌布国王大腹便便,变形的秃头上扣着一顶皇冠,肥腰上晃荡着一个酒瓶,用扫厕所的长柄刷充作权杖,讲话的鼻音很重,没有轻重缓急的变化,甚至很少有停顿。他登台亮相的第一句台词就是一句大粗话"他妈的!"同样,使用夸张的词汇和短语来证明政治手段如何利用大众的恐惧和情感也是《巴阿布国王》的重要特色。索因卡效仿了《乌布王》的多个场所混合,戏剧结构也比较松散,剧情混乱荒诞,语言行为夸张而疯狂。在剧本的开头,巴沙·巴什(Basha Bash)(后来改名巴阿布)将军在全副武装的士兵簇拥下来到乌齐将军的住处,乌齐将军的"头脑"喷溅在壁纸上。巴阿布的语言与乌布一样显得极为愚蠢可笑,但巴阿布的语言更为夸张。他误读和误解简单词汇,说话完全凌乱不堪,语句中大量缺少助动词,误用动名词和分词,混淆动词形态,甚至使用垂悬修饰的语法语病。巴阿布的话语并不是旨在"跳出逻辑和语言限制"的打趣"唠嗑"②,而是显示出极端的愚蠢,嘲弄了现实中没受过正规教育、自封为法学博士的半文盲阿明之类的非洲独裁者。剧本中众人歌唱巴阿布的赞美诗,称呼他为"国家之父"或"人民之父巴布",高呼"巴巴尼巴巴耶……国父至高无上"③,影射肯雅塔、尼雷尔等现实中自我吹捧的非洲领导者。夸张的巴阿布和他的夸张动作在剧本中出现时显得极其幽默。巴阿布夸张的人物和动作来源于真实的人和事,这让观众感到很不安。对于巴阿布的原型人物阿巴查,索因卡曾经说过,"他或许

---

① Before the Blackout, in *Orisun Acting Editions*, Ibadan, pp.12—14.

② Wole Soyinka, "King Baabu", p.341.

③ Wole Soyinka, "King Baabu", p.24.

可以通过枪杆子来玩弄自己的权利。但是,他无论如何也称不上拥有权威,他的这种外强中干势必在人民群众的反抗中愈发显现出来"①。

可见,索因卡戏剧作品中人物语言行为的怪异夸张与西方现代戏剧存在诸多相似性。索因卡赋予剧中人物的荒诞话语包含着人们的真实感受,往往都是人们现实生活中的真实言语行为,折射出人性的本质。这些语言行为反映了人们的潜意识和心理状态,从某种意义上证明了索因卡戏剧中所蕴含的理性思维和对现实生活写照的合理性。

四、交错复杂的舞台时空场景

西方现代戏剧家特别是荒诞派戏剧家特别推崇布莱希特的"陌生化"戏剧理论。索因卡在20世纪70年代以后创作的戏剧作品受布莱希特的影响最为深刻,突出戏剧文本的哲理倾向和舞台表演的"间离效果",具有布莱希特的"双层次布局"等许多艺术特点。他在英国利兹大学求学时,曾经跟随英国著名的戏剧评论家奈特教授系统地学习过世界戏剧课程,对盖伊和布莱希特的创作有比较深入的了解。索因卡十分欣赏布莱希特的艺术风格,以至于在戏剧理论和创作实践上都自觉地以他为师。他曾表示,"我不知道什么东西对我的作品有任何有意识的影响。如果有的话,我可能会瞄准布莱希特的那种戏剧"②。索因卡赞同布莱希特的"陌生化"戏剧理论,强调戏剧创作的哲理倾向。他曾公开承认自己受过布莱希特的较大影响。因此,索因卡的戏剧作品既有关注情感效应的写实成分,又同时拥有历史与未来的交叉,深层的意识流动以及象征和荒诞的拼接等多种复合元素,能够引起观众对人生意义和社会现实等多方面的理性思考,达到一种神奇的戏剧美学效果。

在伦敦皇家宫廷剧院工作期间,又见识到了盖伊的《乞丐歌剧》和布莱希特的戏剧作品在西方热烈演出的盛况。1970年,索因卡因反对尼日利亚独裁而被迫流亡。1971—1975年,他客居在西方和非洲的加纳,潜心从事戏剧创作与研究。受布莱希特改编《乞丐歌剧》的启发,索因卡也决定改编《三分钱歌剧》。他把戏剧场景由19世纪末的伦敦改换成20世纪70年代尼日利亚的政治场所,同时借鉴《乞丐歌剧》和《三分钱歌剧》两部作品的情节构架、讽刺主题和音乐技巧,讽刺和嘲弄非洲各国的军事独裁政府,尤其是中非皇帝博卡萨(Bokassa)和乌干达独裁者阿明,命名为《旺尧西歌剧》。

①　Wole Soyinka, *The Open Sore of a Continent: A Personal Narrative of the Nigerian Crisis*, New York: Oxford Press, 1996, p.11.

②　Oyin Ogunba, *The Movement of Transition: A Study of the Plays of Wole Soyinka*, Ibadan: Ibadan University Press, 1975, pp.147–164.

《旺尧西歌剧》在索因卡的讽刺作品中是最具价值和最经久不衰的。索因卡在剧本前言中坚持认为,"这部歌剧中所描绘的天才种族完完全全地,毋庸置疑地就是充满活力的尼日利亚人"①。剧本开头的舞台说明告诉观众,在 20 世纪 70 年代尼日利亚盛产石油的时期,四分之一的被流放到国外的尼日利亚人注定将形成一个讽刺的小宇宙。与盖伊和布莱希特的戏剧一样,索因卡的剧本中也充满了各种各样的小偷、贪官、投机分子、流氓、恶棍、乞丐和罪犯等。《旺尧西歌剧》的插话式拼缀结构极大地吸引了观众的注意力,比盖伊和布莱希特的剧本中的情节显得更为活跃。剧本的最后三部分对于犯罪团体的描述堆砌了太多厚重而快速的引用,其中一些话语虽然仅仅是镇压暴动、纵火和抢劫的清单,但这些引用的结果却是对过度杀戮的讽刺。

荒诞派戏剧家贝克特接受海德格尔的"存在与时间"理论和柏格森的"绵延"说,以本真时间和绵延作为时间处理的基本原则,非常注重体现故事时间的现在性、延续性和行为的反复性,认为本真的时间无所谓过去、现在和未来。《等待戈多》的两幕发生在两天的同一时间,荒诞的人物人生轨迹滞留在无法穷尽的"今天",在百无聊赖中重复着"昨天的故事",戈多的缺场使迪迪、戈戈的等待变成无尽的徒劳。同样,索因卡在许多方面特别是戏剧时空的处理上既吸取非洲传统艺术,又大大突破了非洲传统写实戏剧的限制;既借鉴西方现代戏剧的多种手法,又大胆创新,提出了独特的戏剧时空观。一方面,索因卡既继承了约鲁巴民族关于时间的传统思想,认为时间是一个循环往复的现实,而不是一个直线的概念;反对运用现代科技手段来营造逼真的舞台表演空间,主张努力发挥约鲁巴宗教剧的空间提供手段,使空间意识无限扩大,让每一个空间形式都成为宇宙内生存条件的一种范例。另一方面,索因卡在创作中又借鉴了西方现代戏剧的表现技巧,融合心理时间与物理时间,交错表现客观时空与主观时空,实现了戏剧时空的高度凝缩,特别显示了人物的意念时空。

索因卡在戏剧中对空间差异和时间长度进行创造性处理。在他的戏剧中,短暂的时间长度已经被无限地延长到全人类的历史,简单的舞台情景已经扩张到无限膨胀、永无止境的宇宙。这种集中而简约的时空处理方式更有利于他突出剧本的主体意象,隐含深奥的主题思想。例如,在《森林之舞》中,索因卡把历史和现实进行浓缩处理,在循环往复的时间中构架一个多维的空间整体。在《路》中,索因卡通过"路"对过去、现在和未来的连接,

---

① Wole Soyinka, *Opera Wonyosi*, Indiana University Press, 1981, p.1.

形成一个复合的时空意象,暗示出尼日利亚乃至整个人类在现实和历史之中充满痛苦和迷惑的心理困境。《森林之舞》中的戏中戏和《路》中司机们在对话中用动作再现车祸过程的处理方式,都是索因卡巧用瞬间闪回的方法造成重现往事的"纵向蒙太奇"效果。《孔其的收获》是索因卡成功处理舞台时空关系的最好例证。他在剧本中抛开传统的交代场景更替的场幕递进方式,用简单的灯光手段使发生在两个场景中的事件交替进行在同一个舞台空间中,类似于电影艺术中用镜头切换来营造"横向蒙太奇"的艺术效果,让观众在想象中补足剧情发展中的空间位差和时间距离。在《死亡与国王的侍从》中,索因卡通过寓意丰富的非洲诗歌语言,伴随着音乐、舞蹈以及哑剧等非洲传统艺术手段的反复出现,再现非洲的传统习俗和宗教仪式,在戏剧中营造了一种神秘而怪诞的舞台氛围,构造了一个神、人、自然三位一体的宇宙空间。主人公的犹豫困惑夹杂着勇气和失败,暗示了一种危机、冲突和价值的转换。

　　由此看来,索因卡与尤奈斯库、贝克特等荒诞派戏剧作家一样,继承和发扬了布莱希特的戏剧理论,使"间离效果"在荒诞派戏剧中达到了最大限度的表现。索因卡运用多种西方现代戏剧的舞台技巧,对非洲传统时空观念的积极吸收和创造性运用,能充分发挥观众的知觉幻觉效应,尽量克服舞台时空的限制,尽可能地加入创作主体和欣赏主体的主观想象,造就一种经过心理"浓缩"和"扩张"的主观时空,从而大大缩小舞台时空的距离和位差,给观众留下充分想象的余地,促使观众在观赏戏剧时由对传统戏剧的被动欣赏与接受转变为主动的参与和再创造,和舞台上的演出融为一体。这种新颖的戏剧时空设置使索因卡的剧本既能引起本国观众在思想感情上更为强烈的共鸣,又能让世界其他各民族观众领略一种来自异土文化、令人耳目一新的审美感受。

　　总之,索因卡是非洲的"普罗米修斯"。他站在世界文化的高度俯视多元文化,勇敢地盗取"天火"来焚毁非洲传统文化落后腐朽的因素,寻找了多元文化相融合的途径,为非洲传统文化开辟了一条创新超越、走向世界之路。为此,索因卡竭力主张立足于非洲民族传统的文化心理和审美趣味,不断挖掘和继承非洲传统文化的精华。通过借鉴西方现代文化和重新审视、选择、调配本民族的传统文化,创造出一种"既是世界的又是民族的"新文学,带着独特的艺术风格走向世界。他将西方现代戏剧的艺术技巧同西非约鲁巴部族的文化传统有机融合;在戏剧时空的处理上既吸取非洲传统艺术,又大大突破了传统写实戏剧的限制,既借鉴西方戏剧多种手法,又大胆创新,提出独特的戏剧时空观;探求一种既不同于西方悲剧传统,又全新阐释约鲁巴传统文化意识的悲剧精神,力求在两种异质文化的二重组合中实现双向超越。

第六章　索因卡对西方戏剧作品的改编

戏剧改编是一门崇高的职业和重要的艺术行为。在传承中不断发展和创新、努力寻找传统戏剧在当代的新价值是古今中外戏剧家共同的心愿和使命,在中外戏剧史上成为常态。世界各国对经典戏剧作品的改编历史悠久,丰富多彩,改变者会根据不同国家和不同时代的知识结构、社会状况和生活体验来重新解读戏剧经典,通过改编赋予经典新的艺术形式和时代特色。"一个经典戏剧通常会被多次改编,每一次改编就是一次新的演出事件,发生在一个具体的历史和文化空间内,既是对于戏剧原作品的一次全新阐释,也是一个回应本土诉求的再创作。"①索因卡对经典怀有敬畏之心,以工匠精神吃透原作内涵,守正创新,对古希腊戏剧、莎士比亚戏剧以及西方现代戏剧中的经典名篇进行了大胆的改编或改写,推出了《欧里庇得斯的〈酒神的伴侣〉》《旺尧西歌剧》《巴阿布国王》等杰作,在延续经典的基础上赋予作品新的生命力。索因卡的戏剧改编改写是一种独特的艺术再创作,不仅强化了文本原有的经典地位,适应了新的舞台和不同文化里的观众,更打开了这些戏剧作品在新的非洲语境中反思社会、重审文化的大门。

第一节　索因卡对欧里庇得斯《酒神的伴侣》的改编

1971—1975 年,索因卡因反对尼日利亚独裁政府而被迫流亡国外,在英国和加纳潜心戏剧研究与创作,结合非洲的社会现实和舞台特点改编了欧里庇得斯的《酒神的伴侣》(The Bacchae),创作了一部出色的新悲剧作品《欧里庇得斯的〈酒神的伴侣〉》。索因卡把在传承中不断发展和创新、努力寻找传统戏剧的当代新价值看作自己的使命。在他看来,欧里庇得斯的《酒神的伴侣》"从很多方面来说都是一部拙劣不堪的戏剧。我是以一个工匠的身份接近它的"②。为了达到对现代社会的批判与警示,索因卡在保留了欧里庇得斯思想精髓的基础之上,对欧里庇得斯的《酒神的伴侣》在舞台

---

① 何成洲:《易卜生与世界戏剧:〈培尔·金特〉的译介与跨文化改编》,《中国语言文学研究》2018 年第 2 期。

② Morell, Karen L., ed., "In Person: Achebe, Awoonor, and Soyinka at the University of Washington", Seattle: *African Studies Publications*, 1975, p.102.

场景、人物塑造、故事情节等诸多方面进行了创造性本土化改编,特别在剧中主要人物身上增添了多种独特的非洲文化元素和伦理色彩。这种独特的人物改编鲜明地体现了索因卡的伦理道德观念和非洲文化认同,实现了古希腊经典戏剧的现代性跨越和本土化移植,赋予了欧里庇得斯剧本极高的当代新价值。

一、狄俄倪索斯:从古希腊酒神到约鲁巴战神的伦理身份转变

古今中外的戏剧改编本都有着他们各自独特的形式和内容,剧作家们对原作有着各自的解读,原作的人物故事只是他们艺术构思的催化剂。对索因卡而言,他的译编和改编剧作通常是一种以现代精神再造的改本。他改编欧里庇得斯的《酒神的伴侣》,套用古希腊神话传说,直接采用增删、移位和改写等艺术手法对欧里庇得斯原剧中的人物形象和故事情节做了大胆的修改,让约鲁巴的战神奥贡从表象到本质上都对狄俄倪索斯进行控制,创造出了一个具有鲜明的约鲁巴宗教神话元素的非洲神灵。索因卡通过伦理建构让读者感受到狄俄倪索斯的人性特点和伦理困境。

狄俄倪索斯是古希腊人信仰的酒神。他教人种植香甜可口的葡萄,酿造葡萄美酒,成为世人供奉的酒神。酒神信仰的宗教仪式神秘而又野蛮疯狂,信徒们畅饮葡萄酒,在荒山野岭上通宵疯狂歌舞,撕碎生吃野兽的肉。在希腊,人们相信酒神能使人忘记苦难和悲伤,给人带来狂欢和愉悦。欧里庇得斯的《酒神的伴侣》直接取材于古希腊人的酒神信仰,讲述的是酒神对底比斯人的恶意报复故事。

在索因卡看来,约鲁巴的战神奥贡与古希腊的酒神存在一定的相似性,可以形成对应关系。古希腊的酒神代表否定甚至摧毁个性原则的"醉狂"世界,充斥着直觉、本能、变动、狂喜、放纵和残酷;约鲁巴的奥贡也兼具创造与毁灭的双重功能,象征着创造的激情、痛苦、残酷和巨大的意志,能用自己的强大意志力克服自我解体的痛苦,是"创造之神,路的保护人,技术之神和艺术之神、探索者、猎人、战神、神圣誓言的监护者"①。狄俄倪索斯的手杖与奥贡的奥帕在形状和功能上都很相似。在约鲁巴人的祭祀之舞中,人们会杀狗祭拜奥贡,这与酒神崇拜者在狂欢中撕裂野兽来象征"宙斯的儿子,狄俄倪索斯的肢解"极为相似。但是,约鲁巴的奥贡神和古希腊的酒神也存在诸多的不同。索因卡认为约鲁巴人的奥贡可以说是古希腊狄俄倪索

---

① Wole Soyinka, *Art, Dialogue and Outrage: Essays on Literature and Culture*, London: Methuen, 1993, p.38.

斯、普罗米修斯和阿波罗三位神灵的结合体。从总体上看,索因卡在改本中对原剧中的酒神狄俄倪索斯形象进行了三个大胆的改写。

（一）突出狄俄倪索斯外貌上的男子汉气概

欧里庇得斯剧本中的狄俄倪索斯性情很温和,甚至外表有些女性化,始终面带微笑。彭透斯第一次见到狄俄倪索斯时对其外貌进行仔细的观察,说他的"模样儿不难看,白嫩皮肤,能引诱女人","头发很长,轻轻地飘在脸旁,富于情欲","用美貌引诱阿佛洛狄忒","不是一个摔跤的好手"①。不同的是,索因卡沿袭欧里庇得斯的剧本,让狄俄倪索斯在舞台上戴面具出现,但并没有遵循原剧中的个性特征,而是突出狄俄倪索斯的男子汉气概,把他描述为"一个平静的强者,一个粗犷的美人,而不是一个柔弱的丽人。像是变得神圣的自信的同时,但紧张得好似要行动一样,把已在弦上的箭矢又放了下来"②。

欧里庇得斯在合唱曲中描述宙斯用金子把尚是婴儿的狄俄倪索斯绑扎,藏在自己的大腿间,使他躲过赫拉的迫害。索因卡把这个合唱曲改写成《奴隶领袖颂歌》,描述的是天神宙斯"用一圈又一圈的铁丝给我的种子镶边/然而尽管都在寻找他,我拿着他如此安全……"③,一处微妙的修改使得狄俄倪索斯的形象更接近于曾从地球深处提炼出钢铁的奥贡的形象。索因卡在这首大量修订过的合唱歌曲中注入了向奥贡革命倡议致敬的意象,引入"哦,底比斯,底比斯,把你的围墙击倒"来对应奥贡在摧毁分离神和人类世界的原始丛林的果断措施④。歌词中诸如"子宫石""创造性的燧石""锤打成型的""炉底石"等单词,以及"他将山峰做成了砧石"⑤这个句子,都更适用于奥贡的神话而非狄俄倪索斯的神话。

（二）强调狄俄倪索斯的宗教传播主题

欧里庇得斯在序幕中凸显了狄俄倪索斯的复仇主题。在开场布景中,舞台上呈现出底比斯王宫的前院,旁边是塞墨勒的坟墓,坟墓周围升起烟雾,果实累累的葡萄藤将它四面围绕起来。坟墓在这个开放式场景中显然

---

①　[古希腊]欧里庇得斯:《酒神的伴侣》,《罗念生全集 第三卷 欧里庇得斯悲剧六种》,上海人民出版社 2004 年版,第 367 页。

②　Wole Soyinka, "The Bacchae of Euripides", *W. W. NORTON & COMPANY Ltd.*, New York London, 1974, p.1.

③　Wole Soyinka, "The Bacchae of Euripides", *W. W. NORTON & COMPANY Ltd.*, New York London, 1974, p.17.

④　Wole Soyinka, "The Bacchae of Euripides", *W. W. NORTON & COMPANY Ltd.*, New York London, 1974, pp.17-22.

⑤　Wole Soyinka, "The Bacchae of Euripides", pp.17-22.

给葡萄树蒙上了阴影,从而使得酒神狄俄倪索斯来到底比斯的复仇目的变得确切无疑。狄俄倪索斯回到底比斯城的主要目的是报复毁谤母亲与凡人有私情,不承认他是宙斯所生的三个姨妈和反对他的神道,不给他奠酒以及祷告时不提他名字的表亲彭透斯。他要让卡德墨俄族的所有妇女疯狂起来并离开家去山野狂欢,"率领狂女们进行战斗",让底比斯城遭罪,"以此为母亲塞墨勒辩白,向凡人显示,她给宙斯生的是一位天神"①。

不同的是,索因卡在奥贡神话里实现对狄俄倪索斯的转变,甚至坚决主张两个神之间存在同源关系。在欧里庇得斯剧本的开场白中,狄俄倪索斯声讨彭透斯挑战他的神性,不给他献祭。祷告时也完全无视他。索因卡笔下的酒神虽然也自称"复仇心重",但他来底比斯的最初目的并不仅仅是为他母亲和自己所受的伤害而复仇,而且希望在不断民主化的希腊民众中移入亚洲衍生的宗教。这个酒神和他的亚细亚助手一起进行的这次"归家之旅",主要在于要找回原本属于自己的希腊神祇的身份,并且要让底比斯人不分阶级和性别都来敬拜他,剧中的合唱甚至提出了酒神对社会各阶层的赏金。因此,索因卡改编本的舞台开场布景除了坟墓和葡萄树,还添加了许多具有鲜明非洲特色的东西。剧中有这样一段"舞台说明":

> 在最显著的位置,是彭透斯官殿的主门。神父往下挤入翅膀,靠墙是单坡的打谷场。一大群没有价值的东西,并借此反射出奴隶受鞭打和践踏的模糊形象。收获的汗水和味道。成熟。②

索因卡的这段舞台说明中最后一句话掷地有声,明显地提出庆典议程。死亡和生命的互补性特征也同样赋予奥贡特色,而且狄俄倪索斯可以通过葡萄和陵墓的搭配得到充分的象征;欧里庇得斯的剧本从开场到结局都是悲悼性的,但索因卡让观众在开场布景中看到了他的收获之神奥贡,"荒废"与"成熟"来之不易。酒神回归底比斯城远大的宗教传播目标使得索因卡的剧本远不是一出悲剧,而更像是一场"交流仪式"。

(三) 显现狄俄倪索斯的人性伦理

古希腊神话为酒神狄俄倪索斯预设了一系列的伦理结,酒神回底比斯城复仇的伦理原因是狄俄倪索斯的三个姨妈和表兄弟彭透斯不承认他的神

---

① ［古希腊]欧里庇得斯:《酒神的伴侣》,《罗念生全集 第三卷 欧里庇得斯悲剧六种》,上海人民出版社 2004 年版,第 1 页。

② Wole Soyinka, "The Bacchae of Euripides", p.1.

灵地位和宙斯之子身份。在古希腊悲剧中,伦理禁忌是悲剧的基本主题,主人公的痛苦与不幸都是因乱伦而引起。狄俄倪索斯在欧里庇得斯和索因卡笔下都很残忍。但是,值得注意的是,欧里庇得斯剧本从头到尾都不曾出现狄俄倪索斯的人伦因素,索因卡剧本却显现出来了。索因卡通过伦理建构,让读者感受到狄俄倪索斯的人性特点和伦理困境。

对于索因卡来说,让彭透斯成为替罪羊是一件严肃的事情,因为狄俄倪索斯报复表兄的行为不仅可怕,而且还是对非洲血缘情感的反抗。当受骗的彭透斯出发去见女人后,狄俄倪索斯准备将他和遗言交到他们手上时,舞台说明这样写着:"狄俄倪索斯站着,讲话之中带着一点这场快要结束的纷争引起的疲惫。这并不完全是贵族的胜利。"①狄俄倪索斯在复仇过程中表现出来的"疲惫"是来自他履行的伦理职责令人痛苦,这是伦理情感的疲惫,而不是身体的疲惫。复仇成功对狄俄倪索斯而言也并不是一个"宏伟的胜利"。从伦理上看,狄俄倪索斯疯狂残忍地报复三个姨妈和表兄弟彭透斯,这种复仇触犯了伦理禁忌,是一种不道德的弑亲乱伦罪行。

伦理学批评家认为,"把人同兽区别开来的本质特征就是人具有伦理意识,这种伦理意识最初表现为对建立在血缘和亲属关系上的伦理身份的确认,进而建立伦理秩序"②。在《欧里庇得斯的〈酒神的伴侣〉》中,狄俄倪索斯与彭透斯的表兄弟关系成为狄俄倪索斯复仇的伦理障碍。索因卡关注到了狄俄倪索斯的伦理困境,所以在改本中特意设置狄俄倪索斯的"疲惫"神情,从而建构狄俄倪索斯的伦理身份,伦理混乱为狄俄倪索斯带来难以解决的矛盾和冲突。狄俄倪索斯的复仇行动陷入了伦理两难困境。一方面,狄俄倪索斯需要承担宙斯与塞墨勒之子身份所赋予的复仇责任与义务。为了完成为母复仇的伦理义务和伦理责任,狄俄倪索斯必须对彭透斯进行报复。另一方面,狄俄倪索斯与彭透斯又拥有与生俱来的血亲身份。伦理选择是从伦理上解决人的身份问题,不仅要从本质上把人与兽区别开来,而且还要从责任、义务和道德等价值方面对人的身份进行确认。狄俄倪索斯的伦理身份约束着他的道德行为,形成伦理禁忌,成为读者和观众对他进行道德行为、道德规范和道德评价的前提。当他向彭透斯复仇时,他就陷入了伦理两难中的痛苦挣扎。可见,索因卡笔下的狄俄倪索斯显然比原剧多了几分人性成分和道德意识。

索因卡把古希腊酒神演变成约鲁巴战神奥贡,突出狄俄倪索斯的人性

---

① Wole Soyinka, "The Bacchae of Euripides", p.79.
② 聂珍钊:《文学伦理学批评导论》,北京大学出版社 2014 年版,第 257 页。

伦理是其动荡流亡中的创作欲求。他认为,宗教信仰冲突是欧里庇得斯《酒神的伴侣》的悲剧产生的根本原因。欧里庇得斯的价值观和种族观具有共通性,《酒神的伴侣》在当代社会依旧可以充当质问国家事务的有效方式。欧里庇得斯在《酒神的伴侣》中对雅典的宗教冲突进行了形象揭示,并试图借助酒神的野蛮复仇来解决宗教冲突和社会危机,期望给人们的终极自由和幸福,却最终导致家庭和城邦的彻底毁灭。索因卡用约鲁巴神灵和人性伦理因素来纠正欧里庇得斯的错误,驱除原剧中狄俄倪索斯的消极思想观念和过于野蛮残忍的疯狂暴力行为,以免那些消极思想观念和疯狂暴力行为对人们产生负面影响。

在希腊传统神话中,狄俄倪索斯尽管被认为是宙斯的儿子,在传统宗教中占有一席之地,但雅典的贵族们对他还是不够敬重。然而,自从雅典东海岸的阿提卡发现了可以用来制造军事武器的矿藏以后,大量从亚洲涌入的移民被雇用来雅典开掘矿藏。随着大量源于亚洲的无产阶级元素的涌入,雅典社会变得更加复杂。这些亚洲移民逐渐形成一股大的社会群体。他们狂热信仰酒神狄俄倪索斯,因为酒神能让他们紧张压抑的状态偶尔得到放松和放纵。亚洲新移民的宗教生活无法习惯于安静地与传统的奥林匹斯山上的众神共存,因而使得雅典的社会局势更加危急。晚年欧里庇得斯客居马其顿,对雅典传统城邦政治特别失望。在他看来,雅典帝国的衰落不是民主制的失败,而是民主制不完善的结果。他在《酒神的伴侣》中试图设计一种全新的世界城邦,以隐秘而激进的方式表达自己的政治理想。剧本以"新神"狄俄倪索斯进行残酷的复仇行动而毁灭古老的底比斯城为主要线索,以新式"世界城邦"设计为隐秘线索。欧里庇得斯以自觉的姿态选择了与传统对抗。酒神狄俄倪索斯试图通过终极征战结束一切纷争混乱,建立起人人享有自由、平等和快乐的世界城邦,使酒神的启蒙精神成为普世精神。

索因卡对古希腊神话进行了创造性改写,改变了狄俄倪索斯的残酷野蛮、崇尚暴力的形象特征,修订了故事的结局,酒神履行了续约的承诺,让所有人聚集起来举行圣餐仪式,非洲传统宗教与西方基督教成为一体,实现了社会的和谐。索因卡的改写本塑造了一个更加正面的狄俄倪索斯的形象,对酒神进行了更真实的和真诚的赞颂。索因卡的狄俄倪索斯形象已经和他在古希腊神话中的文化意义存在一定的距离,其复仇内涵已经发生了很大的变化。狄俄倪索斯性格的全新改写造就了故事结局的大为不同,旧人物获得了现代意义,反映出索因卡在改写过程中嵌入了人性伦理观念、非洲文化参照体系以及现代社会境遇。酒神履行续约的承诺,戏剧结局皆大欢喜,解构了伦理困境,更符合观众的心理预期,也迎合了现代价值观。

二、彭透斯:从古代城邦国王到当代非洲政治巨头的历史角色转换

索因卡是当代非洲著名的反独裁暴政的民主斗士。在特定的后殖民时代语境中,自觉将自己的戏剧创作和社会政治联系起来,积极为当代非洲的现实社会政治斗争服务。《酒神的伴侣》中强烈的现实意义激发了索因卡以创作的方式参与政治斗争的热情。正如郭沫若所说:"我主要的并不是想写在某些时代有些什么人,而是想写这样的人在这样的时代应该有怎样的合理的发展。"①索因卡对《酒神的伴侣》的改编,体现出原剧在非洲文化语境中被不断丰富和建构的接受过程,其中凝聚着改编者的血汗与创造力,也蕴含着原剧自身被解读和阐释的多重可能性。索因卡笔下的彭透斯鲜明地体现了西方戏剧形象在非洲的"本土化"与"民族化",较之原剧中的彭透斯更为复杂和丰富。索因卡在改编欧里庇得斯剧本时自觉地配合后殖民时代与非洲环境,将民主批判意识恰当地融合进剧情,通过改变彭透斯的思想性格,使之成为一个傲慢狭隘的非洲统治者,从而达到借古代躯壳来批判现实的目的,获得"借古鉴今"的政治价值和"据今推古"的社会反响。

欧里庇得斯剧本中的彭透斯是酒神狄俄倪索斯重回底比斯城复仇的最主要目标和获取世人敬仰崇拜的最大障碍。狄俄倪索斯与彭透斯的矛盾既反映了雅典民主制与僭主制之间的斗争,也反映了公民社会和酒神信徒社会之间个体化与集体化的冲突。彭透斯家族代表着公民社会的秩序和等级制度。他固执地维护传统公民社会的等级秩序和个体化原则,总是采取政治高压手段来维护社会秩序,拒绝接受他人的建议,甚至固执地采取极端的军事行动来抵御酒神及其女信徒。彭透斯的不公平观念、粗暴残忍性格、缺乏自控能力体现了暴君的基本特征。具有鲜明民主特征的酒神崇拜要在底比斯推行,必须铲除僭主彭透斯。狄俄倪索斯在征服外邦后,回到自己的出生地——底比斯城邦,试图传播他的狂欢教仪,遭到国王彭透斯的坚决抵制。彭透斯生性侮慢而粗暴。他拒绝接纳外邦人,顽固地不听年老的盲人占卜者提瑞西阿斯的警告和劝说。面对人们对酒神的狂热崇拜,彭透斯十分愤怒,并采取疯狂的打压手段。他把酒神关进地牢,叫他受千种苦刑。大规模地迫害酒神的信徒,还打算亲自上山对抗狂热的酒神信徒。彭透斯是一头负载着底比斯城所有罪恶的替罪羊,成为献祭给酒神的一件牺牲祭品。

---

① 郭沫若:《献给现实的蟠桃——为〈虎符〉演出而写》,《郭沫若论创作》,上海文艺出版社1983年版,第421页。

他独自一人赴死,偿还底比斯的所有罪孽。他的牺牲预示着底比斯即将进入一种崭新的秩序和集体,酒神敬拜即将取代旧的神灵信仰。

索因卡笔下的彭透斯是一个具有非洲色彩的政治巨头形象。狄俄倪索斯在他的开篇话语中指控底比斯的"习惯性暴政",索因卡非常清楚非洲政治巨头的所作所为。他们为了所谓国家建设的贪得无厌的祭坛,纵容所有的罪行,不惜牺牲自己的臣民。彭透斯的傲慢自大和心胸狭窄与索因卡的其他剧本《孔其的收获》《野人》《疯子与专家》《旺尧西歌剧》《巨人们》中的政治巨头形象很相似。这些统治者只想舒适地享有权利,很少对整个国家表示感谢。索因卡笔下的彭透斯说:"除了这个城市以外,我对底比斯知之甚少。"①彭透斯打老奴一巴掌的情节完全是他创作出来的。奴隶们对彭透斯粗暴对待老人的行为极端厌恶,明确地显示出非洲在传统上对年龄的尊重。

欧里庇得斯笔下的狄俄倪索斯似乎在送彭透斯去死前,一直想再羞辱他。彭透斯穿上了女性服装,并完全受到了狄俄倪索斯的控制,不再有与陌生神明对抗的冒失,声明他是目前在陆地上唯一有足够的勇气对抗在山上的女人的男子,这特别地可笑。但是,索因卡给予了彭透斯更多的尊严。在狄俄倪索斯让彭透斯神智失常,并通过西塞隆山上的女祭司把他稳步引向肢解的篇章中,索因卡让他的酒神催眠彭透斯,在盛会上彭透斯被引导观看了基督的变水为酒。他赞颂彭透斯捍卫城邦的决心:

> 是的,你独自一人
> 为你的子民做牺牲,你独自一人
> 这个角色属于帝王。正如那些神明,每年
> 必须重新被借给春天,那也是
> 英雄的命运。②

这段话并不意味着对彭透斯的讽刺,因为索因卡向来强调承担(仪式方面和政治生活方面)神圣职责的人应该是廉洁与勇气的结合体,《强种》和《死亡与国王的侍从》中最为强调这一点。虽然索因卡没有完全对彭透斯免除嘲弄,但彭透斯也具备"政治领导力和作为祭司要献祭的领导力再度结合在一起"的因素,其男子气概显然比欧里庇得斯剧本更持久。索因

---

① Wole Soyinka, "The Bacchae of Euripides", p.71.

② Wole Soyinka, "The Bacchae of Euripides", p.78.

卡在剧本中安排了一个信使,他的台词也能与尼日利亚小说或者新闻媒体产生共鸣。信使在报道彭透斯在西塞隆山被肢解时用了一句尼日利亚谚语。这句谚语描述了彭透斯坐在树上是多么骄傲而隐蔽,好像尼日利亚的电视情景喜剧中沉迷于粗俗的自负角色。

　　索因卡把彭透斯描绘成典型的非洲政治巨头是其民主批判精神的鲜明体现。在古希腊的三大悲剧诗人中,对索因卡影响最大的是欧里庇得斯。索因卡虽然与欧里庇得斯生活在不同的历史时空和不同的国度里,但二者在诸多方面产生了强烈共鸣。他们有着十分相似的动荡生活背景、苦难流亡岁月、复杂社会经历、激进民主观念和自由创作思想,都生活在国家内战时期,都曾因坚持民主立场而受到当权者的迫害,都善于通过戏剧创作来深入思考动荡的历史环境下的众多社会问题,并对统治者进行大胆直接的批评和揭露。索因卡十分钦佩欧里庇得斯的民主思想和叛逆精神,在创作中始终高举欧里庇得斯式激进民主大旗,成为反抗非洲暴政、力争民主自由的坚强斗士。

　　欧里庇得斯淡泊名利,很少出席公众场合的社交活动,拒绝希腊当局派给他的任何职务。他目睹了希腊雅典的由盛转衰和残酷的伯罗奔尼撒战争。时代造就了欧里庇得斯的怀疑精神和人文主义思想。同样,在自由缺席的尼日利亚,政治抗争成为索因卡无法摆脱的命运。他的每一部戏剧作品几乎都弥漫着鲜明的政治讽刺和人性思考,对非洲政治巨头的新暴政痛加抨击。欧里庇得斯遭到雅典的驱逐,客居马其顿时创作了《酒神的伴侣》。索因卡也是1973年在尼日利亚反动政府的逼迫下流亡国外客居加纳时改编了这个剧本,谴责当代非洲统治者的傲慢狭隘行径。

　　由此可见,索因卡借欧里庇得斯的言语表达了自己的文化立场和政治诉求。他把戏剧改编作为一种抗争非洲独裁统治者的策略,此举非但有其渊源,而且也能发挥特定的批判效用。索因卡将欧里庇得斯原剧中的宗教文化和古希腊场景作了独特的处理,呈现出非洲风味,在彭透斯身上添上了非洲统治者的诸多特征,寓意深刻,烘托出非洲各国独立后独裁与暴力的苦难现实。索因卡把彭透斯改写成为一个傲慢狭隘的非洲统治者,强化了后殖民语境下戏剧演出效果的时间性与时代性,让故事更加贴近非洲现实,使舞台演出更能够唤起观众的时代体验,让观众有身临其境的视觉体验,从而在心理层面上唤醒非洲民众批判现实、反独裁暴政的情绪与热情。

三、黑人奴隶首领:彰显反殖民精神的跨文化书写

　　在后殖民文化语境下,索因卡的认知框架和看待西方传统的接受视野

中充满着后殖民的意识形态话语。19世纪以来,英法等欧洲列强在非洲实行殖民统治100多年,大肆掠夺非洲资源财富,扭曲非洲社会历史,不断奴化非洲土著居民,给非洲大陆带来极度穷苦、困惑和尴尬处境,非洲文化被不断地侵蚀而濒临消亡。改写西方文学经典文本是非洲后殖民作家创作的重要叙事策略。索因卡在改编欧里庇得斯剧本的过程中,创造性地进行了增删、移位和改写,特意添加并着力刻画了一个具有战斗激情的黑人奴隶领袖形象。这种人物添加实质上显现的是非洲文化对于欧洲文化的跨文化书写。

在欧里庇得斯的剧本中,最接近奴隶角色的只有一个充当"报信人乙"的信使。剧本"十一 第五场"开头,"报信人乙"上台自报奴隶身份,然后给观众带来了彭透斯被在西塞隆山的妈妈和姐妹们肢解的可怕消息。从"报信人乙"与歌队队长对话中可以看出,他对雅典传统宗教中的神灵有着矢志不渝的忠诚,无法分享亚洲酒神女祭司在知晓狄俄倪索斯报复彭透斯之后的愉悦。这个信使的言行,足以证明欧里庇得斯对受压迫人群的尊重。然而,尽管欧里庇得斯对受压迫人群有所同情,但他并没有把戏剧中奴隶身份的角色当作问题来处理。不同的是,索因卡很清楚,酒神的降临对苦难深重的雅典奴隶意义重大。为了平衡雅典当时的社会阶层,他在改编本中引入了一大群奴隶。在古希腊的雅典时期,采矿业主要依靠奴隶劳动,但奴隶的工作条件十分艰苦,奴隶主常常因为奴隶劳动违规而鞭打或处死他们,所以周期性的奴隶反抗或逃亡发生率很高。索因卡在剧本中呈现出一条"路边挂着钉死奴隶尸体"的道路,引入奴隶主要出于警世目的,令人想到雅典统治者对斯巴达奴隶起义的残酷镇压。索因卡发现,在雅典的传统祭祀仪式上,每年必须选出一个奴隶作为替罪羊来献祭神灵,剧中的"老奴隶"最初是被安排在底比斯城宗教祭祀仪式献给神灵的祭品。老奴隶只是雅典可怕的奴隶制度中的一个典型,那些排队走在去农田路上的奴隶与老奴隶有着同样的命运。

索因卡改编的剧本与欧里庇得斯的激进思想基本保持一致,但他把奴隶领袖塑造成一个黑人角色。索因卡认为,"奴隶和酒徒的角色应尽可能地融合在一起,证明他们不同的起源。奴隶领袖在剧中的独唱风格与黑人很相似,所以这种角色完全应该由黑人扮演"[1]。希腊与地中海沿岸以及非洲大陆东北部(例如埃塞俄比亚)的联系导致了希腊社会中一定比例的外国居民的出现。任何人都不会怀疑,把奴隶领袖的身份定义为黑人,其后有

---

① Wole Soyinka,"The Bacchae of Euripides",p.19.

一些黑人种族主义冲动。奴隶领袖代表奴隶们提出了反霸权的观点,被授予了在赞颂狄俄倪索斯歌唱中指挥跨国合唱团的特权,也包括使用来自黑人非洲折木神的称号和线条。索因卡的改写对那些向往自由世界的劳苦大众颇有启发,但是欧里庇得斯的剧本对劳苦大众的期盼并不重视。黑人奴隶领袖的形象设置表明索因卡与欧里庇得斯在对待劳苦大众的态度上明显不同。

　　索因卡的奴隶领袖是约鲁巴奥贡神的代言人。当他邀请酒神的女信徒和他一起承认上帝时,他就开始测试她们对入会仪式用语的熟悉程度。奴隶首领的语言有许多源于奥贡神话的短语和观点。奴隶首领颠覆酒神女祭司对狄俄倪索斯的认知,使她们逐渐进入奥贡的意识中。索因卡在奴隶领袖的革命意识中到处附送强调解放主题的思想。事实上,他是第一个召唤彭透斯的人。首先他试图确定酒徒们是否真正地感激他们召唤的神,然后要求他们为实现更加强硬的领导而贡献力量或是做出牺牲,最终邀请底比斯来"推翻你的墙/在紧急的解放任务中抬起你怯弱的目光来"①。这首颂歌在奴隶领袖的个性体现上增添了有趣的文化视角。在被装扮成宗教运动的黑人革命文化的语境中,奴隶领袖如同一个基督教的牧师在圣歌中传播福音,对唱圣歌的场景如同流行音乐会,来源多样的"东方弦乐和铃鼓"、"'希腊左巴'主题曲"和非裔美国人福音歌融合其中。奴隶领袖几乎被酒神的女祭司们围攻。她们尖叫着,四处寻找被解放的神。奴隶领袖在整个片段现场指挥的个性和表演风格,使异域文化在很大程度上补充了这次对革命精神的庆祝。

　　一切外来的艺术形式和手法移植到其他国家时都必须加以改造和融化,使之具有本民族的色彩,成为本民族的东西。歌舞音乐是非洲民族最优秀的文化宝藏,凝聚着非洲民族的智慧,承载着非洲民族文化的精髓,有着极高的审美价值与社会意义。索因卡在改编《酒神的伴侣》时把原剧中的合唱改写成"奴隶领袖颂歌",并借用非洲传统的合唱形式。改编剧中的"奴隶领袖颂歌"承载着源远流长的非洲传统文化,包含着非洲人耳熟能详的文化典故,能够激起非洲读者或观众对民族文化的深沉感悟,唤起非洲民族的情感共鸣,获得激情昂扬的艺术功效。这种挪用和改写渗透了索因卡对于西方殖民者种族歧视的批判和反抗,表现出一种具有非洲民族色彩的诗性特征,彰显出非洲民族语言的魅力,满足了非洲观众的审美"期待视野"。

---

①　Wole Soyinka,"The Bacchae of Euripides",pp.16-20.

　　索因卡之所以在改编本中增加黑人奴隶领袖是其叛逆反抗精神的集中体现。"奴隶领袖颂歌"的意义不仅直接宣扬了雅典奴隶在黑人领袖带领之下的反抗精神，而且实现了对非洲民族文化精神最具现实性与战斗性的阐释。奴隶们的艰苦创造是悲剧精神建树的主要本质特点。黑人奴隶领袖的坚毅刚直和慷慨激烈坦荡无私，凸显英雄本色，意在鼓舞黑人们，发扬非洲民族的优良传统，在反殖民斗争和反独裁暴政中同仇敌忾、英勇抗争。

　　欧里庇得斯是古希腊思想最为激进民主的悲剧诗人，他拥护雅典的民主政治，但对雅典日益显露的社会矛盾、信仰危机和道德沦丧感到忧虑，比他的前辈剧作家们具有更强的激进民主思想和对社会现实的批判精神。他在《美狄亚》《特洛伊妇女》《埃勒克特拉》《希波吕托斯》《伊翁》等悲剧作品中谴责侵略，维护正义，大胆批判暴君的独裁统治，反对雅典的对外高压和侵略政策，同情被压迫的奴隶和妇女，甚至责怪神明对人残忍，对宗教信仰持怀疑态度。欧里庇得斯的激进思想倾向被雅典人视为叛逆，因而在当时很不受欢迎。西方评论家默雷指出，"欧里庇得斯基本上不是一个艺术家。他是一位才智出众的人，具有剧作技巧，观察敏锐、富有同情、大胆勇敢和想象丰富的能力。他入世太深，洞烛幽微，对任何事情都采取叛逆态度，因此无法写出沉静的成功诗歌"①。

　　索因卡与欧里庇得斯的政治主张相投。他不仅是尼日利亚杰出的作家和学者，更是为非洲黑人的悲惨命运而努力抗争的坚强斗士。20世纪70年代以后，索因卡迫于国内政治形势的恶化，开始集中对非洲政治巨头的新暴政痛加抨击。《疯子与专家》聚焦于尼日利亚内战，"以讽刺的方式表现贪欲与权欲大获胜利之时的恐怖与丑恶"②。《路》无情地揭露了尼日利亚政客们的腐化堕落与政治暴行。《孔其的收获》的关注焦点转向了人性人权和政治自由。《黑暗之前》、《国际贵胄》和《新共和主义者》旨在批判尼日利亚趋炎附势的新一代机会主义政客，同时揭露老一代统治者的公开怯懦和诽谤行为。《爆发之前》和《重点工程》专门针对尼日利亚的石油税收、对外贸易、挪用公款和政治谋杀等丑恶的社会现实。诺贝尔文学奖评委称赞索因卡的戏剧作品"具有讽刺、诙谐、悲剧和神秘色彩，他的精练的笔触鞭挞社会的丑恶现象，鼓舞人民的斗志，为非洲人民指出方向"③。

　　总之，后殖民意识形态是索因卡在戏剧创作中创造人物形象的结构性

①　[英]吉尔伯特·默雷：《古希腊文学史》，孙席珍等译，第208页。
②　[英]伦纳德·S.克莱主编：《20世纪非洲文学》，李永彩译，北京语言学院出版社1991年版，第161页。
③　《沃勒·索因卡：第一位获诺贝尔文学奖的非洲人》，《参考消息》1986年10月19日。

力量。人物改写与添加是非洲进步作家反抗西方殖民的有力形式。索因卡在改本中把黑人塑造成奴隶领袖形象,让一个处于边缘的黑人奴隶领袖与处于权力中心的白人神灵(狄俄倪索斯)同时成为叙事者,使黑人成为反抗权威的重要话语机制。这种消解和颠覆权威的独特书写策略,通过改变奴隶领袖的肤色,巧妙地将古希腊的故事发生地转移到了非洲,并把批判的矛头指向了欧洲在非洲的殖民史。增添奴隶反抗情节,创造黑人奴隶领袖形象成为索因卡在改编《酒神的伴侣》过程中建构自身的文化认同和抒写非洲文化身份的有力见证。他有意识地利用戏剧的改写策略,通过视点挪移、角色转换和人性透视来改写欧里庇得斯戏剧文本中的人物故事,融入非洲的文化元素和审美情趣,把话语机制运用到自己的改编再创造之中,以此宣扬非洲独立的个性、文化和历史,从而使殖民历史、民族记忆与个人记忆有机融合起来,既使欧里庇得斯的经典文本在当下语境获得了新的文学形态和思想内涵,又使自己的再造文本成为解构西方中心主义和争取民族话语权力的重要工具。

第二节　索因卡对布莱希特《三分钱歌剧》的改编

在1971—1975年的国外流亡岁月里,索因卡除了改编欧里庇得斯的《酒神的伴侣》之外,还把德国布莱希特的《三分钱歌剧》改写成《旺尧西歌剧》。索因卡之所以选择布莱希特的《三分钱歌剧》,与改编欧里庇得斯的《酒神的伴侣》存在相似的理由,但也有所不同。索因卡、欧里庇得斯以及布莱希特都具有相似的激进民主思想,都生活在社会动荡时期,都曾受到当权者的迫害,而且都有着相似的流亡岁月。但是,索因卡与布莱希特生活的年代更为接近,二者的人生经历、创作思想以及艺术风格存在更多的契合。欧里庇得斯是索因卡最崇拜的古希腊悲剧诗人,布莱希特则是索因卡最尊敬的当代西方戏剧大师。欧里庇得斯的《酒神的伴侣》中强烈的民主平等思想和浓郁的宗教神话色彩使索因卡产生巨大的共鸣,布莱希特的《三分钱歌剧》中尖锐的现实批判揭露、高超的讽刺艺术以及丰富的舞台技巧的综合运用更令索因卡震撼。索因卡曾公开承认自己的戏剧创作受到了布莱希特的影响,《旺尧西歌剧》对《三分钱歌剧》的成功改编就是最好的证明。

一、索因卡对《三分钱歌剧》的人物情节模仿与重设

《三分钱歌剧》是当代德国著名戏剧家布莱希特赢得国际声誉的第一部音乐讽刺剧。他吸收地方戏剧,尤其是中国古典戏剧精华,提出了著名的

"陌生化"戏剧理论,对当代世界戏剧创作产生了巨大影响。1920年,18世纪英国戏剧家约翰·盖伊的《乞丐歌剧》经普莱费尔爵士的策划在伦敦歌剧院重演,获得巨大成功,并连续上演达4年之久。布莱希特大受启发,意识到《乞丐歌剧》在德国上演肯定也能获得成功。于是,他请豪普特曼将《乞丐歌剧》的剧本译成德文,与德国著名作曲家库尔特·魏尔联手,共同改编演出。在首演前夕,布莱希特决定把剧名改为《三分钱歌剧》。受布莱希特影响,索因卡在加纳客居期间,把该剧改编为《旺尧西歌剧》,1977年10月16日在尼日利亚伊费大学首次演出,1978年1月又上演了另一场演出,1981年在美国正式出版发行。索因卡在戏剧开头提到,此剧改编自约翰·盖伊的滑稽剧《乞丐歌剧》和布莱希特的《三分钱歌剧》,同时借鉴了两部作品的人物情节构架。

《三分钱歌剧》讲述的是19世纪末在英国伦敦索霍小区以"尖刀麦基"为首的匪徒活动。麦基整天揣着一把尖刀在大街上寻找"猎物",来无影去无踪,干的坏事数不清。麦基喜欢逛妓院,玩弄女人。经营"乞丐之友"商店的皮卓姆号称乞丐大王,专门出售或租借乞丐上街乞讨用的服装和假肢等物品,在伦敦丐帮一呼百应。麦基看上了皮卓姆的独生女儿波莉,假扮"上尉",向她求婚。波莉经不起"上尉"甜言蜜语的诱惑,欣然答应嫁给他。皮卓姆把女儿当作可以赚钱的资本,死活不准女儿与"上尉"交往。波莉离家出走,和"上尉"私奔。麦基打算在一个马厩里和波莉举行婚礼。波莉终于知道了"上尉"的真实身份。匪徒们向麦基夫妇道喜,欢快地唱起《穷人婚礼歌》。伦敦市警察局长布朗也前来祝贺。他们二人长期狼狈为奸,互相利用。布朗是麦基为非作歹的护身符,麦基成为布朗的地下财源。半夜时分,布朗起身告辞,因为他要提前做好准备新一任英国女王加冕典礼的安全保卫工作。皮卓姆得知女儿嫁给了一个强盗王,打发妻子去警察局告发麦基。布朗得到皮卓姆太太的举报以后,一边布置警察缉拿"尖刀麦基",一边又悄悄把消息透露给了"尖刀麦基",让他设法躲避一下。麦基到妓院暂避,没想到妓女詹妮嫉妒麦基与其他女人来往,向警察告密,麦基被送进牢房。布朗的女儿露西与麦基亦有私情,到监狱看望麦基,并帮助他越狱逃跑。皮卓姆大为恼怒,认定是布朗暗中放走了麦基。他要求布朗迅速下令捉拿麦基,否则将组织乞丐在女王加冕时游行闹事。权衡利弊后,布朗只好采取紧急措施缉拿麦基,终于在女王加冕当天的凌晨5点将麦基再次捉拿归案,并立即执行绞刑。伦敦市民听说后,纷纷前来围观,以致交通堵塞。在行刑前半小时,女王特使忽然前来传令赦免麦基"上尉",赐他府第和巨额年金,并请市民们迅速赶到中央广场参加女王的加冕典礼,众人感恩齐唱赞歌落幕。

布莱希特对《乞丐歌剧》的故事情节、人物形象、舞台场景、音乐舞蹈等方面进行了诸多的改变和创新。《三分钱歌剧》虽然保留了《乞丐歌剧》的"时调歌剧"体例，但歌曲是全新的，对话也差不多完全不同。原剧中的18世纪的伦敦已经移到了19世纪末的伦敦，许多人物只保留了原名，换了身份和性格，有些人物连名字也换了，同时还增加了一些人物，人物活动已经越出了原剧的框架。三个主要人物麦基、布朗和皮卓姆是布莱希特重点创造出来的三大社会势力的头目。"乞丐大王"皮卓姆代表的是无赖乞丐和无耻"实业家"的典型形象；"老虎"布朗具有双重人格，特别看重金钱和名利；"尖刀麦基"杀人不眨眼，却有一副绅士派头。从总体上看，布莱希特对《乞丐歌剧》至少进行了四处大改动：一是把"楔子"中的对话改编成由流浪艺人沿街卖唱"尖刀麦基"的歌谣，传播麦基嫖娼淫荡和行凶抢劫的邪恶行为；二是把皮卓姆由告密者兼销赃者改写成乞丐大王，让他与官府对抗，教唆乞丐诈骗和专营乞丐用品；三是增加波莉和麦基在马厩结婚的滑稽场面以及伦敦警察局长布朗前来贺喜的特效情节；四是把尾声中是否应该处死麦基的讨论改编为女王派特使颁布对麦基的特赦和封赏场面。

相对而言，索因卡改编布莱希特《三分钱歌剧》，在人物情节结构上不如布莱希特改编盖伊的《乞丐歌剧》力度大。他在《旺尧西歌剧》中直接克隆了《三分钱歌剧》的主要人物，其中包括乞丐大王阿尼库拉，贪财受贿的警官，向帝王借贷的安全专家"老虎"布朗，精神错乱的陆军上校摩西，大道抢匪麦基以及聚集在他身边转悠的谋杀犯，还有小偷、纵火犯和毒品小贩，等等。索因卡没有费心改变原剧本中的戏剧人物名字，而是保留了黑帮头目麦基、"胡克手指"杰克、警察局长"老虎"布朗、吉米、波莉、珍妮、苏基和露西等。《三分钱歌剧》即使使用新名字，也并不一定意味着改变角色或改变角色的个性。例如，首席乔纳森·安尼库拉，商学院的老板乞丐称为"无家可归者"，乔纳森·安尼库拉的妻子"德夫人"是扮演与原作基本上相同的同性恋西莉亚·皮切姆角色。剧中出现的新角色是各种职业的代表，其中包括军人摩西上校、大学学者班格巴比波教授、律师阿田子，另外还有在戏剧中担任仪式大师的媒体工作者是由《三分钱歌剧》中的街头歌手角色改编而来。剧中的博基皇帝是一个滑稽夸张的人物，可以说是臭名昭著的中非共和国统治者让贝德尔·博卡萨的滑稽漫画。博基皇帝的帝国加冕典礼，就像英国女王在布莱希特《三分钱歌剧》中的表演，作为麦基斯的皇家缓刑的戏剧情节来结尾，从而提供轻松愉快的结局。

《旺尧西歌剧》中的人物大多是尼日利亚的被放逐者。布莱希特和索因卡都重新设计了"尖刀麦基"的故事,"尖刀麦基"的故事有利于索因卡关注尼日利亚同胞。麦基的性阴谋和性背叛与反尼日利亚的讽刺传统很有关联。就像盖伊与布莱希特笔下的形象一样,麦基在索因卡剧本中也是一个相当虚伪的反派角色。索因卡把这个传统的反派英雄"尖刀麦基"的黑社会环境放置在足够遥远的时间和地点里,为观众提供了一个人类堕落主题的广阔视角,从而注入戏剧情节的"普遍性"。狗吃狗的残酷氛围与"尼日利亚社会颓废的时期"极为相似,剧中的麦基很容易被同化为当地的民间恶棍。尼日利亚观众不会质疑《旺尧西歌剧》描绘的肮脏的乞丐世界,因为这正是当代尼日利亚腐败社会的逼真呈现。索因卡选择了一面极好的哈哈镜来反映一个混乱时代的荒谬。他在剧本前言中说,"《旺尧西歌剧》这部歌剧中所描绘的天才种族完完全全地,毋庸置疑地就是充满活力的尼日利亚人。但是,因为尼日利亚比小说陌生,剧中人物与尼日利亚活着或死亡的任何相似之处,都纯粹是偶然的、无意的和有指导意义的"①。《旺尧西歌剧》比盖伊和布莱希特的剧本情节显得更为活跃,剧中的插话式拼缀结构特别吸引观众的注意力。

二、索因卡对《三分钱歌剧》的讽刺主题借鉴与拓展

《旺尧西歌剧》是在 20 世纪 70 年代尼日利亚的政治背景下构思和诞生的,真实地反映了尼日利亚当代社会、文化和政治氛围,是索因卡对尼日利亚军事独裁的讽刺和批判。他在戏剧开头把乞丐的愿景说成是整个国家所从事的职业。盖伊和布莱希特对《旺尧西歌剧》有着明显的讽刺主题影响,但除了借鉴欧洲前辈们的讽刺主题模式之外,索因卡的戏剧也具有明显的原创性和非洲性。

《三分钱歌剧》的故事发生在 1900 年,一位民谣歌手在伦敦附近的小城年度集会上传唱强盗头目"尖刀麦基"的故事,引来大批游客围观,其中包括妓女、扒手和乞丐,还有尖刀麦基也混于其中。布莱希特借 18 世纪英国官匪勾结的故事来影射 20 世纪德国社会的黑暗现实,真实展示西方混乱的社会秩序和堕落的道德观念,深刻揭示人性沦丧,抨击西方国家的腐败暴虐,被人们称为"解救歌剧"。《三分钱歌剧》问世后与《乞丐歌剧》一样遭到封杀,而且命运更为坎坷。1933 年,希特勒掌权后亲手制造"国会纵火案",大肆迫害德国共产党人与进步人士,魏尔和布莱希特被驱逐出境,在异国他乡流亡多年。

---

① Wole Soyinka, *Opera Wonyosi*, Indiana University Press, 1981, p.1.

　　相对于布莱希特对人类普遍堕落的揭露,索因卡更赞同盖伊对于特定历史罪行和腐化的激烈控诉。《乞丐歌剧》以 18 世纪初英国伦敦发生的"南海泡沫"事件和窃贼谢帕德(Jack Sheppard)被缉拿归案并被判处绞刑这两大社会事件为社会背景,暴露腐化堕落的现实社会与腐败黑暗的英国官场,讽刺了男盗女娼的不良风气,具有强烈的现实批判性。1720 年,英国伦敦的"南海公司"为追求暴利,贿赂首相沃莱坡(Robert Walpole)等政府官员,获得贩卖奴隶和捕鲸的特许权,并大肆炒作吹嘘,以致该公司股票暴涨,各阶层人士争相购买。后来,"南海公司"因阴谋败露而被查封,许多人倾家荡产甚至自杀,社会因此引起了强烈的震荡。《乞丐歌剧》中的皮卓姆映射的是沃莱坡。1724 年,伦敦发生了一件社会大案。多次越狱的窃贼谢帕德、告密者兼销赃者王尔德(Jonathan Wild)以及绰号为"蓝皮肤"的江洋大盗谢帕德,三人同时被缉拿归案并被处以绞刑。据说行刑当天,围观的群众先后有 20 余万人,约翰·盖伊也在其中。两年后,盖伊以这两件大案为题材,创作出音乐讽刺剧《乞丐歌剧》。剧中的"尖刀麦基"就是"蓝皮肤"谢帕德的化身,而皮卓姆也有王尔德的影子。在英国文艺史上,《乞丐歌剧》史无前例地、尖锐而直接地反映社会现实,揭露统治者的黑暗和腐败。

　　《旺尧西歌剧》是索因卡最具价值、最受欢迎的讽刺作品。他在未出版的原剧本序言中指出,"《旺尧西歌剧》是在尼日利亚社会颓废的鼎盛时期写的,类似的时期可能再也不会经历。内战后的几年里,在最初的不确定时期——最多两三年——见证了尼日利亚在高速公路抢劫、公共处决、公共殴打、其他制度化的虐待、纵火、敲诈、囤积流行、道路滥用和鲁莽的屠杀狂欢——国家和个人、无情和轻蔑的炫耀、随意的残忍、肆意破坏、诽谤、奈拉曼狂及其随之而来的共济主义(对财富的仪式谋杀)、肮脏、香槟、高利贷、小玩意、鲜血的狂欢。人类交流几乎完全崩溃。然而,在悬崖的边缘也有滑动刹车的声音"①。索因卡在剧中巧妙地描绘了一个充满小偷、腐败官员、剥削、背叛和机会主义的怪诞世界,成功地描绘了现代非洲腐败的社会政治秩序,剧中呈现的尼日利亚道德堕落是索因卡对非洲各国独立后,特别是军事独裁时代非洲社会堕落的影射。他巧妙地将现实的尼日利亚社会历史环境转移到博基皇帝(博卡萨)的中非"帝国",有效地将两国军事政权的道德沦丧和自我扩张联系起来。由军事独裁的尼日利亚和中非"帝国"构成的最终形象,实际上否定了正常社会秩序中所有的积极因素。军事领导人和

---

① B. Lindfors, "Begging Questions in Wole Soyinka's Opera Wonyosi", *Ariel a Review of International English Literature*, 1981, p.30.

警察与犯罪组织头领结成联盟,严重削弱了社会政治机制。暴徒们勾结当代权贵,逃脱了罪行。尼日利亚、乌干达和中非"帝国"的领导人和人民之间现有的"合作协议",构成了索因卡在《旺尧西歌剧》中描绘的社会阴暗面。索因卡对这些领导人及其犯罪门徒的描述是故意幽默、轻蔑和嘲笑的,通过精心设计这些讽刺成分来达成批判现实的目的。这出戏虽然因为深刻揭露人类堕落而吸引普通读者,但作者密切关注的是非洲当代社会和政治历史,尤其是非洲读者在过去 10—15 年所经历过的事情得以反映在戏剧中,是对非洲军事政治时代的极具想象力的社会历史反思。

与此同时,索因卡在《旺尧西歌剧》中通过流亡在外的恶棍之口的俏皮话冷嘲热讽地勾勒出了尼日利亚在石油美元或"石油奈拉"时代发生暴行的恐怖图景:政府支持勒索和暗杀;醉心于权力的军队肆意纵火和对民众施以暴行,烧毁了费拉·库蒂的"卡拉库塔共和国",当众鞭打交通违法者和处决罪犯;政府水泥厂的工作条件极其恶劣,当局者毫无责任心,以致遇难尸体被丢弃在公路上自行腐烂;没有品位的尼日利亚暴发户普遍狂热地追求财富,穿着俗丽的衣服,荒谬的衣衫褴褛却系着难以置信的昂贵饰带。阿尼库拉统领的乞丐伪装的身体畸形是尼日利亚道德畸形的形象暗示。衣衫褴褛的人群中有律师、教授、医生和牧师,他们的乞讨被索卡因用来明确地比喻对当权者的无耻谄媚。在索因卡看来,溜须拍马和高压政治的支持是一种瓜分国家蛋糕的方法。所有人都乞求在行动中能分得一杯羹。剧中的乞丐说,"给我分一杯羹,或者把你的性命给我"①。但是,索因卡在剧本中运用了隐喻,把行乞人员转换成专业的乞丐而让他们劳动。乞丐歌中有一句歌词就是"乞讨就是占有"。班哥巴坡教授通过"舔军队男孩",不仅"抢占"了许多工业、企业及他所在大学的主席职位,甚至来到阿尼库拉的地盘,和全职乞丐一起,以实地考察的形式讲授"大学一年级新生课程"②。因此,这个街道的行乞者成为摇尾乞怜的官僚的同义词,小骗子实际上变成了大人物。"卓越企业协会的主席"阿尼库拉是勒索保护费的丐帮组织的幕后头目,这个组织表面看起来是一个为减轻良心压力的"慈善组织"。

虽然索因卡与布莱希特一样通过非法商业活动,揭示了现代资本与黑社会之间的龌龊关系,但《旺尧西歌剧》在本质上其实是对权力的讽刺。在索因卡看来,助长权力欲望的石油财富和那些准备购买权力的有钱人都是尼日利亚的罪犯。由于《旺尧西歌剧》切中了尼日利亚当权者的要害,尼日

---

① Wole Soyinka, "*Opera Wonyosi*", p.1.

② Wole Soyinka, "*Opera Wonyosi*", p.65.

利亚政府在演出后迅速出面干预,阻止剧本在拉各斯的出版发行。麦基说,铜臭赋予了极其愚蠢的尼日利亚人片刻的智慧。阿尼库拉说,被同胞欺骗是穷困潦倒的可靠的托词,因为人人知道"任何尼日利亚人都会抢劫饥饿的祖母并使她陷入困境"。① 事实上,阿尼库拉威胁说将组织一群真正的乞丐在加冕日游行,并不是要用贫穷给暴政难堪,而是要威胁当权者去逮捕他的敌人麦基。自高自大的军事丑角和卑劣顺从的专业阶层恐吓了民众,他们的行乞心态也威胁着民众。阿尼库拉回到家乡,追求流行的慈善政治事业,走私新车和偷窃来的车并以高价卖出。他指控麦基组建了被尼日利亚军方政权禁止的秘密社会——乞丐联盟,实际上是企图削弱乞丐律师阿拉塔库(Alatako)的势力。阿拉塔库则成功地证明了政府本身就是一个阴谋的秘密社会和一个制造大规模爆发和恐怖主义的垄断联盟。这些人物行走在现实和超现实之间,是20世纪70年代痛苦的尼日利亚和非洲现实的真实写照,构成剧本的讽刺主题。为了达到令人震撼的讽刺效果,索因卡有一次在演出幕间休息时让演员走下观众席贩卖他们的恐怖商品——一个棺材,还有一次居然把班哥巴坡教授(现实生活中的学者)的扮演者从合唱团中拖曳出来,让一位像极了现实生活中的尼日利亚军队官员的人当着众多观众的面鞭打他。

　　比较而言,索因卡的讽刺批判思想介于盖伊和布莱希特之间。他比盖伊承担了更多的社会责任,但不如布莱希特那么悲观。索因卡和布莱希特都认为自己的同胞从大屠杀的恐怖中没有学到任何东西。为了展现人性中黑暗、温柔的一面,两位剧作家都掩盖了希望传达给自满民众的痛苦信息,转向了轻喜歌剧,通过让人们嘲笑身边的荒谬事情而试图引发人们的深入思考。布莱希特将《三分钱歌剧》塑造成对全人类原始邪恶的批判,正如皮切姆在最后一幕唱歌时:"当然没有什么可补充的了。世界很穷,男人坏。我们会好,而不是基地,但这个旧世界不是那种地方"②。《旺尧西歌剧》主要谈论的是尼日利亚的现实罪恶。索因卡相信只要人们能够认识到并公开反对人类带来的邪恶,改革就是可能的。他和盖伊一样,抨击自己社会中的特定目标,所以比布莱希特的讽刺更辛辣。盖伊满足于揭露社会罪恶,但不谴责社会罪恶或探究社会罪恶的起源。索因卡则有兴趣激发观众对现实世界正在走向何方以及为什么提出问题。在《旺尧西歌剧》的结尾,阿尼库拉唱道:"我们必须寻找的是真正的受益人,谁受益? 这个问题很快就会超过

---

①　Wole Soyinka, "*Opera Wonyosi*", p.54.

②　Bertolt Brecht, *The Threepenny Opera*, New York: Grove Press, 1964, p.41.

你所有的口号,谁会获胜呢? 谁能真正积累和对他人行使力量?"①

三、索因卡对《三分钱歌剧》的戏剧场景改换与创新

《旺尧西歌剧》是一部非常受欢迎的尼日利亚讽刺喜剧,索因卡套用布莱希特《三分钱歌剧》的人物故事情节,采用西方艺术形式来传递信息,在戏剧场景上创新设置,既保留了布莱希特的戏剧结构和约翰·盖伊的讽刺幽默,又成功地将西方闹剧味道变成了典型的非洲风格,取得了很好的戏剧效果。

索因卡把《三分钱歌剧》的伦敦场景改换成 20 世纪 70 年代的尼日利亚,在《旺尧西歌剧》中创新设置了多个活动场景。第一个创新场景在剧本第一部分,皇帝博基在舞台上咆哮革命文化持续了大约 20 分钟,谴责他的朋友伊迪·阿明敢于比他自己穿戴更多的奖牌,并在凶残的混乱中大力训练他的暴徒队。英国评论家指出,"索因卡在这个场景中用沮丧的同性恋和狂欢仪式展示人类的颓废和愚蠢"②。第二个创新场景是第二部分开头的袋鼠法庭。尼日利亚法律与安全顾问摩西上校一方面与阿尼库拉的丐帮暗中勾结,被判有罪;另一方面摩西上校一直在通过使用军事力量努力根除这个秘密组织。具有讽刺意味的是,摩西上校被指控属于的秘密组织就是军队本身,其运作模式就是按照与非法秘密组织和兄弟会相同的原则。索因卡与盖伊、布莱希特形成同样的悖论:人无论高低贵贱,无论强大弱小,同样都会腐败,唯一的区别是社会底层的人经常因为他们的罪行而受到惩罚。索因卡认为,如果《旺尧西歌剧》在大学校园外表演,可能大量的军事讽刺作品不得不被禁止或取消。事实上,尽管剧中所有的故事情节都发生在中非共和国,但索因卡的讽刺目标是尼日利亚,特别是尼日利亚当权者。博基皇帝是从非洲军事统治者家族中精心挑选的代表人物。军事统治本身受到了无情的讽刺,对摩西上校审判的指控——政府指控的"不知名士兵"纵火、强奸、袭击和谋杀——与战后尼日利亚的真实事件密切相关。

索因卡为了让改编的欧洲戏剧引起尼日利亚人的共鸣,对《三分钱歌剧》的丐帮推销道具的场景进行了创新设置,精心编排了一个桃树乞丐组织把最有效地从事新行业的服装介绍给新成员菲尔奇的场景。现将两个剧本的场景进行比较。

在《三分钱歌剧》中,桃子拉开了一个陈列柜前的亚麻布窗帘,里面站

①　Wole Soyinka, *Opera Wonyosi*, p.83.

②　Biodun Jeyifo, "Wole Soyinka, 'Opera Wonosi'", *Positive Review*(Helfe), 1978, p.22.

着五个蜡像模型,向菲尔奇逐一介绍:

> 菲尔奇:那是什么?
> 桃子:这是最适合触摸人类心脏的五种基本痛苦类型。一看到它们,就产生了一种不自然的精神状态,即一个人实际上愿意捐钱。
> 装备 A:现代交通进步的受害者。那个快乐的跛子,总是脾气暴躁,总是无忧无虑,结果被肢解的手臂增强。
> 装备 B:战争艺术的受害者。这个麻烦的推特人惹恼了路人,他的工作是引起厌恶——经奖牌修改。
> 装备 C:工业繁荣的受害者。可怜的盲人,或赌博艺术高中(桃子展示了他,摇摇晃晃地向精灵走去)。就在他遇到困境的那一刻。就在他抓到鱼的时候,菲尔奇惊恐地尖叫。桃子立刻停了下来,惊奇地看着他,突然咆哮:你永远不会成为一个乞丐,而不是一辈子也不会成为一个乞丐。这种行为只适合过路人去做! 然后是服装 D![1]

在《旺尧西歌剧》中,索因卡对《三分钱歌剧》同一场景是如此阐述的:

> 艾哈迈德(AHMED):那是什么事?
> 阿尼库拉(ANIKURA):(用正式的演讲声音)这代表了最有可能触动人们心灵的五种痛苦。看到他们,就导致了一种不自然的精神状态,即人们实际上愿意捐钱。(选择一个)这是现代道路交通中令人愉快的残疾受害者,我们称之为尼日利亚特别节目。下一个模式是战争伤亡事件,你不停地抽搐着看。人们看到他戴的战争勋章,它们就变软了。第三种模型,我们称之为心理模型,你看到它有鞭子。他疯狂地冲着跑,好像要鞭打你。但这就是我们变化的地方。他其实并没有鞭打你。他举起双手停了下来,让一个白痴笑了起来——你会意识到他的脑袋只是很软。你给了他钱,真是松了一口气。第四个是现代工业的受害者。已折叠的胸部。这与商业大亨们很吻合。还记得水泥博南扎吗? 为了清理这些港口,他们让饥饿的肥皂 24 小时不停地移动水泥袋。工资很体面,每个工人都能挣到所有的加班费。没有人愿意告诉他们的是每天 12 到 18 个小时呼吸水泥粉尘的后果。它被称为纤维细胞,与石棉工厂一样。等等,我会用一首歌告诉你们的。

---

① Bertolt Brecht,"The Threepenny Opera",pp.8-9.

艾皮亥(APHY):如今的社会是授权士兵殴打尼日利亚公民的代名词。妇女和老年人都不能幸免于这种公开的羞辱。

迪杰伊(DEE-JAY):女士们,先生们,阿尼库拉首领和现在的公司现在将唱一首名为:大男人巧克力水泥,水泥巧克力小男人。……(歌词)

现在到下一个型号了。(突然在他面前摆过戏服,转过身来。艾哈迈德惊恐地退缩了)一个盲人,令人心碎,非常有效。(他第一次注意到了艾哈迈德的反应。百叶窗)他感到怜悯! 天哪,看看你吧。他实际上感到怜悯。你的感觉和路人的感觉是一样的。你只适合被求。把他带开,给他一套心脏流血的衣服。①

可见,《旺尧西歌剧》的场景虽然与《三分钱歌剧》有点相似,但索因卡却提供了足够数量的当地细节来使剧中场景尼日利亚化。他的本土观众立即会联想到诸如塔菲、乌多吉、拉各斯水泥装载丑闻等尼日利亚热门话题,甚至从布莱希特那里借用的关于交通事故和战争受害者的笑话在尼日利亚也具有可怕的宗教意义。布莱希特为《旺尧西歌剧》这一场景提供了基本的框架,但索因卡在剧中添加了熟悉的尼日利亚血肉,让他们穿着民族服装装饰了整个概念。索因卡甚至有时完全脱离布莱希特的文本,自由发挥自己丰富的想象力,设置独特的戏剧场景,并取得了一些非凡的戏剧效果。例如,博基皇帝的长篇大论是歌剧的喜剧高潮之一,以下台词特别能考验任何专业演员的多样性表演艺术:

博凯(BOKY):(检查他的手表。)培养文化的时间。我知道我应该为你唱歌,但你不能用社会现实的声音。另一方面,有靴子,无论有没有钩钉……准备好了!

节奏部分! 准备好了,两个! 一二三一四! 1-2-3-a4! 来吧! 1-2-3-a4! 1-2-3-a4! 一二三挖! 请在以下项目中! 一个两头三头脚跟放进去! 我说,"跺脚! 胃! 看看他们的眼睛,深入挖掘吧! 头头骨! 帝国跺脚! 胃! 胃! 螺钉已插入! 螺钉已插入! 趾帽! 研磨! 研磨! 离合器运动! 钩针! 深入挖掘工作吧! 深入挖掘工作吧! 脊柱圆柱形! 旨在实现骨盆腔枢纽! Pelvic 结! 研磨! 原谅你们这些混蛋,我说! ……来吧,布朗探员,给我们拉各斯辛奇暴徒的集会节奏。

---

① Wole Soyinka, *Opera Wonyosi*, pp.7-9.

布朗(BROWN):(从混乱状态中开始行动。)是的,国王陛下。一个,二,三,……

博凯(BOKY):(他轮流停下来,劝诫球队采取更大的行动。)这些都嵌在你的脚下。少年犯。未来的罪犯。小怪物! 假定的参数! 拉住我他们的小大脑! 吟游诗人! 土著儿子! 未来的乞丐! 嫌疑人! 流浪汉! 法西斯。未使用。次版本。波西米亚人。自由。日薪劳动。社会威胁。哈比亚斯推土场。民主党人。情感寄生虫。人类正义的流浪汉。社会已经完全摆脱了它们。他们耻辱帝国的尊严。Lout。布置图。现在他们的头就在你的脚下。你彻底清理这个国家的机会。保护属性。保护体面。保护尊严。腿部。寄生虫。你该如何处理寄生虫? 你怎么处理跳蚤! 虫子! 水蛭! 即使是一只狗也很有用。但是水蛭放在狗身上吗? 点击量? 冰! 冰! 冰! 蟹屋! 胃! 帝国踩脚! 中的东西。研磨! 前额叶切除术是帝国的方式! 给你的皇帝一个干净的帝国。系统。富马酸盐,翻新。(他左右俱乐部球队鼓励他们,直到最后一场比赛结束。终于意识到他是一个人。)嘿,这是什么事? 兵变?①

上述场景与索因卡经典中的《裘罗教士的磨难》中的虔诚信徒丘姆、《路》中的"教授"以及《疯子与专家》中的老人等一些最疯狂的咆哮相匹配。索因卡随意使用《三分钱歌剧》的文本,在借来的情节结构中上添加具有非洲特色的活动场景,融入自己的思想艺术成分,表达一些全新的东西。可见,《旺尧西歌剧》虽然是欧洲轻喜歌剧的直系后裔,但也有足够的本土血统。就像布莱希特对盖伊剧本的改编一样,《旺尧西歌剧》是一部令人钦佩的、完美融合欧洲艺术与非洲文化的杰出剧作。

丰富多彩的音乐歌曲是《旺尧西歌剧》和《三分钱歌剧》、《乞丐歌剧》共同的主要特点。索因卡在借鉴《三分钱歌剧》和《乞丐歌剧》的音乐表现形式的同时,对剧中的音乐场景进行了创造性改编。盖伊在 18 世纪的英国首创令人耳目一新的民谣剧(Ballad Opera),成为西方歌剧史上的一大奇观。《乞丐歌剧》以"清唱"形式表演了 1719 年杜尔出版的 69 首歌曲,著名作曲家佩普许(J.C.Pepusch)为剧本写了序曲和伴奏,还改编了歌曲中的一些合唱和重唱。《三分钱歌剧》中的基本音乐单位也是"歌曲",但是布莱希特对《乞丐歌剧》音乐结构的传统式样、程式化进行了大胆的改革,用一首

---

① Wole Soyinka, *Opera Wonyosi*, pp.26–29.

首独立独唱、重唱或合唱、曲式简短紧凑的歌曲代替传统歌剧的咏叹调,歌曲创作采用歌谣体,伴奏乐器颇具爵士系风格,吸收流行歌剧和轻歌剧的素材。背景音乐带有消遣性,进行了陌生化处理形式与节奏都很自由。剧本综合运用电影与小型歌舞艺术,边叙边唱,随剧情发展加以评说,"有意识地摒弃了现代音乐的复杂性,极端简明的旋律同原始调性和声、简单的舞蹈节奏联系在一起"①。

索因卡在《旺尧西歌剧》中融合了英语民歌、爵士乐、布鲁斯歌曲和20世纪50年代伊博族歌唱家犹太人伊杰门泽创作的歌曲,以1977年中非皇帝博卡萨举行的猥亵的颓废的盛大加冕礼对应盖伊和布莱希特剧本的原型活动背景,也在戏剧高潮时,让中非帝国皇帝给麦基(Macheath)提供了皇家缓刑,鲜明地呈现了20世纪70年非洲,特别是尼日利亚的社会现实,具有典型的非洲特色。《旺尧西歌剧》是一种折中的西方音乐歌曲混音。索因卡在剧中使用的歌曲来源甚广,几乎没有一个是非洲的。他把新词嫁接到著名的欧美曲调上,就像盖伊在《乞丐歌剧》中使用的老英语曲调一样。例如,他借用了库尔特·威尔的著名主题曲《麦凯的刀击》,但改变了布莱希特的歌词,以适应他的尼日利亚观众;他在后来的场景中还保留了威尔为《海盗珍妮》所作的音乐。同样,英国民谣《谁杀了公鸡罗宾?》变成了《谁杀死了尼加?》。索因卡歌词的其他旋律包括"圣路易斯蓝调",迈克尔·佛兰德斯和唐纳德·斯旺的"帽子掉了"以及尼日利亚"高雅生活"的曲调,但没有证据表明使用任何传统的非洲歌曲或土著乐器。这些新颖独特的音乐场景是《旺尧西歌剧》特别受观众欢迎的重要原因。

总之,《旺尧西歌剧》与《三分钱歌剧》、《乞丐歌剧》都是关于个人、政府、乞丐和罪犯的世界经典喜剧。索因卡成功地模仿了《三分钱歌剧》的人物情节和讽刺主题,巧妙地嵌入了尼日利亚人物特征和文化元素,创造性设置了独具特色的尼日利亚现实场景,超越了西方文学展示滑稽可笑主题的传统讽刺模式,开创了揭露非洲军事政权的腐败和犯罪的先例。在索因卡看来,讽刺文学改革的目的就是"当目的呈现于人们面前时,讽刺作家必须首先激起人们对于特殊情况的某种极端的憎恶,激起人们都去接受正面的选择"②。尼日利亚左翼有些不公平地批评《旺尧西歌剧》,认为它缺乏"固

---

① 郑晖:《娱乐与尖锐,而非仅仅惬意的玩笑——〈三分钱歌剧〉的艺术价值与当代启示》,《吉林艺术学院学报》2012年第5期。

② Wole Soyinka, "Drama and the Revolutionary Ideal", in *Person: Achebe, Awoonor and Soyinka at the University of Washington*, Karen L. Morell, ed., *Seattle*, Institute of Comparative & Foreign Area Studies / University of Washington, 1975, p.127.

定的阶级视角",没能"明确地道破社会历史和社会经济的因果关系"①。索因卡回应说,改革和发展是社会分析师和政治理论家的责任,讽刺作家的独特职责不是阐释而是自曝其短。《旺尧西歌剧》对《三分钱歌剧》的成功改编,充分显示了索因卡高超的戏剧创作才能和社会责任心,对世界歌剧和戏剧文学的改革发展做出了重大贡献。

第三节　索因卡对雅里《乌布王》的改编

索因卡是一位争取民主和正义的斗士,被称为尼日利亚的"政治良知"和"关注政治的艺术家"。1999 年 2 月,尼日利亚通过总统大选,恢复民主政治。新当选的总统奥卢桑贡·奥桑巴乔指示新民主政府成立专门委员会,调查军政府对人权的破坏行为。索因卡支持新政府的调查行动,经常回国出庭做证,并要求政府向受害者及其家属道歉。2001 年,他选取在国内听证期间搜集到的创作素材,套用 19 世纪法国作家阿尔弗莱德·雅里的闹剧《乌布王》的框架,改写成了现实政治讽刺剧《巴阿布国王》。雅里的《乌布王》又套用了莎士比亚的历史剧,特别是《麦克白》的框架结构。因此,索因卡的《巴阿布国王》同时受到雅里和莎士比亚的双重影响,在故事情节、人物形象、主题思想和艺术手法等方面与《麦克白》和《乌布王》都存在诸多的异同。

一、《巴阿布国王》与《乌布王》故事情节对比

从总体上看,《巴阿布国王》与《乌布王》的故事情节很相似。索因卡和雅里都套用了莎士比亚《麦克白》的弑君夺位的框架结构,颠覆了传统戏剧观念,但二者的创作动机和题材来源截然不同。

阿尔弗莱德·雅里是 19 世纪法国著名的小说家和剧作家。他的创作对 20 世纪现代主义文学产生了深刻的影响,西方先锋戏剧和超现实主义戏剧视其为先驱和鼻祖。雅里的代表作《乌布王》于 1896 年上演。他创作这部戏剧时年仅 15 岁,最初的动机是想对莎士比亚的《麦克白》进行反讽式模仿与大胆篡改,讽刺嘲弄现实中的一位相貌丑陋、愚蠢无能的小学校长。索因卡改写《乌布王》是为了暴露非洲当代独裁者的残酷政治行为。他认为,尼日利亚独立后也出现过乌布王之类的角色,通过控诉巴阿布对老百姓

---

①　Bidun Jeyifo, " Drama and the Social Order: Two Reviews", *Positive Review (IleIfe)*, No. 1 (1977) ,p.22.

的欺压,激发人们对人间恶行的反抗,警告尼日利亚当今和今后的统治者,再也不能让荒唐可笑的政治闹剧在尼日利亚重演。

《乌布王》共有五幕,每幕四场至八场不等。第一幕:密谋。龙骑兵团队长乌布因战功被波兰国王旺塞斯拉斯册封为圣多米尔伯爵。但是,乌布的妻子不满国王对丈夫的封赏。她怂恿丈夫弑君篡位。于是,乌布把卫兵队长波尔杜尔及其追随者招至家中,设宴款待,共同策划谋反。乌布答应登上王位之后封波尔杜尔为立陶宛公爵。第二幕:弑君。旺塞斯拉斯国王不顾王后的反对,坚持邀请乌布参与波兰军队检阅,乌布设计在检阅仪式上杀死了旺塞斯拉斯国王和两个王子,然后血洗王宫。14岁的三王子布格拉斯组织王宫卫兵英勇抵抗,但寡不敌众,被迫与王后从密道逃走,躲进山洞。在山洞里,祖先的幽灵赐给布格拉斯王子一柄特大宝剑,助他复仇。第三幕:篡位。乌布得意扬扬地登上了波兰国王的宝座。他挥舞着权力的大棒大肆杀戮每一个敢于反抗他的人,而且拒绝兑现曾经许下的诺言,把贵族、法官、财政大臣统统扔进枯井,没收他们的财产,制定各种苛捐杂税,残忍地对待老百姓,甚至还想杀死帮助他谋反的波尔杜尔队长。乌布企图把波兰的全部财产归为己有。第四幕:战争。波尔杜尔设法外逃到俄国,求助于沙皇。沙皇以帮助布格拉斯王子恢复王位为名,带兵攻打波兰,讨伐乌布。乌布仓皇应战。乌布委托老婆看管好财产,不肯为自己的军队出一分钱,甚至不给自己的马喂食。他的军队在乌克兰惨遭沙皇军队的屠杀。在溃败中,乌布和他的卫兵皮尔、高迪斯侥幸逃脱,躲进了立陶宛的一个岩洞。皮尔和高迪斯痛恨乌布的卑劣行为,当晚趁他熟睡时逃跑了。乌布在山洞里不断地做噩梦。第五幕:逃亡。乌布王后也逃到乌布躲藏的岩洞,夫妻俩巧遇。布格拉斯王子带人追杀乌布夫妇。乌布夫妇在巴洛旦人的保护下得以狼狈逃脱。他们坐上了一条驶往法国巴尔迪克的船只。最后,剧本在人们为乌布王歌唱"取脑浆之歌"的歌声中结束。

索因卡在《巴阿布国王》中虚构了一个名为"谷阿图"的非洲国家。这个国家由军人当政。军事首脑珀提普勾结腐化堕落的官员、酋长、神父以及工会领导人,贪污受贿,徇私枉法,国人对他的执政强烈不满,造反事件不断发生。军队参谋长巴什阴险狡诈,其妻也诡计多端。在妻子的鼓动下,巴什发动了政变,推翻珀提普取而代之。巴什改名为巴阿布,脱下军装,自封为国王,自称不做军事独裁者,要"还政于民"。巴阿布国王登基后胡作非为,民怨沸腾,不久便众叛亲离了。他的下属军官趁他与妓女厮混时,让他把毒药当春药吞下,当即毙命。

《巴阿布国王》和《乌布王》的框架结构都与《麦克白》中的弑君篡位、

独裁暴政和失败灭亡极为相似。巴阿布、乌布和麦克白都曾经是国家的武将,并且都曾为国家立下汗马功劳。三人都有一个权欲熏心的妻子,都是因为女人的煽动而走向邪恶权欲之途。他们都谋杀了各自的恩主,夺权后又都大肆杀戮,对国民实行恐怖统治,导致全国上下的群起反抗,最后都以失败而告终。

《麦克白》取材于历史,《乌布王》纯属虚构,《巴阿布国王》的题材则来源于现实。莎士比亚笔下的麦克白在苏格兰历史上真有其人,剧本的故事以英格兰史学家拉斐尔·霍林献特的《苏格兰编年史》为基础,舞台场景具有明显的苏格兰特色。雅里的《乌布王》抽去地域特性和时代特性,没有任何历史与现实的基础。乌布的原型并非波兰的历史人物,剧中的故事也与波兰毫无关联。雅里并不追求历史的真实,也不注重现实针对性。他对波兰并非特别熟悉或偏爱,剧中也无真正具有波兰民族特色的内容,把故事背景放在波兰纯属随意之举。索因卡的《巴阿布国王》虽然虚构了一个"谷阿图"的国家,但剧中人物大多以非洲现实生活中的人物为原型,故事情节也与当代非洲发生的真实事件很有关联,具有典型的非洲元素。例如,剧中人物珀提普影射的是曾经在尼日利亚执政8年之久的巴班吉达将军(1985—1993)。据说巴班吉达下台后还想再次重返政坛。巴阿布国王则暗指1998年6月猝死的军事独裁者阿巴查将军(1993—1998)。据报道,阿巴查曾非法侵吞了尼日利亚石油财富中的数十亿美元,并且接受了他人用来换取尼日利亚能源设施合同的数百万美元的贿赂。索因卡毫不避讳地指责阿巴查用枪杆行使权力、操控宣传媒体,因而在1997年被阿巴查以政治叛国的名义追捕,他的同胞作家森古普塔遭到阿巴查的秘密处决。1998年,阿巴查暴亡。官方对外宣称,阿巴查死于心脏病突发,但传闻他是在与妓女鬼混时服用过量伟哥、食用有毒的苹果而导致暴死的。这些真实事件在《巴阿布国王》中都有不同程度的影射。

索因卡赞同雅里对传统戏剧观念、结构与模式的完全颠覆。他们在自己的剧本中都对《麦克白》进行了反讽式模仿与大胆的篡改,与《麦克白》形成英雄与小人、哲理与游戏、人性与欲念的截然对立。例如,《麦克白》以三个神秘女巫的奇诡歌舞开场,舞台上呈现出神秘严肃的气氛;在《乌布王》的开头,乌布开口就说粗话"他妈的",三句两句话中总有一句口头禅"凭我的绿蜡烛发誓",其庸俗、浅薄的形象一览无遗;索因卡的《巴阿布国王》开场便是巴沙·巴什发动的恐怖政变场面。邪恶英雄麦克白在剧尾众叛亲离,独自一人披挂上阵,垂死挣扎,最终走向毁灭;垃圾人物乌布贪生怕死,虽说被沙皇军队打得落花流水,最后却莫名其妙地脱身于战场,而且轻松愉快地坐上逃亡海外的轮船;坏事干绝的巴阿布没有在内战中被打死,却在烟花柳巷的荒淫中毙命。麦克白谋害英格兰国王发生在黑夜,行动策划精密,难以被人发现;乌布和巴阿布在光天化日之下公然造反,诛杀波兰国王和前任首脑于大庭广众之下。麦克白在夺权后整日寝食难安,时时受到良心的谴责,以致在宴会上产生幻觉,疑心复仇的鬼魂而恐惧;乌布篡位后毫无反省,疯狂享受和搜刮财富,在宴会上演粪刷与食物共舞的荒唐场面;巴阿布以"还政于民"为由,脱下军装后自立为王,沉迷于女色,甚至与母山羊发生性关系,毫无人性可言。

二、《巴阿布国王》与《乌布王》人物形象对比

巴阿布、乌布和麦克白都是世界戏剧史上的野心家、阴谋家和残暴君主的典型,代表着人类的邪恶势力。他们都利用残酷的手段到达权力的顶峰,都丧尽天良地对自己的国家实施恐怖统治。但是,他们的思想、行为和性格均存在很大的,甚至是根本的差异。麦克白身上善与恶并存,巴阿布和乌布身上从外表到内心体现出来的都只有邪恶。麦克白的悲剧令观众扼腕叹息,巴阿布和乌布的下场令观众拍手称快。巴阿布对当代非洲独裁者的影射和批判更为大胆而直接,对人们产生的警示作用也更强烈。

莎士比亚笔下的麦克白是一位失足堕落的英雄典型。他曾经是一名英勇威武、战绩显赫、忠君爱国的名将。他的内心同时具有善与恶两种品性。在女巫预言的蛊惑和妻子的怂恿之下,麦克白的野心逐渐膨胀,一念之间将苏格兰国王邓肯谋杀了。他虽然未能抵制野心和权欲的诱惑,但无论在阴谋策划中还是刺杀国王之后,内心深处都有着善与恶的激烈斗争。野心和权欲驱使麦克白走向罪恶深渊,良心和道德又不断地在警告他不要大逆不道。更何况,麦克白在弑君之后人性未灭,心灵深处还会对自己的罪行产生恐惧,最后身临绝境时也坚持拼死一搏,死亡之前还能对人生发出感慨。人们对麦克白的罪恶感到愤怒,但对他不甘沉沦的挣扎又满怀同情。麦克白的悲剧引发观众对人性的思考,警示人们不要受欲望和野心的驱使。

雅里笔下的乌布是集聚了人类所有恶劣品性的垃圾形象。他简直就是一只简单的动物,只有动物的本能,从不思考问题,一遇事情就匆忙做出简单反应,没有心理深度。他无情无义,只追求食物与金钱,只看重吃喝玩乐。在宴请波尔杜尔队长一伙时,乌布趁客人未到,偷吃了一块烤鸡和牛肉。他篡位只是为了"财路亨通,天天吃香肠",穿上"一件拖到脚后跟的呢子大

衣"，戴上"一顶大帽子"，拿着"一把雨伞"坐上四轮华丽马车，穿越"大街小巷"①。当侥幸逃脱的波尔杜尔从沙皇俄国派人送来战书，声明要攻打波兰为布格拉斯恢复王位时，乌布哭哭啼啼，大喊"我害怕！我害怕！啊！我活不成了"②。乌布目光短浅，不理解他人，也不会自我分析，毫无道德伦理，更没有对人生、世界和命运的看法。在制订谋反计划时，乌布曾凭他的"绿蜡烛"和他老婆的名义发誓，一定封波尔杜尔为"立陶宛公爵"。然而，乌布过河拆桥，大骂波尔杜尔是饭桶，"让他饿肚皮去"，并且声称自己已经不需要波尔杜尔了，所以"他根本别指望得到什么公国"③。乌布粗野愚蠢、无知懦弱、卑鄙无耻、贪婪吝啬到极点。乌布坐上王位后做的第一件事就是让自己马上富起来。他下令"处死所有的贵族，没收他们的全部财产"④，向老百姓征收所得税、工商税、结婚税和死亡税等各种苛捐杂税，甚至计划杀了所有的人，拿着钱财逃走。雅里在他身上堆积了人类所有的低级本能与卑劣品质，使他成为人类文艺史上出现的最可恶的垃圾形象。

　　索因卡笔下的巴阿布是亵渎人权的魔鬼，侵吞民族主义者梦想的独裁者，代表着一个腐败、嗜血的温床。巴阿布与乌布具有许多相似的特征：二者在外观上都长得奇怪而肥大，而且明显地缺乏自我身体的平衡控制能力，二者都是为了引起各自妻子的注意而开损人的玩笑，二者都贪求权力和迷恋财富，二者都因战败躲进深山。但是，乌布头脑简单，喜欢低级的吃喝享受，巴阿布凶残变态，沉迷于龌龊的性事活动。雅里笔下的乌布王在登基大典上，看到人们因抢金子而把人头劈开，兴奋得高喊多么美妙的场面。同样，在《巴阿布国王》中，为了防止市民们不投选或反抗，巴阿布的士兵居然切断他们的手臂，巴阿布因此兴致高涨而发出呻吟。在冷山之夜，巴阿布极其荒唐地在"最喜爱的母山羊"身后温暖自己，因为他"无法在没有外来帮助的情况下"与"一个女人做同样的事情"⑤。为了能更加激起性欲，他把随身携带在银弹中的犀牛角粉末充当本土伟哥。巴阿布贪得无厌的欲望最终导致他的毁灭。出于神明的惩恶扬善，巴阿布最终死于犀牛角粉末服用过多，与现实中的阿巴查将军死于伟哥形成绝妙的呼应。索因卡通过夸张和暗喻的手法把巴阿布从现实中移除，但他与非洲真实的暴君的关联却隐

---

① ［法］雅里：《乌布国王》，王以培译，黄晋凯等主编：《象征主义·意象派》，中国人民大学出版社1989年版，第371页。
② ［法］雅里：《乌布国王》，第396页。
③ ［法］雅里：《乌布国王》，第387页。
④ ［法］雅里：《乌布国王》，第388页。
⑤ Soyinka Wole, *King Baabu*, pp.5-6, 76.

约存在。巴阿布与麦克白的形象相距甚远,不存在善恶冲突,因为他和乌布一样是邪恶的化身,毫无人性可言。

与雅里笔下的纯虚构人物乌布不同的是,莎士比亚的麦克白具有高度的历史真实性,索因卡的巴阿布呈现出鲜明的现实针对性。巴阿布的性格特征都是通过其夸张行为和发生在他身上的夸张事件而展露出来。但是,它们同实际发生在总统自身的事件极其相似。例如,巴阿布在戏剧开场中的政变场面是后殖民时代的非洲政变典型。巴阿布的现实原型人物阿明、蒙博托和博卡萨等都是通过上演政变而掌权的。阿巴查曾经参与了两起政变,第二次政变终于将他送上总统的宝座。巴阿布滥用暴力,欣然地谈到他要把拔掉的指甲、砍掉的手指、脚趾、睾丸送给珀提普作为贺礼。巴阿布对财富的贪婪使得他放纵自己的军队进行屠杀。司令官比尤(Bhieu)为巴阿布经营填饱肚子的事业提供"持不同政见的垃圾倾泻站",处理了数以千万的持不同政见的政客和通敌者的腐烂尸体。据媒体报道,现实中的博卡萨和阿明都亲自参与过折磨反对者的行动,传闻他们还参加了食人行为,阿明当政期间大约有四十万人被杀害或消失。巴阿布的军队在战场上等待他们之前预定并付款的武器到来,但武器始终没有出现,因为这些武器被用来"与边境外的反叛军交换钻石"了①。据说,现实中的几内亚军方和利比里亚总统查尔斯·泰勒曾经在内战中用武器与塞拉利昂交换钻石。

三、《巴阿布国王》与《乌布王》思想内涵对比

与雅里相比,索因卡受莎士比亚创作思想的影响更为深刻。索因卡是杰出的莎士比亚戏剧研究专家,曾经发表过一系列有关莎士比亚的评论文章,十分了解也主动借鉴莎士比亚的戏剧创作理念。以人为本的非洲始终都是索因卡写作欲望的核心,民主与正义是索因卡的毕生斗争。《巴阿布国王》是一部现实针对性极强的讽刺剧,既与《麦克白》一样具有鲜明政治倾向,又与《乌布王》具有相似的荒诞色彩与非理性思想。索因卡运用夸张但相对现实的语言和看似夸张但又真实的行动与事件创造了明暗对照的戏剧画面,《巴阿布国王》揭示了非洲后殖民时期在独裁者统治之下的恐怖现实。

《乌布王》深刻的思想内涵并不在于权欲与野心造成的毁灭,而是要揭示人在内心欲念驱使之下的邪恶本质。雅里在剧本中用狂放的幽默和神奇的荒诞手法大胆篡改莎士比亚的历史剧,在乌布身上集中了人类几乎所有

① Soyinka Wole, *King Baabu*, p.69.

的卑劣意识,对西方的人道主义传统提出了挑战。19世纪后期的法国开始流行各种标新立异的文学艺术和非理性主义思潮。雅里深受其影响。他认为,人的真实自我隐藏在日常生活的习惯和规则之下。戏剧作品应当通过夸张、想象等手段,摆脱人们日常的习惯和规则,任凭人的"纯状态"意识自由活动,从而透视内心深处的各种欲念,揭示人的本质真实。麦克白在弑君篡位之后还能反思自己的罪恶行为,承受着巨大的精神折磨。乌布篡位只是为了吃喝玩乐,戴上王冠后完全按照自己的本能行事,毫无顾忌地杀人,只为得到自己喜欢的香肠、遮阳帽、四轮马车和金银珠宝,满足自己的各种物质欲望。他滥用国王的权力,无视法律道德,抛弃理性思考,袒露了人在无意识中的欲望。在《乌布王》第一幕第三场中,乌布夫妇邀请卫兵队长波尔杜尔一伙来家赴宴,准备收买他们来帮助自己谋反篡位。乌布无法忍受别人享用自己的食物,居然在餐桌上挥舞一把粪刷,把所有的食物都弄脏。乌布在宴会上挥舞粪刷的荒诞动作具有鲜明的隐喻性,暗示人类社会存在绝对的,而且不可抗拒的邪恶与肮脏。《乌布王》以虚无的态度对待现实生活和传统艺术,嘲弄现实生活和艺术世界中的真善美,既没有对消极因素的正面批判,也没有肯定任何东西,透露出作者对人类的一种深沉绝望。马丁·艾斯林(英国戏剧理论家)指出,雅里"以诗人的想象力描绘了人类天性中黑暗的一面。这幅戏剧画面被证实具有远见性和真实性"①。

　　过去在严酷的独裁统治下,非洲各国毫无基本人权。索因卡与莎士比亚一样,关注国家的前途命运和社会的发展进步,毕生致力于尼日利亚的民主与正义的斗争。索因卡在孩童时期参与过母亲领导的反对向妇女征税的斗争,大学期间发起成立了"反腐败、求正义学生组织",1965年因指责大选有舞弊行为而被关押了三个月,1967年在伊博族与豪萨族的武装冲突中充当调停人。内战爆发后,索因卡又联合知识界人士呼吁和平谈判,因此被联邦政府逮捕并被关押了两年零三个月。1971年,尼日利亚的社会与民族矛盾有增无减,国家已病入膏肓。极度失望的索因卡自行流亡国外。1975年,尼日利亚政权更替,索因卡回到伊费大学任教,与其他知识分子一起开展反对军人统治的斗争。1993年,萨尼·阿巴查上台执政,宣布解散政府和议会,并禁止一切政党活动和群众集会。索因卡积极参加抗议阿巴查的活动。为此,军政府下令,禁止索因卡在国内上演剧作、出版新书和在公开场合发表讲话。1994年11月,阿巴查亲自下令捉拿索因卡,致使他再次亡命国外4年之久。他在欧美国家到处发表演讲,发起成立"尼日利亚民族

---

①　[英]马丁·艾斯林:《荒诞派戏剧》,华明译,河北教育出版社2003年版,第336页。

解放委员会",揭露和反对尼日利亚的军事独裁统治,呼吁各国对阿巴查军政权进行政治经济和军事文化的全面制裁。1997 年 3 月,恼羞成怒的阿巴查军政府以"叛国罪"将缺席的索因卡判处死刑。1998 年 6 月,阿巴查病亡。同年 10 月 14 日,索因卡回到尼日利亚,受到同胞的热烈欢迎。在索因卡看来,民主选举应该植根于人民的意志,正义是人性的首要条件。他发表讲话说:"我们的斗争并没有结束。我的使命就是在尼日利亚实现稳定的民主。"①

《麦克白》通过刻画麦克白夫妇的恐惧心理和良心谴责,揭示了黑暗与光明的较量、人性与兽性的冲突,表达了莎士比亚拥护开明君主、反对谋权篡位和邪恶暴君的政治理想。"仁爱"和"民知"的人文主义最终在《麦克白》中比滑铁卢更响亮的敲门声中冲击了魔性,战胜了野心与残暴。同样,索因卡在《巴阿布国王》中始终用夸张手法来描写政治卑鄙行为。他通过夸张的比喻和巴阿布在极端境遇下的身体、言语和行动,把现实中人的极端行为进行夸大和扭曲,创造出一个令人不安的幻影。《巴阿布国王》中的政治事件与独裁统治之下的非洲政治紧密关联。索因卡善于在剧本中编织历史的碎片和当代的真相,领袖们稀奇古怪的状态和动作挑衅了逻辑和期望。巴阿布的夸张肢体表演代表着一种隐喻。巴阿布的腰身极端粗大,玛丽亚把他的胃称为一座"山的内脏"。雅里笔下的乌布有着松弛的腹部,形象极端丑陋可怖和荒唐怪诞,是贪婪、愚蠢、蛮横、残暴的化身。但是,索因卡笔下巴阿布的"山一样的勇气"胜于一部哑剧,是一种吞噬国家的邪恶力量和对财富的贪婪欲望的视觉隐喻。巴阿布把"经营填饱肚子"作为一个养育国家的计划,暗示他希望通过吞噬土地来填饱肚子。他在"山的内脏"中从事"农业生产",为此需要购买大量的"肥料"②。作为以穆加比(Mugabe)、尼雷尔(Nyerere)和蒙博托(Mobutu)等非洲统治者为原型组合而成的暴君,观众们实在太熟悉巴阿布所要撒播的肥料类型。巴阿布的士兵切断市民的手臂来防止市民们的反抗,这种恐怖的胁迫方法在 20 世纪 90 年代的塞拉利昂(Sierra Leone)内战和一百年前的比利时所属刚果(Belgian Congo)中曾经实施过。巴阿布与母山羊的性关系描写暗喻其政治无能。索因卡使用英文单词的首字母缩略字来暗指现实非洲的邪恶政治组织,例如,他把"提前偿还最高议事厅"(The Supreme Council for Advance Redemption)拼写成 SCAR(伤害),把所谓的"平民合法化组织"(the

① 程涛、陆苗耕:《中国大使讲非洲故事》。
② Soyinka Wole, *King Baabu*, pp.14—16.

Recognized Organized Union of all Trades)命名为 ROUT(溃败),把叩首于所有宗教但不忠实于任一宗教的"普世教会高级教士的圣令"(the Devine Order of Prelates Ecumenical)缩写成 DOPE(麻醉剂),缩写词 RENT(租金)指的是所谓的"传统皇室财产"(the Royal Estates Nominal and Traditional)①。这些邪恶组织的挂名首脑利用所有夸张手段将他们的"民主"政治推销给大众,对应尼日利亚现实中的珀提普(Potipoo)将军意图发起政变的种种掩护。

《巴阿布国王》虽然与《乌布王》一样没有正面人物,但是索因卡在剧本中继承了莎士比亚的批判精神,对当代非洲的独裁者做出了激烈抨击,揭露了人欲横流的社会现实,有着严肃的道德标准,并且表现出对政治民主和人性自由的热切渴望。

四、《巴阿布国王》与《乌布王》艺术手法对比

《乌布王》在人物塑造、舞台设计和人物语言等方面均具有夸张、非理性、非现实的色彩。《巴阿布国王》也自始至终都显得十分地混乱、荒诞、夸张和疯狂。二者在艺术手法的运用上具有很多相似之处,都具有夸张、讽刺和"黑色幽默"的显著特色。

如前所述,雅里的《乌布王》是对莎士比亚《麦克白》的反讽式模仿。除了套用《麦克白》的框架结构之外,《乌布王》完全颠覆了西方传统戏剧的基本要素,没有逻辑合理的故事情节、真实可信的人物形象、形态具体的物质环境以及准确的时代社会氛围,等等。整个剧本的叙述显得极为跳跃、缺乏逻辑,自由而随便,好像开玩笑,人物在宫廷、城镇、农舍、荒野、海洋甚至墓室等多种场景东窜西跑,没有相互呼应和前后观照,时间地点含混不清,情节进展忽快忽慢,故事场景发生忽东忽西。演员们在舞台上看起来像木偶,弑君篡位的乌布国王大腹便便,变形的秃头上扣着一顶皇冠,肥腰上晃荡着一个酒瓶,用扫厕所的长柄刷充作权杖,讲话的鼻音很重、没有轻重缓急的变化,甚至很少有停顿。他登台亮相的第一句台词就是一句大粗话"他妈的",雅里拒绝心理冲突的描写,轻视语言,故意挑衅戏剧传统。《乌布王》中的一切都以"黑色幽默"的喜剧形式展开,未对任何事情做出评判,未肯定任何东西,透出作者的一种深沉的绝望。乌布王的行为缺乏连贯性和逻辑动机,"坚决"与"懦弱"的变化只需一瞬间,无端的残暴行为随时出现。雅里的幽默采用行动和语言的不协调性和逻辑矛盾,具有极强的颠覆性和

---

① Soyinka Wole, *King Baabu*, p.11.

破坏性,是一种荒诞式幽默。例如,乌布说,"等他带回些柴火的时候,我会生火的"。因此,《乌布王》被视为荒诞派戏剧的第一部作品。西方超现实主义作家对雅里十分推崇,把阿里视为现代戏剧的先驱。

《巴阿布国王》效仿了《乌布王》的多个场所混合,戏剧结构也比较松散,剧情混乱荒诞,语言夸张而疯狂。在剧本的开头,巴沙·巴什将军在全副武装的士兵簇拥下来到乌齐将军的住处,乌齐将军的"头脑"喷溅在壁纸上。巴什的妻子玛丽亚督促巴什向着更大的政治权力前进。随着剧情的展开,巴阿布被证明拥有一种祖传的无穷的残暴能力。他以共享财富和国家食品项目的名义进行政治宣传,吹捧所谓的人文主义原则,事实上却把国家财富存于自己的私人银行账户。巴阿布的野心不仅是掌管"谷阿图",而是要把整个大陆都置于他的邪恶权杖之下。他可以在任何时候为了达到自己的目的而改变信仰,对基督教、伊斯兰教或者约鲁巴的上帝(神)鞠躬。

然而,《巴阿布国王》虽然与《乌布王》具有一些相似点,但不能把它简单地归于荒诞剧。理由有两个:第一,《巴阿布国王》运用了约鲁巴的宗教结构,必须在约鲁巴神话所特有的不协调性和非逻辑性的语境中阅读,其戏剧结构和阅读语境的逻辑都不同于西方的荒诞剧。第二,巴阿布虽然模仿了乌布王在身体、语言和动作上的夸张元素,但也蕴含了荒诞剧所不涉及的教化故事。因为巴阿布作为非洲总统怪人,是基于现实生活中的真实人物塑造而成,跳出了荒诞剧"缺乏客观存在的人物"的范畴。索因卡汇聚了阿拔卡(Abaka)、奥博奥撒琼(Obiosanjo)、阿明、蒙博托、博卡萨、托雷(Toure)、尼雷尔(Nyerere)和穆加贝(Mugabe)等众多非洲当代国家领导人的性格因素和政治行为,创造合成了巴阿布形象。

巴阿布的语言与乌布一样显得极为愚蠢可笑,但巴阿布的语言更为夸张。他误读和误解简单词汇,说话完全凌乱不堪,语句中大量存在缺少助动词、误用动名词和分词、混淆动词形态,甚至使用垂悬修饰的语法语病问题。巴阿布的话语并不是旨在"跳出逻辑和语言限制的打趣唠嗑"[1],而是显示出极端的愚蠢,嘲弄了现实中没受过正规教育、自封为法学博士的半文盲阿明之类的非洲独裁者。巴阿布是总统缺乏政治和性交能力的写照。玛丽亚称他是巴阿布,他什么都没有,因为他将一切都奉献给了经营填饱肚子。索因卡在给巴阿布命名时混合了事实、谎言和联想。他确实起源于草根大众,但是他是头脑空空,而不是口袋空空;他已经用国家的财富填饱了他自己。对于阿巴查,索因卡说,"他或许可以通过枪杆子来玩弄自己的权利。但

---

① Soyinka Wole, *King Baabu*, p.341.

是，他无论如何也称不上拥有权威，他的这种外强中干势必在人民群众的反抗中愈发显现出来"①。剧本中众人歌唱巴阿布的赞美诗，称呼他为"国家之父"或"人民之父巴布"，高呼"巴巴尼巴巴耶……国父至高无上"②，影射肯雅塔、尼雷尔等现实中自我吹捧的非洲领导者。夸张的巴阿布和他的夸张动作在剧本中出现时显得极其幽默。巴阿布夸张的人物和动作来源于真实的人和事，这让观众感到很不安。

使用夸张的词汇和短语来证明政治手段如何利用大众的恐惧和情感也是《巴阿布国王》的重要特色。索因卡在剧本中多次以修辞形式使用语言夸张法来描绘"指示与意图"之间的分离。例如，玛丽亚为了煽动巴阿布发起政变，使用"民主被围困……为国家担负起你的职责"③的夸张言语来唤起他对丧失自由的恐惧，从情感上激发他的爱国责任感，从而采取行动并宣布自己成为总统。ROUT 十分圆滑，他们首先利用劳工领袖和"民众之声"的职位，充当让公众愉悦的领导人，团结有组织的工人，煽动民众参与推翻珀提普的运动。SCAR 的成员编造了"革命万岁"这样的句子，巴阿布的政治宣传口号是"重建大陆"④。当然，这两条口号都被夸张了。根本不存在什么革命或重建，仅仅是权力与金钱的倒手。然而，这种大肆的政治宣传触及了被压迫和被剥削民众的恐惧、希望与梦想。

2001 年 8 月，索因卡在拉各斯亲自执导和排演，《巴阿布国王》首演获得成功。随后，他率领剧团到尼日利亚其他城市和瑞士、德国、美国、澳大利亚等欧美国家多次演出，观众对剧中现实政治内容和极度夸张的表现手法非常感兴趣，演出几乎场场爆满，为索因卡戏剧创作迎来了新的高峰。

---

① Soyinka Wole, *The Open Sore of a Continent : A Personal Narrative of the Nigerian Crisis*, New York : Oxford Press, 1996, p.11.

② Soyinka Wole, *King Baabu*, p.47.

③ Soyinka Wole, *King Baabu*, p.24.

④ Soyinka Wole, *King Baabu*, p.38.

第七章 索因卡戏剧中的后殖民书写

20世纪以来,人类社会逐渐从传统向现代转变,重读历史和回顾价值体系已是大势所趋,对于有殖民历史的国家尤其如此,这些国家的文学、文化、政治甚至宗教发展都受到了殖民统治的深刻影响。作为前英国殖民地的非洲各国更是如此,因为英国殖民者已经形成独特的策略来管理非洲殖民地。对历史的重读导致后殖民文学发展成为一门新学科。

索因卡、恩古吉、阿契贝、多丽丝·莱辛等都是20世纪非洲著名的后殖民作家。用什么语言写作对非洲作家而言,绝非一个简单的表达工具的问题,而是涉及传统文化的恢复和重建,以及后殖民非洲"非殖民化"的重大的社会和政治问题。非洲知识精英继承了法侬的思想,早在非洲大多数国家取得民族国家独立的20世纪60年代初期,就已开始思想和文化上的非殖民化运动,其中也包括"语言非殖民化"。他们激烈抵制用英语或其他殖民者语言写作,指责英语是精英语言和欧化的产物,束缚了非洲文化,是殖民主义的残余,导致了本土文化的异化,割断了非洲与传统的联系,对非洲进行了心理上的截肢术。许多英语剔除主义者都主张使用非洲本土语言,认为使用殖民者的语言只能进入文化的死胡同。西方评论家姆贝姆(Mbembe)说,"后殖民关系主要不是一种抵抗或协作关系,而是一种戒律与目标之间的复杂的紧张关系"[1]。

索因卡在《神话、文学与非洲世界》中对如何代表非洲身份提出了独到的看法。他认为非洲人在殖民主义背景下需要克服双重意识的选择,同时驳斥文化民族主义是一种意识形态,帮助非洲人看清了自己的处境,为非洲的未来发展指明了方向。索因卡热衷于非洲以外发生的事情,既是一名非洲文化民族主义者,也是一名真正的国际主义者,他试图在土著认识论中确立主体性概念,并借以重新划分殖民历史和西方文化。他坚持用文学创作来摧毁种族主义和殖民主义。他的文学作品具有一种对后殖民权力复杂性的洞察力,善于利用日常经验的陌生化策略来揭示非洲政治黑暗,深刻反映尼日利亚殖民时期和后殖民时期的苦难,竭力挖掘后殖民时期非洲大陆不断发生的传统与现代的冲突,既创造出挑战自我的现代文明捍卫者,又刻画

---

① Achilles Mbembe, "The Banality of Power in the Post-Colony", *Public Culture 4*, 1992, pp.1–30.

了深深植根于传统和习俗的传承人。由此,后殖民书写成为索因卡戏剧创作的显著特点,《狮子与宝石》《森林之舞》《死亡与国王的侍从》《孔其的收获》《路》等作品都充分表达了索因卡浓厚的后殖民思想艺术色彩。

第一节　《狮子与宝石》中的后殖民书写

后殖民理论认为,殖民主义和帝国主义不仅是关于对其他人民的物质征服,而且涉及一种更阴险的文化压迫。赛义德曾经明确指出,殖民帝国势力一旦建立了用自己的方式叙述世界的权力,就会试图阻止其他叙事的形成和出现,他们通过强加的意志和支配,通过内在强迫和主观形态的力量让被殖民者把自己视为"他者"。非洲民族主义争取独立斗争,一方面是非洲和非洲本土文化复兴和自我建设,远离殖民主义扭曲和诋毁;另一方面是对现代性意识形态的明确接受。索因卡的《狮子与宝石》被认为是充分体现后殖民特征的典型戏剧作品。

《狮子与宝石》以尼日利亚的伊鲁津来村为背景,故事发生在一天之内,时间分为早上、中午和晚上,主题是尼日利亚传统约鲁巴价值观与西方殖民文化影响之间的冲突。在剧本开头,西方游客骑着摩托车去伊鲁津来村拍照。村里的女孩见西方游客不小心掉进水里,虽然觉得滑稽可笑,但她们以极大的热情欢迎印有他照片的杂志。很明显,这是西方人对非洲民众进行新一轮文化殖民浪潮的见证。索因卡在剧本中同时展示了非洲传统文化和西方现代文化的重要性,形象地揭示出传统与现代、非洲与欧洲、年轻人与老年人等在婚姻爱情、贞洁观念、新娘彩礼、尊重长辈、男女地位、现代交通工具等多方面的矛盾冲突。

一、非洲与欧洲的婚恋观冲突

索因卡的戏剧作品深深扎根于非洲的本土文化,深刻反映非洲社会现实。他善于用理性的眼光审视非洲国家的历史与现状,始终关注着后殖民时期非洲各民族传统习俗与西方现代意识的冲突矛盾,不断探究后殖民时期非洲国家的政治危机、民生疾苦以及社会出路。拉昆来和巴罗卡争夺希迪的婚恋战是《狮子与宝石》的主要情节。这场婚恋冲突既揭示了非洲与欧洲两种不同生活方式的对抗,也揭示了非洲传统爱情婚姻观与西方现代爱情婚姻观的冲突。

《狮子与宝石》的角色分为两组:一组由巴罗卡、萨迪库和希迪组成,代表传统的非洲价值观;一组是拉昆来,代表现代欧洲人,尤其是英国的价值观。《狮子与宝石》描绘了约鲁巴一夫多妻制和妻子帮丈夫求爱女孩的习俗和传统。这对读者来说是很新鲜的。一夫多妻制的社会很重视巴罗卡，允许他娶尽可能多的女孩做妻子。他只是用妻子们来娱乐，在新的最爱到达后，他把前面的最爱送到一个外屋。然而，在西方人眼中，约鲁巴是一个从不尊重女人的社会，拉昆来说约鲁巴女人习惯挖山药或整天弯腰种小米、搬运、做饭、擦洗、生孩子。

（一）拉昆来以西化婚恋方式追求希迪

拉昆来是《狮子与宝石》中最现代、最西化的角色。他是一个 23 岁的尼日利亚青年，志在寻求现代性、社会变革和未来希望，被描绘成一个被西方文化洗脑的非洲人，是伊鲁津来村第一个上城市学校的人，充满了从西方文学中汲取的浪漫主义思想，代表了西方现代婚恋观和被希迪的魅力所吸引的文化浪漫。

他爱上了乡村美女希迪，把自己的想法强加在希迪身上，并竭力把这个乡下女孩变成一个城市女孩。他希望希迪成为一个现代的女孩，表现得像一个英国女士。

在西方文明影响下，拉昆来已经变得更喜欢现代生活方式。他"穿着旧英国式的上衣，衣服旧而不破，干净却不硬挺，显然略微窄小。他的领带打了一个很小的结塞在漂亮的黑坎肩下面"，"穿着裤脚二十三英寸的裤子和漂白的网球鞋"①。他认为，用刀叉放在易碎的盘子上吃饭是文明人的行为。高跟鞋、口红、华尔兹和夜总会以及亲吻嘴唇是拉昆来的进步象征。拉昆来拥有传教士的热情，希望伊鲁津来村进行革命性改变，从"原始性"转变为"现代性"。在戏剧的开场，拉昆来对西方现代性的渴望是非常明显的。帮希迪提水桶是拉昆来成为"现代绅士"的方式。他想减轻希迪的沉重负担，效仿西方国家的绅士行为，试图打破非洲女性干重活的传统。

拉昆来迷恋上了希迪。当希迪穿过学校附近的走廊时，拉昆来乘机表达对她的美貌的欣赏。当他看到希迪头上顶着一桶水时，他为她感到焦虑并建议她：

> 我曾告诉你不要把东西顶在头上。可你还是顽固得像一只无知的山羊。那有损脊椎骨。那会缩短你的脖子，不用多久你就没有脖子了。你愿意被压扁，像我的学生画的那个样子吗？②

---

① ［尼日利亚］沃莱·索因卡：《狮子与宝石》，第 39 页。
② ［尼日利亚］沃莱·索因卡：《狮子与宝石》，第 40 页。

拉昆来嘲笑希迪说,只有蜘蛛才像她那样搬运东西。他建议她遮住胸部,这样就可以阻止村里的失业者了。他向希迪解释了他为什么想娶她,因为他认为她是一个聪明的女孩,能够理解和支持他的生命斗争。拉昆来相信现代爱情观念,所以他试图追求村里的美女。虽然拉昆来出生在非洲,但他的现代教育和与外来文化的接触使自己欧洲化了。拉昆来对希迪说,"我想结婚是因为爱情,因为我寻求终身伴侣","寻求一个患难与共的朋友,平等的终身配偶"①。他认为接吻是文明浪漫的手段,并要求希迪吻他。他告诉希迪做一个现代的妻子,对着他的脸,轻轻吻一下。

在拉昆来的新思想中,没有一夫多妻制,只有西方现代的一夫一妻制。拉昆来相信西方现代婚姻,认为彩礼制度是"一种粗鄙的风俗,野蛮的、过时的,受到人们抵制、谴责与诅咒的,应被革除的、陈腐与堕落的,难以言喻的、使人丢脸的赘疣。退化的、出奇的、无谓的"②。在他看来,这种习俗对女性来说是一种耻辱和羞辱,认为"付出彩礼就是从市场货棚里买一头小母牛。你就等于我的奴仆,我的私有财产"③。他还说这种"卑鄙的风俗,无耻的、不光彩的,让我们的传统遭到世人的耻笑。希迪,我找一个妻子不是为了干活打杂儿,烧火做饭刷锅洗碗,大批生儿育女"④。可见,拒绝传统的新娘彩礼成为拉昆来现代生活方式的另一部分。

(二) 巴罗卡为希迪支付新娘彩礼

巴罗卡是伊鲁津来村的"狮子",是部落首领,已娶有几个妻子。巴罗卡代表静态和传统价值观,被描绘成一个一夫多妻制的男人,他从不厌倦娶新妻,也是一个聚揽了很多奢侈和权威的男人。巴罗卡接受传统,认为现代思想是对他的权力威胁。

巴罗卡第一次在剧中出场就表现出了对现代生活方式的不满。当他从树后走出来时,所有在场的人都蹲下来,匍匐着或跪倒,呼叫"王爷""老爷"等。巴罗卡很享受这种约鲁巴人对统治者的问候,但没想到"拉昆来一人例外,他开始想溜走"⑤。拉昆来躲不过,只好向巴罗卡说了一句"您大人早上好"。这让巴罗卡很难过,甚至愤怒地质问他为什么没有得到他应得的尊重。

索因卡在一次采访中讲述了《狮子与宝石》的创作缘由。他说自己曾

---

① [尼日利亚]沃莱·索因卡:《狮子与宝石》,第47页。
② [尼日利亚]沃莱·索因卡:《狮子与宝石》,第46页。
③ [尼日利亚]沃莱·索因卡:《狮子与宝石》,第48页。
④ [尼日利亚]沃莱·索因卡:《狮子与宝石》,第47页。
⑤ [尼日利亚]沃莱·索因卡:《狮子与宝石》,第56页。

经认识一个名叫查理·卓别林、年近 60 岁的男人,娶了一个 17 岁的妻子奥娜·奥尼尔。查理·卓别林虽然年迈,仍然想娶年轻的新妻子——而且似乎总是完全有能力应付夫妻之事。这个查理·卓别林就是《狮子与宝石》的巴罗卡的原型。巴罗卡"瘦削而结实、长着山羊胡子,虽已六十二岁但还很硬朗"①。他看到希迪的照片后就想让她成为他的妻子之一,于是派长妻萨迪库作为中间人,向希迪求婚。他向萨迪库透露自己失去了男子气概。萨迪库相信了他,并把这个秘密告诉了希迪。希迪计划折磨他,并到达他的宫殿。巴罗卡用卑鄙奉承的方式引诱了她。

摄像机和机器在《狮子与宝石》中起着至关重要的作用。评论家们说,这部剧探讨了当一种以前未知的文明工具爆发到他们的生活中时,个人和社会将发生什么。公共工程公司曾经试图在伊鲁津来村修建一条铁路,派出工人和测量员去拆除丛林,以便运行一条穿过村庄的铁路。巴罗卡得知此事后,用钱、一只母鸡和一只山羊来贿赂测量员。于是,测量员和工人们高高兴兴地收拾好东西,离开了伊鲁津来村,并确保铁轨铺设在更远的地方。由此可见,巴罗卡的目标是让他的村庄保持传统的形式,阻止西方文明向他的村庄蔓延。

巴罗卡阻止了白人铺设一条触摸伊鲁津来村的铁路。他的恐惧并非没有道理。铺设铁路意味着一种外来技术扰乱了一个稳定的政治秩序,并最终为征服和控制他的人民的土地和商品铺平了道路。在巴罗卡看来,所谓的进步不仅有助于事物的机械均匀性,而且抑制了自然的基本活力和美。他说:

> 在桥梁和致命的公路中,在把那放出蛇舌形闪电的山戈神蒙在烟雾中的嗡嗡飞的铁鸟下面,在此刻与将横扫一切的未来年代之间,我们必须留下生命的处女地,留下从被遗忘的肥料堆发出的腐烂香味与朦胧气息,使它们不受侵害……但是在进步的表皮、假面具下隐藏着千篇一律这只有斑点的恶狼……难道千篇一律不让你感觉不快吗,我的闺女?②

巴罗卡的自私对于保留一切是明确的。他阻止铁路穿过这个村庄,因为他想保护他的妻子。

---

① ［尼日利亚］沃莱·索因卡:《狮子与宝石》,第 56 页。
② ［尼日利亚］沃莱·索因卡:《狮子与宝石》,第 95 页。

（三）希迪对传统与现代婚姻的选择

索因卡根据传统与现代、非洲与欧洲两种文化的冲突来展现希迪、拉昆来和巴罗卡的内在情感。希迪是一个传统的乡村美女，是村民眼中的一颗宝石。拉昆来和巴罗卡都很喜欢希迪，展开了一场争夺希迪的婚姻战。他们对希迪的求婚斗争展示了非洲传统和西方现代文明之间的激烈对抗。希迪必须在他们两人之间、在现代婚姻与传统婚姻之间做出选择。

西方游客来到伊鲁津来村，为美丽的希迪拍下了许多精美照片，并刊登在一本杂志的封面上。由此，希迪激发了强烈的自我意识，对约鲁巴传统开始有所动摇。索因卡把女主希迪描绘成一个欣赏自己美丽的乡村美女。她看到自己的照片登载在杂志上，就开始喜爱和欣赏自己的美丽，并为自己的美丽感到骄傲。她沾沾自喜地说：

> 我叫希迪，我很漂亮。那个外来人摄出我的美貌，把它放在我的手中。它就在这里。我用不着古怪的名字。说明我的名声。用他的话说，"比帝王的宝石还可爱"。①

拉昆来和巴罗卡都喜欢希迪。他们在剧中都以不同的方式扮演浪漫恋人的角色。拉昆来在剧中的大部分时间里都以浪漫恋人角色出现。他称赞希迪的美，跪在她面前，为她服务。巴罗卡在观众看来很反浪漫，但他通过印花印刷机吸引了希迪的虚荣心，在这个短暂的表演中也扮演了一个浪漫的情人。他说：

> 无生命的工艺品，眼睛是两个窟窿，冷冰冰的，没有你的年轻面颊上那种生命和爱情的温暖，你能看到吗，希迪？数万张这样优美的印刷品，每张都将为希迪树碑立传。为这个村庄的女神，伸手向着太阳——她的爱人——的女神。你能看出吗？我的闺女！我希望你不要认为这负担过重，怕你的轻巧身躯担不了全国的邮件。②

希迪不同意拉昆来的爱情观。她相信非洲传统价值观，包括新娘彩礼等婚姻习俗。她以一种传统方式头顶着小水桶入场，拒绝拉昆来帮她提水桶。希迪认为生育是婚姻的第二部分。因此，她问拉昆来："上天原谅！你

---

① ［尼日利亚］沃莱·索因卡：《狮子与宝石》，第60页。
② ［尼日利亚］沃莱·索因卡：《狮子与宝石》，第94页。

现在轻视妻子养孩子吗?"另外,希迪认为接吻是异常的表现。她从非洲的角度拒绝拉昆来的亲吻,明确表示自己"不喜欢这种奇怪的不卫生的亲嘴,每次你的行动都欺骗了我"①。可见,希迪并没有对拉昆来吹捧的现代欧洲爱情或婚姻方式有过任何欣赏。对她来说,拉昆来的西方现代思想正在颠覆整个约鲁巴传统世界。希迪意识到拉昆来正在以西方现代恋爱方式来追求她,但她坚决要求拉昆来为她支付新娘彩礼,不想成为一个"供全村吐唾沫的廉价痰盂"。希迪不允许拉昆来把她的传统价值观放在一边。对她来说,一个没有得到嫁妆的女孩是羞耻的,将不会被称为处女。希迪回答拉昆来的求婚态度很明确,只要他支付彩礼,她就可以随时嫁给他。她说:

> 我告诉过你,我再说一次,我可以嫁给你,今天,下星期,在你指出的任何一天。但首先得偿付我的彩礼。啊,你转开了身! 但我告诉你,拉昆来,我必须要全部彩礼。你要让我成为一个笑柄吗? 你要怎么办就怎么办吧。但希迪决不使自己沦为一个供全村吐唾沫的廉价痰盂。他们会说我不是处女,我被迫出卖了自己的羞耻心,不要彩礼就嫁给了你。②

酋长巴罗卡看到照片后要求希迪成为他最小的妻子。希迪最初拒绝了更传统的做酋长最后一个妻子的选择,认为巴罗卡年纪太大、缺乏吸引力,说明希迪心中存在现代思想。希迪的态度代表了当时众多尼日利亚人,他们被困在新旧两个世界之间。只要拉昆来支付传统的新娘彩礼,就可以拥有他的新娘。但是,拉昆来没钱支付传统的新娘彩礼,单凭西方现代婚恋观念无法说服希迪嫁给他。巴罗卡清楚约鲁巴的传统规则,用狡猾手段赢得了希迪。他假装不知道求婚,狡猾地呼吁她对旧乡村方式的忠诚,赞扬她的深度和智慧。他成功地引诱希迪,让她别无选择地嫁给他,因为他会为她支付丰厚的新娘彩礼。希迪最终决定嫁给巴罗卡,一方面因为她很看重他的男子气概,另一方面巴罗卡承诺把希迪的肖像放在邮票上。

文化冲突的根源来自不同文化人群的价值观和行为规范的差异。非洲传统与西方现代性之间既存在外部冲突,也存在内部冲突。《狮子与宝石》中的每个角色都利用非洲传统和西方现代观念的有利因素。拉昆来竭力宣扬西方婚恋观,因为他作为一名乡村小学教师,负担不起希迪的新娘彩礼。

---

① ［尼日利亚］沃莱·索因卡:《狮子与宝石》,第49页。
② ［尼日利亚］沃莱·索因卡:《狮子与宝石》,第46页。

巴罗卡利用西方创新的邮票机技术来说服希迪嫁给他,承诺把她的肖像贴在村庄的邮票上,满足希迪新的自负性格。希迪虽然是一个传统少女,但已经吸收了西方现代观念,不愿意成为巴罗卡的私有财产。当萨迪库转达巴罗卡想娶希迪为最小的妻子时,希迪利用拉昆来关于成为财产的西方现代观念作为拒绝理由,但最终为了传统的新娘彩礼嫁给了巴罗卡。事实上,拉昆来也受到传统社会的影响,同时也有内部冲突。因为在戏剧的结尾,拉昆来接受这样的想法,因为希迪不是处女,所以他不能被要求为她支付新娘彩礼。拉昆来围绕着一个恶性循环展开,他说:

> 现在我认识到我是这个世界上最大的傻瓜,在这一带每个城镇和乡村都能找到女人,而且找到的全是处女。而我却听从我的书本。"男人拉落水的女人一把",此后他们会生活幸福。不单如此,我还得承认,这也解决了她的彩礼问题。一个男子汉无论生死都必须信守原则。我曾发过誓,决不付彩礼。①

由此可见,《狮子与宝石》上演了一场非洲传统战胜西方现代性的斗争。希迪虽然曾被那张照片吸引向西方的方向,但最终决定嫁给巴罗卡时,她回归了传统。巴罗卡代表着保护这个村庄的古老价值观,并把她带回来。索因卡本人声称《狮子与宝石》不存在文化冲突,可能忽略了殖民地过去的一些非常重要的东西。巴罗卡的行为表明这里存在着尼日利亚人对西方化和殖民化的抵制。巴罗卡能够超越殖民主义话语的边界并打破封闭。他很像约鲁巴骗子之神或民间传说中的骗子人物,最终战胜拉昆来是因为他扮演了约鲁巴传统的维护者,在殖民主义话语建立的边界内为自己赢得了一个空间。

二、非洲与欧洲的婚姻制度冲突

尼日利亚是一个一夫多妻制的国家,男人娶多个妻子是合法的,这是约鲁巴传统生活的一个突出特征。爱人和妻子是一个人获得财富的标准。索因卡在《狮子与宝石》中真实反映了非洲一夫多妻制的社会。西方学者法洛拉(Falola)指出,关于一夫多妻制,"……家庭作为一个经济生产单位的功能,特别是那些农业生产的家庭,一个大家庭为维持和发展提供必要的劳动力",传统允许寡妇作为遗产,也就是说男人可以娶已故兄弟的遗孀。这

---

① [尼日利亚]沃莱·索因卡:《狮子与宝石》,第 104 页。

种做法确保了"妇女和她的孩子继续在家庭的经济和社会照顾下"①生活。根据约鲁巴习俗,酋长继承人应该娶已故首领最后和最喜欢的妻子作为他的首任妻子。酋长的首任妻子成为年长者,并获得家族的所有荣誉。根据传统,酋长可以拥有尽可能多的妻子,但他必须平等地对待所有人,将资源平等地分配给所有的妻子和孩子,避免妻子和孩子之间的歧视。

《狮子与宝石》可谓是一夫多妻制传统的"尼日利亚卧室闹剧"。剧中的巴罗卡是伊鲁津来村的首领,有很多妻子,从萨迪库到他最喜欢的妻子阿拉图。巴罗卡62岁仍然保持着对更多女孩的渴望。巴罗卡看到希迪独自坐在杂志上,哀叹自己距离上次娶妻已经过去整整五个月了,于是向他的首任妻子萨迪库表达了他追求那个年轻女孩的愿望。根据村里的习俗,首任妻子必须说服女孩嫁给她的丈夫,这是她确保丈夫幸福的一种责任。西方评论家库马尔(Kumar K.N.)指出,"通过这个习俗,社会强调妻子必须服从,并满足他的各种愿望。这种习俗灌输在社会中女性的思想中"②。巴罗卡的性格投射出父权制的力量,他对女性的压制和羞辱是他在社会中占主导地位的一个标志。

萨迪库是巴罗卡的首任妻子,前酋长的最后一个妻子成为新酋长的首任妻子。作为首任妻子,萨迪库的职责是为巴罗卡吸引他想要得到的任何女人。显然,萨迪库为自己在一夫多妻社会中作为一个家庭的年长妻子角色感到自豪。她是这个传统的资深代表。当她帮巴罗卡追求希迪时,以酋长的最后一个妻子来诱惑希迪。她说:

> 你有没有考虑过怎样幸福的生活在等待着你? 巴罗卡起誓娶了你之后不再另娶。你知不知道酋长的最后一个妻室的福气呢? 让我来告诉你。等他死的时候——那是不久的事,狮子也会在一个时候死掉啊——噢,等他死的时候,就是说,你将有做新的酋长的长妻的光荣。试想,只要巴罗卡活着,你就是他的爱妻。姑娘,你不会住进偏房里。你将永远住在宫殿里;首先做最后的一个新娘,以后做新头领妻妾的班头。这是享福的生活,希迪。我知道这点,我处在这样的地位已有四十一年了。③

---

① Falola, Toyin, *Culture and Customs of Nigeria*, Greenwood Press, Westport, 2001, pp.56-58.

② Kumar K.N., "Yoruba Tradition and culture in Wole Soyinka's 'the Lion and the Jewel'", International. *Refereed Research Journal*, www.Researchers world.com.Vol.11, Issue 3, July, 2011, p.5.

③ [尼日利亚]沃莱·索因卡:《狮子与宝石》,第61页。

　　在约鲁巴习俗里,国王有责任照顾前君主最小的妻子和孩子。妇女根据习俗成为父子的妻子在社会上并不是一个严重的问题。令人惊讶的事实是,很可能是酋长的继任者成为他继母的丈夫。根据习俗,萨迪库现在已经成为巴罗卡的首任妻子。她嫁给了巴罗卡的父亲,在父亲死后,她成为她的继子的妻子。

　　索因卡描绘了传统对现代性的胜利。为了满足她的好奇心和固执,希迪想拒绝这个中年男人,所以她去了他的房子。一开始她试图嘲笑他,因为他的无能,但后来她变成了他的猎物。希迪被巴罗卡诱惑了,所以她别无选择,只能嫁给他。他很狡猾,可以勾引她。他假装不知道求婚,萨迪库总是试图为他做火柴。他说把她的肖像放在邮票上,以此赞美她,他一直以最严肃的语气安抚她,并强调酋长的责任。

　　希迪拒绝了巴罗卡的求婚,因为他们之间存在差距。他们属于不同的世代。他太大了,不能娶她了。她说:"我是闪闪发光的宝石,他是只剩下后腿的狮子!"①。巴罗卡设法勾引了她,击败了拉昆来。年轻的追求者拉昆来与狮子巴罗卡形成了对比。希迪认为拉昆来有点讨厌,但她认为巴罗卡也是一个挑战。希迪决定嘲笑巴罗卡,却从这次冒险中回来被打败了,因为狮子打败了宝石。拉昆来提出迎娶希迪,尽管她没有童贞,但希迪拒绝了,并高兴地去嫁给狮子巴罗卡,很快被西方摄影师转变成杂志上闪闪发光的女孩。

三、约鲁巴语与英语的语言冲突

　　欧洲殖民势力在 20 世纪 60 年代以后逐渐退出非洲。非洲各国虽然陆续获得政权独立,但许多国家仍然处于混乱状态,殖民主义的后遗症还顽固存在。西方学者海伦·蒂芬认为,"被殖民化的人民每日生活的真实性,在很大程度上来源于欧洲话语的影响。但是,后殖民社会所产生的当代艺术、哲学和文学,却不是对欧洲模式的简单继续和接受。艺术和文学的非殖民化进程涉及对欧洲符码的一种激进的消解或掩盖,涉及对欧洲主导话语的一种后殖民式的颠覆和挪用"②。

　　1971 年,西方语言学家伯恩斯坦提出"赤字假说"③,用一种限制语言能力的理论来检验语言和社会化之间的相关性。伯恩斯坦发现,下层阶级

<hr />

① 　[尼日利亚]沃莱·索因卡:《狮子与宝石》,第 64 页。

② 　罗钢、刘象愚:《后殖民主义文化理论》,中国社会科学出版社 1999 年版,第 312 页。

③ 　Bernstein, B., "Class, codes, and control: Towards a theory of educational transmission", Vol.1, London: *Routledge*, 1971.

的语言习惯在语法和语义上与中产阶级不同。根据这种差异,他将下层阶级的语言称为限制性语言代码(公共语言),将中产阶级的语言称为精细的语言代码(正式语言)。下层阶级的限制性语言代码低等、简单,而中产阶级的精细语言代码优越、复杂。中产阶级有足够的语言代码,下层阶级则没有足够的语言代码,这使得他们难以表达自己。语言的熟练使用决定个人的社会成功。下层阶级和中产阶级成员的言论差异是导致社会机会不平等的直接原因。

希迪的演讲反映了她作为乡村美女的社会地位。她的演讲可以被称为限制性代码,因为它们包含了从约鲁巴语直接翻译到英语的例子:

> 我告诉过你,我再说一次,我可以嫁给你,今天,下星期,在你指出的任何一天。但首先得偿付我的彩礼。啊,你转开了身! 但我告诉你,拉昆来,我必须要全部彩礼。你要让我成为一个笑柄吗? 你要怎么办就怎么办吧。但希迪决不使自己沦为一个供全村吐唾沫的廉价痰盂。①

拉昆来的话语包含了标准的英语多样性。他利用所掌握的语言资源来展示自己运用不同领域知识的能力,用习得的标准英语来蔑视非洲传统文化为一种野蛮的习俗,并充分批评非洲人的婚姻观,表达自己对爱情的现代看法。他说:

> 我曾告诉你不要把东西顶在头上。可你还是顽固得像一只无知的山羊。那有损脊椎骨。那会缩短你的脖子,不用多久你就没有脖子了。你愿意被压扁,像我的学生画的那个样子吗?②
>
> 不管怎样,这话不是我说的。是科学家们证实过的。是我书里的话。女人的脑子比男人的小,因此女人才被称为阴性。③
>
> 没有办法了。你是乡下姑娘,你将永远是乡下姑娘;不文明、不开化——乡下姑娘! 我吻你像一切有教养的人那样——像一切基督徒——亲吻他们的妻子。这是文明恋爱的手段。浪漫是用动情的心喷发出的香味把灵魂熏香。④

---

① [尼日利亚]沃莱·索因卡:《狮子与宝石》,第46页。
② [尼日利亚]沃莱·索因卡:《狮子与宝石》,第40页。
③ [尼日利亚]沃莱·索因卡:《狮子与宝石》,第43页。
④ [尼日利亚]沃莱·索因卡:《狮子与宝石》,第49页。

在剧中,希迪缺乏语言能力,无法正确表达对接吻的观点和描述。她说:

> 不,不要这样,我告诉你我不喜欢你这种奇怪的不卫生的亲嘴,每次你的行动都欺骗了我,我以为你只不过是想在我耳根悄悄密谈。你却用你的唇来舔我的唇。太不干净了。还有你发出"叭"的一声,你是不是对我撒野蛮?①

由于教育嵌入语言中,标准的语言形式(包括口音)往往被认为是教育和识字的唯一合适工具,而非标准的语言形式在那些很少或没有正规教育的人中蓬勃发展。因此,教育可以确保在正式会议中使用正式语言,并在与朋友举行会议时使用非正式语言。

尼日利亚作家总是试图在文学作品中注入丰富的传统文化内容,使用约鲁巴语或尼日利亚其他语言,防止西方语言威胁。据说,当所有非洲作家都继续遵守这一点时,非洲文化和语言将得到适当的保护,免受西方文化和语言的干扰。非洲人调查发现,大多数古代非洲文学作品都受到人们的赞赏,古代作家和表演者都受到人们的尊敬。但现在的情况几乎恰恰相反,非洲人只相信西方书籍中所写的东西,而反对曾经指导过约鲁巴人的良心和生活方式的谚语、习语、民间故事等。为了保护约鲁巴人的文化和语言,有人甚至建议民间故事应该更加认真地被对待,并加以改进,从而得到读者或观众的欣赏。因为任何没有不断地实践和欣赏的东西都会自动丢失。

四、非洲人对待西方现代科技的矛盾态度

拉昆来认为自己是现代革命的代表,他与巴罗卡之间是一场道德战争,巴罗卡阻止修建铁路是在维护自己的权威。他将巴罗卡描述为进步的敌人,说是他父亲死前告诉他的:"很少有人知道这个诡计——他是个死硬的无赖,我们进步的敌人……是……就在这一带沿着四郊应早铺建了铁轨,啊,工人们都来了,实际上是让犯人们来干艰苦的工作……砍断丛林的脊背……"②对拉昆来而言,现代交通工具是一种进步和文明的方式,巴罗卡自私地阻止了这种发展。殖民者的文化统治在征服之前已经开始了,殖民者离开后仍在继续。村里已经有了一所西式学校和一名受过英语教育的教

---

① [尼日利亚]沃莱·索因卡:《狮子与宝石》,第49页。
② [尼日利亚]沃莱·索因卡:《狮子与宝石》,第65页。

师。拉昆来的衣服、举止和思想都被西方化了,他认为女性是弱者,对自己服装的看法来自西方,浪漫和做爱的概念也是欧洲人的。他支持伊鲁津来村的现代化,但他对文明和进步的概念是危险的、肤浅的。他的想法没有被巴罗卡所接受,两者之间存在着理解的差距。这种差距导致了冲突,这主要是由于缺乏教育。教育使新一代能够对社会的变革做出思考和反应,并同化新的文化。

索因卡在《狮子与宝石》中描绘了非洲人的现实生活,揭示了非洲传统习俗与西方现代文明的冲突,也展示了现代文明对非洲人思想的影响。他描写了约鲁巴人的新娘彩礼、一夫多妻制和妻子为丈夫求爱等传统习俗,利用非洲传统的歌曲、舞蹈和哑剧等元素来推进戏剧的动作。现代文明挑战了过时的习俗和传统。显然,索因卡提供了本土的传统,并确认了民生政策和妇女的角色。有西方评论家认为,"这部喜剧显然是根据角色调整意识形态,或根据他们的处境和心理需求选择有利的方面"①。

总之,盲目模仿现代世界的魅力或者忘记所有的传统价值观,会使社会像外壳一样空洞,但迷信地坚持传统也具有明显的局限性。索因卡可以被认为是殖民主义的受害者,因为他目睹了欧洲人试图改变约鲁巴文化以适应欧洲文化。他承认殖民主义对每个受到殖民主义伤害的人造成的危险和邪恶。索因卡认为,英国殖民在尼日利亚的意识形态中找到了理由,因为英国人来到尼日利亚只是为了掠夺和使自己的国家繁荣起来。英国殖民有隐藏的目标,因为从来没有对发展被占领的国家感兴趣。后殖民时期,有些非洲人忽视了本民族的文化遗产,而采用了白人文化(西方文化),从而导致非洲传统和欧洲文化之间的冲突。索因卡热爱尼日利亚的传统文化,完全意识到尼日利亚传统的宝贵价值。对他来说,真正现代的人不是背弃传统的人,而是创造性和理性地重新诠释传统的人。他认为,传统可以帮助人们进入未来,而不会被连根拔起或疏远过去。《狮子与宝石》中的巴罗卡代表索因卡的喉舌,他说:"老的必须流注新的里","像你这样的女孩子必须接受老年才能显示的奇方妙术","只有昨天的酒才是有力而纯正的","老酒装在新瓶子里最有味。粗糙变得柔和,烈性的酒获得了一种醇厚完美的浓度"②。

---

① Kronenfeld, J. Z., "The 'Communalistic' African and the 'Individualistic' Westerner: Some Comments on Misleading Generalizations in Western Criticism of Soyinka and Achebe", in *Research on Wole Soyinka*, Africa World Press, Inc., New Jersey, 1993, p.307.

② [尼日利亚]沃莱·索因卡:《狮子与宝石》,第 97 页。

第二节　《森林之舞》中的后殖民书写

《森林之舞》是索因卡戏剧的代表作之一,剧本晦涩深奥,却很鼓舞人心,为人们提供了戏剧文本诠释的巨大空间。1960 年 10 月 1 日,尼日利亚独立,结束了一代又一代的自然资源和奴隶开采、一个世纪的英国政治影响力和半个世纪的直接殖民统治。在独立日开幕式上,总理阿布巴卡尔·塔法瓦·巴莱瓦爵士(Abubakar Tafawa Balewa)宣称独立是"尼日利亚历史上的新篇章",也是 15 年来"尼日利亚和英国官员对自治的和谐合作"[1]。从巴莱瓦演讲中可以看出,尼日利亚与其他后殖民政权一样,政治生活不可避免地留下殖民时代的烙印。在独立日庆祝活动中,索因卡上演了《森林之舞》。他利用土著约鲁巴宗教神学、以戏剧形式为尼日利亚公民呈现新政权的悖论和风险,对尼日利亚政权建立进行了深刻反思,蕴含着浓厚的后殖民书写色彩。

对政权建立的批判性反思至关重要。政治家们在建国之初的考验主要来自跨越几代人的、多种矛盾的记忆和遗产。新的政权如果沉默记忆或忽略遗产,就有可能陷入旧的统治模式或社会冲突。对尼日利亚来说,最突出的遗产是殖民时期本身的遗产。尼日利亚国家创始人面临着如何处理殖民过去与土著政权或信仰制度的挑战。巴莱瓦将尼日利亚的遗产视为一场克服过去的简单运动,但索因卡却认为这将是一场持久的谈判斗争。《森林之舞》充分回答了后殖民背景下尼日利亚出现的两个问题:一是新的政治人物在殖民过去与土著政权或信仰制度方面如何抉择? 二是国家独立后需要什么样的政治机构、统治模式和统治者?

一、对非洲历史记忆的后殖民关注

当代政治理论重视建国与历史记忆之间的关系。大多数关于历史记忆的政治理论反思都是对社会内部分歧的反映,比如种族隔离后的南非或美洲的殖民地。《森林之舞》戏剧化了政治理论家们关注的社会重大问题,同时回应了后殖民时代国家建立的额外挑战。剧情在一个非洲小镇郊区展开,当地精英正在为"部落聚会"做准备。精英们把这次聚会描绘成非洲过去辉煌的高潮,将推动现代社会发展。法庭演说家阿德奈比

---

① Sir Abubakar Tafawa Balewa, "Mr. Prime Minister", Apapa: Nigerian National Press, Ltd., 1964.

（Adenebi）是国家官僚的典型代表,极力赞扬这次聚会是"积聚起来的继承权"①;戴姆凯创造的伟大图腾描绘的都是约鲁巴神灵和伟大的过去领袖;阿德奈比和老人请求森林之王邀请"我们骄傲的祖先的后代回来","让他们作为我们民族杰出的象征。让他们作为我们的历史纽带联系这欢乐的时节"②。可见,他们的努力旨在继承一个浪漫而宏伟的历史遗产,使新政权合法化。

对记忆问题的反殖民反思,着重关注如何摆脱在继承非洲遗产的同时开创新政体的困境,比较少关注社会矛盾的化解。非殖民化要求国家建设者重新解释过去,打破殖民地的政治统治,巩固现在和未来的自治斗争。非洲反殖民理论家善于通过积累来自当地的故事、物体或机构的记忆来回应殖民地对过去的垄断,渴望塑造集体记忆,超越殖民统治,转向国家意识的新概念。非洲理论家恩吉瓦东（Ngugiwa Thiong'o）和穆迪贝（V. Y. Mudimbe）认为,"殖民政权用一种记忆代替另一种记忆来确保他们的统治"③,"殖民权力宣称了对过去的解释霸权,并以文明差异和优越性的传统叙述取代了当地的信仰和时间叙述"④。后殖民国家划分了边界,抛弃了殖民压迫者,并使所有以前的殖民者成为国家公民。然而,反殖民主义的破裂并不能保证其公民共享记忆体、回忆方法或培养一个国家。

索因卡的《森林之舞》坚持克服殖民遗产,维持民主开放的历史记忆,解决了后殖民国家建立的基本问题。尼日利亚独立六年后,总理巴利瓦和许多其他政治领导人在一场军事政变中被谋杀。政变加剧了殖民时代尼日利亚北部和东部长期的政治斗争和民族斗争。这些冲突导致居住在北部的伊博人被屠杀,东部地区甚至在内战高潮中宣布独立自治,索因卡在尼日利亚独立日预期的潜在危机很快达到顶峰。尼日利亚政府在内战期间以主张停战而拘留了索因卡两年,尼日利亚军方长期封锁港口导致约有100万平民死亡。索因卡从所谓的团结背景开始,利用记忆来挑战后殖民叙事,揭露阻碍非殖民化所承诺的再生分裂和权力失衡。虽然索因卡上演《森林之舞》时内战尚未发生,但他对后殖民状况的评估显然是有先见之明的。

---

① ［尼日利亚］沃莱·索因卡:《狮子与宝石》,第153页。
② ［尼日利亚］沃莱·索因卡:《狮子与宝石》,第154页。
③ Ngugiwa Thiong'o, "Something Torn and New", New York:Basic Books,2009.
④ Adom Getachew, "The International Dimension of Black Anglophone Anticolonial Thought has Recently been Explored", in *Worldmaking after Empire*, Princeton:Princeton University Press, 2019.

二、对非洲政治主导叙事的后殖民批评

政治家通过叙事赋予过去不同的意义和现在的政治可能性意义。他们通过优先考虑不同的历史时刻作为记忆的锚点来讲述不同的故事。当政治团体的主导叙事忽略或沉默了对过去的相互竞争的记忆时,社会就会被过去的遗产所困扰,无力将这些相互冲突的记忆整合。索因卡认识到历史故事对后殖民时期的非洲政治人物很有吸引力,着重批评了当代非洲政治的三种叙事:一是"独立时代领导人提供的胜利叙事",二是"构建前殖民和后殖民身份之间的连续性叙事",三是"后殖民地的悲剧叙事"①。

索因卡首先将批评集中在从英国继承权力的尼日利亚民族主义领导人上。从 1954 年到 1960 年,索因卡在英国利兹大学学习,曾经遇到过尼日利亚未来的领导人。这些反殖民主义的民族主义者将独立描绘为引领一个新时代,为尼日利亚民众描绘了一种浪漫的独立愿景和对自由的承诺。但是,索因卡知道"他们更关心的是接替即将离开的殖民地主人的机制,并享有同样的特权",指出这种做法必将导致尼日利亚"内部的敌人将比外部的、容易识别的敌人的问题要大得多"②。他清楚地认识到这种过渡并不会改变精英和人民之间的权力平衡。《森林之舞》通过老人和阿德奈比戏剧化地描述了索因卡对尼日利亚民族主义者局限性的悲观描述,并通过戏剧化仪式和促进公众反思来进行反驳,破坏了尼日利亚民族解放运动所谓的英雄线性叙事,也就是独立时代领导人提供的胜利叙事。

非洲马提尼克岛的塞塞尔(Aimé Césaire)和塞内加尔的森戈尔(Léopold Senghor)提出中性哲学,接受了欧洲人对非洲黑人特征的叙述,构建前殖民和后殖民身份之间的连续性叙事。索因卡对此予以批评。在他看来,这是一种将前殖民时期的过去应用于现实斗争的、有严重缺陷的叙事方式,没有提供黑人生活的真正的土著表达,而是强化了霸权主义的话语,即"在以欧洲为中心的智力分析系统中"③将非洲身份本质化。索因卡在《森林之舞》中利用土著资源来挖掘非洲政治叙事形式中所忽视但仍然影响着现在的冲突,展示出土著信仰和实践的政治重要性,从而批判性地揭示和解决过去。

---

① Achille Mbembe, *On the Postcolony*, Berkeley: University of California Press, 2001.
② Biyi Bandele-Thomas, "Wole Soyinka Interviewed", in *Conversations with Wole Soyinka*, ed. Biodun Jeyifo, Jackson: University Press of Mississippi, 2001, p.184.
③ Wole Soyinka, "Myth, Literature and the African World", pp.136–138.

非洲研究通常将非洲大陆的时间分为前殖民、殖民和后殖民或"独立"的非洲。这种叙述含蓄地使殖民主义成为研究非洲大陆的中心分析单位,有可能让非洲人将殖民主义视为同质敌人,非洲领导人可以声称已经克服殖民主义,或者把殖民主义作为政治利益不断反对。索因卡承认殖民主义对尼日利亚的深远影响,但并不认同殖民主义是非洲历史的驱动力。相反,他将殖民主义视为许多非洲地方冲突中的一场政治斗争,批评这种赋予殖民时期太多决定权的悲剧叙事。索因卡对殖民主义的描述集中在地方政治斗争和统治模式,重视揭示非洲政权与统治者如何维持或抵制特定形式的殖民暴力。《森林之舞》通过奴隶贩子的角色直接提到了殖民机制,描绘了当代精英的反殖民言论如何忽视自己祖先而成为殖民暴力的同谋。尼日利亚新政府宣称要团结一致,索因卡却提醒当局,前殖民时代和殖民时代维持统治制度主要依靠滥用权力,从而将焦点从西方殖民者施加的暴力转移到了涉及通过记忆进行自我反思的新的治理问题上。

索因卡充分利用戏剧化的能力,在《森林之舞》中提供了一个开放的、国家建构的悲剧仪式,批评非洲政治的主导叙述,更有效地促进了民主、授权和非殖民化的目的。《森林之舞》在典型的现代公共节日上表演以庆祝民族国家的独立,采用尼日利亚观众熟悉的狂欢仪式、假面哑剧和舞蹈等约鲁巴传统主题,通过约鲁巴仪式戏剧形式干预后殖民政治,挑战主导叙事和社会价值观,促使尼日利亚公众批判性反思新的政治自由,进一步实现反殖民目的。

三、非洲传统文化的后殖民政治意义

索因卡在《森林之舞》中使用约鲁巴语作为教学工具,通过人物塑造及心理刻画来探索可用于现在和未来目标的非洲传统元素,建立尼日利亚政治生活的特定愿景,并戏剧性地重塑建国斗争。灵性是前殖民时期非洲政治生活的核心。约鲁巴人认为,人类是由身体、自我、命运和神圣的呼吸组成的,是"绝对的创作权威"和"话语生产"的源泉。非洲政治持续着一种精神政治冲动,长期将精神与国家权力、政治行动以及个人和社会的关系联系起来。索因卡拒绝对政治生活的完全世俗的叙述,但坚信约鲁巴信仰、寓言和神话传统,并用来指导现代尼日利亚观众。《森林之舞》用代表神灵永久存在的万物有灵论仪式、森林背景和奥贡神形象来分别说明约鲁巴人对时间、空间和人类力量概念的政治意义。

仪式是尼日利亚独立时的关键寓言表达。索因卡认为仪式具有"净

化、束缚、公共、娱乐的力量"①。在仪式上,过去、现在和未来都"在现在的意识中共存"②,神和灵魂通过激发与祖先相遇、证明后代的判断来引导活着的个体通过多次时空转换。约鲁巴的过渡时期弥合了祖先居住的过去积累和现代人居住的社会历史世界之间的差距,通常只有通过仪式化才能得到认同,索因卡称之为四重空间中的"第四空间,原型的旋涡和悲剧精神的家园"。《森林之舞》作为对建国的寓言,仪式为个人理想与大规模政治斗争之间的象征性冲突打开了空间。当仪式将人类行为者暴露在整个过去和未来时,它通过对人类经验的周期性叙述揭示了来自过去的教训。索因卡在剧中表达了一个悖论,人类觉得自己有关联祖先的中介桥梁,但历史似乎也重复自己,现在将过去作为一种模拟来再现。

　　仪式通过激发死者与活人的直接对话来表达死者的影响。索因卡在《森林之舞》中找到了这个过渡和启示的"轮回通道"或转换空间。他对森林的表现模糊了将城镇提升为文明场所的空间边界,并将森林视为已经空旷或需要被文明排空和驯服的空间。他描述了被殖民和非被殖民的记忆主体之间的政治冲突,土地的媒介要么铺好可操纵,要么过度生长而产生冲突。虽然《森林之舞》的创始行为发生在城镇中,但森林代表了一个相互竞争的活动空间。随着灵魂、神和死者,森林呈现出一个充满活力的世界,超越了人类的控制,但承载着过去人类行为的遗产。《森林之舞》复杂的不是城镇生活的两面,而是城镇和森林之间的关系。"道路建设"促进了新的政治纽带,但也为过去冲突和具有启发性的遗产铺平了道路。埃舒奥罗抱怨树被雕刻成图腾的灵魂,认为人们"庆祝部落的聚会……在我们自己的毁灭中",是消灭活人的过去"琐碎的装饰"③。索因卡将观众的注意力从现有机构所体现的紧张局势转向了过去和现在之间令人担忧的关系。

　　索因卡对尼日利亚土地的关注使他能够强调万物有灵论方法和殖民基督教灵性之间的重大对比的政治风险,指出在非洲神话中精神领域保持着一种物理上的即时性,以便活者可以通过位于地球上并与土地相连的仪式进入神灵世界。他认为,基督教的"反地狱主义"已经把"地狱世界转移到了天空神灵直接监督下的新地方,因此多个顿悟神灵对欧洲人来说已经成为一种遥远的记忆","宇宙越来越后退,直到在保留无限的宏伟的同时,失

① Wole Soyinka, "Myth, Literature and the African World", p.4.

② Wole Soyinka, "Myth, Literature and the African World", p.41.

③ Wole Soyinka, "A Dance of the Forests", in *Collected Plays 1*, Oxford: Oxford University Press, 1973, p.41.

去了有形的、直接的、可上诉的本质"①。《森林之舞》戏剧化了殖民主义取代记忆的冲突,对当地的知识、价值观和辩论提出了抽象而无可争辩的主张。

在约鲁巴宗教中,尤其是在索因卡的思想中,奥贡代表了对立统一,集"先知和骗子、利他主义者和厌世者、受害者和行凶者、创造者和毁灭者"②于一身,是意志的化身。索因卡断言奥贡是"艺术精神"和"对再创造智慧的肯定",认为奥贡代表了"酒神、阿波罗和普罗米修斯原则的结合"③,形成一种基本的、普遍的人类品质,推动悲剧的批判民主精神,激发人类采取行动。奥贡对质疑创始法案至关重要,因为他是第一个通过仪式所描述的"转换深渊"的神。约鲁巴人相信神和人类之间曾经有一堵墙,导致神与人类无法互动,奥贡接受挑战并突破了这堵墙,打通了"轮回通道",使人类的转换过渡能力成为可能。索因卡指出"敢于转变是对人类精神的终极考验,而奥贡是这个深渊的第一个主角"④。他将后殖民时期的建立理解为一种橙色行为是至关重要的,特别是在反对殖民压迫留下的看似不可征服的遗产时。过去和未来之间的裂痕并不自然地出现。相反,奥贡通过鼓励他的继承人,以公民艺术家的形式,从仪式的接触和改变中学习,而不是复制过去的遗产,来推动历史的改变。

四、应对继承民族遗产的后殖民挑战

《森林之舞》将奥贡的雕刻者描绘成体现公民艺术家的角色,借以让观众看到他们不可克服的挑战,但仍然毫不畏惧并有能力开始一些新的东西。剧本揭示了精英们利用过去来强化他们的力量,形成不可避免的轮回统治模式。在当代部落聚会和古代马塔·卡里布王朝的宫廷中,腐败的精英重复出现,并重复着一种过去已经解决、未来不可避免的相似情绪。索因卡向观众展示,当人类继续采取同样的、不负责任的政治态度时,过去是如何重复自己的。罗拉过去是臭名昭著的王后"乌龟夫人",现在是"妓女";阿德奈比过去是接受奴隶贩子贿赂的宫廷历史学家,现在是接受贿赂导致车祸伤亡的议会演说家;戴姆凯过去是"马塔·卡里布宫廷里的诗人",现在成了虐待他人致死的雕刻匠。古今腐败和光荣的人物叙述都证明了这一轮回

---

①　Wole Soyinka,"Myth,Literature and the African World",p.4.

②　Biodun Jeyifo,*Perspectives on Wole Soyinka:freedom and complexity*,Jackson:University Press of Mississippi,2001.

③　Wole Soyinka,"Myth,Literature and the African World",p.26.

④　Wole Soyinka,"Myth,Literature and the African World",p.158.

循环。历史学家断言"国家靠力量生活;没有别的意义了","三百年了,什么变化都没有,一切照旧"①;三胞胎证实了大规模政治主导的反复理由;"更大的事业"为明天的海市蜃楼原谅今天的罪行。仪式揭示了大大小小、无论新旧的犯罪在历史上都在重演。

在民族聚会上,老人、阿德奈比和他们所代表的典型政治领导人都是适当的过去,以便通过掩盖过去不公正的遗产来描绘虚假的团结。阿德奈比不加批判地美化前殖民帝国,并将新政治描绘为他们的合法继承人。他为庆祝活动拆除了神圣的小树林,修建了一条路,让公众可以欣赏戴姆凯的纪念图腾。精英们可以围绕图腾来描绘过去和现在之间的连续性,最后阿德奈比还是用图腾来使他的统治合法化。在马塔·卡里布的宫廷里,人物们以同样的必然性接近历史。阿德奈比将未来描绘为完全可预见的。他一再呼吁未来,特别是断言船长的抵抗将在后代眼中留下耻辱。马塔·卡里布法庭和现在的庆祝活动在历史上通过一致的态度联系在一起,但他们没有互相学习。两者都编织了证明统治和自我荣耀的叙述。

《森林之舞》通过揭示这些循环,打破了精英们所吹捧过去的浪漫形象。剧中的老人看到了过去的不公正,但他没有意识到他所提到的过去是他自己的发明——船长,而不是国王——光荣的祖先。老人毫不悔改的反应使他无法利用记忆来进行社会更新。索因卡批评了精英叙事,并展示了三胞胎是如何出现的。尼日利亚第一部宪法下的地区权力失衡,伊博军事领导人的政变,北部针对伊博人实施的恶性大屠杀以及尼日利亚政府在战争期间残酷的饥饿策略,唤起了三胞胎,并达到了他们的目的。在殖民时代,政治和经济组织的殖民前差异变成了关于土地获取、政治权力和资源的冲突。索因卡通过揭示记忆并让它们向公众的争论开放,试图激发非洲观众为了后殖民地的未来向过去学习。

当仪式揭示被压抑的记忆时,也揭示了这些记忆如何回想起过去想象的未来,进一步展示了这些潜在的未来是如何被暴力摧毁,以创造我们的悲剧现实。那些看到这些想象和命运的人要么瘫痪,要么有勇气做出回应。《森林之舞》通过"半孩"角色来描述这些过去的想象。"半孩"清楚地象征着独立的尼日利亚的不确定的命运,但在剧中似乎是船长和他妻子梦想的被取消赎回权的未来。

殖民主义通过强大暴力主导了记忆,摧毁了非洲国家的自然资源和亲属关系。《森林之舞》戏剧化了殖民主义的影响,传达建立新政治存在的困

---

① [尼日利亚]沃莱·索因卡:《狮子与宝石》,第 169 页。

难,既要拒绝殖民记忆,又要处理自己令人担忧的历史。在《森林之舞》中,森林的灵魂——棕榈树、宝石、厚皮层、河流和水域等都被染成了红色,证明了在殖民统治下提取的自然财富。自然世界的命运反映了人类世界,人类在那里复制生命的能力也同样被摧毁了。古代腐败的精英们阉割船长,把他卖为奴隶,以防止他们无法控制的未来。后来,当"半孩"再次出现在仪式舞蹈中,埃舒奥罗等待将他牺牲给三胞胎,象征着记住过去想象的行为是如何不足以确保他们的未来。这个"半孩"注定要死,他的母亲哀叹孩子被屠杀,展示了一种悲剧姿态。像三胞胎一样,"蚂蚁"代表了一个模糊而不连贯的类别。他们援引了过去,备忘录只是反复出现的不幸,无力回应。对索因卡来说,无论是政治精英还是未分化的大众都不能充分应对继承遗产的挑战。

仪式通过揭露对过去相互矛盾的叙述来扼杀政治演员及其叙述。森林之王的同伴阿罗尼证明,仪式遭遇揭示了后代将"通过改变它的道路或顽固的延续来评判活人"[1],意味着破坏的循环并不是不可避免的,创始时刻的破裂允许改变。世世代代的人仍然联系在一起,因为他们共享对过去行为的记忆,也因为他们的后果在现在产生共鸣。尼日利亚国家建立需要在这些遗产之间进行谈判,并抓住机会来扭转或继续这条道路。重新审视比夫拉战争(Biafran War),尼日利亚最终将不得不在不同的修复或压制方法中进行选择。比夫拉战争以一种选择的形式重新出现了国家建立的一系列问题:调和尼日利亚的不同派系、暴力粉碎伊博人的自决呼吁或者允许伊博人建立自己的独立国家。由于忽视了统治的循环,尼日利亚建国时代的斗争并没有消失,而是加剧了。作为马塔·卡里布宫廷中的雕刻者和宫廷诗人,戴姆凯可耻地拒绝用他的技巧和洞察力来挑战当权者。过去他歌颂当权者,现在他雕刻了供奉历史记忆的图腾,精英们把他当作可以更有效地使自己的地位合法化的机制。

仪式给戴姆凯试图打破循环的机会,但他最终拒绝了延续暴力遗产的选择。当"半孩"被扔出去时,戴姆凯抢走了孩子,并把孩子还给了孩子的母亲。这一举动纠正了一种可怕的不公正,这种不公回避了精英叙事对当代政治的注意。正如阿罗尼在戴姆凯从三胞胎手中夺取孩子后对他所说,"你手里抱着个已经判决了的东西。要想推翻许多年前开始的行为,可不是件容易的事"[2]。

---

① Wole Soyinka, "A Dance of the Forests", in *Collected Plays 1*, Oxford: Oxford University Press, 1973, p.67.

② [尼日利亚]沃莱·索因卡:《狮子与宝石》,第222页。

戴姆凯反抗了精英们的权力,肯定了代际人之间的政治关系,并维持了对过去的记忆。但是,戴姆凯的干预既没有排除未来的破坏,也没有承诺这样做。人们认识到他的行为很重大,但他们不知道其后果。《森林之舞》说明了人类干预的不确定性,同时仍然迫使政治行动者接受在其特定背景下进行干预的责任。如果历史沿着同样的道路继续下去,那么"半孩"注定会遇到无数潜在的历史旅行——殖民主义、奴隶制和种族灭绝,每一次都有自己的驱动精神和遗产。没有一种预防未来旅行的算法,但通过有意的赔偿行为来回应记忆,政治行动者可以维持希望。明天,过去可能会重复;今天,时间的弯曲允许采取行动。

　　通过观众对奥贡的态度和对记忆的反应,《森林之舞》应该被视为当代非洲的宗教仪式。戴姆凯例证了公民艺术家的原型人物,他在对过去的冲突记忆中谈判,以反抗统治的遗产。这部剧在尼日利亚的成立庆典上被戏剧化,旨在激发公众成为公民艺术家。许多尼日利亚公民仍然不能或不愿担任这个角色。比夫拉战争证明这个新国家庄严存在的暴力循环、统治遗产、制度限制和个人失败。

　　总之,索因卡是一位有先见之明的思想家、剧作家和社会活动家,其作品体现了文艺美学和政治激进主义的融合。索因卡研究专家比顿·杰伊夫(Biodun Jeyifo)称赞道:"当时尼日利亚或非洲文学中没有比《森林之舞》更能为大胆的艺术赌博提供期待或灵感。"①尼日利亚独立以来,出现了巴利瓦沦陷和比夫拉战争,开启了半个世纪的政治动荡,不断挑战公民和艺术家对过去的记忆和回应。腐败的精英、无用的蚂蚁、对未来目标的贪婪召唤以及强大的复仇力量都再次出现,必须一再拒绝。《森林之舞》刺激了后殖民的潜力和补充的限制。1993 年约鲁巴商人莫伍德·阿比奥拉参加选举,统计显示阿比奥拉在尼日利亚非常分裂的地区获胜,这个国家知道奇迹正在发生。一个长期被军队团结在一起的国家,现在正被其公民团结起来,他们反抗强大的派系,超越了地区和氏族的长期边界。尼日利亚公民拒绝了对殖民政权和后殖民政权所支持的差异的记忆。在阿比奥拉赢得的 20 个州中,阿克瓦伊博姆、阿南布拉、克罗斯河和三角洲 4 个州都曾经是比夫拉的一部分或与之结盟。这说明后殖民地建立的问题正在逐渐得到解决。虽然阿比奥拉的选举被前军事统治者易卜拉欣·巴巴丁加(Ibrahim Babadinga)宣布无效,但索因卡认为阿比奥拉的无效是一个悲剧性的逆转,它并不是一

---

① Femi Osofisan, "Wole Soyinka and the Living Dramatist", in *Perspectives on Wole Soyinka*, p. 175.

个完全的失败。尼日利亚的民主正通过民众的团结而得到重建。尼日利亚目前在布哈里总统的领导下进行民主管理。2015 年穆哈里参加竞选时说,"我要对我手下发生的任何事情负责。我不能改变过去。但我可以改变现在和未来……因为我仍然相信改变是可能的,这次是通过投票"①。这一言论反映了另一种潜在的政治补充,通过唤醒、拥有和寻求中断个人和国家的政治统治模式。

第三节 《死亡与国王的侍从》中的后殖民书写

1975 年,索因卡创作《死亡与国王的侍从》,获得巨大成功。他在"作者注释"(Author's Note)中声明,《死亡与国王的侍从》不是文化冲突的简单标记,殖民因素是一个事件,仅仅是一个催化事件,告诉人们要想充分理解这出戏的戏剧性和主题结构,必须搁置殖民主义问题。但事实上,殖民因素绝对是《死亡与国王的侍从》悲剧故事的核心。这出戏的内容和索因卡在"作者注释"中的声明是非洲殖民创伤事件的有力见证。索因卡曾说过,诗人的记忆负担代表人民的声音和完整的声音的斗争。

一、殖民长官的假人道、真霸权

索因卡在《死亡与国王的侍从》中揭示了英国殖民者漠视非洲人民及其文化的殖民行径。皮尔金斯的"中断行为"实际上是一种殖民主义的侵犯。他们并不理解神话、仪式秩序对非洲人民来说意味着什么。在正常的文化交流中皮尔金斯的行为确实具有人道主义情怀,但是他并不是单纯的与约鲁巴民族处在不同文化背景下的外国人,他是英国所在尼日利亚约鲁巴族地区殖民地的地区行政长官,他的特殊身份决定了他的所思所想、所作所为都是围绕殖民政府立场产生的。他说:"我没有必要阻止任何事情。如果他们为了某些野蛮的习俗,希望自己从峭壁顶端跳下,或是把自己毒死,那些事对我而言有何意义? 如果那是仪式性的谋杀或类似的情形,那么基于职责所在,我就得想办法阻止。"②

皮尔金斯的阻挠行为并不是出于对野蛮陋习的纠正,也不是出于对无辜生命的挽救,而是为了不让自己管辖的辖区内发生类似的动乱,为了让自

---

① "Full text of Buhari's speech at Chatham House", Daily Post(Nigeria), February 26,2015,accessed July 1,2018.

② [尼日利亚]渥雷·索因卡:《死亡与国王的侍从》,第 43 页。

己的官做得太平。作为殖民政府的长官,皮尔金斯及其他地方官员也并不是以一种平等、友善的方式去对待约鲁巴这支部落的土著居民的,他们的言语间充满了讽刺与贬低。皮尔金斯曾经称当地居民为"狡诈、不坦率的杂种",而他的副官更是直接骂欧朗弟是个"放肆无礼的黑鬼"。"杂种""黑鬼"这些词语从一个普通人的嘴里说出都是极具轻蔑口吻的,而从殖民地政府官员的口中听到这样的词则更具种族歧视意味。可见,英国殖民政府并不是单纯地来解救"落后的民族"和"落后的文明"的,而是为了捍卫他们在殖民地的统治地位。

殖民政府对殖民地的文化干预与经济上的干预有相似之处。欧洲的工业革命再次激发了各国对商业资本和财富的渴望,加上科技和军事的发达,新一轮的殖民扩张运动开始。英法等先进国家开辟殖民地的目的就是获得所需的大量劳动力和工业原料,这是殖民地设置的最初原因,也是英国在尼日利亚约鲁巴地区设置殖民政府的原因。但是仅仅依靠强大的军事力量是不能源源不断地从殖民地掠取财富的,要想让殖民地成为为宗主国提供养料和能量的后花园,就必须有园丁对后花园进行长治久安的管理。其中最有效的管理方式就是对殖民地进行文化输出,让他们的行为方式和生活习惯全部按照殖民政府预设的方式进行。殖民者不但想让殖民地的居民因为惧怕而服从,更希望他们从意识层面去接受。于是他们开始传播宗教,殖民者希望以这种强大的西方文明来击败非洲乃至世界各地的野蛮陋习,他们希望用基督教的教义来使殖民地的子民归顺。殖民者还开办各种教会学校和普通学校,让殖民地居民学习西方的先进知识,尤其是学习宗主国的语言。尼日利亚约鲁巴地区的官方语言并不是约鲁巴语,而是英语。语言作为文化的重要载体,它承载着各个民族人民的丰富情感,而用英语去表达约鲁巴族人民的思想感情,这实际上是一种文化霸权的行为。

弗朗兹·法侬曾经在《论民族文化》中强调过,"殖民主义不会仅仅满足于把一个民族藏在手掌心并掏空该民族大脑里的所有的形式和内容,相反,它依据一种乖张的逻辑转向并歪曲、诋毁和破坏被压迫民族的过去"①。否定和谴责被压迫民族的过去的主要形式就是对各个殖民地的地方文化和习俗进行干预,《死亡与国王的侍从》中对侍从为已死国王陪葬的习俗进行阻止就是文化与习俗干预的典型表现,殖民者向殖民地人民展现的是他们的习俗是多么地残忍、野蛮、不正确,他们希冀的是殖民地的土著居民能摒弃他们的传统,这无异于一种极具霸权色彩的文化"洗脑"。

---

①　罗钢、刘象愚:《后殖民主义文化理论》,中国社会科学出版社 1999 年版,第 278 页。

二、殖民政府的文化颠覆策略

在文化干预的过程中,殖民政府扮演着不断管束本性乖戾孩子的母亲角色,她可以使孩子的自杀倾向得到解除,邪恶本能得到收敛。殖民长官皮尔金斯不顾本地人的反对和劝阻还是采取行动以希望国王陪葬这种仪式谋杀行为得以终止,约鲁巴人能走向文明,他实际上就是在扮演这样的母亲。从表面上看,"殖民母亲"似乎很伟大,甚至具有殉道者的情怀。但是她的保护行为却是远远地避开了孩子的"自身、他的本我、他的生理和生物性以及他的不幸本质",①她的这种保护行为是以自身意志为转移的,完全没有顾及殖民地土著居民的感受和特性,这实际上是一种为了达到政治目的而进行的文化颠覆。

对殖民地过去文化的颠覆是殖民主义者的惯用伎俩。这种文化颠覆的策略并不是只用于对约鲁巴族国王陪葬文化的曲解与阻挠。对传统文化与习俗的颠覆在许多国家都出现过,印度就有英国政府对"寡妇殉葬"的制止,阿尔及利亚有法国殖民者对妇女面纱的诟病。"殖民母亲"在对这些所谓的陋习进行管束时却丝毫没有听一听土著居民内心的声音。

依据印度的传统,寡妇必须为已死的丈夫殉葬,英国殖民政府正是从这一习俗中发现了文化干预的契机。他们"把印度妇女作为他反对'那种制度'而要拯救的对象"②,殊不知在印度宗教中,女人在丈夫逝世时去火中自焚是她们能在生死轮回中解脱肉身的唯一方式。印度妇女就是在自我殉葬中寻找解脱,这是她们在宗教上追求自由意志的一种表现,而英国政府却将她们追求宗教自由的唯一途径给破坏,这种精神上的毁灭要比身体上的殒灭更残忍。

尼日利亚约鲁巴地区的英国殖民政府也是因为没有考虑到国王的特殊地位、国王陪葬这一传统对于该民族日后发展的重大意义,只是从颠覆土著传统文化的角度出发,才会造成艾雷辛和欧朗弟两人丧生的惨剧,才会激起当地人民的愤恨。其实为国王人祭的习俗本身就是与文化的一种对抗,约鲁巴人也未必不知道这种习俗的滞后性。非洲的其他一些地区早就将人祭改为牲畜祭祀了,作为文明起始早、思想开化的约鲁巴人早晚也会前进,也会把这种残忍的人祭习俗发展得更加文明与完善。但是当一个民族在面临殖民主义的武装斗争和政治斗争时,所谓的传统陋习就具备了特殊的意义。

---

① 罗钢、刘象愚:《后殖民主义文化理论》,第279页。

② 罗钢、刘象愚:《后殖民主义文化理论》,第153页。

　　英国殖民政府的文化颠覆策略在土著居民中产生心理间离,从而达到政治上的统一,而坚持传统文化与传统习俗就成了捍卫民族独立的表现。当然文化的颠覆确实在非洲曾经产生了一定的作用,尤其促使非洲知识分子开始反思本民族的劣根性。索因卡作为西方教育出来的知识分子,清楚地认识到为国王人祭的残酷与野蛮,肯定了西方文化的文明与进步。但作为约鲁巴族的一员,出于民族情愫,索因卡对殖民者的态度又是抵触的。

三、殖民者干预引发非洲人的民族危机感

　　在《死亡与国王的侍从》中,当戏剧情节达到最激烈冲突时,英国殖民者的干预却引发了索因卡和非洲人的民族危机感,艾雷辛未能进行仪式自杀。艾雷辛描述导致自己的失败的不仅仅是对生活、性爱以及生育等肉体的简单欲望或其他强加的欲望,还有"白鬼的玷污"。艾雷辛(对他的新妻子说):

　　　　我年轻的新娘,你是否听见那白鬼的谈话?你坐在那儿、在你寂静无声的内心里暗自啜泣,却对这一切不置词。一开始,我把一切归咎于白人,接着责怪诸神将我遗弃。现在我觉得,我想指责你,因为你耗弱我的意志,这事神秘难解。但是对人来说,指责是一件奇妙的和平献礼,献给他已然深深欺骗的世界,献给这世界无辜的居民,噢,幼小的母亲,我的生命里拥有过无数的女人,但你不仅是一种肉体的欲望。我需要犹如深渊的你,当我横越,我的身体必然深陷,我用泥土填满这道深渊,并且在我准备横越之际,撒下我的种子。你是生者馈赠的最后礼物,送给他们派往祖先国度的特使,或许你的热情和年轻为我带来这个世界的新视野,让我的双脚在深渊的此岸变得沉重,我向你忏悔,小女孩,我的弱点不仅来自对白人的憎恨、他们粗暴地闯入我逐渐消失的存在,欲望的重量也落在我附着于大地的四肢之上。我本来要把它抖掉的,原本我可以将它摆脱,我已经抬起我的双脚,但后来白鬼闯入,于是一切都被玷污了。①

　　在这段话中,艾雷辛非常明确地表示,除了英国殖民存在(对"白鬼"的玷污)之外,他本来可以履行他的自杀仪式职责。这显然破坏了索因卡自己所声称的该剧情节在本质上代表的是一种悲叹和悲伤,"殖民因素"只是一个"催化事件"。接下来艾雷辛对市场领袖或市场之母伊亚洛札所说的

---

① ［尼日利亚］渥雷·索因卡:《死亡与国王的侍从》,第92—93页。

两段话就更有说服力了：

> 艾雷辛：我的元神弃我而去。当我正要召唤元神，我的护身符，我的符咒，甚至我的声音都没有气力，元神将引领我越过尘世的最后一块土地，进入无肉身之境。你看见它了，伊亚洛札。你看到我使劲挣扎，极力从异邦人的强权压制下恢复我的意志，异邦人的阴影遮蔽了通往天门的路径，让我在从未遭遇过的迷宫中惊慌失措，跌跌撞撞。当冰冷的铁链成为我手腕的负担，我的感官麻木了。我无能力拯救我自己。①
>
> 艾雷辛：除了我手指间潮湿的泥土接触，还有什么警告？除了饥饿的余烬永远留在人的心中之外，还有什么警告呢？但即使如此，即使它压倒了一个人千百倍的诱惑，逗留一段时间，一个人可以克服它。正是当外星人的手污染了意志的源泉，当陌生人的暴力力量粉碎了头脑的平静决心，这就是当一个人被强迫犯下可怕的背叛解脱，在他的思想中犯下了在这个外星人的世界破裂中看到神的手的不可言说的亵渎。我知道正是这种想法杀死了我，削弱了我的力量，把我变成了一个不知名的陌生人手中的婴儿。我想重新说出我的咒语，但我的舌头只是在我的嘴里嘎嘎作响。我用手指指着隐藏的魔法，接触是潮湿的；没有留下火花来切断生命的弦，应该从每一个指尖延伸。我的意志在一个外星种族的唾沫中被压制，这一切都是因为我犯了亵渎思想的罪——在一个陌生人的心目中可能有神的手干预。②

艾雷辛自始至终坚持对英国殖民的憎恶立场，促使人们几乎不可能相信索因卡本人所说的殖民因素只是一个"催化事件"。因此，西方学者阿皮亚（Appiah）认为，索因卡隐瞒了自己的真正创作目的。阿皮亚认为，否认殖民因素是"荒谬的"，因为它标志着"对非洲知识分子的意识，对导演这出戏的意识的深刻攻击"③。换句话说，索因卡非常否认殖民因素在剧中的中心地位，这只不过是更多地证明它是多么真正地"攻击""非洲知识分子的意识"④。从某种意义上说，这种攻击性就是索因卡隐瞒的核心。艾雷辛的

① ［尼日利亚］渥雷·索因卡：《死亡与国王的侍从》，第96页。
② ［尼日利亚］渥雷·索因卡：《死亡与国王的侍从》，第98页。
③ Appiah, Kwame Anthony, "In My Father's House: Africa in the Philosophy of Culture", New York: *Oxford UP*, 1992, Print, p.78.
④ Appiah, Kwame Anthony, "In My Father's House: Africa in the Philosophy of Culture", New York: *Oxford UP*, 1992, Print, p.78.

自杀失败象征性地再现了一个被殖民的非洲的更普遍的经历。艾雷辛说，他的舌头只是在他的嘴里嘎嘎作响，强调自己失去了说话的力量。当冰冷的铁链成为艾雷辛手腕上的负担，他也就无能力拯救他自己了。这种形象与非洲奴隶贸易历史是相呼应的，剧中的民族危机意识在非洲知识分子的无意识中留下了印记。

索因卡之所以拒绝给予殖民地因素在《死亡与国王的侍从》中的重要性，是因为欧朗弟代替父亲自杀了。这是殖民主义在非洲大陆无能为力的证据，也是非洲人民有意识和无意识的政治思想模式之间的斗争。剧中人物对殖民形势现实的否认，标志着无意识的政治斗争似乎占了主导地位，造成殖民主义的创伤性遭遇和对殖民主义的反应。也就是说，这出戏暴露了殖民主义的创伤，索因卡的戏剧角色也采取了一种防御的姿态来承认它。

美国佛蒙特大学安德鲁·巴纳比（Andrew Barnaby）认为，"索因卡对殖民地因素的轻描淡写在剧中有其更明确的推论，因为剧中人物似乎往往错过了殖民主义不可否认的现实。更确切地说，他们始终莫名其妙地未能证明，英国的殖民存在已经是约鲁巴人生活的一个长期事实"①。例如，艾雷辛和英国殖民总督皮尔金斯之间的以下交流反映了这种情况：

> 艾雷辛：今夜不是个平静的夜晚，白鬼。这世界并不是处于平静的状态。你已经永远扰乱了世人的平静。整个世界今夜都不得安眠。
>
> 皮尔金斯：即便要用世人的一夜好眠作为代价，来拯救一个人的性命，这仍然是一桩令人满意的交易。
>
> 艾雷辛：你并未拯救我的生命，行政官。你把它给毁了。
>
> 皮尔金斯：别这么说行不行……
>
> 艾雷辛：你不光是毁了我的生命，你还毁了许多人的生命。你们今夜诸般作为的结束并未就此了结。不论是今年或是明年，我们都还看不到后果。假如我希望你一切安好，那么我会祷告，希望你在我们土地上不会停留太久，久到足以看到你为我们招致的灾难。
>
> 皮尔金斯：我把它视为我的职责，我只是履行我的职责而已。我无怨无悔。
>
> 艾雷辛：不。生命的懊悔总是迟一些才会到来。②

---

① Andrew Barnaby, "The Purest Mode of Looking", (Post) Colonial Trauma in Wole Soyinka's *Death and the King's Horseman*, *Research in African Literatures*, Vol. 45, No. 1 (Spring 2014), 2014, pp. 125-149.

② ［尼日利亚］渥雷·索因卡：《死亡与国王的侍从》，第88—89页。

这次交流揭示了"文化冲突"的主题。英国殖民者皮尔金斯自以为是，确信自己的文化地位是优越的。艾雷辛作为被殖民主体也非常直接地表达了殖民主义所造成的破坏。除了艾雷辛在想象约鲁巴世界和平取决于他的自杀殉葬时所表现出的深深的狂妄自大之外，值得注意的是在他有所混乱的断言中，约鲁巴人的"灾难"只是在他中断自杀的背景下发生的。也就是说，世界（至少是约鲁巴世界）的和平只是到了"现在"才被打破，世界"现在"无法入睡，许多人的生命"现在"被摧毁。皮尔金斯的干预等破坏性的殖民权力工作虽然在很久之前就已经开始了，而且可能延伸到未来，但似乎英国殖民者的存在之前并未摧毁约鲁巴人的和平、睡眠、生命以及未来。换句话说，在艾雷辛所谓"今夜诸般作为的结束并未就此了结"的断言中，殖民主义的工作好像只是在这里和"现在"才开始。

四、后殖民创伤叙事的充分体现

艾雷辛说，生活中的遗憾总是会更晚，来得太晚而错过了一段经历，意味着这部戏剧代表殖民化是一个创伤事件。艾雷辛在与伊亚洛札的对话中断言：

> 我的元神弃我而去。当我正要召唤元神，我的护身符，我的符咒，甚至我的声音都没有气力，元神将引领我越过尘世的最后一块土地，进入无肉身之境。你看见它了，伊亚洛札。你看到我使劲挣扎，极力从异邦人的强权压制下恢复我的意志，异邦人的阴影遮蔽了通往天门的路径，让我在从未遭遇过的迷宫中惊慌失措，跌跌撞撞。[1]

在某种程度上，艾雷辛在这里可能只是断言，他在自杀仪式前从未遇到过这位"陌生人"的力量，但是这股力量却被刻在约鲁巴的大地上。冰冷的铁链成为他手腕的负担，这暗示历史上的非洲奴隶贸易成为一个欧洲征服和殖民非洲的更大历史，皮尔金斯的干预本身只不过是其中的一个微小例子而已。

艾雷辛自己无法认识到殖民因素的现实。市场妇女们也不断地想象或幻想她们不知何故生活在殖民统治之外，而且她们还没有被侵略和征服。夺走军官的警棍、摘掉军官的警帽可能标志着短暂的权力夺取，但这最多只是一个非常有限和基本上毫无意义的权力。他们不能阻止随后逮捕和铐住

---

① ［尼日利亚］渥雷·索因卡：《死亡与国王的侍从》，第96页。

被囚禁在前奴隶牢房的艾雷辛。更重要的是,妇女或女孩在这里明确地嘲笑殖民军官,阿姆萨和殖民军官在这一幕中可能是无能为力的,但他们所代表的权力侵犯了所有地方。这一矛盾表明了市场妇女或女孩与艾雷辛不得不面对一个根本无法阐明入侵就是殖民主义的现实。在声称殖民势力不能进入市场或欺负、恐吓、篡改他们的母亲时,这些约鲁巴妇女或女孩与艾雷辛一样似乎错过了殖民化已经发生的事实。

走唱说书人作为艾雷辛的随行人员,充当着头号礼仪角色,是约鲁巴传统最忠实的拥护者,在某种意义上代表了约鲁巴传统的集体意识,体现了约鲁巴宗教中的宇宙观念。在《死亡与国王的侍从》的第一部分,走唱说书人的主要工作似乎是履行立即庆祝艾雷辛的自杀仪式职责,提醒他应该为约鲁巴人现实世界和祖先世界建立相互联系做好准备。他道出了"我们知道这不是生活方式"①这句颇为睿智的话语。这句话隐含着索因卡的角色在概念上无法容纳的东西:"殖民因素"不仅仅是一个"催化事件"。创伤经历中的"内在潜伏期"恰恰是已经发生的事情。因此,这出戏的整个结构足以证明阿皮亚一个问题:怎么可能错过它? 这个问题的答案是创伤本身。另一学者卡鲁思认为,"创伤经历源于一种不理解,是一种无人认领的经历,或者说是自我空缺或缺席。他在弗洛伊德理论的基础上进一步解释,无人认领的经历是从最初的创伤性缺失转变为重复强迫:重复的不可理解或不可代表性的经历,一次又一次地错过一些东西的神秘感"②。

英国人来到了约鲁巴人的土地上,约鲁巴人艾雷辛的儿子欧朗弟被带走,一直生活在英国、土生土长的约鲁巴人艾雷辛被关押在奴隶牢房。英国殖民者总是自鸣得意,蔑视忽视了非洲殖民地以前存在的土著文化,而以西方思维方式强加于被殖民者。殖民时代的处境正是作为创伤来描述的,或者说是无法恰当记忆的东西,但只是重复了一遍。索因卡隐瞒自己的创作目的,是故意误导或混淆视听,引起人们注意戏剧的结构,揭示出一个人,甚至一个完整的文化不可能忽视"殖民因素"③。剧中殖民活动的展开和重复就像殖民的症状一样,殖民的全部创伤力是由殖民主体对不可能看到的东西视而不见(或应该看到)所标志的。

索因卡在谈到后殖民时代的非洲世界、"真理的理想目标"是如何"能够保证或摧毁一个国家的未来"时说,"即使是最伟大的国家,其能力显然

---

① 〔尼日利亚〕渥雷·索因卡:《死亡与国王的侍从》,第62页。

② Cathy Caruth, ed. , "Interview with Aimee L. Pozorski" , *Connecticut Review 28* , 2006 , pp. 77-84.

③ Khanna, Ranjana, "Dark Continents:Psychoanalysis and Colonialism", Durham:*Duke UP* , 2003.

也是有限的。痴迷的剧作家将公众的情感转化为对真理的认可","无论是
在非洲大陆还是在海外……以多种方式回应,证明诗人在殖民主义中的独
特形成。流离失所(或异化)和自我恢复"①。索因卡的戏剧作品是"服务
于(正式殖民化的)人民,执行他们对历史的判断,并为他们记忆的痛苦服
务"②。根据弗洛伊德关于创伤性遭遇的概念的发展,走唱说书人在《死亡
与国王的侍从》中的作用正是在描述记忆的失败。这是一种创伤性的缺
失。"如果作为殖民时期或者殖民后创伤的一部分,诗人自己的负担是为
真理服务的'人民记忆的负担',诗人的艺术可能需要通过一些其他东西来
运作,而不是简单的模仿。因为面对无法真正记忆的记忆负担,诗人必须通
过一种复杂的谈判行为来参与现实。"③

　　非洲学者洛康卡·洛萨姆贝(Lokangaka Losambe)认为,《死亡与国王
的侍从》的最后一条线索指向了一个真正的后殖民状态:"从表面上看,
艾雷辛对性过度关注。物质上的自我满足应该在更深的层次上被看作是
他在社区中重新创造生活的动力。艾雷辛和他的新娘所期待的未出生的
孩子是这种再生创造的结果。它是一颗种子,将重塑奥约人的意识和身
份,连接他们生活中的形而上学和物质、超自然和自然、传统和现代。"④
这种"搭桥"赋予该剧对"后殖民混合空间"的更广泛想象,将"最终激发
'未出生者'的行动",从而导致一种文化"救赎"。对这一"救赎"的解读正
是从艾雷辛积极拒绝实施仪式自杀的角度出发的,这是一种"个性"和"适
应性"的断言,既可以存在于英国殖民统治内部,也可以对英国殖民统治提
出挑战。

　　从现在的角度看过去和未来,剧中"非常的地方"就是索因卡本人所处
的地方。在戏剧结尾,伊亚洛札叮嘱艾雷辛的新娘要忘记死者,甚至忘记活
人、把心转向未出生的人。索因卡通过伊亚洛札记录了那些出生的人是如
何仍然被无法理解的负担所标记的,通过唤起受创伤的人来想象未来,见证
创伤可能意味着承担生存的必要性。创伤中的紧迫感能够而且必须引导他
们最终面对。艾雷辛被囚禁在一个以前的奴隶牢房里自杀了,英国人却兴

① Soyinka Wole,"The Burden of Memory,the Muse of Forgiveness",New York:*Oxford UP*,1999,
　　p.12.

② Soyinka Wole,"The Burden of Memory,the Muse of Forgiveness",New York:*Oxford UP*,1999,
　　p.21.

③ Khanna,Ranjana,"Dark Continents:Psychoanalysis and Colonialism",Durham:*Duke UP*,2003,
　　pp.21-25,183-185.

④ Losambe,Lokangaka,"Death,Power,and Cultural Translation in Wole Soyinka's Death and the
　　King's Horseman",*Journal of Commonwealth Literature*,No.42(2007),pp.21-30.

高采烈地继续自恋地看着自己。艾雷辛在绝望时对欧朗弟喊道,"不要让你父亲的视线使你失明",因为他知道已经太晚了。这出戏重复的东西或被迫重复是失踪的经历("来得太晚了"),一直是创伤中固有的成分。

第八章　索因卡戏剧在英美

西方评论家帕维斯(Pavis)认为,"西方文化,无论是现代文化还是后现代文化,肯定是一种疲惫的文化"①。20世纪以来,西方国家一直着眼于非洲、加勒比、亚洲、澳大利亚土著、土著美国人和其他非西方文化。索因卡戏剧在英国和美国都很受欢迎。他的声誉主要建立在尼日利亚、英国和美国的舞台作品上。在20世纪西方文化逐渐平淡疲惫之下,索因卡的戏剧作品为西方提供了新鲜的选择,成为非洲和西方评论界讨论最多的非洲作家之一。在英国、美国、瑞士等西方国家专门研究他的作品不乏其人。在20世纪50年代英国评论家热衷于索因卡,其戏剧作品相继在英国上演。20世纪60年代随着美国黑人民权运动,黑人不断向美国城市迁徙,美国黑人迅速增长,为非洲文化传播创造了有利条件,美国对索因卡戏剧演出推介与传播比英国更多,而且更多样化。

第一节　索因卡戏剧在英美的传播

每个作家在国际上的受欢迎程度在一定程度上取决于他的作品被翻译成外文的数量和图书销售记录,以及它们对戏剧、歌剧和电影的改编。索因卡也不例外,他的戏剧生涯起始于英国,所以他首先在英国得到关注,继而推广到非洲和美国等其他西方国家。

一、索因卡戏剧在英美的出版发行

英国出版商是推广索因卡戏剧作品最早的中介桥梁。索因卡出版的图书共有400余种。牛津大学出版社(Oxford University Press)是索因卡作品最早的出版商。索因卡在牛津大学出版社共出版图书43种,其中1960—1969年20种,1970—1979年7种,1989年1种,1990—1999年13种,2000年以后共出版2种;1963年出版的《森林之舞》是最早出版的一本,最近出版的一本是2015年出版的《狮子与宝石》。

索因卡被牛津大学出版社首推,主编雷克斯·柯林斯是发现索因卡戏

---

① Pavis,Patrice,"Theatre at the Crossroads of Culture",London:Routledge,1992,p.4.

剧瑰宝的伯乐。1961 年,牛津大学出版社决定出版以描写非洲文学作品为题材的"三冠系列丛书"。1962 年,索因卡把《狮子与宝石》和《森林之舞》投稿到牛津大学出版社,得到三冠"第七卷非洲作家"杰拉尔德·摩尔的高度认可,称赞这两部作品是他印象中非洲迄今为止最杰出的戏剧。柯林斯更认为"索因卡能够与莎士比亚相提并论"①。

1963 年,索因卡又把《路》和《紫木叶》(*Camwood on the Leaves*)投给柯林斯。非洲评论家埃德加·莱特(Edgar Wright)认为《路》是一部"很典型、很普遍的相当有价值的佳作,值得出版,因为《路》'存在任何地方',反映了现实生活、现代文明、暴力行为以及不正确的价值观,戏剧中的美德已经超过一切的阴暗面,但是《紫木叶》大量描述黑暗与悲剧,结局总是凶兆,就像风中的约克郡布丁摇摇欲坠"②。于是,柯林斯同意减少《紫木叶》的出版,增加出版难懂的《路》,目的是把索因卡打造成为一个"复杂"而又"普遍"的作家。

1964 年,伊巴丹的出版商向牛津大学出版社申请批准,出版了精装版《强种》《裘罗教士的磨难》《沼泽地居民》,同时出版了平装本《森林之舞》和《狮子与宝石》。这五部戏剧作品深受非洲和西方广大读者的欢迎。索因卡被赞誉为"莎士比亚",堪称"复杂的万能作家",其作品就如"完整的麦克白"。英国人詹姆斯(James)认为,"索因卡的作品有相当冗长而又晦涩难懂的语言,在正规的书籍里面是相当前卫,在英国和西方大陆销路很好"③。

牛津大学出版社的"三冠系列丛书"一共出版了 7 本索因卡早期的戏剧,《狮子与宝石》和《森林之舞》在 1963 年发行。紧跟着,1965 年发行《路》,1967 年发行《孔其的收获》。1969 年,牛津大学出版社收集三篇短篇戏剧,包括《强种》《裘罗教士的磨难》《沼泽地居民》。"三冠系列丛书"出版发行成为索因卡被英国当作一个天才作家相当重要的标志性成功。可以说,牛津出版社成就了索因卡。

1965 年,柯林斯突然间离开了牛津大学出版社,索因卡也跟随他来到了梅休因(Methuen)出版公司。梅休因出版公司成为索因卡作品最大的出

---

① Caroline Davis,"Publishing Wole Soyinka: Oxford University Press and the Creation of 'Africa's own William Shakespeare'",*Journal of Postcolonial Writing*,No.4(2012),pp.344-358.

② Caroline Davis,"Publishing Wole Soyinka: Oxford University Press and the Creation of 'Africa's own William Shakespeare'",*Journal of Postcolonial Writing*,No.4(2012),pp.344-358.

③ Caroline Davis,"Publishing Wole Soyinka: Oxford University Press and the Creation of 'Africa's own William Shakespeare'",*Journal of Postcolonial Writing*,No.4(2012),pp.344-358.

版商。从1967年开始,梅休因出版公司逐渐代替牛津大学出版社。索因卡在梅休因出版公司共出版图书30余种,其中最早一本是1967年出版的《伊丹尔与其他诗歌》(*Idanre,& other poems*)。1971—1979年8种,1980—1989年4种,1990—1999年9种,2000—2008年10种。70年代以后梅休因出版公司出版的索因卡作品包括《疯子与专家》《欧里庇得斯的〈酒神的伴侣〉》《紫木叶》《裘罗变形记》《死亡与国王的侍从》《巨人们》《戏剧1》《戏剧六种》《伊萨拉,漫游书简》《曼德拉的大地和其它诗歌》《携爱从齐亚出发》《艺术、对话与愤怒:文学与文化论文集》《伊巴丹:动乱的年代(1946—1965)》《地方男孩的祝福:一个拉各斯万花筒》《在阿凯的童年时光》《巴阿布国王》《现代非洲戏剧》《你必须在黎明动身》等。此外,《死亡与国王的侍从》和《欧里庇得斯的〈酒神的伴侣〉》是由W.W.诺顿公司出版的。

索因卡戏剧作品在美国出版始于1967年,基本上是由牛津大学出版社美国分部出版的。其中,1967年出版的《森林之舞》①应该是索因卡戏剧作品在美国的最早出版。1968年和1970年分别出版了《孔其的收获》②和《三个短剧》③两个"三冠系列丛书"作品,1969年牛津大学出版社美国分部纽约戏剧家传播服务中心出版了索因卡的两个剧本《裘罗教士的磨难》和《强种》④,1974年出版了《索因卡戏剧选集》⑤,1976年出版《索因卡戏剧选集2》⑥,2015年出版了《狮子与宝石》。⑦ 此外,牛津大学出版社美国分部还出版了索因卡的《记忆的负担,宽恕的缪斯》⑧、《一个大陆的积弊:尼日利亚危机的个人诉说》⑨和《来自非洲》⑩等非虚构作品。

二、索因卡戏剧在英美的制作演出

索因卡戏剧在英国的制作演出始于1959年。当年《新发明》在英国伦

---

① Wole Soyinka,*A Dance of the Forests*(*Three Crowns*),Oxford University Press,USA,1967.

② Wole Soyinka,*Kongi's Harvest:A Play*(*Three Crowns*),Oxford University Press,USA,1968.

③ Wole Soyinka,*Three Short Plays*(*Three Crowns Books*),Oxford University Press,USA,1970.

④ Wole Soyinka,*The trials of Brother Jero,and the strong breed:two plays*,New York Dramatists Play Service,1969.

⑤ Wole Soyinka,*Collected plays*,New York:Oxford University Press,1974.

⑥ Wole Soyinka,*Collected Plays 2*,Oxford University Press,USA,1976.

⑦ Wole Soyinka,*The Lion and the Jewel*(*Three Crowns Book*),Oxford University Press,2015.

⑧ Wole Soyinka,*The Burden of Memory,the Muse of Forgiveness*(W.E.B.Du Bois Institute),Oxford University Press,USA,1992.

⑨ Wole Soyinka,*The Open Sore of a Continent:A Personal Narrative of the Nigerian Crisis*,Oxford University Press,USA,1996.

⑩ Wole Soyinka,*Of Africa*,Yale University Press,2012.

敦皇家宫廷剧院制作。1965 年 9 月，《路》在英国伦敦皇家宫廷剧院演出，为英联邦艺术节拉开序幕，随后获得了戏剧奖。1966 年 4 月，索因卡在达喀尔举行的第一届世界黑人艺术节上导演制作《孔其的收获》，并获得戏剧比赛一等奖。1966 年 7 月，《裘罗教士的磨难》在英国汉普斯特德剧院俱乐部(Hampstead Theatre Club)上演，《狮子与宝石》随后在伦敦皇家宫廷剧院演出。1966 年 6 月 28 日，伊金纳公司(the Ijinle Company)在伦敦汉普斯特德剧院俱乐部上演了《裘罗教士的磨难》。1966 年 12 月，索因卡的《狮子与宝石》在伦敦皇家宫廷剧院演出。1990 年，《死亡与国王的侍从》在英国曼彻斯特剧场首次上演。1991 年，菲莉达·劳埃德(Phyllida Lloyd)在英国曼彻斯特皇家交换剧院(the Royal Exchange Theatre)导演了这出戏。2009 年春天，英国国家剧院(the National Theatre)再次制作沃莱·索因卡 1975 年的戏剧作品《死亡与国王的侍从》。1992 年，伊冯-布鲁斯特(Yvonne Brewster)在伦敦塔拉瓦剧院(Talawa Theatre)导演了索因卡的《路》。

索因卡戏剧在美国的制作演出比英国晚了 10 年时间。1967 年索因卡的《强种》和《裘罗教士的磨难》在美国百老汇开始演出。1970 年，他在卡尔彭尼电影制作的《孔其的收获》中扮演孔其的角色。同年，他在康涅狄格州尤金·奥尼尔纪念中心(the Eugene O'Neill Memorial Centre)完成并指导了《疯子与专家》的制作。该剧出版于 1971 年。1968 年 4 月，尼格罗合奏公司(the Negro Ensemble Company)在纽约圣马克剧院(St.Mark's Playhouse)上演了《孔其的收获》。1970 年 8 月，康涅狄格州艺术委员会(Connecticut Commission of the Arts)与尤金·奥尼尔纪念中心(the Eugene O'Neill Memorial The Centre)合作，首次介绍了索因卡所写和导演的《疯子与专家》。

索因卡本人在美国导演了自己的许多戏剧，包括《狮子与宝石》《巨人们》《死亡与国王的侍从》。1984 年 12 月 11 日，《巨人们》在纽黑文耶鲁影剧院(Yale Repertory Theate)上演。1987 年，索因卡本人在纽约林肯中心(Lincoln Center)导演的《死亡与国王的侍从》，在美国大学得到广泛的推广。2009 年春天，美国俄勒冈州莎士比亚艺术节(the Oregon Shakespeare Festival)开始制作《死亡与国王的侍从》。这出戏出现在俄勒冈州莎士比亚艺术节(OSF)有史以来的一个关键时刻，被有意识地选择作为一种创新艺术典型。俄勒冈州莎士比亚艺术节成立于 1937 年，是美国最长的连续演出剧团之一，也是最大的剧目剧团之一，对美国各地的剧院工作影响巨大。艺术总监比尔·罗赫(Bill Rauch)主张，通过将美国音乐剧和"世界经典"列入艺术节的议程，扩大音乐节对古典戏剧的定义，制订一个新的剧本开发计划,在定期推进莎士比亚的戏剧经典的同时,也不断呈现像契诃夫(Che-khov)、莫里哀(Molie're)或米勒(Miller)之类的经典作品。在 2009 年的俄勒冈州莎士比亚艺术节中,索因卡的《死亡与国王的侍从》作为"扩展的经典"领域的第一部作品得以上演,证明像索因卡之类的非洲作家可以在规模、意象和语言上与莎士比亚"相似"。

三、索因卡戏剧在英美的图书推介

英国是最早推介索因卡戏剧作品的西方国家。1972 年之前,英国出版了 4 部有关索因卡的图书。最早推介索因卡戏剧作品的英国图书是 1965 年安·蒂比(Ann Tibbie)出版的《非洲/英国文学:1965 年之前的短评、散文与诗歌选集》(*African/English Literature:A Short Survey and Anthology of Prose and Poetry up to* 1965)。① 在对大量非洲作家进行调查的 110 页报告中,蒂比花了 3 页篇幅介绍索因卡。1968 年,玛格丽特·劳伦斯(Margaret Lau-rence)在《长笛与大炮》(*Long Drums and Cannons*)考察了 11 位尼日利亚小说家和剧作家的作品。这本书共六章,图图奥拉、阿契贝、索因卡各占一章②。杰拉尔德·摩尔(Gerald Moore)的《选择的语言》(*The Chosen Tongue*)批判性地调查了大量来自非洲的英语创作。在这本书的 212 页篇幅中,他把其中的 8 页留给了索因卡③。此外,阿德里安·罗斯科(Adrian Roscoe)的《母亲是黄金》(*Mother is Gold*)研究了西非主要作家包括儿童书、新闻学和政治学等多种类型的作品。④ 在这本 252 页的图书中,罗斯科用了 33 页篇幅讨论了索因卡。

20 世纪 60 年代,美国人出版了一些推介索因卡戏剧的图书。1967 年,马丁·塔克(Martin Tucker)出版了《现代文学中的非洲:当代英语写作概览》(*Africa in Modern Literature:A Survey of Contemporary Writing in English*),简要地考察了非洲、英国和美国作家以非洲为背景创作的大量作品。⑤ 这

---

① Anne Tibbie, "African/English Literature:A Short-Survey and Anthology of Prose and Poetry up to 1965", London: *Peter Owen*, 1965, pp.87-89, 95-101, 101-111.

② Margaret Laurence, "Long Drums and Cannons:Nigerian Dramatists and Novelists", London: MacMillan, 1968, pp.11-76, 97-125, 126-147.

③ Gerald Moore, "The Chosen Tongue:Engl ish Writing in the Tropical World", London: Longmans, 1969, pp.133-130, 151-154, 151-196, 177-188.

④ Adrian Roscoe, "Mother is Gold:A Study in West African Literature", Cambridge University Press, 1971, pp.98-113, 121-131, 219-252.

⑤ Martin Tucker, "Africa in Modern Literature:A Survey of Contemporary Writing in English", New York:Ungar, 1967, pp.69-72, 83-93, 110-111.

本书共 262 页,其中有 10 页涉及索因卡。1969 年,威尔弗雷德·卡蒂(Wil-fred Cartey)的《来自欧洲大陆的窃窃私语》(*Whispers From a Continent*)对 50 多位用英语和法语创作的非洲作家进行了"背离与回归"两大主题的调查①。在这本 382 页的图书中,卡蒂为索因卡保留了 26 页的篇幅。此外,查尔斯·拉森(Charles Larson)的《非洲小说的出现》(*Emergence of African Fiction*)对几部西非小说(几乎都是用英语写的)进行了批判性研究。在这本 282 页的著作中,拉森在其中 16 页中考察了索因卡。②

由此可见,在一个由西方主导的世界文坛中,非洲英语作品要想获得国际承认,有两个因素似乎是必不可少的:一是必须被欧洲人发现和推广;二是必须满足欧洲和美洲盛行的文学品位。在尼日利亚以外的地方,索因卡像阿契贝和图图奥拉一样,吸引了相当多的国际关注,并以一种其他两位作家无法获得的特殊方式,通过他的许多戏剧的舞台制作,直接与英国和美国观众交流。索因卡之所以成名,主要是因为他的作品吸引了西方读者和评论家,而且得到了西方国家著名的出版社支持。

第二节　索因卡戏剧在英美的接受

从有关索因卡在英美的媒体报道、评论家的文章、调查报告以及研究专著等资料信息来看,索因卡在英国最受欢迎。英国曾经在世界范围内维持殖民关系,对不同的文化价值观和背景元素表现出更多的宽容,长期以来与尼日利亚保持着密切联系,许多英国评论家在尼日利亚大学任教,所以英国对索因卡的接受程度相对其他欧美国家而言更高更深,英国人发表的有关索因卡作品的评论研究最有洞察力,对索因卡作品在非洲文化语境中的意义有最深刻的理解。英国评论家们普遍比美国人更容易接受索因卡戏剧的尼日利亚背景和约鲁巴宗教神话色彩。

一、索因卡戏剧在英国的接受

1955 年,索因卡进入利兹大学,第二年在周日的演出中创作了他的第一部(但未出版)戏剧《新发明》。1959 年,《新发明》在伦敦皇家宫廷剧院制作。英国评论家艾伦·布赖恩(Alan Brien)发表了一篇题为《黑桃即王

①　Wilfred Cartey,"Whispers from a Continent:The Literature of Contemporary Black Africa",New York:Vintage books,1969,pp.80−84,173−177,316−358,379.

②　Charles R.Larson,*Emergence of African Fiction*,Bloomington:Indiana University Press,1971,pp. 27−65,93−112,147−155,242−258.

牌》(*Where Spades Are Trumps*)的论文。他认为,相信黑桃总是占上风是完全颠倒的种族偏见,一个黑人在剧中的出现正变得非常接近成为一部杰作的保证。在他看来,索因卡还没有开始懂得如何写一首诗或组织一出戏。

1959 年,伊巴丹大学艺术剧院的《沼泽地居民》的制作促使两位英国评论家尤娜·麦克林(Una Maclean)、马胡德(M.M.Mahood)和一位尼日利亚评论家 Phebean Ogundipe 共同发表了一篇题为《关于〈沼泽地居民〉的三种观点》(*Three Views of The Swamp Dwellers*)①的评论文章。该篇文章主要强调了三个反对观点:一是剧中偶尔出现的长篇大论,二是英雄的软弱和无能,三是作者"痴迷"于阴郁和希望的气氛。马胡德强烈建议这出戏需要删减。认为索因卡的戏剧创作借鉴了叶芝(Yeats)、辛格(Synge)和艾略特(Eliot)等人的诗性戏剧传统因素,应该更多地从象征角度而不是从现实层面来看待这出戏。

在 1956 年至 1957 年间,索因卡写了《狮子与宝石》。评论家们一致表达了对《狮子与宝石》的特别喜爱,因为这出戏拥有轻松的爱情主题和突转事件。1966 年 12 月,索因卡的《狮子与宝石》在伦敦皇家宫廷剧院演出,得到了《泰晤士报》(*The Times*)剧评家的热烈评价。一篇题为《索因卡情节的独创性》(*Sheer Ingenuity of Soyinka's Plot*)②的文章指出,这部戏剧足以使尼日利亚成为自辛格发现西岛以来英语话剧最肥沃的新来源。他认为,即使把索因卡与辛格相提并论也不过分。《泰晤士报文学副刊》(1965 年)的评论员认为,《狮子与宝石》的语言有一种奇妙而轻盈的感觉,其中一些精彩的场景足以代表索因卡艺术创作的顶峰。达林顿(W.A.Darlington)在《每日电报》(*The Daily Telegraph*)中将伦敦皇家宫廷剧院的夜晚描述为"以一种喧闹而平淡的方式展示趣味"③。他觉得剧中跳舞的视觉技巧很有趣,认为这些新颖的舞蹈足以完全吸引人的注意力。在《观察家周末评论》(*The Observer Weekend Review*)中,罗纳德·布莱登(Ronald Bryden)是《狮子与宝石》重要的评论家之一。他在《非洲世故》(*African Sophistication*)④一文中斥责那些认为《狮子与宝石》朴素而天真的评论者,认为该剧是城里最复杂的奇观,赞扬索因卡巧妙而有效地使用了哑剧、舞蹈和服装等视觉辅助手段,以弥补那些不够专业的非洲演员的不足,指出这出戏是伦敦皇家宫廷剧院长期以来提供的最好的戏剧之一。

①　M.M.Mahood,"The Right Lines",*Ibadan*,No.6(June 1959),pp.28-29.

②　"Sheer Ingenuity of Soyinka's Plot",*The Times*,13 Dec.,1966,p.6.

③　W.A.Darlington,"Simple Parable of African Life",*The Daily Telegraph*,13 Dec.,1966,p.15.

④　Ronald Bryden,"*African Sophistication*",*The Observer Weekend Review*,18 Dec.,1966,p.20.

索因卡的剧作《森林之舞》由索因卡自己导演和制作,索因卡也是其中的主要角色,到 1975 年为止没有人试图再次制作它。在英国评论家尤娜·科克肖特(Una Cockshott)看来,《森林之舞》对一些人来说是一种长时间的多方面创作。他在《伊巴丹》杂志上发表《论〈森林之舞〉》,惊叹于该剧舞蹈图案的复杂性、主题人物的丰富性以及在表演过程中过多的吸引人的噪声和骚动。1965 年,《泰晤士报文学副刊》的评论员称赞《森林之舞》是一首具有巨大审美意味和思想深度的诗剧,包含了许多精彩的戏剧可能性,语言描述好像是"一种充满活力和激情的短诗和几首优美的模仿歌曲的混合体"①,遗憾的是这出戏的复杂性会使它在舞台上失败。英国评论家们一致认为,索因卡创作的四个短剧远远好于更长、更复杂的《森林之舞》,至少为了舞台目的。他们都认为《森林之舞》是一部充满雄心和强大力量,但又相当笨重的作品。

1965 年,《路》在英国伦敦皇家宫廷剧院演出,为英联邦艺术节拉开序幕。《路》的创作显然对英国观众和评论员都是一种新的体验。许多人对剧中的视觉辅助设备如鼓声、唱歌、舞蹈和服装的娱乐感很感兴趣。埃里克·肖特(Eric Shorter)在《每日电讯报》(The Daily Telegraph)中指出,《路》"神秘得发狂,充满异国情调,充斥着非洲的迷信"②。他发现,剧中有太多散乱的结尾,抱怨说只有那些拥有足够耐心的尼日利亚人才能充分享受这出戏。《伦敦观察家报》(London Observer)的佩内洛普·吉利特(Penelope Gilliat)说,《路》使用一种"打盹式"的英语语言,就好像"爱尔兰土匪"两个世纪以来所做的那样,让它醒着,翻开口袋,把赃物撒到下周中旬。③《新政治家》(New Statesman)的罗纳德·布莱登(Ronald Bryden)对《路》中所呈现的现实画面印象深刻。他说,"真正的现代尼日利亚","被新的技术模式所取代","最重要的是,数千辆摇摇欲坠、名字如画的卡车载着货物和乘客沿着这条坎坷崎岖、气候恶劣的道路行驶数百英里到达市场"④。他认为奥尼尔的《急冻奇侠》(The Iceman Cometh)对《路》的影响不是行动,而是诗歌和气氛。在布莱登看来,普通英国人无法理解剧中晦涩的谚语和复杂的意象,但在语言沟通失败时用视觉上的一些引人注目的面具来思考是很好的补偿。《卫报》(The Guardian)评论员布赖恩·拉平(Brian Lapping)坚信,索

---

① "Third World Stage", *TLS*, 1 April 1965, p.252.

② Eric Shorter, "Nigerian Author of Talent", *The Daily Telegraph*, 15 Sept., 1965.

③ Penelope Gilliat, *London Observer*, 19 Sept. 1965, *Quoted in New Society*, 28 April 1966, pp. 21–22.

④ Ronald Bryden, "The Asphalt God", *New Statesman*, 2k Sept., 1965.

因卡与其他英联邦戏剧大师一样能够在自己的剧本中全面展示欧洲戏剧技巧。① 他认为索因卡创作的形式是"完全英式的",尽管内容是尼日利亚的。他抱怨《路》的主角不够坚强,但演员们丰富的嗓音、充满活力的动作和生动的服装很能吸引人。令他感到失望的是,《路》并没有"在斯特拉特福东15 区上演一出令人满意或令人兴奋的戏"②。

《路》在英国收到了许多赞扬和复杂评论。1992 年,《路》在伦敦塔拉瓦剧院上演。《卫报》的克莱尔·阿米斯特德(Claire Armistead)认为,《路》是"一部杂乱无章的隐喻作品,融合了各种文化和风格,混合了部落舞蹈和歌唱的片段"。对她来说,这部作品"缺乏一个驱动清晰的视觉"③。《晚报》(Evening Standard)的迈克尔·阿迪提(Michael Arditti)指出,"索因卡描绘了一个充满仪式的世界…… 现代科技在古代神灵之间不太协调,形成了一种独特的戏剧语言,自然和超自然的结合在传统的面具中。但是,有些意象过于密集,难以接近"。《泰晤士报》的本尼迪克特·南丁格尔(Benedict Nightingale)说,"我几乎没有看到过一件作品,它被认为是如此的理所当然,是如此的异类"④。牙买加出生的导演布鲁斯特(Brewster)在接受采访时指出,既然《路》是一部非洲戏剧,"大多数人都希望看到椰子树和矮小、年轻的黑人女孩挥舞着她们的臀部"。"不幸的是,剧中没有一个女性角色",剧中的"图像很棒,但我一个字也不懂"⑤。

《孔其的收获》的首次演出是在 1966 年达喀尔的第一届世界黑人艺术节,主要演员来自索因卡的奥里森剧院和伊巴丹大学戏剧学院。《孔其的收获》获得了戏剧比赛一等奖,得到了非洲人和世界其他地区人士的好评。丹尼斯·杜尔登(Dennis Duerden)在来自艺术节的报告中称,《孔其的收获》无疑是"艺术节最具国际性的产品,只有它达到了电影节的目的"⑥。最具支持性的言论之一来自英国的马丁·巴纳姆(Martin Banham)。⑦ 他将《孔其的收获》称为"强有力的讽刺性声明",不仅在"雄辩的英语对话"中表达,还表现在音乐和舞蹈的壮观场面中。他强调,《孔其的收获》的重要意义在于它是索因卡将传统元素融入尼日利亚新剧院的第一个主要创作实

---

① Brian Lapping, "The Road to Somewhere", The Guardian, 3 Sept., 1965, p.7.

② Gerald Fay, the Guardian, 15 Sept., 1965.

③ Armistead, Claire, "Twisty Road", The Guardian, 4 October, 1992, pp.32-36.

④ Nightingale, Benedict, "Proceed, but with Caution", The Times, 4 March, 1992, p.2.

⑤ Brewster, Yvonne, "Interview with the director", London: England, 2 April, 1992.

⑥ Dennis Duerden, "A Triumph for Soyinka", New Society, 28 April 1966, pp.21-22.

⑦ Martin Banham, "African Literature II: Nigerian Dramatists", JCL, 3(July 1967), pp.97-102.

例,形成了一种更具吸引力的戏剧风格。

1966 年,《裘罗教士的磨难》《狮子与宝石》《裘罗教士的磨难》在英国剧院演出。肖恩·戴-刘易斯(Sean Day-Lewis)在《每日电讯报》上比较了这部剧与《路》对观众产生的影响。他认为,《裘罗教士的磨难》"以一种令欧洲人感觉有趣而又易于理解的方式来表达"①。刘易斯赞扬了那些演技出色的演员,认为主演裘罗教士的阿索尔·福加德的表演充满活力,而且对人群产生了爆炸性的影响。他对这出戏的反应很热烈,但对演员的热情要高得多。琼斯(D.A.N.Jones)在《新政治家》中把《裘罗教士的磨难》列为索因卡的低级作品之一,与《路》相比甚至"有点微不足道"②。在他看来,索因卡似乎对阴暗的先知式人物特别痴迷,裘罗就是最好的例证。英国评论员一致认为,《裘罗教士的磨难》引起了积极的群众反应,是非常成功的轻松娱乐剧。正如《每日快报》的评论员所说,大家普遍认为这出戏是一种有趣的讽刺剧。然而,《裘罗教士的磨难》的主题过于琐碎,属于索因卡评价较低的作品。

《死亡与国王的侍从》分别于 1990 年、1991 年和 2009 年在英国上演。毫无疑问,这部作品也在英国引起了激烈的争论,激怒了一些拒绝其挑衅的人,并在另一方呼吁官方支持这部作品和作者。一方面,《每日邮报》(*The Mail Online*)的昆汀·莱茨(Quentin Letts)在网络评论中谴责这部作品是一种反英的咆哮,并以"裁决:白人的所有过错"③结束了他的评论。另一方面,《卫报》发表了一篇官方社论,赞扬索因卡。

英国评论家安格斯·考尔德(Angus Calder)在《新政治家》中对《疯子与专家》的评论好坏参半。考尔德抱怨这部剧充斥着玩世不恭和"对厄运的欲望",但也承认"它要求观众必须思考,让人们嘲笑国家组织的邪恶的荒谬之处"等某些优点④。

总的来说,英国大众评论员对索因卡作品中的复杂内容、形而上学的微妙性以及戏剧语言的华而不实提出了强烈的不满。英国大众评论员更容易接受索因卡戏剧作品中的传统元素和非洲背景。但是,英国人普遍认为,索因卡仍然有很大的改进空间。

---

① Sean Day-Lewis,"'Brother Jero' full of Vitality",*The Daily Telegraph*,29 June,1966,p.19.

② D.A.N.Jones,"Soyinka",*New Statesman*,8 July,1966,p.63.

③ http://www.dailymail.co.uk/tvshowbiz/reviews/article-116853/Anti-British-rant-black-white.html,posted 9 April,2009.

④ Angus Calder,*New Statesman*,28 April,1972,p.564.

二、索因卡戏剧在美国的接受

1966 年,一位美国评论员在《选择》(*Choice*)中,将索因卡的《狮子与宝石》《裘罗教士的磨难》《沼泽地居民》《强种》《森林之舞》等戏剧作品描述为"杰作",并宣称索因卡有才华、有前途、有成就,具有"敏感的洞察力和卓越的戏剧意识"①,是当时最优秀的年轻剧作家之一。他不把剧本当作个人作品,而是用相当笼统的术语说,他声称这些作品取得了巨大的成功,并对索因卡表示极大的钦佩。

1971 年,美国评论家查尔斯·拉森(Charles Larson)宽容地强调,《新发明》是对南非种族隔离政策和各地种族主义政策的"大声攻击"。② 拉森赞扬该剧表达了索因卡对泛非问题和当代非洲生活的关切,而不是为宣传。然而,他毫不犹豫地承认,这出戏是一部较小的戏剧,在技术上不如索因卡后来的作品。

美国评论家朱迪丝·格里森(Judith Gleason)认为索因卡的高深艺术在于剧中刻画了一副滑稽的面具和一个焦虑的自我形象。她虽然没有看过《森林之舞》的戏剧演出,但她被感动了,赞扬索因卡在尼日利亚独立庆典的庄严时刻,居然能剥去过去的幻想,揭露现在的失败,显示了"令人难以置信的胆量"③。

《路》在美国没有上演。伯尔尼·冰·邓肯(Bern Ice Duncan)对这出戏的评论是以出版的戏剧文本为基础的。她与英国《卫报》评论员布赖恩·拉平(Brian Lapping)一样,认为索因卡"似乎完全掌握了他的戏剧技巧,通过灵活的语言行为和机智的讽刺手法塑造了鲜明的人物形象"④。她发现《路》的语言、迷信和现实的复杂混合令人着迷,相信这出戏可以取得较好的演出效果。

1967 年 11 月,美国观众在百老汇观看了《裘罗教士的磨难》和《强种》。《时代》杂志的评论家轻描淡写地把《裘罗教士的磨难》称为对宗教幽默的广泛嘲弄。他对《强种》出色的演技印象特别深刻,认为这部戏剧不仅严肃而黑暗,而且晦涩难懂。他强烈反对那些在他看来令人困惑的倒叙,觉得剧中人物在行动中总是伴随着驱魔术和巫术,但那些曲折情节中复杂的

① *Choice*,2(Feb.1966),p.870.

② Charles Larson, "Soyinka's First Play: The Invention", *Africa Today*, 18, No. k(Oct.1971), pp. 80–83.

③ Judith Gleason, "Out of the Irony of Words", *Transition*, No.18(1965), pp.34–38.

④ Bern ice Duncan, *Books Abroad*, 40, No.3(Summer 1966), pp.360–361.

倒叙从未确切说明如何和为什么。他相信索因卡具备了一个讽刺作家和"神话诗人"的天赋,拥有"将幽默与闪耀的激情融为一体"①的艺术技巧。

1969年杰拉尔德·韦莱斯(Gerald Weales)在《记者》(Reporter)上发表了一篇标题为《部落模式》(Tribal Patterns)的文章,指出索因卡是一位用本土材料创作,而不是向外界解释非洲的艺术家。他说,美国人不了解索因卡的创作背景,主要是因为他的作品在美国舞台上出现比较晚。韦莱斯承认,对大多数美国观众来说,非洲文化仍然陷入白人的异国情调,这是多年来"鼓乐"电影(drumbeat movie)所造成的。在他看来,"《裘罗教士的磨难》比异常复杂的《强种》更容易令人接近,因为舞台上的轻松令人感到彻底享受"②。他批评索因卡在剧本后期使用的伏笔元素虽然有趣,但毫无意义,而且令人困惑。

在《新闻周刊》(News Week)中,杰克·克罗尔(Jack Kroll)将索因卡的早期剧本描述为小而有效的作品,认为它们"反映了非洲部落老部落与新非洲之间的紧张关系"③。与此同时,另一位美国评论员在讨论索因卡的另一部戏剧时暗示,他非常喜欢《裘罗教士的磨难》和《强种》。美国评论家肯定《裘罗教士的磨难》的轻松愉快和出色的舞台表演,与英国评论家对此剧的评论没有明显的分歧。但是,他们对《强种》的反应是复杂的。《时代》杂志认为这出戏表现了一种异国情调,在使用倒叙时有点混乱,但偶尔也有点幽默。

美国评论家哈罗德·霍布森是少有的对《狮子与宝石》的负面接受的代表。1967年,他在《基督教科学箴言报》(Christian Science Monitor)中指责该剧受到了"最令人尴尬的批评"的奉承。④ 他深信,这部戏剧绝不是《路》的水平,认为该剧的情节完全是英式的,其思想内容完全是反动的。在他看来,这出戏是以最简单的方式抄写威廉·威彻利(William Wycherley)的《乡村妻子的故事》(The Country Wife)。但是英国评论家并不支持哈罗德·霍布森关于"批评奉承"的指控。

美国评论家约翰·波维(John Povey)相信,"在达喀尔上演的戏剧中,《孔其的收获》是最好的"⑤。1968年4月,《孔其的收获》在纽约圣马克剧

---

① "Infections Humanity", *Time*, No.17(Nov.1967), pp.50–52.

② Gerald Weales, "Tribal Patterns", *Reporter*, No.8(Feb.1969), pp.39–40.

③ Jack Kroll, *Newsweek*, No.29(April 1968), p.93.

④ Hobson Harold, "The Lion and the Jewel from Africa", *Christian Science Monitor*, No.6(Jan. 1967), p.4.

⑤ Dakar, "An African Rendezvous", *Africa Today*, Vol.13, No.5(May 1966), pp.4–6.

院(St.Mark's Playhouse)上演,美国人对这出戏的评价好坏参半,但演员们出色的表现受到了一致赞扬。《国家》(Nation)的哈罗德·克莱曼(Harold Clurman)着迷于索因卡在剧中所描述的从野蛮恐怖转变为残酷讽刺的情绪变化。他觉得《孔其的收获》富有诗意,但却生硬或过于雄辩,以致这些话有时不适合演员的口吻,不过演员的口才是非常好的。他赞扬剧中出色的舞蹈鼓乐和五颜六色的服装为观众带来了极大的乐趣,"女人的皮肤闪耀着缎子的光辉,动起来的力量超过肌肉,而男人们却因不是机器制造的恶魔般的纪律而战战兢兢"①。1968 年,《新闻周刊》的杰克·克罗尔(Jack Kroll)觉得《孔其的收获》相当奇怪,因为该剧缺乏西方人在非洲戏剧中所期待的某种"革命性视角",但却被一种令这种期待大失所望的讽刺所覆盖,"使西方人的眼睛在眼窝里不舒服地移动"②。

1968 年,《时代》杂志的评论员对《孔其的收获》演出公司的编舞和出色的表演赞不绝口,宣称"剧中的表演要比剧本本身好得多"③。他抱怨剧中那些冗长的对话和某些行为的杂乱无章和重复,并批评索因卡的语言在很大程度上是凝血和模糊的,尽管有些地方很有诗意。伊迪丝·奥利弗(Edith Oliver)在《纽约客》(The New Yorker)对《孔其的收获》进行了评论。她跟随潮流,赞扬黑人合唱团的非凡表演和舞蹈,特别是他们在传达丛林和暴政下生活所需的气氛方面的出色工作。但是,她抱怨剧中大量的土著典故和晦涩段落严重影响了讽刺的尖锐性和清晰性,所以她"不知道发生了什么事"④。

美国评论家们看到了达喀尔版的《孔其的收获》成为艺术节最好的节目并产生了巨大的反响,但认为该剧并不是索因卡最好的剧本。贝瑞·博伊德(Berry Boyd)发现《孔其的收获》令人困惑,需要修剪。在纽约观看该剧演出的美国评论员一致赞扬达喀尔公司出色的表演和舞蹈编排,但他们对这出戏本身都有严重的保留,抱怨它的语言参差不齐、典故含糊不清,论说冗长而偶然。《孔其的收获》作为索因卡的长剧之一,在美国观众中不如非洲观众成功。它的主题和典故对普通美国人来说是非常陌生的,这可能是该剧不受欢迎的根源。另一个可能的原因是,正如克罗尔所言,西方人对该剧缺乏预期的革命性愿景感到失望。

1970 年 8 月,《疯子与专家》在美国尤金·奥尼尔纪念剧院中心上演。

① Harold Clurman, Nation, No.206(April 1968), p.581.

② Jack Kroll, "Caesar in Africa", Newsweek, No.29(April 1968), p.93.

③ "Kongi's Harvest", Time, No.26(April 1968), p.97.

④ Edith Oliver, "Kongi's Harvest at St.Marks", New Yorker, No.27(April 1968), pp.86,91.

这部戏剧还在哈特福德、纽黑文、布里奇波特、沃特伯里和纽约演出,主要演员来自伊巴丹大学艺术剧院。索因卡从尼日利亚监狱开始创作《疯子与专家》,直到奥尼尔纪念剧院才完成。《纽约时报》的评论员似乎被这种戏剧的复杂性所淹没,认为这是可以在仪式层面上以及在寓言、象征和宗教层面上阅读的杰作。他甚至认为这可能是一部关于文明、建设和革命的戏剧,"对于索因卡在任何时候所说的话,以及他对谁最大的忠诚,都有相当大的混淆"①。然而,索因卡的语言给他留下了深刻的印象,认为索因卡的语言几乎有莎士比亚的风格。

　　1970 年,艾伦·邦斯(Alan Bunce)在《基督教科学箴言报》(*The Christian Science Monitor*)中说,观众可能听不清所有的话,但仍然对《疯子与专家》在"部落高唱、酸性幽默、仪式形式的生动爆发,以及措辞强烈的苦涩猜测"②等方面的基本活力做出了充分的反应。在他看来,这出戏的优点远远超过缺点和不足,因此,他认为这出戏是相当成功的,索因卡也是个好导演。1972 年,查尔斯·拉森(Charles Larson)在《纽约时报·书评》中,将《疯子与专家》描述为索因卡最尖锐的社会批判,认为这是"一部令人深感不安的戏剧,是一部关于战后尼日利亚生活的寓言"③。与其他评论家一样,拉森也觉得剧中对白的大部分内容令人困惑,但他为索因卡辩护的理由是,该剧的默默无闻是他避免指责的方式。1974 年,《选择》(*Choice*)的评论员在他的评价中显得更为慷慨和积极,他认为《疯子与专家》"艰难而有价值,也是索因卡经典中的主要作品"④。在他看来,成熟的读者会发现该剧的原版英语,以及节拍、色彩和布景很有趣。看过《疯子与专家》表演的评论员们似乎对该剧的表演、视觉效果和索因卡的导演技巧印象深刻,但也发现该剧在许多方面既令人困惑又晦涩难懂。那些没有看过演出的评论员也觉得剧本对话晦涩费解。尽管如此,拉森和《选择》的评论者相信,《疯子与专家》尽管存在缺点,但仍然是一位严肃作家的作品。

　　1984 年 12 月 11 日,《巨人们》在纽黑文耶鲁影剧院(Yale Repertory Theate)上演,弗兰克·里奇(Frank Rich)再次评论这部戏剧。里奇在赞扬索因卡的戏剧创作的同时,批评了他作为一名戏剧导演的技巧。他说:"在19 名配角中,只有雷·阿兰哈(Ray Aranha)的教授和克里斯托弗·诺阿

---

① *New York Times*, No.3(August 1970).

② Alan Bunce, *The Christian Science Monitor*, No.15(August 1970), p.12.

③ Charles Larson, *N.Y.Times Book Review*, No.2(Dec.1972), p.6.

④ *Choice*, No.9(Jan.1973), p.1454.

(Christopher Noh)的雕塑家留下了坚定的印象;舞台的表演应该像奇爱博士(Dr.Strangelove)那样狂躁,但往往会证明他们久坐不动","《巨人们》是一出沉睡巨人的讽刺剧,另一部作品可以,而且必须在良心上唤醒"①。俄亥俄大学额沙巴·伊罗比教授(Esiaba Irobi)认为,"里奇对《巨人们》的反应是如此地同情和智慧,因为它与北美的线性、语言驱动、政治讽刺的传统相提并论"②。

1987年,索因卡本人在纽约林肯中心(Lincoln Center)导演了《死亡与国王的侍从》。1987年3月14日,弗兰克·里奇在《纽约时报》上开始评论《死亡与国王的侍从》。他说,索因卡虽然可能是一位颇受欢迎的剧作家,但"他似乎不是导演,至少在与美国演员合作时是如此"③。他断言《死亡与国王的侍从》的制作是1987年林肯中心的失败。然而,1987年3月10日,艾丽卡·蒙克(Erika Munk)在《声音》(The Voice)中写道,《死亡与国王的侍从》以"人物、光明、鼓声、诗歌、舞蹈、讽刺、修辞、哀伤——一个充满戏剧性、欢庆性和多面性、宏大的民粹主义和野心的全景"填补了博蒙特剧院(the Beaumont Theater)的空间。

此外,美国作家很高兴索因卡没有详细讨论那些被证明是令许多美国阿契贝评论家感到不舒服的殖民主题。索因卡的作品给美国作家留下了深刻的印象归因于四个方面:一是他的主题在本土背景下的国际普遍影响;二是他对传统和现代的矛盾态度;三是他愿意以阿契贝不会的方式谴责传统;四是他对包括艺术家在内的所有阶层的当前问题的强烈关注。

总之,索因卡受到了大量美国人的关注,有关索因卡的书评索引排名日益提升。美国大众对索因卡戏剧的评论文章主要是调查报告或一般评论,不是对索因卡作品的艺术特色进行批判分析。一些美国人满足于总结这些作品,并针对其中的优点或弱点发表一些个人见解。美国评论员对索因卡作品内容的复杂性和形而上学的微妙性以及其作品语言的华而不实提出了强烈的不满。无论这些文章的性质如何,索因卡作为一位才华横溢的作家一般都很受美国人的欢迎。许多美国人承认,索因卡作品的丰富内涵可以与西方文学最好的作品相媲美。

---

① Rich,Frank,*Hot Seat*,New York:Random House,1998,p.362.

② Esiaba Irobi,"The Six Blindfolded Men and the Elephants:Western Theater Critics versus Productions of Soyinka's Plays in England and the USA",*Philosophia Africana*,Vol.11,No.1,march 2008.

③ Rich,Frank,*Hot Seat*,New York:Random House,1998,p.364.

第三节　索因卡戏剧在英美的研究

据所见资料显示,索因卡在学术评论中比在社会评论中更受欢迎。英美两国对索因卡的赞赏日渐增长,英美人对他的兴趣也越来越大。从比较英国和美国在文艺评论、学术文章、座谈探讨等研究中对尼日利亚作家的接受程度来看,索因卡戏剧图书在英美的销售量始终在增长。英美评论家普遍赞扬索因卡对传统和现代戏剧元素的自信和巧妙的结合,但都抱怨索因卡作品中的复杂情节、形而上学和张扬倾向。然而,由于英美与尼日利亚的文化差异,英美学者对索因卡作品的文化背景、殖民主题和非洲传统等缺乏了解,存在偏见,索因卡戏剧在英美的研究具有局限性。

一、英国索因卡戏剧研究的论文成果

索因卡戏剧在英国的研究始于 1957 年,迄今已有 60 多年之久。特别是索因卡获得诺贝尔奖后,英国对索因卡的研究热情持续升温。对比国内外现状可以看出,英国对索因卡研究的力度远超于其他国家,持续时间长、研究成果十分突出。利兹大学和伦敦大学亚非学院都成立了非洲研究机构和非洲文学研究团队,经常举办与非洲有关的学术活动,在索因卡戏剧研究方面的成果十分突出。百链外文搜索显示,目前国外有关索因卡的学术论文共有 3600 余篇,其中以索因卡为标题的学术论文多达1600 余篇。

英国学者最早发表有关索因卡的学术论文。1964 年,麦克林(Una Maclean)在题为《索因卡的国际戏剧》(*Soyinka's International Drama*)的文章中指出,索因卡在剧本中不仅塑造的人物特别是尼日利亚人与现实中的尼日利亚著名人物很相似,而且还大量运用非洲口述传统戏剧中的视觉辅助手段,如音乐、舞蹈、诗歌、谚语和哑剧。她充分肯定索因卡对本土题材的成功整合,能大胆借用音乐舞蹈来强化和表达已经隐含在行动中的情感,认为他是非洲其他作家的楷模。对于她来说,《森林之舞》是本土和国际最成功的结合,是一首宏大的神话诗剧,涉及过去与现在之间关系的普遍主题;人类普遍存在的恐惧感和即将来临的厄运支配着《强种》;《裘罗教士的磨难》是一种极好的娱乐方式,主人公讽刺得非常出色。她把《狮子与宝石》描绘成"纯喜剧",一种非洲美和野兽寓言,重新诠释了过去到现在,成功地完成了严肃又轻松的戏剧。她赞扬索因卡将传说、历史和传统宗教融入戏剧作品的高超技巧,认为"在非洲剧作家中,只有索因卡才能成功地把神话塑造成

一个新形象,邀请异教符号参加一个具有普遍重要性的戏剧性仪式"①。

马丁·埃斯林(Martin Esslin)是一名专业的戏剧制片人和评论员,1966年他被要求对索因卡的《戏剧五种》和 J.P.克拉克(J.P.Clark)的《戏剧三种》进行评论,结果发表一篇题为《两个尼日利亚剧作家》(*Two Nigerian Playwrights*)的文章。他对索因卡的各种天赋感到惊奇,赞扬他"能够轻而易举地把闹剧搬到悲剧,进而又变成浪漫的神话,能够在一部戏中充分自如地运用散文和诗歌,并穿插使用非洲伟大的舞蹈和哑剧传统的全部内容"②。但他认为外国观众对戏剧背景的完全不熟悉,以及戏剧翻译的巨大障碍是索因卡戏剧创作的两个不利因素。他认为《森林之舞》的基本理念就是"刺穿压抑灵魂的习惯,露出原始赤裸的镜子……"③,对索因卡的创作手法提出了一项反对意见,认为他有时会混淆地使用倒叙场景以致影响了舞台效果。

马丁·巴纳姆(Martin Banham)曾经担任过伊巴丹大学戏剧学院的副院长,1967年出版了《非洲文学Ⅱ　尼日利亚剧作家》(*African Literature II, Nigerian Dramatists*),主要是对索因卡的讨论。巴纳姆认为,索因卡成功地将英国戏剧传统与约鲁巴音乐、舞蹈、哑剧等传统戏剧艺术形式融合在一起,通过借鉴欧洲艺术形式而促使非洲传统艺术形式变得更灵活和更丰富。他发现《孔其的收获》就是非洲与欧洲艺术融合的最好例子,因为索因卡在这出戏中第一次充分使用约鲁巴音乐和舞蹈。与大众评论员的评价相反,巴纳姆认为《孔其的收获》是索因卡最好的作品,"音乐的清晰性和音乐的评论使语言变得活跃和丰富",肯定《孔其的收获》特别富有想象力,主题具有普遍性,是一部"最高级别的讽刺喜剧"④。

1968 年,曾经在伊巴丹大学担任过讲师的约翰·弗格森(John Ferguson)发表了一篇题为《尼日利亚英语戏剧》的文章,其中包括索因卡的一些戏剧摘要和评论,对索因卡在尼日利亚剧坛的地位和意义进行了简要评论。弗格森既熟悉索因卡本人又熟悉这些剧本及其戏剧背景,他的评论足以表达对索因卡戏剧创作有信心。他称赞索因卡是一个年轻、温和、自信

---

① Una Maclean,"Soyinka's International Drama",*Black Orpheus*,No.15(August 1964),p.51.

② Martin Esslin,"Two Nigerian Playwrights",*Introduction to African Literature*,ed.Ulli Beier(London:Longmans,1967),pp.255–262.

③ Martin Esslin,"Two Nigerian Playwrights",*Introduction to African Literature*,ed.Ulli Beier(London:Longmans,1967),p.261.

④ Martin Banham,"African Literature II:Nigerian Dramatists",*JCL*,No.3(July 1967),pp.97–102.

的剧作家,一个严格的制片人,一个深刻了解戏剧、有能力的演员,是尼日利亚戏剧的主要希望。弗格森称《狮子与宝石》是一个很好的剧本,因为这部戏剧的文字、情景和角色既有情趣又很重要,剧中的木乃伊和哑剧更是极好的景象。他认为《沼泽地居民》的悲剧性氛围虽然与《海中骑士》(Riders To The Sea)有点相似,却完全是一部通俗戏剧。这部剧的舞台场景非常出色,但主要角色塑造得不够成功。在对《强种》的简短评述中,弗格森强调了它对尼日利亚乡村习俗的融合和鲜明的基督教元素与象征意义,认为埃芒是基督教先知以马利(Emmanuel)的化身。他把《森林之舞》的舞台氛围比作《仲夏夜之梦》和《暴风雨》,称它为"与莎士比亚作品最相似的索因卡戏剧"①,这表明了索因卡创作直接受到莎士比亚的影响。他认为《森林之舞》是对索因卡早期作品"非洲背景下的欧洲式戏剧"的一种可喜背离,成为一种更能承载非洲人对宇宙世界的阐释和真实非洲声音的东西。

1972 年,马丁·埃斯林发表了一篇题为《沃莱·索因卡:一位主要的诗意编剧》(Wole Soyinka:A Major Poetic Dramatist)的后续文章。他重申了对索因卡和其他非洲作家创作已经讨论过的不利因素,还为他们增加了在英美国家的演出困难,因为很少有演员愿意解决这些戏剧角色和问题。他认为,《路》《孔其的收获》《疯子与专家》最初很难理解,但剧中隐藏的美学内涵弥补了这一缺陷。《路》既是现实的戏剧,也是象征性的死亡仪式,令人从"一个梦想般的开幕式进入另一个世界的阴影"②。《孔其的收获》是一部复杂的剧本,情节复杂但清晰,包含了许多讽刺和明智的政治评论,避免了明显的关于非洲政治阴谋的陈词滥调。埃斯林说:"《疯子与专家》向人们展示了一个形象、一个痛苦的诗意隐喻和非洲大陆在暴力和悲剧性变革阵痛中的疑虑。剧中的十个人物和一群画得非常丰富的怪人,足以代表着尼日利亚数百万人。只有像索因卡这样一位地位卓著的诗人才能实现如此惊人的戏剧效果和语言表达上的'武力之旅'。"③

由此可见,英国评论家对索因卡戏剧创作最感兴趣的主要在于他与尼日利亚传统戏剧的密切关系,对非洲舞蹈、鼓乐、哑剧的大量使用,对约鲁巴传统宗教、信仰和习俗的阐释,等等。大多数英国评论家都对与非洲传统文

---

① John Ferguson, "Nigerian Drama in English", *Modern Drama*, Vol. 11, No. 1 (May 1968), pp. 10—26.

② John Ferguson, "Nigerian Drama in English", *Modern Drama*, Vol. 11, No. 1 (May 1968), pp. 9—10.

③ John Ferguson, "Nigerian Drama in English", *Modern Drama*, Vol. 11, No. 1 (May 1968), p. 10.

化相关的文艺作品感兴趣,因此鼓励索因卡和其他非洲作家运用传统形式来创造出新的、令人兴奋的东西。他们最关注索因卡的《森林之舞》,一致认为这出戏是其戏剧中最充实、最复杂、具有丰富的传统文化、最引人入胜的作品。虽然《狮子与宝石》被认为是最受欢迎和最成功的喜剧,但因剧本较短而通常受到更少的关注。英国评论家虽然对索因卡戏剧的反对意见和保留意见很多,但一致认为索因卡是一位老练而有才华的艺术家,能够创作出更好的作品。

二、美国索因卡戏剧研究的论文成果

像美国大众评论家一样,美国学者对索因卡的了解比英国人晚。1966年美国发表的《尼日利亚文学的传统和变化》(*Tradition and Change in Nigerian Literature*)和《沃尔·索因卡和尼日利亚戏剧》(*Wole Soyinka and Nigerian Dram*)两篇文章是涉及索因卡戏剧作品的最早评论文章。

迈克尔·克劳德(Michael Crowder)撰写的《尼日利亚文学的传统和变化》,讨论了包括索因卡在内的尼日利亚作家在与读者建立直接交流渠道方面所面临的关键问题。他认为,"索因卡在戏剧创作中使用空白诗句,既成功地解决了主题思想从一种语言到另一种语言的双重困境,又与国内外观众建立了明确的交流渠道"①;指出索因卡是尼日利亚最有趣、最具实验性的作家,公开表示索因卡的作品出现了与阿契贝和其他非洲作家不同的文化冲突概念,即非洲社会内部的冲突,而不是黑人和白人之间的冲突。在克劳德看来,《强种》和《沼泽地居民》在环境和内容上完全是非洲的,但《森林之舞》对他来说是个问题。他开始认为这部戏剧是一部高超诗歌的伟大作品,但在一位身份不明的评论家的评论的影响下,他后来又把它视为一部不太成功的作品,主要原因在于索因卡使用了视觉技巧。在他看来,视觉技巧代表了非洲异国情调的元素。克劳德对索因卡感兴趣,主要是因为他善于利用传统主题成功地弥合作家与观众之间的差距。

约翰·波维(John Povey)于 1966 年发表了一篇题为《沃尔·索因卡和尼日利亚戏剧》(*Wole Soyinka and Nigerian Dram*)的文章,严格地说这是一篇调查报告。他认为,"对于美国读者来说,索因卡是一位相对不知名的作家"。② 1969 年,他出版了《两部尼日利亚喜剧》,对《裘罗教士的磨

---

① Michael Crowder, "Tradition and Change in Nigerian Literature", *Tri-Quarterly*, No. 5 (Spring 1966), pp.117-127.

② John Povey, "Wole Soyinka and the Nigerian Drama", *Tri-Quarterly*, No. 5 (Spring 1966), pp. 129-135.

难》《狮子与宝石》进行了深入研究,认为它们是"在美国校园里特别受欢迎的喜剧"①。波维把这两部剧与英国著名的戏剧作品如《炼金术士》(*The Alchemist*)、《第一卷》(*Vol One*)和《理查三世》(*Richard III*)进行比较。他指出,索因卡海外作品的成功证明了他的戏剧质量很高。索因卡的戏剧作品之所以具有强大的吸引力,在于他愿意学习所有国家的戏剧,特别是他对非洲和西方艺术的双重继承。他强调索因卡要想成为一名杰出的剧作家,必须首先在舞台上获得成功。他认为,索因卡的声誉更多地建立在成功排演的戏剧之上,而不是他的戏剧文本。波维讨论了《裘罗教士的磨难》,其主题是高度欺骗和国际婚姻纠纷喜剧,这与《冬天的故事》(*Winter's Tale*)中的安塔吕斯的诙谐骗局,尤其是约翰逊喜剧第二卷和《炼金术士》的结尾有着相似之处。波维把这出戏描述为一次出色的尝试,迫使读者重新考虑许多传统观念所建立的简单化的前提,同时赞扬其新奇的视觉和生动的娱乐。他认为索因卡没有拒绝传统的进步,实际上保护了传统中宝贵的、积极的元素,反对把西方价值观作为非洲社会变革的唯一来源。

1968 年,罗伯特·麦克道尔(Robert McDowell)在《非洲西部和南部戏剧》一文中讨论了索因卡的三部戏剧,主要探讨了他对重大社会问题的矛盾心理、以尼日利亚为背景下反映人类普遍的主题以及对传统戏剧技巧的借鉴等。麦克道尔的理由和塔克之前说的差不多。他对索因卡的一般印象是一位讽刺和相当悲观的剧作家,鉴于心灵的无限可能性,他没有给出平易近人的答案,因此他研究了矛盾心理。和塔克一样,麦克道尔也评论了选择的复杂性和索因卡对《强种》主人公的矛盾心理。《狮子与宝石》让他感兴趣的不仅是浓郁的喜剧特色,更重要的是索因卡对传统的颠覆,让更原始的主角战胜了现代教师的"大脑过度思考"。在麦克道尔看来,索因卡拥有"反保守、反黑人、反浪漫、反灵魂消沉的习惯",他的系列神话故事实际上是"一种蓄意的矛盾心理,一种高度设计的可能性范式"②。

布鲁斯·金(Bruce King)曾供职于伊巴丹大学和拉各斯大学。1970年,他在《尼日利亚两位作家:图图奥拉和索因卡》一文中对索因卡的几部剧作留下了深刻的印象。他首先表明,"只有《狮子与宝石》是完全令人满意的。其余的都充满了希望,可能会有几十亿的门票点数,但从来没有完全实现……索因卡的每一部作品都像是一个新的开始,有关戏剧结构和主题

---

① John Povey, "Wole Soyinka, Two Nigerian Comedies", *Comparative Drama*, 3, No.2 (Summer 1969), pp.120-132.

② Robert McDowell, "African Drama, West and South", *Africa Today*, 15, No.k (August 1968), pp. 25-28.

思想的问题往往在美学上得到解决之前就被放弃了"①。在讨论《孔其的收获》时,布鲁斯·金赞扬索因卡有能力用喜剧对白来严肃地创造一些他认为是了不起的角色。另一方面,他指责这出戏的故事情节不完全明确,人物动作有时含糊不清,也没有给出作者明显想要的完整的宇宙解释。他将该剧中的缺点描述为"天才作家不需要面对严厉批评时会发生什么",暗示索因卡因受到过分赞扬,反而损害了自己的利益。

　　此外,美国其他学者的索因卡戏剧研究主要成果集中在三个方面:一是从后殖民主义入手,深入探讨索因卡创作特别是戏剧作品的主题思想和艺术特色中的民族性。这方面的重要期刊论文有《索因卡的后殖民身份》(*Postcolonial Identity in Wole Soyinka*)、《后殖民写作:以索因卡的〈森林之舞〉为例》(*Writing the Postcolonial:The Example of Soyinka's A Dance of the Forests*)等。二是对索因卡戏剧中的主题意象进行深入的探讨。这方面的重要期刊论文包括《从安德鲁到奥贡:索因卡创作中的奥贡意象探究》(*From Idanre to Ogun Abibiman:an Examination of Soyinka's use of Ogun Images*)、《索因卡的经历与记忆的创伤意象化》[*Trauma (re)imag (in)ed:Experiences and Memories of Wole Soyinka*]等。三是对索因卡获奖戏剧作品进行个案研究。这方面的专题论文特别多,主要是围绕《死亡与国王的侍从》《森林之舞》《路》《狮子与宝石》《疯子与专家》等诺贝尔奖的代表作品来研究。对《死亡与国王的侍从》的研究主要集中于多元文化冲突、约鲁巴宗教传统等问题。重要论文有《索因卡〈死亡与国王的侍从〉的比较结构》(*Wole Soyinka's Death and the King's Horseman in Comparative Frameworks*)、《索因卡〈森林之舞〉中的后殖民书写》(*Writing the Postcolonial:The Example of Soyinka's A Dance of the Forests*)、《语言的功能与文体:探究索因卡〈路〉的语言艺术》(*Linguistic Function and Literary Style:An Inquiry into the Language of Wole Soyinka's The Road*)、《教堂与奥贡:索因卡〈路〉中的颠覆与反讽》(*Church versus Ogun:Subversion and Irony in Wole Soyinka's The Road*)、《结构中的结构:索因卡〈狮子与宝石〉中的结构分析》(*Structure Within Structure:An Analysis of Wole Soyinka's The Lion and the Jewel*)以及《索因卡〈疯子与专家〉中的传统讽刺》(*Traditional Satire in Wole Soyinka's Madmen and specialists*)等。

---

① Bruce King,"Two Nigerian Writers:Tutuola and Soyinka", *Southern Review* ,No.6(1970),pp. 843-848.

三、英国索因卡戏剧研究的专著成果

索因卡在英国创作的戏剧比其他任何地方都多,并受到英国戏剧形式和艺术技巧的熏陶。英国学者对索因卡的研究力度最大。英国评论家认为索因卡是一位极具潜力的天才艺术家,对索因卡戏剧中的文化成分和传统元素比较熟悉,因而更加通融。他们特别赞美索因卡巧妙地将欧洲文学的形式和技巧与舞蹈、鼓乐、哑剧和木乃伊等约鲁巴传统戏剧元素有机结合起来,指出他的折中主义、多才多艺、精明老练和主题的普遍含义,但也抱怨索因卡戏剧作品中复杂层次、令人困惑的符号和倒叙技巧,对约鲁巴文化信仰和实践的暗示隐晦以及诗歌和散文过于精心的雄辩。

1975 年之前,安妮·蒂比(Anne Tibbie)、玛格丽特·劳伦斯(Margaret Laurence)、杰拉尔德·摩尔(Gerald Moore)和阿德里安·罗斯科(Adrian Roscoe)等四位英国评论家在自己的研究专著中对索因卡戏剧进行了讨论。利兹大学的 3 篇博士学位论文《混杂的戏剧:对沃莱·索因卡和霍华德·巴克·巴克尔戏剧作品的比较研究》[1]《面具在印度和尼日利亚戏剧的使用:吉里什·卡纳德和沃莱·索因卡的比较研究》[2]《神圣的过渡:巴赫拉姆·贝扎伊和沃莱·索因卡的比较研究》[3]也对索因卡戏剧进行了多方面多角度的研究。英国学者杰拉尔德·摩尔的《沃莱·索因卡》、琼斯、埃尔德里德·杜罗西米(Jones, Eldred Durosimi)的《沃勒·索因卡的写作》[4]、Coger 和 Greta M.K.的《沃勒·索因卡著述中的主语、谚语和主题索引》[5]、拉尔夫·赫尔曼的《创造蛇与莫比乌斯带:索尔·索因卡作品中的神话结构》[6]、Biodun Jeyifo 的《沃莱·索因卡:政治、诗学和后殖民主义》[7]都是非常有价值的学术专著。

---

[1] Price, Amanda, "The theatre of promiscuity: a comparative study of the dramatic writings of Wole Soyinka and Howard Barker", Ph.D., *University of Leeds*, 1995.

[2] Khan, Amara, "The Use of Masks in Indian and Nigerian Theatre: A Comparative Study of Girish Karnad and Wole Soyinka", Ph.D., *University of Leeds*, 2015.

[3] Talajooy, Saeed Reza, "Mythologizing the transition: a comparative study of Bahram Beyzaee and Wolfe Soyinka", Ph.D., *University of Leeds*, 2008.

[4] Jones, Eldred Durosimi, "The Writing of Wole Soyinka", *Heinemann*, p.197.

[5] Coger, Greta M.K., *Index of Subjects, Proverbs, and Themes in the Writings of Wole Soyinka 21*, Greenwood Press [Imprint], 1988.

[6] Ralf Hermann, "Creation snake and Mobius strip: The mythopoeic structures in Wole Soyinka's writing Centre of African Studies", *University of Edinburgh*, 1994.

[7] Biodun Jeyifo, *Wole Soyinka: Politics, Poetics, and Postcolonialism*, Cambridge University Press, 2003.

英国小说家评论家玛格丽特·劳伦斯（Margaret Laurence）在专著中以生命之声、舞蹈与死亡为题对索因卡戏剧做了很长章节的论述。她认为索因卡是一个灵活机智的作家，戏剧写作好像一种杂耍行为，能够在不会危及戏剧角色真实性的同时处理许多主题，笔下的人物从来不是密码或符号，总是能用自己的声音说话。劳伦斯强调《狮子与宝石》富有讽刺的轻快、反语的微妙以及对所有人物的深情或至少是同情的刻画；赞扬索因卡用高超的艺术技巧软化了阳痿和妇女的性恶意等相当严重的主题，同时嘲笑保守派和激进分子。在劳伦斯看来，《强种》讲述了一个类似的基督教激情故事，父亲要求自我牺牲，儿子企图逃避救赎者的角色，最后在一棵神圣的树上死亡。这出戏使她感到惊奇和愉快的是剧情紧凑并巧妙地融合了仪式、长老、牧师、神圣的树林等多种传统宗教元素，称赞"索因卡在相对较短的空间里成功地传达和对比了许多社会和许多宗教中发现的与人物有关的概念"①。

1971 年，阿德里安·罗斯科（Adrian Roscoe）在研究专著《母亲就是黄金》（*Mother Is Gold*）中审视了索因卡作为讽刺作家的角色。他强调的是索因卡对尼日利亚人民和政府的严厉抨击。他指出，《森林之舞》和《路》使索因卡成为一个愤怒的年轻人："他在西非的舞台上四处走动，就像一些天资出众的坏心腹，猛烈地抨击他所目睹的腐败、阴谋和跳跃的野心。"②罗斯科对《森林之舞》作为讽刺作品的复杂性以及大胆的想象和广阔视野感到惊讶。索因卡在尼日利亚独立的欢乐时刻，在人们需要重生与和平时居然谈到了死亡、腐败和背叛。在罗斯科看来，《路》和《森林之舞》一样，是一部难以理解但强大有力的讽刺剧。这出戏受到了多重阐释：有人说它是尼日利亚任何道路的代表，是个人、群体和国家必须走的生活之路，也有人说它是对进步道路的讽刺。然而，最重要的说法是这是一条长期以来令索因卡感到困惑的生与死之间的朦胧之路。认为《路》的每一件事，包括人物的名字、动作和语言等，都是一种奇怪的花盆，都是一种两种文化元素的丑陋融合。索因卡故意选择"Agemo"主题（溶化成腐烂和死亡）来代表社会某一方面的每一个人物都在某种程度上出现了道德或身体上的疾病，进而强调尼日利亚社会中腐败状况。

杰拉尔德·摩尔的《沃莱·索因卡》（*Wole Soyinka*）是 1975 年之前唯一的有关索因卡的长篇研究专著。这本专著达到了 20 世纪 70 年代索因卡批

---

①　Margaret Laurence, "Long Drums and Cannons: Nigerian Dramatists and Novelists", London: MacMillan, 1968, p.28.

②　Adrian Roscoe, *Mother Is Gold*, Cambridge University Press, 1971, p.219.

评的顶峰,为所有读者提供了关于索因卡的成长历程、创作成就、兴趣爱好以及远大理想等方面的丰富史料,同时毫不含糊地指出索因卡在创作上需要努力消除故事情节和语言上的弱点。摩尔强调,索因卡借用了传统戏剧中已经熟悉的元素,使他的作品更加为尼日利亚观众所熟悉,他们的注意力和参与在西方戏剧中是无与伦比的。摩尔被《沼泽地居民》简单的霍普特曼式现实主义吸引住了,认为这出戏拥有一个看似简单但极具象征意义的乡村衰败主题,赞扬索因卡把喜剧情节"很好地平衡和巧妙地处理,并不断地从一个角色转换到另一个角色"①。《狮子与宝石》在世界各地的观众中很受欢迎,甚至远到新几内亚,这是它的优点和成功的无可争议的证据。摩尔强调了《森林之舞》与传统信仰和仪式的密切关系,指出了戏剧结构上的失误、模糊的引用、复杂的舞台以及其他一般的困难等导致戏剧相当不切实际。他认为《强种》有一两个段落是败笔或多余的,但赞扬索因卡从传统宗教和神话中借用的丰富的隐喻和戏剧符号。在摩尔看来,《路》是索因卡最好的剧本,其中更充分地发展了索因卡早期作品中已经尝试过的戏剧思想体系。

塔拉乔伊、赛义德·雷扎的博士学位论文《神圣的过渡:巴赫拉姆·贝扎伊和沃勒·索因卡的比较研究》对贝扎伊和索因卡的戏剧视野和主题进行了简要的论述和比较,着重论述了贝扎伊和索因卡把知识分子描绘成祭祀英雄,他们的死亡可能引发社会净化和文化再生与解放,考察了伊朗剧作家、编剧和电影制作人贝扎伊和索因卡的创作主题和戏剧技巧,认为两位作家都把自己置于后殖民时期的地位,他们的创作反映了各自文化上使本国人民任由邪恶的内部和外部力量支配的缺陷。除此之外,雷扎还展示了贝扎伊和索因卡是如何揭穿困扰着现代人的传统迷信的伪装、肯定神话化和美化历史和当代生活的积极方面,建议根据本土文化所能提供的最佳条件重新定义文化特征。

总体而言,英国人非常强调索因卡与尼日利亚戏剧传统的密切关系和影响,同时也强调了其戏剧语言的多样性和主题的普遍因素。所有人似乎都喜欢他的喜剧,而不是他的悲剧。大多数英国评论家都高度评价《森林之舞》,并对之做出了长篇大论的详细分析探讨。评论家们除了反对索因卡戏剧作品的复杂性之外,一致认为他是非洲最有前途的剧作家和讽刺作家,甚至比当时任何一位英语作家都要好。

---

① Gerald Moore, "Wole Soyinka", New York: *African Publishing Corporation*, 1971, p.27.

四、美国索因卡戏剧研究的专著成果

从百链外文搜索来看,目前以索因卡为研究对象的研究专著有 100 余部、学位论文有 59 篇,其中美国学者阿兰·里卡德 1970 年出版的《沃勒·索因卡和勒罗伊·琼斯戏剧中民族主义概念的比较研究》可谓第一部索因卡研究专著。1975 年,美国佛罗里达大学的《沃尔·索因卡的〈森林之舞:象征行动的策略〉》是有关索因卡戏剧的第一篇学位论文。Katrak 和 Ketu H.的《沃勒·索因卡与现代悲剧:戏剧理论与实践研究》、艾特·奎森（Ato Quayson）的《尼日利亚写作的战略转变:塞缪尔·约翰逊牧师、阿莫斯·图图奥拉、沃尔·索因卡作品中的口语或历史》、Biodun Jeyifo 主编的《沃勒·索因卡的视角:自由与复杂性》、伊曼纽尔·埃加尔（Emmanuel E.Egar）的《愤怒的诗学:沃尔·索因卡,让·图默和克劳德·麦凯》等都是美国索因卡研究的重要成果。

1966 年,马丁·塔克（Martin Tucker）出版丛书《西非文学:第二个十年》（*West African literature*: *The Second Decade*）的第一部和第二部,这是美国对索因卡剧作最早也是最长的调查研究之一。塔克被索因卡戏剧中智力上强大的人物的反复失败和弱者、白痴、残废者和流氓的生存境遇所吸引,认为索因卡笔下的黑人人物尽管拥有鲜明的非洲民间信仰和思想冲突,但都具有人类的共性。他阐明了索因卡对传统习俗的模棱两可的立场,认为《强种》中的那只替罪羊事实上是索因卡试图保留部落生活中最好的元素,但同时谴责了传统习俗存在的残忍迷信的东西;指出《沼泽地居民》中主人公的斗争是在沼泽中的苦难生活和现代城市的强大诱惑之间进行的;认为《森林之舞》和《狮子与宝石》的结局都呈现出一种令人烦恼的、犹豫不决的状态,《裘罗教士的磨难》主人公的成功欺骗和《路》中的智囊团领袖的暴力死亡同样指向了阴郁的结论和不决断的悲剧性状态,具有"抒情和哀伤之美"①。

威尔弗雷德·卡泰（Wilfred Cartey）的《来自欧洲大陆的窃窃私语》在"人的信仰"一章中,从主题和哲学角度探讨了索因卡悲剧作品中的人、自然、生命精神和无生命物体等不同领域之间相互作用等不同方面,追溯了主要反复出现的主题,尤其是联系不同领域、唯一能摆脱悲观阴郁的生活环境的牺牲主题。卡泰用循环意象来阐释《森林之舞》反复出现的"在过去与现在,死者与生者的交融中,他们的斧头与革命是巧合的"诗歌主题。他认

---

① Gerald Moore,"Wole Soyinka",New York: *African Publishing Corporation*,1971,p.8.

为《森林之舞》在某一层面上是对死人的仪式性赎罪和对活人的考验,发挥出了自己的作用,通过仪式的序列、结构上的统一,通过一个面具游戏,把死者和那些下令跳舞的活人联系起来,他们用生物的灵魂来宣告未来。卡泰认为《路》的中心象征或意象是人类在生命中的旅程,成为死亡的本质。他把《路》从本质上解释为索因卡思想和意象的融合,形成了一种关于生命的悲观哲学表述和一种高贵的、有辱人格的死亡方式。在探讨《沼泽地居民》时,卡泰用多维性和多样化形象来阐释"沼泽"的优越和强大,认为"它是绝望和灾难,是邪恶的恶性力量,是万能的控制力量,是肥沃土地的希望……它是有生命的东西……要求无可置疑的忠诚"①。卡泰分析《强种》中"血"的主题,认为剧中充满邪恶和必然性的气氛,强调英雄之死在残酷和迷信之夜散发出的希望之光,认为埃芒的死和萨满随后的疯狂可能会结束"替身"的残酷习俗。

有不少美国学者集中探讨了索因卡创作中的约鲁巴民族传统,也有不少美国学者关注索因卡创作在语言方面的非殖民思想。Nasser Dasht Peyma 在 2009 年出版的研究专著《后殖民戏剧:沃莱·索因卡,德里克·沃尔科特和吉里什·卡纳德的比较研究》和加利福尼亚大学(University of California)的 Aaron Christopher 在 2003 年的博士学位论文《在复仇的远侧:后殖民文学经典的文化融合》分析了殖民文学教育使乔伊斯、沃尔科特、索因卡和希尼产生一种霸权力量矛盾的异化。这些作家都曾接受过英国文学传统的熏陶,其中包括古希腊语的教育。他们绕过西方直接访问希腊,对古希腊经典之作做了有趣的和非常重要的选择,把古希腊经典作为一种动态性隐喻和叙事序列源,或者由希腊古典和现代元素的困扰而产生混杂后殖民主体地位隐喻的并置。

2004 年,印第安纳大学的 Hyeong-min 的博士学位论文以索因卡的《死亡与国王的侍从》为例,探讨了后殖民戏剧中的暴力殖民化和非殖民化的政治选择。2011 年,威斯康星大学(The University of Wisconsin)的 Beadle 对索因卡等后殖民非洲剧作家知识分子及其戏剧中的新思想意识做了深入的探讨。匹兹堡大学(University of Pittsburgh)的 Oyebade Ajibola Dosunmu 在其博士学位论文《约鲁巴传统戏剧音乐在索因卡〈死亡与国王的侍从〉中的实践》(*The Appropriation of Traditional Musical Practices in Modern Yoruba Drama:A Case Study of Wole Soyinka's Death and the King's Horseman*)中认为

---

① Wilfred Cartey, "Whispers from a Continent:The Literature of Contemporary Black Africa", New York:*Vintage Books*,1969,pp.80-84,173-177,316-379.

索因卡的《死亡与国王的侍从》运用了约鲁巴所特有的音乐、舞蹈、哑剧等传统戏剧形式，是约鲁巴传统戏剧的现代化发展，称赞他把熟练的非洲传统戏剧主题与西方结构要素进行完美组合。

总之，英国学者比美国学者更能理解和接受作品中的背景元素。尼日利亚和英国之间的长期密切关系，以及英国人与世界各地的广泛接触，都是重要的因素，这些因素有助于培养一种宽容和同情"新颖的超级发明"的更加国际化的态度。例如，这些批评者中有很大一部分是在尼日利亚或非洲其他地区生活和教书的。大多数美国评论家对索因卡戏剧作品中的非洲背景缺乏了解，对剧中人类学的信息或对传统文化和仪式的暗示，往往表现出沮丧的不耐烦。美国评论家对索因卡的戏剧作品没有出现殖民主题感到宽慰，但对陌生的尼日利亚背景感到不安。大多数美国评论家使用索因卡的戏剧文本，比较关注他的语言、矛盾姿态以及主题的普遍性，对情节复杂或混乱的抱怨比较少。调查显示，美国学者对索因卡戏剧的兴趣范围较窄，而且差异较大。威尔弗雷德·卡泰强调索因卡与非洲传统文化的密切关系，特别是在戏剧中，把人的、精神的和无生命的东西交织在一起，显然受到了英国学者的影响。相反，查尔斯·拉森赞同大多数美国学者对索因卡非殖民主题的看法。尽管两位评论家的侧重点不同，但都认为索因卡处理各种问题是有效和成功的。

第九章　索因卡戏剧在中国^①

20世纪80年代初，索因卡的戏剧作品顺应中国改革开放后的新文艺形势流传到中国。迄今43年索因卡戏剧在中国的传播历程大致可分为3个阶段：1979年到1986年为初始阶段。这一阶段中国对索因卡只是进行简单的生平与创作介绍，翻译作品和研究成果很少。1987年到1999年为缓慢升温阶段。索因卡因获得1986年诺贝尔文学奖而引起中国读者的热情关注，他的戏剧作品开始被陆续译介来中国，但20世纪90年代的传播力度并不大。2000年至今是我国索因卡戏剧传播的活跃发展阶段。

第一节　索因卡戏剧在中国的传播

中国对索因卡译介始于1979年。鉴于索因卡在当代世界文坛的重要地位，中国文坛也给予了一定的重视，在传播、译介与研究方面均取得了可喜的成绩。中国人对索因卡戏剧经历了一个漫长的从陌生到熟悉、从冷淡到关注、从理解困难到深入探讨的接受过程。

一、索因卡戏剧在中国传播的艰辛起步（1979—1986）

"文化大革命"以后，中国对外国文学的翻译开始解冻，外国文学界和翻译界开始复苏，大批外国作家作品被译介来中国，尼日利亚作家索因卡也在其中。然而，索因卡并未像贝克特、布莱希特、奥尼尔等欧美当代戏剧家那样受到中国读者的热烈欢迎。1986年之前，索因卡在中国的传播起步艰辛，国内涉及索因卡的公开刊物仅5种，中译戏剧文本仅1部。

邵殿生是中国译介索因卡的第一人。1979年，他撰写了《索因卡传》，收录在中国社会科学出版社出版的张英伦等主编的《外国名作家

---

① 文中所涉资料和数据是借助国家图书馆联机公共目录查询系统（http://210.82.118.4：8080/f）、中国知网（http://www.cnki.net）、万方数据（http://www.wanfangdata.com.cn）、超星读秀学术搜索（http://edu.duxiu.com）、百链学术搜索（http://www.blyun.com）和互联网搜索引擎，对索因卡作品1979—2021年在我国的中译本和相关的评论文章或研究论文进行全面查找和收集整理，并做好爬梳式的量化统计，数据与实际情况可能略有出入，但基本准确。

传》之中,首次在国内推介索因卡和他的戏剧作品,为索因卡戏剧在中国的译介与研究揭开了序幕。这篇传记中提及了索因卡的《沼泽地居民》《森林之舞》《狮子与宝石》《裘罗教士的磨难》《强种》《孔其的收获》等剧作。后来,他一共翻译了索因卡戏剧作品5种,还在报纸杂志上发表了不少推介索因卡戏剧作品的评论文章,为索因卡戏剧在中国的传播做出了巨大的贡献。

1981年,《外国文学研究》刊登的《非洲文学现状》简单介绍了索因卡及其剧作《森林之舞》,认为索因卡是非洲最成功的作家,也是诺贝尔文学奖的候选人之一。这篇短文摘选自西德《明星》杂志1980年第42期刊登的盖尔德·莫伊尔撰写的论文《反对今日的独裁者》,第一次让中国读者看到了西方学者对索因卡的高度评价。

1982年,中国大百科全书出版社出版的《外国文学2》又刊载了邵殿生拟写的索因卡简介,对索因卡的剧作《沼泽地居民》《狮子与宝石》《疯子与专家》《路》《孔其的收获》做了简要的评介,清楚地洞察到了索因卡把西方戏剧艺术和非洲传统的音乐、舞蹈、哑剧等结合在一起的高超艺术技巧。

李耒和王勋翻译的《路》是索因卡剧作的第一个中译本。1983年,高长荣主编《非洲戏剧选》,收录索因卡的戏剧代表作品《路》,译者是李耒和王勋。这是索因卡戏剧作品首次面对中国读者。这个中译本比较忠实于原文,保留了原剧的结构布局,译本的语言朴素直白,比较注重动作性、口语化和个性化,也不乏诗意和含蓄,很多地方近乎直译,能够让读者感受索因卡的戏剧原貌。

1985年,陶德臻主编的《东方文学简史》第一次把索因卡编进高校教材。其中"第五节　索因卡与《路》"除了重点推介索因卡从20世纪50年代末起写的10多部剧本之外,还新增加了对《死亡与国王的侍从》和《未来学家的安魂曲》的评述,为索因卡1975年以后的重要剧作在中国的传播跨出了第一步。

索因卡戏剧在中国的传播起步之所以比较艰辛,究其原因主要有三个:一是中国在过去100年引进外国文艺多把目光聚焦于西方发达国家和民族,非洲语言文学在中国一直受到冷遇;二是戏剧文学在现代社会走向衰落,中国读者向来比较偏好阅读小说,晦涩难懂的索因卡戏剧给中国译者的翻译和普通读者的接受均带来一定的难度;三是中国的出版业随着改革开放开始走向市场,索因卡戏剧文本在偏爱西方文学作品的中国当代文学消费市场缺乏竞争力,难以得到国内翻译家和传播媒介的青睐。

二、索因卡戏剧在中国传播的缓慢升温（1987—1999）

1986 年,索因卡获得诺贝尔文学奖,成为第一位获此殊荣的非洲作家,轰动中国文坛。中国在随后 2—3 年对他的作品进行热情的翻译和推介,形成第一次传播高潮。进入 20 世纪 90 年代,索因卡戏剧在中国的译介与研究虽然有所升温,但在市场经济影响下发展仍然比较缓慢。据所见资料统计,1987—1999 年,国内出版索因卡戏剧中译本 1 种,推介索因卡戏剧的"作品选""丛书"等图书 10 种,专篇研究索因卡戏剧的期刊论文约 16 篇。

1987—1999 年,中国对索因卡的《路》《狮子与宝石》等名剧 7 种进行了重点翻译和推介。1987 年,索因卡的两个剧本被翻译成中文。邵殿生翻译的《裘罗教士的磨难》刊登于《新苑》,钟国岭、张忠民翻译的《森林舞蹈》(后改译为《森林之舞》) 刊登于《外国文学》。1990 年,索因卡第一个中译戏剧选集《狮子与宝石》由漓江出版社出版,收录了索因卡在 60—70 年代创作的重要戏剧作品 7 种,其中包括周勇启翻译的《狮子与宝石》、钟国岭和张忠民翻译的《森林之舞》以及邵殿生翻译的《沼泽地居民》《裘罗教士的磨难》《强种》《路》《疯子与专家》5 种,是中国读者和研究者最主要的索因卡戏剧读本和文本资料。此外,1992 年,赵长江、赵锋翻译了《杰罗教士的考验》,刊载于《世界文学精品大系 第 20 卷》。1994 年,张放从伦敦麦苏恩出版公司 1984 年版《索因卡剧本六种》中节译了《疯子与专家》第一幕,刊载于荣广润编译的《当代世界名家剧作》。这些中译本多以丛书、选集、精选、导读等形式与其他作家的作品一起合集出版,都比较注重口语化,兼顾了直译和意译,在思想内容和语言风格等各方面都比较贴近原著,可读性比较强,能满足中国读者的阅读心理。但是,由于索因卡戏剧涉及太多的多元宗教哲学术语以及尼日利亚人特定的风俗习惯和文化背景,翻译成中文有一定的难度,导致各个译本的水平和质量各有千秋,在原剧理解、思想表达、行文选词等方面仍有值得改进的地方。

邵殿生对索因卡戏剧作品翻译贡献最大。他一共翻译了《沼泽地居民》《裘罗教士的磨难》《强种》《路》《疯子与专家》5 个剧本,1990 年结集出版。从总体上看,邵殿生在翻译索因卡戏剧文本的过程中潜心研读原作,尽力传递原作思想,讲究遣词用句,既能够根据戏剧文体的特点而力图使译文适于舞台演出,又能够根据中国特定的文化环境和戏剧传统来对索因卡剧本进行有限而又有选择的取舍和改编,翻译质量较高。与其他译者相比,邵殿生译本《路》比李末、王勋译本《路》显得更加简练有力,细微之处似乎略逊半筹。赵长江、赵锋的译本《杰罗教士的考验》和邵殿生的译本《裘罗教士的磨难》对剧本台词的理解有较大的不同,文字表达差别较大。张放节译的《疯子与专家》的第一幕与邵殿生的《疯子与专家》译本对应章节的翻译风格差不多,但后者的用词更为精练、准确。

总体而言,中国在20世纪最后12年对索因卡戏剧在译介出版和作品研究方面取得了一定的成果,但传播范围局限于索因卡早期创作的少数剧本,研究视野不够开阔。探究个中原因,主要是翻译人员缺乏,导致索因卡戏剧作品的中文翻译过慢,国内非洲研究关注的焦点大多出于政治需要,有关非洲文化的资料严重不足,既限制了索因卡戏剧研究在中国的深入开展,又影响了中国读者对索因卡戏剧的接受度。索因卡戏剧浓厚的非洲色彩使得众多中国读者难以接受,中国作家也很难从中吸收与借鉴。有关索因卡戏剧的研究论文虽然有所递增,但有些研究者在对索因卡作品文本和背景资料以及相关评论了解还远远不够的情况下,就率尔而论,难免造成细节上的失误,甚至做出谬以千里的判断和发挥;有的研究者在证据不足的情况下对索因卡戏剧进行随意解说。

三、索因卡戏剧在中国传播的活跃发展(2000年至今)

21世纪以来,随着中非政治经济交流的深化发展,中非文化交流日益频繁。非洲文学是非洲文化的重要体现,也是中非交流的重要内容。由于诺贝尔文学奖、布克奖等国际大奖络绎不绝地光顾非洲,非洲文学研究日益成为世界文学界一个新的学术增长点,索因卡戏剧也逐渐引起了中国读者的重视,译介与研究的力度也随之加大。翻译界和学术界关注索因卡戏剧的人越来越多,研究和评述的角度和深度也逐渐拓展变化。2004年,索因卡因参加反政府示威被捕,又一次引起中国读者的关注,一时形成继1986年诺贝尔奖之后的第二次索因卡传播热潮,当年国内出版与索因卡相关的图书达26种之多。2012年索因卡访华,《光明日报》《中国青年报》《新京报》《文艺报》《南方都市报》等16家大型报纸大力宣传索因卡访华,2014年全球庆祝索因卡八十华诞,中国迎来第三次索因卡传播热潮。

新世纪索因卡戏剧在中国的翻译出版还是集中在索因卡早期创作的戏剧作品,20世纪80年代以后的戏剧作品译介极少。这一时期的索因卡戏剧中译本仍以收入《20世纪外国文学作品选》《二十世纪外国戏剧经典》《文学名著精华:外国卷》等作品选、丛书中出版为主,而且常常以微缩、速读、导读等类似于"文学快餐"的形式收录在诸如《速读外国文学名著》等图书之中,入选的只有《路》《裘罗教士的磨难》《森林之舞》三个早期剧本,其中《路》被节选的次数最多。《路》之所以特别受中国读者欢迎,主要是因为当代中国文坛大力引进西方现代主义文学思潮,索因卡在《路》中明显借鉴了西方荒诞派的戏剧艺术,颇受西方评论家大加赞赏。

2003 年,蔡宜刚翻译完成《死亡与国王的侍从》,由台湾大块文化出版社出版,2004 年又由河北教育出版社出版。这是索因卡戏剧在新世纪中国传播的最重要成果。时隔 13 年之后,索因卡戏剧的第二个中译本得以出版面对中国读者。蔡宜刚毕业于台湾清华大学社会学研究所,是台湾著名的学者和翻译家。他的译本无论是遣词造句还是捕捉索因卡原剧的整体风貌,都体现了较高的翻译水平,文本中的文化信息得到了很好的传达,赋予了译作新的审美价值。透视《死亡与国王的侍从》的中译文本,可以看出蔡宜刚在翻译中采用了归化与异化相结合的策略,善于化解句子中的"障碍点",通过不同的方式对原文中的空白及不确定性进行调整、填补和具体化处理,照顾了中国读者对原剧内容的理解,引领读者深入索因卡的戏剧世界。

2012 年 10 月 28 日,索因卡接受中国社会科学院和中国人民大学的共同邀请,开始了为期 9 天的访华活动。在华期间,索因卡在中国人民大学、北京大学和苏州国际写作中心做了精彩的演讲,强调"作家写作要反映社会现实,要对社会进行反思,诗人、艺术家无法游离于大的社会历史背景,不反映社会现实,只能是一种逃避主义"①。索因卡的到访,为我们更加直观地了解、认识非洲文学,进而深入研究非洲文学提供了难得的契机,促进了索因卡戏剧在中国传播的活跃发展。

2015 年,北京燕山出版社在"天下大师·索因卡系列"中隆重再版1990 年邵殿生等翻译的索因卡戏剧选集《狮子与宝石》,而且把 2003 年蔡宜刚翻译的《死亡与国王的侍从》也收录其中。这个中译本的再版大大弥补了索因卡文本资料的严重缺乏,对新世纪的中国读者和研究者来说无疑是莫大的喜讯。

第二节　索因卡戏剧在中国的接受

索因卡一生创作了大量的戏剧作品,在世界文学中影响很大,非洲和欧美国家对索因卡的传播与其创作时间同步,中国对索因卡的传播、评论与研究比国外晚了 20 多年。

---

① 　吴云、李盛明:《诺贝尔文学奖获得者索因卡访华》,《光明日报》2012 年 10 月 30 日。

一、80 年代前后零星的索因卡评论

索因卡获得诺贝尔文学奖之前，我国的索因卡戏剧评论刚刚开始，目前仅可见相关的期刊文章两篇。

1979 年，邵殿生撰写的《索因卡传》可以视为中国学者对索因卡戏剧评论的开篇之作。邵殿生以 1960 年为界把索因卡戏剧分为前后两个时期，认为前期剧作已经"显示出幽默和讽刺的戏剧才华和卓越的言语艺术"，后期创作"呈现出新的特点，讽刺变得辛辣，风格转为低沉，特别是表现手法趋向'隐晦'和'荒诞'"①。

1986 年，台湾《联合文学》发表《渥里·索因卡作品年表》和陈长房撰写的论文《扎根非洲本土：索因卡及其作品》，第一次对索因卡的重要剧作进行统计，为国内索因卡研究提供了很好的文本索引。陈长房的论文可视为国内最早推介索因卡的期刊文章。他特别欣赏索因卡戏剧作品浓厚的非洲本土色彩，评述观点比较独到。后来，在《联合文学》等陆续发表了不少有关索因卡的评论文章，成为索因卡研究在台湾的主要阵地。

二、索因卡获诺奖后的广泛关注

1986 年诺贝尔文学奖公布以后，索因卡研究在中国迎来了广泛关注。当年中国学者在《文艺报》《人民日报》《世界文学》等报纸杂志上刊发有关索因卡的文章 5 篇。各大高等院校主办的各类外国文学研究杂志以及各个重要的外国文学出版社成为索因卡戏剧译介与研究的主要阵地，索因卡戏剧的译介与研究者也基本上来自高等院校和外国文学研究所。邵殿生、黄灿然、王燕、元华、钟志清等堪称中国从事索因卡译介和研究的先锋。他们的译介和研究工作为索因卡在中国的传播做出了不可低估的贡献。

1986—1999 年国内学者共发表有关索因卡的论文 14 篇。值得一提的是，其中 3 篇有关索因卡研究的硕士学位论文引起了学术界的注意。1989年，东北师范大学沈洪泉撰写的硕士学位论文《孤愤与荒诞——索因卡戏剧研究》可以说是中国最早的专题研究索因卡创作的学位论文。沈洪泉在论文中全面地总结了索因卡的戏剧创作之路，以《沼泽地居民》《裘罗教士的磨难》《森林之舞》《孔其的收获》《路》为例，深入探讨了索因卡戏剧的主题意象、艺术风格和美学特征，详尽的文本分析有助于中国读者了解索因卡

---

① 邵殿生：《索因卡传》，张英伦等主编：《外国名作家传》，中国社会科学出版社 1979 年版，第 422 页。

戏剧创作的整体风貌。1991 年,北京师范大学钟志清完成硕士学位论文《论索因卡戏剧中的主体意象》。她从社会学和文化学的角度,通过分析索因卡戏剧代表作中的主体意象,挖掘出索因卡戏剧意象的审美机制,考究索因卡戏剧意象的生成背景,探讨索因卡创作成就的文化历史根源。1992 年,北京师范大学元华完成硕士论文《论渥莱·索因卡创作的文化构成》,主要把索因卡的戏剧与西方现代派戏剧进行了比较,从文化学角度对索因卡创作中的反理性主义与非理性文化、死亡观念与循环轮回的历史观以及艺术创作中的文化取向进行了深入的挖掘。

1993 年以后,国内索因卡研究逐渐升温。国内报纸杂志和高校学报发表索因卡研究论文大幅增加,研究重心也由以前介绍索因卡的戏剧创作历程转向考察索因卡戏剧创作的思想渊源和变化发展。查阅 90 年代的资料显示,《森林之舞》和《路》最受中国读者欢迎,被选录入丛书、作品选的频率较高,以《森林之舞》和《路》为主题的研究论文占有索因卡戏剧研究论文的60% 以上。王燕发表了 4 篇有关《路》的重要评论文章,堪称索因卡《路》剧的研究专家之首。他在《探〈路〉谈艺——索因卡戏剧形式刍论》中以点带面,深入探讨了索因卡在基本框架、象征物、时间凝缩、空间重构以及话语叙述等许多方面进行了戏剧形式的革新;在《略论索因卡剧作中的赓续性意象》和《略论索因卡剧作中的延续性意象》中通过"蛇神""沼泽""森林""精怪""崎岖公路""破烂卡车""圣经"等"一系列充满寓意象征但又负载着具体内容的延续性意象,把历史与现实同步处理,使传统氛围和现实场景叠合映现,折光掠影式地勾描出一幅幅颓败图像,外化着忧国忧民的情感体验,透露出健康向上的理性之光"①。

三、21 世纪以来的"索因卡热"

随着索因卡戏剧在中国的进一步传播,我国学者对索因卡的关注度也逐渐提升,一股"索因卡热"迅速形成,研究重心明显地从以介绍、梳理性文章为主转向了以理论性、综合性、反思性文章为主,从思想研究和作品研究的"各自为政"状态转而在二者有机结合中寻求答案和突破。

难能可贵的是,21 世纪以来,索因卡戏剧研究引起国内高校从事外国文学研究的教师和硕士、博士研究生的浓厚兴趣,2000—2021 年共发表专篇研究论文 60 篇,其中有关索因卡戏剧研究较有代表性的学位论文有 12

---

① 王燕:《略论索因卡剧作中的赓续性意象》,《铁道师院学报》(社会科学版) 1995 年第3 期。

篇。2000年,北京师范大学宋志明完成了博士学位论文《沃勒·索因卡:后殖民主义文化与写作》。这是目前国内唯一的索因卡研究博士学位论文。这篇博士学位论文诞生于西方后殖民理论在中国盛行的世纪之交,反映了当时的学术动态,较为系统地对索因卡戏剧进行了宏观研究和整体研究。宋志明运用赛义德的后殖民主义理论,从文化"归航""文化反抗""泛非语言""文本研究"四个方面对索因卡文学创作的后殖民主义特征进行了深入研究,为中国读者深入了解索因卡戏剧提供了理论参考。本人2016年完成的《多元文化影响下的索因卡戏剧创作》算是国内第二篇博士学位论文。另有8篇硕士学位论文的完成时间跨度较大,其中广西师范大学余嘉的《森林之舞:后殖民语境下的索因卡剧作研究》完成于2002年,台湾政治大学吴嘉玲的《传统、改变与僵局:渥雷·索因卡〈死亡与国王的侍卫长〉剧中社会变革的势在必行》完成于2009年,青岛大学唐猛的《哲人与义者:论渥雷·索因卡作品的基督教精神》和辽宁师范大学韩丹的《后殖民视角下的〈死亡与国王的侍从〉》完成于2013年,长沙理工大学崔静的《索因卡戏剧中的约鲁巴殉葬文化研究——以〈强种〉和〈死亡与国王的马夫〉为例》、禹伟玲的《后殖民理论视角下索因卡戏剧中他者的研究——以〈狮子与宝石〉和〈死亡与国王的侍从〉为例》、王慧的《索因卡与贝克特的荒诞戏剧对比研究——以〈路〉和〈等待戈多〉为例》以及电子科技大学李淑姣的硕士学位论文《后殖民语境下的仪式——以〈死亡与国王的马车夫〉为例》完成于2016年,河北科技大学孙萌的《木巴厘运动中的沃雷·肖英卡》完成于2017年。2019—2021年又出现2篇硕士学位论文:浙江师范大学谭清桦的《酒神与替罪羊——沃莱·索因卡对奥冈形象的重写》和华中师范大学刘慧的《索因卡戏剧的仪式书写与文化记忆重建》。这些学位论文从主题思想、艺术技巧、文化传承、国际交流等多层次、多视角对索因卡戏剧进行了独到的分析与评价,说明21世纪的中国读者逐渐跨越了中非文学之间的种种文化阻隔,克服了索因卡戏剧的阅读障碍,逐渐喜爱和深入接受了索因卡的戏剧作品,加强了索因卡戏剧研究与传播的力度、广度和深度。

《死亡与国王的侍从》成为新世纪中国学者对索因卡戏剧个案研究的焦点。这一现象的产生得益于《死亡与国王的侍从》中译本的问世。2000—2021年国内发表以《死亡与国王的侍从》为主题的论文较多,其中主要包括台湾政治大学吴嘉玲和辽宁师范大学韩丹撰写的两篇硕士学位论文,高文惠、赫荣菊、马建军、黄坚和阎鼓润发表的6篇期刊论文。吴嘉玲的硕士学位论文《传统、改变与僵局:渥雷·索因卡〈死亡与国王的侍卫长〉剧中社会变革的势在必行》完成于2009年;韩丹的硕士学位论文《后殖民视角下的〈死亡与国王的侍从〉》完成于 2013 年；马建军、王进的论文《〈死亡与国王的马夫〉中的雅西宗教文化冲突》刊登于 2005 年第 5 期的《外国文学研究》上；赫荣菊的 2 篇论文《从〈死亡与国王的侍从〉看索因卡的悲剧精神》和《论索因卡〈死亡与国王的马夫〉中悲剧精神的文化意蕴》分别发表在 2007 年第 6 期的《湖州师范学院学报》和 2009 年第 4 期的《外语研究》上；高文惠的论文《索因卡的"第四舞台"和"仪式悲剧"：以〈死亡与国王的马夫〉为例》发表在 2011 年第 3 期的《外国文学研究》上；阎鼓润的论文《渥雷·索因卡与陶菲格·哈基姆剧作的戏剧冲突之比较——以〈死亡与国王的侍从〉与〈彷徨的国王〉为例》发表在 2013 年的《中国非洲研究评论》上；2015 年第 1 期的《四川戏剧》刊载了黄坚、崔静的《约鲁巴神话学视野下〈死亡与国王的马夫〉的文化解读》。他们从不同的视角展开了多层次的论述，挖掘了索因卡戏剧艺术的独特性，进一步推动了 21 世纪我国学者对索因卡戏剧研究。

21 世纪以来，国内学术界不再局限于以诺贝尔文学奖为切入点而着重论述索因卡在国际文学的地位和对非洲文学的贡献，开始从文化、历史、宗教、哲学、政治等多方面、多角度对索因卡戏剧创作的风格形成、文化内涵、艺术特色、戏剧理论构建、哲学思想、宗教精神等进行了深入的挖掘，取得了比较丰富的研究成果。例如，余嘉、吕炜等分析了索因卡剧作的非理性思维，赫荣菊探讨了索因卡的悲剧精神，吴嘉玲、吴虹等重在挖掘索因卡戏剧中的文化内涵，曾梅剖析了索因卡戏剧对约鲁巴悲剧传统的传承，唐猛论述了索因卡作品的基督教精神，宋志明、韩丹等主要从后殖民视角进行分析，阎鼓润、黄坚、王慧把索因卡戏剧与其他作家的作品进行了比较研究，高文惠、谭靖华等致力于探讨索因卡戏剧与西方文化、非洲传统的关系。21 世纪中国社会文学阅读多元化和审美趣味丰富多样化，促进中国读者在经过多年的努力阅读之后对索因卡的戏剧之美和戏剧风格有了更多的包容与理解，一支新兴的索因卡戏剧研究队伍正在逐渐形成。

2014 年 5 月 2 日至 4 日，首届非洲语言文学教学研究国际学术会议在北京举行，会集了大批国内外非洲语言文学研究的优秀学者，共同探讨索因卡等非洲作家译介与研究的新趋势、新视角、新成果。当代中国社会多元格局和多元趣味的逐渐形成，不仅促进了中国读者对索因卡戏剧的阅读兴趣，也指引了中国学者对索因卡及其戏剧作品进行多视角、多方位的解读，表明中国的索因卡译介传播与接受研究更加活跃。

第三节　索因卡戏剧在中国的研究

本民族对外民族文学的接受是比较文学接受研究的研究重点之一。不同的社会文化环境和接受主体的具体情况不同决定读者的审美价值取向，形成各自不同的"期待视野"。当代中国的时代形势和索因卡戏剧作品的复杂多样造成了索因卡在中国接受的曲折性、矛盾性与复杂性。43 年来，索因卡戏剧在中国的接受起起落落、曲曲折折，各时期对索因卡戏剧的研究各有侧重。

一、索因卡戏剧在中国的研究热点

从 1979 年到 2021 年，国内各类报纸杂志发表索因卡戏剧的研究论文 60 篇，研究内容涉及众多方面。索因卡在国内的形象从诺贝尔文学奖得主、"非洲的普罗米修斯"、后殖民作家，再到非洲民族作家，经历了一个复杂的曲折变化过程，形成六个显著的研究热点：一是诺贝尔文学奖得主研究，二是思想内涵与艺术特色研究，三是非洲传统继承与创新研究，四是西方文化影响与融合研究，五是双重文化融合特征研究，六是后殖民主义特征研究。

（一）诺贝尔文学奖得主研究

诺贝尔文学奖是当今分量最重、影响最大的世界文学奖项。改革开放以后，中国对诺贝尔文学奖特别关注。以文化大国自尊的中国，多年以来翘首期盼神圣的诺贝尔文学奖项花落中国。推介诺贝尔文学奖得主和引进他们的作品是中国持续的焦点话题。索因卡首先因获得诺贝尔文学奖而引起中国学者的大力关注。诺贝尔奖得主身份是中国读者长期以来对他的认识。这是由他最初进入中国读者视野的特定文学形势和历史环境所决定的。

迄今为止，国内出版收录索因卡简介、作品或演讲词的诺贝尔奖相关图书有 60 余种，其中包括《诺贝尔文学奖文库》《诺贝尔文学奖金库》《诺贝尔文学奖全集》《最新诺贝尔文学奖获奖作品选读》等优质图书，发行数量可观，影响力较大，成为中国推介索因卡戏剧的主要力量。例如，1988 年 10 月，黄钲等编著的《诺贝尔文学奖全集缩写本》由广西民族出版社出版，是国内最早推荐索因卡获诺贝尔奖的图书。此书"卷 13"刊载了索因卡的得奖评语、颁奖词、致答词，收录了《沼泽地居民》、《疯子与专家》、索因卡作品年表等。此外，报道诺贝尔奖得主索因卡的相关新闻消息有 20 余篇，特别是 1986 年、2004 年和 2012 年,《光明日报》《新京报》《文艺报》《南方都市报》《中国青年报》《深圳特区报》《中华读书报》等国内影响力较大的大型报纸争相报道索因卡获奖、被捕和访华等消息,而且多冠以"诺贝尔文学奖得主索因卡作品全新推出""诺贝尔文学奖获得者索因卡访华""中外文学获奖者论坛 索因卡对话阎连科:文学与世界"等醒目新闻标题,为索因卡和其戏剧作品在中国的传播做了很好的宣传。索因卡在中国读者群中贴上了"诺贝尔文学奖得主"的标签,其获奖戏剧作品《路》《森林之舞》《强种》《死亡与国王的侍从》等成为中国读者关注、接受和评价索因卡的主要内容。

以诺贝尔文学奖得主身份为切入点,评述索因卡卓越的戏剧创作成就和崇高的世界文学地位是中国读者和中国学者在 20 世纪 80 年代末到 90 年代初接受与研究索因卡的最大焦点。1987—1994 年,《上海戏剧》《艺术百家》《海外文摘》《艺谭》《青年文摘》《国外社会科学》等多家期刊陆续发表评述索因卡获诺贝尔奖的文章 10 余篇(1987 年 7 篇),其中包括吴保和的《非洲的黑马——诺贝尔文学奖获得者渥尔·索因卡和他的戏剧创作》、邵殿生的《诺贝尔文学奖获得者 W.索因卡》和黎跃进的《诺贝尔文学奖的东方得主》等。这些文章大多侧重于从不同的角度分析索因卡获奖原因,宣传索因卡的颁奖辞和受奖演说,介绍索因卡的《路》《森林之舞》《死亡与国王的侍从》等获奖戏剧作品和论述索因卡在 20 世纪世界文坛的地位和贡献。中国学者一致认为索因卡的戏剧作品富于沉郁的非洲气息,体现了"黑非洲现当代文学发展的突出特征",赞扬索因卡是一位"以其广阔的文化视野和诗意般的联想影响当代戏剧的作家","成功地让世界上其他人用非洲人眼光来看人类"①。

1994 年 7 月 22 日至 26 日,由中国外国文学学会东方文学分会主办的东方诺贝尔文学奖获得者研讨会在北戴河召开。与会学者就索因卡等六位诺贝尔文学奖获得者的创作流变过程进行探讨,考究索因卡等东方作家在东西方文明的撞击与交叉中的创作生成背景及其对世界文学的冲击与影响。然而,中国推介诺贝尔文学奖作家作品追求短期效应,且以小说译介为主。这位非洲第一位诺贝尔文学奖得主在赢得中国短暂的热情关注后而逐渐被冷淡或忽略,他的戏剧文本更是遭到中国读者长时间的忽视。2021 年,孟昭毅主编的《诺贝尔文学奖东方获奖作家研究》②由线装书局出版,是比较有分量的学术研究型作品。此书分为上、下两册,以泰戈尔、川端康成、

---

① 邵殿生:《诺贝尔文学奖获得者 W.索因卡》,《国外社会科学》1987 年第 6 期。
② 孟昭毅:《诺贝尔文学奖东方获奖作家研究》,线装书局 2021 年版。

索因卡、莫言等东方诺贝尔文学奖获奖作家为具体研究对象，从东方文化现代转型的视角对东方诺贝尔文学奖作家进行全面系统的研究，其中"第四章　沃莱·索因卡研究"由笔者撰写，集中对索因卡的创作发展、主要成就、思想艺术特征以及在中国的传播做了比较全面的探讨。

（二）思想内涵与艺术特色研究

相对于索因卡诺贝尔奖得主的标签，世界人民接受和喜爱索因卡的主要原因其实是其戏剧作品中那些对非洲传统的信奉之中，成功地综合了其他民族的优秀文化的艺术技巧、语言魅力和独创性的非凡成就。其中主要体现在对主题意象、荒诞特色悲剧精神以及语言技巧等戏剧艺术成分的挖掘和阐述，现有相关论文10篇。

深入挖掘索因卡戏剧作品中的主题意象是20世纪90年代中国学者的最重要成果。沈洪泉在硕士学位论文中分析了索因卡戏剧的主题和意象。1990年，邵殿生在《狮子与宝石》的"译本前言"中特别对《路》进行了深入阐释，从多方面解读了"路"的寓意和象征。1991年，钟志清完成硕士学位论文《论索因卡戏剧中的主体意象》。她从社会学和文化学的角度，通过分析索因卡戏剧代表作中的主体意象，挖掘出索因卡戏剧意象的审美机制，考究索因卡戏剧意象的生成背景，探讨索因卡创作成就的文化历史根源。王燕的《略论索因卡剧作中的赓续性意象》和《略论索因卡剧作中的延续性意象》认为，索因卡通过"蛇神""沼泽""歌舞""森林""精怪""神明""崎岖公路""破烂卡车""教授""圣经"等"一系列充满寓意象征但又负载着具体内容的延续性意象，把历史与现实同步处理，使传统氛围和现实场景叠合映现，折光掠影式地勾描出一幅幅颓败图像，外化着忧国忧民的情感体验，透露出健康向上的理性之光"[1]。此外，钟国岭的《〈森林舞蹈〉浅析》，蹇昌槐、蒋家国的《非洲剧坛的普罗米修斯——索因卡》等论文从思想内涵、语言特色和意象象征等方面对索因卡戏剧进行了比较全面的探讨。

中国学者尝试系统分析索因卡戏剧作品的戏剧艺术特色始于20世纪90年以后。沈洪泉的硕士学位论文对索因卡的戏剧艺术风格和美学特征研究进行了深入分析。王燕的《探〈路〉谈艺——索因卡戏剧形式刍论》以《路》为例，以点带面，深入探讨了索因卡在基本框架、象征物、时间凝缩、空间重构以及话语叙述等许多方面进行了戏剧形式的革新。汪淏的《黑非洲骄子——沃莱·索因卡和他的戏剧》刊载于《东方艺术》1994年第3期，赞

---

[1]　王燕：《略论索因卡剧作中的赓续性意象》，《铁道师院学报》（社会科学版）1995年第3期。

扬索因卡的"剧作熔西方戏剧艺术与非洲传统艺术于一炉,拥有大量的词汇和独特的表现手法,充分显示了他那机智隽永的对话、入木三分的讽刺、拍案惊奇的怪诞的语言天才,而形成自己鲜明独具的戏剧风格"①。余嘉、吕炜的《浅论渥莱·索因卡剧作的非理性思维》和余嘉的《玄与美:渥莱·索因卡剧作特质浅析》从神话秩序、循环历史观、原始宗教观念等方面分析索因卡剧作的非理性思维,探讨了其剧作在优美的音乐语言形式和神秘的神话仪式内容等方面的完美融合。

21世纪以来,国内学者更加重视索因卡戏剧的思想内涵探讨。赫荣菊的《从〈死亡与国王的侍从〉看索因卡的悲剧精神》探究出索因卡创作该剧的真实目的就是为了张扬以约鲁巴文化为主体的悲剧精神和民族意识。衡学民的《索因卡〈路〉中的批判精神》阐明了《路》对尼日利亚贫瘠残酷现实和后殖民时代的文化创伤进行了强烈批判。上海师范大学胡燕的硕士学位论文《索因卡小民族文学中的微观政治——以〈反常的季节〉为例》集中探讨索因卡通过小民族文学书写实践建构多元包容的非洲文学与批评思想。宋志明2020年发表在《戏剧艺术》杂志上的论文《权力和暴政的历史展演——索因卡"权力戏剧"评析》指出《孔吉的收获》《巨人的戏剧》《国王巴布》等剧作是对非洲大陆政治暴政的历史化书写,可以称之为"权力戏剧"。这些戏剧作品"以含泪笑声的讽刺艺术,批判了权力醉汉式的非洲独裁者对权力的滥用","秉持了索因卡利用非洲的艺术形式及时回应现实政治事件的戏剧创作理念,体现了索因卡戏剧艺术的先锋实验性和激进的政治实践性"②。

(三) 非洲传统继承与创新研究

非洲传统继承与创新是索因卡戏剧创作的显著特点,我国学者很早就开展了这方面的研究,2000年以后更是特别关注。截至目前,我国深入探讨索因卡戏剧对非洲传统继承与创新的主要成果包括崔静、刘慧和谭清桦的硕士学位论文和高文惠、曾梅、宋志明、黄坚等发表的12篇期刊论文。

高文惠是国内长期从事索因卡研究的重要学者。她发表了《索因卡的"第四舞台"和"仪式悲剧":以〈死亡与国王的马夫〉为例》《寻回非洲自我与直面非洲现实——奥索菲山对索因卡的继承与反叛》等5篇论文。《索因卡的"第四舞台"和"仪式悲剧":以〈死亡与国王的马夫〉为例》指出,索

---

① 汪淏:《黑非洲骄子——沃莱·索因卡和他的戏剧》,《东方艺术》1994年第3期。
② 宋志明:《权力和暴政的历史展演——索因卡"权力戏剧"评析》,《戏剧艺术》2020年第2期。

因卡在剧本中深入探讨了约鲁巴悲剧的产生根源，并用形象独特的文学语言阐释了其悲剧理论中的核心词汇"转换深渊""仪式悲剧""第四舞台"等，认为《死亡与国王的马夫》是索因卡悲剧创作观念的最好印证。《寻回非洲自我与直面非洲现实——奥索菲山对索因卡的继承与反叛》重在对两位非洲戏剧家的比较研究，指出二者戏剧创作中的诸多相似之处，充分肯定索因卡在创作题材和艺术技巧等方面对奥索菲山产生的直接影响，阐明两代作家的创作意识由寻回非洲自我转向了直面非洲现实问题。

曾梅的《索因卡戏剧对约鲁巴悲剧传统的传承》总结了"索因卡在他的戏剧作品里用约鲁巴悲剧传统来针砭当今尼日利亚政治和社会现实，强调了约鲁巴文化传统中的精神价值和救世价值"。[①] 宋志明的《约鲁巴神话与索因卡的"仪式戏剧"》重点探讨"尼日利亚作家索因卡通过对本民族约鲁巴宗教神话资源的提炼和重建，发展出一种以奥贡神为原型的神话思想体系，把神话、仪式等传统部族文化因素引入戏剧表达，创造了一种仪式戏剧，不仅复兴了尼日利亚和非洲的英语戏剧，而且拓展了西方戏剧传统，为当代世界戏剧艺术作出了突出贡献"[②]。

崔静的《索因卡戏剧中的约鲁巴殉葬文化研究——以〈强种〉和〈死亡与国王的马夫〉为例》、刘慧的《索因卡戏剧的仪式书写与文化记忆重建》和谭清桦的《酒神与替罪羊——沃莱·索因卡对奥冈形象的重写》是近年来国内发表的重要硕士学位论文。崔静以约鲁巴玄学为文化背景，通过分析索因卡殉葬剧中的主人公形象，探求约鲁巴殉葬文化的基本特征及形成原因，阐明索因卡的玄学观与悲剧意识。刘慧主要从历史语境、文化记忆、身份认同等多个角度研究《森林之舞》《强种》《死亡与国王的侍从》三部仪式剧中的仪式书写，深入探究仪式、记忆与身份三者之间的动态关系，阐述索因卡仪式戏剧的书写特色与伦理诉求。谭清桦从非洲文化与希腊文化的比较角度，全面分析索因卡笔下的奥贡形象同时蕴含着约鲁巴集体意识和希腊民主精神，肯定索因卡对奥冈形象带有酒神和替罪羊色彩的重写，阐明索因卡以西方文化眼光审视传统文化，试图赋予奥冈形象的世界性和现代性特点。

（四）西方文化影响与融合研究

索因卡戏剧创作深受西方文化影响，而且善于把西方文化与非洲传统融合在一起，形成独特的现代戏剧风格。我国不少学者对此有深刻的认识，并发表了一定数量的研究论文。目前从西方文化影响与融合角度探讨索因

---

① 曾梅:《索因卡戏剧对约鲁巴悲剧传统的传承》,《山东外语教学》2014 年第 2 期。
② 宋志明:《约鲁巴神话与索因卡的"仪式戏剧"》,《文艺研究》2019 年第 6 期。

卡戏剧的主要研究成果包括王慧、唐猛的 2 篇硕士学位论文和蒋丽娜、高文惠、吴虹等学者发表的 10 篇期刊论文。

黄坚与王慧的《索因卡与贝克特的荒诞戏剧对比研究》以及高文惠与王芳的《索因卡与荒诞派戏剧——以〈路〉和〈疯子与专家〉为例》都探讨的是索因卡与西方现代戏剧的关系。高文惠指出索因卡与荒诞派戏剧在精神上存在相通之处，《路》和《疯子与专家》的布景设置、戏剧情节、戏剧语言等方面具有鲜明的荒诞色彩。黄坚与王慧指出"《路》是索因卡借鉴荒诞剧的手法创作的一部充满着后现代色彩的社会现实剧"①。

高文惠通过比较索因卡的《裘罗教士的磨难》《巨人们》、莫里哀的《伪君子》和卓别林的《大独裁者》，阐明古希腊喜剧、莎士比亚喜剧艺术对索因卡创作的重要影响。另有专家点面结合系统探讨了索因卡与西方戏剧艺术的关系，强调对古希腊悲剧、莎士比亚戏剧、意大利即兴喜剧和 17 世纪古典主义戏剧等西方传统戏剧艺术的吸收与借鉴是索因卡戏剧创作的突出特色，指出索因卡自觉吸收莎士比亚戏剧艺术技巧，实现了西方戏剧艺术和非洲传统艺术的有机融合。

唐猛的《哲人与义者——论渥雷·索因卡作品的基督教精神》着重探讨的是基督教文化对索因卡戏剧创作的影响。他以《沼泽地居民》《死亡与国王的侍从》《狮子与宝石》《路》《森林之舞》《强种》等作品为例，比较全面地探讨了索因卡戏剧中的超验理想、利他主义负罪精神、罪与救赎等基督教文化内涵，阐明索因卡作为"基督教作家的思想特征与主题偏好"②。

从不同角度探讨索因卡对欧里庇得斯《酒神的伴侣》的改编是近年来有关索因卡研究的突出亮点。蒋丽娜的《索因卡对〈酒神的伴侣〉的改写研究》和高文惠的《索因卡对〈酒神的伴侣〉的创造性改写》都是以索因卡对《酒神的伴侣》的改写为例。高文惠认为索因卡师承尼采的悲剧观念，在《酒神的伴侣》改写中融入了对尼采悲剧学说的阐释，"借助欧洲的旧故事来表达自己的民族戏剧构想"，实现了"一种创造性改写"③。蒋丽娜指出索因卡的《欧里庇得斯的〈酒神的伴侣〉》是"一部极具文学色彩的新悲剧作品"，对原著中的人物形象和故事情节内容进行了本土化和现代化的创造改写，赋予了更多的"伦理文化色彩和非洲传统文化元素"④。

---

① 黄坚、王慧：《荒诞剧视阈下的〈路〉和〈等待戈多〉对比研究》，《当代戏剧》2014 年第 5 期。
② 唐猛：《哲人与义者——论渥雷·索因卡作品的基督教精神》，硕士学位论文，青岛大学，2013 年。
③ 高文惠：《索因卡对〈酒神的伴侣〉的创造性改写》，《外国文学研究》2017 年第 3 期。
④ 蒋丽娜：《索因卡对〈酒神的伴侣〉的改写研究》，《戏剧之家》2019 年第 12 期。

（五）双重文化融合特征研究

20世纪90年代，"文化"是中国的热门话题。在中国当代社会文化多元化和西方文化研究浪潮的影响和推动下，一种注重从文化向度来考察文学文本的文学批评模式在中国兴起。文化批评言说的首要目的是阐发文本文化内涵，展现其文化属性。众多中国学者洞察到了索因卡戏剧中浓厚的多元双重融合的文化特质。瑞典文学院常任秘书拉尔斯·吉伦斯顿在1986年为索因卡颁奖时说，在索因卡多才多艺的作品中，他得以将一种非常丰富的遗产综合起来，这遗产来自尼日利亚古老的神话和悠久的传统，以及西方文化的文学遗产和传统。探讨索因卡戏剧创作的文化构成、比较非洲文化与西方文化对索因卡戏剧创作的影响也逐渐成为国内外索因卡戏剧研究最主要的论题。目前，我国深入探讨索因卡戏剧中的文化构成主要成果包括元华的硕士学位论文和萧四新、王燕、黄坚、马建军、吴虹等发表的10篇期刊论文。

1992年，元华完成硕士学位论文《论渥莱·索因卡创作的文化构成》。元华在文中主要把索因卡的戏剧与西方现代派戏剧进行了比较，认为索因卡创作中的非理性因素受到了西方反理性主义思潮的启发和影响，但在文化取向上却体现了对非洲非理性文化的继承。萧四新的《从传统走向现代——多元文化碰撞中的索因卡》认为，索因卡继承了独具特色的本土文化，承受了可融入非洲文化之中的西方文化。

王燕的《整合与超越：站立在东西方文化交融的临界点上——对于索因卡戏剧创作的若干思考》通过对神话剧《森林之舞》和寓意剧《路》的评析，阐明索因卡艺术创造的成功主要是因为站立在东西方文化的临界点上，将西方的人文精神、艺术技巧同西非土著民族的文化观念、戏剧传统交会融合在一起。黄坚、崔静的《约鲁巴神话学视野下〈死亡与国王的马夫〉的文化解读》以约鲁巴传统宗教为切入点，分析非洲及西方文化中"殉葬文化"的差异和剧中人物欧朗弟的形象，指出索因卡艺术创作的独特之处恰恰在于他对"殉葬文化"的选择让世界得以更好地了解非洲文化。

马建军和王进的论文《〈死亡与国王的马夫〉中雅西宗教文化冲突》从雅鲁巴宗教和基督教的文化差异角度重新解读《死亡与国王的马夫》，揭示了两种宗教文化冲突的实质是雅鲁巴人维护民族身份意识与英国殖民者实施西方文化霸权之争。吴虹在论文《从亲近走向背离：论索因卡对待西方主流文化的态度》中，从《沼泽地居民》等五部戏剧作品中的"外乡人"原型人物入手，对索因卡的文化观进行梳理，阐明他从最初对待西方主流文化的亲近逐渐走向背离、从最初对约鲁巴文化的怀疑逐渐走向肯定和赞扬，最终把希望寄托于充满神灵、仪式以及巫术的非洲神话世界。

（六）后殖民主义特征研究

20 世纪 70 年代以来,西方国家开始兴起一股后殖民主义学术思潮,发起人是巴勒斯坦的赛义德。他的后殖民理论使西方主流学术界重新把目光转向东方,从东方立场来批判政治上和文化上的"西方中心主义"。这种具有强烈的政治性和文化批判色彩的学术思潮在 20 世纪 90 年代末受到中国学界的热烈欢迎和大力引进。索因卡被中国学者当作非洲后殖民作家的杰出代表。运用赛以德的后殖民理论,深入探讨索因卡作品特别是戏剧作品中的后殖民主义特征成为 21 世纪以来索因卡研究的热点。中国对索因卡戏剧进行后殖民主义研究的主要成果是宋志明、韩丹、余嘉、黄坚、禹伟玲发表的学位论文和期刊论文。

宋志明是国内研究索因卡的重要学者之一,发表了 6 篇相关论文,其中有三篇以后殖民主义为切入点。2000 年,他完成博士学位论文《沃勒·索因卡:后殖民主义文化与写作》运用赛义德的后殖民主义理论,着重考察了索因卡重建民族文化、提出"神话整体主义"的情况,分析索因卡反殖民主义的思想状况和政治实践,探讨索因卡在语言方面的非殖民化思想以及具体的戏剧、诗歌和小说创作中的"奴隶叙事"和"反话语"的后殖民主义特征。2003 年,他在《外国文学研究》杂志上发表《"奴隶叙事"与黑非洲的战神奥冈——论沃勒·索因卡诗歌创作的后殖民性》,阐明索因卡的诗歌充满了殖民地作家的反抗精神,具有显著的后殖民性。2019 年,宋志明在《外国文学》杂志上发表论文《"语言非殖民化"——索因卡和非洲文学的语言政治》,指出索因卡是非洲英语文学的杰作作家,也是"泛非语言"的竭力支持者。索因卡主张摒弃欧洲殖民者的语言,采用非洲本土语言写作。他在英语创作中大量融入非洲土语,对英语进行了非洲式改造,突破欧洲正统英语文学的界限,解构欧洲中心话语。

余嘉的硕士学位论文《森林之舞:后殖民语境下的索因卡剧作研究》通过分析《狮子与宝石》等五部戏剧,明确指出"索因卡始终坚持以非洲民族传统为创作源泉,广泛汲取西方古典文学与现代派艺术的营养,用本土文化消解西方中心主义,反抗帝国主义的文化殖民"①。韩丹的硕士学位论文《后殖民视角下的〈死亡与国王的侍从〉》在细读《死亡与国王的侍从》文本的基础上,运用历史考察的方法梳理了国王陪葬文化的历史演变脉络,指出

---

① 余嘉:《森林之舞:后殖民语境下的索因卡剧作研究》,硕士学位论文,广西师范大学,2002 年。

《死亡与国王的侍从》表现了索因卡"捍卫民族的独立与自由","否定和排斥具有殖民色彩的外来文化"①。此外,黄坚的论文《〈森林之舞〉与〈路〉的后殖民主义解读》、禹伟玲的论文《后殖民理论视角下索因卡戏剧中他者的研究——以〈狮子与宝石〉和〈死亡与国王的侍从〉为例》也着重分析了索因卡戏剧作品所表现的后殖民困境,指出"索因卡的后殖民主义意识主要体现在能用理性的眼光审视非洲的历史与现状"②。

索因卡的戏剧创作是在后殖民语境下对民族文学的坚持,反映的都是尼日利亚的现实,写的是非洲约鲁巴人的生活,用的却是娴熟的英语。既有尼日利亚约鲁巴民间传说和故事的痕迹,又受到圣经典故和西方现代派的影响。在后殖民语境中,索因卡是一个东西方融合型和文化综合型作家。他来自前殖民地,表现出一种文化冲突与融合中艰难的历史抉择,无意识层面上站在西方立场上讽刺非洲的落后与愚昧,意识层面上又企图恢复非洲文化,无疑是植根于非洲殖民或后殖民土壤中批判现实的杰出作家。在后殖民和全球化的当今时代,面对着强势的西方霸权主义话语,索因卡的后殖民文学实践,使中国读者能够认识到非洲人民面对殖民侵略采取的抵抗方式。

二、索因卡戏剧研究存在的问题

与国外相比,中国的索因卡戏剧译介与研究尚有很大的差距,甚至译介可以说还处于初级阶段。翻开43年的接受史,中国读者对索因卡的误解和疏忽比比皆是,对索因卡某些方面的接受,直到现在也没有达到应该具有的程度。从总体上看,目前国内索因卡译介与研究存在三方面不足。

一是译介与研究的人才队伍不足、合力欠缺、专业化程度不高。目前中国译介与研究索因卡的人才屈指可数,研究者不少是从事英语文学翻译的译者,专业化程度不高。索因卡戏剧中译本仅有《狮子与宝石》《死亡与国王的侍从》《天下大师索因卡作品 狮子与宝石》三个单行本出版,而且都是索因卡早期创作的戏剧作品,20世纪90年代以后创作的戏剧作品译介极少。2015年北京燕山出版社出版的《天下大师索因卡作品 狮子与宝石》事实上也只是以往译本的合集而已。其他相关图书多属叙述索因卡生平与创作情况或者诺贝尔演讲词之类的"传记"型或介绍梳理性质。翻译索因卡的戏剧文本全集是一项重要而又艰巨的任务。但是,没有索因卡的原著文

---

① 韩丹:《后殖民视角下的〈死亡与国王的侍从〉》,硕士学位论文,辽宁师范大学,2013年。
② 黄坚、禹伟玲:《〈森林之舞〉与〈路〉的后殖民主义解读》,《当代戏剧》2015年第3期。

本为依据，一切都只是空谈。索因卡戏剧研究也处于零散状态，很少有人对之进行持续性研究，况且研究者之间也缺少接触、沟通和交流，索因卡研究组群尚未出现。例如，索因卡的名字至少有沃列·肖英卡、沃勒·索因卡等十几种译法，索因卡作品出现的非洲人名或地名的翻译也很不统一，其中"Yoruba"一词在中国有"约鲁巴""雅鲁巴""约卢巴"等多种译法。虽然个别学者如宋志明、王燕、钟志清、余嘉等对索因卡早期戏剧研究已经取得了令人瞩目的研究成果，但未见学者对索因卡后期的戏剧创作进行持续性的系统研究。

二是译介与研究的范围狭窄、形式单调。如前所述，中国目前只有《狮子与宝石》和《死亡与国王的侍从》两个戏剧中译本，索因卡自 1986 年获奖以来创作的一些新戏剧作品未能被及时译介过来，导致目前尚未有新的索因卡戏剧汉译本出现，索因卡戏剧作品也从未登上中国舞台。中国学者对索因卡戏剧作品研究大多依赖已有的汉译本，没有汉译本的索因卡戏剧作品则很少有研究者触及。迄今为止，国内译介索因卡戏剧的论文主要集中在《路》《沼泽地居民》《森林之舞》《死亡与国王的侍从》等少数早期作品，而且短篇论文占绝大多数，博士学位论文只有 1 篇，至今尚未发现有索因卡研究专著出版。有关索因卡戏剧研究的学位论文和学术论文虽然有所递增，但具有独特视野与见解的新成果并不多见。有些研究者在对索因卡作品文本和背景资料以及相关评论了解还远远不够的情况下，就率尔而论，造成细节上的失误，做出谬以千里的判断和发挥；有的研究者在证据不足的情况下对索因卡戏剧进行随意解说；还有的研究者被种种理论阐释所牵引，只是满足于从他人论著中获取灵感，严重脱离索因卡的戏剧文本，对陈旧话题进行重复论证，缺乏独创精神。此外，中国研究者虽然对索因卡戏剧作品的约鲁巴宗教神话、非洲人的循环轮回观等话题颇感兴趣，但大多因对非洲文化传统十分陌生，基本概念不清而牵强比附，避重就轻地肤浅评述，无视索因卡创作思想和艺术养分的真正源泉。

三是译介与研究的程式化、片面化。中国索因卡研究者大多遵循传统研究程式，对索因卡戏剧进行语言特色、主题思想、表现手法、文化内涵等方面的探讨与分析。例如，在论述索因卡戏剧创作的文化特征时，中国学者大都以赛义德的后殖民观点作为理论依据，未能把索因卡的戏剧作品放到约鲁巴和非洲文学中去研究。全面系统地译介与研究索因卡的戏剧创作、艺术观念、哲学思想的论文很少。与此同时，由于中国研究者接触的索因卡戏剧文本很有限，以至于研究中多停留在印象分享和文本描述，对索因卡戏剧作品的思想、文体、语言、方法等缺乏内行精到的看法。此外，索因卡还是国际上著名的戏剧文学研究专家,在尼日利亚和英美高校教授比较文学和戏剧文学,在国内外报纸杂志上发表了很多文章,一生写有大量的文艺论著,不少作品公开发表,至今仍不断有新作问世,其中包括《神话、文学和非洲世界》和《艺术、对话和暴行》两部重要学术著作。他不断阐发自己的艺术主张,追溯自我艺术思想的民族根源,解说自己在文学创作上对西方现代艺术的吸收和借鉴,还常常把自己的美学原则和创作实践与其他非洲作家或者英美作家进行比较研究。这些著作最能体现索因卡文艺思想观念,是了解和研究索因卡文化艺术观不可或缺的导读文本。然而,这些新资料大都没有得到中国翻译者的及时译介和研究者的及时利用。可以说,尽管索因卡戏剧研究在中国取得了一定成绩,但与国外相比,离全面理性地把握索因卡戏剧创作还有很大的差距,激励着索因卡研究者去努力探寻。

三、索因卡戏剧研究的发展前景

2012 年 10 月 28 日,索因卡接受中国社会科学院外国文学研究所和中国人民大学文学院的共同邀请,开始了为期 9 天的访华活动。在华期间,索因卡在中国人民大学、北京大学和苏州国际写作中心做了精彩的演讲,强调"作家写作要反映社会现实,要对社会进行反思,诗人、艺术家无法游离于大的社会历史背景,不反映社会现实,只能是一种逃避主义"①。索因卡的到访,为我们更加直观地了解、认识非洲文学,进而深入研究非洲文学提供了难得的契机。2014 年 7 月,索因卡八十华诞,尼日利亚举行各种庆祝活动,西班牙家庭剧院隆重上演了索因卡的《狮子与宝石》与《裘罗教士的磨难》两部经典剧作。中国文学界、学术界和媒体,再度大力关注译介索因卡,颂扬他老当益壮和坚持不懈的创作精神,高度评价索因卡对尼日利亚社会进步的巨大贡献,宣扬他力主非洲人民可以掌握自己的命运和国家的命运,这给译介与研究索因卡戏剧的发展前景注入了新的活力。其实,在目前国际社会形势发展、中非文化交流和世界文学交流日益频繁的新常态下,我国学术界更加重视索因卡戏剧的译介与研究,从以下三个方面将索因卡戏剧研究引向深入。

首先,从戏剧文本寻求索因卡创作中的非洲精神。伴随着西方殖民侵略的结束和非洲民族的纷纷独立,20 世纪的非洲英语文学发展迅速,索因卡是其突出代表人物。关注非洲民族传统和非洲民族意识觉醒、反殖民、反独裁、寻求现代非洲的发展进步构成了索因卡创作的核心内涵,索因卡戏剧

---

① 《索因卡与中国读者面对面》,《深圳特区报》2012 年 11 月 5 日。

成为非洲文化的重要体现。他运用英语语言进行创作,使得非洲文学得以走向世界,促进了非洲文化的世界传播。索因卡戏剧产生于非洲独特的社会历史进程,反映了非洲社会政治的风云变幻,是因为索因卡始终具有直面现实的勇气和强烈的民族使命感。他的戏剧创作拥有自身独特的风格和内涵,体现了直面现实、借鉴西方、丰富传统、身份认同四大特征。1986 年,索因卡因戏剧深深根植于非洲土地和非洲文化而闻名,获得诺贝尔文学奖,加速了非洲文学走到世界文学前沿,值得研究者对之进行深入的探究。对非洲的研究和了解应该从非洲内部寻求根本答案,非洲社会的本真状态和民族精神在索因卡的戏剧作品中得到很好的艺术表现,阅读以索因卡戏剧为代表的非洲文学作品,有助于了解非洲的过去与现在,走进非洲人的心灵世界,了解和认识非洲人的主体性和创造性,掌握非洲的社会历史、民族性格和传统文化的发展变化。走进索因卡的戏剧世界,深入挖掘文本中的非洲文化因素,有助于对古老非洲的再发现,增进和深化对非洲人民的理解。

其次,在完善东方文学学科建设中重新评价索因卡戏剧。非洲文学是东方文学的重要组成部分。长期以来,世界文学界以西方文学为中心,中国学术界也存在重西方、轻东方的倾向,非洲文学没有得到足够的重视与认可。中国文学与非洲文学都受到西方的"傲慢"和东方的"偏见"的影响。因此,打破西方话语体系是中国和非洲文学界的共同任务。中国和非洲理应互相加强包括索因卡在内的中非文学研究和文学交流,立足于"东方学"的新视野重新评价索因卡戏剧,从比较文学角度深入探讨索因卡戏剧创作与世界其他国家的作家在东西方文化冲突与碰撞中的文化选择存在的相似性与差异性,对索因卡戏剧作品本身进行跨文化的阐释,从而打破西方中心主义,促进中非文学合作与对话,完善东方文学学科建设,构建公平合理的世界文学新体系,实现全球化语境下的多元文化和平共处,促进中非国家的携手并进和共同发展。

最后,基于中国文学走向世界目的而探讨索因卡戏剧的博采众长。索因卡戏剧创作的成功很大程度上得益于他博采世界文学之长,特别是西方文学之长,而且不断将之与本土文学经验进行巧妙结合,创造出独具特色的戏剧作品。索因卡戏剧作品已经成为世界文学的重要内容,开创了具有非洲特色的文学发展道路,引领非洲文学走向世界。正在走向世界的中国作家理应不断开阔视野,博采非洲索因卡创作之长,借鉴索因卡乐观向上的创作心态、斗志昂扬的创作精神以及博采众长的艺术灵感。诺贝尔文学奖委员会主席拉尔斯·格伦斯坦在诺贝尔文学奖颁辞中,盛赞索因卡是一位博闻强记的作家、剧作家,熟悉从希腊悲剧到贝克特和布莱希特的西方文学,善于从西方文学传统中汲取养料,形成独具一格的、融会贯通的创造。为此,加快索因卡戏剧的研究步伐,挖掘索因卡戏剧的独具一格和融会贯通,无疑是中国文学放眼世界、博采众长的重要方式和有效途径。

纵观索因卡在中国43年的传播史和接受史,笔者发现索因卡作为当代世界著名文学家和社会活动家日益受到中国读者的欢迎与欣赏,尤其受到知识界和学术界的重视。索因卡的哲学思想、文学观念及其富于哲理性、思想性的文学作品必将赢得普通读者的关注,成为学术研究的重要课题与对象。中国对索因卡戏剧的译介与研究虽然取得一些不错的成就,但力度、深度和广度总体上都还不够,存在很大的传播与研究的发展空间。索因卡说,"梦想和目标都需要时间慢慢培养。如果你能让梦想自由发展,给它更多的时间,它就有可能带领你走到一个你不曾预期的方向。不要太快抓住你的梦想,给梦想一点时间,让它在你心中沉淀。当你发现它再度出现时,跟着你的梦想一起前进"①。因此,在实现中国文学走向世界的梦想征途上,中国文学放眼世界,博采众长,传播、译介、研究、引进索因卡的戏剧文本和戏剧理论,借鉴索因卡"独具一格"和"融会贯通"的创作技巧,从其戏剧文本中寻求索因卡创作中的非洲精神,取其精华,为我所用,无疑对中国文学的发展具有重要意义。

---

① 张彬:《诺贝尔奖得主名言赏析》,吉林人民出版社2010年版,第87页。

附录 1 索因卡的主要作品

一、主要戏剧作品（Plays）：46 部

1.《凯菲生日招待会》(*Keffi's Birthday Treat*, 1954 年)

2.《新发明》(*The Invention*, 1957 年)

3.《沼泽地居民》(*The Swamp Dwellers*, 1957 年)

4.《没有布景的夜晚》(*The Night without a Set*, 1958 年)

5.《暴力的本性》(*A Quality of Violence*, 1959 年)

6.《狮子与宝石》(*The Lion and the Jewel*, 1958 年)

7.《裘罗教士的磨难》(*The Trials of Brother Jero*, 1960 年)

8.《森林之舞》(*A Dance of the Forests*, 1960 年)

9.《父亲的负担》(*My Father's Burden*, 1960 年)

10.《紫木叶》(*Camwood on the Leaves*, 1960 年)

11.《共和党人》(*Republicans*, 1964 年)

12.《强种》(*The Strong Breed*, 1964 年)

13.《灯火管制之前》(*Before the Blackout*, 1965 年)

14.《被拘留者》(*Detainee*, 1965 年)

15.《路》(*The Road*, 1965 年)

16.《孔其的收获》(*Kongi's Harvest*, 1967 年)

17.《欧里庇得斯的〈酒神的伴侣〉》(*The Bacchae of Euripides*, 1969 年)

18.《疯子与专家》(*Madmen and Specialists*, 1970 年)

19.《裘罗变形记》(*Jero's Metamorphosis*, 1973 年)

20.《死亡与国王的侍从》(*Death and the King's Horseman*, 1973—1974 年)

21.《旺尧西歌剧》(*Opera Wonyosi*, 1977 年)

22.《爆发之前》(*Before the Blow-out*, 短剧总标题, 1977 年)

23.《安乐做窝》(*Home to Roost*, 1977 年)

24.《大游猎》(*Big Game Safari*, 1977 年)

25.《回家做窝》(*Go Back to Make Nests*, 1978 年)

26.《审讯布开罗》(*Trial of Boucairo*, 1979 年)

27.《无限的大米》(*Rice Unlimited*,短剧,1981 年)

28.《安息吧,可尊敬的铁嘴博士》(*Die Still*,*Rev. Dr. Godspeak*,广播剧,1982 年)

29.《重点工程》(*Priority Projects*,短剧总标题,1983 年)

30.《法斯特克七十七号》(*Festac 77*,短剧,1983 年)

31.《绿色革命》(*Green Revolution*,短剧,1983 年)

32.《伦理革命》(*Ethical Revolution*,短剧,1983 年)

33.《阿布贾》(*Abuja*,短剧,1983 年)

34.《未来学家的安魂曲》(*Requiem for a Futurologist*,短剧,1983 年)

35.《六十六》(*Sixty-Six*,短剧,1984 年)

36.《巨人们》(*A Play of Giants*,1984 年)

37.《国际智利》(*Childe Internationale*,短剧,1987)

38.《风信子之祸》(*A Scourge of Hyacinths*,1991 年)

39.《携爱从齐亚出发》(*From Zia with Love*,1992 年)

40.《未判决囚犯》(*The Detainee*,广播剧,1992 年)

41.《暗无天日的季节》(*The Dark Season*,广播剧,1996 年)

42.《地方男孩的祝福:一个拉各斯万花筒》(*The Beatifi cation of Area Boy:A Lagosian Kaleidoscope*,1996 年)

43.《身份证件》(*Document of Identity*,广播剧,1999 年)

44.《巴阿布国王》(*King Baabu*,2001 年)

45.《伊蒂基·雷福·韦廷》(*Etiki Revu Wetin*,2008 年)

46.《阿拉帕塔·阿帕塔》(*Alapata Apata*,2011 年)

二、长篇小说(**Novels**):3 部

1.《阐释者》(又译《诠释者》《痴心与浊水》《译员》)(*The Interpreters*,1964 年)

2.《反常季节》(*Season of Anomy*,1973 年)

3.《地球上最快乐的人的编年史》(*Chronicles from the Land of the Happiest People on Earth*,2021 年)

三、短篇小说(**Short stories**):3 部

1.《两个故事》(*A Tale of Two*,1958 年)

2.《埃格的死敌》(*Egbe's Sworn Enemy*,1960 年)

3.《艾蒂安夫人的机构》(*Madame Etienne's Establishment*,1960 年)

四、回忆录(**Memoirs**):5 部

1.《人死了:狱中笔记》(*The Man Died:Prison Notes*,1971 年)

2.《在阿凯的童年时光》(*Aké:The Years of Childhood*,1981 年)

3.《伊萨拉:"散文"的人生之旅》(*Isara:A Voyage around Essay*,1989 年)

4.《伊巴丹:动乱的年代(1946—1965)》(*Ibadan:The Penkelemes Years: a Memoir 1946-65*,1994 年)

5.《你必须在黎明动身》(*You Must Set Forth at Dawn*,2006 年)

五、诗集(**Poetry collections**):10 部

1.《电话交谈》(*Telephone Conversation*,1963 年)

2.《伊丹尔和其他诗歌》(*Idanre and other Poems*,1967 年)

3.《坠毁地球的大飞机》(原名《狱中诗抄》)

(*A Big Airplane Crashed into the Earth*,original title:*Poems from Prison*, 1969 年)

4.《地穴之梭》(*A Shuttle in the Crypt*,1971 年)

5.《奥贡·阿比比曼》(*Ogun Abibiman*,1976 年)

6.《曼德拉的大地和其它诗歌》(*Mandela's Earth and other Poems*,1988 年)

7.《早期诗歌》(*Early Poems*,1997 年)

8.《外来者》(*Outsiders*,1999 年)

9.《诗选集》(*Selected Poems*,2001 年)

10.《撒马尔罕和其它我所知道的市场》

(*Samarkand and Other Markets I Have Known*,2002 年)

六、学术论著(**Essays**):23 篇/部

1.《走向真正的剧院》(*Towards a True Theater*,1962 年)

2.《文化变迁》(*Culture in Transition*,1963 年)

3.《新泰山主义:伪变迁诗学》

(*Neo-Tarzanism:The Poetics of Pseudo-Transition*,1975 年)

4.《一个不被压制的声音》(*A Voice That Would Not Be Silenced*,1975 年)

5.《在戏剧和非洲世界的视野中》(*From Drama and the African World View*,1976 年)

6.《神话、文学与非洲世界》(*Myth,Literature,and the African World*, 1976 年)

7.《这个过去必须为它的现在负责》(*This Past Must Address Its Present*, 1986 年)

8.《艺术、对话与愤怒:文学与文化论文集》

(*Art, Dialogue, and Outrage: Essays on Literature and Culture*, 1988 年)

9.《黑人与面纱:一个世纪以来在柏林墙的那边》

(*The Blackman and the Veil: A Century on, and Beyond the Berlin Wall: Lectures*, 1990 年)

10.《存在与虚无的信条》(*The Credo of Being and Nothingness*, 1991 年)

11.《民主和大学理念:学生要素》

(*Democracy and the University Idea: the Student Factor*, 1996 年)

12.《一个大陆的积弊:尼日利亚危机的个人诉说》

(*Open Sore of Continent A Personal Narrative of the Nigeria Crisis*, 1996 年)

13.《记忆的负担,宽恕的缪斯》

(*The Burden of Memory, The Muse of Forgiveness*, 1999 年)

14.《存在的七种美德:知识、名誉、公正及其它》

(*Seven Signposts of Existence: Knowledge, Honour, Justice and Other Virtues*, 1999 年)

15.《向大肠致敬》(*Salutation to the Gut*, 2002 年)

16.《被窃的声音中虚伪的沉默》(*The Deceptive Silence of Stolen Voices*, 2003 年)

17.《恐惧的风气》(*A Climate of Fear*, 2005 年)

18.《干涉》(*Interventions*, 2005 年)

19.《关于权力》(*Of Power*, 2007 年)

20.《新帝国主义》(*New Imperialism*, 2009 年)

21.《平息需要难以平息的代价》(*The Unappeasable Price of Appeasement*, 2011 年)

22.《关于非洲》(*Of Africa*, 2012 年)

23.《非洲之泉上方的哈麦丹风阴霾》(*Harmattan Haze on African Spring*, 2012 年)

七、电影作品(**Movies**):3 部

1.《文化变迁》(*Culture in Transition*, 1963 年)

2.《孔其的收获》(*Kongi's Harvest*, 1968 年)

3.《浪子回头》(*Blues for a Prodigal*, 1984 年)

八、翻译作品(**Translations**):2 部

1.《千魔之林:猎人的传奇》[*The Forest of a Thousand Demons*:*A Hunter's Saga*,译自迪·欧·法古恩瓦(D. O. Fagunwa)的 *Ògbójú Odẹ nínú Igbó Irúnmalẹ̀*,1968 年]

2.《在奥罗杜马利森林中》[*In the Forest of Olodumare*,译自迪·欧·法嘎瓦(D.O.Fagunwa)的 *Igbo Olodumare*,2010 年]

附录 2　索因卡的荣誉与奖励

1. 1966 年获达喀尔黑人艺术节奖和约翰·惠廷戏剧奖
(Dakar Black Art Festival Award and John Whittin Drama Award)

2. 1967 年获得英国约翰·怀汀戏剧奖(John Whiting Drama Award)

3. 1968 年获乔克·坎贝尔小说奖(Joe Campbell Fiction Award)

4. 1973 年获得英国利兹大学荣誉博士学位(Honorary D.Litt, University of Leeds)

5. 1973—1974 年担任剑桥大学丘吉尔学院海外研究员
(Overseas Fellow, Churchill College, Cambridge)

6. 1983 年当选英国皇家文学学会荣誉院士
(An Honorary Fellow of the Royal Society of Literature)

7. 1983 年获得美国沃莱夫图书奖(Anisfield-Wolf Book Award, United States)

8. 1986 年获得诺贝尔文学奖(Nobel Prize for Literature)

9. 1986 年获得阿吉普文学奖(Agip Prize for Literature)

10. 1986 年被任命为联邦共和国指挥官
[Commander of the Order of the Federal Republic(CFR)]

11. 1990 年获得英国皇家文学学会本森奖章
(Benson Medal from Royal Society of Literature)

12. 1993 年获得哈佛大学荣誉博士学位(Honorary doctorate, Harvard University)

13. 1997 年当选为国际作家议会(International Parliament of Writers)的第二任主席

14. 2002 年获得英国伦敦大学亚非学院荣誉研究员 (Honorary fellowship, SOAS)

15. 2005 年获得美国普林斯顿大学荣誉博士学位
(Honorary Doctorate Degree, Princeton University)

16. 2005 年获得由约鲁巴兰的埃格巴氏族的奥巴·阿拉克授予埃格巴兰的阿金拉顿酋长头衔(Conferred with the chieftaincy title of the Akinlatun of Egbaland by the Oba Alake of the Egba clan of Yorubaland)

17. 2009 年获得美国成就学会金碟奖（Golden Plate Award，Academy of Achievement）

18. 2013 年获得沃莱夫图书奖的终身成就奖

（Anisfield-Wolf Book Award，Lifetime Achievement，United States）

19. 2014 年获得国际人道主义奖（International Humanist Award）

20. 2017 年加入南非约翰内斯堡大学，担任人文学院杰出客座教授

（Joins the University of Johannesburg，South Africa，as a Distinguished Visiting Professor in the Faculty of Humanities）

21. 2017 年获得欧洲戏剧奖的"特别奖"（"Special Prize"of the Europe Theatre Prize）

22. 2018 年伊巴丹大学将其艺术剧院更名为沃勒·索因卡剧院

（University of Ibadan renamed its arts theatre to Wole Soyinka theatre）

23. 2018 年获得阿贝奥库塔联邦农业大学荣誉文学博士学位

［Honorary Doctorate Degree of Letters，Federal University of Agriculture Abeokuta（FUNAAB）］

参 考 文 献

中 文 类

一、汉译专著和文集

[1][古希腊]欧里庇得斯:《酒神的伴侣》,[美]查尔斯·艾略特主编:《哈佛百年经典》(第14卷)《希腊戏剧》,高朝阳译,北京理工大学出版社2013年版。

[2][古希腊]欧里庇得斯:《酒神的伴侣》,罗念生译,《欧里庇得斯悲剧六种》,上海人民出版社2004年版。

[3][布基纳法索]J.基一泽博:《非洲通史》(第1卷,中文版),中国对外翻译出版公司1984年版。

[4][德]布莱希特:《陌生化与中国戏剧》,张黎、丁扬忠译,北京师范大学出版社2015年版。

[5][德]布莱希特:《三毛钱歌剧》,张黎译,厦门大学出版社2011年版。

[6][德]恩斯特卡西尔:《人论》,甘阳译,上海译文出版社1985年版。

[7][德]弗里德里希·尼采:《悲剧的诞生》,赵登荣译,译林出版社2014年版。

[8][俄]布罗茨基等:《见证与愉悦当代外国作家文选》,黄灿然译,百花文艺出版社1999年版。

[9][俄]米哈伊尔巴赫金:《巴赫金全集第五卷:诗学与访谈》,白春仁、顾亚铃译,河北教育出版社1998年版。

[10][法]莫里哀:《伪君子·序言》,李健吾译,上海译文出版社2008年版。

[11][法]雅里:《乌布国王》,王以培译,黄晋凯等主编:《象征主义·意象派》,中国人民大学出版社1989年版。

[12][法]朱莉娅·克里斯蒂瓦:《恐怖的权力:论卑贱》,张新木译,生活·读书·新知三联书店2001年版。

[13][荷]杜威·佛克马、艾尔鲁德·伊布斯:《文学研究与文化参与》,俞国强译,北京大学出版社1996年版。

[14][美]艾勒克·博埃默:《殖民与后殖民文学》,盛宁译,辽宁教育出版社2008年版。

[15][美]爱德华·威尔逊:《论人性》,方展画、周丹译,浙江教育出版社2001年版。

[16][美]大卫·雷·格里芬:《后现代精神》,王成兵译,中央编译出版社1997年版。

[17][美]盖特雷恩:《认知艺术》,王滢译,世界图书出版公司北京公司2014年版。

[18][美]伦纳德·S.克莱因:《20世纪非洲文学》,李永彩译,北京语言学院出版社1991年版。

[19][美]塞缪尔·亨廷顿:《文明的冲突与世界秩序的重建》,周琪、刘绯、张立平、王圆译,新华出版社2002年版。

[20][尼日利亚]沃莱·索因卡:《阐释者》,周辉译,内蒙古少年儿童出版社2001年版。

[21][尼日利亚]沃莱·索因卡:《痴心与浊水》,沈静、石羽山译,外国文学出版社1987年版。

[22][尼日利亚]沃莱·索因卡:《诠释者》,周辉译,北京燕山出版社2015年版。

[23][尼日利亚]沃莱·索因卡:《狮子与宝石》,邵殿生等译,北京燕山出版社2015年版。

[24][尼日利亚]渥雷·索因卡:《死亡与国王的侍从》,蔡宜刚译,湖南文艺出版社2004年版。

[25][尼日利亚]渥雷·索因卡:《狱中诗抄》,黄灿然等译,(台湾)倾向出版社、唐山出版社1987年版。

[26][尼日利亚]渥雷·索因卡:《在阿凯的童年时光》,谭莲香译,湖南教育出版社2008年版。

[27][尼日利亚]索因卡等:《非洲现代诗选上》,汪剑钊译,河北教育出版社2003年版。

[28][英]杰弗里·帕林德:《非洲传统宗教》,张治强译,商务印书馆1999年版。

[29][英]巴特·穆尔-吉尔伯特等编撰:《后殖民批评》,杨乃乔、毛荣运、刘须明译,北京大学出版社2001年版。

[30][英]勒兰德·莱肯:《圣经与文学研究》,梁工译,《圣经文学研究》(第一辑),人民文学出版社2007年版。

[31][英]伦纳德·S.克莱因主编:《20世纪非洲文学》,李永彩译,北京语言学院出版社1991年版。

[32][英]马丁·艾斯林:《荒诞派戏剧》,华明译,河北教育出版社2003年版。

[33][英]吉尔伯特·默雷:《古希腊文学史》,孙席珍等译,上海译文出版社2007年版。

[34][英]莎士比亚:《莎士比亚全集(6)》,方重译,人民文学出版社1991年版。

[35][英]西蒙普赖斯:《古希腊人的宗教生活》,邢颖译,北京大学出版社2015年版。

[36][加]诺思罗普·弗莱:《批评的解剖》,陈慧、袁宪军、吴伟仁译,百花文艺出版社2006年版。

[37][德]尼采:《悲剧的诞生》,缪朗山译,海南国际新闻出版中心1996年版。

[38][英]温斯顿·丘吉尔:《英语国家史略》(下册),薛力敏、林林译,新华出版社

2005 年版。

[39][英]亚伦·戴尔:《序言》,庞涅译,甘利:《乞丐歌剧》改编本,伦敦佳卡唱片有限公司 1981 年版。

二、中文专著与文集

[1]《圣经》(中文和合译本),中国基督教协会 1998 年版。

[2]《世界文学精品大系》编委会:《世界文学精品大系第 20 卷拉美文学北美、大洋洲、非洲文学》,春风文艺出版社 1992 年版。

[3]艾周昌、舒运国:《非洲黑人文明》,福建教育出版社 2008 年版。

[4]北京未来新世纪教育科学研究所:《舞蹈知识探讨》,远方出版社 2006 年版。

[5]蔡子谔:《视觉思维的主体空间》,花山文艺出版社 1990 年版。

[6]曾艳兵:《东方后现代》,广西师范大学出版社 2002 年版。

[7]曾艳兵:《西方后现代主义文学研究》,中国社会科学出版社 2006 年版。

[8]陈春生:《永远的巅峰——20 世纪获诺贝尔文学奖作家论》,湖北教育出版社 2006 年版。

[9]陈惇、何乃英:《外国文学编 3》(戏剧卷),黑龙江教育出版社 1996 年版。

[10]陈惇:《二十世纪外国戏剧经典》,北京师范大学出版社 2004 年版。

[11]陈惠荣:《证主圣经百科全书》,香港福音证主协会 2001 年版。

[12]陈应祥等:《外国文学 下》(第 4 版),高等教育出版社 2018 年版。

[13]成良臣等主编:《外国文学教程》,四川大学出版社 2002 年版。

[14]程涛、陆苗耕:《中国大使讲非洲故事》,世界知识出版社 2013 年版。

[15]程正民:《巴赫金的文化诗学》,北京师范大学出版社 2001 年版。

[16]高宏存编:《黑色的光明:非洲文化的面貌与精神》,中国水利水电出版社 2006 年版。

[17]顾春芳:《戏剧学导论》,北京大学出版社 2014 年版。

[18]郭沫若:《郭沫若论创作》,上海文艺出版社 1983 年版。

[19]郭沫若:《献给现实的蟠桃——为〈虎符〉演出而写》,载《郭沫若论创作》,上海文艺出版社 1983 年版。

[20]郭湛:《主体性哲学:人的存在及其意义》,云南人民出版社 2002 年版。

[21]胡乔木:《中国大百科全书·外国文学》,中国大百科全书出版社 1982 年版。

[22]黄源深等:《20 世纪外国文学作品选》(上),上海译文出版社 2004 年版。

[23]建钢:《诺贝尔文学奖颁奖获奖演说全集 1901—1991》,中国广播电视出版社 1993 年版。

[24]江东:《尼日利亚文化》,文化艺术出版社 2005 年版。

[25]金秋:《外国舞蹈文化史略》,人民音乐出版社 2003 年版。

[26]黎跃进:《东方现代民族主义文学思潮发展论》,中国社会科学出版社 2011 年版。

[27]黎跃进:《文化批评与比较文学》,东方出版社 2002 年版。

[28]李安山:《中国非洲研究评论》,社会科学文献出版社 2013 年版。

[29]梁工:《圣书之美:梁工教授讲圣经文学》,中央编译出版社 2014 年版。

[30]梁工:《西方圣经批评引论》,商务印书馆 2006 年版。

[31]梁立基、陶德臻:《亚非文学作品选读》,中国人民大学出版社 1998 年版。

[32]林洪桐:《表演创作手册——苹果应该这么吃》(下),中国电影出版社 2010 年版。

[33]刘鸿武主编:《非洲地区发展报告 2011》,中国社会科学出版社 2012 年版。

[34]罗伯特·摩根:《诺顿音乐断代史丛书·二十世纪音乐》,陈鸿铎等译,上海音乐出版社 2014 年版。

[35]罗钢、刘象愚:《后殖民主义文化理论》,中国社会科学出版社 1999 年版。

[36]麦永雄:《东方文化与东方文学》,广西师范大学出版社 2001 年版。

[37]毛信德:《诺贝尔文学奖获奖作家传》,百花洲文艺出版社 1995 年版。

[38]孟昭毅:《诺贝尔文学奖东方获奖作家研究》,线装书局 2021 年版。

[39]莫寅生编选:《中外传记体小说选读》,生活·读书·新知三联书店 1988 年版。

[40]穆睿清、李西西:《亚非文学参考资料》,时代文艺出版社 1986 年版。

[41]聂珍钊:《文学伦理学批评导论》,北京大学出版社 2014 年版。

[42]潘兴明、李忠:《南非——在黑白文化的撞击中》,四川人民出版社 2000 年版。

[43]冉国:《二十世纪国外戏剧概观》,河南人民出版社 1991 年版。

[44]荣广润:《当代世界名家剧作》,上海教育出版社 1994 年版。

[45]邵殿生:《索因卡传》,张英伦等主编:《外国名作家传》(中),中国社会科学出版社 1979 年版。

[46]邵清河:《青少年艺术修养:舞蹈艺术欣赏》,京华出版社 2010 年版。

[47]石森等:《原始时代及古埃及艺术》,远方出版社 2006 年版。

[48]宋擎擎、李少晖:《黑色光明——非洲文化的面貌与精神》,中国水利水电出版社 2006 年版。

[49]宋兆霖:《诺贝尔文学奖获奖作家传略》,浙江文艺出版社 2005 年版。

[50]宋兆霖:《诺贝尔文学奖文库 4》(戏剧卷),浙江文艺出版社 1998 年版。

[51]陶德臻:《东方文学简史》(修订本),北京出版社 1985 年版。

[52]王洪章:《诺贝尔文学奖获得者作品文库 1901—1995》,延边人民出版社 1998 年版。

[53]王立新、黎跃进:《外国文学史》(东方卷),高等教育出版社 2013 年版。

[54]王立新:《古犹太历史文化语境下的希伯来圣经文学研究》,商务印书馆 2014 年版。

[55]王宁:《全球化与文化研究》,(台湾)扬智文化出版公司 2003 年版。

[56]王向远:《比较文学学科新论》,江西教育出版社 2002 年版。

[57]王向远:《东方文学史通论》,上海文艺出版社 2005 年版。

[58]王燕:《东方文学跨文化审视与说解》,河南大学出版社2006年版。

[59]王岳川:《后殖民主义与新历史主义文论》,山东教育出版社1999年版。

[60]王志耕:《托尔斯泰说欲望》,商务印书馆2016年版。

[61]邢春如:《世界艺术史话4》,《世界戏剧艺术(上)》,辽海出版社2007年版。

[62]徐贲:《走向后现代与后殖民》,中国社会科学出版社1996年版。

[63]杨慧林:《罪恶与救赎:基督教文化精神论》,东方出版社1995年版。

[64]余丹红:《大学音乐鉴赏》,华东师范大学出版社2007年版。

[65]俞灏东等:《非洲文学作家作品散论》,宁夏人民出版社2012年版。

[66]张彬:《诺贝尔奖得主名言赏析》,吉林人民出版社2010年版。

[67]张记彪编:《文化地理》,企业管理出版社2014年版。

[68]郑万里:《诺贝尔文学之魅人类的文化记忆与精神守望》,广东人民出版社2010年版。

[69]中国现代文学史馆:《2012中国当代文学年鉴》,百花洲文艺出版社2013年版。

[70]朱振武:《非洲国别英语文学研究》,华东理工大学出版社2019年版。

三、中文报纸文章

[1]《"奖金主要被用来建房子"第一位获诺贝尔文学奖的非洲黑人作家沃勒·索因卡来华交流》,《北京晚报》2012年10月30日。

[2]《1986年诺奖得主索因卡将访华》,《北京青年报》2012年10月26日。

[3]《诺贝尔文学奖得主索因卡与我校作家文学对话》,《中国人民大学校报》2012年10月29日。

[4]《索因卡与中国读者面对面》,《深圳特区报》2012年11月5日。

[5]《沃勒·索因卡:第一位获诺贝尔文学奖的非洲人》,《参考消息》1986年10月19日。

[6]《中外文学获奖者论坛索因卡对话阎连科:文学与世界》,《中国人民大学校报》2012年11月5日。

[7]大师直接行动:《沃莱·索因卡访华成行》,《中华读书报》2012年10月31日。

[8]《非洲首位诺贝尔文学奖得主沃莱·索因卡时隔50年推出新作》,《新京报》2020年10月29日。

[9]桂杰、江晓雅:《沃勒·索因卡:首先是公民,然后是作家》,《中国青年报》2012年11月6日。

[10]降瑞峰:《诺奖得主索因卡与人大作家谈文学与创作》,《中国人民大学校报》2012年11月12日。

[11]荆晶、张妍妍:《非洲文化"走出非洲"》,《中国改革报》2007年2月3日。

[12]康慨:《奇努阿·阿奇贝:重新看非洲》,《中华读书报》2007年6月20日。

[13]陆苗耕:《习主席讲话奏响中非合作共赢的时代强音》,《大公报》2018年9月6日。

[14]邵聪:《1986年诺贝尔文学奖得主在京与阎连科、刘震云等作家座谈索因卡:权力虽极具诱惑,却是想象力的限制》,《南方都市报》2012年11月6日。

[15]树才:《索因卡小说家? 剧作家? 诗人?》,《北京晚报》2012年11月17日。

[16][尼日利亚]索因卡:《诺奖被神话了》,《北京青年报》2012年10月30日。

[17][尼日利亚]索因卡:《一面照见我们的镜子》,《北京青年报》2012年12月7日。

[18][尼日利亚]索因卡:《应该当一个现实主义者》,《新京报》2012年10月30日。

[19][尼日利亚]索因卡:《作家不能戴起逃避的面罩》,《北京晨报》2012年10月30日。

[20]唐平、阎连科:《笑称头发助索因卡写作》,《京华时报》2012年10月30日。

[21][尼日利亚]沃莱·索因卡、徐芳:《与索因卡面对面》,《解放日报》2012年11月16日。

[22]《沃勒·索因卡:第一位获诺贝尔文学奖的非洲人》,《参考消息》1986年10月19日。

[23]吴云、李盛明:《诺贝尔文学奖获得者索因卡访华》,《光明日报》2012年10月30日。

[24]奚彧:《新闻特写:非洲诺贝尔文学奖第一人——抗争命运的索因卡》,《央视国际》2003年12月22日。

[25]颜治强:《阿契贝,他走在世界文学队伍的前列》,《文艺报》2006年5月13日。

[26]张锦、艾葳:《尼日利亚剧作家沃勒·索因卡访华》,《文艺报》2012年11月16日。

[27]朱蓉婷:《诺贝尔文学奖得主索因卡作品全新推出》,《南方都市报》2015年11月8日。

[28]朱又可:《"让头发自然生长,就成我这样了":沃勒·索因卡中国行》,《南方周末》2012年11月8日。

[29]WOLE SOYZNKA AT80.www.africawrites.org.

四、中文学位论文

[1]崔静:《索因卡戏剧中的约鲁巴殉葬文化研究——以〈强种〉和〈死亡与国王的马夫〉为例》,硕士学位论文,长沙理工大学,2016年。

[2]董晓阳:《交际翻译理论视角下传记文本的汉译——以〈黎明启程〉为例》,硕士学位论文,北京外国语大学,2018年。

[3]韩丹:《后殖民视角下的〈死亡与国王的侍从〉》,硕士学位论文,辽宁师范大学,2013年。

[4]胡燕:《索因卡小民族文学中的微观政治——以〈反常的季节〉为例》,硕士学位论文,上海师范大学,2019年。

[5]李光辉:《非洲文学作品中的英语变体:语言特征及文化认同》,硕士学位论文,

重庆师范大学,2010年。

[6]刘慧:《索因卡戏剧的仪式书写与文化记忆重建》,硕士学位论文,华中师范大学,2021年。

[7]李淑姣:《后殖民语境下的仪式——以〈死亡与国王的马车夫〉为例》,硕士学位论文,电子科技大学,2016年。

[8]梁颖:《透析〈黎明时出发〉与〈真理的彼岸〉中流亡知识分子的权力现象》,硕士学位论文,华南理工大学,2013年。

[9]元华:《论渥莱·索因卡创作的文化构成》,硕士学位论文,北京师范大学,1992年。

[10]谭清桦:《酒神与替罪羊——沃莱·索因卡对奥冈形象的重写》,硕士学位论文,浙江师范大学,2019年。

[11]沈洪泉:《孤愤与荒诞——索因卡戏剧研究》,硕士学位论文,东北师范大学,1989年。

[12]宋志明:《沃勒·索因卡:后殖民主义文化与写作》,博士学位论文,北京师范大学,2000年。

[13]孙萌:《木巴厘运动中的沃雷·肖英卡》,硕士学位论文,河北科技大学,2017年。

[14]唐猛:《哲人与义者:论渥雷·索因卡作品的基督教精神》,硕士学位论文,青岛大学,2013年。

[15]王慧:《索因卡与贝克特的荒诞戏剧对比研究——以〈路〉和〈等待戈多〉为例》,硕士学位论文,长沙理工大学,2016年。

[16]王莉:《渥雷·肖因卡戏剧中的死亡主题研究》,硕士学位论文,河北科技大学,2011年。

[17]吴嘉玲:《传统、改变、与僵局:渥雷·索因卡〈死亡与国王的侍卫长〉剧中社会变革的势在必行》,硕士学位论文,(台湾)政治大学,1995年。

[18]余嘉:《森林之舞:后殖民语境下的索因卡剧作研究》,硕士学位论文,广西师范大学,2002年。

[19]禹伟玲:《后殖民理论视角下索因卡戏剧中他者的研究——以〈狮子与宝石〉和〈死亡与国王的侍从〉为例》,硕士学位论文,长沙理工大学,2016年。

[20]钟志清:《论索因卡戏剧中的主体意象》,硕士学位论文,北京师范大学,1992年。

五、中文期刊论文

[1][南非]纳丁·戈迪默:《老虎索因卡》,黄灿然译,(台湾)《倾向》1996年第6期。

[2][尼日利亚]沃尔·索因卡:《为自由而写作——在常熟理工学院"东吴讲堂"上的讲演》,洪庆福译,《东吴学术》2013年第1期。

[3]《第一个获得诺贝尔文学奖的非洲人:索因卡》,《青年文摘·红版》1987年第

1 期。

[4]《东方诺贝尔文学奖获得者研讨会在北戴河召开》,《世界文学》1994 年第 5 期。

[5]《非洲的文学雄狮》,《美文》(下半月)2011 年第 2 期。

[6]《世界文坛动态》,《译林》1995 年第 2 期。

[7]《索因卡出版新著》,《世界文学》1996 年第 6 期。

[8]《索因卡访问记》,《世界文学》1986 年第 2 期。

[9]《外国文学动态》,《外国文学》1986 年第 11 期。

[10]《沃·索因卡第二部自传面世》,《世界文学》1995 年第 4 期。

[11]《沃莱·索因卡》,《东吴学术》2012 年第 3 期。

[12]《沃莱·索因卡称尊重莫言勿盲崇》,《文学教育》2012 年第 21 期。

[13]《与沃·索因卡对话》,《倾向》(文学人文季刊)1996 年第 6 期。

[14] 贝基·贝克尔、曹怡平:《诺莱坞:电影、家庭录像或尼日利亚剧院的死亡》,《世界电影》2014 年第 2 期。

[15] 贝岭、徐兰婷:《与沃·索因卡对话》,《花城》1996 年第 5 期。

[16] 曾梅:《索因卡戏剧对约鲁巴悲剧传统的传承》,《山东外语教学》2014 年第 2 期。

[17] 陈海庆:《语言幻象背景下的网络生态:语言与存在的断裂》,《湖南科技大学学报》(社会科学版)2019 年第 4 期。

[18] 陈静抒:《死亡与信仰背后的文化符号》,《东京文学》2008 年第 2 期。

[19] 狄建茹、龙晓云:《论索因卡戏剧作品中的文化融合》,《芒种》2012 年第 10 期。

[20] 董鼎山:《正义的南非女作家》,《读书杂志》1987 年第 8 期。

[21] 范煜辉:《论非洲戏剧的发展及走向》,《非洲研究》2017 年第 2 期。

[22] 费力:《渥里·索因卡和他的〈沼泽地居民〉》,《年轻人》1988 年第 2 期。

[23] 傅光明:《〈麦克白〉的"原型"故事及"魔幻与现实"的象征意味》,《东吴学术》2017 年第 2 期。

[24] 傅加令:《古老的东方文明重放光彩——试评东方获诺贝尔文学奖的四位作家》,《九江师专学报》(哲学社会科学版)1991 年第 1 期。

[25] 高文惠、王芳:《索因卡与荒诞派戏剧——以〈路〉和〈疯子与专家〉为例》,《德州学院学报》2020 年第 5 期。

[26] 高文惠:《索因卡对〈酒神的伴侣〉的创造性改写》,《外国文学研究》2017 年第 3 期。

[27] 高文惠:《索因卡与布莱希特戏剧的现实干预立场》,《华中学术》2019 年第 3 期。

[28] 高文惠:《索因卡与欧洲喜剧传统》,《北方工业大学学报》2019 年第 3 期。

[29] 高文惠:《寻回非洲自我与直面非洲现实——奥索菲山对索因卡的继承与反叛》,《德州学院学报》2021 年第 5 期。

[30] 高文惠:《精神的试验和自我发现的旅程:〈阿凯:童年岁月〉的自传价值及其自传意识》,《山东社会科学》2011 年第 9 期。

[31]高文惠:《索因卡的"第四舞台"和"仪式悲剧":以〈死亡与国王的马夫〉为例》,《外国文学研究》2011 年第 3 期。

[32]高文惠:《索因卡与欧洲喜剧传统》,《北方工业大学学报》2019 年第 3 期。

[33]关山:《非洲文学现状》,《外国文学研究》1981 年第 1 期。

[34]何成洲:《易卜生与世界戏剧:〈培尔·金特〉的译介与跨文化改编》,《中国语言文学研究》2018 年第 2 期。

[35]赫荣菊:《从〈死亡与国王的侍从〉看索因卡的悲剧精神》,《湖州师范学院学报》2007 年第 6 期。

[36]赫荣菊:《论索因卡〈死亡与国王的马夫〉中悲剧精神的文化意蕴》,《外语研究》2009 年第 4 期。

[37]衡学民:《索因卡〈路〉中的批判精神》,《戏剧文学》2019 年第 2 期。

[38]黄灿然:《现代非洲国家的作家》,《倾向》(文学人文季刊)1996 年第 6 期。

[39]黄灿然:《英语文体的变迁》,《读书杂志》1996 年第 7 期。

[40]黄纪苏:《集权与异化》,《国际社会科学杂志》2002 年第 1 期。

[41]黄坚、崔静:《约鲁巴神话学视野下〈死亡与国王的马夫〉的文化解读》,《四川戏剧》2015 年第 1 期。

[42]黄坚、王慧:《荒诞剧视阈下的〈路〉和〈等待戈多〉对比研究》,《当代戏剧》2014 年第 5 期。

[43]黄坚、禹伟玲:《〈森林之舞〉与〈路〉的后殖民主义解读》,《当代戏剧》2015 年第 3 期。

[44]黄坚:《从剧场狂欢到社会批判——非洲元戏剧面面观》,《戏剧艺术》2015 年第 5 期。

[45]黄坚:《论非洲语境下的戏剧起源与形式》,《中国民族博览》2017 年第 2 期。

[46]黄坚:《仪式音乐舞蹈——论索因卡戏剧中的身份认同策略》,《戏剧之家》2017 年第 3 期。

[47]黄怡婷:《渥雷·索因卡学术年谱》,《东吴学术》2017 年第 1 期。

[48][尼日利亚]加博利尔·奥卡拉:《非洲话语与英语词汇》,《转换》1983 年第 3 期。

[49]塞昌槐、蒋家国:《非洲剧坛的普罗米修斯——索因卡》,《荆州师专学报》(社会科学版)1993 年第 3 期。

[50]江玉娇、盛钰:《非裔诺贝尔文学奖得主沃勒·索因卡在中国的研究》,《浙江师范大学学报》(社会科学版)2015 年第 5 期。

[51]蒋晖:《阿契贝的短篇小说理想》,《读书》2014 年第 10 期。

[52]蒋丽娜:《索因卡对〈酒神的伴侣〉的改写研究》,《戏剧之家》2019 年第 12 期。

[53]焦旸:《论去殖民化时期黑非洲文学的发展》,《学术交流》2015 年第 4 期。

[54]黎跃进:《诺贝尔文学奖的东方得主》,《衡阳师专学报》(社会科学版)1992 年第 4 期。

［55］李淑姣：《论〈死亡与国王的侍从〉中的仪式悲剧》，《美与时代》（下）2015年第9期。

［56］刘东楠：《非洲英语文学在中国的传播：以跨文化传播的后殖民语境为视角》，《新闻爱好者》2012年第18期。

［57］刘合生：《传统与背叛——沃·索因卡〈痴心与浊水〉主题初探》，《辽宁教育学院学报》（社会科学版）1989年第4期。

［58］罗峰：《酒神与世界城邦：欧里庇得斯〈酒神的伴侣〉绎读》，《外国文学评论》2015年第1期。

［59］罗峰：《欧里庇得斯悲剧与现代性问题：以〈酒神的伴侣〉为例》，《思想战线》2014年第2期。

［60］马高明：《我想正在下雨》，《意林》2009年第15期。

［61］马建军、王进：《〈死亡与国王的马夫〉中的雅西宗教文化冲突》，《外国文学研究》2005年第5期。

［62］马骁远：《欧里庇得斯对“后伯里克利时期”民主政治的批评》，《学习与探索》2014年第12期。

［63］毛德鸣：《收藏中国作品极少的诺贝尔图书馆》，《图书馆杂志》1987年第6期。

［64］孟宪杰：《索因卡：婉拒与包容》，《北方文学》2019年第27期。

［65］莫嘉：《致沃莱·索因卡》，《散文诗》（上半月）2013年第11期。

［66］欧阳昱：《关于索因卡》，《星星诗刊》2012年第8期。

［67］丕琪：《诺贝尔文学将获得者——索因卡》，《海外文摘》1987年第2期。

［68］元华、王向远：《论渥莱·索因卡创作的文化构成》，《北京师范大学学报》（哲学社会科学版）1993年第5期。

［69］齐林东：《非洲文学与诺贝尔文学奖》，《南昌航空大学学报》（社会科学版）2015年第4期。

［70］秦银国：《诗性、哲性与神性的融合：从〈解释者〉谈沃里·索因卡的叙述艺术》，《小说评论》2010年第A1期。

［71］瞿世镜：《尼日利亚的“后殖民小说”》，《上海社会科学》1997年第8期。

［72］任海燕：《〈疾病翻译者〉：文化边界上的异化和失常欲望》，《湖南科技大学学报》（社会科学版）2019年第2期。

［73］邵殿生、小小梅：《在阿凯的童年生活》，《意林》（少年版）2011年第20期。

［74］邵殿生：《诺贝尔文学奖获得者W.索因卡》，《国外社会科学》1987年第6期。

［75］邵殿生：《渥里·索因卡》，《世界文学》1986年第2期。

［76］沈默：《诺贝尔奖得主云集汉城探讨世界迫切问题》，《国外社会科学》1990年第4期。

［77］史国强：《我的非洲大地》，《东吴学术》2012年第3期。

［84］宋志明：《权力和暴政的历史展演——索因卡“权力戏剧”评析》，《戏剧艺术》2020年第2期。

［78］宋志明：《约鲁巴神话与索因卡的"仪式戏剧"》，《文艺研究》2019 年第 6 期。

［79］宋志明：《"奴隶叙事"与黑非洲的战神奥冈——论沃勒·索因卡诗歌创作的后殖民性》，《外国文学研究》2003 年第 5 期。

［80］宋志明：《"语言非殖民化"——索因卡和非洲文学的语言政治》，《外国文学》2019 年第 2 期。

［81］宋志明：《尼日利亚戏剧与宗教神话》，《外国文学评论》1999 年第 1 期。

［82］宋志明：《文化"归航"与文化反抗：论沃勒·索因卡后殖民主义创作的文化形态》，《东方丛刊》2002 年第 2 期。

［83］孙法理、吴岳添、董洪川等：《"文化的迁徙与杂交"会议论文选摘》，《外国文学评论》2001 年第 3 期。

［84］索因卡：《美学的幻觉：拯救自杀的诗学》，《第三种出版研究》1975 年第 1 期。

［85］汪淏：《黑非洲骄子——沃莱·索因卡和他的戏剧》，《东方艺术》1994 年第 3 期。

［86］王慧：《论〈狮子与宝石〉中的民族文化认同》，《戏剧之家》2014 年第 15 期。

［87］王慧：《浅论〈疯子与专家〉中的荒诞因素》，《戏剧之家》2014 年第 12 期。

［88］王三槐：《奥因·奥贡巴〈变革运动〉》，《读书杂志》1987 年第 1 期。

［89］王燕：《关于索因卡戏剧〈路〉的一点思考》，《外国文学评论》2001 年第 3 期。

［90］王燕：《两种异质文化的兼容与整合——从〈痴心与浊水〉解读索因卡小说的二元文化构成》，《苏州科技学院学报》（社会科学版）2007 年第 4 期。

［91］王燕：《略论索因卡剧作中的赓续性意象》，《铁道师院学报》（社会科学版）1995 年第 3 期。

［92］王燕：《略论索因卡剧作中的延续性意象》，《国外文学》1998 年第 3 期。

［93］王燕：《整合与超越：站立在东西方文化交融的临界点上——对于索因卡戏剧创作的若干思考》，《外国文学研究》2001 年第 3 期。

［94］渥·索因卡著，邵殿生译：《裘罗教士的磨难（附邵殿生：谈谈索因卡）》，《新苑》1987 年第 3 期。

［95］吴保和：《非洲的"黑马"——诺贝尔文学奖获得者渥尔·索因卡和他的戏剧创作》，《上海戏剧》1987 年第 2 期。

［96］吴保和：《非洲文坛的一颗明珠——诺贝尔文学奖获得者渥尔·索因卡》，《艺术百家》1987 年第 2 期。

［97］吴虹：《从亲近走向背离：论索因卡对待西方主流文化的态度》，《重庆邮电大学学报》（社会科学版）2012 年第 6 期。

［98］萧四新：《从传统走向现代——非欧文化碰撞中的索因卡》，《黄冈师专学报》1997 年第 2 期。

［99］许明球：《是"索卡因"还是"索因卡"？》，《中学历史教学》2010 年第 12 期。

［100］阎连科：《文学的"我性"：在"世界汉学大会"上的对话发言》，《东吴学术》2013 年第 1 期。

[101]杨传鑫:《诺贝尔文学花圃中盛开的东方奇葩》,《中南民族学院学报》(哲学社会科学版)1999年第1期。

[102]余嘉、吕炜:《浅论渥莱·索因卡剧作的非理性思维》,《钦州师范高等专科学校学报》2001年第4期。

[103]余嘉:《玄与美:渥莱·索因卡剧作特质浅析》,《周口师范高等专科学校学报》2001年第3期。

[104]余增桦:《86年诺贝尔文学奖的获得者——沃莱·索因卡》,《艺谭》1987年第3期。

[105]远洋:《沃雷·索因卡诗选》,《诗歌月刊》2015年第6期。

[106]岳生:《浅谈沃莱·索因卡及其剧作》,《四川师范大学学报》(社会科学版)1987年第4期。

[107]张飞龙:《另类现代性:沃雷·索因卡的非洲诗学构建》,《文学理论前沿》2015年第2期。

[108]张吉宁:《荒诞中见哲理,迷惘中找出路:〈路〉剧赏析》,《剧本》1999年第7期。

[109]张荣建:《黑非洲文学创作中的英语变体》,《重庆师院学报》(哲社版)1995年第3期。

[110]张雪康:《质疑教材:是"索卡因"还是"索因卡"》,《黑河学刊》2011年第10期。

[111]张毅:《凯恩奖与非洲的英语文学》,《外国文学动态》2005年第4期。

[112]郑晖:《娱乐与尖锐,而非仅仅惬意的玩笑——〈三分钱歌剧〉的艺术价值与当代启示》,《吉林艺术学院学报》2012年第5期。

[113]郑晖:《娱乐与尖锐,而非仅仅惬意的玩笑——〈三分钱歌剧〉的艺术价值与当代启示》,《吉林艺术学院学报》2012年第5期。

[114]钟国岭、张忠民:《森林舞蹈》,《外国文学》1987年第7期。

[115]钟国岭:《〈森林舞蹈〉浅析》,《外国文学》1987年第7期。

[116]周声:《民族寓言的讲述困境:以〈痴心与浊水〉中的性别叙事为中心》,《信阳师范学院学报》(哲学社会科学版)2015年第4期。

[117]朱世达:《"我是非洲文学的一部分"(记沃莱·索因卡)》,《读书杂志》1987年第1期。

[118]朱映锴:《信仰的溃败——重读〈麦克白〉的悲剧》,《戏剧之家》2019年第18期。

[119]庄浩然:《现代美学艺术学所照临之莎翁——宗白华论莎士比亚戏剧》,《上海戏剧学院学报》2016年第2期。

[120]宗笑飞:《沃勒·索因卡访问中国社会科学院》,《外国文学动态》2012年第6期。

[121]邹建军、涂慧琴:《华兹华斯式田园书写及其当代意义》,《湖南科技大学学报》(社会科学版)2020年第2期。

外 文 类

一、英文著作

[1] Achille Mbembe, *On the Postcolony*, Berkeley: University of California Press, 2001.

[2] Achilles Mbembe, "The Banality of Power in the Post-Colony", *Public Culture* 4. 2, 1992.

[3] Adom Getachew, *The international Dimension of Black Anglophone Anticolonial Thought has Recently been Explored*, in Worldmaking after Empire, Princeton: Princeton University Press, 2019.

[4] Adrian Roscoe, *Mother Is Gold: A Study in West African Literature*, Cambridge University Press, 1971.

[5] Amsterdam, *Postcolonial Identity in Wole Soyinka*, Mpalive-Hangson Msiska, New York, N.Y.: Rodopi, 2007.

[6] Appiah, Kwame Anthony, In My Father's House: *Africa in the Philosophy of Culture*, New York: Oxford UP, 1992.

[7] Ato Quayson, *Strategic Transformations in Nigerian Writing: Orality & History in the Work of Rev. Samuel Johnson, Amos Tutuola, Wole Soyinka & Ben Okri*, Indiana University Press, 1997.

[8] Bertolt Brecht, *The Threepenny Opera*, New York: Grove Press, 1964.

[9] Biodun Jeyifo, *Perspectives on Wole Soyinka: freedom and complexity*, Jackson: University Press of Mississippi, 2001.

[10] Biodun Jeyifo, *Wole Soyinka: Politics, Poetics, and Postcolonialism*, Cambridge University Press, 2003.

[11] Cartey, Wilfred, *Africa of My Grandmother's Singing: Curving Rhythms. Black Africa Voice. Ed*, David Miller er al.. Glenview: Scott Fores-man, 1970.

[12] Charles R. Larson, *Emergence of African Fiction*, Bloomington: Indiana University Press, 1971.

[13] Coger, Greta M. K, "Index of Subjects, Proverbs, and Themes in the Writings of Wole Soyinka 21", Greenwood Press [Imprint], 1988.

[14] Daniel Gerould, *Theatre, Theory, Theatre: the Major Critical Texts from Aristotle and Zeami to Soyinka and Havel*, Applause Theatre & Cinema Books, 2003.

[15] Falola, Toyin, *Culture and Customs of Nigeria*, Greenwood Press. Westport, 2001.

[16] Gerald Moore, *Wole Soyinka*, London: Evans Bros. , 1978.

[17] Gerald Moore, *Wole Soyinka*, New York: African Publishing Corporation, 1971.

[18] J. P. CLARK, *The Example of Shakespeare*. London: Longman; Evanston: Northwestern University Press, 1970.

[19] Jackson, *Conversations with Wole Soyinka*, edited by Biodun Jeyifo. University Press

of Mississippi, 2001.

　　[20] Katrak, Ketu H, *Wole Soyinka and Modern Tragedy: A Study of Dramatic Theory and Practice*, Greenwood Press, 1986.

　　[21] Martin Tucker, "Africa in Modern Literature: A Survey of Contemporary Writing in English", New York: *Ungar*, 1967.

　　[22] McLuckie.Craig, "The Structural Coherence of Wole Soyinka's Death and the King's Horseman", London: *Look Smart*, 2004.

　　[23] Ngugiwa Thiong' o, *Decolonising the Mind: The Politics of Language in English Literature*, London: James Curry, 1986.

　　[24] Ngugi wa Thiong' o, *Something Torn and New*.New York: Basic Books, 2009.

　　[25] Northrop Frye, "Fools of Time", Toronto: University of Toronto press, 1967.

　　[26] Obi Maduakor, *Wole Soyinka Revisted*.New York: Twayne Pub., c1993.

　　[27] OED Online, London: Oxford University Press, 2015.

　　[28] Oyin Ogunba, *The Movement of Transition: A Study of the Plays of Wole Soyinka*, Ibadan: Ibadan University Press, 1975.

　　[29] OYIN OGUNBA, *Movement of Transition: A Study of the Plays of Wole Soyinka*, Ibadan: Ibadan University Press, 1975.

　　[30] Pavis, Patrice, "Theatre at the Crossroads of Culture", London: Routledge, 1992.

　　[31] Peters, Jonathan, *A Dance of Masks: Senghor, Achebe, Soyinka*, Washington DC: Three Continents Press, 1978.

　　[32] Podollan, Christine, "Death and the King's Horseman", London: The Literary Encyclopedia, 2004.

　　[33] Rich, Frank, *Hot Seat*, New York: Random House, 1998.

　　[34] Scott, Lionel F, *Beads of Glass, Beads of Stone: An Introduction to the Orisha & Apataki of the Yoruba Religion*, Brooklyn: *Athelia Henrietta Press*, 1995.

　　[35] Simon Gikandi, "Introduction", in Wole Soyinka: Death and the King's Horseman, *New York: W.W.Norton*, 2003.

　　[36] Sir Abubakar Tafawa Balewa, *Mr. Prime Minister*, Apapa: Nigerian National Press, Ltd., 1964.

　　[37] Surhone, Lambert M, *Wole Soyinka*, VDM Verlag Dr.Mueller e.K, 2010.

　　[38] Wole Soyinka, "Drama and the Revolutionary Ideal", in *In Person: Achebe, Awoonor and Soyinka at the University of Washington*, Karen L.Morell, ed., Seattle, Institute of Comparative & Foreign Area Studies / University of Washington, 1975.

　　[39] Wole Soyinka, "The Fourth Stage: Through the Mysteries of Ogun to the Origin of Yoraba Tragedy", In Art, Dialogue and Outrage: Essays on Literature and Culture. *London: Methuen*, 1988.

　　[40] Wole Soyinka, "If Religion was Taken Away I' d be Happy", *Telegraph*, October

12,2012.

[41] Wole Soyinka, *A Dance of the Forests* (*Three Crowns*), Oxford University Press, USA,1967.

[42] Wole Soyinka, *A Dance of the Forests*, in Collected Plays 1, Oxford: Oxford University Press,1973.

[43] Wole Soyinka, *Ake: The Years of Childhood*, New York: Vintage International Edition,1981.

[44] Wole Soyinka, *Art, Dialogue and Outrage: Essays on Literature and Culture*, London: Methuen,1993.

[45] Wole Soyinka, *Art, Dialogue, and Outrage: Essays on Literature and Culture*, New York: Pantheon Books,1988.

[46] Wole Soyinka, *Art, Dialogue, and Outrage*, New York: Pantheon Books,1988.

[47] Wole Soyinka, *Collected Plays 1*, Oxford University Press,1973.

[48] Wole Soyinka, *Collected Plays 2*, Oxford University Press, USA,1976.

[49] Wole Soyinka, *Collected Plays: Volume 1: A Dance of the Forests; the Swamp Dwellers; the Strong Breed; the Road; the Bacchae of Euripides*, Oxford Paperbacks,1973.

[50] Wole Soyinka, *Collected plays*, New York: Oxford University Press,1974.

[51] Wole Soyinka, "Death and the King's Horseman", New York: W.W.Norton & Company,1975.

[52] WOLE SOYINKA, *KING BAABU*, London: Methuan,2002.

[53] Wole Soyinka, *Kongi's Harvest*, Oxford University Press.1997.

[54] Wole Soyinka, *Kongi's Harvest: A Play* (*Three Crowns*), Oxford University Press, USA,1968.

[55] Wole Soyinka, *Myth, Literature and the African World*, Cambridge: Cambridge University Press,1976.

[56] Wole Soyinka, "Shakespeare and the Living Dramatist", *Art, Dialogue and Outrage* *2nd ed*.New York: Random House,1993.

[57] Wole Soyinka, "The Bacchae of Euripides", *W.W.NORTON & COMPANY Ltd*.New-York London,1974.

[58] Wole Soyinka, "The Burden of Memory, the Muse of Forgiveness", New York: Oxford UP,1999.

[59] Wole Soyinka, "The Interpreters", *Oxford: Heinemann*,1965.

[60] Wole Soyinka, *Three Short Plays* (*Three Crowns Books*), Oxford University Press, USA,1970.

[61] Wole Soyinka, *An Introduction to His Writing*, New York: Garland,1986,c1987.

[62] Wole Soyinka, *Climate of Fear: the Quest for Dignity in a Dehumanized World*, Random House Trade Paperbacks,2005.

［63］Wole Soyinka,*Collected Plays* 2,Oxford University Press,USA,1976.

［64］Wole Soyinka,*Collected plays*,New York:Oxford University Press,1974.

［65］Wole Soyinka, *Contemporary African Plays:Death and the King's Horseman*, London:Methuen,2003.

［66］Wole Soyinka,*Death and the King's Horseman*,Methuen Drama［Imprint］;A & C Black;Allen & Unwin［Distributor］,2006.

［67］Wole Soyinka,*Death and the King's Horseman:A Play*,W.W.Norton & Co.,2002.

［68］Wole Soyinka,*Death and the King's Horseman:Authoritative Text,Backgrounds and Contexts,Criticism*,Norton,2003.

［69］Wole Soyinka,Edited by Ivor Agyeman-Duah;with assistance from Christine Kelly. *An Economic History of Ghana:Reflections on a Half-century of Challenges & Progress*,Ayebia Clarke Pub.;Osu,2008.

［70］Wole Soyinka,*King Baabu(Modern Plays)*,Methuen Drama,2002.

［71］Wole Soyinka,*Of Africa*,Yale University Press;ebrary,Incorporated［Distributor］, 2012.

［72］Wole Soyinka, *Opera Wonyosi*, Midland Books ［Imprint］; Indiana University Press,1981.

［73］Wole Soyinka,*The Bacchae of Euripides:A Communion Rite*,W.W.Norton & Company,1974.

［74］Wole Soyinka,*The Burden of Memory,the Muse of Forgiveness(W.E.B.Du Bois Institute)*,Oxford University Press,USA,1992.

［75］Wole Soyinka,*The Invention & the Detainee*,University of South Africa,2005.

［76］Wole Soyinka, *The Lion and the Jewel(Three Crowns Book)*, Oxford University Press,2015.

［77］Wole Soyinka,*The Open Sore of a Continent:A Personal Narrative of the Nigerian Crisis*,Oxford University Press,USA,1996.

［78］Wole Soyinka, *The Trials of Brother Jero,and the Strong Breed;Two Plays*, New York Dramatists Play Service,1969.

［79］Wole Soyinka,*You must Set Forth at Dawn:a Memoir*,Random House,2006.

［80］Wole Soyinka,*Art,Dialogue and Outrage:Essays on Literature and Culture*.London:Methuen,1993.

［81］Wole Soyinka,*The Jeros Plays*,Oxford University Press,1973.

［82］Wole Soyinka,"Shakespeare and the Living Dramatist",*Art,Dialogue and Outrage*, New York:Random House,1993.

［83］WOLESOYINKA,*The Open Soreofa Continent:A Personal Narrative of the Nigerian CrisisNe*,New York:Oxford Press,1996.

［84］Wright,Derek,*Wole Soyinka revisted*,Twayne,1993.

二、英文学位论文

[1] *African Philosophers*: *Augustine of Hippo*, *Wole Soyinka*, *Frantz Fanon*, *Alain Badiou*, *Jacques Ranciere*, *Chinua Achebe*, *Makera Assada*, General Books LLC, 2010.

[2] Hogle, Janice Alene, *Wole Soyinka's A Dance of the Forests*: *a Strategy of Symbolic Action*, M.A., University of Florida, 1975.

[3] Golnar, Karimi, *Linguistic Imperialism*: *A Study of Language and Yoruba Rituals in Wole Soyinka's Death and the King's Horseman*, Ph.D., Université de Montréal, 2015.

[4] Moody, David C, *The broken bridge Wole Soyinka and the decolonization of African literature*, Ph.D., Macquarie University, 1989.

[5] *Nigerian Dramatists and Playwrights*: *Wole Soyinka*, *Wole Oguntokun*, *Biyi Bandele*, *Duro Ladipo*, *Osonye Tess Onwueme*, *Zulu Sofola*, *Oyin Adejobi*. General Books LLC, 2010.

[6] Okelo, Peter Koronji, *Soyinka's Use of Yoruba Cosmology and the Theme of Will in Death and the King's Horseman*, M.A., University of Melbourne, 1994.

[7] Price, Amanda, *The Theatre of Promiscuity*: *a Comparative Study of the Dramatic Writings of Wole Soyinka and Howard Barker*, Ph.D., University of Leeds, 1995.

[8] Khan, Amara, *The Use of Masks in Indian and Nigerian Theatre*: *A Comparative Study of Girish Karnad and Wole Soyinka*, Ph.D., University of Leeds, 2015.

[9] Sow; Mamadou, *Soyinka*, *Baraka*, *Wilson*: *the Ogunian Archetype* (*Wole Soyinka*, *Amiri Baraka*, *August Wilson*), Ph.D., Temple University [ph.d.], 2004.

[10] Talajooy, Saeed Reza, *Mythologizing the Transition*: *a Comparative Study of Bahram Beyzaee and Wolfe Soyinka*, Ph.D., University of Leeds, 2008.

三、期刊/文集论文

[1] "An African Rendezvous", Africa Today, Vol.13, No.5 (May 1966).

[2] "Infections Humanity", Time, No.17 (Nov.1967).

[3] "Kongi's Harvest", Time, No.26 (April 1968).

[4] "Sheer Ingenuity of Soyinka's Plot", The Times, 13 Dec.1966.

[5] "The Role of the Writer in a New Nation", Nig.M., No.81 (June 1960).

[6] "Full text of Buhari's Speech at Chatham House", Daily Post (Nigeria), February 26, 2015, accessed July 1, 2018.

[7] "Third World Stage," TLS, 1 April 1965.

[8] A. Apter, "W.Soyinka, The Credo of Being and Nothingness" (Book Review), *Journal of Religion in Africa/Religion en Afrique*, No.23 (Jan 1993).

[9] AA Adeoye, "Nietzsche's Neurosis and the Dramaturgy of Godlessness in the Nigerian Theatre", *Unizik Journal of Arts and Humanities*, No.2 (2009).

[10] Adelugha, Dapo, "The Rounded Rite: A Study of Wole Soyinka's Play, The Bacchae of Euripides", *Research in African Literatures*, No.1 (1987).

[11] Ademakinwa, Adebisi, "A Dance of the Forests as the Inflection of Wole Soyinka's

Socio-Political Concern", *International Journal of the Humanities*, No.1(2007).

[12] Adesanya Moroundiya Alabi, Behbood Mohammadzadeh, "A Postcolonial Reading of Wole Soyinka's Kongi's Harvest", *Advances in Language and Literary Studies*. Vol.9, No.4 (2018).

[13] Ahmed, Ahmed Adan, "Post-Colonial Drama and Theater in African Experience: Clark, Soyinka, and Mumin", Dissertation Abstracts International, *Section A: The Humanities and Social Sciences(DAIA)*. 1999, Vol.60, No.6(2017).

[14] Akpofure Oduaran, "Linguistic Function and Literary Style: An Inquiry into the Language of Wole Soyinka's 'The Road'", *Research in African Literatures*, No.3(1988).

[15] Alain Ricard, "Wole Soyinka and Leroi Jones: An Attempt at a Comparative Study of Their Concept of Nationalism in Drama", Waltham Mass, *African Studies Association*, Brandeis University, 1970.

[16] Alan Bunce, *The Christian Science Monitor*, 15 August 1970.

[17] Amy B Cotterill., "Exploring Soyinka's Fourth Stage: The Adventures of a White Girl in Afrocentric Theatre", *Black Masks*, No.3(2010).

[18] Andrea J Nouryeh, "Commentary: Soyinka's Euripides: Postcolonial Resistance or Avant-garde Adaptation?", *Research in African Literatures*, No.4(2001).

[19] Andrew Barnaby, "The Purest Mode of Looking: (Post) Colonial Trauma in Wole Soyinka's Death and the King's Horseman", *Research in African Literatures*, Vol.45, No.1 (2014).

[20] Angus Calder, New Statesman, 28 April 1972.

[21] Anne Tibbie, "African/English Literature: A Short-Survey and Anthology of Prose and Poetry up to 1965", London: Peter Owen, 1965.

[22] Anonymous, "You Must Set Forth at Dawn: A Memoir", *African Business*, No.337 (Dec 2007).

[23] ARA Adeoye, "Two Performances Two-worlds: Dapo Adelugba's Directorial Intervention in Soyinka's Kongi's Harvest and Sotuminu's 'The Onion Skin' Considered", EJOT-MAS: *Ekpoma Journal of Theatre and Media Arts*, No.1-2(2013).

[24] Armistead, Claire, "Twisty Road", *The Guardian*, 4 October, 1992.

[25] Ato Quayson, "Wole Soyinka's Death and the King's Horseman in Comparative Frameworks", *Cambridge Journal of Postcolonial Literary Inquiry*, No.2(2015).

[26] B.Lindfors, "Begging Questions in Wole Soyinka's Opera Wonyosi", *Ariel a Review of International English Literature*, 1981.

[27] B.Omigbule, "Proverbs in Wole Soyinka's Construction of Paradox in The Lion and The Jewel and Death and The King's Horseman", *JLS/TLW* 29(1), March/Maart, 2013.

[28] Baker-White, Robert, "The Politics of Ritual in Wole Soyinka's 'The Bacchae of Euripides'", *Comparative Drama*, No.3(1993).

[29]Balme, Christopher, "Syncretic Theatre: The Semiotics of Post-Colonial Drama and Wole Soyinka's Death and the King's Horseman", *Matatu: Journal for African Culture and Society*(*Matatu*), 1999.

[30]Barney C. McCartney, "Traditional Satire in Wole Soyinka's Madmen and specialists", *World Literature Written in English*, No.2(1975).

[31]Bern Ice Duncan, Books Abroad, 40, No.3(Summer 1966).

[32]Bernstein, B., "Class, Codes, and Control: Towards a Theory of Educational Transmission", *London: Routledge*, Vol.1, 1971.

[33]Bidun Jeyifo, "Drama and the Social Order: Two Reviews", *Positive Review* (*Ile ¬ Ife*), No.1(1977), p.2.

[34]Biodun Jeyifo, "Wole Soyinka, 'Opera Wonosi'", Positive Review (Helfe), i (1978).

[35]Biodun Jeyifo, "Perspectives on Wole Soyinka: Freedom and Complexity", Jackson: University Press of Mississippi, 2001.

[36]Booth James, "Human Sacrifice in Literature: The Case of Wole Soyinka", *Ariel*, No. 1(1992).

[37]Brewster, Yvonne, "Interview with the Director", *London, England*, 2 April, 1992.

[38]Brian Lapping, "The Road to Somewhere", *The Guardian*, 3 Sept. 1965.

[39]Bruce King, "Two Nigerian Writers: Tutuola and Soyinka", Southern Review, No.6 (1970), pp.843-848.

[40]Bryan, S., "Images of Women in Wole Soyinka's Works", *African Literature Today*, No.15(1987).

[41]C. O. Ajidahun, "No More The Wasted Breed: Femi Osofisan's Vitriolic and Ideological Response to Wole Soyinka's The Strong Breed", *English Language and Literature Studies*, No.4(2012).

[42]Caroline Davis, Publishing Wole Soyinka: Oxford University Press and the creation of "Africa's Own William Shakespeare", *Journal of Postcolonial Writing*, No.4(2012).

[43]Cathy Caruth, ed. "Interview with Aimee L. Pozorski", Connecticut Review 28, 2006: pp.77-84.

[44]Celucien L. Joseph, "Shipwreck of Faith_ The Religious Vision and Ideas of Wole Soyinka, Toronto Journal of Theology", Vol.32, No.r1(Spring 2016).

[45]Charles Larson, "Soyinka's First Play: The Invention", *Africa Today*, 18, No.k(Oct. 1971).

[46]Charles Larson, N.Y. Times Book Review, No.2k(Dec.1972).

[47]Chikogu, Ray Nwabenu, "Power in Politeness: A Pragmatic Study of the Linguistic Concept of Politeness and Change in Social Relations of Power in Wole Soyinka's The Beatification of Area Boy", *English Text Construction*, No.1(2009).

[48] Choice, 2(Feb.1966).

[49] Choice, No.9(Jan.1973).

[50] Chowdhury, Fariha Ishrat, "Sidi's Choice of Baroka and the Victory of Traditional Values over Western Ones in Wole Soyinka's The Lion and the Jewel", *Language in India*, No. 6(2011).

[51] Chris Dunton, "'If You Like Professor, I Will Come Home With You': A Re-reading of Wole Soyinka's The Road", *ACSM's Health and Fitness Journal*, No.1(2007).

[52] Chris Johnson, "Performance and Role-playing in Soyinka's Madmen and Specialists", *The Journal of Commonwealth Literature*, No.3(1976).

[53] Christianity and Africanisation Project: Possibilities of African Christianity within Mainline Churches in South Africa, Project Leader: Malinge Njeza, Researcher: Nomsa Hani, September 1998, www.uct.ac.za.

[54] Christopher Okigbo, "Interviewed by Robert Serumaga", *Cultural Events in Africa*, No.8(July 1965).

[55] Clausius, C.1(cclausiu @ uwo.ca), "The Temporal Theatres of Sculpture and Drama: Wole Soyinka and New York's Metropolitan Museum of Art", *KronoScope*, No.1(2007).

[56] Cossier, Michael, "Deployment of Code in Soyinka's The Road a Stylistic Analysis", *Language & Style*, No.1(1991).

[57] D.A.N.Jones, "Soyinka", New Statesman, 8 July 1966.

[58] Daniela-Irina DARIE, "The Tragedies of Yorùbá's Spiritual Space", *Cultural Intertexts*, No.3(2015).

[59] David Richards, "Owe l'esin òrò: Proverbs like Horses: Wole Soyinka's Death and the King's Horseman", *The Journal of Commonwealth Literature*, No.1(1984).

[60] Dennis Duerden, "A Triumph for Soyinka", *New Society*, 28 April 1966.

[61] Derek Wright, "Wole Soyinka Revisited", *World Literature Today*(October 1993).

[62] Dick Higgin, "Metadramas Maltus", New York: Barrytown, 1985, p.3.

[63] DIXIEL, BEADLE, "Playwright-intellectuals of Postcolonial Africa and Their Dramatic Forms for a New Ideol Ogical Consciousness", University of Wisconsin-Madison, 2011, pp.122-145.

[64] E.Siro, "The Right to Cultural Difference or Eurocentrism? An Approach to Wole Soyinka's Death and the King's Horseman", *Journal de la Recherche Scientifique de l'Universite de Lome*, No.1(2009).

[65] Edgar Wright, "Range Considerable", East Africa Journal, Vol. 2, No. 7 (Nov. 1965), pp.35-38.

[66] Edith Oliver, "Kongi's Harvest at St.Marks", *New Yorker*, 27 April 1968.

[67] Eke, C.U, "A Linguistic Appraisal of Playwright-Audience Relationship in Wole Soyinska's The Trials of Brother Jero", *Babel: Revue Internationale de la Traduction*, No. 4

(1996).

[68] Emmanuel E. Egar, "The Poetics of Rage: Wole Soyinka, Jean Toomer, and Claude McKay, University Press of America, 2005.

[69] Eric Shorter, "Nigerian Author of Talent", *The Daily Telegraph*, 15 Sept. 1965.

[70] Esiaba Irobi, "The Six Blindfolded Men and the Elephants: Western Theater Critics versus Productions of Soyinka's Plays in England and the USA", *Philosophia Africana*, vol. 11, No. 1, march 2008.

[71] Femi Osofisan, "Wole Soyinka and the Living Dramatist", in Perspectives on Wole Soyinka.

[72] Fethia El Hafi, "Punished Bodies in Soyinka's The Bacchae of Euripides and Morrison's Beloved", *Journal of Black Studies*, No. 1 (2010).

[73] Frances Harding, Soyinka and Power: Language and Imagery in Madmen and Specialists, *African Languages and Cultures*, No. 1 (1991).

[74] Francoise Ligier, "Lettre OuverteàMonique Blin", *Notre Librairie*, 1993.

[75] Gao, WH, "The Fourth Stage and Ritual Tragedy of Wole Soyinka: Death and the King's Horseman for Example", *FOREIGN LITERATURE STUDIES*, No. 3 (2011).

[76] Garuba, Harry, "Masked Discourse: Dramatic Representation and Generic Transformation in Wole Soyinka's A Dance of the Forests", *Modern Drama*, No. 3 (2002).

[77] Garuba, Harry, "The Island Writes Back: Discourse/Power and Marginality in Wole Soyinka's The Swamp Dwellers, Derek Walcott's The Sea at Dauphin, and Athol Fugard's The Island", *Research in African Literatures*, No. 4 (2001).

[78] Gates Jr., "Henry Louis. Wole Soyinka: Mythopoesis and the Agony of Democracy", *Georgia Review*, No. 1 (1995).

[79] Gbemisola Adeoti. 3, "A Critical Discourse Evaluation of Decolonisation and Democratisation: Issues in Africa as Exemplified in Soyinka's Non-fictional Texts", *African Literature and the Future*, 2015.

[80] Gerald Fay, the Guardian, 15 Sept. 1965.

[81] Gerald Moore, "The Chosen Tongue: Engl ish Writing in the Tropical World", London: Longmans, 1969.

[82] Gerald Moore, "Wole Soyinka", New York: African Publishing Corporation, 1971.

[83] Gerald Weales, "Tribal Patterns", Reporter, No. 8 (Feb. 1969).

[84] Gibbs, "Introduction," in Wole Soyinka: Death and the King's Horseman, New York: W. W. Norton, 2003.

[85] Gilbert Tarka Fai, "Soyinka and Yoruba Sculpture: Masks of Deification and Symbolism", *Rupkatha Journal*, Vol 2, No. 1 (1998).

[86] Graham Pechey, "On the Sacred in African Literature: Old Gods and New Worlds", *Cultural Critique*, No. 76 (2010).

[87] Grahame Smith, "Photography as a Theme in Wole Soyinka's The Lion and the Jewel", *The Journal of Commonwealth Literature*, No.1(1991).

[88] Green-Simms, Lindsey. "No Danger No Delay": Wole Soyinka and the Perils of the Road. Journal of Postcolonial Writing, 2010(No.1).

[89] Griffiths, Gareth; Moody, David, "Of Marx and Missionaries: Soyinka and the Survival of Universalism in Post-Colonial Literary Theory", *Kunapipi*, Vol.11, No.1(1989).

[90] Haney; William S II, "Soyinka's Ritual Drama: Unity, Postmodernism, and the Mistake of the Intellect", *Research in African Literatures*, No.4(1990).

[91] Harold Clurman, Nation, No.206(April 1968).

[92] Harold Netland, "Encountering Religious Pluralism: The Challenge to Christian Faith & Mission", Downers Grove, il: InterVarsity Press, 2001.

[93] Harry Garuba. "Negotiating the (Post) Colonial Impasse: Wole Soyinka's the Lion and the Jewel and Derek Walcott's Ti - Jean and His Brothers", *English Academy Review*, Vol.16, No.1(1999).

[94] Hobson Harold, "The Lion and the Jewel from Africa", *Christian Science Monitor*, No.6(Jan.1967).

[95] http://www. dailymail. co. uk/tvshowbiz/reviews/article - 116853/Anti - British - rant-black-white.html, posted 9 April 2009.

[96] https://baijiahao.baidu.com/s? id=1681875012176269309&wfr=spider&for=pc.

[97] I U Opara, "Analysing the Relationship between Democracy and Development, Using Two Literary Works", *Sophia*, No.1(2006).

[98] Idowu Olusola Odebode, "An Ethnographic Analysis of Names of Round Characters in Wole Soyinka's The Strong Breed", *Theory and Practice in Language Studies*, No.9(2012).

[99] Izevbaye, D, "Elesin's homecoming + Wole Soyinka's 'Death and the King's Horseman': The Translation of the King's Horseman", *RESEARCH IN AFRICAN LITERATURES*, No.2(1997).

[100] Jack Kroll, Newsweek, No.29(April 1968).

[101] James Booth, "Self-Sacrifice and Human Sacrifice in Soyinka's Death and the King's Horseman", *Research in African Literatures*, No.4(1988).

[102] Jeyifo, B, "Forget the Muse, think only of the (Decentered) Subject?", *TYDSKRIF VIR LETTERKUNDE*, No.1(2011).

[103] Jeyifo, Biodyn, "Whose Theatre, Whose Africa? Wole Soyinka's The Road on the Road", *Modern Drama*, No.3(2002).

[104] John Ferguson, "Nigerian Drama in English", *Modern Drama*, Vol.11, No.1(May 1968).

[105] John Povey, "Wole Soyinka and the Nigerian Drama," Tri-Quarterly, No.5(Spring 1966).

[106] John Povey, "Wole Soyinka, Two Nigerian Comedies," Comparative Drama, 3, No. 2(Summer 1969).

[107] JOHN YDSTIE, "Profile: Nigerian author Wole Soyinka's New Play, King Baabu", *Morning Edition*, 2001.

[108] Johnson, Lemuel A, "Strong breeds: Wole Soyinka and the Head of the Head of State in A Play of Giants", *Callaloo*, No.2(1986).

[109] Jones, Carolyn M, "Rethinking Tragic Theory/Rewriting Tragedy: Wole Soyinka's Death and the King's Horseman", *WLWE*, No.1(1996).

[110] Josef Gugler, "Wole Soyinka's Kongi's Harvest from Stage to Screen: Four Endings to Tyranny", *Canadian Journal Of African Studies*, No.1(1997).

[111] Josef Gugleral, "African Literary Comment on Dictators: Wole Soyinka's Plays and Nuruddin Farah's Novels", *Journal of Modern African Studies*, No.1(1988).

[112] Judith Gleason, "Out of the Irony of Words," Transition, No.18(1965).

[113] K.J.Phillips, "Exorcising Faustus from Africa: Wole Soyinka's The Road", *Comparative Literature Studies*, No.2(1990).

[114] Karade, Ifa, "The Handbook of Yoruba Religious Concepts", *York Beach*, Maine: Samuel Weiser, 1994.

[115] Kenneth J. E. Graham, "Soyinka and the Dead Dramatist", *Comparative Drama*, Spring, Vol.44, Issue 1, 2010.

[116] Khanna, Ranjana, *"Dark Continents: Psychoanalysis and Colonialism"*, Durham: Duke UP, 2003.

[117] Kolawole Olaiya, "The Shifting Structures of Power in The Beatification of Area Boy", Modern Drama, No.3(2002).

[118] Kronenfeld, J. Z, "The 'Communalistic' African and the 'Individualistic' Westerner: Some Comments on Misleading Generalizations in Western Criticism of Soyinka and Achebe.Research on Wole Soyinka, Africa World Press, Inc.", *New Jersey*, 1993.

[119] Kumar K.N., "Yoruba Tradition and Culture in Wole Soyinka's the Lion and the Jewel", International. Refereed Research Journal. www. Researchers world. com. vol. 11. Issue, 3. July, 2011.

[120] Kumar KN.Ph.D, "Research Scholar, Department of English, Anna Malai University", *Researchers world.com*.vol.11. Issue, 3. July, 2011.

[121] Kumar, K, "Naveen.Visceral Intertwining of an Individual with the Fate of a Community in Wole Soyinka's The Strong Breed", *Language in India*, No.12(2011).

[122] L.O.Nwokeneme, "Exploiting the Potentials of Literature in Addressing Challenges of Sustainable Development in the Third World: The Examples of Wole Soyinka", *Research on Humanities and Social Sciences*, No.4(2015).

[123] Lemuel A, "Johnson.Strong Breeds: Wole Soyinka and the Head of the Head of

State in A Play of Giants", *Callaloo*, No.27(1986).

[124]Lewis,Theophilus,"The Trials of Brother Jero The Strong Breed", *America*, No.7
(1968).

[125]Lewis,W,"Six Doctors in Literature-Number 1: Dr Bero from Madmen and Spe-
cialists,by Wole Soyinka", *BRITISH JOURNAL OF GENERAL PRACTICE*, No.438(1999).

[126]Liton,Hussain Ahmed,"Towards a Critique of Cultural Hegemony and Nationalist
Resistance:A Reading of Wole Soyinka's The Lion and the Jewel", *Language in India*, No.2
(2012).

[127]Losambe,Lokangaka1,"Death,Power and Cultural Translation in Wole Soyinka's
Death and the King's Horseman", *The Journal of Commonwealth Literature*, No.42(2007).

[128]M.M.Mahood,"The Right Lines", *Ibadan*, No.6(June 1959).

[129]M.B.Omigbule,"Proverbs in Wole Soyinka's Construction of Paradox in The Lion
and The Jewel and Death and The King's Horseman", *JLS/TLW* 29(1) , March/Maart 2013.

[130]Ma,JJ,"Rereading the Yoruban-western Cultural Clash in Soyinka's Death and the
King's Horseman", *FOREIGN LITERATURE STUDIES*, No.5(2005).

[131]Maduakor,Obi,"The Political Content of Wole Soyinka's Plays", *Journal of Com-
monwealth Literature*, No.1(1993).

[132]Maduakor. Obiajuru, "Soyinka as a Literary Critic ", Research in African
Literature, Vol.17, No.1(1986).

[133]Mahboobeh Davoodifar, Moussa Pourya Asl, "Power in Play: A Foucauldian
Reading of A.O.Soyinka's The Trials of Brother Jero", *Advances in Language and Literary
Studies*, No.6(2015).

[134]Manjula,V.N,"The New Idiom of Soyinka's Plays A Perspective", *Language in
India*, No.7(2011).

[135] Margaret Laurence, "Long Drums and Cannons: Nigerian Dramatists and
Novelists", London: MacMillan, 1968.

[136]Marjorie Kehe,"A Life Shaped by a Larger Cause; Nobel Laureate Wole Soyinka
Chronicles his Adult life in the Second Half of his Memoirs", *The Christian Science Monitor*,
11 Apr 2006.

[137]Mark Mathuray,"Dramatising the Sacred:Wole Soyinka's 'The Fourth Stage' and
Kongi's Harvest", African Literature, 2009.

[138]Mark Ralph-Bowman, "Leaders and Left-Overs":A Reading of Soyinka's "Death
and the King's Horseman", *Research in African Literatures*, No.1(1983).

[139]Martin Banham,"Wole Soyinka in the Nigerian Theatre", *New Theatre Magazine*,
Vol.12, No.2(1972).

[140]Martin Banham,"A Dance of the Forests by Wole Soyinka;The Lion and the Jewel
by Wole Soyinka;Three Plays by Wole Soyinka", *Books Abroad*, No.1(1964)

[141] Martin Banham, "African Literature II: Nigerian Dramatists", *JCL*, No. 3 (July 1967).

[142] Martin Esslin, "Two Nigerian Playwrights.Introduction to African Literature,ed", *Ulli Beier*,London:Longmans,1967.

[143] Martin Rohmer, "Wole Soyinka's 'Death and the King's Horseman', Royal Exchange Theatre,Mancheste", *New Theatre Quarterly*,No.37(1994).

[144] Martin Tucker, "West African Literature:The Second Decade", Africa Today,Vol. 13,No.5(May 1966).

[145] MARTINESSLIN, "The Theatre of the Absurd Harmonds worth:Penguin", revised edition,1968.

[146] Masiska M-H, "Postcolonial Identity in Wole Soyinka", *Brill Rodopi*,2007.

[147] Megbowon Funmilola Kemi; Uwah Chijioke, "Aesthetics of Yoruba Culture in Soyinka's Death and the King's Horseman", *Studies of Tribes and Tribals*, Vol. 15, No. 1 (2017).

[148] Megbowon Funmilola Kemi;Uwah Chijioke, "Polemics of Cultural Regeneration in Soyinka's The Lion and The Jewel", *Journal of Social Sciences*, Vol.51,No.1-3(2017).

[149] Mehta,B, "Destabilizing the Status Quo:Social Mothering and Coalition Formation in Wole Soyinka's Death and the King's Horseman and Aminata Sow Fall's The Beggars' Strike", *Canadian Review of Comparative Literature*,2000.

[150] Mekwanent Tilahun Desta, "Pragmatics as Applied to Characters' Relationships: Focus on Wole Soyinka's Play 'The Lion and the Jewel'", *Research on Humanities and Social Sciences*,No.6(2012).

[151] Michael Crowder, "Tradition and Change in Nigerian Literature", *Tri-Quarterly*, No.5(Spring 1966).

[152] Morell,Karen L.,ed., "In Person:Achebe,Awoonor,and Soyinka at the University of Washington", Seattle: *African Studies Publications*,1975.

[153] Moteane John Melamu, "Demoke's Totem:The Role of the Artist in Soyinka's A Dance of the Forest", *Journal of Cultural Studies*,No.1(2001).

[154] Msiska,Mpalive-Hangson, "The Politics of Identity and the Identity of Politics:the Self as an Agent of Redemption in Wole Soyinka's Camwood on the Leaves and The Strong Breed", *Journal of African Cultural Studies*,No.2(2006).

[155] Neloufer de Mel, "Myth as History:Wole Soyinka's a Dance of the Forests", *ACSM's Health and Fitness Journa*,No.18(1993).

[156] Nelson O.Fashina, "Deification or Assassination of Language:Linguistic Alienation in Wole Soyinka's the Road", *California Linguistic Notes*,No.2(2008).

[157] *New York Times*,No.3(August 1970).

[158] Nicole Vigouroux-Frey, "Outrage in Dialogue:A Study of Wole Soyinka's Three

Latest Comedies", *Contemporary Theatre Review*, No.1-2(1996).

[159] Nightingale, Benedict. "Proceed, but with Caution", *The Times*, 4 March, 1992, p.2.

[160] Niyi Akingbe, "Contextualizing the Contours of Subjugation: Dramatizing Conflicted Image of the Military in Wole Soyinka's The Beatification of Area Boy and Esiaba Irobi's Cemetery Road", *South African Theatre Journal*, No.2(2015).

[161] Nomsa Hani, "Christianity and Africanisation Project: Possibilities of African Christianity within Mainline Churches in South Africa", *Project leader: Malinge Njeza, Researcher*, September 1998, www.uct.ac.za.

[162] Nouryeh, Andrea J, "Soyinka's Euripides: Postcolonial Resistance or Avant-Garde Adaptation?", *Research in African Literatures*, No.4(2001).

[163] O Gomba, "Church versus Ogun: Subversion and Irony in Wole Soyinka's The Road", *AFRREV IJAH: An International Journal of Arts and Humanities*, No.4(2014).

[164] Obi Maduakor, "Rhetoric as Technique: Language in Soyinka's the Road", *World Literature Written in English*, No.1(1987).

[165] Odom, Glenn A.1, "The End of Nigerian History: Wole Soyinka and Yorùbá Historiography", *Comparative Drama*, No.2(2008).

[166] Ogundele, Wole, "Death and the King's Horseman: A Poet's Quarrel with His Culture", *Research in African Literatures*, No.1(1994).

[167] Okpewho, Isidore, "Soyinka, Euripides, and the Anxiety of Empire", *Research in African Literatures*, No.4(1999).

[168] Olakunle George, "Cultural Criticism in Wole Soyinka's Death and the King's Horseman", *Representations*, No.67(1999).

[169] Olusegun Adekoya, "The future of humanity as projected in Soyinka's A Dance of the Forests", *Studies in the Humanities*, No.6(2002).

[170] Omigbule, M.B, "Proverbs in Wole Soyinka's Construction of Paradox in The Lion and The Jewel and Death and The King's Horseman", *Journal of Literary Studies*, No.1 (2013).

[171] Omotosho Moses MELEFA; Thomas Michael Emeka CHUKWUMEZIE, "A Pragmatic Analysis of Crisis-Motivated Proverbs in Soyinka's Death and the King's Horseman", *Research on Humanities and Social Sciences*, No.8(2014).

[172] Osoba, Joseph, "A Linguistic Analysis of Wole Soyinka's 'The Trials of Brother Jero'", *Crossroads. A Journal of English Studies*, No.4(2014).

[173] Owoeye, Omolara Kikelomo, "A Feminist Critique of Gender Issues in Soyinka's Death and the King's Horseman", *IUP Journal of English Studies*, No.3(2012).

[174] Patricia Beatrice Mireku-Gyimah, "Soyinka as Satirist: A Study of The Trials of Brother Jero", *International Journal of English and Literature*, No.6(2013).

[175] Patrick Colm Hogan, "Particular Myths, Universal Ethics: Wole Soyinka's The Swamp Dwellers in the New Nigeria", *Modern Drama*, No.4(1998).

[176] Penelope Gilliat, *London Observer*, 19 Sept. 1965. Quoted in New Society. 28 April 1966.

[177] Pervez, Summer, "Performing British Power: Colonial Politics and Performance Space in Soyinka's Death and the King's Horseman", *Philosophia Africana*, No.1(2008).

[178] Price, Amanda, "The Theatre of Promiscuity: a Comparative Study of the Dramatic Writings of Wole Soyinka and Howard Barker" [PHD], University of Leeds, 1995.

[179] PROBYN, C.T., "Waiting for the Word: Samuel Beckett and Wole Soyinka", *Ariel AReview of International English Literature*, 1981.

[180] Quirino Maffi, "Three Short Plays(The Swamp Dwellers—The Trials of Brother Jero—The Strong Breed) by Wole Soyinka", *Africa: Rivista Trimestrale di studi e documentazione dell' Istituto italiano per l' Africa e l' Oriente*, No.1(1969).

[181] Reddy, P. Sreenivasulu, "Cultural Conflict in Wole Soyinka's Play The Lion and the Jewel", *Language in India*, No.9(2013).

[182] Ralf Hermann, "Creation snake and Mobius strip: The Mythopoeic Structures in Wole Soyinka's Writing Centre of African Studies", *University of Edinburgh*, 1994.

[183] Redd, Tina, "Scars of Conquest/Masks of Resistance: The Invention of Cultural Identities in African, African-American and Caribbean Drama", *Theatre Journal*, No.2(1996).

[184] Reed Way Dasenbrock, "Wole Soyinka's Nobel Prize", World Literature Today, (Winter 1987), p.5.

[185] Rex Collings, "Wole Soyinka, A Personal View," *New Statesman*, No.20(Dec., 1968), p.879.

[186] Robert Fraser, "Four Alternative Endings to Wole Soyinka's 'A Dance of the Forests'", *Research in African Literatures*, No.3(1979).

[187] Robert M. Wren, "The Last Bridge on "The Road": Soyinka's Rage and Compassion", *Research in African Literatures*, No.1(1982).

[188] Robert McDowell, "African Drama, West and South", *Africa Today*, 15, No.k(August 1968).

[189] Ronald Bryden, "African Sophistication", *The Observer Weekend Review*, 18 Dec. 1966.

[190] Ronald Bryden, "The Asphalt God", *New Statesman*, 2k Sept. 1965.

[191] S. O. Azumurana, "Wole Soyinka's Dystopian/Utopian Vision in A Dance of the Forests", *Tydskrif vir letterkunde*, No.2(2014).

[192] Saeed Talajooy, "Intellectuals as Sacrificial Heroes: A Comparative Study of Bahram Beyzaie and Wole Soyinka", *Comparative Literature Studies*, No.2(2015).

[193] Sara Freeman, "Soyinka UK/Soyinka USA: Death and The King's Horseman at

RNT and OSF", *Contemporary Theatre Review*, No.1(2010).

[194] Sean Day-Lewis, "'Brother Jero' full of Vitality", *The Daily Telegraph*, 29 June, 1966.

[195] See for example Chinua Achebe, "The Novelist as Teacher", *New Statesman*, No. 29(January 1965).

[196] See Review of Kongi's Harvest, America, 11 May 1968.

[197] Severac, Alain, "The Verse of Soyinka's Plays: A Dance of the Forests", *Research in African Literatures.*, No.3(1992).

[198] Slave Narration and God of War of the Black Africa: Ogun On the Post-Colonial Feature of Soyinka's Poetry, *Foreign Literature Studies*, No.8(2003).

[199] Thirunavukkarasu, S.; Lakshmi, C. N. Vidhya, "Wole Soyinka's The Lion and The Jewel as a Post-Colonial Play", *Language in India*, No.9(2012).

[200] Tidjani-Serpos, Noureini, "The Postcolonial Condition: The Archeology of African Knowledge: From the Feat of Ogun and Sango to the Postcolonial Creativity of Obatala", *Research in African Literatures*, No.27(1996).

[201] U. A. Muhammad, "Wole Soyinka's The Lion and The Jewel: A Distortion of Female Image", *Journal of Research in National*, No.1(2011).

[202] U. C. Nwaozuzu, "Drama-Therapy: Exploring the Dynamics of the Dance Art in Wole Soyinka's Death and the King's Horseman", *Annals of Humanities and Development Studies*, No.1(2010).

[203] Una Maclean, "Soyinka's International Drama", *Black Orpheus*, 15(August 1964).

[204] Victor Ukaegbu, "Performing Postcolonially: Contextual Changes in the Adaptations of Wole Soyinka's Death and the King's Horseman and Femi Osofisan's once upon Four Robbers", *World Literature Written in English*, No.1(2004).

[205] W. A. Darlington, "Simple parable of African Life", *The Daily Telegraph*, 13 Dec. 1966.

[206] Walunywa, Joseph, "Post-Colonial African Theory and Practice: Wole Soyinka's Anarchism", Dissertation Abstracts International, *Section A: The Humanities and Social Sciences(DAIA)*, Vol.59, No.1(1998).

[207] Wilfred Cartey, "Whispers from a Continent: The Literature of Contemporary Black Africa", New York: *Vintage books*, 1969.

[208] Williams, Adebayo, "Ritual and the Political Unconscious: The Case of Death and The King's Horseman", *Research in African Literatures*, No.1(1993).

[209] Wilson, Matthew, "Writing the Postcolonial: The Example of Soyinka's 'A Dance of the Forests.'", *College Literature*, No.3(2000).

[210] Wiveca Sotto, "Comets and Walking Corpses: A Reading of Wole Soyinka's Play Requiem for a Futurologist", *Black American Literature Forum*, No.4(1988).

[211] Wole Soyinka, "If Religion was Taken away I'd be Happy", *Telegraph*, October 12,2012.

[212] Wole Soyinka, "Politics, Poetics and Postcolonialism", *Roy, Anjali Gera // African Studies Quarterly*; Summer, Vol.8, Issue 4,2006.

[213] Wright, Derek, "Soyinka's Smoking Shotgun: The Later Satires", *World Literature Today*, No.1(1992).

[214] www.africawrites.org.

[215] Yemi Ogunbiyi, "A Study of Soyinka's Opera Wonyosi", *Nigeria Magazine*, No. 128-29(1979).

[216] Zagré Sibiri Patrice, "Philosophie de la libération et libération de la philosophie dans l'Afrique actuelle", *Universitéde Dakar*, 1976.

[217] Zodwa Motsa, "'Voices from the Margins: Soyinka's Guerilla Theatre the Liberation Agent-Forty Years on'", *Jour of Anthropol, Instit*, No.2(2008).

[218] Zodwa Motsa, "Music and Dramatic Performance in Wole Soyinka's Plays", *Journal of Music Research in Africa*, 2007.

后　记

本书在我的博士学位论文基础上,经过六年的艰苦努力、反复修改完善,成为我主持的国家社科基金后期资助项目"索因卡戏剧"(编号:19FWWB011)的最终结项成果,是我的第二部学术著作。

我对戏剧有着不解之缘,这份情结要源于我的父母、三姐和初中语文老师。父亲多才多艺,锣鼓、二胡、笛子样样都会。母亲早年就读私塾,爱好琴画诗书,熟读过四书五经。父亲、母亲都是十足的戏迷,我们祁东本地的祁剧、湖南花鼓戏以及京剧、越剧、川剧、黄梅戏等,没有不喜欢的。父亲组建了业余剧团,节假日经常开展公益演出活动。在家中,父母亲总是时不时唱几句,表演一番,而我自小耳濡目染,喜欢上了戏剧。初中语文老师屈崇德,文学知识丰富,有较深厚的文学修养和较高的审美能力,课堂上旁征博引,生动活泼;课堂外指导我阅读文学名著,我不仅感受到了语文世界的乐趣,还接受文学艺术的熏陶。上初中时,在湖南师范大学上学的三姐,逛新华书店看见正在特价处理、最便宜的1角钱1本的一批外国文学书籍,便掏光口袋买下近20本,其中有莎士比亚的四大悲剧、奥斯特洛夫斯基的《大雷雨》、法捷耶夫的《这里的黎明静悄悄》和《青年近卫军》、肖洛霍夫的《一个人的遭遇》以及夏洛蒂·勃朗特的《简·爱》等外国经典名著,寒假带回家送给我,我如获至宝,精阅细读,成为我中学时代主要的课外读物。

引导我从事外国戏剧研究,是我的硕导张铁夫教授。由于我对戏剧的情怀和对文学的热爱,大学毕业工作四年后,我考取湘潭大学中国古代文学专业(比较文学方向)硕士研究生,幸运地成为张铁夫教授的弟子。张铁夫教授是我国著名的比较文学与世界文学专家,更是我国卓有成就的普希金研究专家。他为人和善,学识渊博,治学严谨,对我的硕士学位论文要求十分严格。他启发我运用比较文学方法,从文化视角和接受理论出发,研究我国清末民初著名的诗人、小说家和翻译家曾朴,探讨曾朴对法国浪漫主义领袖雨果的戏剧译介与传播,比较分析曾朴与雨果的文学思想和创作,提出曾朴是"中国译介雨果戏剧的第一人"。以此为契机,我对西方戏剧进行了一定的研究。在文化交流日益频繁的今天,以曾朴与雨果的关系为例,探讨中西文化的冲突与交融,具有重要的学术价值和现实意义。

我从事尼日利亚作家索因卡戏剧研究,得益于博导天津师范大学黎跃进教授。黎老师是我国东方文学与文化、中外文学比较等领域德高望重的专家。他鸿儒硕学、思维敏捷、目光锐利、开拓创新、严谨治学、教导有方的精神以及朴实善良、宽厚仁慈、和谐可亲、乐于助人、风趣幽默的性格,令我钦佩,是他带领我走上索因卡戏剧研究之路。2012 年 10 月 28 日至 11 月 5 日应中国社会科学院外国文学研究所与中国人民大学文学院的共同邀请,索因卡来华访问,引起我的兴趣,黎老师因势利导,把有关索因卡研究选题作为学期作业指导我完成。后来孟昭毅教授主编《诺贝尔文学奖东方获奖》(线装书局,2021 年 7 月出版),让我负责第四章"沃莱·索因卡研究"撰写。这样循循诱导,我对索因卡研究循序渐进,决定博士毕业论文以"多元文化影响下的索因卡戏剧创作"为选题。然而,我国学界对索因卡研究甚少,相关资料特别短缺,给我的博士毕业论文带来很大困难。黎老师从中国和非洲有着悠久的文化交流历史,"一带一路"的合作倡议进一步搭建了中国与非洲的友好桥梁,促进双方交流合作发展的学术背景,分析上述研究的重要意义,勉励我克服困难。从选取论题的范围到逻辑分析框架,从确定标题到提炼论述观点,从宏观上谋篇布局到具体内容上语言运用审核把关,都是在黎老师精心指导下完成的。其间,天津师范大学文学院院长赵利民教授、孟昭毅教授、王晓平教授、曾艳兵教授、曾思艺教授、周宝东老师等对我悉心教导,谭艳红、李臻、杨伟、彭石玉、徐川、王立宏、刘霞、唐蕾、秦鹏举、武磊、陈颖、丁晓敏、凌云、塔娜、门薇薇、严招华、蒋芬、李建华等博士同学给予热情关心;惠州学院伍世昭、肖向明、王立祥、黄伟、颜敏、程学新、林红、黄雪娥、陈璐、金岩、胡萍、柴静、马越、王虹、易春阳、周红炜、封科军、樊昌志、魏江华、王玉屏、欧治华、卜凌云、陈金花、史素昭、周海英、冯爱琳、赵佳丽、路霞、罗红、欧阳玲娜、王思妮、李小青、葛秋良、胡辉、周晓佳等领导、同事不断鼓励我、帮助我。另外,师母谢丽娥老师在生活上给予我关怀照顾,刘艳、莫德、陈子寒、钟叶、阮汝平、姚琴、庞尔升、欧阳汝容、曾琼、周密、周颖、沈云霞、宋德发等亲朋好友多年尽心帮助我,使我顺利通过博士学位论文答辩。对他们的感恩之情我无以言表,唯有铭记于心!

　　辛勤才有收获、努力才出成果。博士毕业后,我继续进行索因卡戏剧研究,进一步修改完善博士论文。我得知索因卡在英美颇受欢迎,英美学者对索因卡的研究力度非常大,为了拓宽国际视野,我申请并获得了 2017 年度国家留学基金的资助,于 2018 年前往英国伦敦大学亚非学院做访问学者,得到了著名非洲研究专家 Ben Murtagh、Alena Rettova 的精心指导,与英美专家学者深入交流探讨,并大量阅读英文文献资料,使我对索因卡戏剧有了新的认识。在主持国家社科基金后期资助项目"索因卡戏剧研究"的过程中,我得到了北京大学刘曙雄教授、李安山教授,北京师范大学王向远教授,北京外国语大学孙晓萌教授,南开大学王立新教授、王志耕教授,杭州电子科技大学谭惠娟教授,成都电子科技大学邹涛教授等专家学者的精心指点;得到了惠州学院党委书记、校长彭永宏,党委副书记、纪委书记、省监委驻惠州学院监察专员罗川山,副校长许玩宏、刘国栋、郑文、曹建忠等校领导的亲切关怀;得到了汕尾职业技术学院校长蔡昭权、揭阳职业技术学院校长罗恢远的亲切关怀;得到了惠州学院校长办公室主任温智、组织部部长李江山、宣传部部长金伟、科研处处长蒋辉、教务处处长陈益智、人事处处长赖平等领导的关心支持;得到了惠州学院文学与传媒学院党总支书记赖常青、副院长许鑫、副院长申东城、党总支副书记施少翰、办公室主任廖淑珍以及老师们的关心支持。我备受鼓舞,激发了我的灵感,对博士学位论文进行大幅度修改。在此,我谨向诸位表示衷心感谢和敬意!

　　本书吸取了我对索因卡戏剧研究的成果。从 2014 年开始,我陆续在《外国文学研究》《当代外国文学》《学术研究》《圣经文学研究》等国内外学术期刊发表了 11 篇与索因卡戏剧研究相关的学术论文(其中 CSSCI 核心期刊论文 8 篇),主要包括《索因卡戏剧在中国》《论索因卡对索因卡创作艺术的借鉴》《论索因卡对莎士比亚创作思想的继承与拓展》《索因卡与西方传统戏剧》《论西方现代派戏剧对索因卡的创作影响》《论索因卡对欧里庇得斯〈酒神的伴侣〉的人物改编》《论索因卡剧作中的圣经原型形象》《论索因卡戏剧创作中的非洲传统元素》《论索因卡戏剧对非洲传统的反思与超越》《从戏剧创作看索因卡对待非洲传统的态度》等。我在这些成果的基础上,结合博士学位论文,扩大了研究范围,更新了研究思路和研究方法,重新搭建了研究框架,从新的维度提炼新观点,顺利完成了国家社科基金后期资助项目《索因卡戏剧研究》结项,然后继续反复修改完善内容,而今《索因卡戏剧研究》这本著作终于脱稿了,才算舒了一口气。

　　通过索因卡戏剧研究,我收获了不少人生启迪,深感人生如戏,戏如人生。戏剧终将落幕,人们唯有善待生命、珍惜时光,才能演绎精彩的人生。戏剧表演艺术讲究程序,人们在工作生活中也应该遵守法律道德,安分守己。一个人只要奋发努力,演好自己的角色,你就是人生舞台的最佳主角。人生没有独角戏,和谐团结对人生至关重要。人生遇到挫折并不可怕,只要坚持奋斗,不忘初心,就能砥砺前行,重头戏还在后面。

　　在奋发进取的新时代,我们都在努力奔跑,我们都是追梦人。我的名字叫"陈梦",在我的家乡话中"陈梦"与"寻梦"谐音。我从小爱做梦,"寻梦"数十载,实现了"大学梦""博士梦""教授梦""专著梦",等等。在本书脱稿

之际,"戏剧梦"也梦想成真了。在寻梦的征途上,有艰难、困苦,甚至迷茫,
但我乐在其中。

陈梦　于金山龙庭蓝翠苑

2022 年 8 月 28 日